KB120477

세계관으로서의 상징주의 2

나남
nanam

한국연구재단 학술명저번역총서
서양편 395

세계관으로서의 상징주의 2

2019년 12월 31일 발행
2019년 12월 31일 1쇄

지은이 안드레이 벨르이
옮긴이 이현숙 · 이명현
발행자 趙相浩
발행처 (주) 나남
주소 10881 경기도 파주시 회동길 193
전화 (031) 955-4601 (代)
FAX (031) 955-4555
등록 제 1-71호 (1979. 5. 12)
홈페이지 http://www.nanam.net
전자우편 post@nanam.net
인쇄인 유성근 (삼화인쇄주식회사)

ISBN 978-89-300-8921-0
ISBN 978-89-300-8215-0 (세트)

책값은 뒤표지에 있습니다.

'한국연구재단 학술명저번역총서'는 우리 시대 기초학문의 부흥을 위해
한국연구재단과 (주)나남이 공동으로 펼치는 서양명저 번역간행사업입니다.

세계관으로서의 상징주의 2

안드레이 벨르이 지음 | 이현숙 · 이명현 옮김

나남
nanam

Символизм как миропонимание

Андрей Белый

nanam

세계관으로서의 상징주의 2

차례

제3부 녹색 초원

제3부

녹색 초원

· 일러두기 ·

1. 본문의 러시아어 표기는 국립국어원에서 제정한 외래어 표기법에 의거하되, 몇몇 경우 예외가 허용되었다(예: 벨르이).
2. 각주에 삽입된 주의 출처는 크게 셋으로 나뉜다. 이는 각각 저자와 편집자, 옮긴이가 작성한 것으로, 본문에는 〔벨르이〕, 〔편집자〕, 〔옮긴이〕로 구분하여 표기되었다.
3. 내용의 순차적인 이해를 위해 원서에 배열된 장들의 순서가 일부 변경되었다. 원서 기준으로 2, 1, 4, 3, 5부 순이다.
4. 원서에서 이탤릭체와 대문자로 강조된 단어는 각각 이탤릭체와 고딕체로 표기되었다.

녹색 초원*

기억하라, 기억하라, 녹색 초원을-
노래의 기쁨을, 춤의 기쁨을[1]

— 발레리 브류소프

1

사회체제는 그것이 일정하게 형성되는 과정에서 자신의 근본원리들을 명확하게 설정해야만 한다.

사회성의 근본원리는 고유한 추상적 근거를 지녀야만 한다. 그러한 근

---

* 〔편집자〕 잡지 〈천칭〉(Весы, 1908, No. 8, C. 5~16)에 처음 발표되었다. 1905년 10월 2일 블록은 벨르이에게 다음과 같이 썼다: “《녹색 초원》을 읽으면서 괴로웠습니다. 문제는, 내가 그동안 쓰고 있던 논문 제목이 〈녹색 초원〉이라는 것입니다. 그런데 이럴 수가! 당신의 카테리나 부인에 대한 이야기 같은 것이 내게는 없습니다.” 블록의 수첩(1905년 6월 초)에는 다음과 같이 적혀 있다: “녹색 초원…. 아! 보랴가 이미 〈천칭〉(No. 8)에 발표했다.”
〔옮긴이〕 이 논문집은 《녹색 초원》의 서문에 해당하는 것으로 여기서 벨르이는 상징주의의 기본적인 명제들을 이론적인 차원에서 제시했다.

1) 〔편집자〕 브류소프(Брюсовб, В. Я., 1873~1924)의 시 〈오르페우스와 에우리디케〉(Орфей и Эвридика)의 부정확한 인용.

거는 사회적 기제(機制)의 문제들을 인간의 영혼이 관심을 기울이는 보편적인 문제들과 결합시켜야 한다.

사회학에서 우리는 종종 사회적 삶을 통제하고 주요 목표로 향하게 하는 *힘*들에 대한 개념들과 부딪히게 된다. 우리에게 중요한 것은 *힘*과 *목적*에 대한 개념을 스스로에게 명확하게 해명하는 것이다. 그러나 *힘*에 대한 개념은 기계적인 세계관에서 가장 잘 정립되어 있다. *합목적성*—이는 본질적으로 결정론을 폐기시키는 원리이다. 따라서 사회의 기계적 발전과 유기적(합목적적) 발전의 영역을 명확하게 구획지어야 한다.

그 어떤 조화로운 단일성에서 연속성(결정론)과 합목적성(불연속성)을 기계적으로 분리한다면, 사회체제를 기계화하는 힘에 대한 문제는 인류의 조직이라는 목적에 대한 문제와 결합될 수 없다. 따라서 단지 상호 대립하는 두 가지 근본적인 사회성의 원리만이 성립 가능하다.

사회는 모든 개성을 집어삼키면서도 개성에 상응하는 그 어떤 것도 대신 보상해 주지 않는 범세계적 규모의 기계로 볼 수 있다. 문제를 이와 같이 설정할 때 사회발전의 기본이론—진보이론은 붕괴된다. 그렇지만 사회발전의 기계적인 힘에 관한 교의는 진보이론의 결론 중 하나이다.

합목적성을 사회적 삶을 주관하는 원리라고 이해한다면, 나는 사회적 목적을 위해 자신의 개인적 목적으로부터 초연해야 한다. 그러나 사회적 목적은 사회를 그 어떤 자기 목적으로 이해하는 것만으로는 해명되지 않는다. 그와 같은 이해는 우리를 또다시 근본적으로 진보의 이념을 부정하는 기계적인 이론들에 매몰되도록 만든다. 합목적성이라는 구조는 사회 자체에 일정한 목적들의 실현을 제시한다. 그 목적은 개별 인간으로부터 유래할 수 없다. 그것들은 개별자의 총합에서 유래한다. 그것들의 영역은, 그러므로, 초월적인 이상의 영역이다.

사회적인 목표들의 상징화가 여기에서 비롯된다. 사회를 개별적인 유기체—'*해를 입은 여자*'[2]—로 이해하는 것 역시 여기에서 비롯된다. 사회적인 원리를 종교적인 원리가 완성시키는 것이다.

그러므로 결론은 다음의 둘 중 하나이다.

사회는 인류를 집어삼키는 기계 — 인간의 육체를 연료로 삼아 달구어진, 광포하게 울부짖는 기관차이다.

사회는 베일에 가려진, 정체불명의 살아 있는 총체적 **존재**, 언젠가는 깨어날 **잠자는 미녀**이다.

2

미녀의 옥안(玉顔)은 기계적인 문화의 흐릿한 수의(壽衣), 전신줄과 시커먼 연기로 짜인 수의에 싸여 있다. 에우리디케는 죽음의 지옥에 휘감긴 채 내내 잠들어 있다. 오르페우스가 그녀를 깨우려고 지옥으로 내려간 것은 헛된 일이었다. 그녀는 꿈을 꾸듯 중얼거린다.

> 당신이 인도하고, 나는 따라갑니다.
> 나는 가야 합니다, 가야만 합니다.
> 하지만 내 눈 속의 시커먼 먹구름은,
> 시커먼 죽음의 장막입니다.[3)]
>
> — 발레리 브류소프

*시커먼 죽음의 장막*은 깨어나고 있는 러시아를, 여태껏 깊은 잠에 빠져 있던 바로 그 미녀를 공장의 매연으로 뒤덮고 있다.

---

2) 〔편집자〕 해를 입은 여자: 〈요한계시록〉 12장 1절에 등장하는 여성 형상으로 블라디미르 솔로비요프를 비롯한 상징주의 시인들의 시에서 중심적 형상의 하나이다.

3) 〔편집자〕 브류소프의 시 〈오르페우스와 에우리디케〉에서.

미녀의 잠을 방해하던 모든 것이 걷힌 후에야 그녀는 의식적인 삶이냐, 혹은 의식적인 죽음이냐라는 길을 택해야 한다. 그것은 내밀한 삶, 즉 종교적인 삶으로 상호 침투하고 융합함으로써 모든 개인들이 합목적적으로 발전하는 길이거나, 아니면 기계주의로 향하는 길이다. 전자의 경우 사회는 공동체로 변모한다. 후자의 경우 사회는 인류를 삼켜 버린다.

불과 얼마 전까지 러시아는 잠들어 있었다. 삶의 길도 죽음의 길도 그녀로부터 똑같이 멀리 있었다. 러시아는 무서운 마법사에 의해 영혼을 강탈당하고, 낯선 성(城)에서 시험과 고난을 겪는 잠자는 카테리나 부인에 비유되었다. 카테리나 부인은 자신의 영혼을 누구에게 내맡길지 결단을 내려야만 한다. 자신의 아름다운 아내를 위해 고향의 초원의 향기를 지키고자 이민족의 습격에 대항하여 싸우는 사랑하는 남편 카자크 다닐로에게 영혼을 맡길 것인지, 아니면 흡사 용광로에 달궈진 주철처럼 타오르는 불의 외투를 걸친 마법사에게 맡길 것인지, 그녀는 결단을 내려야 한다.[4)]

고골은 카테리나와 늙은 마법사의 거대한 형상을 통해 잠자는 조국 — 기계적인 죽음과 원시적인 투박함 사이의 기로에 서 있는 미녀의 괴로움에 영원불멸의 표현을 부여했다.

미녀의 심장 속에는 형언할 수 없는 것이 박동하고 있다. 그러나 자신의 영혼을 형언할 수 없는 것에 내맡기는 것은 사회적인 메커니즘을 혁파하고 새로운 삶의 형식을 연마하기 위해 종교적인 길을 가는 것을 의미한다.

삶과는 명백하게 단절된 무익한 논쟁의 와중에, 소박하고 지혜로운 러시아인들의 가슴속에 삶 자체(녹색 초원의 삶)가 여전히 박동하고 있는 이유가 여기에 있다.

---

4) 〔편집자〕 카테리나 부인(пани Катерина), 무서운 마법사(страшный колдун), 카자크 다닐로(казак Данила): 고골(Гоголь, Н. В.)의 단편 〈무서운 복수〉(Страшная месть, 1832)에 등장하는 형상들.

3

어느 시골마을이 있다. 시골마을의 교사가 오랫동안 열을 내며 말씨름을 하고 있다. 교사의 부담스러운 말에는 시시한 책에서 주워들은 외국어들이 뒤섞여 있다. 털북숭이 작가는 하품을 하고 입에 성호를 긋는다.

그러다가 숨 막히는 오두막을 나와 녹색 초원을 향했다. 교사는 기타를 들고 긴 머리칼을 흔들었고, 씩씩한 러시아 노래가 광활하게 가슴 저리도록 울려 퍼졌다. "*황량하아아아안 초원에에서어어어 어느 마부가아아아 죽었다네에에에.*"[5]

녹색 초원은 숨 쉬고 있다. 가느다란 곡초들은 흥이 나서 꽃들과 함께 춤을 춘다. 이윽고 초원 위로 달이 뜬다. 가슴은 제비꽃 향기를 원한다. 그러자 녹색 초원의 천 년의 삶이 떠오른다. 잊힌 세계의 진실이 꿈틀거리며 일어나서 저 커다란 황금빛 달처럼 지평선으로부터 똑바로 응시한다. 달빛 아래 벌거벗은 청년들이 휘감기듯 춤추면서 순결하게 빙빙 돌며 날아오르던 시절이 떠오른다. 연홍색 얼룩무늬 표범이 살갑게 야옹거리면서 청년들의 주변을 뛰어다닌다. 달빛 위에 머리채를 풀어 헤친 황금빛 줄기가 뻗어 나갔다. 그러자 부드러운 풀밭 위의 어린 아가씨들은 애달픈 비애에 잠겨 하늘로 올라갔다. 그들의 은빛 튜닉은 마치 시원한 기류처럼 주름진 물거품을 일으키며 영원히 날아갔다.

이렇게 초원 위에서 형언할 수 없는 삶에 몸을 맡긴 존재들이 비밀스러운 영혼의 대화를 나누곤 했다.

---

5) 〔편집자〕 러시아 민요 〈사방이 초원, 초원〉(Степь да степь кругом)의 한 구절. 수리코프(Суриков, И. З.)의 시 〈초원〉(Степь, 1865)에 곡을 붙였다.

4

힘겨운 러시아의 1월에 페테르부르크에서 나는 끔찍한 일련의 사건들을 겪어야 했다.[6] 그때까지 잠자고 있던 어떤 것이 꿈틀거리기 시작했다. 발밑의 대지가 흔들리기 시작했다. 그때 외국인 무희(舞姬)가 나오는 공연을 보러 가는 건 그 얼마나 이상한 일이었는가.[7]

그러나 나는 갔다.

이윽고 경쾌하고 환희로 가득한, 동안(童顔)의 그녀가 무대 위로 나왔다. 잠시 후 나는 그녀가 형언할 수 없는 것을 표현하고 있다는 걸 알았다. 그녀의 웃음은 여명을 머금고 있었다. 그녀의 몸동작은 녹색 초원의 향기를 풍겼다. 그녀가 자유롭고 순결한 춤에 몰입해 있을 때, 그녀의 튜닉 옷자락은 마치 속삭이듯이, 포말이 이는 기류와 서로 부딪쳤다.

기억하건대, 음악소리 가운데 절망의 통곡이 울려 퍼지고 있었지만, 그녀의 얼굴은 젊고 행복했다. 그러나 그녀는 비애에 젖어 자신의 영혼을 찢었고, 수천의 관중들이 보는 앞에서 자신의 육신을 십자가에 못 박았다. 그러고는 불멸의 천상을 향해 날아갔다. 그녀는 불을 뚫고 차가운 대기 속을 날았지만, 성령이 드리워진 그녀의 얼굴 — 그녀의 새롭고 고요한, 불멸의 얼굴이 차가운 불빛으로 빛났다.

그렇다, 그녀는 빛났다. 고대 그리스의 가면 아래 우리 미래의 삶 — 녹색 초원 위의 조용한 원무(圓舞)에 몰입된 행복한 인류의 삶의 모습을

---

6) 〔편집자〕 제1차 러시아 혁명을 염두에 둔 것이다.

7) 〔편집자〕 1905년 1월 21일 페테르부르크 음악원에서 이사도라 던컨(Duncan, I.)이 베토벤과 쇼팽의 음악에 맞춰 춤을 춘 것을 염두에 둔 것이다.
〔옮긴이〕 던컨은 이후에도 1905년, 1907~1913년 등 여러 차례 러시아를 방문하여 무대에 섰는데, 그녀의 춤은 '발레 뤼스'를 결성한 댜길레프(Дягилев, С. В.)와 안무가 포킨(Фокин, М. М.)에게 큰 영향을 주었다.

드러내면서, 영원한 이름으로 빛났다.

페테르부르크의 거리들은 오래지 않은 흥분의 흔적들을 여전히 간직하고 있었다.

5

형언할 수 없는 얼굴이 있다. 돌이킬 수 없는 미소가 있다. 감청색 미소에 환호하는, 벨벳처럼 부드러운 웃음이 있다. 불타는 지평선 위에 떠 있는 황금빛 구름 망사를 뚫고 바람처럼 불어오는 말(言)이 있다.

영혼과 영혼이 믿을 수 없이 서로 가까이 다가갈 때 울리는 뇌성, 사랑의 케루빔[8]들의 흥겨운 비상의 번개와 우렛소리, 그 소리를 전하는 정적의 말이 있다.

녹색 초원 위에서 정적이 말을 하고 눈동자가 눈동자에게 형언할 수 없는 것을 전할 때, 형식으로도 말로도 닿을 수 없는 영원한 심연에 사람들이 강제로 내던져 있을 때, 고요하기 그지없는 녹색 초원과 비밀처럼 감춰진 기억이란 얼마나 확연하고 지당한가!

심오한 영혼들이 여명과 상호 융합되는 성스러운 황홀경의 노래와 춤을 녹색 초원은 기억한다.

녹색 초원은 자신의 비밀을 간직하고 있다. 녹색 초원 위에서 섬광처럼 빛나는 바람이 가슴을 쓸어내리고, 형언할 수 없는 것의 조용한 원무에 가담한 심장들의 주변을 빙빙 돌 때, 형용할 수 없이 가슴이 미어지는 까닭이 여기 있다. 형용할 수 없는 시간에 형용할 수 없는 옛날을 회상하기 위해 녹색 초원으로 나온 도시 근교 소시민의 불평 소리와 손풍금의

---

8) 〔옮긴이〕 케루빔: 지혜가 뛰어나고 날개가 있는 모습을 한 그리스도교의 제2위 천사.

목쉰 소리가 점점 더 가까워진다. "나아아아의 고오오토오오옹을 가아져어가아다아오오오, 나알쌔앤 바람결아아아."…

6

완전하게 표현될 수 있는 관계들 — 형식 속에 각인된 심오한 영혼의 떨림이 있다. 체험이 그것을 에워싸는 형식보다 앞선다는 것을 기억해야 한다. 형식은 체험을 각인시켜야만 하는 필연의 결과와도 같다.

종교는 체험들의 관계이다. 체험에는 개인적인 것과 집단적인 것이 있다. 종교는 개인적이고 집단적인 체험들의 관계이다.

집단적인 체험들이 형성되기 위해 개인적인 체험들의 현존은 필수적이다. 집단적인 체험의 형식은 체험하는 자들을 유기적이고 총체적이며 닫힌 종교적 집단으로 통합한다. 그러한 집단은 사회에 대립하는 종교적 공동체이다. 공동체와 사회의 접경에서 일련의 불가피한 갈등이 발생한다. 공동체는 사회를 붕괴시키는 근원으로 간주될 수 있다. 그와 반대로 사회는 공동체에 자신의 포악한 면모를 드러낸다.

종교 속에 처음으로 아직 형식으로 표현되지 않은 체험들을 형상화하는 길이 정해진다. 그러므로 종교는 항상 미래에 관한 것이다.

다윈의 이론은 자웅도태, 즉 탐색과 정착을 거치는 개체 간의 관계 및 교제를 통한 종의 보존을 기초로 정립된다. 그와 같은 교제 덕택에 인류는 보존되고, 시공간적 형식들의 현존 속에서도 상대적인 불멸을 획득한다.

종교는 아직 형식이 마련되지 않은 체험들을 선별하는 고유한 방식이다. 공동체의 개별 성원들이 각자의 체험 속에 서로 결합되자마자, 그들의 체험을 선별하고 배치하는 것에 기초하여 공동체의 삶이 이루어진다. 명백한 것은 오직 공동체 속에서만 새로운 삶의 형식이 만들어진다는 점이다.

체험들의 선별은 (사회적, 성적 등의) 형식들의 선별보다 앞선다. 형식들의 선별은 체험들의 선별보다 더 먼저 이루어질 수 없다.

아직 형식을 구하지 못한 체험들을 통해 사람들 간의 교제를 정착시키는 종교가 아직 형식화되지 못한 현실로 인해 *항상 실제적인* 이유가 여기에 있다. 종교는, 다윈의 이론처럼, *선별*의 현상이다.

종교는 언제나 삶의 새로운 형식들을 미리 맛본다. "내가 새 하늘과 새 땅을 보니 처음 하늘과 처음 땅이 없어졌고 바다도 다시 있지 않더라"(〈요한계시록〉).

만일 종교가 수줍은 아침노을처럼 우리의 가슴을 뛰게 만드는 게 아니라, 오래된 성상화의 양철 테 아래로 우리를 응시하는 성자의 얼굴 대신 시커먼 낭떠러지처럼 우리를 어둠으로 내리친다면, 그것은 종교가 자신의 근원들을 망각하고 있음을 의미한다. 종교는 죽음의 나무가 아니라 생명의 나무이다. "또 저가 수정같이 맑은 생명수의 강을 내게 보이더라. 강 좌우에 생명나무가 있어 열두 가지 실과를 맺고 그 나무 잎사귀들은 *만국을 소성하기 위하여* 있더라"(〈요한계시록〉).[9]

내 주위의 사람들에게 나는 나를 변형시키는 체험이 아니라, 나를 형성시킨 형식들을 통해 확립된다. 형식 — 이는 언젠가 육화되었던, 그러나 지금은 본능에 매몰되어 꺼져 가는 체험이다.

나를 규정하는 형식들의 총합은 나의 시공간적 형상의 틀을 잡아 준다. 그러나 내 영혼 속에는 형식화되지 못하고 발설되지 못한, 격정적인 행복이 살고 있다. 영혼 속에서 나는 "받는 자밖에는 그 이름을 알 사람이 없는"(〈요한계시록〉) 새 이름의 주인이다. 이 새 이름은 〈요한계시록〉에 따르면 영혼의 *흰* 돌 위에 새겨져 있다.

타인들에게 나는 밝혀지지 않은 수수께끼이다. 만일 내 주위의 사람들

---

9) 〔편집자〕 〈요한계시록〉 22장 1절.

에게 삶의 육화되지 않은 심연이 어렴풋이 보인다면, 그들은 본능적으로 긴장하면서 때론 희망을, 때론 경계심을 품고 나를 응시할 것이다. 그들에게는 내가 그들로부터 무언가를 숨기고 있다고 여겨질 것이다.

우리가 겪어 왔으며, 우리를 속박해 왔던 삶의 형식들을 정립했던 몇몇 사람들 — 그들은 내 안에서 자신의 비밀스러운 친구를 알아본다. 그들은 형용할 수 없는 정적이 우리를 결합시켰기 때문에 우리가 새로운 형식을 공동으로 찾아내야 할 운명에 처해 있음을 알게 될 것이다. 거기, 하늘처럼 파란 정적 속에서 우리의 영혼은 만난다. 우리가 이 파란 공간으로부터 파란 동공으로 서로를 바라볼 때, 걷잡을 수 없는 돌풍이 우리의 영혼을 휘감는다. 우리 위의 파란 하늘은 우리 공통의 **영혼**, **세계영혼**이 된다. 제비들의 미치도록 강렬한 외침이 공간을 파열시키고, 전례 없는 친밀함으로 가슴을 아프게 한다. 우리 위에서 영원의 파랑새가 노래하고, 우리의 가슴 속에는 파란색의 미증유의 사랑 — *심연에서 드러나는 백색*의 사랑이 눈을 뜬다.

그리고 우리는 형식화되지 않은 *어떤 것*을 보고 듣는다. 정립된 형식은 형식화의 필연성을 암시하는 수단이 된다. 여기서 특수한 상징, 우리 시대에 고유한 상징이 비롯된다. 그것을 통해 삶의 새로운 형식이 윤곽을 드러낸다.

체험들의 선별은 이와 같이 이루어진다. 미래의 공동체의 골격이 이와 같이 형성된다. 사회의 죽은 삶이 사랑의 성찬식에 바쳐지는 희생양의 피로써 영롱하게 빛나는 삶으로 변모한다.

언젠가는 내가 *나에게 새로운 이름으로 가까운 사람들에게 나 자신을 드러낼 것임*을 나는 의식하기 시작한다.

나에게 주어진 흰 돌은 향기로운 백합과 장미처럼 자라날 것이다. 나는 녹색 초원의 조용히 흔들리는 야생 백합처럼 될 것이다.

7

형식화된 것의 경계를 넘은 자들은 모두 비밀스러운 관계를 맺고 있다. 그들은 서로가 서로를 알아본다. 각자 자신에 대해 모른다고 해도 상대는 그를 발설되지 않은 것을 통해 응시하고, 불안케 하고, 계시하고, 알려줄 것이다.

하늘의 새파란 그물망이 희생양들의 가슴을 휘감고, 파란 줄이 심장을 영원히 옥죌 것이다. 그리고 영혼들은 변모하여 아침노을처럼 될 것이다.

어떤 이의 영혼은 영원한 기쁨으로 조용히 미소 짓는 분홍빛 아침노을 같고, 또 다른 이의 영혼은 은은하게 취한 저녁놀의 선홍색을 띤다. 이제 살쾡이의 가죽처럼 아름다운 영혼은 지평선에서 불안하게 응시한다.

내가 혼자일 때 가까운 영혼들은 나를 버려두지 않는다. 우리는 항상 저 위에 두 팔을 활짝 벌리고 있는 하늘색 고향을 향한 비행 — *회귀* 중이다. 하늘처럼 파랗고, 하늘을 그리워했던 우리의 영혼들처럼 파란 고향이여, 너는 우리에게 친근하다. 우리 영혼들의 파란 공간과 우리를 향해 웃고 있는 파란 하늘 — 이들은 하나의 실제이며, 우리의 비상과 접근으로 이루어진 노을빛으로 빛나는 하나의 상징이다. 분홍빛 노을이여, 나는 너를 바라보고 또 바라보나니, 네가 어디서 왔는지 나는 알고 있노라! 나의 영혼, 하늘 속에 가라앉은 검은 제비는 굉음을 내면서 너를 향해 질주하노라.

우리가 함께 있다는 것을 나는 안다. 우리는 서로를 향해 간다. 우리는 영원하며 자유롭다. 우리의 영혼은 거대한 바람의 자유로운 원무 속에서 선회했다. 그것은 해방의 바람이다.

바람은 녹색 초원 위의 꽃들을 흔들어 달래고, 꽃들은 서로에게 상냥한 호의를 보낸다.

8

러시아는 거대한 녹색 초원이다. 이 초원 위에 도시들, 마을들, 공장들이 흩어져 있다.

태곳적부터 거침없이 광활한 초원이 있었다. 나리새는 은빛으로 빛났다. 고독한 카자크가 젊은 아내 카테리나를 향해 드네프르 강가의 초원 지역을 따라 질주하면서 가늘고 높게 노래를 불렀다.

카테리나 부인이여, 밝은 태양이여, 너는 성에 갇혀 있구나.

> 그녀가 환한 창문을 열었네.
> 한낮은 웃음 짓더니 저물었네. 너는 홀로
> 분홍빛 구름의 실들을 쫓아갔네.[10]

“맑게 갠 날, 숲을 지나 계곡물로 가득한 산맥을 지나 자유롭고 유연하게 흐르는 드네프르 강은 경이롭다.”[11]

그런데 외국에서 너의 아버지라고 불리던 붉은 외투를 걸친 카자크 공후가 왔다. 그가 와서 병 속에 담긴 검은 물을 마시고는 군중들 속에서 말을 하기 시작했다. 그러자 그는 마치 그 지역의 마법사처럼 보였다. 그러고는 모두가 고통스러운 잠에 빠졌다. 카테리나 부인이여, 너 역시 헛간에서 잠들고 말았다. 그런데 너에게는 카테리나 부인이 푸른 초원에서 불그레한 달빛을 받으며 춤을 추고 있는 것이 보인다. 허나 그것은 달빛이 아니라, 늙은 공후인 아버지인 것을. 불을 뿜는 붉은 외투를 걸친 카자크가 그녀를 똑바로 응시하고 있는 것을.

---

10) 〔편집자〕 블록의 시 〈종소리 들린다. 들녘에는 봄이 …〉(Слышу колокол. В поле весна …)의 부정확한 인용.

11) 〔편집자〕 고골의 〈무서운 복수〉에서 인용된 구절.

어이, 조심해요….

카테리나 부인이여, 미친 여자여, 네 남편은 원수를 갚지 못한 채 초원 위에 총탄에 맞아 누워 있는데, 너는 홀로 헛되이 초원 위를 빙빙 돌고 있는가? 그는 이교도의 습격에 대항하여 고향의 초원을 수호했다.

어이, 미친 여자여, 너의 아이, 너의 미래가 살해되었는데, 너는 왜 이렇게 춤을 추고 있느냐? …

아니다, 아직 시간이 있다, 잠든 공주여, 너의 남편은 아직 살아 있다. 너의 아이, 너의 미래는 아직 죽지 않았다. 그런데 너는 꿈속에서 붉은 달빛을 받으며 춤을 추고 있구나…. 그러나 그것은 달이 아니라, 불가사의한 카자크. 외국에서 너에게 공포를 가져온 카자크다. 이제 그가 죽은 도시들의 그물망으로 초원을 덮어 버리고, 공장 굴뚝의 검은 휘장으로 하늘을 가려 버린다. 그는 카자크가 아니라, 고향 하늘의 자유로운 대기, 즉 영혼들을 독살시키는 마법사다.

러시아여, 잠에서 깨어나라, 너는 카테리나 부인이 아닌 것을, 왜 거기서 숨바꼭질하고 있는가! 너의 영혼은 범세계적 영혼. 너의 영혼을 도로 찾으라. 불의 외투를 입은 괴물이 네 영혼 위에서 화염을 뿜고 있다. 깨어나라, 너에게 아버지를 사칭하는 무서운 공후로부터 벗어날 수 있는 커다란 독수리의 날개가 돋을 것이다.

붉은 외투를 입은 카자크, 그는 너의 아버지가 아니라 마법사이고, 너를 유괴하고 네 아이를 잡아먹으려는 즈메이 고르이느이치이다.[12]

---

12) 〔옮긴이〕 즈메이 고르이느이치(Змей Горыныч): 러시아 민간설화나 영웅담에 나오는 머리가 여럿이며 불을 내뿜는 용. 악의 화신으로 등장한다.

9

나는 러시아를 믿는다. 러시아는 존재할 것이다. 우리도 존재할 것이다. 사람들도 존재할 것이다. 새로운 시간과 새로운 공간들이 탄생할 것이다. 러시아는 꽃이 만발한, 거대한 녹색 초원이다.

파란 하늘을 바라보면, 그것이 내 영혼의 하늘임을 나는 느낀다. 그러나 그보다 더 충만한 기쁨은 내 영혼의 하늘이 조국의 하늘이라는 의식에서 비롯된다.

나는 나의 조국, 나의 어머니에게 주어진, 하늘처럼 드높은 운명을 믿는다.

우리는 지금 침묵하고 있다. 우리는 미래를 알고 있다. 아무도 우리를 모르지만 우리는 서로를 알고 있다. 우리의 영혼에 새겨진 새로운 이름은 영원의 태양처럼 솟아오를 것이다. 파란 행복이 우리에게 열려 있다. 그리고 파란 행복에 잠긴 채, 지저귀며, 선회하면서 날아다니는 제비들 … .

우리는 시시한 이야기들을 하고 있지만, 우리의 영혼 — 정적에 잠긴 영혼들은 서로를 향해 영원히 미소 짓는다.

녹색 초원은 기억을 품고 있다. 녹색 초원 위에 차분히 앉아 보라. 마을에서 손풍금 소리가 울려 퍼지고, 초원에서 애달프게 노래하는 젊은이의 음성이 들려온다.

"*황량하아아아안 초원에에서어어어 어느 마부가아아아아 죽었다네에에에에.*"

상징주의*

서로 다른 형식 속에 창조와 인식은 모든 존재의 자연(природа)[1]에 대한 문제를 제기하고, 서로 다른 형식 속에 그 문제를 해결한다.

"삶이란 무엇이고, 삶의 진실은 어디에 있는가?"라고 인식이 질문할 때, 창조는 "진정으로 체험된 것, 그것이 삶이다"라는 단호한 주장으로 답한다. 삶이 확립되는 형식 또한 인식의 형식에 상응하지 않는다. 인식의 형식 — 이는 존재의 본성을 규정하는 수단, 즉 정확한 지식을 형성하는 방법이다. 체험의 표현과 체험된 자연형상의 표현 속에는 창조에 의해 삶을 확립하는 방법이 내재되어 있다. 체험된 형상 — 이는 상징이다. 만일 상징이 언어, 물감, 소재로써 표현된다면, 그것은 예술적 형상이 된다.

현실의 형상과 예술의 형상은 어떤 점에서 다른가? 현실의 형상은 그 자체로 존재할 수 없으며, 오직 주변의 모든 것들과의 관계 속에서만 존

---

* 〔편집자〕 잡지 〈천칭〉(1908, No. 12, C. 36~41)에 처음 발표되었다.

1) 〔옮긴이〕 자연(природа): '자연'의 일차적 의미가 우주의 물질세계로서 '인공'과 반대되는 것을 의미한다면, 벨르이의 논문에서 자연은 신, 천사, 인간과 연관하여 그 본질을 규정하는 속성으로 나타난다. 이에 본문에서 '자연'은 '본성' 혹은 '자연적인 본성'의 의미로 이해될 수 있다.

재할 수 있다. 그런데 주변의 모든 것들과의 관계란 인과관계를 말한다. 이 관계의 법칙은 사고하는 나의 의식의 법칙이다. 현실의 형상은 합법칙적으로 존재한다. 그러나 합법칙성이란 것은 나의 '나'(반성적)의 일부이지, 결코 자아 자체가 아니다. 또한 관계에 의해 예정된 현실의 형상은 완전히 살아 있는 형상으로 존재할 수 없다. 반면, 예술의 형상은 나에게 독립된, 살아 있는 형상으로 존재한다. 현실은 내가 그것을 인식하고자 하면, 오직 나의 인식에만 주어진 문제가 된다. 예술은 진정으로 살아 있는 삶, 체험된 것을 표현한다. 그것은 삶을 관조의 대상이 아닌 창조의 대상으로 긍정한다. 만일 삶이 나에게서 나의 '나'에 대한 의식을 불러일으킨다면, 그것은 이 '나'의 진실이 의식 속에서가 아닌 체험들의 관계 속에서 확립되는 것이다. 인식이란 의식된 관계이다. 이때 관계 맺는 대상들은 단지 개념들이다. 창조는 체험된 관계이다. 이때 관계 맺는 대상들은 형상들이다. 그 관계 밖에서 '나'는 '나'이기를 멈춘다.

나는 나 자신을 오직 그런 식으로만 인식할 수 있으며, 다른 식으로는 불가능하다. 나는 오직 내가 체험하는 것만을 인식한다. 인식은 체험들을 체험된 경험대상들의 그룹이 아니라, 합법칙적인 그룹들로 변형시킨다. 내 안에 내재된 경험적 현실의 법칙들은 경험대상들의 바깥에서 관조할 경우 나로부터 외재하는 것처럼 보인다. 이는 자연의 법칙이다. 나 자신을 관조할 때, 나는 자신의 진정한, 창조적 본질을 보지 못한다. 이때 나는 나의 외부에 놓여 있는 자연과, 자연의 법칙이 낳은 나 자신을 본다. 인식은 자연의 법칙을 통한 내 삶의 내용(진실)에 대한 관조이다. 이때 진실은 인식된 형식들을 창조하는 나의 '나' 속에 있다. 법칙을 통해 인식되지 않는 형상은 창조적 형상이다. 인식된 형상은 가시적 자연의 형상이다. 창조적 형상은 마치 자연 자체의 자연, 즉 진정한 '나'의 발현과도 같다. 이 '나'는 체험되는 형상 없는 창조의 자연과, 형상으로 나타나는 가시적 자연에 대한 관조를 통해 드러난다. 이때 가시적 자연은 진정한 삶에서 가시적 삶으로 내 주의를 돌리는 요정 로렐라이[2]다. 창조의 자연은 세계를 자신의 어깨로 지탱하는 강력한 아틀라스이다. 그것이 없이 요정 로렐라이의 삶은 결코 삶이 아니다.

예술은 로렐라이가 행사하는 마법의 권력으로부터 형상들의 본성을 해방시키는 특수한 창조의 형태이다. 가시적 형상들의 필연성은 나의 인식의 법칙에 근거한다. 그러나 인식 속에 진정한 '나'는 없다. 관념의 능력을 체험으로 이끄는 것은 재현된 형상들을 필연성의 법칙으로부터 해방시키는데, 그러한 형상들은 *새로운 형상*들, 새로운 그룹들과 결합된다. 여기서 우리는 자연의 운명에 대한 우리의 종속이 실제적이지 않다는 것을 알게 된다. 왜냐하면 자연은 진실 자체가 아니라 진실의 표장이기 때문이다. 자연에 대한 탐구는 진실 자체가 아니라 진실의 *표장*에 대한 탐구이다. 자연은 결코 자연이 아니다. 자연은 나의 '나'의 자연이다. 그것은 창조이다.

모든 진정한 예술가의 삶은 이와 같은 관점에서 파악될 수 있다. 그러나 대다수의 삶은 그렇지 않다. 대다수의 사람들에게 *창조 자체*는 단지 진실의 *표장*일 뿐이다. 이에 대한 책임은 우리를 둘러싼 자연에 있다.

예술가의 인식될 수 없는 형상이 대다수에게 현실이 아니라 단지 창조적 몽상의 산물로 여겨지는 것은 놀랄 만한 일이 아니다. 상징들의 진정한 본질을 파악한 자는 가시적인 것, 그리고 가시적인 '나' 속에서 또 다른 '나' — 진정하고 영원한, 창조적인 '나'를 보지 않을 수 없다.

---

2) 〔편집자〕 로렐라이(Lorelei) : 독일 낭만주의자 브렌타노(Brentano, C.)가 창조한 시적 형상. 로렐라이는 라인 강의 님프(사이렌)로서, 노래로 지나가는 배들을 유혹하여 낭떠러지로 유인하였다. 로렐라이의 형상은 훗날 문학에서뿐만 아니라 민담(독일 민요)에서도 널리 확산되었다.

⚘

예술가에게 삶은 —

… 하늘색 파도로
흩어진 심연.
그것은 고대의 거품으로
우리 두 눈에 안개를 뿌린다.
여전히 덧없고 무상한 속세에서
예언적인 꿈이 우리를 불안하게 한다.
우리가 우주 앞에 선 채로
내면으로 침잠하여, 충격으로 떨고 있을 때
우리 위에는
닿을 수 없는 고향이
구름 위에 펼쳐진
하늘색 심연처럼 열린다.

창조 속에 예술가의 '*삶의 비밀*'이 존재한다. 가시성은 이 비밀을 천궁의 닿을 수 없는 정점으로 밀어 올린다. 거기 구름 위에서 '*닿을 수 없는 고향*'이 펼쳐진다. 이는 진실의 관조가 그것을 나의 외부에 존재하는 자연의 형상으로 드러내기 때문이며, 천궁은 나의 관념의 경계인데, 이 경계 너머, 천상의 심연에 진정한 '나'가 있기 때문이다. 하늘의 경계 너머에 내 영혼의 노래, 내 안에서 노래하는 체험들이 있다. 나에게서 하늘이 생겨났고, 하늘에서 땅이 형성되었으며, 땅 위에는 나의 가시적인 형상이 있다. 가시적인 자연은 나의 꿈이다. 그것은 파란 하늘 위에서 질주하는 구름이다.

천상의 푸른 고향에서

경쾌하게 흐르는 연기 자욱한 꿈이
운명적인 시공간의 비밀스러운 삶 위를
질주하며 지나간다.
세월은 창공 위를 질주하고,
하늘의 정점을 날아간다,
구름으로 향을 피운
태초부터 향을 피운 정점을.[3]

창공의 파란 파도—이것이 진정한 삶의 자연이다. 가시성의 자연은 이 파도의 머리에 이는 거품이다.

파도는 고대의 거품으로
우리의 두 눈에 안개를 뿌린다.

⌘

현존하는 예술형식들 속에 창조는 이중적으로 반영되어 있다. 우리는 예술사에서 상징적인 형상들의 두 가지 유형을 접하게 된다. 두 가지 신화가 이 두 가지 길을 구현한다. 그것은 형상으로 제시된다. 첫 번째 것은 마법의 횃불로 빛나는 헬리오스[4] (태양) 로서, 그로 인해 현세의 형상들은 최대한 명료하게 나타난다. 또 다른 형상은 생기 없는 자연을 율동적으로 움직이도록 만드는 음악가 오르페우스의 형상이다. 그는 현실 세

---

3) 〔편집자〕 벨르이의 시 〈삶〉에서.
4) 〔옮긴이〕 헬리오스(Helios) : 그리스 신화의 태양신. 히페리온과 테이아의 아들. 네 마리의 말이 끄는 황금마차를 타고 날마다 동쪽에서 서쪽으로 하늘을 가로질렀으며, 밤에는 거대한 잔을 타고 북쪽의 대양을 항해했다고 한다. 기원전 5세기부터 아폴론과 동일시되었고, 이후 아폴론은 태양신으로 숭배된다.

계에 *환영*, 즉 자연 속에 주어지지 않은 새로운 형상을 불러낸다. 첫 번째 형상의 경우 창조의 빛은 자연 속에 이미 주어진 것만을 비춘다. 두 번째 형상의 경우 창조의 힘은 자연에 없는 것을 창조한다. 예술은 이 상징들에 순응함으로써 삶의 표층을 이중으로 비춘다.

첫 번째 길은 이렇다.

예술가에게는 자연에 의해 주어진 형상들 사이에서 **영원**의 부름소리가 들린다. 그에게 자연은 실제적이고 진정한 상징의 구현이다. 환상이 아닌 자연이 상징들의 숲이다. 자연에의 침잠은 외관에 대한 영원한 천착이다. 침잠의 계단은 상징의 계단이다. 예술가는 자연에 의해 주어진 형식들을 통해 영원한 것을 재현한다. 형식을 다루는 작업 속에 예술의 의미가 존재한다. 자연의 수많은 형식들 속에 산재된 특징들을 하나의 예술형식으로 결합하는 것, 전형적인 형식들, 형식-이념들을 창조하는 것 — 이것이 그러한 창조가 표방하는 상징주의다. 괴테의 상징주의가 그러하다. 이것이 이른바 고전주의 작가들이 취하는 길이다. 외부로부터 주어진 어떤 것으로서의 자연형상에서 출발하여 내부로부터 파악된 어떤 것으로서의 자연형상으로 향하는 것 — 이것이 고전주의적 창조의 길이다.

그러나 예술가는 임의의 자연의 상징을 심화시키고 확대시키면서 그가 근거하고 있는 형상의 상대성을 자각하게 된다. 형상을 전형적인 형상으로 추상화하는 것은 예술가의 외부에 존재하는 형상 자체를 박멸하는 것이다. 예술가는 이때 형식이 형식의 법칙에 종속되어 있음을 깨닫는다. 그러나 그는 그 법칙을 자신의 내면에서 깨닫는다. 그에게 '나'는 법칙이 된다. 그것은 예술적인 의식, 세계적인 창조의 중심, 삶의 언어로 귀결된다. 그는 언어에서 예술의 육신을 끌어내고, 예술에서 삶의 법칙을 끌어낸다.

그러나 여기서 그는 자신의 창조의 의식에 종속되지 않는 현실과 마주치게 된다. 예술가에게 그것은 무섭고 낯선 카오스이다.

"오, 무서운 그 노래를 부르지 말라."[5] — 예술가는 자연을 향해 이렇게 외친다.

그는 가시적 자연에서 진실을 향해 올라간다. 그러나 그에게 진실은 스스로를 삶의 입법자로 *의식하는* '나' 속에 있다. 로렐라이의 음성이 그를 유혹한다. 그녀는 그의 의식의 본성이다. 로렐라이는 그에게 웅장한 현세를 보여 주면서 이렇게 말한다. "나에게 오세요, 당신을 이 세상의 황제로 만들어 드릴게요." 로렐라이에게 매료된 예술가는 삶의 권좌에 앉는다. 자연은 그의 의식에 현세의 제국을 앗아가는 사악한 운명으로 나타난다. 카오스의 형태로 나타난 운명은 황제를 제압한다. 로렐라이(의식의 본성)가 예술가의 '나'를 바꾼 것이다. '나'는 법칙 속에 있지 않다. '나'는 창조 속에 있다.

예술의 또 다른 길이 있다.

예술가는 주변세계를 보려고 하지 않는다. 왜냐하면 그의 영혼 속에는 영원의 음성이 노래하기 때문이다. 그러나 그 음성은 말하지 않는다. 그것은 영혼의 카오스이다. 예술가에게 이 카오스는 '고향의' 카오스이다. 외적인 자연의 합법칙성 속에서 그는 자신의 죽음을 본다. 그곳, 가시적인 자연 속에는 그의 사악한 운명이 잠복하고 있다. 무의식 깊은 곳에서부터 그는 환상의 장막에 의해 자연으로부터 차단되어 있다. 그는 자연에서 만날 수 없는 경이로운 형상들(그림자들)을 창조한다. 그는 환상의 세계에 의해 존재의 세계로부터 차단되어 있다. 이것은 이른바 낭만주의

---

5) 〔편집자〕 튜체프의 시 〈무엇 때문에 울부짖는가, 밤바람이여?〉(О чем ты воешь, ветр ночной?, 1830년대 초)에서.

적인 예술의 길이다. 밀턴이 그러하다.

그러나 예술가는 또 다른 멋진 세계를 창조한 후에, 그 세계의 모양과 유사하게 존재의 세계가 구축되어 있음을 알게 된다. 자연은 그 세계의 조악한 모사이다. 그의 몽상의 안개가 현실 위에 내려앉아서 창조의 이슬로 그것을 적신다. 고향의 카오스[6]가 자연 속에서 그에게 노래하기 시작한다. 환상적인 낭만주의에서 실제적인 낭만주의로 가는 길은 그러하다. 실제의 환상성은 그러하다. 《죽은 혼》의 고골과 장 파울 리히터[7] 등이 이에 해당한다.

그러한 예술가는 자연 속에서 로렐라이의 음성을 듣는다. "나에게 오세요, 나는 당신이에요. 자연으로 돌아오세요. 자연은 당신이에요."

그러나 자연은 광포한 음악의 파동이 아니다. 그것은 필연성이다. 자연으로 회귀한 후 환상의 황제는 로렐라이의 노예로 변모한다. 로렐라이는 자신의 노예를 자연의 낯선 이성에게 넘겨준다. 낭만주의자의 비극이 이와 같이 시작된다. 비극적인 예술의 형상들이 낭만주의의 장편서사시를 완결한다. 소포클레스와 아이스킬로스의 형상들, 셰익스피어의 형상들이 이에 해당한다.

---

6) 〔편집자〕 고향의 카오스(родимый хаос) : 튜체프의 시 〈무엇 때문에 울부짖는가, 밤바람이여?〉에서 차용된 표현.

7) 〔옮긴이〕 장 파울 리히터(Richter, J. P., 1763~1825) : 본명은 요한 파울 프리드리히 리히터(Johann Paul Friedrich Richter). 독일 감상주의 작가이자 낭만주의의 선구자, 미학자이자 비평가. 일련의 풍자적 작품들을 남겼으며, 낭만주의자들의 허무주의적인 세계혐오를 의미하는 '세계고'(мировая скорбь, *weltschmerz*)라는 유명한 표현을 처음 사용했다.

⁂

낭만주의자 — 이는 자신의 횡포로써 필연성을 깨부수는 황제이다.

고전주의자 — 이는 자연의 카오스를 자신의 명료한 이성 속에 부어 담는 황제이다.

둘 다 운명과의 투쟁에서 죽음에 이른다. 요정 로렐라이는 그중 하나에게 의식의 자연으로 변하고, 다른 하나에게 외관의 자연으로 변한다. 그러나 이런저런 자연은 모두 진정한 자연이 아니다.

창조적인 '나'에 내재하는 진정한 자연, 자연형상 속에 필연성의 흐름과 통찰 — 이는 '나'의 살아있는 부분들이다. 부분이 전체를 파멸시킨다. 전체가 없는 부분은 운명이 된다. 그것은 자연 속의 운명이 아니라 의식 속의 운명이다. 자연과 의식은 우리의 '나'의 일부이다. 우리는 자기 자신 속에 운명을 품고 있다.

고전주의자는 자연의 카오스 속에서 자신의 고유한 삶의 리듬을 알아보지 못한다.

낭만주의자는 자연을 관장하는 법칙 속에서 자신의 의식의 법칙을 알아보지 못한다.

둘 다 자신의 검으로 스스로를 내리친다.

⁂

의식의 말(言)은 육신을 소유해야만 한다. 육신은 말하는 능력을 지녀야 한다.

말씀은 육화되어야 한다. 육화된 말씀은 곧 창조적 *상징*이며, 사물의 진정한 본성이다. 예술에서의 낭만주의와 고전주의는 그와 같은 상징에 대한 상징이다. 예술의 이 두 가지 길은 제 3의 길로 융합된다. 예술가는 고유한 형식이 되어야 한다. 그의 자연의 '나'는 창조와 융합되어야 하고, 그의 삶은 예술적인 것이 되어야 한다.

예술가 자신이 '*육화된 말씀*'이다. 현존하는 예술형식들은 예술가의 비극으로 귀결된다. 예술이 삶의 종교로 변용(變容) 될 때, 비극을 이길 수 있다.

바로 이때 예술가는 자신의 두 어깨로 세계를 지탱하는 강력한 아틀라스에 비유된다.

상징주의와 현대 러시아 예술*

상징주의란 무엇인가? 현대 러시아 문학이란 무엇인가?

사람들은 상징주의를 모더니즘과 혼동한다. 서로 간에 아무런 공통점도 없는 다양한 문학 유파들을 모더니즘이라고 이해하고 있는 것이다. 사닌의 베스티알리즘,[1] 신사실주의, 세르게예프-첸스키[2]의 혁명적 에로티시즘의 실연(實演), 예술의 자유에 대한 설교, 레오니드 안드레예프, 드이모프[3]의 세련되고 자잘한 장신구들, 메레시콥스키의 설교, 브

---

* 〔편집자〕 잡지 〈천칭〉(1908, No. 10, C. 38~48)에 처음 발표되었다.

1) 〔편집자〕 사닌의 베스티알리즘(бестиализм Санина): 1908년에 발표된 아르츠이바셰프(Арцыбашев, М. П., 1878~1927)의 동명 소설 《사닌》의 주인공에 대한 언급이다.
〔옮긴이〕 '베스티알리즘'(*bestialism*)은 '동물'을 뜻하는 라틴어 '*bestia*'가 그 어원이다. 이는 동물적인 욕망을 과감하게 추구하는 경향으로, 기성도덕에 대한 부정과 자신의 모든 욕망을 만족시킬 권리를 주장한 사닌의 관념을 지칭한다.

2) 〔옮긴이〕 세르게예프-첸스키(Сергеева-Ценский, С. Н., 1875~1958): 러시아 소설가. 창작 초기에 《종》(Колокольчик, 1903), 《뜰》(Сад, 1905), 《숲속의 소택지》(Лесная топь, 1907) 등 사회모순을 폭로하는 일련의 소설들과 함께 《바바예프》(Бабаев, 1907)와 같은 복잡한 심리, 성적 도착, 작위적인 스타일이 두드러지는 작품 역시 발표했다. 후기에는 역사소설을 주로 썼다.

3) 〔옮긴이〕 드이모프(Дымов, О., 1878~1959): 러시아 작가이자 저널리스트.

류소프 학파의 푸시킨 숭배 등 — 문학 분야의 이 모든 혼란스러운 음성들의 합창을 우리는 때로는 모더니즘이라 하고, 때로는 상징주의라고 한다. 그러나 이때 브류소프가 누군가와 관련되어 있다면 그것은 바라틴스키와 푸시킨이지 메레시콥스키는 전혀 아니고, 메레시콥스키는 도스토옙스키와 니체와 관련될 뿐 블록과는 전혀 그렇지 않으며, 블록은 초기 낭만주의자들과 연관될 뿐 출코프[4]와는 전혀 그렇지 않다는 사실을 잊고 있다. 그러나 사람들은 "메레시콥스키, 브류소프, 블록은 모더니스트들이다"라고 말한다. 그러고는 그들을 어떤 사람, 혹은 어떤 것에 대립시킨다. 결과적으로 우리가 모더니즘을 정의할 때, 그것을 하나의 유파로서 정의하는 것이 아니다. 그렇다면 우리는 무엇을 정의하는 것인가? 문학이 공표한 신조인가?

혹은 러시아 모더니즘이란 때로는 비타협적인, 때로는 온건한 문학적 조류들이 문학의 발전도상에 자리 잡게 되는 하나의 유파인가? 그런 경우 모더니즘의 단일화 형상은 결코 문학작품들의 외적인 특징들에 있는 것이 아니라 그들의 평가수단에 있다. 그러나 그럴 경우 모더니즘에서 브류소프는 푸시킨이나 데르자빈, 즉 모든 러시아 문학과 마찬가지로 새롭다. 그렇다면 왜 모더니즘을 *모더니즘*이라 하는가?

드이모프는 체홉의 단편 〈메뚜기〉(Попрыгунья)에서 차용한 필명으로, 본명은 이오시프 이시도로비치 페렐만(Иосиф Исидорович Перельман)이다. 주로 일정한 플롯이 없는 단편들을 발표했는데, 목가적이고 인상주의적인 자연묘사가 특징적이다. 주요 작품집으로는 《지일》〔至日(Солнцеворот), 1905〕, 《꽃피는 대지》(Земля цветет, 1908)가 있다.

4) 〔옮긴이〕 출코프(Чулков, Г. И., 1879~1939): 러시아 시인, 소설가, 비평가. 1904년에 페테르부르크 문단에 데뷔하여 메레시콥스키 부부가 주도하던 잡지 〈새로운 길〉(Новый путь) 발간에 참여했다. 1906년 《신비주의적 무정부주의》(Мистический анархизм)라는 저술을 통해 개인주의와 개성의 자유를 주장함으로써 주목을 받았다.

〈예술세계〉에서 시작해서 〈천칭〉에 이르기까지[5] 러시아 모더니즘의 기관들은 두 개의 전선에서 전투를 수행하고 있다. 한편으로 그들은 젊은 재능들을 지원하고, 다른 한편으로는 잊힌 과거를 부활시킨다. 18세기 러시아 회화의 기념비적 유산들에 대한 관심을 불러일으키고 독일 낭만주의자들, 괴테, 단테, 라틴 시인들에 대한 숭배를 재개하고, 우리를 푸시킨, 바라틴스키에 새롭게 접근하게 하며, 고골과 톨스토이, 도스토옙스키에 대한 탁월한 저술들을 집필한다. 소포클레스에 대한 관심을 추동하고, 에우리피데스의 비극을 무대에 올리고, 옛 공연물들을 부활시킨다.

결론적으로 모더니즘은 유파가 아니다. 어쩌면 여기서 우리가 논하는 것은 다양한 문학적 기법들의 외적인 통합이 아닐까? 그러나 문학적 유파들의 혼합은 수많은 모더니즘적인 진부함을 초래했다. 뮈젤[6]의 단편들에서 인상주의는 조야해지고, 인민주의 역시 세련됨을 잃어 간다. 이도 저도 아니고, 모든 게 그저 그렇다.

그러나 아마 모더니즘은 이런저런 유파의 방법들의 심화를 특징지을 것이다. 방법은 심화되면서 본래 생각되던 것과는 전혀 다른 것으로 드

---

5) 〔편집자〕 〈예술세계〉(1899~1904)와 〈천칭〉(1904~1909)은 상징주의 경향의 잡지이다.
〔옮긴이〕 〈예술세계〉(Мир искусства): 1889년부터 1904년까지 동명의 예술단체가 발행한 월간문예지. 베누아(Бенуа, Д. Н.)와 댜길예프(Дягилев, С. П.)가 편집인으로 활동했다. 러시아뿐 아니라 당대 서구의 예술과 문학의 신작 및 동향을 풍부한 화보를 곁들여 소개했으며, 18세기를 비롯한 러시아 과거 예술 및 문화에 대한 재조명을 시도하여 각광을 받았다.
〈천칭〉(Весы): 상징주의자들의 기관지 역할을 한 월간 문학비평지. 브류소프(Брюсов, В. Я.)의 주관하에 1904년부터 1909년까지 모스크바 '스콜피온'(Скорпион) 출판사에서 발행되었다.

6) 〔옮긴이〕 뮈젤(Муйжель, В. В., 1880~1924): 러시아 산문작가이자 화가. 주로 러시아 농촌과 농노들의 삶을 소재로 한 수필과 소설들을 발표했다.

러난다. 이러한 방법의 변화를 우리는 예를 들어, 체홉에게서 발견한다. 체홉은 소박한 사실주의에서 출발하지만, 사실주의를 심화시키면서 때로는 마테를링크와, 때로는 함순과 상통하게 된다. 그러고는 피셈스키[7]나 슬렙초프[8]뿐 아니라 톨스토이의 글쓰기 기법으로부터 완전히 벗어난다. 그러나 그렇다고 해서 체홉을 모더니스트라고 부를 것인가? 브류소프는 그와 반대로 명백한 상징주의적 낭만주의자에서 출발하여 점점 더 실제적인 형상으로 이행하여, 마침내 《불의 천사》[9]에서는 옛 쾰른의 세태를 묘사한다. 그러나 독자대중과 비평가들은 브류소프를 줄곧 모더니스트들의 범주에 넣는다. 아니다, 글쓰기 기법의 통합에도, 심지어는 창작방법의 심화에도 진정한 모더니즘의 본질은 존재하지 않는다.

그것은 어쩌면 작업도구들의 정련에, 혹은 예술적 안목의 세련에, 혹은 임의의 문학 유파의 극한에, 혹은 지각영역의 확대에 있는 것이 아닐까? 상징주의자도, 사실주의자도, 낭만주의자도, 고전주의자도 다채로운 풍문, 면밀한 기억, 인격의 분열 등의 현상들을 다룰 수 있다. 상징주의자도, 사실주의자도, 낭만주의자도, 고전주의자도 제각각 나름대로 그러한 현상들을 다룰 것이다. 그런데 과거의 예술적 형상들 ― 그것들은 때로 놀라울 정도로 세련되지 않던가? 낭만주의자 노발리스는 뮈젤보다 더 섬세하다. 또한 괴테의 서정시는 세르게이 고로데츠키의 서정시보다 더 정교하다.

---

7) 〔옮긴이〕 피셈스키(Писемский, А. Ф., 1821~1881): 러시아 소설가. '자연파'의 일원으로 지방 귀족 관리의 삶을 그린 소설들을 여러 편 남겼다.

8) 〔옮긴이〕 슬렙초프(Слепцов, В. А., 1836~1878): 러시아 소설가. 잡지 〈러시아 말〉(Русская речь), 〈북방의 벌〉(Северная пчела), 〈동시대인〉(Современник) 등을 통해 작품활동을 했다. 민중들의 삶을 주로 그렸다.

9) 〔편집자〕 《불의 천사》(Огненный Ангел): 브류소프의 장편소설(1907~1908). 〔옮긴이〕 잡지 〈천칭〉에 발표된 이 작품에는 16세기 독일이 재현되고 있다. 벨르이는 이 소설을 읽고 〈천칭〉(1909, No. 9)에 찬사 어린 비평문을 발표했다.

그렇다면, 위에서 지적된 확실한 사항들의 특징이 모더니즘의 기준이 되지 않을까? 그러나 안드레예프는 삶의 카오스를 설파했고, 브류소프는 순간의 철학을, 아르츠이바셰프는 성적 욕구의 만족을, 메레시콥스키는 새로운 종교적 관념을, 뱌체슬라프 이바노프는 신비주의적인 무정부주의를 설파했다.

또다시 모더니즘은 수많은 이념적 조류들로 분산된다.

현실에 대한 개념들의 질서와 전체 구조가 과학 자체와 인식론의 진화의 영향으로 변화했다. 19세기 후반의 사회이론 덕택에 도덕적 가치들에 대한 사유의 구조와 질서가 변화했다. 개인과 사회 간의 이율배반이 심화되었고, 삶의 기본적인 모순들의 교조적인 해결이 또다시 문제가 되었다. 과거의 교리들에 대한 이해의 이와 같은 변화와 더불어 삶에 대한 창조적 태도에 관한 문제가 매우 강력하게 제기되고 있다. 예전에 개성의 창조적인 성장은 삶에 대한 여하한 종교적 태도와 관련되었다. 그러나 이러한 성장의 표현형식 자체인 종교가 삶과 대면하는 능력을 상실했다. 그것은 스콜라철학의 영역으로 물러났다. 과학과 철학은 스콜라철학을 부정한다. 또한 삶에 대한 종교적인 이해의 본질은 예술 창작의 영역으로 옮겨 갔다. 반면, 자유로운 창조적 개성에 대한 문제가 제기되었고, 예술의 적용영역과 의의가 증대했다. 기존의 예술형식들에 대한 기본적인 관념들을 재평가할 필요성이 제기되었다. 우리는 창조의 산물(예술작품)과 개성의 변화라는 창조적 과정 간의 관계를 보다 분명하게 의식하게 되었다. 창조과정에서 더욱 더 빈번하게 문학작품들의 체계를 이끌어 내게 되었다. 그러한 체계는 예술에 대한 관점들의 낡은 체계들과 충돌했다. 이 낡은 체계들은 창조과정 자체에 대한 연구에 근거해서가 아니라 작품에 관한 연구에 근거하여 정립된 것들이다. 인식과정에 대한 연구는 우리에게 인식행위 자체가 창조적 확립의 특성을 지닌다는 점과 창조가 인식보다 앞선다는 것을 지적한다. 창조는 인식을 미리 결정한다. 따라서 창조를 비평에 의해 검증되지 않은 인식능력들과 이런저런 관점들의 체계로써 정의 내리는 것은 아름다움에 대한 명제들의 토대가 될 수 없다. 반면, 모든 형이상학적이고 실증적이며 사회적인 미학은 부득이하게 해당 문제들에 대한 편협한 선입견들을 제시한다. 그러한 관점들의 교리는 분석도구들에 의존하는데, 그러한 도구들은 종종 분석방법의 비평가들에 의해 검증받지 않은 것들이다. 우리는 이제 문학적 유파들의 문학에 대한 명제들을, 전체적으로 강요되는 문학적 고해성사라는 교리로서가 아니라, 문학에 대한 가능한 태도들로서 이해한다. 참된 명제들은 여하한 유파의 교리로부터 해방된, 창조과정들에 대한 탐구에서 도출되어야 한다. 미래의 미학은 창조과정을 형식으로 표현하는 법칙들, 즉 문학적 기법의 법칙들과 결합되어 있는 창조과정에 대한 법칙들에 기초해야 한다. 기법, 스타일, 리듬, 묘사형식의 법칙에 대한 탐구는 실험적 영역에 속한다. 미래의 미학은 또한 자유롭다(즉, 그것은 창작과정을 교리론의 실용주의적 목적을 위해 활용하는 것이 아니라, 자기 목적으로서의 창작과정의 합법성을 인정한다). 한편, 미래의 미학은 그것이 실험을 문학적 기법의 토대로 삼기 때문에 정밀하다. 이와 같이 미래의 미학은 창조와 직접적인 관련이 없는 분야에서 도입된 방법이 아니라, 자신의 고유한 방법을 제시한다.

아마도 이렇게 반박할 것이다. 우리에게 잘 알려진 상징주의는 모든 문학 유파가 지닌 고유한 속성이다. 대체 현대 상징주의자들에게 무슨 특별한 점이 있다는 것인가? 물론, 그들이 형상을 통해 고골, 단테, 푸시킨, 괴테 등보다 더 가치 있는 무언가를 제시한 적은 없다. 그러나 그들은 예술이 초지일관 상징적이라는 것을 완전하게 깨달았는데, 그것은 미학이 유일하게 상징주의에 의존하고 상징주의로부터 자신의 모든 결론을 도출한다는 잘 알려진 의미에서가 아니다. 그 밖의 모든 것은 비본질적이다. 그런데 이 '*그 밖의 모든 것*'이 문학작품들의 진정한 평가기준으로 간주되어 왔다.

문학작품의 분류 원칙은 유파에 따른 분류 혹은 재능의 수준에 따른 분류가 될 수 있다. 이때 작가의 '*신념*'(*credo*)이 무엇이고, 그의 재능이 어떠한지를 판단하는 게 중요하다. 만일 작가의 편협한 '*신념*'이 뛰어난 재능을 약화시킨다면, 우리는 해당 작가를 위해 그의 '*신념*'과 싸울 것이다. 이 점이 우리가 사실주의 및 신비주의적인 무정부주의의 대표자들과 겪는 불화의 본질이다. 우리는 고리키와 블록을 평가하기 때문에 그들과 싸운다. 우리는 《고백》[10]은 수용하지만, 출코프는 지나친다.

만일 내가 산문작가들 중에서 고리키, 안드레예프, 쿠프린, 자이체프, 뮈젤, 아르츠이바예프, 카멘스키, 드이모프, 치리코프, 메레시콥스키, 솔로구프, 레미조프, 기피우스, 아우슬렌데르, 쿠즈민을 지칭하고, 시인 중에서는 브류소프, 발몬트, 블록, 부닌, 뱌체슬라프 이바노프 및 이들과 가까운 성향의 인물들을 꼽는다면, 그리고 사상가들 중에서는 셰스토프, 민스키, 볼르인스키, 로자노프를, 아울러 사회평론가로는 필로소포프, 베르댜예프, 아니치코프, 루나차르스키를 꼽는다면, 내가 현대 러시아 문학에 대해 언급하고 있다는 것에 모두 동의할 것이다(흥미 위주의 잡문을 쓰는 작가들 중에는 재능 있는 이가 드물기 때문에 언급하지 않겠다. 대신 코제브니코프와 같은 재능 있는 독자들은 존재한다).

나열한 이름들은 몇 가지 그룹으로 나뉜다. 무엇보다 먼저, '즈나니예'(Знание) 작가 그룹[11]을 들 수 있다. 그들의 중심은 고리키이다. 그

---

10) 〔편집자〕《고백》(Исповедь): 막심 고리키의 중편 소설(1908).

11) 〔편집자〕즈나니예 작가 그룹: 고리키를 필두로 하는 사실주의 작가들의 그룹으로 출판조합 '즈나니예'에서 문학 선집을 출간했다. 안드레예프(Андреев, Л. Н.), 부닌(Бунин, И. А.), 쿠프린(Куприн, А. И.), 베레사예프(Вересаев, В. В.), 치리코프(Чириков, Е. Н.) 등이 이 그룹에 속한다.
〔옮긴이〕즈나니예(Знание): 1898년부터 1913년까지 운영된 페테르부르크의 출판조합 명칭. 러시아어로 '즈나니예'는 '지식'을 뜻한다. 19세기 말 러시아의 문학

들의 이데올로그들은 언젠가 '사실주의적인 세계관에 기초한 인상기'들을 발표한 비평가 그룹을 형성한다. 이 그룹들로부터 떨어진 곳에, 싸구려 니체주의의 몇몇 특징을 띠는 아르츠이바셰프와 카멘스키가 고독하게 서 있다.

이런저런 그룹들이 사실주의에 속한다. 그다음으로는 시포브니크[12] 주변에 규합된 그룹이다. 이 그룹은 양쪽 날개를 갖고 있다. 오른쪽 날개를 이루는 것은 사실주의에서 상징주의로 이행하는 단계의 작가들, 즉 인상주의자들이다. 왼쪽 날개는 상징주의에서 인상주의로 이행하는 작가들로 구성된다. 두 가지 이행을 통해 사람들은 상징주의적 사실주의와 신비주의적 무정부주의 유파를 창조하고자 한다. 신(新)사실주의자들의 그룹에는 고유한 이데올로그들이 없다. 그들은 자이체프처럼 사실주의와 결합하기도 하고, 블록처럼 상징주의와 결합하기도 한다. 이와 반대로 신비주의적 무정부주의자들에게는 자신들의 이데올로그가 있다. 무엇보다도, 우리가 부분적으로 이해하고 있는 신비주의적 무정부주의의 유일한 이론가인 메이예르[13]를 들 수 있다. 그다음으로는 고독하게 멀리 떨어진

담론은 작가들의 모임을 중심으로 행해졌는데, 그중 제일 유명한 것은 상징주의의 리더였건 뱌체슬라프 이바노프의 아파트를 중심으로 모였던 〈탑〉(Башня)과 과거의 사실주의적 전통에 충실했던 막심 고리키가 주도했던 〈즈나니예〉였다. 고리키는 즈나니예 출판조합의 정신적인 지주이자 편집인으로 활동했는데, 이 모임에는 민주주의 성향의 러시아 작가들이 규합되었다.

12) 〔편집자〕 그르제빈과 코펠만의 출판사 '시포브니크' 주변에 모인 작가들은 안드레예프, 디모프, 자이체프, 세묜 유슈케비치, 세르게예프-첸스키 등이다. 〔옮긴이〕 시포브니크(Шиповник): 페테르부르크(당시에는 페트로그라드)의 출판사. 1906년부터 1918년까지 운영되었다. 그르제빈(Гржебин, З. И.)과 코펠만(Копельман, С. Ю.)에 의해 창설되었으며, 모더니스트 작가들을 규합하여 '즈나니예' 출판조합에 대항했다. 시포브니크 출판사를 통해 벨르이, 블록, 발몬트, 브류소프, 레오니드 안드레예프, 마테를링크의 작품이 출간되었다.

13) 〔옮긴이〕 메이예르(Мейер, А. А., 1874~1939): 20세기 초에 활동한 페테르부르크의 철학·종교·사회사상가. 메레시콥스키 부부의 새로운 그리스도

채 '시포브니크' 그룹에 영향을 미치면서도, 마치 두 얼굴의 야누스처럼 '천칭' 그룹에도 관심을 보이는 뱌체슬라프 이바노프가 있다. 상기 그룹은 가장 복잡하고, 가장 현란한 모더니스트들의 그룹이다. 그들의 이데올로기는 바쿠닌, 마르크스, 솔로비요프, 마테를링크, 니체, 그리고 심지어는 그리스도, 붓다, 마호메트 사상의 뒤범벅이다. 그다음 그룹은 메레시콥스키와 기피우스, 그리고 필로소포프와 베르댜예프와 같은 비평가-사회평론가들로 구성된다. 그다음에는 종교적인 문제들을 일정하게 다루어 온 문필가들의 그룹이 이어진다. 볼시스키,[14] 불가코프, 플로렌스키, 스벤치츠키,[15] 에른[16]이 그들이다. 여기서 우리는 일정 정도 혁명적인

교 운동에 동참했으며, 페테르부르크 종교-철학회(Петербргское религиозно-философское общество) 내에 '그리스도교인 분파'를 조직하여 운영했다. 1917년 혁명에 동조하여 강단에서 열성적으로 혁명을 선전했고 혁명의 종교적이고 철학적인 의의를 밝히고자 노력했다. 혁명 이후 '부활'(Воскресение)이라는 명칭의 종교-철학 가족모임을 조직하여 운영했다. 1928년 그는 이 모임의 구성원 대부분과 함께 체포되어 10년간 수용소에서 유형생활을 했다.

14) 〔옮긴이〕 볼시스키(Глинка-Волжский, А. С., 1878~1940) : 러시아 종교사상가, 문학사가. 본명은 글린카이고 볼시스키는 필명이다. 젊은 시절 니힐리스트 미하일롭스키(Михайловский, Н. К.)의 영향하에 인민주의에 가담했으며, 합법적인 마르크스주의에 심취했다. 결국에는 신앙의 길로 전향하여 '절대적이고 형이상학적이며 종교적인 관념론'을 주창했다. 주요 저서로는 《문학적인 탐색의 세계로부터》(Из мира литературных исканий, 1906), 《도스토옙스키. 삶과 가르침》(Ф. М. Достоевский. Жизнь и проповедь, 1906), 《성스러운 루시와 러시아의 소명》(Святая Русь и русское призвание, 1915) 등이 있다.

15) 〔옮긴이〕 스벤치츠키(Свенцицкий, В. П., 1881~1931) : 모스크바 니콜라 성당의 주임사제, 신학자이자 드라마 작가, 소설가. 독창적인 종교철학으로 베르댜예프(Бердяев, Н. А.)와 일르인(Ильин, И. А.)에게 영향을 끼쳤다. 당대 러시아 정교의 형이상학이 도그마에 갇혀 있다고 규정하고, 영생 이념과 성서의 계율에 기초한 윤리적인 교의를 정립했다. 그에 따르면 의무의 명령을 따르는 것이 물질적이고 정신적인 완전한 자유의 길이며, 그 핵심은 자발적인 자기희생이다.

16) 〔옮긴이〕 에른(Эрн, В. Ф., 1882~1917) : 러시아 철학자. 모스크바대학에서

뉘앙스를 풍기는 종교적인 설교를 접하게 된다. 위대한 셰스토프와 로자노프, 그리고 민스키의 따분한 메오니즘[17] 철학은 완전히 고립되어 있다. 그들에 대해서는 언급하지 않겠다.

마지막으로, 발레리 브류소프가 중심이 되는 본래의 상징주의자 그룹이 남아 있다. 이 그룹은 잡지 〈천칭〉을 중심으로 형성되었다. 이 그룹은 상징주의의 극복 혹은 해석에 대한 모든 성급한 슬로건들을 부정한다. 이들은 상징주의이론가들에게 주어진 중대한 책임을 의식하고 있다. 이들은 상징주의이론이 문화 전체에서 이루어지는 다양한 작업들의 결론이고, 오늘날 출현하는 온갖 상징주의이론은 그중 나은 경우라 해도 건물의 건축설계도 초안에 불과하다는 것을 알고 있다. 의식적인 상징주의이론의 정립, 자유로운 상징화 — 이것이 해당 그룹의 슬로건이다. 그렇다면 언급된 그룹들과 상징주의는 어떠한 관계를 맺고 있는가?

사실주의 작가들의 그룹은 우리에게 어떠한 이데올로기를 제공하는가? ① 현실에 대한 믿음, ② 풍속의 정확한 묘사, ③ 공익에의 기여, ④ 이러한 사회의 풍속적 특성들의 선별. 그래서 현대 러시아가 대두되고, 다양한 사회적인 그룹들, 그들 간의 관계(고리키류의 부랑인들, 쿠프린의 '결투',[18] 유시케비치[19]의 '유대인들')가 있다. 여기에 인민주의, 사회민주주

철학을 수학했고, 25세에 모스크바에서 열린 블라디미르 솔로비요프 기념 종교-철학회의에서 '사회주의와 그리스도교'라는 주제로 강연을 했으며, 〈사회주의와 자유의 문제〉(Социализм и проблема свободы), 〈파괴적 진보의 이념〉(Идея катастрофического прогресса)이라는 제목의 강연으로 주목을 받았다.

17) 〔옮긴이〕 메오니즘(мэонизм) : 상징주의 시인·종교철학자인 민스키(Минский, Н. М.)의 신비주의적인 종교철학 교의. 메오니즘이라는 표현은 '존재하지 않는 것'(*nonexistent*)을 뜻하는 그리스어 μή όν에서 기원하며, 플라톤에게서 차용된 것이다. 메오니즘에 따르면 인생의 의미는, 존재하지 않지만 인간이 열정적으로 갈망하는 어떤 것에의 지향에 있다. 그것은 인간에게 중요한 의미를 갖는, 인간존재의 범위 너머에 있는 진실이다.

18) 〔옮긴이〕 쿠프린의 소설 《결투》(Поединок, 1905)에 등장하는 젊은이들의 정

의, 무정부주의 같은 이런저런 경향들이 여기저기 스며있다.

그래서 어쨌다는 말인가?

이 모든 면면들이 상징주의를 부정하는가? 전혀 그렇지 않다. 우리는 네크라소프(Н. А. Некрасов)를 수용하고, 톨스토이의 사실주의를 깊이 존중하고, 《감찰관》과 《죽은 혼》의 사회적 의의와 베르하렌[20] 등의 사회주의를 인정한다. 고리키가 예술가인 한, 우리는 그 역시 존중한다. 우리는 단지 문학의 과제가 풍속을 사진 찍는 것이라는 것에 반발한다. 우리는 예술이 계급모순의 표현이라는 견해에 동의하지 않는다. 통계상의 숫자와 전문적인 논문들은 사회적인 부당함을 웅변하고, 우리는 민스키의 시 〈만국의 프롤레타리아여, 단결하라〉[21] 보다 메링[22]의 《독일 사

신적인 고뇌와 투쟁을 지칭한다. 《결투》는 당대 러시아 병영의 불합리성과 이에 대항하는 젊은 병사들의 자아 찾기의 여정을 휴머니즘적 시각에서 묘사함으로써 문단에서 큰 호응을 얻었다.

19) 〔옮긴이〕 유시케비치(Юшкевич, С. С., 1868~1927): 유대계 러시아 작가. 19세기 말에 데뷔하여 줄곧 유대계 러시아인들의 삶과 운명, 그들의 전통과 세계관의 변화를 다루었다. 유대인 문제를 보편적인 시각에서 제기함으로써 러시아 문학과 유대계 러시아 문학 간의 경계를 허문 작가로 평가된다. 후기에는 드라마 창작에서도 두각을 드러냈다.

20) 〔옮긴이〕 베르하렌(Verhaeren, E., 1855~1916): 벨기에 태생 시인, 비평가, 드라마 작가. 프랑스어로 작품활동을 했다. 도시의 팽창으로 인해 피폐해지고 소멸되어 가는 농촌의 삶을 휴머니즘의 정조로 묘사했다. 민중봉기와 혁명을 새로운 창조의 동력으로 환영했다. 러시아에서 베르하렌의 저작들은 1906년부터 번역·소개되었는데, 러시아 상징주의자들 사이에서 베르하렌은 마테를링크와 함께 근대문학의 대표작가로 간주되었다.

21) 〔옮긴이〕 〈만국의 프롤레타리아여, 단결하라〉(Пролетарии всех стран, соединяйтесь): 1905년 일간지 〈새로운 삶〉(Новая жизнь)에 실린 민스키의 시. 원제는 〈노동자 찬가〉(Гимн рабочих)이다.

22) 〔옮긴이〕 메링(Mehring, F., 1846~1919): 독일의 역사가, 노동운동가, 문학비평가, 카를 마르크스의 전기 작가. 당대 독일의 좌익 언론매체에서 주로 활동했고, 《독일 사회민주주의의 역사》(*Geschichte der Deutschen Sozialdemocratie*,

회민주주의의 역사》를 더 신뢰한다. 문학의 과제를 사회학적 주석들의 삽화로 귀착시키는 것은 소박한 발상이다. 살아 있는 사회적 온기를 지닌 인간에게 가장 웅변적인 것은 숫자이다. 문학을 숫자(사회학적 방법의 요체)로 환원하는 것은 예술의 '난센스'이다. 이때 고골도, 보보르이킨도 마찬가지로 숫자로 환원된다. 그럴 경우 고골이 왜 고골이고, 보보르이킨은 왜 보보르이킨이란 말인가? 이처럼 사회학적 비평은 종종 의미를 상실한다. 노동과 자본의 현대적 조건 속에서 신비주의, 비관주의, 상징주의, 인상주의가 연원한다면, 왜 자본주의 이전 문화 속에서도 신비주의자, 상징주의자, 비관론자들을 발견하게 되는지 결코 이해되지 않는다. 모든 것에 자신의 방법으로 접근하는 사회학자는 옳다. 그러나 사회학자가 미학적인 가치들을 숫자로 환원시키고, 자신의 숫자들에 황제의 망토와 문학적 주인공들의 프록코트를 입힐 때, 미학자가 사회학적 방법을 인식론 비판의 대상으로 삼는 것은 정당하다. 그러므로 '즈나니예' 출판조합 작가들이 특정한 사회적 경향을 표현한다는 지적을 그들의 우세함에 대한 지적으로 받아들일 수는 없다.

'즈나니예' 작가들을 결합시키는 무언가가 있다면, 그것은 소박한 사실주의의 교리이다(몰레스코트[23]의 정신에서이지 아베나리우스의 정신에서는 결코 아니다). 이 교리에 따르면, 실제는 가시적인 경험대상들의 실제이다. 그렇다면, 체험의 경험적 실제는 어찌하면 좋은가? 현대 심리학과 철학이 외적 경험의 집합들을 내적 경험의 일부로 파악하려 하는 오늘날,

---

1897~1898)와 《카를 마르크스: 그의 생애》(*Karl Marx: Geschichte seines Lebens*, 1918) 등 독일 사회주의 역사에 대한 중요한 저술을 남겼다.

23) 〔옮긴이〕 몰레스코트(Moleschott, J., 1822~1893): 네덜란드, 독일, 이탈리아에서 활동한 생리학자, 철학자, 속류유물론의 대표자. 인간의 사상은 뇌의 성분인 인(燐)에서 파생되는 것으로 인이라는 물질이 없으면 인간의 사상도 성립될 수 없다고 주장했다.

그와 반대로 체험을 물리학과 역학으로 환원시키는 것은 불가능한 일이다. 외부세계의 주관적 경계를 보지 못한다는 것은 있을 수 없다. 분광기나 음향계 등의 경우를 상기시키는 것만으로 충분할 것이다. 객관적으로 주어진 외관의 경계가 고정적이지 않을 때, 우리는 불가피하게 주관주의에 경도된다. 그렇다면 재능에서 주관성의 경계는 어디에 있는가? 이와 같이 소박한 사실주의의 확정성은 사라진다. 결국 사실주의는 인상주의로 변모한다. 안드레예프는 이와 같이 사실주의자에서 노골적인 인상주의자로 점차적으로 변형되고 있다. 고리키의 《고백》의 몇몇 장면들은 전적으로 인상주의적이다. 결론적으로 예술에서 사실주의자로 남아 있기란 불가능하다. 예술의 모든 것은 *어느 정도 실제적이다. 어느 정*도라는 기반 위에 유파의 원리를 세울 수는 없는 노릇이다. *어느 정도*—이는 결코 미학이 아니다. 사실주의는 인상주의의 일종일 뿐이다.

인상주의, 즉 체험의 프리즘을 관통하는 삶에 대한 시각은 이미 삶에 대한 창조적인 시각이다. 나의 체험은 세계를 개조한다. 나는 체험에 침잠하면서 동시에 창조에 몰입한다. 창조는 체험의 창조이면서 동시에 형상들의 창조이다. 창조의 법칙은 인상주의의 유일한 미학이다. 그러나 그것은 또한 상징주의의 미학이다. 인상주의는 피상적인 상징주의이다. 인상주의 이론은 상징주의이론에서 차용된 전제들을 필요로 한다.

사실주의의 이론가들은 자신의 과제를 특수한 과제로 이해해야 할 것이다. 그들과 우리의 공통의 과제는 상징주의이론을 정립하는 것이다. 그들이 그러한 과제의 불가피성을 의식하기 전까지 우리는 그들을, 예술을 일정한 틀 속에 밀어 넣는 편협한 교리론이라고 부를 것이다. 교리에 맹목적으로 종속된 예술적인 대가들은 우리에게 난쟁이 옷을 입은 거인을 상기시킨다. 고리키가 때로 그런 차림새를 하고 있다. 다행히 때로 그가 입은 소박한 사실주의의 의상이 찢기고 우리 앞에 교조적 의미가 아닌 진정한 의미의 예술가가 모습을 드러낸다.

이것이 사실주의와 인상주의의 교리론자들의 예술적인 유훈이다.

반(半) 인상주의, 반(半) 사실주의, 반(半) 경향성은 '시포브니크' 출판사 주위에 모인 작가들의 오른쪽 날개를 특징짓는다. 그 날개의 가장 왼쪽 자리를 차지하는 것은 물론 레오니드 안드레예프이다. 종종 재능 있고 솔직한 작가들, 심지어는 전형적인 상징주의자들도 종종 왼쪽 날개를 형성한다. 이러한 좌익의 이념적 '*신념*'은 여전히 신비주의적 무정부주의이다.

신비주의적 무정부주의란 무엇인가?

우리 앞에는 두 명의 이론가가 있다. 게오르기 출코프[24]와 뱌체슬라프 이바노프[25]이 그들이다. 나는 출코프의 이론적 견해의 본질을 말하는 것이 편하지 않다. 여러 쓴소리를 해야만 하기 때문이다. 한 가지만 지적하자면, 출코프의 중요한 슬로건인 '*세계 불수용*'(*неприятие мира*)은 불명료하다. 이 슬로건을 이해하기에는 '*불수용*'과 '*세계*'의 개념 정의가 충분치 못하다. 출코프가 말하는 세계가 무엇인지 나는 모르겠다. '*불수용*'을 어떻게 이해해야 할지 나는 모르겠다. 내가 아는 것은 단 한 가지뿐이다. 그것은 언급된 두 개념을 가장 넓은 의미에서 이해한다면, 세계를 전부 수용하려는 이론은 하나도 없을 거라는 사실이다. 수많은 사람들의 입에 오르내리는 출코프의 언명들로부터 도출될 수 있는 모든 결론들은 수백 가

---

24) 〔옮긴이〕 게오르기 출코프는 신비주의적인 무정부주의를 전면에 내세우면서 정치적인 급진주의와 상징주의를 결합시키고자 했다. 그의 저서 《신비주의적 무정부주의》(Мистический анархизм)는 열띤 논쟁을 불러일으켰으며, 벨르이는 잡지 〈황금 양털〉, 1906년, 7/8호에 이 저서에 대한 서평을 발표했다.

25) 〔옮긴이〕 벨르이는 예술의 창조적인 보편성을 지향함에 있어서 뱌체슬라프 이바노프와 뚜렷한 시각차를 보였다. 벨르이는 전 민중적인 예술〔신비극(мистерия)〕의 원천으로서 극장을 절대시하는 이바노프의 노선을 일관되게 비판했는데, 그의 시각에서 이바노프의 신비극은 종교적인 실천을 요구하지만, 그것은 어디까지나 이론적인 것에 그치고 마는 것이다.

지의 의미를 지니거나, 아니면 아무 의미도 없다. 극단적인 경우, 그 언명들 속에서 위대한 창시자들의 수백 가지 세계관의 자투리들을 뚜렷하게 발견할 수 있다. 또 한 가지 분명한 것은 출코프에게 그리스도나 붓다 같은 이들, 괴테나 셰익스피어 같은 이들, 뉴턴이나 코페르니쿠스 같은 이들은 신비주의적 무정부주의자라는 점이다. 이제 그가 자신의 저 유명한 족보에서 자신의 친구들은 올리고 자신의 적들은 축출한다는 사실 역시 분명하다. 더 이상은 출코프의 이론에 대해 확실하게 발언할 수 없다.

또 다른 신비주의적 무정부주의자인 메이에르는 진술한 바가 거의 없다. 한 가지 근거 있는 희망사항이 있다면, 메이에르에 대해 논하는 과정에서 결국 우리는 출코프의 납득하기 어려운 철학적 과업들을 평가하게 될 것이라는 점이다.

언급된 조류의 가장 흥미롭고 진지한 이데올로그는 뱌체슬라프 이바노프이다. 신비주의적 무정부주의가 출코프의 실패한 주신송가(酒神頌歌)에 의해 치욕을 겪지만 않았더라면, 우리는 이바노프의 발언을 중시했을 것이다. 그러나 결국 이바노프의 견해 속에 감춰진 미숙함을 출코프가 드러냈던 것이다.

출코프도 이바노프도 창조의 자유라는 슬로건에서 출발한다. 양자 모두 글쓰기 기술을 이해하고 중시한다. 양자 모두 개인주의를 극복했다고 천명한다. 양자 모두 니체를 매우 중시한다. 결론적으로 자신의 성장의 출발점에서 양자 모두 상징주의자들로부터 이념적 보따리를 취한 것이다. 이바노프는, 본인의 말에 따르면, 구세대 상징주의자들이 설정한 과제들에 본질적인 수정을 가한다.

그 수정작업이란 과연 어떤 것인가?

이바노프는 예술 속에서 예술 창작의 빛줄기들이 상호 교차하는 지점을 탐색한다. 이 교차점을 그는 드라마에서 발견한다. 드라마에는 예술 창작이 삶의 창작[26]이 되는 영역으로까지 예술이 무한하게 확장되는 원리가 내재되어 있다. 예술에 주어진 그러한 역할을 인정한 사람은 오스카 와일드[27] 이다. 단지 그것을 토로하는 형식이 다를 뿐이다. 와일드는 삶의 창조를 거짓이라 불렀다. 그를 거짓의 가수라고 지칭하는 데는 나름의 이유가 있었던 것이다. 그러나 만일 와일드 자신이 형상의 창조는 결코 허구가 아니고, 단일성과 연관된 일련의 형상들은 창조의 내적 법칙에 의해 예정된 것임을 믿었더라면, 그는 예술의 종교적 본질을 인정했을 것이다. 이바노프가 예술에 주어진 종교적인 의미를 주장한 것은 전적으로 옳다. 그러나 그는 예술이 종교로 이행하는 순간을 극장과 드라마의 개혁의 순간과 일치시킴으로써 오류에 빠지게 된다. 이바노프에게 예술적인 환영들은 내적으로 실제적이다. 그러한 환영들의 관계가 신화를 형성한다. 신화는 상징에서 비롯된다. 드라마는 주로 신화와 관련된다. 따라서 그 속에는 예술형식을 변화시키는 원리들이 집중되어 있다. 이바노프는 예술형식의 체계화에 골몰한다. 그것들이 삶을 더 많이 전취해 내는 순서대로 서로를 이어 가도록 만든다. 그런데 현대라는 조건 속에서 예술형식은 서로 평행한다. 그들은 평행하게 심화되어 간다. 각각의 형식에는 해당 형식을 종교적으로 심화시키는 고유한 특징이 존재한다. 극장은 예술의 기본형식이 아니라 단지 예술형식 중 하나일 뿐이다.

---

26) 〔옮긴이〕 '삶의 창조'(творчество жизни)는 벨르이를 비롯한 러시아 상징주의자들의 예술이 궁극적으로 지향하는 목표이자 그들의 가장 중요한 예술강령이었다. 뱌체슬라프 이바노프는 고대 그리스의 신비의식을 현대적으로 재현하는 신비극을 통해 삶의 창조를 실현하고자 했다.

27) 〔옮긴이〕 오스카 와일드(Wilde, O., 1854~1900): 아일랜드 극작가, 시인. 19세기 말 '예술을 위한 예술'(*art for art's sake*)을 주창한 영국 유미주의 운동의 대표자이다. 희곡 《윈더미어 부인의 부채》(*Lady Windermere's Fan*, 1892), 《살로메》(*Salomé*, 1893), 《진지함의 중요성》(*The Importance of Being Earnest*, 1895)을 발표하여 명성을 떨쳤고, 걸작 장편소설 《도리언 그레이의 초상》(*The Picture of Dorian Gray*)을 남겼다. 동성연애와 연루된 유명한 민사·형사 재판에서 유죄판결을 받고 2년간(1895~1897) 복역하고 영국에서 추방되었다.

이바노프에 따르면 현대 상징주의는 예술의 종교적 본질을 충분히 알지 못하고 있다. 따라서 그것은 인민대중을 고무시키지 못한다. 미래의 상징주의는 민중의 종교적 원시력과 합치될 것이다.

그러므로 ① 신화에는 예술의 종교적인 본질이 확인된다. ② 상징에서 신화의 발생이 확인된다. ③ 현대 드라마에서 새로운 신화창조의 가능성이 간파된다. ④ 새로운 상징주의적 사실주의가 확인된다. ⑤ 새로운 민중성이 확인된다.

그러나 체험들의 미학적 선별의 핵심이 되는 변형과 심화는 그러한 선별의 근거, 즉 창조의 규범을 전제로 한다. 예술가가 그 규범을 인지하지 못해도 좋다. 그것은 부단히 심화되는 창조의 흐름 속에서 실현되기 때문이다. 예술가는 (선과 악의 기준을 벗어나서) 자유를 체험하면서 *동일한* 의무의 지상명령에 더 깊숙이 종속된다. 상징주의이론의 과제는 몇 가지 규범을 정립하는 데 있다. 그 규범을 어떻게 대할 것인가는 별개의 문제이다. 이론가로서의 나는 단지 규범을 정립할 수 있을 뿐이다. 실천가로서의 나는 그 규범을 미학적 혹은 종교적 실제로 인식한다. 전자의 경우 신(神)의 이름은 나로부터 감춰져 있다. 후자의 경우 나는 그 이름을 부른다. 상징주의이론가들은 만일 그들이 미(美)에 대한 학문의 영역에 머물고자 한다면, 종교적 창조의 과정을 미학적 창조형식 중 하나로서 고찰할 수 있다. 이때 그들은 실천가의 입장에서 정립된 규범을 살아 있는 초개인적인 관계(신)로 체험하거나, 혹은 확장된 예술적 상징으로 체험할 수 있다. 예술적 상징주의의 이론은 종교를 배척하지도 보증하지도 않는다. 그것은 종교를 연구한다. 이는 해당 운동의 결함이 아니라 그것의 진지함을 말해 준다. 따라서 이바노프가 특정 종교의 공개적인 전도사로서 미학자들을 공격한다면, 상징주의이론에 대한 그의 비난은 그의 입장에서 정당할 수도 있다. 예술은 반종교적이지만, 창조과정에 대한 연구의 자유는 일정한 종교적 요구에 의해 제한되고 심의될 필요가 있음을 이바노프는 인정해야 할 것이다. 그러나 그는 예술이라는 토양을 버리지 않고, 특정한 종교의 전도사로 판명된 것도 아니며, 예술이론을 포기하지도 않는다. 따라서 우리에게 그의 종교적 사실주의의 촉구는 설교로서는 생기가 없고, 이론으로서는 교조적인 것으로 남는다. 종교적 실천을 이론적으로 요구하고, 실천적으로는 오직 이론화만 하는 것 — 이는 불가능하다. 그것은 솔직하지 못하고 결백하지 못하다. 이바노프의 종교적 사실주의는 우리, 상징주의자들에게는 이론적인 연구의 영역을 몽상의 영역에 몰아넣으려는 시도이거나, 더 나쁜 경우, 사실주의나 마르크스주의의 교리보다 저 편협한 예술의 새로운 교리를 몽상으로써 창조해 내려는 시도이다. 신비주의적 무정부주의가 종교라고 믿을 경우, 그 안에서 신을 발견할 수 없는 우리는 기만당할 것이다. 신비주의적 무정부주의가 이론이라고 믿을 경우, 우리는 독단적 분리주의에 빠지게 될 것이다.

상징에서 신화가 발생한다고 하면, 과연 우리 가운데 누가 그것을 부정하고, 혹은 누가 신화 창조를 종교적으로 경험할 권리를 포기하겠는가? 상징주의이론에 근거하여 해당 명제를 주장하는 것은, 상징주의이론이 아직 모두 미래의 것이므로, 현재로서는 시기상조이다. 성당의 기초 위에 곧바로 지붕을 얹을 수는 없다. 성당의 벽은 어찌할 것인가?

현대 드라마에는 신비의식을 지향하는 움직임이 전개되고 있다. 그러나 직접적인 예술적 신비를 토대로 신비극을 올리는 것은 불가능하다. 신비의식은 예배의식이다. 그렇다면 극장에서 과연 어떤 신에게 예배를 올릴 것인가? 아폴론에게? 디오니소스에게? 맙소사, 이 무슨 농담인가! *아폴론도 디오니소스도* 예술적인 상징들이고, 그것이 전부이다. 만일 이들이 종교적 상징들이라면, 신을 상징하는 자의 공공연한 이름을 우리에게 제시해 달라. '디오니소스'는 누구인가? 그리스도인가? 마호메트인가? 붓다인가? 아니면 사탄인가? 디오니소스적 황홀경의 체험을 서로 다른 신과 관련짓는 사람들을 통합하는 것은 신들의 백화점을 여는 것, 혹은 (더 나쁜 경우) 종교를 빙자한 강신술을 벌이는 것을 의미한다. 온갖 유행을 좇는 남녀 멋쟁이들이 이를 두고 "*자극적이다, 흥미롭다*"라고 말할 것이고, 아무 단서 없이 신비주의적 무정부주의를 수용할 것이다.

그러나 우리, 상징주의자들은 어느 쪽으로든 주어진 문제를 해결하는 수단은 곧 삶의 문제라고 생각한다. 그리고 우리들 중에는 모든 신을 한꺼번에 믿는 것이 아니라, 하나의 신만을 남몰래 믿는 자들이 있다. 그러한 우리가 최소한의 분노와 고통의 감정도 없이 우리를 불확정성의 품속에 던져 버리는 이론이라는 것에 연루될 필요가 있을까? 지금 우리의 논쟁이나 열정을 사람들은 비난한다. 그러나 제기된 문제들 속에서 우리가 경박한 웃음을 짓는다면, 우리는 신(神)도 의무도 없는 '*회칠한 무덤*'[28] 이나 다름없을 것이다.

뱌체슬라프 이바노프는 새로운 상징주의적 사실주의를 주장하면서, 사실 예술가에게 예술적 형상이 내적으로 실제적이지 않다면 그는 예술가가 아니라는 사실을 잊고 있다. 오직 사기꾼들만이 자기 자신을 글자 그대로의 의미에서 요술쟁이라고 사칭할 수 있다. 에드거 앨런 포[29] 같은 요술쟁이들에게 요술은 이미 신앙고백의 형식이다. 상징주의적 사실주의는 '1'을 제곱하는 것과 마찬가지다. 이바노프가 예술가를 사실주의자와 요술쟁이로 분류할 수 있다면, 그는 헛수고를 하고 있는 것이다. 1의 제곱은 1이기 때문이다. 헛수고일 뿐이다!

---

28) 〔옮긴이〕〈마태복음〉 23장 27절에서 차용된 표현. 27절 전문은 다음과 같다: "화 있을진저 외식하는 서기관들과 바리새인들이여, 회칠한 무덤 같으니 겉으로는 아름답게 보이나 그 안에는 죽은 사람의 뼈와 모든 더러운 것이 가득하도다."

29) 〔옮긴이〕 에드거 앨런 포(Poe, E. A., 1809~1849): 미국의 시인이자, 단편소설가, 비평가. 미의 창조와 '예술을 위한 예술'(유미주의)을 지향했다. 괴기소설과 시로 유명하며, 미국 단편소설의 개척자이자 고딕소설, 추리소설, 범죄소설의 선구자이다. 보들레르, 발레리, 말라르메의 추앙을 받았고 랭보의 시, 기타 서구 추리소설과 공상과학소설에 큰 영향을 끼쳤다.

어디서나 민중성의 슬로건은 일정한 사회적 강령과 관련된다는 것을 우리는 알고 있다. 상징주의는 예술이 경제투쟁 분야를 보지 못하게 만들거나, 경제 투쟁이 예술가의 내면에 있는 예술가를 교살하지 못하도록, 예술가의 정치적인 확신과 그의 창조를 예리하게 구분한다. 예술 창조에서 민중과의 결합이라는 다의미적 슬로건이 우리를 자극할 때면, 정치의 영역에서든 미학이론의 영역에서든 마찬가지로 우리를 유토피아주의자로 만들고자 한다는 생각이 든다.

어디에서나 유토피아주의는 위험하다.

상징주의자들은 예술이론의 영역에서 교리론은 물론 근거 없는 유토피아주의의 모든 해악을 경험적으로 알고 있다. 상징주의자들은 건전한 이론을 원한다. 그들은 집요하고 일관된 연구만이 미학에 견고한 기반을 마련해 줄 것임을 알고 있다. 다양한 예술적 유파의 이론들이 본질적으로 미학의 범주에 속하지 않는 방법에 의해 규정된다는 이유만으로 상징주의자들이 그 이론들에 대해 문제를 제기할 때, 그들은 그들의 세계에서 발생하는 예술에 대한 불명료한 추측들이 초래할 해악을 주저 없이 근절하게 될 것이다. 신비주의적 무정부주의 이론에 대한 그들의 비타협적 태도의 근거가 바로 여기에 있다. 그 이론의 모든 긍정적인 계기들은 상징주의에 내재되어 있다. 모든 특수한 것은 근절해야만 하는 해악이다.

상징주의자들은 상징주의이론을 종교적 교리에 귀속시키려는 공공연한 요구들을 논박하겠지만, 그들은 특정한 종교의 이름으로 그러한 요구를 제출하는 자들을 존경할 줄 안다. 종교적 신앙고백이 예술에 적대적이지 않다면, 우리는 우리가 신앙인인가 그렇지 않은가에 따라, 우리가 어떠한 신앙을 갖고 있는가에 따라, 그러한 신앙고백과 연대할 수도 분리될 수도 있다. 우리가 예술이론가인 한, '*신앙고백*'은 우리의 '*개인적인 문제*'(*Privat-Sache*)이다. 지금까지의 논의의 결과, 솔로비요프에서 메레시콥스키에 이르기까지 러시아 문학에 나타나는 종교적 경향에 대해 우리가 어떤 입장을 갖고 있는지 분명해졌다. 나는 개인적으로 많은 점에서 메레시콥스키와 일치한다. 나의 예술적 동지들 가운데 나와 다른 이들은 없다. 그와 같은 입장의 차이는 우리가 상징주의를 옹호하고 있는 해당 영역의 범위를 벗어나서 가능한 일이다.

러시아 문학의 현재와 미래*

어떤 사람들은 러시아 문학이 삶을 반영해야 한다고 말한다. 다른 사람들은 "아니다, 그럴 필요가 없다"라고 말한다. 또 어떤 이들은 "문학은 우리에게 삶의 창작을 호소한다"라고 말하는 반면, 다른 이들은 "아니다, 결코 그렇지 않다. 문학은 교리 설교의 한 형식이다"라고 주장한다. 그 밖에도 "문학은 단지 문학만이 아니다", "아니다, 문학은 단지 문학일 뿐이다", "*문학은 시적 형식이다*", "아니다, 문학은 문체의 음악이다", "문학은 이도 저도 아니다. 문학은 지식을 대중화하는 형식이다" 등과 같이 다양한 의견들이 서로를 논박한다.

문학연구자들과 비평가들은 이와 같이 다양한 목소리로 문학이란 무엇인가라는 문제에 답변한다.

---

* 〔편집자〕 잡지 〈천칭〉(1909, No. 2, C. 59~60; No. 3, C. 71~82)에 처음 발표되었다. 논문은 1907년에 쓰였다.
〔옮긴이〕 이 논문은 논의되는 미학적인 문제의 범위와 깊이에서 《녹색 초원》의 중심 저작이라고 할 수 있다. 벨르이는 이 논문에서 고대의 《이고리 원정기》(Слово о полку Игореве)에서부터 동시대의 메레시콥스키와 브류소프에 이르기까지 러시아 문학 전체를 상징주의 미학적 관점에서 새롭게 조망한다. 그리고 모든 이론보다 더 심오한 러시아 문학의 '신비한 민중성'(мистическая народность)을 강조한다.

인식의 궁극적인 목적은 인식 자체가 아니다. 그 목적은 행동에 있다. 창조의 궁극적인 목적은 예술 창조의 형식들이 아니라 삶에 귀착된다. 마찬가지로 문학의 궁극적인 목적 역시 결코 문학에 있지 않다. 이런 의미에서 문학은 무언가 실제적이고 살아 있는 어떤 것이 되어야 하고, *예술의 형식만이 아닌 그 이상의 어떤 것*이어야 한다. 이렇게 목적은 나에게 문학에 대한 이념적인 태도를 명령한다.

그러나 만일 내가 문학을 그것의 발생의 측면에서 정의한다면, 다른 결론에 도달할 것이다.

비극은 서정시에서 발전했다. 장편, 중편, 단편소설은 민중서사시에서 유래했다. 문학은 시의 복잡한 형식이다. 즉, 그것은 *예술의 형식일 뿐이다.* 결론적으로, 어떤 경우에 문학은 예술형식일 *뿐만 아니라*, 그 이상의 어떤 것이다. 또 다른 경우에는 문학은 예술형식이다.

전자인가, 후자인가?

문학의 과거는 노래이다. 문학의 미래는 삶의 종교이다. 현재 속에는 문학의 미래와 과거가 세분되어 뒤섞여 있다. 사람들은 우리에게 이렇게 말한다. "문학에는 무엇보다도 선율, 문체, 형식의 음악이 있다." 또한 이렇게도 말한다. "문학에는 무엇보다도 의미, 목적, 이념이 있다."

그런데 *문체*, *음악*, 선율은 삶의 리듬의 주요 신경이다. 삶의 리듬에서 종교의 복잡한 계보가 성장했다. 그렇기 때문에 문학의 과거는 무의식중에 종교적이다. 문학의 기초를 이루는 것은 종교적인, 그러나 아직은 형식을 갖추지 못한 체험이다.

의미, 목적, 이념은 서로 다르게 이해된다. 전 세계적인 진보의 의미는 종교적이다. 왜냐하면 발전의 최종목적은 형식적이 아니라 실제적이고, 그와 동시에 목적의 실제성은 우리에게 주어진 현실상황에 있는 것이 아니기 때문이다. 그렇기 때문에 이성의 이념은 항상 살아 있는 미래의 형상에 의해 예정된다. 그런데 그 미래 역시 주어진 현실상황에 있지 않다.

결국 문학의 과거는 목적도 의미도 없는, 그러나 형상을 통해 나타나는 종교이다. 문학의 미래는 살아 있는 형상은 부재하는, 종교적 목적들의 형식이다. 따라서 종교적 목적들의 형식은 삶의 리듬의 종교, 즉 명백하게 설정된 목적이 없는 종교를 부정한다. 따라서 삶의 리듬은 이성과 과학, 사회성의 목적론적 구조로써 구현되는 종교를 부정한다. 문학의 종교적 과거(시적 신화로서의 문학)는 문학의 종교적 미래(삶을 재창조하는 수단으로서의 문학)와 투쟁한다. 이러한 투쟁 속에서 수단으로서의 문학은 공허한 경향으로 퇴화한다. 자기 목적으로서의 문학은 문체론과 아카데미즘으로 퇴화한다. 문학의 살아 있는 종교적 의미는 두 경우에서 모두 흐릿해진다. 한편으로 문학은 공허한 말로 변질되고, 다른 한편으로 공허한 도덕이 된다.

여기서 두 가지 실천적 슬로건이 도출된다. 두 가지 슬로건에는 모두 종교적 의미가 숨어 있다.

"너는 황제이니 홀로 살아라"[1] 라고 푸시킨은 예술가에게, 즉 자기 자신에게 말했다. 여기서 창조적 의식은 스스로를 절대적인 것으로 확립하고, 종교적 확립은 이때 자기 자신의 확립을 통해 실현된다.

"기뻐 날뛰고, 한가로이 수다 떨고, 손에 피를 묻히는 이들로부터 나를 데려가 다오, 사랑의 위대한 과업을 위해 죽어 간 자들의 진영으로."[2] 여기서 자기 자신의 창조적 확립은 타자를 통해 실현된다.

전자의 경우 예술가는 살아 있는 신의 이름을 발설하지 않는다. 그것은 예술가 자신을 통해 드러난다. 그것은 그의 말로써가 아니라, 말의 유출, 리듬, 문체, 음악을 통해 드러난다. 예술가-개인주의자들이 이 경우에 해당한다. 바로 그러하다. 그들의 신은 신앙의 상징을 요구하지 않는다.

---

1) 〔편집자〕 푸시킨의 시 〈시인에게〉(Поэту, 1830)에서.

2) 〔편집자〕 네크라소프의 시 〈운명을 앞둔 기사〉(Рыцарь на час, 1862)에서.

두 번째 경우 예술가와 그의 주변인들 간의 관계는 예술가도 그의 주위도 아닌 어떤 것 — 말, 상징, 이념적인 계명으로 구현된다. '소보르노스티'[3]를 호소하는 예술가들이 이 경우에 해당한다. 그들에게 이념, 경향성, 슬로건은 그들 밖에 존재하는 어떤 제 3의 것에 대한 맹세가 된다. 문학이 개인주의자의 도구라면, 그 개인주의자는 문학을 미문(美文)으로 왜곡시킬 것이다. 문학이 보편주의자의 도구라면, 그것은 이념의 설교로 변형될 것이다. 때로는 문체가 이념의 설교를 감추기도 한다. 그 반대의 경우에는 설교 자체가 문체의 형식이 된다. 결국 언급된 문학 숭배의 두 형식은 근본적으로 현대에 적응하지 못한다. 문장가는 설교자를 부정하고, 설교자는 문장가를 부정한다.

문학은 자신의 발전과정에서 모든 전취된 과거에 의존한다. 문학적 전취의 실제성은 오직 형식으로만 구현된다. 문학에서 이념은 종교, 철학, 그리고 과학을 결코 앞지른 적이 없었다. 문학은 사회이념을 반영하면서 독자적으로 형식을 빚어냈다. 그렇기 때문에 서구에서는 문학적 기교의 법칙이 문학작품의 의미를 압도했다. 그러나 문체의 승리는 작가를 수공업에 예속시켰다. 영혼의 음악적 리듬의 반영으로서의 문체는 남의 리듬의 모방으로서의 문체로 바뀌었다. 리듬의 음성은 문학적 축음기로 바뀌었다. 리듬의 형상은 꼭두각시 인형들이 출현하는 영화로 변형되었다.

서구에서 또한 이와는 다른 방면으로 문장가가 설교자를 압도했다. 삶의 종교는 현대의 조건들 속에서 해체되었다. 감각하고, 사유하고, 행동

---

3) 〔옮긴이〕 소보르노스치(соборность) : 러시아의 종교적 공동체. "성령이 인도하고 수호하는 정교의 이상으로서의 기독교적 공동체(*community*)"로 정의된다. 19세기 러시아 농촌 공동체를 설명하기 위해 알렉세이 호먀코프(Хомяков, А.)에 의해 도입되어 슬라브주의자들(славянофилы)에게 전파되었다. 소보르노스치는 보편성과 통합성을 지향하는 그리스도 교회의 근본적인 특징의 하나로 간주되는데, 이는 19세기 말~20세기 초 상징주의자들에 의해 재조명되었다.

하는 인간은 다음과 같은 부류로 해체되었다. ① 민감하고 우유부단한 바보, ② 우둔하고 냉혹한 실천가, ③ 냉담하고 우유부단한 공론가. 첫 번째 부류는 종교를 자신의 과도하게 예민한 감정의 신비로 바꾸었다. 두 번째 부류는 종교를 실용주의적 윤리를 갖춘 진보의 종교로 바꾸었다. 세 번째 부류는 종교를 이성의 종교로 바꾸었다. 신비주의자, 철학자, 도덕주의자는 흔적도 없이 건강한 인간을 죽였다. 또한 문학은 근거 없고 고의적인 신비주의, 불필요한 실용주의, 냉담한 탁상공론으로 뒤덮였다. 첫 번째, 두 번째, 세 번째 경우에서 본질적으로 종교적 설교의 이념은 경향성으로 뒤바뀌었다. 나아가서 도덕주의자들과 신비주의자들, 공론가들이 서로 싸우기 시작했다. 문학은 삶의 갱생수단에서 당파적인 투쟁의 수단으로 변형되었다. 문학은 남의 수단들을 논박하는 수단이 되었고, 그리고 사회평론으로 퇴화되었다. 본의 아니게 의문이 생겼다. 문학은 과연 무엇을 위해 존재하는가? 그러자 사람들은 문학적인 현재를 내던지고 과거로 회귀했다. 그리고 문학을 그것의 발생의 차원에서 정의했다. 문학적 개인주의의 종교적 의미가 서구에 새롭게 드러났다.

이제 사람들은 문학적 형상들이 항상 심오하게 상징적이라는 것을, 즉 형식(기법)과 영혼의 노래하는 체험의 결합이라는 사실을, 형상과 무형의 것과의 결합, 말씀과 육신의 결합이라는 것을 깨달았다. 결국 종교가 신비주의, 기교, 도덕으로 해체됨으로써 문학적 설교의 살아 있는 의미는 허구적인 의미로 바뀌게 되었다. 모든 설교가 지닌 *멀지만 가치 있는 것*은 *무가치하고 가까운 것*으로 바뀌었다. 먼 것을 향한 지향은 무한한 것, 즉 육화될 수 없는 것으로의 지향으로 퇴화했다. 가치는 안락함, 오로지 안락함이 되었다. 학을 생각하면서 박새에게로 향했던 것이다. 그리고 남은 것은 학도 박새도 없는 공허한 지향뿐이었다. 자기 자신을 위해 사는 것은 에고이즘이며, 친지들을 위해 사는 것은 감상주의, 즉 에고이즘의 뒤집힌 형태였다.

다름 아닌 인류를 위해서, 진보를 위해서 살아야만 한다. 그런데 진보와 인류는 박새도 학도 아니고, 다만 텅 빈 공허이다. 체험은 진보와 결합될 수 없다. 추상을 위한 삶은 살아 있는 삶이 아니다. 체험은 생명의 말씀과 결합되지 못했다. 말씀은 공허한 말이 되었다. 체험은 표현형식을 찾지 못했다. 체험은 본질적으로 종교적이면서도, 비종교적인 미학적 형식을 취했다. 문학은 미사여구가 되었다. 말은 음악의 도구가 되었다. 문학은 교향악 악기 중 하나로서 부가되었다. 서구문학은 체험을 공허한 말에서 구하면서 말을 멜로디에 종속시켰다. 문장가-학자는 개인주의자에게 손을 내밀었다. 기교는 외부로부터, 음악은 내부로부터 서구의 문학적 설교들을 잠식했다. 니체는 음악을 기교로 바꾸었고, 슈테판 게오르게[4]는 기교를 음악으로 바꾸었다.

영혼의 음악과 문학적 기교의 결합은 서구 최신 문학사의 파열을 초래했다. 이 파열은 개인주의적 상징주의에 반영되었다. 신비주의, 도덕, 철학으로 해체된 종교에 대항하여 신의 이름도, 일정한 삶의 노선도 없는 종교가 봉기했다. 총체로서의 종교가 서구에서는 윤리학과 미학으로 해체되었다. 윤리학과 미학은 하나의 얼굴의 두 반쪽이며, 하나의 총체의 두 원시력이다. 먼 것을 가까운 이름으로, 혹은 닿을 수 없는(따라서 불필요한) 무한성의 이름으로 부르는 윤리학은 생기 없는 교리로 판명되었다. 개성은 목숨을 건져 익명의 존재가 된다. 그래서 서유럽 상징주의는 익명으로, 소외된 채, 응답 없는 노래를 불렀다.

---

4) 〔옮긴이〕 슈테판 게오르게(George, S., 1868~1933): 오스트리아의 시인. 신낭만주의를 주도했다. 릴케와 같은 대열에 속하는 위대한 시인으로 평가받는다. 프랑스 상징주의자들을 사사했고, 발레리 브류소프, 뱌체슬라프 이바노프와 같은 러시아 상징주의자들에게 큰 영향을 미쳤다. 그의 작품들은 여러 상징주의 작가들에 의해 러시아어로 번역되어 출간되었으며, 그의 시는 여러 러시아 작곡가들이 곡을 붙여 노래로 불렀다.

종교는 '무엇을 위하여?'라는 질문에 대답한다. 신비주의, 교리, 윤리는 진정한 목적을 허구의 목적으로 다양하게 대체된다. 삶의 총체성이 하나의 감정, 하나의 의지, 하나의 오성의 총체성으로 대체된다.

감정의 총체성은 신비주의에 있다. 신비주의의 목적은 자기만족적인 마음의 안식이다. 이성의 총체성은 교리론에 있다. 교리론은 자기만족적인 지성의 안식이다. 의지의 총체성은 도덕에 있다. 도덕의 목적은 개인의 의지를 잠재우는 것이다.

예술은 개성의 창조적인 근원을 심화시키고 풍화된 종교적 형식 너머로 분출하게 한다. 그러므로 예술은 형식의 인식이라는 냉정한 차원에서 무신론적이고 비종교적인 것으로 간주된다. 그러나 예술은 또 다른, 생생한, 아직 발견되지 않은 형식을 창조한다.

이렇게 '예술을 위한 예술'이라는 불합리한 슬로건이 문학에서 생겨났다. 문학에서 무가치하고 지나치게 근거리적인 목적들을 부정하는 이 슬로건은 실제로는 합목적적이다. 여기서 창조의 목적은 모든 이데올로기, 모든 도덕, 모든 신비주의적 도식의 지평 너머로 사라진다. 따라서 예술은 목적 없는 일련의 수단들(기술적인 장치들) 일 뿐이라고 여겨지게 된다. 예술을 '목적 없는 합목적성'이라고 정의한 칸트 역시 이 속임수의 함정에 걸려들었다. 그럼에도 불구하고 그는 조야한 실용주의에 대항하여 시위함으로써 예술에 크게 기여했다.

현대 서구의 개인주의적 맥락에서 문학은 단지 예술의 특수한 형식일 뿐이다. 그러나 예술의 의미는 외부로부터는 형식적인 반면, 내부로부터는 종교적이다. 나아가서, 형식과 내용은 불가분이다. 서구 상징주의는 또한 숨겨진 창조의 잠재력을 형식으로 해체시킨다. 종교는 심화된 형식 숭배가 된다.

현대 러시아 문학의 과제는 서유럽의 미학적 명제를 수용하는 것이다. 형식과 내용은 불가분이다. 그러나 러시아 문학은 이러한 명제에서 도출되는 결론에 결코 동의하지 않는다. 형식은 단지 종교적 창조의 산물일 뿐이다. 그리고 문학적 기법은 진실한 신앙고백의 외적 표현이다.

예술의 종교적 내용은 형식 속에서 해체되지 않는다. 그와 반대로, 형식의 모든 디테일은 내적인 조명을 받아야 한다. 서유럽의 상징주의는 문학에서 종교로 격상된다. 그리고 그 반대의 경우도 존재한다. 최근 러시아 문학은 삶의 종교에 대한 설교에서 문학, 기법, 형식을 통한 해당 설교의 정화(淨化)와 의식으로, 즉 상징주의로 격상된다.

서구는 러시아 문학을 통해 동양과 새롭게 만난다.

우리는 서구에서 문학적 세례를 받았다. 최초의 러시아 작가들은 귀족사회의 최상층에 속했다. 서구에 대한 그들의 지적인 애착은 민중의 영혼의 자연스러운 본능과 그 어떤 공통점도 없었다. 러시아 민중은 서구에서 종교로의 개인주의적 복귀, 또 다른 방식의 종교로의 복귀가 개시되었을 때보다 더 심각한 종교 해체의 시대를 지금까지 겪어 보지 못했다. 서구의 개인주의자들이 사회체제의 외적 형식에서 눈을 돌려 개성의 종교적 심연에 주목했을 때, 러시아 민중들은 종교적으로 체험된 소보르노스티의 이념에서 눈을 돌려 자신들의 상층부(즉, 인텔리겐치아)를 통해 무신론적 개인주의와 휴머니즘에 주목했다. 이때 이상한 혼선이 발생하는데, 말하자면, 여성 파트너가 교체되는(*changez vos dames*) 카드릴[5] 이 벌어진 것이다. 서구의 개인주의적 상징주의는 러시아에 침투되자마자 종교적 상징들과 대면했다. 서구의 민주주의적 경향은 우리의 인텔리겐치아들 사이에서 제각각 곡해되었다. 최초의 러시아 니체주의자들은 메레시콥스키를 수장으로 종교적인 혹세무민의 길로 나아갔다. 서유럽의 사회민주주의는 러시아에서 수천 가지의 개별 뉘앙스로 분해되었다. 러시아의 청년층은 서구 상징주의자들 — 니체, 입센, 마테를링크 등에 대

5) 〔옮긴이〕 4인조 무도곡의 일종.

한 탐구에 몰두했다. 또한 니체와 입센의 제자들인 러시아 상징주의자들은 고골과 네크라소프, 심지어는 글렙 우스펜스키[6]에 주목했다. 러시아의 청년들은 '예술을 위한 예술'이라는 슬로건과 점점 더 타협했다. 반면, 러시아 구세대 상징주의자는 경향문학을 새롭게 재조명했다. 개인주의적 상징주의의 차원에서 러시아 문학의 종교적 의미가 밝혀졌다. 이제 러시아 문학의 모든 경향이 민속의 지극히 비합리적인 기원에서 유래했다는 점이 우리에게 명확해졌다. 그리고 바로 그러한 문학의 교의들은 종교적 상징들의 표장(標章)이라는 것이 판명되었다. 근거리의 목적, 민중, 민중의 독립을 위한 투쟁은 여전히 현실적인 목적이 되는 동시에 우리에게 머나먼 가치들의 원형으로 나타났다. 러시아 문학은 가까운 것을 통해 먼 것을 보았고, 민중의 고통 속에서 그 어떤 제 2의 눈으로 신의 고통을 보았으며, 어두운 세력들과의 투쟁 속에서 시대의 용과 싸우는 묵시록적 전투를 보았다. 비판적인 반교조주의가 최근에 유행한 만인의 행복의 유토피아를 깨부수고, 과거의 도덕적 가치들, 이성과 진보의 종교를 전복시킨 지금, 예전의 길들은 우리 앞에서 끊어졌다. 길의 험준한 노선은 저 높은 정상을 향한다. 우리의 길은 하늘과 땅, 삶과 종교, 의무와 창조의 결합으로써 실현된다. 이러한 새로운 결합의 관점에서 개인은 사회에, 인텔리겐치아는 민중에게 새롭게 접근한다. 그래서 대체 어찌되었단 말인가. 정말 과거의 문학적 우상들은 우리 눈앞에서 산산조각이 나버렸단 말인가? 정말 경향문학의 형상들은 소멸되어 버렸단 말인가?

---

6) 〔옮긴이〕 글렙 우스펜스키(Успенский, Г. И., 1843~1902): 러시아 작가. 레프 톨스토이가 발간한 잡지 〈야스나야 폴랴나〉(Ясная Поляна)를 통해 작가의 삶을 시작했다. 네크라소프, 살티코프 셰드린(Щедрин, М. Е.)과 함께 잡지 〈조국 수기〉(Отечественные Записки)를 발행하고, 십여 년간 이 잡지에 글을 발표했다. 인민주의(народнизм) 사상의 영향을 받아 러시아 민중들의 삶을 묘사한 수많은 수필들을 남겼다.

그렇지 않다. 그들 속에는 또 다른, 살아 있는, 보다 더 심오한 의미가 함축되어 있음이 판명되었다. 경향성은 새로운 창조를 향한 무의식적 호소이고, 교리는 가치의 상징주의적 형상임이 판명되었다. 우리가 문학을 도식화하고, 도식 속에서 진정한 의미를 발견했던 바로 그 지점에서 도식은 결코 도식이 아니라는 사실이 드러났다. 그 속에서 살아 있는 신의 미소가 빛났다.

이제 경향성의 최후의 목적이 교리의 지평 너머로 사라지고, 정반대의 상황이 벌어진다. 여러 권의 발몬트의 저작이 모두 발간된 후인 지금 우리에게 '*예술을 위한 예술*' *이라*는 *슬로건*은 전혀 필요치 않다. 우리는 이 슬로건을 통해 단지 여러 경향들 중 하나를 알게 된다. 그것이 얼마나 폭넓은 경향인지는 아무도 모를 것이다. 사라져 가는 일련의 목적들이 우리 눈에 보였을 때, 우리는 냉담하기 짝이 없는 거울과 마주하게 되었다. 머나먼 목적은 단지 우리의 공상이 거울에 반영된 것임이 드러났다. 그리고 그 역도 마찬가지다. 먼 것을 향한 우리의 지향을 끊어 버린 경향성의 장벽은 안개가 되어 산산이 흩어져 버렸다. *이로 인해* 지상에서 천상으로 난 길 위에서 지상의 황금빛이 사방에 뿌려졌다.

푸시킨과 레르몬토프를 필두로 하는 러시아 문학은 '예술을 위한 예술' 이라는 슬로건과 형식 숭배를 특징으로 하는 서구의 개인주의적 갈망을 자기 안에 반영했다. 그러나 푸시킨과 레르몬토프가 대표하는 러시아 문학은 그것이 완전히 다른, 민중적 방향으로 발전할 수 있는 동인이 되었다. 푸시킨과 레르몬토프는 서양과 동양을 조화롭게 결합했다. 그러나 그들에게서 서구 문학의 이념들은 니체주의나 괴테주의만큼 격정적인 호응을 얻어 내지 못했다. 푸시킨과 레르몬토프는 바이런에 매혹되었다. 그러나 바이런은 단지 괴테의 올림피아주의로 오르는 산중턱일 뿐이었다. 바이런, 괴테, 니체 — 이들은 바로 서구 개인주의의 세 단계에 해당한다. 바이런에게서는 개성이 반란을 일으키고 괴테의 경우에는 세계가 승리한다. 니체는 괴테의 올림피아적인 토가와 마스크를 벗겨 버린다. 그 마스크 이면에는 낭떠러지 혹은 종교적 비상이 펼쳐진다. 니체는 새 하늘과 새 땅을 보면서도 낭떠러지에 몸을 던진다. 차라투스트라의 음악은 성물모독적인 외침으로 중단되는 불안한 기원의 절규로 변한다. 민중의 원시력과 비밀스럽게 연루되어 있는 푸시킨과 레르몬토프는 자신의 의식의 모든 낮의 빛으로 서구에 몰두했다. 그러나 양자 모두 자신의 개인주의를 올림피아주의로 변형시키지 못했다. 그들은 은밀히 기도하고 공공연히 저주했다. 그들의 작품들은 절규가 아니라 미문(美文) 이었다. 푸시킨의 경우 《벨킨 이야기》(Повесть Белкина) 와 《대위의 딸》(Капитанская Дочка) 이 그에 해당하고, 레르몬토프의 경우 《우리 시대의 영웅》(Герой нашего времени) 이 그에 해당한다.

*그들의 은밀한 기도*는 러시아의 영혼 속으로 흘러들었다. 푸시킨과 레르몬토프에게서 네크라소프가 잉태되었다. 푸시킨에게서 고골과 톨스토이가, 고골에게서 도스토옙스키가 탄생했다.

러시아 작가들의 내면에서 문학의 민중성이 서구를 이겼다. 서구는 최신 상징주의와 더불어 우리 문학에 새롭게 유입되었다. 파르니[7] 도 바이런도 아닌 입센과 니체가 현대 러시아 문학을 깊숙이 자극했다. 푸시킨과 레르몬토프로부터 브류소프, 메레시콥스키에 이르기까지 러시아 문학은 지극히 민중적이었다. 러시아 문학은 서구 문학과는 다른 조건 속

7) 〔옮긴이〕 파르니(Evariste Désiré de Forges, vicomte de Parny, 1753~1814) : 프랑스 출신 아프리카계 혼혈 시인. 보통 파르니 자작으로 불린다. 1778년 엘레지 모음집 《에로틱한 시들》(*Poésies Erotiques*) 을 발표하고 1779년에 이와 주제상 상통하는 《운문 소품들》(*Opuscules poétiques*) 을 출간했다. 이 두 권의 시집은 프랑스 문단에 엄청난 반향을 불러일으키면서 호평을 받았다. 프랑스 혁명기에 전 재산을 잃고 문관으로 근무했고, 이후 여러 편의 에로틱하면서 반혁명적인 서사시를 집필했다. 파르니의 엘레지는 푸시킨과 그의 동시대 러시아 시인들에게 큰 영향을 끼쳤다.

에서 발전해 왔다. 그것은 인텔리겐치아와 민중의 종교적 갈망의 보유자였다. 그것은 그 어떤 다른 나라의 문학보다도 더 많이 삶의 의미에 관해 언급했다. 사조나 유파를 막론하고 러시아 문학 속에서는 설교가 들렸다. 19세기 러시아 문학은 삶의 개혁에 관한 부단한 호소이다. 고골, 톨스토이, 도스토옙스키, 네크라소프는 언어의 음악가들이다. 그러나 그들은 무엇보다도 설교자들이다. 그들에게 언어의 음악은 단지 설교의 영향력을 높이는 수단일 뿐이다.

러시아 문학의 원형은 러시아 문학 내에 존재한다. 그것은 우리 시대로부터 거의 천 년이나 떨어져 있다. 그것은 바로 《이고리 원정기》[8] 이다. 진정으로 예언적인 이 《이고리 원정기》에 러시아 문학의 알파와 오메가가 존재한다. 《이고리 원정기》는 러시아 민중의 묵시록이다. 이 얼마나 우리에게 친숙한가! 그것을 읽으면, 마치 그때가 아니라 지금 써진 것만 같다.

러시아 문학에 나타나는 자유를 향한 종교적 갈망은 지극히 비합리적이다. 고골과 도스토옙스키가 그러한 갈망을 악마와의 투쟁으로 의식했다면, 네크라소프와 글렙 우스펜스키는 그것을 다르게 보았다. 고골의 형상들은 네크라소프와 마찬가지로 당대성의 생생한 상징들이다. 그것은 우리에게 미래로 향하는 길을 비추어 주는 등대들이다. 고골과 네크라소프, 두 사람 모두 비합리적인 작가들로서 양자 모두에게 경향성이란 단지 말할 수 없는 것을 말하고 표현할 수 없는 것을 표현하는 수단일 뿐이다.

---

8) 〔옮긴이〕《이고리 원정기》(Слово о полку Игореве) : 1185년부터 1187년까지 있었던 키예프 루시의 공후 이고리의 군사원정을 다룬 이야기. 러시아 고대문학의 백미로 평가된다. 작가가 누구인지는 알려지지 않았으나, 이고리의 원정에 동행한 궁정시인(보얀)으로 추측된다. 서구의 중세 서사시와는 다르게 《이고리 원정기》는 역사적 사건이 벌어진 당대에 쓰였는데, 주인공 이고리의 영웅성에 대한 묘사보다는 그의 원정 실패와 그 원인에 대한 작가의 주관적이고 서정적인 논평이 더 큰 비중을 차지한다.

톨스토이와 마찬가지로 푸시킨에게서도, 고골, 네크라소프와 마찬가지로 도스토옙스키에게서도 러시아라는 국가의 저열함 위에 드리워진 어두운 밤의 형용할 수 없는 무게가 유사하게 구현된다. 톨스토이의 지주 귀족을 눈보라가 뒤덮어 버린다. 러시아 민중은 오늘날까지도 광활한 대지에서 악마를 볼 줄 안다. 우리의 춥고 헐벗은, 불모의 초원 위를 여러 악령들이 배회하고 있다. 그런데 우리의 초원은 우리에게는 이민족인 폴로베츠인들의 초원이기도 하다. 우리는 고대의 무사들처럼, 폴로베츠인들의 *선홍빛*(*чарленый*) 방패[9] 같은 노을이 깔린 초원에서 보이지 않는 악령과 싸운다. 이 초원에서 《이고리 원정기》의 예언적인 환성으로 외치고 싶다. "오 저 언덕 너머의 러시아 땅이여."[10]

현대의 상징주의적인 '*언덕*'(*шеломень*)은 미지의 것으로 향하는 고개이다. 러시아 문학의 뛰어난 형상들은 다름 아닌 문학적 과거의 형상들이다. 그들은 우리에게 현대의 불량배들이 내지르는 고함소리보다 더 친근하다. 여기가 아니라 거기에서 미래에 대한 우리의 근심을 접하게 된다. 우리는 이제야 처음으로 우리 문학을 이해할 수 있을 만큼 성장했다. 러시아 문학비평이 우리 문학의 형상들을 덧없는 교리의 좁은 틀에 끼워 넣게 내버려 두라. 우리는 과거의 교조적인 명령을 믿지 않으며, 믿을 수도 없다. 네크라소프를 사랑하고, 도스토옙스키를 피하라고 몇 년 동안 우리를 가르쳐 왔던가. 그러고는 또 그 반대로 가르쳤다. 그리고 이제 우리는 네크라소프도 도스토옙스키도 모두 사랑한다. 이제 사회적인 지향

---

9) 〔편집자〕《이고리 원정기》에서.
〔옮긴이〕본문에 등장하는 'чарленый'는 진홍빛, 선홍빛을 뜻하는 'червленый'의 고대 러시아어 형태이다. 《이고리 원정기》에서 '선홍빛'은 폴로베츠인들의 방패의 수식어인 동시에 수많은 전투를 통해 흘린 피를 의미하기도 한다.

10) 〔편집자〕《이고리 원정기》에서. 크지 않은 오류와 함께. 원문은 다음과 같다: "О русская земля, за шеломенем еси."

들은 일정한 강령들로 결정화되었다. 우리는 그러한 강령들을 비판적으로 검토한다. 지금 우리는 우리를 네크라소프에게 이끄는 것은 정치가 아니고, 그것이 우리를 도스토옙스키로부터 밀어내는 것도 아니라는 사실을 알고 있다.

문학을 감히 자기 세력하에 둘 수 있는 확고부동한 교리가 하나도 없는 지금, 사회적인 교리로부터 문학을 도출해 내는 것은 더더욱 위험하다. 교리에 대한 비판은 인식론의 과제이다. 그런데 우리가 이 분야를 조금이라도 알고 있단 말인가? 우리의 교리론은 무비판적인 교리론이다. 그것은 본질적으로 비합리적인 우리의 지향들의 형식이다. 따라서 러시아 문학에 나타나는 교리적인 명령은 믿을 수가 없다. 문제는 전혀 다른 데 있다.

우리에게 교리론은 우리의 지향을 표현하는 수단이다. 그런데 교리는 우리를 하나로 연결시켜 주는 어떤 길의 상징이다. 이때 우리가 맺는 관계의 형식은 종교적이다. 우리의 교리론은 어린아이의 혀짤배기소리이며, 그것의 첫마디는 '종교'가 될 것이다.

따라서 삶의 가치와 자유를 위한 투쟁이 비합리적인 것처럼, 우리의 능동성은 비합리적이다. 그러므로 우리가 진실로 또 다른 살아 있는 말을, 또 다른 살아 있는 미래를 원한다면 우리의 종교적 미래에서 우리의 지향은 민중의 지향과 조우할 것이다.

그러나 그때까지는, 우리의 과거가 저 먼 태곳적부터 어두운 것처럼 우리의 현재도 어두울 것이다. 어둠은 어둠과 융합하여 단일한 평원, 즉 얼어붙고 음침하며 끝없이 펼쳐진 러시아의 평원 위에 드리워진 밤이 된다. 바로 여기서 푸시킨은 '온갖 악령들'[11] 이 날아다니며 눈보라를 흩뿌리고 러시아의 현실 위에 얼어붙은 옴딱지처럼 내려앉는 것을 달빛 아래

11) 〔편집자〕 온갖 악령들(бесы разны) : 푸시킨의 시 〈악령들〉(1830)에서.

로 쳐다보며 무작정 괴로워했다.

이 황량한 평원들, 이 굽이치는 계곡들, 헐벗은 시골마을들, 줄무늬의 이정표들, 없어서는 안 될 초원이 《죽은 혼》의 그 광막한 평원으로부터 우리를 응시하고 있다. 여기서 죽은 자들은 죽은 농노들을 매입하고, 죽은 자들이 죽은 자들을 부활시킨다. 이들은 사람인가 아니면 '온갖 악령들'인가? 그들은 아마도 고골이 소러시아에서 보았듯이 푸시킨이 대러시아에서 보았던 악령들일 것이다.

고골의 그 악령들 중 하나가 달을 훔쳤다(〈성탄전야〉).[12] 이 악령의 외모는 전혀 무섭지 않다. 앞모습은 돼지를 닮았고, 뒷모습은 문관의 제복을 입은 누군가의 익숙한 모습을 닮았다. 나중에 이 악령은 결국 제복을 입게 되었다. 그리고 우리는 넵스키대로에서 고골의 그 악령을 다시 보았다. 이때 비평계는 고골에게서 경향성을 이끌어 내고자 애를 썼지만, 고골의 진정한 경향성은 놓치고 말았다. 고골은 제복이 알레고리적인 악마가 아니라 실제 악마임을 강조하고자 했다. 그리고 특히나 전직 관료인 치치코프가 언젠가 달을 훔치고 *아주 많고 많은 별*들을 훔쳤듯이, 우리의 죽은 혼을 강탈하려 하면서 자신의 진짜 본성을 드러냈을 때, 범속한 세태가 얼마나 황당한 몽상적인 잠꼬대로 치장되어 있었는지 드러났다. 고골은 푸시킨의 유령을 더 깊이 파헤친다. 그는 여러 악령들의 간계를 밝혀낸다. 그러나 악령은 고골에게 사제 마트베이[13]를 내놓음으로

---

12) 〔옮긴이〕 〈성탄전야〉(Ночь под Рождество) : 고골의 작품집 《디칸카 근교의 야화》(Вечера на хуторе близ Диканьки, 1831)에 수록된 단편 중 하나. 이 작품집에는 〈성탄전야〉를 비롯한 여덟 개의 단편들이 실려 있는데, 모두 우크라이나 지방의 악령에 관한 민간설화를 바탕으로 하고 있다. 환상과 그로테스크, 유머가 공존하는 고골 특유의 예술세계의 단초가 이 초기 작품집에서 이미 제시되고 있다.

13) 〔옮긴이〕 사제 마트베이(Матвей Константиноский) : 고골의 생애 후기에 정신적으로 큰 영향을 미친 인물로서 트베리(Тверь) 주 르제프(Ржев) 시의 사제장이

써 그의 폭로작업을 중단시킨다.

확신하건대, 〈동시대인〉(Современник)의 편집부에서 네크라소프는 자신이 형상화한 러시아 농촌의 상징적 의미에 관해 생각해 보지 않았을 것이다. 그렇다면, 거기 그 들판에서 그는 무슨 생각을 했고, 무엇을 보았을까? 나는 모르겠다. 단지 거기서 그 어떤 힘이 그의 농부들을 여기서 저기로, 황야에서 황야로 내몰고 있을 뿐이다. 협곡에서 기어 나오는 고레바니체[14]는 비애가 아니겠는가.

춥다, 순례자여, 춥다,
배고프다, 여보시게, 배고프다.[15]

어찌 되었든, 네크라소프의 순례자는 이미 언덕 위에 올라와 있다. 그런데 그 순례자 중 한 사람인 블라스[16]가 거기에 있던 악마를 그대로 곧

었다. 신학적인 지식은 남다르지 않았으나 대단한 달변이었다고 전해진다. 고골은 친구였던 톨스토이(Толстой, А. П.) 백작의 소개로 사제 마트베이를 알게 된 후 그와 서신을 교환하고 그의 충고에 귀를 기울이게 된다. 1847년 고골의 《친구와의 서신교환선》(Выбранные места из переписки с друзьями)이 출판되었을 때, 마트베이는 이 책을 혹평했던 인물 중 하나였다. 그는 고골이 자격도 없이 설교자를 사칭한다고 비판했다. 1852년 고골은 《죽은 혼》 2권을 마트베이에게 보여 준 후, 그에게서 원고를 없애라는 충고를 듣는다. 도덕적 엄격주의에 근거한 사제장의 충고는 작가에게 큰 충격과 죄의식을 불러일으켰다. 고골은 모스크바로 마트베이를 불러 참회하고 《죽은 혼》 제2권의 원고를 불태웠다. 그리고 며칠 후 사망한다.

14) 〔옮긴이〕 고레바니체(гореваньице) : '고통, 비애, 슬픔 따위를 느끼다'라는 뜻의 옛 러시아어 동사 '고레바치'(горевать)에서 파생된 명사. '비애', '불행', '고통'을 뜻하는 러시아어 명사 고레(Горе)와 결합되어 '고레-고레바니체'라는 명사구로 러시아 민요에 등장한다. 민요에서 '고레-고레바니체'는 산이나 숲 속에 사는 순례자의 형상으로 의인화된다.

15) 〔편집자〕 네크라소프의 서사시 《행상인들》(Коробейники, 1861)에서.

16) 〔편집자〕 블라스(Влас) : 네크라소프의 시 〈블라스〉(1854)의 주인공.

장 뛰어넘어 갔고, 그러자 그의 길이 멀리 펼쳐졌다. 그 길은 우리의 교리들의 지평 너머 '빛나는 생명의 예루살렘'으로 뻗어 나갔다. 이 얼마나 이상한 일인가! 서구 상징주의자들의 저작을 섭렵했던 러시아 인텔리겐치아의 길이 그리로 뻗었다. 그 길은 알렉산드르 도브롤류보프의 길[17] 이었다. 그는 벌써 9년째 블라스와 함께 '빛나는 생명의 새 예루살렘'을 향해 가고 있다. 우리의 비극을 이겨낸 러시아 상징주의자의 이 고독한 형상은 우리를 자극하지 않을 수 없다. 우리도 갈 것이다, 이렇게 제자리걸음을 할 수는 없다. 하지만…. 어디로 갈 것인가, 어디로?

결코 인텔리겐치아가 아니고, 물론 *데카당도 아닌* 레프 톨스토이의 고백은 참으로 상징적이다. 레프 톨스토이는 자신에게 도브롤류보프적인 능력이 없음을 인정한다. 그렇기 때문에 레프 톨스토이는 과거와 결별하지 않는다. 그러므로 톨스토이의 종교적 갈망은 종교적 행동이 아니라 단지 도덕적인 설교로, 헛된 파업으로 끝맺는다.[18]

*실천*하기를 원했으나 *실천*할 수 없었던 도스토옙스키와 그는 얼마나 다른가! 도스토옙스키는 종교적 미래에 대한 환영에 눈이 멀었고, 조시마 장로의 입을 통해 그 미래를 향해 응답했다. "아멘, 아멘!"[19] 그가 현

〔옮긴이〕 블라스는 젊은 시절에 가족과 가난한 이웃에게 잔혹하고 인색하게 굴던 불신자 농부였는데, 어느 날 예언적인 환영을 본 후 깊이 참회한다. 그는 자신의 전 재산을 이웃에게 나눠 주고 순례의 길을 떠난다.

17) 〔편집자〕 알렉산드르 도브롤류보프의 길: 도브롤류보프(Добролюбов, А. М., 1876~1945)는 러시아 상징주의 제1세대 작가 중 한 명이다. 그는 정신적인 위기를 겪고 1898년 봄에 모스크바대학을 그만두고 순례의 길을 떠났다. 수도원에서 초심자 생활을 하다가 1900년대 초 볼가 강 유역에 '도브롤류보프주의자들'(Добролюбовцы) 혹은 '바트락크들'(батраки)이라는 종교 분파를 구성하기도 했다.

18) 〔옮긴이〕 이 글을 쓰고 나서 얼마 후 벨르이는 비평문 〈창조의 비극: 도스토옙스키와 톨스토이〉(Трагедия творчества: Достоевский и Толстой)에서 톨스토이의 가출과 죽음을 '종교적인 행동'(религиозное действие)으로 묘사한다.

실로 다시 눈을 돌렸을 때 그는 검은 원들이 스쳐 지나가는 것을 두 눈으로 보았고, 아직 진정한 종교적 현실을 얻지 못했으나, 이미 그곳을 향한 길을 닦고 있는 러시아 인텔리겐치아들의 얼굴에 그 검은 원들을 옮겨 놓았다. 그는 이 인텔리겐치아들을 '악령'이라고 명명했다. 그러자 그들은 도스토옙스키에게 '잔혹한 재능'이라고 응답했다. 인텔리겐치아들은 오랫동안 도스토옙스키를 받아들이고 싶어 하지 않았다. 도스토옙스키와 인텔리겐치아는 악연이었다. 인텔리겐치아는 도스토옙스키를 악의적으로 대했는데, 그 역도 마찬가지였다. 양자 사이에 어두운 악의가 존재했다.

그러나 믿기 어렵고 어떤 강령으로도 설명되지 않으며 오늘날 이미 벌어진 사실이 있으니, 그것은 다름 아닌 도스토옙스키의 고백이다. 이 고백은 우리와 그가 하나라는 것을 알려 주지 않던가! 우리는 우리의 지향을 교리라고 부르는 반면, 그는 그것을 신(神)이라고 명명한다. 그러나 우리는 그와 함께 있고, 그는 우리 속에 존재한다. 그리고 어떤 *제3의 살아 있는 것*이 우리들 사이에 존재한다. 즉, 우리 역시 민중적이다. 도스토옙스키가 지극히 민중적인 것과 마찬가지로 우리 역시 민중적이다. 러시아 인텔리겐치아는 도스토옙스키의 고백을 통해 자신이 민중과 종교적으로 연결되어 있음을 고백했다.

이 고백은 현대 러시아 문학의 운명에 반영되었다.

도스토옙스키는 미래에서 너무 많은 것을 보았다. 반면 도시인-도스토옙스키는 주변 현실 속에서 아무것도 보지 못하고, 모든 것을 혼동했다. 헐벗은 농촌, 향쑥, 러시아 현실의 협곡들(수많은 협곡들)은 그의 마음을 움직이지 못했다. 우리는 네크라소프의 다음과 같은 고백 앞에 경

---

19) 〔옮긴이〕《카라마조프가의 형제들》(Братья Карамазовы)의 1부 2권 5장〔〈아멘, 아멘!〉(Буди, буди)〕을 염두에 두고 있다. 해당 장에서 조시마 장로는 그리스도교의 공동체가 "주권을 가진 단일한 세계교회"로 변화되어야 함을 강조한다.

건하게 고개를 숙인다. "어머니 조국이여! 나는 당신의 자유를 끝내 보지 못하고 무덤으로 향할 것입니다. 그러나 바라건대, 고향 마을에 부는 바람이 하나의 소리를 내 귀에 전해 주기를. 그 소리에 잠겨 사람들의 피와 눈물이 끓는 소리가 들리지 않으리니."[20]

우리의 젊은이들은 수십 년간 이 말에 귀를 기울였다. 도스토옙스키는 러시아 민중들이 얼마나 간절하게 "탐보프에서 타슈켄트까지[21] 대학생이 오기를 목이 빠져라 기다렸"는지를 추악하게 패러디함으로써 젊은이들을 조롱했다. 반복하건대, 도스토옙스키는 이때 맹목적이었다. 미래가 그의 눈을 멀게 했다. 그런데도 젊은이들은 도스토옙스키를 받아들였다.

그를 받아들였다면, 도스토옙스키가 외친 *바로 그것*(진정 이는 "자신을 위한 것이 아니다")을 받아들이고, 도스토옙스키가 권고하는 곳으로 나아가게 될 것이다. 그곳은 우리 나라의 종교적 미래이다.

러시아 인텔리겐치아는 도스토옙스키가 미래에서 계시 받은 것을 보지 못했다. 그러나 러시아 인텔리겐치아는 도스토옙스키가 현재에서 보지 못하고 듣지 못한 것을 보고 들었다. 러시아라는 국가의 저열함의 굴곡들과 순례자들을 보았고, 들판에서 그의 음성을 들었다.

---

20) 〔편집자〕 네크라소프의 시 〈해마다 힘이 줄고〉(Что ни год, уменьшаются силы, 1861)에서.

21) 〔편집자〕 탐보프에서 타슈켄트까지: 오가료프(Огарев, Н. П., 1813~1877)의 시 〈대학생〉(Студент, 1868)을 〈빛나는 개성〉(Светлая личность)이란 제목으로 패러디한 것이다. 벨르이는 이를 부정확하게 인용하고 있는데, 원작에는 '스몰렌스크에서 타슈켄트까지'(От Смоленска до Ташкента)라고 되어 있다.
〔옮긴이〕 도스토옙스키의 소설 《악령》(Бесы) 2부 6장에 나오는 시를 말하는 것이다. 이 시는 소설 《악령》의 등장인물인 이그나트 레뱌트킨이 쓴 매우 조야한 양식의 시이다. 이 소설의 주요 모티프를 제공한 대학생 네차예프 살해사건의 수사과정에서 살해에 가담한 비밀서클의 일원이 네차예프에게 오가료프의 시를 증정했던 사실이 밝혀진 바 있다.

춥다, 순례자여, 춥다,
배고프다, 여보시게, 배고프다.

도스토옙스키는 민중의 미래를 종교적으로 조망할 수 있었다. 그러나 그는 미래와 현재의 연관성은 발견하지 못했다. 그리하여 그는 기반을 잃게 되었다. 러시아 인텔리겐치아는 현재에 종교적 관계를 도입할 수 있었다. 그들은 민중들의 생활고에 대한 근심을 희생제물로 태워 버렸다. 그들 전체가 순진한 투쟁의 희생양이다. 희생은 오직 *자신을 위한 것이 아닐 때* 가능하다. 러시아 인텔리겐치아는 저도 모르게 지상의 일용할 양식을 *상징*으로 만들었다. 도스토옙스키는 '새 예루살렘'(град новый) 에 대한 상징주의적 비전을 갖고 있었다. 그가 우리를 묵시록의 형상들에 친숙하게 만든 이유가 여기에 있다. 그러나 '새 예루살렘'의 환영이 과연 지상으로 강림할 수 있을 것인가? 저 흐릿한 환상이 일용할 양식이 될 수 있을까? 러시아 인텔리겐치아의 상징들은 도스토옙스키의 상징들과는 다른 형식을 취하고 있었다. 그들 너머에 그들을 결합시킬 수 있는 리얼리티가 있었을까? 그렇다, 있었다. 왜냐하면 도스토옙스키와 러시아 인텔리겐치아는 이제 숭배의 형식과 무관하게 서로 만났기 때문이다. 오늘날 러시아 인텔리겐치아의 숭배는 민중에게 없어서는 안 되는 일용할 양식을 희구하는 기도의 형식을 띤다. 이 예배형식을 도스토옙스키는 참을 수 없었다. 그는 이 숭배를 '*악령 들림*'이라고 칭했다. 도스토옙스키의 숭배는 정교 교리의 전파형식을 띤다. 이 숭배형식을 러시아 인텔리겐치아들은 '*반계몽주의*'라고 명명했다. *반계몽주의*가 *악령 들림*과 마주쳤고, 둘은 예기치 않게 합류했다. 그리고 예기치 않게 우리의 가슴속에서 그 형식들의 내밀함과 비밀스러움이 서로 마주쳤다. 그때 종교적 체험의 깊은 곳에서 도스토옙스키의 비개화주의는 위장이고, 그는 결코 정교도가 아니며, 그가 설파한 것은 민중의 일용할 양식이라는 사실이 드러났다. 그리고 러시아 인텔리겐치아의 *악령 들림*은 먼 것을 향한 기도라는 사실이 드러났다.

오늘날 *반계몽주의* 세력이 이미 우리를 위협하지 못하는 것과 마찬가지로, 우리는 *악령 들림*을 두려워하지 않는다. 우리는 악령을 러시아 현실의 심장에서 표층으로 쫓아낸다. 우리는 정교의 교의를 부정하면서도 종교적 상징들은 받아들인다. 우리는 마르크스주의의 교리를 부정하면서도 지상의 변혁에 대한 상징들은 받아들인다.

이와 같이 두 개의 노선이 하나로 합쳐졌다. 러시아 문학은 러시아의 삶과 합쳐지고, 말씀은 육신과 합쳐졌다. 그러나 그때 우리는 두 개의 노선이 교차하는 것은 미래의 일이라는 것을 알았다. 우리는 단지 두 개의 노선의 교차가 가능하다는 것을 알았다. 교조주의의 경계 너머에서 공공성을 지속하면서 그것의 정당화는 종교 속에 있다. 과거의 경계 너머에서 역사적인 종교를 지속하면서 그것의 정당화는 역사 속에 있지 않다. 우리가 추구하는 결합의 견지에서 종교적인 교리들은 삶의 가치들에 대한 상징으로 변형되고, 러시아 인텔리겐치아의 교리들은 살아 있는 종교적 상징들로 변형된다.

러시아 문학에 *새로운 삶*이 계시되고 있다. 러시아인의 삶에 창조적이고 실제적인 *새로운 말*이 주어진다. 낡은 삶은 더 이상 삶이 아니게 된다. 러시아 문학은 결코 문학이 아니다. 우리는 이제야 이러한 결론에 도달했다. 그러나 얼마 전까진 그렇지 않았다. 불과 얼마 전, 도스토옙스키 이후에 경향적이고 살아 있던 문학은 고갈되어 갔다. 문학의 맥이 중도에 끊어진다(코롤렌코, 고리키). 그것은 반복에 호소한다. 비록 그것이 새로운 사회적 요소들과 새로운 모티프들을 제시한다고 해도, 살아 있는 새로운 설교를 전달하지 못한다. 한편 러시아 문학의 경향성은 점점 더 노골화되거나 혹은 완전히 고갈된다. 왜냐하면 행동에 대한 가장 중요하고 가장 필요한 말들은 이야기되었지만, 행동 자체는 없기 때문이다.

경향성과 설교가 고갈되어 가는 곳에서 문체론이 무성하게 번창하고 형식이 발전한다. *무엇*이 *어떻게*로 대체된다. "체홉이 *어떻게* 능수능란하게 표현하는지, 그의 주인공들이 *어떻게* 말하고 행동하는지"를 보고 우리는 감탄한다. 그러나 *무엇*이 그들을 이끌어 갈 것이며, 그들이 우리에게 *무엇*을 가져다줄지 우리는 모른다. 말로써 표현되는 것은 그들의 *어떻게*이며, 그들의 *무엇*과 *무엇을 위하여*는 묵살된다. 더 나아가서 말은 의미를 상실하고, 그다음으로 말은 음악이, 문학은 교향악 오케스트라의 새로운 현악기로 변형된다.

그다음 우리 문학의 소보르노스티는 극단적 개인주의로 바뀌게 된다. 그리고 실제로 그런 일이 벌어졌다.

"무엇보다 먼저 음악"(*De la musique avant toute chose*)[22] 이라는 폴 베를렌의 슬로건이 러시아에 울려 퍼진다.

서구에서 경향적 설교가 러시아에서처럼 비합리적이었던 적은 결코 없었다. 문학적 합리주의가 서구의 소설을 괴롭혔다. 그리하여 서구 문학에서 문학적 합리주의에 대항하는 반란이 일어났다. 서구 문학은 러시아 문학보다 더 유서 깊다. 그것의 실제적인 공적들은 일련의 문학적 기법들을 전취해 낸 것이다. 서구 문학에서 *기법*은 설교보다 더 실제적이다. 설교는 서구의 개성에게 죽은 말들을 퍼부었다. 그러자 개성이 죽은 말들에 대항하여 봉기했다. 그때 개성은 말 속에서 음악을 보았고, 말 없음 속에서 삶을 보았다. 기법이 음악과 결합되었다. 말은 상징으로, 말

---

22) 〔편집자〕 1885년 브류소프의 목소리가 울려 퍼진다. 브류소프는 베를렌의 시를 번역해 1911년 러시아에서 처음으로 출판하였다. 베를렌의 시는 1904년 시 〈안녕〉(Приветствие)의 에피그라프로 사용되었다〔물론 벨르이는 브류소프의 선집 《셰프의 요리》(*Chef's d'oeuvre*, 1845)의 일반적 경향을 염두에 두었다〕. 〔옮긴이〕 프랑스 시인 폴 베를렌의 시 〈시의 기법〉(*Art Poetique*)의 한 구절로서, 이는 상징주의의 표어가 되었다.

없는 노래로 변했다. 문학적 기법은 노래를 연주하는 건반이 되었다. 개인주의는 냉혹한 생활 전선에서 아카데미즘에 악수를 청했다. 산 것이 죽음의 수의(壽衣)를 입고 나타났다.

서구에서 그와 같은 변신이 일어나는 동안, 우리에게는 변신하는 자들의 가면을 바라볼 시간이 없었다. 우리는 변신하는 자들을 믿지 않았고, 상징주의가 살아 있는 존재임을 믿지 않았다. 그뿐 아니라, 우리는 조국의 고통과 우리 문학의 불같은 언어에 지나치게 열중하고 있었다. 우리는 톨스토이, 도스토옙스키, 네크라소프의 제자들을 보면서, 때늦은 문학적 설교에 죽음이 급습한 것을 알아채지 못하고 그들의 위대한 스승을 숭상하기만 했다. 우리는 꺼져 가는 석탄 속에서 불꽃을 보았고, 따뜻한 재 속에서 날아가는 연기를 보았다.

개인주의자들의 승전의 첫 번째 부대가 "니체, 입센, 오스카 와일드, 마테를링크, 함순"이라는 슬로건을 외치며 우리 앞에 나타났을 때, 그때서야 우리는 정신을 차렸다. 우리는 "이 무슨 유령들의 부대인가?"라고 소리쳤지만, 그들은 결코 유령이 아니었다. 그동안 서구의 상징주의자들은 가면을 벗어던지고 설교자들로 변신했다. 그것은 전혀 다른 종류의, 그들이 전혀 모르던 완벽함을 지닌 설교자들이었다. 그들은 삶에 개성의 숭배를, 시에 음악의 숭배를, 문학에 형식의 숭배를 도입했다.

유령 부대의 첫 번째 투항자들인 러시아 상징주의자들은 우리에게 저세상 사람들, 죽은 자들, 배신자들로 여겨졌다. 그들의 말의 멜로디 속에는 단지 광기만이 들렸고, 형식에 관한 설교에는 냉담한 공론이, 개성의 승인 속에는 이기주의만이 들렸다. "이것은 황제의 의복이다"라고 우리는 소리쳤지만, 황제의 의복이 실은 황제의 의복이 아닌 것으로 판명되었다. 그러나 그래도 그것은 의복이었고, 더욱이 훌륭한 의복이었다. 러시아 문학의 노선들 위에 그 이전 것들과 아무 관련이 없는 새로운 노선이 그려진 게 분명했다. 그때 러시아 인텔리겐치아는 몹시 고무되어

빈사상태였던 러시아 문학의 사회적 경향에 충성을 맹세했고, 분노에 떨면서 상징주의 유령들의 부대를 저주했다.

몽상적이고 실제적인 두 가지 문학조류의 경계면에서 격렬한 전투가 벌어졌다. 전투는 유령들(당시의 호칭대로 하자면, 데카당들)을 향한 무차별적 박장대소로 시작되었다. 그러나 유령들은 자신의 실존을 천명했다. 한 줌의 데카당들이 박장대소에는 결투신청으로, 논쟁에는 논쟁으로 응했다. 그들은 네크라소프, 고리키, 체홉, 글렙 우스펜스키의 기치에 반발하며 서유럽의 기치를 들어 올렸다. 그러자 곧 러시아 비평계의 웃음소리가 잠잠해졌고, 노골적인 욕설과 야유로 대체되었다. 사람들이 유령들을 조롱했지만, 결국 그들은 이겼고, 해냈다. 반면, 눈앞에서 벌어지는 전투를 목도하던 러시아 인텔리겐치아는 기존의 기수들과 결별하고 새로운 깃발로 방향을 돌렸다. 그들은 브류소프, 메레시콥스키, 발몬트를 외면하고 니체와 입센을 받아들였다. 마치 개인주의의 깃발이 스스로 깃대를 딛고 러시아로 껑충껑충 뛰어 들어온 것만 같았다. 그래서 나중에 러시아 인텔리겐치아는 자신이 개인주의 숭배를 러시아로 들여왔다고 생각했다.

전투의 시대에 레오니드 안드레예프가 성장했다. 그는 사회학적이고 데카당적이며, 실제적이고 몽상적인 러시아 문학의 양대 경향성을 자기 안에 모두 반영했다. 그것은 융합도 혼합도 단일성도 아닌, 평행이었다. 존재하는 것과, 상징적인 실현이 불가능해 보이는 것과의 평행이 안드레예프의 단편 〈유령들〉에서 구현되었다.[23] 그의 두 가지 재능이 발전해 감에도 두 세계관의 혼합은 사라지지 않았다. 그 이유는 이념적 혼돈이

---

23) 〔편집자〕 〈유령들〉(Призраки, 1904) : 안드레예프의 단편소설. 잡지 〈정의〉(Правда, No. 11)에 발표되었다. 벨르이는 안드레예프의 단편소설집에 수록된 이 작품에 대해 긍정적 평가를 하고 있다.

그에게 삶의 혼돈의 정경을 그려 주었기 때문이다. 안드레예프는 불확정성의 탁월한 묘사가였다. 마치 그는 두 개의 적대적 진영에서 동시에 성장한 것 같았다. 두 개의 세계관은 그에게서 결코 서로 합일되는 것이 아니라, 단지 휴전하고 있다.

러시아 데카당들은 러시아 사회와는 이질적인 존재들로 남았지만, *근대의 서구에 대한* 그들의 언명은 현대의 젊은이들의 피와 살이 되었다. 사람들은 데카당과 싸웠지만, 그러나 서구 문학에 대해 그들의 언어로 이야기했다. 〈예술세계〉를 욕하면서, 동시에 니체를 탐독했다. 그들이 함순, 프시브이셉스키, 오스카 와일드, 마테를링크, 베르하렌을 소개한 장본인이라는 사실을 망각하고 지금까지도 그들을 비방한다. 오늘날 베데킨트의 추종자들은 이미 5년 전에 러시아 데카당들이 베데킨트의 위대한 예술성을 발견했다는 사실을 망각하고, 데카당들이 보는 앞에서 이 작가의 뒤에 바짝 붙어 있는 것을 종종 보게 된다.

서구에 대한 러시아 인텔리겐치아들의 모든 가내 독서목록을 작성한 자들은 그토록 자주 욕을 먹었던 러시아 상징주의자들이다. 사람들은 그들을 욕하면서 그들의 언어로 말을 한다. 그런데 러시아 인텔리겐치아에게 일어난 것과 정반대되는, 근본적인 변화가 러시아 상징주의에서 일어났다.

러시아 인텔리겐치아가 와일드, 함순, 입센, 마테를링크의 독서에 몰입했던 반면, 러시아 상징주의자들은 푸시킨부터 도스토옙스키까지 러시아 문학을 새롭게 조명했다. 러시아 인텔리겐치아의 문학적 취향에 국제적인 반교조주의와 개인주의가 뿌리를 내렸다. 러시아 상징주의자들의 문학적 취향에는 과거의 경향적인 민족문학이 깊이를 더해 갔다.

서유럽의 개인주의가 메레시콥스키와 기피우스에게는 도스토옙스키와 접목되고, 브류소프에게는 푸시킨과 바라틴스키와 접목되며, 솔로구프에게는 고골과 접목되고, 레미조프에게는 도스토옙스키와 레스코프와 접목되었다. 니체는 도스토옙스키와 맞닿고, 보들레르와 베르하렌은 푸시킨과, 마테를링크는 레르몬토프 그리고 블라디미르 솔로비요프와 맞닿으며, 프시브이솁스키는 레스코프와 맞닿는다. 기반 없는 데카당이 민중의 혼이라는 문학적 토양 속에 뿌리를 내렸다. 그것은 서방과 동방을 잇는 다리를 놓았다. 뛰어난 과거의 유훈의 계승자들은 아류들이 아니었음이 드러났다. *외지인들이 찾아와서* 자발적으로 과거의 소중한 유산을 어깨에 짊어졌던 것이다.

그렇다면 당시에 경향성의 아류들은 대체 무엇을 했는가? 그들은 늘 서구 문학의 '유령들'에게서 문학적 수사(修辭)를 차용하면도 그들을 계속해서 거부해 왔다. 남들에게서 형식을 수탈하면서도 수탈당한 자들을 지금까지 계속 피하는 자들의 이름을 여기서 거론하지는 않겠다. 한 손으로는 문학의 성전에 자라는 쓰레기 같은 독초를 뽑아내고, 다른 한 손으로는 그 독초로 몸치장을 한다. 왼손이 하는 일을 오른손이 모른다.

서구에서 개인주의는 화석화된 형식들이 개성을 예속함에 따라 증대되었다. 작용은 그만큼의 반작용을 낳았다. 삶은 개성을 구속했다. 개성은 삶의 바깥에서 개화했다. 말의 의미는 유통되는 화폐로 변형되었다. 또한 말의 의미는 음악으로 이동했다. 개인주의의 최고 정점에서 니체는 음악에 담긴 의미와 삶에 담긴 리듬을 이해했다. 개성이라는 종교는 그와 같이 발생했다. 서구에서는 오직 이 종교형식만이 살아 있는 형식으로 판명되었다.

러시아에서 개성은 허리를 펴지 못했고, 형식을 취하지도 못했다. 그런데 한 가지 형식이 모든 사람들을 똑같이 압박했다. 형식의 다채로움이 아닌 단조로움이 우리를 압박했다. 얼어붙은 단일한 평원이 우리를 압박했다. 우리에게는 단일한 공동의 적이 있다. 수많은 것들의 비밀은 단일하다. 우리는 동일하게 서로를 몰래 부른다. 얼어붙은 평원 — 이는 삶이 아니라 죽음이다. 철야가 아니라 악몽이다. 태초부터 우리를 악마의 악몽이 괴롭혔다. 민중들은 오직 한 가지, 악마에게 남몰래 대항한다. 만일 우리가 곧 민중이라고 한다면, 우리 사이에 단일한 관계, 단일한 종교가 있는 이유가 바로 여기에 있다.[24]

서구에서는 개인이 만인에 대항한다. 반대로, 우리의 경우 만인이 개인에 대항한다. 그렇기 때문에 러시아에서 개인주의는 종교를 해체시킨다. 그렇기 때문에 민중의 종교는 우리 사이에서 이토록 강건해졌고, 문학 속에 그와 같이 구현된 것이다. 우리는 스스로 종교적이지 않은 것 같을 수도 있다. 그러나 그것은 단지 의식에 있을 뿐이다. 만일 우리가 민중적이라면, 무의식 속에서 삶의 원시력 속에서 우리는 종교적이다. 그리고 우리가 종교적이라면, 우리는 또한 민중적이다. 종교는 보편적 결합이다. 그것은 형식에 있는 것이 아니라 정신에 있다.

이것이 바로 인텔리겐치아의 개인주의가 서구의 보편주의에 매료된 이유이다. 우리의 서구주의자들은 태생적으로 개인주의자들이었다. 그와 반대로, 서구의 태생적인 개인주의자들은 뿌리 깊이 민중적인 우리 문학에 감탄해 왔다. 그들의 종교는 개성 깊숙한 내면에서 느껴졌다. 우

---

24) 〔벨르이〕 민중적 경향을 얘기할 때 나는 결코 '민중 속으로의 투신'을 염두에 두지 않는다. 나는 그것을 민중예술의 개인주의를 제한하는 조국과의 정서적인 유대로 이해한다(푸시킨과 같은 국민작가가 되기 위해서 농부나 혹은 '페룬'에 대해 쓸 필요는 전혀 없다). 데카당이 아니라 헤르더 '할아버지'를 논박하는, '데카당-인민주의자들'을 둘러싼 비평계의 무의미한 소동을 나는 이해할 수가 없다.

〔옮긴이〕 '페룬'(Перун)은 고대 러시아인들이 숭배했던 세계의 주신(主神)으로서 '천둥과 번개의 신'이다. 여기서 벨르이가 겨냥하는 것은 슬라브족의 이교적인 신화의 모티프들을 폭넓게 활용한 고로데츠키(Городецкий, С. М.)의 시집 《페룬》(1907)이다. 또한 여기서 벨르이는 '데카당-인민주의자들'을 18세기 독일 역사학자이자 시인인 헤르더(Herder, J. G., 1744~1803)와 관련짓고 있다. 헤르더는 민속에서 민족혼의 시적 구현을 발견하고, 세계 여러 민족들의 민요를 수집하고 연구하는 데 매진했다.

리의 종교는 공동의 결합 속에서, 공동의 슬로건 속에서 느껴졌다. 그런데 공동의 슬로건과 개인적 슬로건은 종교로 통합된다. 왜냐하면 종교는 *단일한 것의 종교*이기 때문이다. 우리에게 보편적인 러시아 문학의 슬로건이 서구에는 개인적으로 느껴지는 이유가 여기에 있다. 니체가 도스토옙스키에게서 전체, 즉 민중의 지향의 표현을 보지 못하고 단지 개인적인 호소만을 본 이유가 바로 여기에 있다. 도스토옙스키, 이 보편주의자가 니체에게는 위대한 개인주의자로 여겨졌다. 한편, 위대한 개인주의자 니체는 러시아 상징주의자들의 모든 그룹에게 한때 그리스도교로 이행하는 단계로 여겨졌다. 니체가 없었다면 우리에게 새로운 그리스도교 운동은 일어나지 않았을 것이다. 서구의 개인주의적인 것은 러시아 민중의 자연스러운 본능에 의해 쉽게 동화되었다. 왜냐하면 삶의 종교가 우리에게서 민중과 동행하는 반면, 서구에서는 개인주의자들과 동행하기 때문이다. 그와 반대로 서구의 모든 보편적인 것은 러시아의 개인주의자들에 의해 개인적인 것보다 더 강도 높게 체화되었다.

러시아로 전이된 서유럽의 상징주의가 그토록 뚜렷한 종교적 신비주의의 뉘앙스를 띠는 이유가 바로 여기에 있다. 바로 그러한 뉘앙스가 상징주의를 변함없이 민중에게 이끌 것이다. 아니, 이미 이끌고 있다. 우리 안에서 민중은 새롭게 부활한다. 우리는 러시아 문학의 경향성에 새롭게 천착한다. 인텔리겐치아의 의식을 종교가 못 견디더라도 좋다. 이는 인텔리겐치아가 민중의 원초적 본능과 단절하고, *어느 정도* 개인주의자가 되는 한에서만 그러하다. 그러나 진정한 개인주의는 그 역시 종교이다. 그런데 모든 종교는 연관관계이다. 그렇다면 개인주의자는 스스로를 무엇에 연관시키는가? 바로 자기 자신에게 연관시킨다. 그러나 이때 하나의 개성에는 두 개의 '**나**'가 존재한다. 내가 또 다른 '**나**'를 '나'라고 부를 때, 다른 이들은 그것을 '그'라고 부른다. **나**와 **그**는 하나로 융합된다. **그**를 부인할 경우 나는 스스로를 부인해야 한다, 즉 죽어야 한다. 개인주의는 제 2의 죽음으로 이끌거나 혹은 부활로 이끈다. 후자의 경우 개인적인 것(личное)의 심연에서 *초개인적인 것*(*сверхличное*)이 열린다. 내 안에서 노래하는 초개인적인 것이 내 밖에 있는 어떤 것으로서 지각되는 초개인적인 것에 생기를 불어넣는다. 고양된 개성은 종교로 회귀해야 한다. 또한 종교는 개성을 고양시켜야 한다.

러시아 상징주의자들은 니체와 맞닿았다. 그들이 자신 속에서 '**자신**'을 발견했다면, 민중의 '**그**'가 그들에게 진정한 '**나**'로 나타나는 것을 그들이 보지 않을 수가 없다.

현대 러시아 문학은 형식 면에서 상징적이다. 러시아 문학에서 바로 그러한 상징주의의 형식은 지금까지 서유럽적이었다. 그 형식은 미문(美文)이었다. 현대 러시아 문학에서 우리는 메레시콥스키, 브류소프, 솔로구프와 같은 양식주의자를 접하게 된다.

그러나 러시아 문학의 내용은 이런저런 (명백한 혹은 은닉된) 설교가 아닐 수 없다. 이 설교 소리가 상징주의에서 들린다. 만일 그러한 설교가 존재한다면, 현대 러시아 문학의 운명은 살아 있는 비합리적인 지향들의 표현자가 되는 것이다.

현대 러시아 상징주의자들이 이미 과거의 러시아 문학에 맞닿았다는 것은 놀라운 일이 아니다. 브류소프는 우리에게 푸시킨과 튜체프, 바라틴스키를 소생시키고 가깝게 했다. 메레시콥스키는 고골, 도스토옙스키, 톨스토이의 종교적 설교의 심오한 의미를 새롭게 제시했다. 우리는 또한 네크라소프의 음성에 새롭게 귀 기울인다.

푸시킨, 고골, 톨스토이, 도스토옙스키, 네크라소프는 심오하게 민중적이다. 현대 러시아 문학은 이미 이 작가들의 종교적 의미를 새롭게 조명했다. 이로써 현대 러시아 문학은 스스로를 그들과 연관시켰고, 그들을 통해 이미 러시아 민중, 조국과 만났다. 과거의 러시아 문학은 민중에서 개성으로, 동양에서 서양으로 나아갔다. 현대 러시아 문학은 니체와 입센에서 푸시킨, 네크라소프, 고골에게로, 서양에서 동양으로, 개성에서 민중으로 나아간다.

러시아 문학의 과거와 미래 사이에는 언젠가 살아 있었던 경향성의 죽은 폐기물들과 개인주의의 폐기물들이 놓여 있다. 미래에서 과거로 향하고 과거에서 미래로 향하는 두 가지 창조의 조류가 아직 서로 조우하지 못했고 결합되지 못했다. 죽어 있는 경향성과 생기 없는 알레고리즘은 개성의 살아 있는 음악과 결합되려는 살아 있는 설교의 지향을 왜곡한다. 살아 있는 개성이 사회 속에서 돌로 된 우상으로 여겨진다. 사회 속에서 살아 있는 것은 얼굴 없는 마스크에 가려진다. 악마가 여전히 우리를 '혼란시킨다'.

그러나 중요한 것은 단 한 가지이다. 그것은 현대 러시아 문학이 미래에 대해 이야기한다는 점이다. 그러나 우리는 그 미래를 과거의 원형을 통해 읽는다. 과거에는 무의미하다고 생각되었던 것이 상징적인 것으로 드러나면서 순수하게 내적인 의미를 획득한다. 현대 러시아 문학은 내면에서 과거와 맞닿는다. 현대 러시아 문학의 어떤 조류는 우리에게 푸시킨의 개인주의를 새롭게 조명했으며, 다른 조류는 고골과 도스토옙스키의 민중성에 활기를 불어넣었다. 미래가 과거를 비추었다. 과거를 지각하면서 우리는 현재를 신뢰하기 시작한다.

현대문학은 아직 총체성을 얻지 못했다. 문학적 *당대*에서 의미를 지니는 모든 것은 두 가지 방향으로 분열되었다. 갈라진 양쪽 길 위에는 표현들의 쓰레기가 뿌려져 있다. 두 개의 문학 유파가 애매하게 혼합되어 있다.

상징주의를 비껴가는 러시아의 경향적 문학은 이념들의 원(圓)을 공전(空轉)해야 하는 운명에 처해 있다. 그 원으로부터 빠져나갈 수 있는 출구는 톨스토이, 도스토옙스키, 고골이 지적한 바 있다. 민중과 단절되어 개인주의를 설파하는 러시아 사실주의자들은 우스꽝스럽고 가련하다. 아르츠이바셰프[25] 와 카멘스키,[26] 심지어 쿠프린도 어디로도 가지 못하고 있다. 그들은 전혀 노래하지 못하고 있으며, 이따금씩 끄적거릴 뿐이다. 드이모프, 자이체프,[27] 심지어 레오니드 안드레예프 같은 이른바 인상주의자들은 중간적 위치를 점한다. 안드레예프에게서 시민적 음계가 느껴지는 부분은 그의 과거에 해당한다. 거기서 그는 톨스토이, 도스토옙스키, 네크라소프의 수준에 오르지 못하고, 우스펜스키, 가르신, 고리키, 코롤렌코의 능력에 도달하지 못한다. 반면, 안드레예프가 상징주의자가 될 때, 그는 전혀 러시아인이 아니다. 그럴 경우 그에게는 에드거 앨런 포, 프시브이셰프스키, 형편없이 해석된 니체, 마테를링크의 정조가 감지된다. 안드레예프는 상징주의와 자연주의, 개인과 사회를 연결하는 게 아니라 뒤섞어 놓는다. 보다 더 민중적인 작가는, 예를 들어 《작은 악마》[28] 와 《썩어 가는 가면들》,[29] 그리고 다른 단편소설들을 쓴 뛰

---

25) 〔옮긴이〕 아르츠이바셰프(Арцыбашев, М. П., 1878~1927) : 러시아 작가, 사회비평가, 드라마 작가. 중편 《란데의 죽음》(Смерть Ланде, 1904)으로 문단에서 작가성을 인정받은 후 예술가의 길을 거부했다. 그 후 1907년 폭력과 자유연애, 살인에 대한 노골적인 묘사로 점철된 《사닌》(Санин)을 발표함으로써 포르노그래피라는 비난과 더불어 세간에 요란한 논쟁을 불러일으켰다.

26) 〔옮긴이〕 카멘스키(Каменский, А. А.) : 아르츠이바셰프의 동시대 작가로서 사회적인 윤리와 이념들로부터 절대적으로 자유로운 '초인'사상을 주창했다. "모든 사회적인 과업은 매력과 아름다움을 잃었다"라고 공언하면서, 혁명적이고 민주주의적이며 휴머니즘적인 일체의 사상을 극단적이고 노골적으로 부정했다.

27) 〔옮긴이〕 자이체프(Зайцев, Б. К., 1881~1972) : 러시아 작가. 체홉, 레오니드 안드레예프, 코롤렌코 등과 교유하면서 작가활동을 시작했다. 주로 중·단편소설을 썼으며, 체홉의 영향을 크게 받았다. 대표작으로는 중편 《아그라페나》(Аграфена, 1908)와 장편 《먼 외곽》(Дальний край, 1913) 등이 있다.

28) 〔옮긴이〕 《작은 악마》(Мелкий бес) : 1905년 발표된 솔로구프의 장편소설. 초판본이 독자들로부터 큰 호응을 얻어서 그의 생전에 10판까지 출간되었다. 19세기 말 러시아 지방도시에 살고 있는 음흉하고 가학적인 러시아어 교사 아르달리온 보리스이치 페레도노프(Ардальон Борисыч Передонов)의 어둡고 불행한 삶을 그렸다.

어난 재능의 상징주의자 솔로구프이다.

실제로 상징주의자들은 새로운 것, 근접한 것, 필요한 것을 말할 줄 안다. 그들은 민중의 영혼 깊은 곳에서 대지에 대한 진정한 종교적 진실을 감지한다. 이는 그들이 어느 정도 개인주의자이기 때문이 아니라 러시아로 고개를 돌린 개인주의자들이기 때문이다. 그렇기 때문에 상징주의자이자 니체주의자인 메레시콥스키는 아무도 결코 이해하지 못했던 도스토옙스키, 고골, 톨스토이를 그토록 분명하게 이해할 수 있었던 것이다. 우리가 그의 저술을 읽든 안 읽든, 우리가 도스토옙스키에 대해 이야기할 때 우리는 그의 이념의 영향을 받게 된다.

이 시점에서 서구를 향한 바로 그 개인주의자들은 결코 니체의 영향권을 벗어날 수 없을 것이다. 니체 이후 서구는 더 이상 나아갈 곳이 없다. 서구주의자-개인주의자들은 전적으로 혹은 부분적으로 니체주의자들이다. 그들의 운명은 스스로를 신(神)으로 인정하는 것이다. 신은 곧 나다. 너는 곧 '나'다. 그들이 민중에게 고개를 돌리기 전까지는 그들의 '나'는 민중에게 있어 '그'라는 사실을 이해하지 못할 것이다. 그들의 '나'는 본질적으로는 '나'가 아니며, 그들의 진정한 '나'는 최선의 경우, 멀리 있는 '나'를 향한 지향이며, 이 멀리 있는 '나'는 민중의 '그'이고, 민중의 마음속에 계시되는 '신'이 '나'에게서 나타난다는 것을 그들이 이해한다면. 만일 그들이 이것을 이해한다면, 그들 안에서 종교의 불길이 일 것이다. 그러나 그들은 이것을 이해하지 못하고, 이해하려 하지도 않는다.

민중에게 반쯤 고개를 돌린 자들이 있다. 가령 블록이 그렇다. 그의 불안한 시는 어딘지 러시아 정교의 이단 분파와 유사한 점이 있다. 그는 스스로를 '부활하지 못한 그리스도'[30]라고 부른다. 그리고 그의 *아름다운*

---

29) 〔옮긴이〕《썩어 가는 가면들》(Истлевающие личины) : 1907년 발표된 솔로구프의 단편집.

여인(*Прекрасная дама*)[31]은 본질적으로 채찍파[32]의 성모와 유사하다.[33] 상징주의자 블록은 자기 안에 낯설고 경이로운 세계를 창조했다. 그러나 이 세계는 채찍파의 세계를 극단적으로 연상시켰다. 블록은 아직 혹은 이미 민중적이다. 한편으로 비록 그가 아직 니체주의적인 상징주의의 정점에 오르지 못했지만, 즉 개인주의의 골고다를 아직 겪지 못했지만, 민중과 인텔리겐치아에 대한 문제들이 그를 이미 괴롭히고 있다. 그렇기 때문에 그에게 민중은 마치 *미학적 범주*와 같고, 그에게 니체는 단지 "낯설고 *그와는 거리가 먼, 불필요한 우상*"이다. 이러한 의식의 소유자들은 민중과의 결합은 미학이 아니고, 니체는 우상이 아니라 우리 모두를 위해 자진해서 위대한 수난을 겪기로 한 가장 가까운 형제라는 것을 전혀 이해하지 못한다.

그들은 민중을 향해 이렇게 말하는 것 같다. "우리도 민중처럼 대지에

---

30) 〔옮긴이〕 부활하지 못한 그리스도(невоскресший Христос): 블록의 시 〈너는 물러섰고, 나는 황야에서 …〉(Ты отошла, и я в пустыне …, 1907)에 등장하는 서정적 주인공의 형상.

31) 〔옮긴이〕 블록의 서정시 사이클 〈아름다운 여인에 대한 시〉(Стихи о Прекрасной Даме, 1898~1904)에 등장하는 여주인공의 형상. 시인이자 종교철학자인 블라디미르 솔로비요프가 주창한 '세계정신'(Дух Мира)의 여성적 이미지라고 할 수 있다.

32) 〔옮긴이〕 채찍파(хлыстовство): 17세기 말~18세기 초에 발생한 러시아 그리스도교의 한 분파. 이 분파의 명칭은 '채찍'을 의미하는 러시아어 '흘르이스트'(хлыст)에서 유래한다. 일체의 예배의식과 제도로서의 교회, 국가를 부정하고 성령과 인간의 직접적인 소통, 성령의 인간으로의 육화를 믿었다. 채찍파 교도들은 자신들만의 고유한 예배의식을 고안했는데, 이는 성서 낭독, 성령에 대한 알레고리적 해석, 자기 몸을 채찍으로 매질하기 등으로 구성된다. 채찍파 의식은 밤에 이루어지며, 이들은 예배의식을 통해 황홀경을 경험하곤 했다.

33) 〔옮긴이〕 벨르이가 아름다운 여인과 채찍파의 성모를 동일시하는 것은 그리스도나 성모의 경우처럼, 성령이 구체적인 인간을 통해 직접적으로 육화되는 것을 믿는 채찍파 교도들의 신념에 근거한다.

친근하다." 대지에 친근함은 농업의 어느 구석진 분야에 정착하는 것을 의미하지 않는다. 민중의 힘은 대지에 있지 않다. 러시아 땅은 궁핍하고, 푸석푸석하며, 홍수와 바람에 휩쓸린다. 협곡들이 러시아 땅을 갉아먹는다. 러시아에는 수많은 협곡들이 있고, 그 때문에 *대지주의자*들은 대지가 없는 처지일 수도 있다. 그러므로 민중은 곧 우리이거나, 아니면 민중은 없다.

개인주의자들의 꿈으로서의 민중, 환상으로서의 대지 — 이것이 바로 고골의 고뇌, 도스토옙스키의 예언적 외침, 네크라소프의 슬픈 노래가 변형된 것이다. 그런데 그들은 이 꿈과 이 환상으로 니체를 가린다. 그러고는 환상의 허공에 매달려 있다. 그런 식으로 동양은 서구주의에 유입되면서 서구의 진정성을 분산시킨다. 그러나 그들은 종교적으로 체험한 *듯한* 자신의 상징주의로써 서양을 거세시킨다.

그들의 의무는 니체와 함께 정상에 오르거나, 아니면 실제로 민중처럼 되는 것이다. 그렇지 않은 경우 그들의 문학적 노선은 퇴화될 것이다. 블록이 그러하다. 안드레예프가 진정한 상징주의자라면, 안드레예프도 그러할 것이다. 자이체프 역시 그러하다.

그리고 그들은 이미 시시한 데카당스나 선전용 소보르노스티와 같은 오물의 원천을 제공했다. 이 모든 성애(性愛) 주의자들, 신비주의적 무정부주의자들, 기타 등등이 완전한 서구주의도 아니고 완전한 인민주의도 아닌 것에 순조롭게 기생하고 있다.

러시아 상징주의의 두 가지 노선, 두 가지 진실이 존재한다. 이들은 메레시콥스키와 브류소프라는 두 개성을 통해 상징적으로 굴절되어 나타난다.

메레시콥스키는 러시아 문학에서 인민주의가 퇴화되는 순간 가장 먼저 인민주의와 결별했다. 그는 개인주의가 지배하는 무한한 서구로 이동함으로써 인민주의의 극단성을 피했다.

메레시콥스키는 우리 시대에 가장 먼저 니체를 발견했다. 그는 니체의 눈으로 역사를 둘러보았고, 니체의 《적그리스도》[34] 에 동의했으며, 역사적인 그리스도교에 손을 들었다. 이러한 신에 대한 저항이 《율리아누스》[35] 에 반영되었다. 그러나 손을 들고 그는 멈추었다. 그는 '나'에게서 제 2의 '나'를 발견했다. '나'인가 '너'인가? 이 질문이 그의 《부활한 신들》에서 제기된다. '나'와 '너'는 제 3의 것, 바로 민중 속에서 화해한다. 그리고 《표트르》에서는 이미 민중적 음계가 심오하게 울린다. 《표트르》에서 메레시콥스키는 러시아정교의 이단의 편에 선다. 《표트르》의 이면에서 이미 *설교*가 들린다. 이것은 문학인가? 아니면 말씀인가?

이에 대한 답은 없다. 더 나아가 그것은 민중의 공훈이거나, 혹은 우리 문학의 과거에 대한 침잠이다. 메레시콥스키는 자신의 예술적 본능을 비평으로 이동시켰다. 《도스토옙스키와 톨스토이》가 발표된 이후 우리는 우리의 과거에 새롭게 접근하게 되었다.

그런데 새롭게 접근하다가 멈춰섰고, 현재 그것을 이해하지 못하고 있다.

1895년, "무엇보다 먼저 음악"(*De la musique avant toute chose*) 이라는 브류소프의 음성이 극단적으로 과장된 데카당의 목소리로 울려 퍼졌다. 그리고 우리는 그를 마치 외계인처럼 대했다. 시는 설교가 아니라 형식으로 느껴지는 음악이다. 브류소프는 일련의 놀라운 형식들을 제시했다. 더

---

34) 〔옮긴이〕《적그리스도》(*Antichrist*) : 1895년에 출판된 니체의 저작.

35) 〔옮긴이〕《율리아누스》(Юлиан) : 메레시콥스키의 3부작 역사소설 《그리스도와 적그리스도》(Христос и Антихрист, 1895~1905) 중에서 제 1권 《신들의 죽음. 배교자 율리아누스》(Смерть богов. Юлиан Отступник) 를 말한다. 소설의 2권과 3권은 《부활한 신들. 레오나르도 다빈치》(Воскресшие боги. Леонардо да Винчи) 와 《적그리스도. 표트르와 알렉세이》(Антихрист. Петр и Алексей) 이다. 이 소설에서 메레시콥스키는 이교와 그리스도교를 세계를 움직이는 두 원리로 보고 양자 간의 긴장관계를 통해 역사를 파악했다.

나아가 그는 푸시킨의 형식이란 무엇인지를 우리에게 보여 주었다.

브류소프는 러시아 문학에서 형식이라는 슬로건을 이리저리 굴려서 더럽혀 놓았다. 브류소프의 것 가운데 우리에게 소중한 것은 아무 장식 없는 순수한 말이 아니라 말들의 짜임이다. 브류소프는 설교하지 않고, 나아가지도 않는다. 왜냐하면 그의 문학적 노선은 역사 속에 없기 때문이다. 개인주의는 개성에 몰두한다. 메레시콥스키는 개인주의를 설파했다. 그렇다면 그는 브류소프적 의미에서 개인주의자일까? 메레시콥스키는 온통 탐색 중이다. 그는 자신과 민중 사이에서 양자를 결합하는 제 3의 무언가를 탐색한다. 브류소프는 탐색하지 않는다. 그는 형식을 연구한다. 바로 여기에 그의 진정한 진실, 서구로부터 유입된 성스러운 진실이 있다.

얼마 전까지 단일했던 상징주의는 현재 러시아 문학에서 형식을 위해 선점된 개성의 진실과, 설교를 위해 선점된 민중적 진실 사이에서 상징적으로 분열되어 있다.

메레시콥스키는 온통 불꽃이요, 화염이다. 그러나 그가 나아가고 있는 방향은 문학의 경계를 벗어나 있다. 문학은 그래도 여전히 형식이다. 그런데 메레시콥스키는 예술을 원하지 않는다. 그는 문학에 그것이 형식으로서 실행할 수 없는 것을 요구한다.

문학은 실행적 차원에서 종교적이어야 하는데, 그 실행성의 유일한 형식은 설교이다.

그러나 우리의 설교를 향해 말없이 미소 짓던 니체, 말이 아닌 고통의 몸짓, 수난의 공훈, 광기로써 설교했던 니체 이후 문학적 설교는 죽은 설교가 되고 말았다. 그리고 메레시콥스키는 예언하기를 두려워한다. 사실 그의 말은 우리에게 살아 있는 실행이 아니라 설교의 형식으로 전달된다.

브류소프는 모든 것이 광채이고, 모든 것이 얼어붙은 황금빛 정점이다. 그의 창작의 얼음은 우리를 불태우고, 우리는 심지어 그것이 불인지

얼음인지 모른다. 그러나 그의 창작은 우리가 어떻게 되어야 하는지 말하지 않는다. 그는 니체가 그렇듯이 가장 은밀한 것에 대해 침묵한다. 그러나 니체는 자신의 침묵을 견디지 못하고 미쳐 버렸다. 비극의 마스크 아래서 브류소프에게 무슨 일이 생겼는지, 그가 마스크를 벗고 입을 열기 전까지는 아무도 모른다.

"당신은 러시아 문학의 생생한 노선의 창시자이자 대표자입니다!" 브류소프에게, 혹은 그의 분신에게, 우리 마음속에 새겨진 청동상에게 이렇게 외치고 싶다. "당신은 깃발입니다. 깃발이 되십시오 … ."

"아아, 시의 형식으로서의 문학으로 복귀하십시오, 문학을 떠나지 마십시오. 당신과 함께 위대한 예술가가 설교로 가 버립니다. 당분간 시의 마스크를 쓰십시오. 아직 실행할 때가 되지 않았습니다." 메레시콥스키에게 이렇게 외치고 싶다. "우리를 민중과 결합시키는 행동은 문학창조가 아닌 삶 자체의 종교적 창조입니다. 당신의 외침은 시기상조입니다. 당신이 마스크를 벗기에는 너무 이르지 않습니까? 아직 기한이 되지 않았습니다!"

브류소프의 침묵 속에, 메레시콥스키의 너무나 큰 음성에 현대의 비극이 상징적으로 반영되었다. 그것은 삶의 의미에 대해 결정적인 의문이 제기된 서양의 침묵이자, 아직 우리가 당면하지 못한, 결정적인 삶에 대한 의문을 시기상조의 요청으로 변형시키는 동양의 비명이다.

메레시콥스키의 한 가지 진실은 종교적 미래로 나아가는 민중의 길이 그로부터 뻗어 있다는 점이다.

브류소프에게는 다른 진실이 있다.

그러나 양자의 길은 중도에 끊겨 버린다. 한쪽에는 이미 말이 부재하고, 다른 쪽에는 행동이 부재하다.

메레시콥스키는 너무 때 이른 '*행동*'의 선구자이고, 브류소프는 너무 때늦은 '*말*'의 선구자이다.

*말*과 *행동*은 일치하지 않는다. 그러나 오늘날 말은 행동과 일치하지 않을 수 없다.

이론가들이 미래에 대한 상을 갖고 있는 것처럼, 다만 예술가로서 미래에 대해 이야기하는 우리, 작가들은 오직 탐색하는 자들일 뿐이다. 설교하는 자들이 아니라 신앙고백을 하는 자들이다.

우리가 요구하는 것은 오직 하나이다. 그것은 우리의 신앙고백이 진정한 신앙고백이라는 것을 믿어 달라는 것이다.

읽고 쓰는 우리에게 공통점이 있다. 그것은 우리 모두 태곳적부터 우리를 이끌었던 악령이 배회하고 있는, 불모의 러시아 평원에 있다는 사실이다.

고골*

1

우리에게 가장 친숙하고 우리의 영혼을 매료시키는, 그럼에도 불구하고 여전히 거리가 멀고, 우리에게 여전히 모호한 노래, 그것은 고골의 노래이다.

너무나 무섭고, 가슴을 휘어잡는, 마치 시골 묘지에서 들려오는 듯한 웃음, 마치 우리가 죽은 사람이라는 듯이 우리를 불안하게 하는 웃음, 그것은 죽은 자의 웃음, 바로 고골의 웃음이다!

"멀리서 부르는 노랫소리, 저 멀리 사라져 가는 종소리 …. 끝없는 지평선, 루시, 루시여!"(《죽은 혼》). 또한 같은 대목, 바로 한 줄 위에는 "광대무변한 들판에서" "납으로 된 고리와 어느 포병부대의 서명이 새겨진 녹색상자를 운송하는 말 탄 병사"가 등장한다(《죽은 혼》). 여기에는

---

* 〔편집자〕 잡지 〈천칭〉(1909, No. 4) 68~83쪽에 처음 발표되었다. 벨르이는 고골 작품의 인용을 아주 자유롭게 하고 있다.
〔옮긴이〕 벨르이는 이 논문에서 고골을 러시아와 유럽에서 가장 위대한 양식주의자로 예찬하는데, 고골의 의의를 언어적인 장인성 자체가 아니라, 그것이 살아 있는 영혼의 황홀경을 표현한다는 점에서 찾고 있다.

두 개의 시점과 두 개의 사상, 그리고 두 개의 창조적 욕망이 존재한다. 그중 하나는 "그녀를 아름답기 그지없는 달밤의 은빛 광휘로 에워싸고, 따뜻하고 호화로운 남쪽의 숨결로 감싸는 것이다. 그녀를 반짝이는 강렬한 햇빛으로 감싸는 것이다. 그러면 그녀는 눈부신 광휘로 충만할 것이다"(탈고하지 못한 희곡이 불러일으킨 '*pro domo sua*'[1] 상념). 또 다른 욕망은 그 어떤 사료도 연구하지 않고 소러시아 역사를 '횡령하는 것'이다.

"노랫소리처럼 영혼을 파고드는 두 눈동자 …"(〈비〉).[2] "물에 '반사되는' 말 탄 기사"〔〈무서운 복수〉(Страшная месть)〕. "한밤의 광휘가 대지를 따라 *연기처럼 피어올랐다*"(〈비〉). "루비 같은 선홍빛 입술이 …. 가슴을 *밀착해 왔다*"(〈비〉), "종달새의 *찬란한* 노래"(〈오월의 밤〉).[3] "엷은 *잿빛 안개 같은* 머리카락"(〈무서운 복수〉). "처녀는 마치 유리로 된 루바슈카에서 내비치듯이 물에서 빛을 발했다"(〈무서운 복수〉). "두 눈에서 송곳니가 뻗어 나온다"(〈무서운 복수〉). "은방울꽃으로 치장한 초원을 닮은, 하얀 루바슈카를 입은 처녀들" 그리고 달빛에 속이 내비치는 그녀들의 "구름으로 빚은 듯한" 육신(〈오월의 밤〉). 어쩌면 그들이 입고 있는 루바슈카의 *은방울꽃 같은* 흰 빛은 일순간 유리같이 맑은 물이 되어 시냇물처럼 흘러나올지도 모른다. 고골에게서 시냇물은 연기처럼 피어오르거나, 혹은 돌 위에서 먼지처럼 흩어지고, 잿빛 먼지처럼 몰려들어(〈무서운 복수〉) 늑대의 털가죽처럼(〈무서운 복수〉) 은빛으로 빛나며, 혹은 "부싯돌

---

1) 〔편집자〕 *pro domo sua*: 라틴어로 '자기 자신을 지키기 위해'(문자 그대로, '자신의 집을 지키기 위해')를 의미한다.

2) 〔옮긴이〕 〈비〉(Вий): 고골의 작품집 《미르고로드》(Миргород, 1835)에 수록된 단편. 우크라이나의 땅귀신 '그놈'(Гном)의 우두머리인 '비'에 대한 설화를 모티프로 하고 있다.

3) 〔옮긴이〕 〈오월의 밤〉(Майская ночь): 원제목은 〈오월의 밤, 혹은 익사한 여자〉(Майская ночь, или Утопленница)이다.

아래 불꽃이 일어나듯"(〈무서운 복수〉) 노(櫓) 밑에서 반짝인다.

어떻게 이러한 형상들이 있을 수가 있는가? 어떻게 이렇게 믿기 어려운 것에서 형상들이 창조될 수 있는가? 그들 속에는 꽃, 향기, 소리 등 모든 것이 뒤섞여 있다. 이보다 더 과감한 비유가 어디 있겠는가? 이렇게 믿기 어려운 예술적 진실이 어디 있겠는가? 불행한 상징주의자들이여. '*하늘색 소리*'(*голубые звуки*)라는 비유 때문에 비평계는 지금까지도 그들을 비난하고 있다. 그러나 베를렌, 랭보, 보들레르에게서 고골의 것처럼 믿기 어려울 정도로 과감한 형상을 찾아보시라. 아니다, 당신은 그러한 것을 찾을 수 없을 것이다. 그런데 사실 사람들은 고골을 읽지만 제대로 보지 못하고, 지금까지도 우리 사전에 고골을 지칭할 만한 단어가 없다는 것을 모르고 있다. 우리에게는 그가 찾아낸 그 모든 가능성들을 측량할 만한 도구가 없다. 고골이 대체 무엇인지 우리는 아직 모른다. 비록 우리가 그의 진실을 보지 못해도 그의 모든 창작은, 우리의 빈약한 감수성에 의해 축소될지언정, 19세기 러시아의 다른 모든 작가들보다 우리에게 친근하다.

어떻게 이러한 문체가 있을 수 있는가!

그에게서 두 눈동자는 노래하듯이 영혼을 파고들고, 때로 송곳니처럼 튀어나오고, 머리카락은 옅은 잿빛 안개처럼 바람에 흩날리고, 물은 잿빛 가루가 되거나 늑대의 털가죽, 그 광채로 깃을 단 유리로 된 루바슈카가 된다. 모든 페이지마다 거의 모든 어구에서 어떤 새로운 세계로의 경계이월이 일어난다. 그 새로운 세계는 "*아름다운 향기의 바다*"(〈오월의 밤〉), "*기쁨과 빛의 홍수*"(〈비〉), "*유쾌함의 소용돌이*"(〈비〉) 속에 있는 영혼으로부터 발생한다. 나무가 '*술주정*'을 하고[〈분실된 서류〉(Пропавшая громота)], 인간이 황홀경에 젖어 새처럼 날아가다가 ···. 아예 "세상 밖으로 날아갈 것만 같은" 순간(〈무서운 복수〉), 그러한 소용돌이, 홍수, 바다로부터 고골의 노래가 태어났다. 그때 고골은 자신의 노래가

"아름답기 그지없는 달밤으로 에워싸고, 강렬한 햇빛의 반짝이는 물결로 감싸기를, 그래서 눈부신 광휘로 불리기를" 바랐다(고골의 필사본에서). 그리고 고골은 자신의 세계 창조를 시작했다. 그의 영혼 깊은 곳에서 우리가 모르는 새로운 공간이 탄생했다. 행복의 홍수 속에서, 감정의 소용돌이 속에서 창조의 용암이 분출하여 '*높디높은*' 산맥처럼 굳어 가고, 숲과 초원처럼 무성해지고, 연못처럼 반짝인다. 그런데 그 산맥은 그냥 산맥이 아니다. "저 성마른 바다가 해안에서 달려 나와 난폭한 파도를 소용돌이처럼 던져 올리자, 파도는 굳어 버린 채 공중에서 멈추었다"(〈무서운 복수〉). "그 숲은 그냥 숲이 아니라…. 하늘의 허리띠를 두른 녹색 지대이다"(〈무서운 복수〉). 그 연못은 그저 연못이 아니다. 그것은 "쇠약한 노인처럼 불타는 별들에게 얼음처럼 차가운 입맞춤을 퍼붓고, 자신의 차가운 품 안에 멀고 어두운 하늘을 품었다"(〈오월의 밤〉). 고골의 대지는 이러하다. 거기서 숲은 할아버지의 구레나룻이고, 거기서 초원은 하늘이 두른 허리띠이며, 거기서 산맥은 굳어 버린 파도이고, 연못은 하늘을 품고 있는 쇠약한 노인이다. 그렇다면 하늘은 어떠한가? 고골의 〈무서운 복수〉에서 마법사가 카테리나의 영혼을 꾀어낼 때, 하늘은 그의 방을 가득 채운다. 하늘 자체가 마치 마법의 기류처럼 마법사로부터 비롯된다. 고골의 하늘은 바로 그러하다. 그것은 마법의 하늘이다. 바로 이 하늘에서 땅이 생겨난다. 그것 역시 마법의 땅이다. 그러므로 숲은 할아버지의 머리이고, 난로의 굴뚝에서 "*신학교 교장이 생겨난다*". 고골에게서는 지상의 아이들 역시 그러하다. 그들은 지상의 무서운 아이들이다. 마법사, 혹은 땅귀신, 혹은 귀족아씨인 그 아이들의 몸통은 투명하고, 구름으로 빚어졌다. 엘리스[4]의 정확한 관찰에 따르면, 이렇게 기이한

---

4) 〔옮긴이〕 엘리스(Эллис): 본명은 레프 리보비치 코브일린스키(Кобылинский, Л. Л., 1879~1947). 러시아 상징주의의 시인이자 이론가 중 한 사람. 보들레

지상에서는 돼지들조차도 "*제 눈을 비비며 의심한다*". 그러니까 이 땅은 그저 땅이 아니다. 그것은 때로 달빛이 스며 나오는 구름의 이랑이다. 꿈에 심취하면, 꿈은 당신의 의지에 따라 뜬구름 같은 형상을 물의 요정으로, 악마로, 새 예루살렘으로 변화시킨다. 거기서 당신은 페테르부르크와도 닮은 점을 발견하게 될 것이다.

고골의 시가(詩歌)의 눈부신 광채, 그 빛은 그에게 새로운 최상의 지상을 만들어 주었다. 거기서 꿈은 꿈이 아니라 새로운 삶이다. 그의 시는 고골이 걸어 다니는 땅 위에 "투명한 덮개처럼 가볍게 드리워져 있는"(〈비〉) 광휘와 같다. 고골은 우리와 자기 자신이 진정한 대지를 보지 못하도록 "흰 눈처럼 하얀 다마스쿠스 산(産) 값비싼 옥양목"을 그 위에 덮어 버린다. 이 옥양목의 주름진 습곡에서 하늘을 나는 *아씨*들의, 구름으로 빚은 육신이 태어난다. 고골의 창작 초기에 현실은 종종 달빛의 낭만적인 베일로 가려지곤 했다. 왜냐하면 그에게 현실은 마치 외모를 베일로 가려야만 참을 수 있는 귀부인 같았기 때문이다. 그러나 고골은 이제 자신의 귀부인에게서 베일을 벗겨 낸다. 자, 고골이 현실을 무엇으로 변형시켰는지 보라. "마치 소몰이꾼의 두 마리 황소가 서로 맞붙어 대결할 때, 한 차례 으르렁거리는 것과 같은 그런 웃음을 내질렀다"(〈비〉). "이반 이바노비치의 머리는 꼬리 부분이 아래로 향한 무를 닮았고, 이반 니키포로비치의 머리는 꼬리 부분이 위로 향한 무를 닮았다." "이반 이바노비치의 눈동자는 담배 빛이고, 그의 입은 어딘지 고대 러시아 문자 'V'를

르를 비롯한 서구 데카당 시인들의 시를 번역하였다. 1904~1909년 잡지 〈천칭〉의 간행작업에 적극적으로 참여했으며, 모스크바의 '무사게트'(Мусагет, 1910~1917) 출판사를 설립했다. 시집 《오점들》(*Stigmata*, 1911), 《아르고: 두 권의 시집과 서사시》(Арго: Две книги стихов и поэма, 1914)를 남겼으며, 상징주의 작가들에 대한 비평서인 《러시아 상징주의자들》(Русские символисты, 1910)을 저술했다. 1913년 러시아를 떠나 유럽에서 거주했다.

닮았다. 이반 니키포로비치의 코는 잘 익은 자두 같다." "우리 의장님 얼굴의 아랫부분은 말하자면, 양의 주둥이와 흡사한데, 이는 정말이지 아주 사소한 사건 때문이었다. 고인이 되신 그분의 모친께서 출산하실 때 양 한 마리가 창문 곁으로 다가오는 것이었다. 그러자 산모는 아이더러 양처럼 울도록 부추기셨다"(〈소송〉).[5)]

자, 현실은 이와 같다! 구름의 광휘로 빚어진 육신들에 이어 양의 주둥이와 양의 울음소리가 우리에게 나타나고, 마치 두 마리 황소처럼 꼬리 부분이 위로 향하고 아래로 향한 무들이 기어 나와서, 담배 빛 눈동자를 하고 걷는다기보다는 이리저리 뛰어다니고 비스듬히 종종걸음을 걷는다. 가장 끔찍한 것은 고골이 그들로 하여금 아주 정교한 방식으로 자신의 정체를 드러내도록 만드는 것이다. 그 '무들'은 담배 빛 눈동자를 쫑긋거리면서 "제 말씀 좀 들어 보시지요"라고 연방 지껄이며 엄청나게 수다를 떤다. 고골은 우리에게 그들에 대해 단순히 알려 주는 게 아니다. 그의 어조는 모종의 기이하고 광기 어린 유쾌함을 띠고 있다. 의장님 얼굴의 아랫부분은 단순히 양의 주둥이를 닮은 것이 아니라, '말하자면' 양의 주둥이를 닮았다. '*말하자면*' 사소한 사건, 즉 의장이 세상에 출현하는 순간 양 한 마리가 창문으로 다가온 사건 때문이다. 이 '*말하자면*'이 무서운 것이다. 사람들은 이와 관련하여 고골을 사실주의자라고 명명한다. 그러나 미안하지만, 대체 여기 어디에 사실성이 있는가. 우리 앞에 보이는 것은 인간이 아니라 인간 이전의 존재들이다. 이 땅에 거주하는 자들은 사람들이 아니라 무들이다. 창문으로 다가온 양이나 사라진 검은 고양이(〈옛 기질의 지주들〉),[6)] 혹은 '*거위*'가 운명을 좌우하는 이 세계는

---

5) 〔옮긴이〕 〈소송〉(Тяжба) : 1838년에 집필된 고골의 미완성 드라마.

6) 〔옮긴이〕 〈옛 기질의 지주들〉(Старосветские помещики) : 고골의 작품집 《미르고로드》(1835)에 수록된 단편.

인간의 세계가 아니라 동물의 세계이다.

종종걸음을 치고, 이리저리 뛰어다니고, 여기저기 비벼 대는 그 모든 페레펜코들, 골로푸펜코들, 도브고치훈들, 슈폰카들[7] 은 사람이 아니라 무다. 세상에 그런 사람들은 없다. 그러나 고골은 이러한 끔찍함의 완결판으로서 이 *짐승*들 혹은 *무*들이(달리 뭐라 불러야 할지 모르겠다) 마주르카를 추게 하고, 남에게 담배를 꾸게 만들며, 더 나아가 무 중 하나인 슈폰카가 저물어 가는 태양빛을 바라보며 황홀경을 맛보았듯이 신비주의적 엑스터시를 경험하게 한다. 그뿐만 아니라 그에게서는 양서류와 파충류도 인간의 영혼을 사들인다. 그런데 과연 어느 하늘 아래 그와 같은 생명체들의 삶이 흘러가고 있는 것인가? "들판이 양가죽 외투 속처럼 어둡지만 않았던들"—어느 대목에선가 고골은 이렇게 언급한다. "술창고처럼 (밤은) 어둡고 적막하다"(〈분실된 서류〉).

고골은 하늘에 영혼의 환희를 섞을 줄 알았고, 심지어 하늘 너머에 있는 무언가를 간파했다. 왜냐하면 그의 주인공들은 이 세계로부터 달아나 저 멀리 날아가 버리려 했기 때문이다. 그러나 고골은 또 다른 하늘이란 양가죽 외투나 술창고의 지붕 같다는 것을 잊었다. 그리고 그는 간신히 세계를 덮고 있는 자신의 몽상의 옥양목을 걷어 낸다. 그러자 지상의 '*여기*'가 양가죽 외투 속의 무언가로 변해 가고, 당신은 빈대나 벼룩으로 혹은 (더 나쁜 경우) 지하실의 무로 변해 갈 때, 당신은 이미 구름 속이 아니라 여기, 지상에 처하게 된다.

이제 고골에게서 초기와는 정반대의 다른 이야기가 시작된다. 고골은

---

7) 〔옮긴이〕 페레펜코(Перепенко), 골로푸펜코(Голопупенко), 도브고치훈(Добгочхун), 슈폰카(Шпонька) : 고골의 《디칸카 근교의 야화》와 《미르고로드》에 등장하는 인물들의 이름. 이 중 페레펜코는 〈이반 이바노비치와 이반 니키포로비치가 싸운 이야기〉(Повесть о том, как поссорились Иван Иванович с Иваном Никифоровичем)의 등장인물인 페레레펜코(Перерепенко)의 잘못된 표기이다.

사람들을 몰랐다. 그는 거인과 난쟁이만 알았다. 고골은 또한 지상을 몰랐다. 그는 달빛으로 '빚은' 안개라든지 검은 술창고는 알고 있었다. 그가 술창고를 달빛을 받아 끓어오르는 먹구름의 거품과 결합시킬 때, 혹은 그가 무를 공중에 날아다니는 존재와 결합시킬 때, 그에게는 대지와 사람들에 대한 어떤 기이한 비유가 주어졌다. 그 대지는 그냥 대지가 아니다. 대지가 돌연 발밑에서 사라지기 시작한다. 혹은 그것은 우리, 망자(亡者)들이 숨이 막혀 괴로워하고 있는 무덤으로 드러난다. 또한 그 사람들은 단순히 사람들이 아니다. 카자크가 춤을 추는가 했는데, 그의 입에서 송곳니가 튀어나온다. 아낙이 갈루슈카[8]를 먹는가 했는데, 굴뚝으로 날아가 버린다. 넵스키대로를 따라 관리가 걸어가는가 했는데, 그의 코가 맞은편에서 걸어온다. 가장 최근의 비평이 그의 주인공 가운데 가장 사실적 인물인 치치코프를 악마로 바꿔 버린 사실[9]이 그에게는 얼마나 의미심장했겠는가. 치치코프가 있는 곳에 치치코프는 없다. 존재하는 것은 돼지주둥이의 '독일인'인데, 더욱이 그는 하늘에 있다. 하늘에서 별을 따고 달에게 슬그머니 다가간다. 고골은 우리가 현실이라고 부르는 것과 결별했다. 누군가 그의 발밑에서 대지를 잡아 빼버렸다. 그에게는 대지에 대한 기억만 남았다. 그에게 있어 인간의 땅은 에테르와 거름으로 분해되었다. 반면, 땅에 거주하는 생물체들은 자신을 담을 새로운 육신을 찾아다니는 무형의 영혼들로 변형되었다. 그들의 육신은 그냥 육신이 아니다. 그것은 달빛이 투과되는 구름안개다. 혹은 그것은 거름 속에서 자라나는

---

8) 〔옮긴이〕 갈루슈카(галушка) : 우크라이나 전통음식으로 밀가루 반죽에 우유나 버터 등을 섞어서 만든 경단의 일종. 끓는 물에 익힌 다음 기름에 달궈 먹거나 스프에 넣어 먹기도 한다.

9) 〔편집자〕 메레시콥스키의 비평서 《고골과 악마》(Гоголь и черт, 1906)를 염두에 둔 것이다. 나중에 이 책은 《고골. 창작, 생애 그리고 종교》(Гоголь. Творчество, жизнь и религия)라는 제목으로 재판되었다.

인간형상을 띤 *무*가 되었다. 또한 (사랑, 자비, 기쁨 등의) 모든 훌륭한 인간의 감정들은 에테르 속으로 사라졌다. 이와 관련하여 특징적인 것은 고골이 어떤 여성을 사랑했는지, 과연 사랑하기는 했는지, 우리가 모르고 있다는 사실이다. 그가 여성을 묘사할 때 그녀는 환영이거나, 혹은 "유약을 바르지 않은 도자기처럼 윤기 없는" 가슴을 지닌 차가운 입상(立像)이거나, 혹은 밤중에 종종걸음으로 신학생을 찾아가는 음탕한 아낙이다. 정말이지 여성이란 없으며, 존재하는 것은 단지 구름으로 빚은 *도자기 같은 가슴을 지닌 아낙*이나 루살카[10]일 뿐인가?

그가 인간의 감정에 대해 가르칠 때 그는 설교를 늘어놓는데, 더 나아가 그보다 더한 행태도 보인다. 그는 관청의 계장에게 자신이 천국의 관직에 복무하는 관료이고, 자신이 니콜라이 1세 치하의 러시아에서 "천상에서 강림한 새로운 예루살렘"을 주관한다는 듯이 훈계한다.

그래서 고골은 즐거울까? 아니다, 고골은 날이 갈수록 어두워진다. 고골은 두려움으로 인해 죽어 간다.

그의 형용할 수 없는 섬세한 감정은 연애에 대한 그의 망상 속에 나타나는 사랑이 아니라 우주적 차원의 엑스터시이다. 그러나 그것은 구현되지 않는 엑스터시이다. 반면, 그에게 사람들의 평범한 감정들은 서로에

10) 〔옮긴이〕 동슬라브인들의 신화적인 정령. 다산과 물의 관념, 그리고 죽은 자들의 악한 영혼의 관념이 통합된 형상이다. 민간신앙에 따르면, 물에 빠져 죽은 사람이나 세례를 받지 못하고 죽은 어린아이들이 루살카가 된다고 한다. 보통 벌거벗은 아름다운 처녀의 모습을 띠고 있으며, 강변에 무리를 짓고 앉아 긴 머리를 빗질하고 있다. 물에서만 사는 게 아니라 숲이나 밀밭에도 산다. 물에 사는 루살카는 '루살카 주간'에 반드시 물 밖으로 나와 들판과 숲을 뛰어다니면서 웃음소리로 사람들을 물속으로 유혹하여 죽음에까지 이르게 한다. 루살카의 형상은 민담과 민중예술, 러시아 시와 드라마, 서사시에 두루 나타난다. 대표적으로 푸시킨의 서사시 〈루살카〉(Русалка, 1829~1832), 레르몬토프의 시 〈루살카〉(Русалка, 1836), 고골의 〈오월의 밤. 혹은 익사한 여자〉(1829~1830), 블록의 〈대지의 기포〉(Пузыри земли, 1904~1905)를 꼽을 수 있다.

게 윙크하는 슈폰카들이나 무들의 감정이다. 그리고 평범한 삶이란 곧 정신병원이다. "나는 이 희곡(〈감찰관〉)이 싫어졌습니다 — 고골은 어느 문인에게 이렇게 쓴다 — 그로부터 도망치고 싶습니다."[11] "나를 좀 구해 주십시오! 나에게 회오리바람 같은 트로이카를, 말들을 주십시오! 나의 마부여, 마차에 올라타서 날아가시오, 말들이여, 나를 이 세상에서 데려가 다오! 멀리, 저 멀리 아무것도 보이지 않는 곳으로…"〔〈광인일기〉(Записки сумасшедшего)〕.

고골은 자신의 무들과 햇빛에 빛나는 호박들, 그리고 그들 사이에 위엄 있게 앉아 있는 *도브고치훈*이 있는 이 세계에서, 자신의 광인과 함께 "멀리, 저 멀리, 아무것도 보이지 않는 곳으로"라고 외쳐야만 하는 게 아닐까?

2

나는 고골이 누구인지 모른다. 그가 사실주의자인지, 상징주의자인지, 낭만주의자인지 아니면 고전주의자인지 모른다. 그렇다. 그는 이반 이바노비치의 가죽외투에 앉은 먼지를 너무나 또렷하게 감지했고, 그 결과 이반 이바노비치 자체를 먼지 앉은 가죽외투로 변형시켰다. 그는 이반 이바노비치에게서 인간의 얼굴만은 보지 못했다. 그는 진정한 갈망들, 사람의 감정들을 이해했고, 그러한 감정들의 형용할 수 없는 심오한 근원들을 그토록 명료하게 분별했다. 그리하여 그 감정들은 사람의 감정이 아니라 아직 육화되지 못한 어떤 존재들의 감정이 되었다. 공중을 날아다니는 마녀와 추잡한 아낙, 혹은 야채처럼 묘사되는 슈폰카와, 황홀

---

11) 〔옮긴이〕 1836년 5월 25일, 〈감찰관〉 초연이 있은 직후 어느 문인에게 고골이 보낸 편지 중에서.

경을 체험한 슈폰카는 합치될 수 없다. 고골은 현재 속에서 인류의 머나먼 과거(짐승)와 머나먼 미래(천사)를 보았다. 그러나 정작 현재는 고골에게서 용해되어 버렸다. 그는 아직 성인(聖人)이 아니었지만, 이미 인간도 아니었다. 미래와 과거의 예견자가 현재를 그려 내면서, 그 속에 우리가 알지 못하는 어떤 영혼을 불어넣었다. 그리하여 현재는 그 무언가의 원형이 되었다…. 그런데 그게 무엇일까?

사람들은 고골이 진정한 사실주의자라고, 혹은 진정한 상징주의자라고들 한다. 그런데 고골에게서 숲은 숲이 아니고 산은 산이 아니다. 그의 루살카는 구름으로 된 육신을 하고 있다. 낭만주의자로서 그는 악마와 마녀에 몰두하고, 호프만과 에드거 포같이 일상 속에 몽상적 요소를 끌어들인다. 원한다면, 고골이 낭만주의자라 해도 좋다. 그러나 이미 고골의 서사시는 호메로스의 서사시에 비교된 적이 있지 않던가?[12)]

고골은 유파적 규정이 불가능한 천재이다. 나는 상징주의적 성향을 가졌다. 따라서 내가 고골의 상징주의가 지닌 특징을 발견하는 것은 보다 쉬운 일이다. 낭만주의자들은 그에게서 낭만주의자를 발견하고, 사실주의자는 그에게서 사실주의자를 발견한다.

그러나 우리는 유파가 아닌 고골의 영혼에 접근하고 있다. 이 영혼의 수난과 고통, 희열은 인간적인 (혹은 이미 초인간적인) 행로의 정점들에 위치하는데, 이 정점들을 우리의 아르신[13)]이라는 단위로 측정하는 것은 성물모독이다. 구름 저편까지의 높이와, 바닥 모를 늪의 깊이를 아르신

---

12) 〔편집자〕 악사코프(Аксаков, К. С.)의 논문 "고골의 서사시 〈치치코프의 편력 혹은 죽은 혼〉에 대한 몇 가지 소회"(Несколько слов о поэме Гоголя "Прохождение Чичикова, или Мертвые души", 1842)를 염두에 둔 것이다.
〔옮긴이〕 이 논문에서 고골의 서사시는 그 내용의 심오함과 규모의 광대함에 있어 호메로스의 서사시에 비견된다.

13) 〔옮긴이〕 아르신(аршин) : 16세기에 도입되어 20세기 초까지 사용되었던 러시아의 길이 측량 단위. 1아르신은 0.71미터에 해당한다.

으로 측정할 수 있겠는가? 고골은 늪이자 정점이고, 진흙탕이자 흰 눈이다. 그런데 고골은 이미 지상의 존재가 아니다. 고골은 지상에 청산해야 할 빚이 있다. 지상은 그에게 *무서운 복수*를 치르게 했다. 우리의 평범한 감정은 고골에게 감정이 아니다. 사랑은 사랑이 아니고, 흥겨움은 흥겨움이 아니다. 웃음이라니 대체 그것이 무슨 웃음이란 말인가. 단지 이반 이바노비치가 가죽외투에 대해 으르렁거리는 소리만이 들릴 뿐이다. 게다가 그 으르렁거림은 "마치 두 마리 황소가 서로 맞붙어 대결하면서 한 차례 으르렁거리는 것" 같다. 고골의 웃음은 비극적 울부짖음으로 변하고, 이 울부짖음에서 나오는 어떤 밤이 우리를 덮친다. "그날 그들은 노호하는 바다처럼 이 백성에게 으르렁거리리라. 땅을 바라보면 암흑과 고난뿐, 빛마저 구름으로 어두워지리라"(〈이사야서〉 5장 30절). 고골은 그 너머에서 울부짖음이 들리는 어떤 기이한 삶의 경계로 다가섰다. 이 노호를 고골은 웃음으로 바꾸었다. 그런데 고골의 그 웃음은 마력을 지녔다. 고골은 지상을 응시하면서 크게 웃음을 터뜨리며 이렇게 말한다. 비록 태양이 빛나고, "버찌의 붉은 물감과 자두의 심홍색 물결로 온통 물든 채, 납빛 거죽을 덮고 있는 수많은 과실수들"이 있다 해도, "여기에는 어둠과 고난뿐이로다". 이와 같이 고골은 자신의 사실주의적 단편들(예를 들어, 〈옛 기질의 지주〉)에서 대지의 표면을 믿기 어려울 정도의 웅장함으로 요약한다. 그러나 바닥 모를 공포를 덮고 있는 황금양탄자를 벗겨냈을 때처럼, 이러한 웅장함 이면에서, 주사제 아바쿰[14]의 표현대로,

14) 〔옮긴이〕 주사제 아바쿰(Аввакум, П. К., 1621~1682): 17세기 러시아에서 니콘 대주교의 종교 개혁에 대항하여 구교도(분리파)들의 저항운동을 이끌었던 인물. 교회재판을 받고 시베리아 유형생활을 하다가 1682년 다른 구교도들과 함께 화형을 당했다. 아바쿰은 교리와 성서에 대한 서신형식의 《대화서》(Книга бесед), 해설형식의 《해설 및 교훈서》(Книга толкования и нравоучений) 등 수많은 저작을 남긴 뛰어난 작가이기도 한데, 그중 상당 부분을 유형지인 푸스토제르스크(Пустозерск) 지하감옥에서 집필했다. 그의 대표작은 《주사제 아바쿰

'*나락*'이 고골을 향해 "목청을 울리면서 자신의 두 손을 높이 들어 올렸다"(아바쿰, 《해설 및 교훈서》, 3부 10장).[15] 그 어떤 신비한 것도 없고, 모든 것이 대낮처럼 분명하고, 삶이 웅장한 목가의 후광을 두르고 있는 듯이 보이는, 아파나시 이바노비치와 풀헤리야 이바노브나[16]의 생기 없는 삶의 묘사에 뒤이어서, 그들의 정원이 *버찌의 붉은 물감과 자두의 심홍색 물결*로 온통 물들어 있다 해도, 공포의 나락이 *검은 고양이*의 모습으로 풀헤리야 이바노브나를 방문한 것처럼, 이 근사한 황금빛 대낮에 뒤이어 고골의 공포의 나락이 찾아온다. 이때 고골은 돌연 목가를 중단하고 우리에게 이렇게 고백한다. "분명히 당신은, 당신의 영혼을 원하는 거라고 민중들이 해석했던, 당신 이름을 부르짖는 음성을 들어 본 적이 있을 것이다." 어릴 적에 나는 그 음성을 자주 들었던 것으로 기억한다. 그때 낮은 햇빛이 쨍쨍하고 티 없이 맑았으며, 뜰에 있는 나뭇잎사귀 하나도 꼼짝달싹하지 않았다. 죽은 듯한 정적이 있었고, 심지어 귀뚜라미 한 마리도 우는 소리조차 내지 않았다. 정원에 영혼이라곤 없었다. 그러나 지옥같이 끔찍한 온갖 원시력이 꿈틀거리는 그토록 광포하고 격렬한 밤이 길을 분간할 수 없는 어두운 숲 속에 홀로 있는 나를 사로잡았다 해도, 구름 한 점 없는 한낮의 끔찍한 정적에 몸서리칠 때처럼 그리 놀라지

생애전》(Житие протопопа Аввакума, 1671~1672)이다. 과감하고 거침없는 언변과 확고한 주관과 신념으로 일관된 이 생애전은 17세기 러시아 문학의 최고봉이자, 규범적인 고대문학에서 개성이 전면에 등장하는 근대문학으로의 이행을 알리는 문학사적 지표로 간주된다.

15) 〔옮긴이〕《해설 및 교훈서》: 성서에 대한 아바쿰의 해설서로, 5부로 구성되어 있다. 이 중 3부는 〈이사야서〉 12장, 35장, 55장에 대한 해설이다.

16) 〔옮긴이〕 아파나시 이바노비치(Афанасий Иванович)와 풀헤리야 이바노브나(Пульхерия Ивановна): 〈옛 기질의 지주〉(1835)에 등장하는 선량하고 순진한 노부부. 모든 관심사가 집안 살림과 부부지간의 애정에 한정된, 지극히 평온하고 단순하며 일상적인 삶을 살아간다.

는 않았을 것이다"(〈옛 기질의 지주〉). 지상의 모든 현상들이 비정상적으로 명료해지는 그러한 대낮의 공포를 옛 사람들은 끔찍한 공포라고 표현했다. 성서에서도 역시 그러한 공포가 이렇게 언급된다. "우리를 대낮의 악령으로부터 구원하셨나니."[17] 영혼의 무성한 숲에서 나온 위대한 판[18] 혹은 악령(둘 중 누구인지 모르겠다)이 고골에게 고개를 들었다. 그 얼굴을 보고 공포에 몸서리친 고골은 선홍색 자두와 참외와 무, 그리고 도브고치훈들 속에 떠도는 한낮의 적막 속에서 완전히 녹초가 되었다. 그리고 고골에게는 그 모든 도브고치훈들에게서 바사브류크[19]가 보였고, 모든 관리들은 밤이 아닌 바로 *대낮에 귀신*으로 변했다.

그렇다면 대체 왜 그랬을까? 대낮에 영혼의 *밑바닥*이 명료한 의식의 표면으로 올라오는 것, 햇빛 쨍쨍한 적막 속에 울려 퍼지는 의식의 울부짖음("그날 마치 격노한 바다의 노호처럼 그에게 울부짖으리니")은 고결한 입문자[20]의 영적 상태이다. 고대에 모든 신비의식은 공포와 함께 시작되었다. 이집트의 신비의식을 집전하는 사제의 발밑에는 심연이 드러나곤 했다. 엘레우시스 대(大) 신비의식에서 *심연*은 견자(見者, *epoptes*)들이 현제하기 전에 개 머리를 한 귀신들을 풀어놓았다. 그리고 이 공포는 환희의 상태로 이행했다. 그것은 도스토옙스키가 "영원한 조화의 순간"이

---

17) 〔편집자〕 〈시편〉 90편 5~6절의 부적절한 인용.

18) 〔옮긴이〕 판(Пан): 고대 그리스 신화에 등장하는 지하의 신들 중 하나. 가축, 숲, 들의 신. 초기 그리스도교는 판을 '대낮의 악령'으로 명명하면서 악령의 범주에 포함시켰다.

19) 〔옮긴이〕 바사브류크(Басаврюк): 고골의 단편 〈이반 쿠팔라 전야〉(Вечер накануне Ивана Купала, 1830)의 등장인물. 구력으로 6월 24일에 해당하는 고대 러시아인들의 축일('이반의 날') 전야에 출현하는 인간의 형상을 한 악령이다. 사람들의 재물을 강탈하거나 젊은이들을 꾀어내어 해를 입힌다.

20) 〔옮긴이〕 고결한 입문자: 고대 그리스 엘레우시스 신비의식에 처음으로 참여하게 된 초입자들을 일컫는 것으로 '미스타이'(*mystai*)라고 한다. 이들이 신비의식을 통해 얻게 되는 최고의 가치는 삶-죽음-부활의 자연적 순환에 대한 이해이다.

라고 명명한 세계의 완성 상태로서, 이 순간 인간은 영혼의 갱생을 체험하고, 그것의 결말은 진정한 변형(세라핌),[21] 진정한 광기(니체) 혹은 진정한 죽음(고골)이 되는 것이다. 그렇다. 자신이 창조한 형상들에서, 지상에 대한 자신의 태도에서 고골은 이미 예술의 경계를 넘었다. 자신의 영혼의 뜰을 배회하다가 뜰이 더 이상 뜰이 아니고, 영혼도 영혼이 아닌 그런 장소를 발견했다. 고골은 자신의 예술적 본능에 천착하면서 예술의 목적 안에서 자신의 개성을 확장시키는 대신, 자신의 개성의 한계를 벗어났다. 그는 자신의 두 번째 자아의 나락으로 내던져졌고, 신령학적으로 탐구된 길과 능숙한 지도자 없이 들어서면 안 되는 길로 접어들었다. 경험적 자아를 우주적 자아와 합치시키는 대신, 고골은 이 두 자아 사이의 연관관계를 끊어 버렸다. 그리하여 양자 간에는 어두운 심연이 자리하게 되었다. 그중 한 자아는 슈폰카들과 무들의 시선을 두려워하고, 또 다른 자아는 저기, 천궁 너머, 무한한 우주 속으로 날아다녔다. 두 자아 사이에는 수십억 베르스타[22]와 수십억 년에 달하는 우주적 공간과 시간이 놓여 있었다. 그리고 이제 영혼의 부르짖음이 들린다("분명히 당신은 당신의 이름을 부르짖는 그 음성을 들어 본 적이 있을 것이다. 사람들은 그 음성을 영혼이 사람을 그리워하여 부르는 것이라고 해석한다."). 그 음성이 들릴 때, 고골의 자아를 둘로 나눈 시공간의 검은 심연은 그들이 보는 앞에서 현상들의 외관을 찢어 버렸다. 그러자 "격노한 바다의 울부짖음 같은" 소리가 들렸다. "고백하건대, 지옥같이 끔찍한 온갖 원시력이 꿈틀거리는 그토록 광포하고 격렬한 밤이 길을 분간할 수 없는 어두운 숲 속

21) 〔옮긴이〕 세라핌 사롭스키(Серафим Саровский)를 지칭한다. 세라핌 사롭스키는 러시아 탐보프 현 수도원의 장로이자 수도사제로 19세기 러시아의 가장 위대한 성자 중 한 명이다.

22) 〔옮긴이〕 베르스타(верста) : 미터법 시행 전 러시아의 거리 단위. 1베르스타는 1.067킬로미터에 해당한다.

에 홀로 있는 나를 사로잡는다 해도… 그리 놀라지는 않았을 것이다.” 고골은 한숨을 내쉰다. 그러므로 그는 절망적으로 몸부림쳤고, 그를 구제해 줄 *비밀을 간파한 자*를 내내 찾아다녔다. 그러다가 결국 그는 사제 마트베이와 맞부딪혔다. 그런데 사제 마트베이가 무엇을 할 수 있었는가? 그는 고골을 이해할 수 없었다. 지극히 온순하고 친절한 인간이면서도, 고골이 지향하는 곳을 볼 줄 모르는 그가 할 수 있는 것은 단지 고골을 파멸시키는 것이었다. 고골은 황홀경의 날개를 타고 날아올랐고, “날아가다가…. 아예 이 세상 밖으로 날아갈 것만 같았”던 미친 카테리나 부인처럼 세상을 벗어났다. 그녀가 세상 밖으로 날아가 미쳐 버린 것처럼, “나를 이 세상 밖으로 데려가 다오, 멀리, 저 멀리 아무것도 보이지 않는 곳으로”라고 광인의 입을 빌려 부르짖으며, 고골 역시 세상 밖으로 날아갔다. 그 후에 이어지는 것은 이사야의 말씀에 따른다. “어둠과 고난뿐, 빛마저 구름에 가려 어두워지리라”(〈이사야서〉 5장 30절). 고골은 뵈메의 저술을 찾아,[23] 혹은 동양의 고대 필사본을 찾아 순례의 길을 떠났어야 했다. 고골은 무엇보다 먼저 *자신이 존재하는 곳*에 대한 해답을 찾을 수 있다는 것을 깨달아야 했을지도 모른다. 그랬다면, 그는 그의 영혼의 무서운 변이(變異)를 교정할 수 있는 사람들이 있다는 것을 깨달았을지도 모른다. 그러나 고골에게는 해답을 *탐구할* 만한 인내력이 없었고, 따라서 그는 전혀 엉뚱한 곳에서 지도자를 찾았다. 고골은 동양의 신비주의 문헌을 연구하지 않았고, 전반적으로 아무것도 연구하지 않았다. 그러면서 그는 16권에 달하는 소아시아의 역사를 ‘*횡령하고자*’ 했다. 사실 탈레스와 플라톤은 이집트를 순례했다. 결론적으로 플라톤의 이데아와 영혼에 대한 교의는 자신의 육신을 그리워하여 사람의 이름을 부르는 (바로

---

23) 〔옮긴이〕 러시아에서 뵈메의 저술들은 1780년대부터 번역되고 출판되어 널리 알려졌다.

이 부름소리를 고골은 들었다) 영혼에 대한 것이다. 플라톤의 교의는 헤르메스-토트의 지혜를 피상적으로 기술한 것일 뿐이다. 알라이아에 대한 인도의 몇몇 학파의 교의가 *요가*에 의거하고 있는 것처럼 플라톤의 교의는 신비주의에 기대고 있다. *영혼은* 고골을 그리워했다. 고골 역시 영혼을 그리워했지만, 그들 사이에는 심연이 놓여 있었다. 또한 고골에게는 빛조차 어두워졌다. 고골은 황홀경의 신비를 알고 있었고, 공포의 신비 또한 알고 있었다. 그러나 그는 사랑의 신비는 몰랐다. 신에게 자신을 헌제한 자들은 사랑의 신비를 알고 있었다. 그러나 고골은 그것을 몰랐다. 그는 몰랐지만, 그 비밀을 살짝 엿보기는 했다.

그의 환희는 야만적 환희이고, 고양된 쾌감은 야만적 쾌감이다. 그러므로 그의 입은 미소를 짓는 게 아니라, "*더없이 행복한 조소를 뿌린다*". 카자크가 춤을 추는데, 갑자기 그의 "입에서 송곳니가 튀어나왔다"(〈무서운 복수〉). "선홍색 입술이 가슴을 밀착해 온다"(사랑이 아니라 흡혈이다!). 고골도 세상도 변형시키는 이 모든 황홀경 속에는〔"풀들은 어떤 빛나는 바다의 밑바닥처럼 보였다"(〈비〉)〕 "괴롭고 불쾌하면서도 달콤한 감정"(〈비〉) 혹은 "심장을 찌르는 듯한 괴롭고도 달콤한 쾌감"(〈비〉), 즉 신적 쾌감이 아니라 "악마적 쾌감"(〈비〉)이 도사리고 있다. 따라서 자연의 뒤바뀐 광휘가 고골을 경악시키기 시작한다. "드네프르 강물"이 "늑대의 털가죽처럼"(왜 하필 *늑대*일까?) 은빛으로 빛나게 된다. 대지가 변신하는 순간 공간이 변모한다("키예프 아래 리만이 푸르게 빛났고, 리만 뒤에는…. 흑해와…. 갈리치아 땅이 보였다"). 따라서 "머리칼이 곤두서고", "악마적 쾌감"은 "말이 주둥이를 돌리자, 기적이 일어났다! 그가 웃고 있는 게 아닌가?"라는 것으로 끝을 맺는다. 고골의 황홀경은 사랑의 신비가 아닌 기괴한 원무(圓舞)로 끝을 맺으며, 광기의 원무 속에서 모든 것은 변형된다. 고골은 진정 저주받은 땅에 서 있는 것이다. 그는 "평평한 땅을 발로 모조리 파헤쳐 뒤집으려 갔다. 뒤에서 누군가 비웃고 있었다. 주위를 살펴보았다. 참외밭도 농부들도 아무것도 없었다. 사방이 낭떠러지였다. 발밑은 바닥 모를 절벽이었다. 머리 위에는 산이 내려다보고 있었다. 그 뒤에서 누군가의 상판이 아물거렸다"(〈저주받은 땅〉).[24] 영혼이 인간을 불렀고, 그것은 희열이자 무도(舞蹈)였다. 그런데 결국 남은 것은 바닥 모를 낭떠러지와 누군가의 상판이다. 그뿐이었을까? 고골에게서는 언제나 그런 식이다. 호마 브루트[25] 역시 백부장의 딸을 등에 업고 날아다녔지만, 이어지는 것은 "비를 데려와라!"는 울부짖음이었다. 그리고 고골이 비방했던 대지의 귀신 비가 "*이 사람이다*"라고 그를 가리킨다. 고골에 의해 악령으로 변형된 사람들은 고골-호마에게 달려들어 그를 죽인다. 이는 고골이 이런 **얼굴**을 보았지만, 벌 받지 않고 이 **얼굴**을 보기 위해, 사랑하는 영혼의 부름소리를 듣기 위해, 스스로는 변형되지 않기 때문이다. 〈요한계시록〉에 의하면 이 영혼의 음성은 "수많은 물줄기들의 요란한 소리 같다". 이 소음은 고골에게 '*울부짖음*'이 되었고, 변형의 빛은 "*늑대의 털가죽*"이 되었으며, 영혼은 '**마녀**'가 되었다. 귀신들은 헤카테[26]와 더불어 엘레우시스 성전을 빠져나가면서 신비에 몸 바친 자들은 건드리지 않았다. 그런데 그들은 마법사의 사자(死者)들이 그랬듯이 고

---

24) 〔옮긴이〕 〈저주받은 땅〉(Заколдованное место): 《디칸카 근교의 야화》에 수록된 단편. 부제는 '○○교회의 부제가 들려준 옛날이야기'(Быль, рассказанная дьячком ***ской церкви)이다.

25) 〔옮긴이〕 호마 브루트(Хома Брут): 단편 〈비〉의 주인공. 신학교 3학년생. 카자크 수령의 딸로 변신한 마녀의 저주로 땅귀신 '비'에 의해 죽임을 당한다.

26) 〔편집자〕 헤카테(Hekate): 그리스 신화에 등장하는 어둠, 밤의 환영, 그리고 마법의 여신.
〔옮긴이〕 헤카테는 원래는 '야성' 또는 '출산'의 여신이었으나 나중에는 '대지(大地)의 여신', '달의 여신', '저승의 여신'의 이미지가 부가되어 점차 저승세계와 암흑, 마법 등을 관장하는 여신으로 그 성격이 변화되었다. 오늘날에는 모든 마녀의 여신으로 받아들여진다. 보통 개와 늑대의 무리가 그녀의 주위를 따라다닌다.

골에게 고함을 질러 댔다.[27] 그리하여 고골이 본 얼굴은 고골을 구원하지 못했다. 그 얼굴은 그에게 '카르파티아산맥[28]을 올라탄 기수'가 되었고, 고골은 그로부터 도망쳤다. "구름 속에서 누군가의 경이로운 얼굴이 그를 향해 빛나고 있었다. 바라지도, 부르지도 않은 그것이 그를 찾아왔다. 그 얼굴에 무서운 것은 별로 없었는데도, 알 수 없는 공포가 그를 엄습했다"(〈무서운 복수〉). 그리하여 맑고 햇빛이 쨍쨍한 날에 고골은 몸서리친다. 왜냐하면 "누군가의 기다란 그림자가 아른거리고, 하늘은 맑아도 먹구름은 사라지지 않는"(〈무서운 복수〉) 것처럼 느껴지기 때문이다. 그것은 *경이로운 얼굴*의 그림자였다. 그것은 *경이로움*에도 불구하고 고골을 평생 공포에 떨게 했다. 이는 대지를 변모시키는 사랑의 다리가 고골에게서 무너졌고, **천상의 얼굴**과 고골 사이에 울부짖는 검은 심연이 형성되었기 때문이다. 그 심연을 고골은 웃음으로 가렸고, 이에 웃음은 "두 마리 황소가 서로 대결하면서 한 차례 으르렁거리는 것" 같은 노호로 변했다. 고골은 심연을 두려워했지만, *이 심연* 너머(수백만 베르스타와 수백만 년 너머)에서 그를 부르는 사랑스러운 음성이 들려온다는 것을 어렴풋이 (물론 무의식적으로) 기억했다. 고골은 그 소리를 좇아가지 않을 수 없었다. 그는 결국 그곳으로 갔고, 심연으로 추락했다. 사랑의 다리는 그에게서 무너졌고, 그는 심연을 날아서 넘을 수가 없었다. *그는 이 세계 밖으로 날아간 후에* (신비의식의 의례인 입문의식을 거친 초심자들이 심연으로 날아들 수 있었던 것처럼) *심연으로 날아들었다.* 그 어떤 과거가, 지상에 대한 그 어떤 배신이, 사랑이라는 죄악이 고골을 괴롭힌다(그 열

---

27) 〔옮긴이〕 〈무서운 복수〉에서 다닐로와 카테리나가 배를 타고 가다가 묘지에서 사자(死者)들이 일어나 고함치는 것을 목격하는 장면을 염두에 두고 있다.

28) 〔옮긴이〕 카르파티아산맥(Карпаты, Carpathian Mountains): 유럽의 중동부에 있는 초승달 모양의 산맥. 나란히 뻗어 있는 여러 줄기로 이루어진 산맥으로 슬로바키아 · 폴란드 · 헝가리 · 루마니아 · 우크라이나 등의 나라에 걸쳐 있다.

정적 성정을 왜곡할 정도로 과장했던 것에 대해 우리가 아무것도 모르는 것은 뭔가 그 이유가 있을 것이다). "나를 구해 주시오! 나를 이 세상 밖으로 데려다 주시오! 저 멀리 아무것도 보이지 않는 곳으로." 슈폰카도, 대지도, 얼굴도, 아무것도 보이지 않는 곳으로.

"신성한 밤이여! 황홀한 밤이여!"(〈오월의 밤〉) "당신은 우크라이나의 밤을 아십니까? 오, 당신은 우크라이나의 밤을 모릅니다." 고골이 탄성을 지른다. 그런데 물이 빛나는 "늑대의 털가죽"으로 변하고, 풀들이 "어느 빛나는 바다의 밑바닥"처럼 보이는 그러한 밤을 많은 사람들이 과연 알고 있을까? 여전히 우리는 이 환희와 기쁨이 모두 불행으로 귀결될 것만 같다. 결국 그러한 밤들은 고골에게서 불행하게 끝이 났다. 결국 고골은 울부짖는 소리가 들리는 낮도, "늑대의 털가죽"이 빛나는 밤도 더 이상 원하지 않았다. "멀리! 저 멀리 아무것도 보이지 않는 곳으로!"라고 그는 외쳤다.

고골은 자신의 조국, 러시아를 사랑한다. 그는 연인이 연인을 사랑하듯 러시아를 사랑한다. "루시여! 그대는 나에게서 무엇을 원하는가? 우리 사이에 어떤 알 수 없는 인연이 감춰져 있는가?"(《죽은 혼》) 고골은 아무도 모르는 그 어떤 러시아를 사랑한다. 고골은 러시아를 옛날식 사랑으로 사랑한다. 그에게 러시아는 마법사에게 그의 딸 카테리나가 갖는 의미와 같다. 고골은 러시아에 마법을 걸었다. "너는 무얼 그리 보는가? 내 눈은 기이한 힘으로 빛난다." 이 말투는 대체 무엇이고, 이 질투심 많은 권력은 대체 무엇인가! 고골은 러시아에 마법을 건다. 그에게 러시아는 평생토록 불가사의한, 그러나 여전히 그의 연인인 여성의 형상이다. 〈무서운 복수〉에서 늙은 아버지의 눈에서 빛나던 바로 그 권력이 고골의 두 눈에서 빛나지 않는가. "그녀에게는 (카테리나인가, 혹은 러시아인가?) 눈에서 내비치는 기이한 광채가 경이롭게 느껴졌다." "보아라, 내가 두 눈으로 어떻게 바라보는지." 마법사는 딸의 꿈속에 나타나 이렇게 말한다. “보아라, 내가 두 눈으로 너를 어떻게 바라보는지.” 이는 마치 고골이 러시아의 삶이라는 꿈속에 나타나 하는 말 같다(러시아의 삶은 가장 놀라운 꿈이다). “꿈은 많은 진실을 말해 준다”(〈무서운 복수〉). 그 어떤 것, 꿈속에서 간신히 손에 쥔 진실에 의해 고골은 지금까지 잠자고 있는 러시아 땅을 향하게 된다. “루시여! 대체 어떤 알 수 없는 비밀스러운 힘이 너에게로 이끄는가? 우리 사이에 어떤 알 수 없는 인연이 감춰져 있는가? 내 두 눈은 기이한 힘으로 빛난다.” 고골은 러시아와 오묘하고 기이하게 연결되어 있다. 그는 아마 다른 모든 러시아 작가들보다 더 긴밀하게 과거의 러시아가 아닌 오늘날의 러시아와 연결되어 있고, 그보다 더 미래의 러시아와 연결되어 있을 것이다.

우리들, 우리의 대지와 우리의 조국에서 일어나는 모든 일들이 꿈이 아니겠는가. 얼마 전에 이상한 광채가 우리 나라를 비추었고 그리하여 모스크바에서 리만도, 흑해도, 불가사의한 기사(騎士)[29] 도 보이게 되었다. 그리고 지금, 햇빛 쨍쨍하고 구름 한 점 없는 날에도 누군가의 무서운 그림자가 아른거린다. 그것은 영혼 깊숙이, 대지 깊숙이에서 비롯되는 무서운 교사(教唆)의 그림자이다. 모든 것이 이상하고 불가해하게 되었다. 그리고 우리 나라는 끔찍한 우수에 젖어 있다. 도처에서 이상한 신명과 기괴한 망각의 야만적 무도(舞蹈)가 벌어지고 있다. 불행의 먹구름이 카르파티아산맥처럼 우리 위에 드리워져 있다. 그 산맥 위에는 불가사의한, 복수를 노리는 자가 있다. 영혼 깊숙이에서 이상한 통곡이 치밀어 오른다. 루시여! 너는 우리에게 무엇을 바라는가? 무엇이 그토록 부르짖고, 통곡하며 가슴을 저미는가? 우리는 모른다. 허나 무엇인가 부르짖고 통곡하며, 가슴을 저민다.

---

29) 〔옮긴이〕 불가사의한 기사: 페테르부르크에 있는 표트르 1세의 조각상 청동기사(Медный всадник)를 염두에 둔 것으로 간주된다.

미래의 장막 앞에서 우리는 마치 성전 앞에 선 신입자들 같다. 이 성전의 장막이 찢어지면 거기 누가 우리를 응시하고 있을까? 헤카테일까, 유령들일까? 아니면 수의로 감싼 우리 조국의 영혼, 민중의 혼일까?

고골은 그 누구보다 먼저 이 신비의식에 접근했다. 그러자 그의 눈앞에 사자(死者)가 벌떡 일어섰다. 그리고 고골은 죽었다.

이제 우리는 똑같은 환영, 죽음의 환영 앞에 서 있다. 따라서 고골의 환영은 우리와 우리의 조국에 대해 언급된 모든 것보다 우리에게 더 친근하다. 우리의 영혼이 대(大) 신비의식을 치르기 위해 정화될 때, 죽음의 수의가 벗겨지리라는 것을 우리는 기억해야만 한다. 이 신비의식은 형식이 아닌 영혼과 진실로써 조국에 봉사하는 것이다. 그때 조국을 덮고 있던 수의는 벗겨지고, 우리의 영혼, 조국이 우리에게 모습을 드러낼 것이다.

3

고골을 논하면서 그의 문체에 대해 말하지 않을 수 없다.

고골의 창조 스타일과 문체에 대해서는 여러 권의 연구서를 저술할 수 있다. 고골의 사실주의가 전(前) 인간적이고 초(超) 인간적인 두 종류의 이야기로 구성된다는 것에 대해, 혹은 그의 문체의 자연스러운 흐름 역시 두 가지의 부자연스러움으로 이루어진다는 것에 대해 논할 수 있다. 그의 문체는 언어에 대한 매우 정밀하고 섬세한 작업으로 이루어지는데, 그것은 경이로운 기교를 첩첩이 쌓아 올린 고골이 과연 어떻게 그렇게 할 수 있었는지 전혀 파악할 수 없을 정도의 섬세함이다. 따라서 그의 말의 짜임은 일련의 기교적인 마술이다. 고골은 이 마술로써 살아 있는 영혼의 황홀경을 어떻게 표현할 수 있었을까? 이것이 조야한(심지어는 비문법적인) 어구들 혹은 완전히 조야하고 무의미하며 심지어 저속한 기법들이 종종 끼어드는 고골의 문체론의 한 가지 측면이다. '*경이로운*', '*화려한*',

'*매혹적인*'과 같이 아무것도 말해 주지 않는 수식어들은 고골의 문체를 다채롭게 만들면서도, 그 자체로는 아무것도 표현하지 않는다. 그러나 그것들이 아주 정교한 직유나 은유와 결합될 때 고골의 문체에 특별한 매력이 더해진다. 코페이킨 대위에 대한 놀라운 이야기를 어찌 기억하지 않을 수 있겠는가. 그것의 기교적인 마술은 과연 어디에 있는지 맞혀 보시라. 불행한 대위의 재난에 대한 저속한 묘사가 "*있잖습니까*"라든가 "*말하자면*" 등에 의해, 말 그대로 두 마디마다 중단된다.

바로 이러한 조야한 기법들에 의해 고골은 놀라운 표현력에 도달한다. 고골의 문체는 미개하면서도 동시에, 그 정교함에서 오스카 와일드, 랭보, 솔로구프, 그 밖의 데카당들뿐 아니라 때로 니체도 능가한다.

우리 시대의 뛰어난 양식주의자들을 (다름 아닌 *우리 시대*의 양식주의자로서) 특징짓는 그 모든 기법들이 고골에게 현존한다.

첫 번째는, 산문에서 자음 반복의 풍부한 활용이다. "밝은 초승달이 빛났다"〔Светлый серп светил(〈비〉)〕. "흥겨운 회오리바람"〔Вихрь Веселья(〈비〉)〕. "웃음을 터뜨렸다"〔Усмехнулся смехом(〈비〉). 여기서 자음 반복은 '*웃음*'이라는 명사에 의해 동사 '*웃음을 터뜨리다*'를 강조하는 것도 포함한다〕. "그녀의 모습 속에는 생기 없고 칙칙한 죽은 자의 모습이라곤 전혀 없었다"〔В ее чертах ничего не было тусклого, мутного, умершего(〈비〉). 여기에는 'ту'(*tu*), 'ут'(*ut*)와 'му'(*mu*), 'ум'(*um*)가 공명한다〕. "끓어오르는 타르처럼"〔Как клокотанье кипящей смолы(〈비〉)〕. "둥글고 단단한 허리"〔Круглый и крепкий стан(〈비〉)〕. "뼈처럼 단단한 발톱"〔Костятые когти(〈비〉)〕. "예리한 시선이 떠날 줄 몰랐다"〔Острые очи не отрывались(〈무서운 복수〉)〕.

두 번째는, 단어들 사이의 거리 두기이다.

① 삽입어에 의한 명사와 형용사의 분리: 몇몇 순진한 비평가들은 고골이 마치 모더니즘적 기법을 사용하는 듯이 여겨지는 것을 솔로구프와

같은 치밀한 양식주의자의 탓으로 돌린다. 고골의 작품에서 되는 대로 인용해 보자. "*무거운 두 발을 그의 가슴 위에 얹었다*"(*Тяжелые на его грудь положил лапы*). "*밤의 어둠에 삼켜진 초원*"〔*Поглощенные ночным мраком луга*(〈비〉)〕. "*저 멀리 키예프의 교회들의 금빛 지붕이 빛났다*"〔*Блестели золотые главы вдали киевских церквей*(〈비〉). "вдали блестели"가 아니라〕. "그는 나가면서 *보지 않고는 견딜 수가 없었다*"〔Он не *утерпел*, уходя, *не взглянуть*(〈비〉)〕. "분명, 그는 끔찍한 고뇌를 견디고 있었던 것이다"〔Страшную муку, видно, терпел он(〈무서운 복수〉). "Он, видно, терпел страшную муку"가 아니라〕.

② 고골이 대량으로 사용하는 복잡한 수식어들: "*희고 투명한 하늘*"(*бело-прозрачное небо*), "*진짜 황금빛 비단*"(*сутозолотая парча*), "*목이 긴 거위*"(*длинношейный гусь*), "*높디높은 산맥*"(*высоковерхие горы*).

③ 때로 이러한 수식어들은 아주 대담하다: "*귀먹은 듯 황량한 벽*"(*оглохлые стены*), "*스스로를 거스르는 감정*"(*поперечивающее себе чувство*), "*샘물 같은 냉기*"(*ключевой холод*), 기타 등등.

④ 고골의 동사들 역시 특징적이다. 동사의 사용에서 우리는 가장 노골적인 인상주의를 접하게 된다: "가슴이 훤히 들여다보였다"(Перси просвечивали(〈비〉)〕. "빛이 자욱했다"(Сияние дымилось), "통곡소리가 가느다랗게 들렸다"(Вопли … едва звенели), "외마디 음성이 고고하게 흩어졌다"(Голос одиноко сыпался), "단어들이 흐느껴 울었다"(Слова … всхлипывали), "물이 몰려들었다"(Валится … вода), "한기가 카자크의 혈관을 에어냈다"(Холод прорезался в казацкие жилы), "사벨이 철컥거렸다"(Сабли … звукнули), "주연을 베풀었다"(Запировал пир), "키예프 끝자락이 웅성거린다"(Шумит, гремит конец Киева), "줄지은 산들이 대지의 주변을 둘러 박았다"(Гора за горой … обковывают землю), "눈동자가 영혼을 꾀어낸다"(Очи выманивают душу), "메추라기가 목청껏 운다"(Перепел … гремит), "화염

이 번쩍였다"(Пламя ··· выхватилось) 등.

⑤ 고골의 비유에 대해서는 별다르게 언급하지 않겠다. 때로 수 페이지에 걸쳐 대상에 대한 비유적 묘사가 행해진다. 한편, 같은 대상이 다른 곳에서는 전혀 묘사되지 않기도 한다. 여러 예들로써 독자들의 주의를 흐트러뜨리지 않으련다. 한 구절만 인용하는 것으로 충분할 것이다. "*소음이 들렸다.* (대체 어떤 소음인가?) ··· *흡사 바람 같았다*"(소음에 대한 1단계 수식). 그러나 그냥 바람이 아니라 "*고즈넉한 저녁시간에 부는 바람*"이다(2단계 수식). 이 바람은 "*거울 같은 수면 위에서 선회하면서 곡조를 연주했다*"(3단계 수식). 그런데 그냥 "바람이 선회하면서 곡조를 연주"한 것이 아니라 "*은빛 버드나무를 수면으로 더 낮게 구부리면서*" 연주했다(4단계 수식). 한편으로는 '소음'이 제시되고, 다른 한편으로는 그에 대한 정교한 분석(그것은 *과연 어떠한 소음인가*)이 제시된다. 고골 이후 그 누구도 그토록 정밀하게 비유를 모색하는 길을 택하지 않았다. 고골에게는 다음과 같은 삼단 비유가 특징적이다. "① 저 초원은 — ② 초원이 아니라 — ③ 푸른 허리띠이다" 기타 등등.

⑥ 솔로구프에게는 여러 동사들, 명사들, 형용사들의 군집이 특징적이다. 고골 역시 마찬가지이다. "초원이 붉고 푸르게 변하고, 꽃들로 일렁인다"(〈이반 표도로비치 슈폰카〉).[30] 혹은 "메추라기들, 너새들, 갈매기들, 귀뚜라미들, 수천의 곤충들, 그리고 그들에게서 들리는 쉭쉭거림, 웅웅거림, 타닥거림, 외침소리, 그리고 돌연 정연한 합창소리"(〈이반 표도로비치 슈폰카〉). "역참지기들, 우물들, 짐마차들, 잿빛 마을들과 사모바르, 아낙들의 행렬이 이어졌다 ···"(《죽은 혼》). "벽촌들 ···. 구멍

---

30) 〔옮긴이〕 〈이반 표도로비치 슈폰카〉: 《디칸카 근교의 야화》에 수록된 단편. 원제목은 〈이반 표도로비치 슈폰카와 그의 아주머니〉(Иван Федорович Шпонька и его тетушка)이다.

가게들, 밀가루통, 흰 빵들 …. 초록색, 노란색, 그리고 방금 잘라낸 듯한 검은색 줄무늬 지대 …"(《죽은 혼》) 등.

⑦ 고골에게는 똑같은 단어의 반복, 평행, (때로는 위장된) 의사(擬似) 평행이 특히 두드러진다. "옛날에는 사람들이 먹는 것을 *좋아했고*, 마시는 것을 *그보다 더 좋아했으며*, 흥겹게 노는 것을 *그보다 더 좋아했다*"(〈무서운 복수〉). "그때는 밤늦도록 *주연을 열었지만*, 지금은 이미 그렇게 *주연을 열지* 않는다"(〈무서운 복수〉). "숲에서부터 토성이 검게 물들어 갔고, 토성으로부터 고성(古城)이 솟아올라 있었다"(여기서 평행은 끝까지 유지된다). "천장 밑에는 박쥐들이 어렴풋이 보이고, 그들의 그림자가 벽을 따라 아른거린다"(위장된 평행).

⑧ 때로 단어들의 배치나 평행은 비상할 정도로 정교하다. "꿈에서 기적을 보았다. 정말이지 너무나 생생하게 꿈에서 보았다"(〈무서운 복수〉). "날이 밝았지만, 날씨는 맑지 않았다. 하늘은 흐렸고, 가랑비가 들판과 드넓은 드네프르강을 적셨다. 카테리나 부인은 잠에서 깨어났지만, 기분이 좋지 않았다. 두 눈은 눈물로 얼룩졌고, 온통 혼란스럽고 불안했다." 여기에는 형식과 의미의 이중적 평행이 이루어진다. 어구의 평행적 배치와 동시에 날씨와 카테리나 부인의 심적 상태 사이의 평행이 동시에 실현된다. "*날이 밝았다*"—"*카테리나 부인은 잠에서 깨어났다*". "*그러나 날씨는 맑지 않았다*"—"*그러나 기분은 좋지 않았다*". "*하늘은 흐렸다*"—"두 눈은 눈물로 얼룩졌다". "*가랑비가 적셨다*"—"그녀는 온통 혼란스러웠다" 혹은 "*내 사랑스러운 남편이여, 소중한 남편이여*"(대명사 '나의'의 생략은 어구의 서정성을 강화한다), 기타 등등.

⑨ 고골의 평행은 때로 추측될 뿐이다. "창밖에 멀리서 산들과 드네프르강이 빛나고 있었다. 드네프르강 너머에는 숲이 푸르렀다 …. 그러나 다널로 나리는 머나먼 하늘이나 푸른 숲에 도취되어 있는 게 아니었다. (점점 커지는 형상) 그는 강 쪽으로 돌출된 곶을 바라보고 있었다"(〈무서운

복수〉).

⑩ 때로 형식의 탐색은 모든 한도를 뛰어넘는다. 그런데 바로 그때 고골은 의도된 진부한 수사로 우리에게 충격을 가한다. "*신성한 밤이여! 매혹적인 밤이여.*" 그러나 이상한 것은, 정교한 뉘앙스들의 단어결합과, 정교한 어구의 굴절 뒤에 이어지는 바로 이러한 수사가 믿기 어려운 완성의 빛으로 타오른다는 것이다. 그러면서 고골의 산문처럼 단순하고 자연스러운 것은 없다는 생각이 든다. 그러나 이것은 기만이다.

고골의 문체가 의거하는 그 모든 의식적 책략의 수백 개의 부분들을 여기서 나열할 수는 없다. 다만 내가 아는 것은 한 가지이다. 이러한 문체에는 19세기의 가장 민감한 영혼이 반영되어 있다. 고골의 비인간적 고뇌는 비인간적 형상들 속에 반영되었다. 그리고 그 형상들은 고골의 창조 속에서 형식을 탐구하는 비인간적 작업을 초래했다.

아마 니체와 고골은 유럽 예술 전체에 있어 가장 위대한 양식주의자일 것이다. 만일 그 스타일이 단지 문체가 아니라 형식 속에 영혼의 생생한 리듬의 반영이라면 말이다.

체홉*

1

삶은 사방이 닫혀 있는 방이다. 여기서 우리는 마치 감옥처럼, 태어나면서부터 죽을 때까지 갇혀 있다. 우리 앞에 있는 것은 네 개의 벽뿐이고, 그 너머에 무엇이 있는지 누구도 이야기해 주지 않을 것이다. 우리는 모두 같은 처지에 놓여 있다. 분명 같다. 같다는 것을 알고 있다. 그러나 모두에게 동일한 그 처지와 삶의 내용에 대한 태도는 다양하다.

비록 죽음밖에 출구가 없는 감옥에 갇혀 있어도 우리는 감옥의 벽들이 유리로 되어 있다고 말할 수 있다. 그리고 우리 앞에 펼쳐지는 삶의 내용 — 때로 천국 같고, 때로 지옥 같은 위대한 장인의 그림들 — 은 투명한 벽 저편에 존재한다. 우리의 경험이 깊어질수록 우리는 저 너머 펼쳐진 파노라마 속에서 더 많은 특징들을 볼 수 있게 된다.

우리의 감옥의 네 벽이 전혀 투명하지 않고, 삶의 다양한 광경들은 단

---

* 〔편집자〕 잡지 〈천칭〉(1904, No. 8) 1~9쪽에 처음 발표되었다.
〔옮긴이〕 이 논문은 1904년 체홉의 사망을 기해서 쓰인 것으로 체홉의 창작이 지니는 상징주의적 의미가 요약적으로 기술되어 있다.

지 벽을 덮고 있는 프레스코 회화라고 생각할 수 있다. 이 모든 것이 *저편이 아닌 이편에*, 우리와 함께 있다. 그렇다면 우리는 우리의 삶을 채색하고 있는 회화의 종류와 물감의 속성을 연구할 수 있다.

삶에 대한 또 다른 태도 역시 가능하다. 우리를 에워싼 광경들에 마음을 열면 우리는 그것들이 대체 어디에 펼쳐졌는지에 대한 질문을 하지 않을 수 있다. 벽을 덮고 있는 물감의 층을 벗기려고 벽을 깎아 내거나, 혹은 물감이 벗겨지지 않아서 벽 저편에 있는데, 벽은 투명하다는 사실에 슬퍼할 필요가 없다. 우리는 삶의 이 광경들이 우리 영혼을 채우는 내용이라는 이유만으로도 그것이 어디 위치하는가에 상관없이 사랑할 수 있다. 이 내용이 본질에 관계되든 혹은 외관에 관계되든 상관없다. 우리가 이 모든 것을 사랑하는데, 과연 사랑이 의문을 던진단 말인가? 사랑이 증명서를 필요로 한단 말인가? 우리는 사랑한다. 사랑하면서 표현한다. 신비주의자는 우리의 경험의 표현 속에서 초감각적인 것에 대한 심오한 통찰을 발견하고, 실용주의자는 단지 이승의 삶만을 발견한다. 그러나 양자 모두 그와 같은 체험의 표현은 진정으로 진실한, 경향성을 표방하지 않는 실제라는 것에 동의해야 한다.

언젠가 우리는 영혼의 심연을 표현하면서, 우리가 현실과 단절되어 있고, 우리 영혼의 깊은 곳은 이미 현실이 아니라는 잘못된 가정을 했다. 그러나 우리가 모든 심오한 것의 비현실성에 대해 결론을 내리고 평면성을 심오함에 대립시켰을 때 우리는 현실로부터 더욱 물러나서 신기루의 영역으로 이행했다. '*고양된 거짓*'에 대항하여 '*저급한 진실의 어둠*'[1]으로 선전포고를 했던 삶에 대한 경향적 이해 역시 '*고양된 거짓*'이라는 말을 신앙처럼 받아들였기 때문에 현실을 어기는 죄를 범했다. 그 결과 두 가지 기형적인 도식이 주어지게 되었다. 첫째, "*우리의 삶은 비좁고 답답한 관이*

---

1) 〔편집자〕 푸시킨의 시 〈영웅〉(Герой, 1830)에 대한 회상.

다"(발몬트의 시).[2] 둘째, 우리의 삶은 "*오븐 속의 냄비*"[3]이다. 삶에 대한 두 개념 모두 진정한 사실주의의 원리와는 거리가 멀다. 왜냐하면, 전자의 경우 선험적인 것(*a priori*)이 전제되고, 따라서 우리 앞에 펼쳐진 아름다움은 '우리가 닿을 수 없는 저편 어딘가'에 존재한다고 보기 때문이다. 후자의 경우 우리 눈앞의 아름다움은 벽화로 폄하된다. 양쪽 경우 모두에서 삶은 환영이 되었다. 고지식한 사실주의자는 *있는 그대로*를 전제하는 것이 아니라, *사랑한다*는 사실을 망각한다.

오랫동안 상징은 피안의 것만을 표현해 왔다. 사람들은 피안의 것을 부정하면서 상징을 부정했다. 그리고 상징에 개념을 대립시켰다. 또한 예술적 표현을 어떤 *형상 속의 사유*로 귀착시켰다. 그러나 여기에는 극도의 모호함, 즉 판단 모순(*contradictio in adjecto*)[4]이 존재한다. 상징은 체험의 표현기제이고, 체험(개인적, 집단적)이 유일한 실제라는 것을 사람들은 망각했다. 만일 몇몇 형식적 규율들이 체험의 환상성을 추론할 수 있는 가능성을 제시한다면, 다른 한편으로 그러한 규율들은 그것이 철저하게 이행될 경우 스스로를 부정하게 된다. 만일 우리에게 직접적으로 주어진 어떤 것으로서의 체험이 환상적인 것이라는 언명들이 망상이라면, 그때는 체험이 유일한 실제가 된다. 또한 상징주의(구현하지 않고 표현하는)는 실제의 유일한 형식이다.

진정한 상징주의는 진정한 사실주의와 일치한다. 양자 모두 실행적인 것과 관련된다. 실행성은 삶의 심오하고 근본적인 특징이다. 비교적 최근에 상징주의의 사실주의 혹은 사실주의의 상징주의가 밝혀졌다. 진정 심오한 예술가는 예전의 의미에서 상징주의도 사실주의도 거론할 수 없다.

---

2) 〔옮긴이〕 발몬트의 시 〈우리의 삶〉(Жизнь наша, 1908)에서 인용된 구절.
3) 〔편집자〕 푸시킨의 시 〈시인과 군중〉(Поэт и толпа, 1828)에 대한 암시.
4) 〔편집자〕 *contradictio in adjecto*(라틴어) : 정의의 모순, 내적 모순, 논리적 불합리성, 무의미성.

2

체홉은 그와 같은 진정한 예술가였다. 종종 다양하고 대립적이며, 종종 서로 싸우는 예술 유파들이 그에게로 귀착된다. 그에게서 투르게네프와 톨스토이, 마테를링크와 함순이 서로 접속한다. 그는 창작의 직접성에 힘입어 홀로 낡은 것과 새로운 것에 합류한다. 그의 형상들 속에는 영원성이 과도하게 반영되어 있다. 누구나 이해할 수 있는 형식을 혁신가의 대담한 표현과 결합시키는 그는 아들들과 아버지들 사이의 단단한 고리이다. '*오븐 속의 냄비*'를 표방하는 경향의 대표자는 체홉에게서 자신의 지향에 대한 최신 이론을 발견할 것이다. 반대로, 체홉의 상징들의 수줍은 섬세함은 상징주의의 세련된 지지자를 유혹할 것인데, 그는 마테를링크에 이어 체홉에게 쉽게 주목할 것이다. 그는 그와 같은 조심스러운 수줍음이 체홉의 상징들의 환상성에서 유래하고, 환상성의 필수적인 조건은 '*재능*' 혹은 '*천재*'라는 명칭이 붙을 만한 무의식성, 비고의성임을 깨닫게 될 것이다.

바로 얼마 전에 깊이 있는 관찰자들에게 해명되지 않은 체험들의 심연이 열렸다. 그러나 주위의 삶이 *심연의 언어*에 반향하지 않았을 때, 관찰자들은 가까운 주변세계로부터 등을 돌렸다. 그들은 새로운 체험들을 머나먼, 불가사의한 형상들로 에워쌌다. 도처에서 기이한 몽상의 폭죽들이 터졌다. 불안한 팡파르가 일상의 고요함을 깨뜨렸다. 불과 얼마 전까지 예기치 못한 것으로 여겨졌던 마테를링크의 초기 드라마들이 그렇게 출현했다. 아마도, 실제적 삶이 스며들 수 없는, 아무도 손댄 적 없는 어마어마한 환영의 지층이 발견된 것이었다. 그러나 그것이 착각이었다는 것을 지금 우리는 알고 있다.

우리는 충동, 발작, 도발을 목격했고, 승리는 예정된 것 같았다. 창작은 삶의 틀 밖으로 넘쳐 버렸고 그러고는 멈추었다. 마치 삶이라는 완행

화물열차에 대해 승리를 거둔 듯했던 급행열차는 알 수 없는 이유로 역에 묶여 있게 되었다. 그러나 열차들 사이에 벌어졌던 원래 거리는 다시 좁혀지고 있다. 순간, 느리게 움직이는 화물열차가 급행열차를 통제했다. 불과 얼마 전 삶의 느린 템포를 비웃었던 급행열차의 승객들은 스스로 방책 너머에 머물렀고, 그 어떤 삶도 있을 수 없어 보였던 바로 그곳으로 삶이 스며들었다.

체홉은 일상을 포기하지 않았다. 그의 집요한 시선은 일상의 사소한 것들을 한시도 놓치지 않았다. 그는 그러한 사소한 것들을 사랑했고 거기서 마테를링크 — 삶 위로 쏘아 올려졌다가 다시 삶으로 낙하한 폭죽 — 보다 더 많은 것을 들여다볼 줄 알았다. 만일 체홉의 창작이 때로 우리에게 화물열차로 보이고 또 보일 수 있고, 그리고 우리가 급행열차를 타려고 서두른다면, 현재 우리는 우리 중 다수가 자신의 '*급행열차*'로부터 멀리 뒤처진 반면, '*화물열차*'는 그것을 추월하여 삶에 의해 헤아릴 수 없이 먼 영적인 공간으로 돌입했다는 것을 인정해야 한다.

우리는 기분 나쁜 마네킹 같은 모더니즘에 금방 싫증이 나고 말았다! 그 모더니즘 속에서 속물적인 자세는 얼마나 재빠르고 빈틈없이 자신의 둥지를 틀었고, 그 어떤 아메리카도 없는 곳에서 사람들은 아메리카를 발견했다고 순진한 노인처럼 호들갑을 떨었던가! 현실적 파토스는 입 벌린 영원의 심연 앞에 '거장들의 허세'라는 일련의 밀집부대를 재빨리 편성했다! 때로 우리는 얼마나 탐욕스럽게 일상이라는 신선하고 순결한 원천에 주목하는가! 통찰할 것이라곤 아무것도 없어 보이는데도 그토록 의미심장하게 고찰되는 일상의 사소한 것들에 대한 사랑을 체홉의 재능으로 평가하는 데 우리는 얼마나 익숙한가!

마테를링크의 창조를 주시하면, 그의 작품들 속에서 붉은 실이 이전에 그의 통찰의 *피안성*(*потусторонность*)을 규정하는 경향성을 관통하고 있음을 알게 될 것이다. 그의 상징들의 선입견적 위계성,[5] 구현되지 않은 건조성에 대해 말할 수 있다. 그러한 경향성은 예술가의 발견이 예술의 경계 밖으로 넘쳐흘러 삶으로 쏟아질 때만 완전히 정당화될 수 있다. 그러나 그러한 현실은 삶의 예언자들이나 교사들에게 주어진 운명이다. 만일 우리가 '여기저기 날아다니는' 우리의 예술적 환영들의 정체를 분명하게 밝히고 알리고자 한다면, 먼저 지식의 결정체들의 무한성에 익숙해져야 한다. 오직 그때만이 우리의 환영들은 이성적으로 확고한 진실 곁에 나란히 자리를 차지할 수 있을 것이다. 우리는 그러한 환영들이 명백하게 무너지는 것을 마테를링크에게서 본다. 그는 영원 속에 잠긴 채 그것을 해명하려 했다. 그러나 그는 아무것도 해명하지 못했고 잠시 점했던 지위를 버려야만 했다. 그와 반대로 체홉은 아무것도 해명하지 않았다. 그는 단지 *보고* 또 *보았다*. 그의 상징들은 보다 더 섬세하고, 투명하며, 덜 고의적이다. 그것들은 삶으로 성장하고, 실제 속에 남김없이 구현된다. 우리가 실제적인 것의 단초로서 체험의 형상들을 채택하고 형식으로서 그의 상징을 채택하는 한, 체홉은 무엇보다 상징주의자이고 예술가이다.

3

집단적 사유의 흐름은 대중적 체험의 흐름과 나란히 전개된다. 얼마 전 우리를 놀라게 했던 결정론은 과연 우리 사회를 사로잡았던 비관주의적 조류와 상응하지 않는 것인가? 체홉은 비관주의를 가장 명료하게 표

---

5) 〔옮긴이〕 회화적 위계주의(гиератичность, иератизм) : 고대 및 중세 조형예술에서 특징적인 인간형상(얼굴) 묘사방식. 그리스어로 성직자를 뜻하는 '*hieratikos*'를 어원으로 한다. 이는 종교적인 교리에 의거한 회화적 규범으로 인간의 형상을 부동의 시선, 얼굴 표정의 초연함 등으로 엄격하게 정면에서 묘사하는 것을 뜻한다. 중세시대 러시아정교의 이콘화에서 그 전형을 볼 수 있다.

현한 작가이고, 그의 작품 속에는 경박한 즐거움이 자리할 곳이 없다. 그에게서 영원한 안식과 평정을 기대하는 것은 거의 불가능한 일일지도 모른다. 그러나 실은 그렇지 않다. 그는 진정한 상징주의자이다. 상징에 대한 참된 개념은 삶에서 본질과 외관, 절대와 상대의 구분을 없애야 한다. 상징은 유일하고 영원한 실제이다. 한편, 인과론의 몇몇 계열들의 명확한 이해수단이었던 결정론적인 경향은 현상들의 기능적 상호의존성을 이론적으로 정리한 후, 단지 인식의 몇 가지 형식적 방법만을 수용함으로써 삶 속에 완전히 확산되었다. 우리는 상징을 통해 형식적인 것과 실체적인 것에 대한 개념들을 극복할 수 있다. 그러므로 진정한 상징주의자-예술가는 그가 아무리 결정론의 프리즘을 통해 삶을 묘사한다고 해도 설명하기 힘든 가벼움과 상쾌함을 언제나 무의식적으로 삶 속에 불어넣는다.

인식의 다른 방법들과 단절되어 있으며 일관적으로 표명된, 칸트주의를 포함하는 넓은 의미의 결정론은 다양한 관계들에 대한 명확한 이해를 보장하고, 그와 동시에 우리 영혼의 신비주의적 요구에도 여지를 준다. 결정론이 방법론으로 일관되게 적용될 때 형식주의라고 알려진 그것의 환영성이 드러난다. 결정론과 나란히 일관되게 실현된 비관주의는 무의식중에 비극주의와 종교로 이행한다. 거기서 최초의 예리한 환멸의 언어는 영구히 무뎌진다. 환상, 그리고 불과 얼마 전에 겪은 삶의 공포가 신기루의 영역으로 사라진다. 영원한 안식의 왕국이 모습을 드러낸다.

일상의 끔찍함, 속물성 — 이는 체홉 특유의 방법론적 기법으로서, 그로 인해 그의 형상들은 일상성의 영역에 남은 채로 뚜렷한 윤곽을 획득한다. 그러나 그 대신 일상성은 흔들리는 장식물이 되고, 반면 등장인물은 캔버스에 서툴게 그려진 실루엣이 된다.

체홉 속에는 톨스토이적인 정확함과 형상들의 토우(土偶)가 마테를링크의 경우처럼 붙잡을 수 없는 **운명**(Рок)의 돌풍과 결합되어 있지만, 그러나 함순의 경우처럼 마치 운명이 환상이라는 직접적인 의미인 것처럼, 은은한 우수와 잔잔한 기쁨이 그러한 **운명**의 돌풍 너머로 내비친다. 마치 마법사가 삶의 추악함으로 우리를 공포에 떨게 한 후 자신의 부드러운 눈초리로 우리를 삶의 내면에서 바라보는 것 같다. 물론, 그는 우리가 알고 있는 것 *이상의 그 무엇*을 알고 있다. 그것은 비밀이자 상징이며, 그것이 숨을 쉴 때 **운명**의 바람이 휘날린다. 그는 그의 불행한 주인공들이 모르는 것을 느끼고 있다. 그것은 은은한 우수와 가벼움이고, 형언할 수는 없지만 분명히 존재하는 깊이를 엿본 자는 알고 있는 어떤 것이다. 비관주의가 그냥 비관주의가 아니게 되는, 최후의 노예상태의 자유를 어떻게 말로 전달할 수 있겠는가. 최후의 기쁨은 과연 온전히 그쪽으로 흐르고 있지 않은가. 겉보기에는 절망적인 그의 형상들은 무의식중에 영원의 안식, 영원한 안식을 호흡한다. 이 무의식성은 얼마나 강력한가! 그의 단편소설의 등장인물 중 하나는 그림을 보면서 이렇게 생각한다. "율리아는 자기 자신이 다리를 건너고 오솔길을 지나 점점 더 멀리, 걷고 있다고 상상했다. 사위는 잠잠했으며, 졸린 흰눈썹뜸부기가 울고 있었고, 멀리서 불빛이 깜박이고 있었다. 문득 그녀는 *하늘의 붉은 지대를 따라 펼쳐진 저 구름들과 숲과 들판을 예전에, 그것도 여러 번 이미 본 적이 있는 것만 같았다. 그녀는 순간 고독감을 느꼈다. 오솔길을 따라 하염없이 걷고 또 걷고 싶어졌다. 이윽고 저녁노을이 있던 곳에 지상의 것이 아닌 영원한 어떤 것의 그림자가 조용히 드리워져 있었다*"(〈삼 년〉).[6]

여기에는 무의식적 상징이 존재하는데, 이에 대해 "이것은 무엇이고, 왜 여기에 영원이라는 말이 나옵니까?"라고 물어서는 안 된다.

여기에는 분해될 수 없는 어떤 것이 존재한다. 여기에 있는 모든 것이 그렇다는 것이 느껴진다. 사랑하는 사람과 헤어진 후 황량한 지방 벽촌

---

6) 〔옮긴이〕〈삼 년〉(Три года) : 1895년에 발표된 체홉의 중편소설.

에 홀로 남겨진 자매 중 하나가 날아가는 학을 향해 "내 어여쁜 것들!"이라고 말한다. 영원한 평정의 음악, 그 모든 것에도 불구하고 초연한 망각으로 충만한 삶이 느껴진다. 속물성이 지배하도록 하라. 체홉의 주인공들이 사면의 벽 안에서 무의미한 이야기를 하고, 먹고, 자고, 생활하고, 좁다란 잿빛 오솔길을 따라 배회하게 하라. 거기 어딘가, 깊은 곳에서 이 잿빛 오솔길은 영원한 삶의 오솔길이고, 그곳에 사면의 벽은 존재하지 않으며, 영원한 미지의 공간이 있음을 깨닫게 될 것이다. 그들이 범속하게 말할수록 그들의 말은 점점 속삭임에 가까워지고, 마침내 아예 사라져 버린다. 그러나 침묵의 웅변적 음성은 미지의 평원에서 울려 퍼진다. 그것은 점점 자라나 영혼을 부르는 영원한 안식의 종소리로 변한다. *이 은빛 오솔길을 따라 걷고 또 걸으면, 저 앞에, 저녁노을이 물든 곳에, 지상의 것이 아닌 영원의 그림자가 조용하게 드리워지리라는 것*을 이미 우리는 알고 있다.

때가 될 것이고, 비평계는 체홉의 비관주의의 진정한 의미를 마음 깊이 존중하게 될 것이다. 그의 우아하고 경쾌한, 늘 음악적이고 맑고 순수한 우수 어린 그의 작품들을 읽으면, 고통도 기쁨도 없고 **영원한 안식(Вечный Покой)** 만 있는 가슴 한구석에 놓이는 것 같다.

그는 이미 이 세상에 없다. 그는 영원한 안식에 처했다. 어렴풋한 말소리가 울리게 하라. 우수에 잠긴 자작나무들이 그의 유골 위에 달콤한 말들을 속삭이고, 영원의 전설이 소곤거리게 하라. 황금빛으로 빛나는 맑은 날에도, 악천후에도, 어둠을 뚫고, 은빛 눈보라의 창백하고 광포한 소매 사이로, 새빨간 등불이 묘지 위에서 의미심장하게 빛날 것이다. 시간을 물리칠 때가 올 것이다.

그리고 오래오래 그를 기억하며, 사람들은 영원한 안식이 감도는 조용한 무덤을 찾아올 것이다.

메레시콥스키*

에펠탑에는 네 개의 축, 즉 네 개의 금속 주각(柱脚)이 있다. 네 개의 금속 주각 위에는 사각의 단이 있고, 그 단 위에 탑신이 올라서 있다. 탑의 주각 사이에는 넓은 공간이 마련되어 있다.

러시아에는 그리 넓지 않은 지대 위에 세 개의 현(縣)이 모여 있는 곳이 있다. 거기에 삼단의 에펠탑과 유사한 것을 축조할 수도 있을 것이다. 각각의 단은 각각의 현에서 올라오게 된다. 탑신은 결코 하나가 아닌 세 개의 현의, 혹은 구름, 하늘, 새들의 소유가 된다.

메레시콥스키가 쓴 책들을 모으면 책으로 된 탑을 세울 수 있을 것이다. 오, 물론, 그 탑은 에펠탑보다는 작을 것이고, 다기(茶器) 용 쟁반에 들여앉히는 것도 어렵지는 않을 것이다. 그러나 그가 쓴 각각의 책들의 내용을 분석한다면, 그것은 오직 거대한 탑에 비교할 수 있을 정도로 의미심장할 것이다. 그와 더불어 우리를 놀라게 하는 것은 하나로 통일되는 각각의 책들이 지닌 독특한 점이다. 그것들은 모두 서로에 의존하고,

---

* 〔편집자〕 1부는 잡지 〈천칭〉(1908, No. 1) 73~81쪽에 "메레시콥스키의 3부작"(Трилогия Мережковского)이란 제목으로 수록되었다. 2부는 신문 〈러시아의 아침〉(Утро России, 1907. 10. 18)에 "메레시콥스키. 실루엣"(Мережковский. Силуэт)이란 제목으로 수록되었다.

서로를 위해 쓰였으며, 모두 상호 연관된 전체를 이룬다. 그런데, 메레시콥스키는 소설가이고, 메레시콥스키는 비평가이고, 메레시콥스키는 시인이고, 메레시콥스키는 문화사가이고, 메레시콥스키는 신비주의자이고, 메레시콥스키는 드라마 작가이고, 메레시콥스키는 … .

우리에게 메레시콥스키가 비록 여러 가지 의상을 입고 나타난다고 해도, 그가 쓴 책들이 각각 그의 재능의 일면에 해당하는 것은 결코 아니다. 한곳에서 그가 비평가로 나타난다면, 다른 곳에서는 신비주의자로 나타나고, 또 다른 곳에서는 시인으로 등장한다. 그러나 메레시콥스키의 서정시는 단지 서정시가 아니고, 비평은 결코 비평만이 아니며, 소설은 그냥 소설이 아니다. 각각의 저술에서 당신은 그의 재능의 모든 면의 총합을 보게 된다. 단지 표현의 형식이 바뀌고 방법이 바뀔 뿐이다. 메레시콥스키는 병법가가 되고자 노력하는데, 그는 자주 그 목적을 아주 만족스럽게 달성한다. 최근에 그는 도스토옙스키에 대한 면밀한 분석으로 우리를 매혹시켰고,[1] 우리는 그를 비평가로서 신뢰하게 되었다. 그는 역사를 답사하고 특별하게 조망하는 데 자신의 비평이 가진 모든 자산을 투여한다. 당신은 이러한 대담한 묘기에 만족했다. 당신은 메레시콥스키를 따라 역사 속으로 깊이 들어가게 된다. 순간, 그는 전(全) 역사를 아름답고 서정적인 언어의 조각술을 기리는 석상의 대각으로 돌변시킨다. 그렇다면, 비평가와 역사가 밑에는 시인이 모습을 감추고 있는가? 그렇지 않다. 그는 웅변적인 시를 자신의 열정적 신비주의의 세련된 외장으로 변형시켰고, 우리를 신비주의의 열정으로 불태우며, 신비주의를 믿기 어려울 정도로 근접시킨다. 만일 당신이 신비주의자라면, 즉 시인이자 신비주의자

---

1) 〔편집자〕 메레시콥스키의 저작 《톨스토이와 도스토옙스키》(Л. Толстой и Достоевский, 1901~1902)를 염두에 둔 것이다.
〔옮긴이〕 이 책은 2권으로 구성되었다. 제1권은 《생애와 창작》(Жизнь и творчество), 제2권은 《종교》(Религия)이다.

라면, 그는 당신에게 세계의 종말이 닥쳐왔음을 믿도록 강요할 것이고, 그런 다음 현학적 도식을 마무리할 것이다. "도처에 분열이 일어나고 있다. 이는 그리스도의 세력이 적그리스도 세력과 싸우는 것이다."[2] 그런데 모두에게 감춰진 한 가지 사실이 있다. 그는 자신의 저술들로 쌓아 올린 피라미드의 꼭대기에 올라가서 망루에 걸쳐 있는 구름 위에 자리를 차지하고 앉을 것이다. 그가 누구인지 규정해 보라. 비평가인가, 시인인가? 신비주의자인가, 역사학자인가? 그 모두인가? 아니면, 이도저도 다 아닌가? 그렇다면 그는 누구인가? 메레시콥스키는 누구인가?

그의 비평적이고 서정적인 예언의 행적은 다음과 같다.

그는 냉혹하고 능숙한 해부학자처럼 우리 앞에 안나 카레니나의 영혼을 파헤쳐 보이고, 자신의 길로 당신을 인도하면서 결론은 숨긴다. 결론은 당혹스럽다. 예를 들어, 고대 사람들의 아스타르테[3] 여신의 숭배가 안나의 심리를 미리 규정하고 통제하며, 그녀가 아스타르테 여신의 화신이라고 당신에게 설득하려 한다 하자.[4] 그는 단지 아스타르테 여신의 숭배를 통해 안나를 조명하는 데 그치지 않고 안나의 형상 속에 아스타르테

---

2) 〔옮긴이〕 메레시콥스키의 역사소설 3부작 《그리스도와 적그리스도》(Христос и Антихрист, 1896~1905)의 기본사상을 언급하고 있다.

3) 〔옮긴이〕 아스타르테(Astarte): 고대 페니키아 지방의 대모신(大母神). 가나안과 이집트, 우가리트, 그리고 히타이트족 사이에서 숭배되었다. 이후 이집트에서는 이시스, 하토르로, 그리스 로마에서는 아프로디테, 아르테미스, 주노(유노) 등의 다른 대모신들에 흡수되었다.

4) 〔편집자〕 메레시콥스키가 안나 카레니나를 예기치 않게 이교도 여인으로 비유하는 다음의 대목을 염두에 두고 있다: "만일 안나가 19세기의 그리스도교인이 아니라 기원전 몇 세기, 이집트나 소아시아, 시리아의 벽촌에 사는 이교도이며, 그녀가 자신의 종교, 즉 아프로디테, 아스타르테, 딘디메나, 대모신(大母神)… 수많은 자잘한 화신들 중 하나에게 도움을 요청하고자 달려간다면, 바로 그 죄 많은 여인처럼 온순한, 지상의 착한 여신은 그녀를 거부하지 않고, 도와주고, 위로해 주지 않겠는가"(Мережковский Д. С., Полн, соб, соч.: в14т, М., 1914, Т. 11~12, С. 227).

여신의 숭배를 굴절시킨다. 또한 아스타르테-안나는 용에게 쫓기는 묵시록의 여인[5] 임이 드러난다. 태양빛에 둘러싸인 여인 아스타르테가 바로 안나 카레니나인 것이다! 이것이 저속한 취미, 기괴한 '*그로테스크*'가 아닌가? 혹은 … 이럴 수도 있다. 당신의 머리가 어지럽고, 발아래 땅이 흔들린다. 당신에게는 모든 것이 단일한 힘의 원형으로 보일 수도 있다. 당신에게 돈을 꾸고 갚지 않은 이반 이바노비치는 이반 이바노비치 흘레스타코프, 혹은 더 나아가 티폰[6] 이나 아리만, 용(龍) 이 될 것이다. 당신이 사랑하는 바실리사 페트로브나는 바실리사 부인[7] 으로 변할 것이다. 당신의 삶은 비일상적인 것으로 채색될 것이다. 당신은 태양의 바실리사 페트로브나에게 대항하는 용-티폰의 이반 이바노비치와 싸우느라 시간을 보낼 것이다. 당신은 그녀의 노란색 원피스를 태양의 원피스라고 부를 것이다. 미칠 것 같지 않은가! 이제 당신은 메레시콥스키에게 가서 이렇게 말할 것이다. "당신은 현실을 상징으로 대하는 법을 나에게 가르쳐 주었습니다. 그래서 나는 나 자신의 삶을 상징으로 바꾸었습니다. 나는 도처에서 적대적인 원리를 봅니다. 전 세계 역사는 나의 체험의 상징주의를 에워싼 후광일 뿐입니다. 더 나아가 당신은 상징들이 결국에는 육화될 것이라고 가르치며 이렇게 썼습니다: '여기서 우리의 명백한 것은

---

5) 〔옮긴이〕 〈요한계시록〉 12장에 등장하는 여인을 말한다.

6) 〔옮긴이〕 티폰: 그리스 신화에 등장하는 가장 강하고 무서운 거인이자 괴물이다. 영어의 태풍(*typhoon*)의 어원이기도 하다. 머리에는 눈에서 번개와 불꽃을 내뿜을 수 있는 100개의 뱀 머리가 돋아나 있고, 허벅지 밑으로는 똬리를 튼 거대한 뱀의 모습을 하고 있다. 온몸을 뒤덮은 깃털은 항상 그 자신이 일으키는 격렬한 동풍 때문에 휘날리고 있다. 제우스와 대결하다가 에트나산에 유폐되어 에트나 화산이 되었다고 전해진다.

7) 〔옮긴이〕 바실리사 부인(Жена Василиса) : 러시아 민담과 영웅서사시(былина)에 등장하는 신화적인 여주인공 형상 중 하나. 종종 '지혜롭고 아름다운 바실리사'(Василиса Премудро-Прекрасная) 라고 불린다.

끝나고, 여기서 우리의 비밀스러운 작용이 시작된다.' 나는 노가트킨에게서 용을 보고, 츠베트코바에게서 소피아를 보았습니다. 노가트킨은 츠베트코바와 결혼할 것입니다. 나는 무엇을 해야 합니까?"

그러면 메레시콥스키는 이렇게 대답할 것이다. "영원한 여성적 원리가 있고, 네덜란드산 개와 유사한 꼬리를 지닌 악마[8]가 있습니다. 나는 당신에게 악몽에서 벗어나라고 충고합니다."

그는 결국 아무 대답도 하지 않는다. 무슨 말을 해야 할지 모르는 것이다. 시, 신비주의, 비평, 역사, 그 모든 것을 메레시콥스키는 종교에 대한 그 어떤 새로운 태도 — 종교, 신비주의, 시가 불가분하게 융합된 테우르기아를 에워싼 후광으로 변형시킨다. 모든 나머지 것들 — 역사, 문화, 과학, 철학은 단지 인류에게 새로운 삶을 준비하게 할 뿐이다. 지금 그 새로운 삶이 다가오고, 순수예술, 역사적 교회, 국가, 과학, 역사가 폐지되고 있다.

이 얼마나 희한한 불빛이 메레시콥스키의 설교에 드리워져 있고, 기존의 창조방법 — 소설, 비평, 종교적인 논문 속에서 그의 설교가 얼마나 굴절되어 있는가! 그것은 미학자, 신비주의자, 신학자 등 이른바 교양 있는 사람들의 관심을 끌고 있다. 과연 메레시콥스키는 무언가 새로운

---

8) 〔편집자〕 네덜란드산 개와 유사한 꼬리를 지닌 악마(черт с хвостом, как у датской собаки) : 메레시콥스키의 논문 "레르몬토프 — 초인의 시인"(Лермонтов — поэт сверхчеловечества)에 등장하는 형상. 이반 카라마조프의 다음과 같은 악마에 관한 진술에서 기원한다: "그는 단지 악마, 하찮고 저급한 악마에 불과해…. 그의 옷을 벗겨 보라고. 그러면 분명, 네덜란드산 개처럼 1아르신 정도 되는 길고 매끈한 꼬리가 달려 있을 거야…"(도스토옙스키, 《카라마조프가의 형제들》 중에서). 메레시콥스키는 다음과 같이 썼다: "모든 러시아 문학은 어느 정도 악마의 유혹과의 투쟁이며, 레르몬토프의 악마의 옷을 벗기고 그에게서 '네덜란드산 개처럼 길고 매끈한 꼬리'를 찾고자 하는 시도이다"(Мережковский, Д. С., М. Ю. Лермонтов. Поэт сверхчеловечества, СПб., 1909, С. 54).

것을 깨달은 것이다! 그리고 기존의 창조형식들은 그것에 부합하지 않는다. 따라서 구름 위로 솟아오른 그의 저술탑은 단일한 주각(柱脚)을 가질 수 없다. 에펠탑과 마찬가지로 그것은 여러 개의 주각에서부터 쌓아 올려진다. 이 주각들은 상호 부합하지 않는 인식과 창조의 영역들—종교, 문화사, 예술, 사회비평에 제각각 기대고 있다. 탑의 꼭대기는 단지 허공을 향할 뿐이다. 그것은 구름 위로 솟아 있다. 거기에 자리 잡고 있는 메레시콥스키는 망원경을 통해 무언가를 보았다. 우리는 그것을 볼 수 없었다. 구름이 창공을 가리고 있었기 때문이다. 메레시콥스키는 구름 위에서 우리가 익히 알고 있는 형식들을 통해 (그는 다른 형식들을 창조하는 법을 몰랐다. 그것들은 아마 미래의 천재에 의해 창조될 것이다) 고찰한 결과를 알려 주고자 탑에서 내려왔다. 그는 동시에 비평가, 시인, 신비주의자, 역사학자가 되었다. 그리고 원하는 건 무엇이든 될 것이다. 그러나 그는 정작 이것도, 저것도, 제 3의 것도 아니다. 사람들은 그가 절충주의자라고 말할지도 모른다. 그러나 그것은 진실이 아니다. 그는 그저 전공 분야가 없는 전문가일 뿐이다. 더 정확히 말하자면, 그의 전공은 그 자신에게는 어느 정도 분명하지만 아직 그 분야에서 실습 경력은 없는 그런 것이다. 이처럼 메레시콥스키의 창작에는 이상한 빛이 드리워져 있다. 그 빛은 분해되지 않는다. 그것은 작가의 저작들이 지니는 비평적·신비주의적·시적인 장점들의 총합으로 만들어지는 것이 아니다. 또한 메레시콥스키는 타고난 엄청난 재능에도 불구하고 절대로 그것을 다 구현할 수 없다. 그는 전적으로 위대한 예술가도 아니고, 전적으로 예리한 비평가도 아니며, 완전한 신학자도, 완전한 역사가도, 완전한 철학자도 아니다. 그리고 그는 *단지* 시인 이상이고, *단지* 비평가 이상이다.

엄격한 예술의 경계 속에서 그의 '3부작'을 논하는 것은 거의 불가능하다. 결국에는 신비주의로, 문화사로, 이데올로기로 나오게 되어 있다. 장대한 '3부작'의 어마어마한 분량 역시 보기가 흉하다. 화석화된 도식들이 그의 절묘하고 다채로운 일련의 형상들을 짓누르거나, 혹은 디테일들, 세태, '사물들'이 그러한 형상들을 뒤덮는다. 메레시콥스키는 종종 자신의 소설로써 고고학적 박물관을 설립한다. 거기에는 르네상스 시대의 의상들과 비잔틴 제국의 황제들이 사용했던 선홍색 연지, 표트르 대제 시절의 '비잔틴 법왕'이 쓰던 왕관이 있다. 그런데 이 박물관의 벽과 천장은 고고학적 소장품들의 화려함과 풍부함에 상응하지 않는다. 회색 벽은 볼품없고, 천장은 이른바 '고차원적 심연'이라 명명되는, 꺼림칙한 하늘색 판자로 되어 있으며, 회색 돌이 깔린 바닥은 '저차원적 심연'을 이룬다. 양쪽 벽에는 '신인(神人)의 이념', '인신(人神)의 이념', '아폴론', '디오니소스'라고 써진 푯말이 붙어 있다. 박물관에는 지루하고 볼품없는 공간과 현란하고 다채로운 고고학적 소장품—'선홍색 연지'와 '신인의 이념'—이 공존한다. 고고학과 스콜라주의의 공존이다! 바로 그 3부작으로부터 현란한 장면들이 우리 앞을 지나간다. 메레시콥스키는 뛰어난 의상담당자이다. 그는 율리아누스, 레오나르도 다빈치, 표트르 대제의 삶을 그려야 한다.[9] 밀랍도 있으니 누런 빛깔의 동상을 조각하여 '선홍*색 연지*'를 칠할 수도 있다. 그 속에 부족한 것은 없다. 필요한 것은 다 모여 있다.

메레시콥스키는 박물관 벽 한쪽에 빈 공간을 택하고, (고고학적 소장품들의 진열장은 가운데로 옮겨 놓고) 자신의 동상들을 해당 시대의 부속품으로 에워싼다. "율리아누스의 생애? 1, 2, 3번 진열장의 전시품들을 이리

---

9) 〔편집자〕 메레시콥스키의 《그리스도와 적그리스도》 3부작을 염두에 둔 것이다. 이 3부작의 각 권들은 각각 율리아누스 황제〔《신들의 죽음. 배교자 율리아누스》(Смерть боговю. Юлина Отступник), 1896〕, 레오나르도 다빈치〔《부활한 신들. 레오나르도 다빈치》(Воскрсшие боги. Леонардо да Винчи), 1901), 표트르〔《적그리스도. 표트르와 알렉세이》(Антихрист. Пётр и Алексей), 1905) 의 시대를 서술하고 있다.

로 가져옵시다. 이것은 소아시아 도시를 묘사한 장면입니다. 전쟁, 의상, 당시의 전사들이 썼던 투구입니다. 여기는 우상들이 있고 기묘한 향이 풍기는 이교도들의 성전입니다." 모두 자기 이름으로 불렸고, 각각의 풍속적인 진열품에는 레테르가 붙어 있다. 메레시콥스키는 성전에 있는, 궁전에 있는, 아테네에 있는, 원정 중인 율리아누스를 이렇게 묘사했다. 수많은 화려한 그림들이 나란히 펼쳐진다. 그런데 이 그림들의 배경은 무엇인가? 바로 자연이다. 메레시콥스키는 자연을 노래하는 섬세한 서정시인이다. 그는 자연을 심오하게 이해했다. 동상 위에 드리워진 하늘과 은빛 초승달의 경이로운 이미지들을 통해 그는 고고학적 밀랍인형 그룹에 반주가 되는 음악을 전달한다. 메레시콥스키에게 율리아누스는 종종 구체적 인간이 아닌 인형으로 등장한다. 그렇지만 메레시콥스키에게 하늘은 항상 하늘이다. 그것은 살아 있고 말을 하며 숨을 쉰다. 메레시콥스키에 의해 소생된 하늘을 배경으로 서 있는 율리아누스는 이미 단순한 율리아누스가 아니다. 작가가 그에게 불어넣고자 하는 어떤 것의 상징적인 형상이다. 그러나 상징이 너무 조야하지 않도록 (하늘을 배경으로 서 있는 밀랍인형) 메레시콥스키는 자신의 하늘을 보티첼리, 레오나르도 다 빈치, 필리피노 리피의 스타일로 간신히 양식화한다. 그렇게 할 만큼 메레시콥스키는 이탈리아 거장들의 회화를 너무나 잘 알고 있다. 그의 '연대기들'의 무대 위에 삶의 모형과 진정으로 세련된 문화가 펼쳐진다. 이렇게 시각적 형상들이 갖춰진다. 이제 이 파노라마의 등장인물들은 대사를 읊어야 한다. 그러나 인형들은 말을 하지 않는다. 메레시콥스키에게 그들의 이름으로 말하게 해야 한다. 그는 해당 시대의 문체로 말을 할 줄 안다. 그의 독서량은 그런 일을 하기에 충분하다. 그리하여 무대 전면에 출연하는 것은 결국 메레시콥스키 자신이다. 그는 때로 저음으로, 때로 고음으로, 때로 희극적으로, 때로 비극적으로, 그러나 언제나 스타일리시하게 말을 한다. 오, 그것은 단순한 이야기가 아니다! 그것은 당시의 훌륭한 지성들을 인용하면서 그들과 나누는 대화이다. 대화형식으로 진술되는 그와 같은 인용문구들의 총합은 벽에 걸린 현판을 가리키는 보이지 않는 손가락의 역할을 한다. 박물관의 한쪽 벽에 이탈리아 거장의 그림을 배경으로 고고학적 유물들의 무리가 서 있고, 다른 한쪽 벽에는 '인신(人神)의 이념'이라고 적힌 현판이 걸려 있다는 것을 잊지 마시라. 나중에 인형의 무리들이 전부 반대편 벽의 '신인(神人)의 이념' 현판 아래로 옮겨질 것이다. 한 무리의 인형들이 때로는 '아폴론' 현판 아래, 때로는 '디오니소스' 현판 아래 서 있다. 메레시콥스키는 암실상자의 도움으로 그 인형의 무리를 '저차원적 심연'이라 불리는 바닥에 투사하고, '고차원적 심연'에도 투사한다. 그런 식으로 메레시콥스키는 자신의 건물의 사방 벽에 침묵의 판토마임을 몇 차례 보여 준다. 그렇게 해서 밀랍인형 그룹의 배경이 여러 차례 바뀐다. 각각의 벽에서는 그룹의 스타일대로 그 벽에 상응하는 대화를 읊조린다. 율리아누스의 전(全) 생애와 그의 시대의 풍속, 그의 생애의 종교-철학적 의미가 우리 눈앞에 펼쳐진다. 그다음, 자신의 밀랍인형들과 의상들, 집기들, 소상(小像)들을 번호가 매겨진 진열장 속으로 치우고, 그는 레오나르도를 연기하기 시작한다. 아까와 똑같은 절차를 밟는다. 그룹들은 그리스도에서 적그리스도까지, 적그리스도에서 아폴론까지, 아폴론에서 디오니소스까지, 디오니소스에서 그리스도까지 여행을 한다. 이 모든 여행은 이어서 *고차원적이고 저차원적인 심연*에 투사된다.

이 벽에서 저 벽으로 율리아누스의 행차와 아주 유사한 것이 펼쳐진다. 똑같은 일이 표트르의 경우에도 벌어진다.

결과적으로 그의 장대한 '3부작'의 기하학적 정확성이 드러난다. 대단히 훌륭하고 견실한 저작이다. 더 나아가, 복잡한 기하학적 정확성이 요구된다. 메레시콥스키는 역사 속에서 서로 투쟁하는 두 세력 — 그리스도교와 이교의 진화를 보여 줘야 한다. 이를 위해 메레시콥스키는 다음을 행한다. ①'3부작' 중 어느 한 권에 등장하는 그룹들의 외형이 인접한 책에 등장하는 그룹들의 외형에 전체적으로 상응하도록 형상들의 그룹을 배치한다. ②1~3부 전체를 관통하는 형상들(때로는 대상들)을 둔다. 예를 들어, 성전에 대리석상을 세운 다음, 르네상스 시대에 고고학적으로 발굴하는 형식으로 그것을 부활시킨다. 그리고 마침내 '후광을 두른 우상'10) 같은 형태로 러시아에 가져온다. 혹은 채찍파의 광적인 의식에서 고대의 주신제(酒神祭)와 유사한 특징들을 탐색한다. ③3부작의 어느 한 권에서는 자신의 그룹들을 오른쪽에서 왼쪽으로 배열하고, 동시에 다른 권에서는 왼쪽에서 오른쪽으로 배열한다. 그 결과 인형들의 행차는 동시에 두 가지 방향으로 이루어진다. 끝으로, 마지막 권에서는 그룹들이 왼쪽에서 오른쪽으로 배치된다. 이에 따라서 그는 인용과, 그 인용들에 대한 사색의 형태로 제시되는 주석의 외형을 쉽게 바꾼다. 결국 명백하고 단순한 이데올로기가 얻어진다. 모든 것이 코스모스와 카오스, 육체와 영혼, 그리스도교와 이교, 의식과 무의식, 아폴론과 디오니소스, 그리스도와 적그리스도로 양분되어 있다. 고차원적이고 저차원적인 심연 사이의 대립은 이번에는 자기편에서 그 모든 이율배반을 양분한다. 따라서 그리스도의 정신은 아폴론적 원리의 마스크를 쓰기도 하고 디오니소스의 마스크를 쓰기도 한다. 적그리스도의 정신 역시 마찬가지다. 결과적으로 복잡한 형태들, 그야말로 결정학(結晶學)적인 모델이 주어진다. 양분된 율리아누스인 것이다. 그다음에는 사분(四分)된 율리아누스가 얻어진다. 학생들은 결정체의 체계를 판정하는 것을 배우기 전에 복잡한 입방체 위에 오랫동안 앉아 있게 된다. 숙련되지 못한 메레시콥스키의 독자들은 그의 이념들의 역사적 대위법의 복잡한 형태들 속에서

---

10) 〔옮긴이〕 메레시콥스키의 3부작 전체에 걸쳐 등장하는 고대의 비너스 상을 말한다.

갈피를 잡지 못하고 혼란에 빠진다. 그러나 그것은 아주 단순하다. 분류의 원칙을 알아내기만 하면 된다. 이야기를 좀더 진전시키면, 율리아누스에게는 마치 인신, 이교, 육체, 국가, 아폴론적 원리, 적그리스도와 같은 이념들이 우세한 것처럼 보인다. 그러나 그것은 단지 그렇게 보일 뿐이다. 왜냐하면, 그것들의 바닥(저차원적 심연)에서 반대되는 이념들(고차원적 심연)이 드러나기 때문이다. 율리아누스는 그것을 이해하지 못했다. 소설의 2부에서는 기술된 이념들에 반대되는 이념들이 대립한다. 대위법은 더욱 더 복잡해진다. 《표트르》에서는 3층의 이데올로기가 전개된다. ① 자신의 대립물로 이어지는 통로가 있는 이교, ② 자신의 대립물로 이어지는 통로가 있는 역사적 기독교, ③ 두 가지 대립물(역사적 이교와 역사적 기독교)의 대립물은 미지의 단일성이다. 그 속에 신비주의와 헤겔사상, 셸링사상과 그노시스주의 그리고 상징주의가 합치된다. 하나는 다른 하나와 합치된다. 온갖 이념들의 집합, 온갖 의상, 인용문, 발췌문들의 집합이다.

고고학과 이데올로기, 바로 그것이 메레시콥스키 3부작의 의미이다. 이 생명 없는 갑옷 속에서 그의 시달리고 지친 거대한 재능이 불안에 떨며 두근거린다. 정말 그러한가?

아니다. 아니, 그렇지 않다.

메레시콥스키의 창조적 도약이 억눌려 있는 이 다면체의 이념적 갑옷은 모든 것이 내비치는 투명한 갑옷이다.

우리는 그것을 통해 사물을 본다. 내부로부터 밝은 빛을 받는 수많은 차가운 면들은 무지개의 모든 색깔을 쏟아 낸다. 메레시콥스키의 이념들은 그의 풍부한 형상들을 벼릴 뿐이다. 그것들은 형상들을 하나의 초점에 맞춤으로써 왜곡시킨다. 그런데 그 초점은 결코 이념이 아니라, 어떤 상징주의적 형상이다. 메레시콥스키에게는 모든 삶의 빛줄기가 그 형상으로 흘러 모인다. '3부작'의 작가에 대해 그가 "이성으로 포착할 수 없는 어떤 비전을 지녔다"[11] 고 말할 수 있다.

'3부작' 저자의 훌륭한 설명대로, 이는 푸시킨의 시구이다! 푸시킨의 시를 인용한 이유는 그것이 바로 저자에게 친근했기 때문 아니겠는가? 메레시콥스키는 예술가였고, 예술 창작의 자유에 매혹되었으며, 미(美)의 숭배를 설파했다. 그리고 세계의 아름다움은 그에게 **단일한 얼굴**(Лик Единый)이었다. 그는 **단일한 얼굴**을 보았다.

그는 형상들의 다양성과 그것들의 아름다움이 단지 당분간 감춰진 **얼굴**의 무한한 가면들이라는 것을 깨달았다. 그는 인간에게 허락된 아름다움의 극한을 본 것만 같았다. 그것을 본 후 그는 더 이상 아무것도 보고 싶지 않았다. 그는 자신이 본 것을 기술할 만한 언어가 없음을, 아름다움을 설명할 개념들이 없음을, 그것을 그릴 물감이 없음을 알고 있었다. 그러자 그에게는 모든 것이 하나로, 영원히 하나로 보이기 시작했다. 그 때부터 그는 미래의 기사(騎士)가 되었다. 과학과 예술, 삶의 모든 자산들이 꺼지지 않는 미래의 불멸의 빛 속에서 사그라졌다. 모든 것이, 새로운 미래의 최후의 미(美)의 여명을 한순간이나마 전달하기 위한 수단이 되었다.

불행한 기사 메레시콥스키는 본의 아니게 '쇠살창'을 자신의 얼굴에 씌웠다. 그에게 쇠살창은 바로 이데올로기였다. 그러나 그의 내면에서 타오르며, 그에게서 내비치는 빛이 투구 밖으로 투사된다. '쇠살'은 *초라한 투구*이다. 그것은 메레시콥스키의 이데올로기이다.

그는 형상들을 도식들에 고정시켰다. 그로 인해 그의 소설 속을 활보하는 살아 있는 인물들은 고고학적 고물들로 치장한 인형으로 변형되었다. 그들은 죽은 도해들의 표장(標章)이 되었다.

---

11) 〔편집자〕 푸시킨의 시 〈세상에 어느 불행한 기사가 살고 있었네〉(Жил на свете рыцарь бедный, 1835)에서.

그러나 메레시콥스키의 이념들은 단지 신앙이며, 단지 명료한 형상들의 오솔길 주변에 심어진 상징들이다. 이 오솔길은 지평선으로 향한다. 거기서 빛나는 태양이 그의 눈을 멀게 했다. 그 태양이 떠오르고 있다. 오솔길의 아름다운 모래, 이념들의 모래는 그 얼마나 눈부신 황금빛으로 반짝이는가! 이는 떠오르는 태양이 인류의 길 위에 깔아 놓은 반짝이는 벨벳이다. 이 빛이 도해에 몰아넣은 '3부작'의 형상들을 비춘다. 밀랍 인형들은 역사, 사람다운 사람, 그 모든 것이 메레시콥스키에게서 죽어 버렸기 때문에 인형인 것이다. 그 모든 것이 살아 있는 한 가지 속에서 부활했다. 삶 속에서 바로 그것 — 형언할 수 없는 형상, '오묘한 환영'을 자기 내면에 새겨 놓은 삶이 부활했다. 우리는 모두 죽은 자들이다. 역사 또한 죽었다. 오직 미래의 광휘가 그것을 비추고 있다. 율리아누스, 레오나르도, 표트르 자체는 결코 메레시콥스키의 관심의 대상이 아니다. 그들은 오직 상징으로서만 관심의 대상이었다.

마테를링크가 자신의 꼭두각시 인형들을 위해 초기 드라마[12]를 쓴 것도 이유가 있다. 그는 현대 극장무대의 관례로는 그 작품들을 구현하는 것이 불가능하다는 것을 알고 있었다. 또한 메레시콥스키가 역사를 고고학적 박물관으로 변형시킨 것도 이유가 있다. 그는 역사를 자기 방식대로 운용하려고 했다. 그것을 자신의 서재에 소속된 박물관으로 만든 다음 그는 예술을 통해 예술을 죽였고, 역사를 통해 역사를 죽였다. 그에게 역사는 '인형극장'이고, 학문, 문화, 예술은 인형극의 부속물들이다. 그는 "곧 막이 내리고, 삶이 시작될 것이다"라고 말했다. 그는 새로운 삶 속에서 또 다른 아름다움을 발견했다. 그것은 아직 형식을 갖지 못했다. 따라서 그것의 창조는 하나가 아닌 아주 다양한 형식들을 지향하게 된다. 그의 '3부

---

12) 〔옮긴이〕 마테를링크의 초기 드라마로는 《말렌 공주》(*La Princesse Maleine*, 1889)와 《펠레아스와 멜리장드》(*Pelléas et Mélisande*, 1892)가 있다.

작'은 비평 3부작 《고골과 악마》(Гоголь и Черт), 《톨스토이와 도스토옙스키》(Толстой и Достоевский), 《미래의 천민》[13] 에서 계속된다. 이제 그는 드라마 3부작[14] 을 구상했다. 곧 그에게는 세 가지 3부작이 주어질 것이다. 그러나 그것은 모두 다 똑같은, 한 가지 3부작이다. 그것은 **단일한 얼굴, 단일한 이름** ― '포착할 수 없는 비전'에 대한 세 가지 기호이다. 그의 비평 없이 그의 소설들을 이해할 수 없고, 그의 소설 없이 그의 비평을 이해할 수 없다.

분명, 드라마 역시 그의 비평과 소설에 의해 규명되면서 동시에 그것들을 새롭게 규명할 것이다.

'불행한 기사', 얼마나 자주 스콜라철학으로 그를 비난했던가! 그런데 사실 스콜라철학과 고고학, 몇몇 생기 없는 예술그룹들 ― 이 모든 것이 때로 메레시콥스키에게 알 수 없는 매력을 부여하지 않았던가? 그에게는 고유한 매력이 있다. 아마 그 매력은 엄격한 예술 창조의 매력과 대비될 수 없는 것이다. 그러나 메레시콥스키는 예술가가 아니다. 그를 순수하게 미학적인 척도로 측정해서는 안 된다. 만약 측정한다면, 사람들이 얼마나 그를 높게 위치시키는지, 그의 창조에서 조야하고 명백한 결함들을 얼마나 찾기 힘든지, 깜짝 놀랄 것이다!

그러나 예술가-메레시콥스키를 얼마나 엄격하게 비난하든지, 우리는

---

13) 〔옮긴이〕《미래의 천민》(Грядущий Хам): 1906년 출간된 메레시콥스키의 사회평론집. 여기서 메레시콥스키가 의미하는 '천민'(хам)은 미래의 러시아에서 득세하게 될 교양 없고 무식하며 속악한 소시민(мещанин)들을 지칭한다.

14) 〔옮긴이〕《고골과 악마》, 《미래의 천민》은 1906년에 출판되는데, 당시 메레시콥스키가 구상한 드라마 3부작이 과연 무엇인지는 불분명하다. 아마도 데카브리스트의 봉기와 궁정쿠데타(파벨 1세의 살해)를 다룬 메레시콥스키의 3부작 ― 드라마 《파벨 1세》(Павел I, 1908), 소설 《알렉산드르 1세》(Александр I, 1911)와 《12월 14일》(14 декабря, 1918)의 구상을 염두에 둔 것으로 보인다. 이 중에서 1908년에 발표된 《파벨 1세》의 집필연도는 1906년이었다.

항상 그에게서 예술로도 비평으로도 귀착되지 않는, 분해되지 않는 그 무엇을 발견하게 된다. 그런데 '그 무엇'은 그의 '3부작'의 예술적인 덕목에는 포함되지 않는다.

나는 *메레시콥스키는 예술가가 아니*라는 나의 생각을 얘기할 권리를 갖기 위해 '3부작'을 의도적으로 스콜라철학과 고고학으로 나누려고 노력했다. 그러나 그는 '예술가가 아닌' 것은 아니다. 그는 단지 예술가만이 아닌 것이다.

나는 그가 예술가 이상이라고 말하고 싶지 않다. 이하라고 말하고 싶지는 더욱 않다. 그의 활동을 규명하기 위해 우리 시대에 아직 출현하지 않은 어떤 창조형식을 고안해야만 한다. 우리 시대는 분명 새로운 창조의 가능성에 접근하고 있다. 메레시콥스키가 바로 그러한 가능성을 말해 주었다. (오, 그러나 그것은 단어로가 아니었다. 단어의 음악으로였다!) 그는 마치 우리에게 알려지지 않은 언어를 아주 잘 알고 있는 것만 같다. 그러나 우리는 그 언어를 모른다. 메레시콥스키는 자신의 언어를 우리의 개념으로 이끌고자 애쓰면서 곤혹스러워하고, 단어를 혼동하고 있다. 그러나 교양 있는 사람들은 외국인의 악센트를 애써 모르는 척하는 법이다.

메레시콥스키의 '3부작'이 여러 예술적 결함을 갖고 있다고 주장하면서, 메레시콥스키를 단지 예술가로서 대하는 것은 전혀 수완이 없음을 뜻한다. 그에게 '트리슈카의 카프탄'[15] 을 입히는 것이다. 그의 이데올로기를 분석하는 것은 이 카프탄의 소매를 짧게 하는 것이다.

메레시콥스키는 세상을 향해 외치는 우리 시대의 망설임이다. 그는 미래에서 우리에게 떨어진 수수께끼이다.

---

15) 〔옮긴이〕 트리슈카의 카프탄(Тришкин кафтан) : 하나를 고치기 위해 다른 것을 못 쓰게 하는 상태의 비유. 트리슈카가 찢어진 팔꿈치를 고치기 위해 소매를 잘라 내어 카프탄을 완전히 못 쓰게 만들었다는 크르일로프(Крылов)의 우화에서 유래했다.

그는 책으로 된 탑을 세웠다. 그 탑은 다기쟁반 위에 얹어서 건넬 수 있을 것이다. *파라오의 뱀*[16]은 대팻밥 같은 가루에서 생겨났다. 메레시콥스키의 저술 탑에서는 이념들, 상징들, 수수께끼들의 바벨탑이 생겨날 것인가? 모르겠다. 메레시콥스키 자신은 두 손에 망원경을 들고 탑 위로 올라가서 구름 속으로 사라졌다. 우리는 그가 어디서 무엇을 하는지 정확히 모른다. 우리는 탑의 기초를 분석할 뿐이다. 탑의 주각 중 하나는 예술이고, 다른 것은 종교이며, 세 번째 것은 스콜라철학이고, 마지막 것은 비평이다. 탑 자체는 이것도, 저것도, 제 3의 것도 아니다. 때로 하늘에서 인쇄전지(印刷全紙)들이 비처럼 쏟아진다. 이는 메레시콥스키가 우리와 이야기를 나누려는 몸짓이다.

어떤 두루마리에는 시가 적혀 있고, 다른 두루마리에는 세라핌 사롭스키에 관한 탁월한 연구가 기술되어 있다.[17]

세 번째 두루마리에는 이상한 파생어가 있다. "간 것이 갔다"(пошел то, что пошел)라는 것 같다〔'이용되었다'(пошло в ход)를 말하려는 것 같다〕.

그러나 메레시콥스키가 쓴 모든 것은 이상한 빛으로 빛난다. 우리는 그가 자신의 탑으로 우리를 부르지 않을까, 망원경을 갖고 우리에게 내려오지 않을까 기다린다. 가끔씩 그의 탑이 손가락을 갖다 댄 '파라오의 뱀'처럼 산산이 부서져 흩날리는 것 같다.

아마 그는 자신의 탑을 벗어나 날아갈지도 모른다. 어쩌면 이미 날아

---

16) 〔옮긴이〕 파라오의 뱀: 널리 알려진 화학 실험이다. 가루로 된 수은화합물에 불을 붙여 연소시킬 때 수은화합물이 산화되면서 마치 뱀과 같은 꼬부라진 물체로 변하는 것을 지칭한다.

17) 〔옮긴이〕 1908년 출간된 메레시콥스키의 문집 《평화가 아니라 칼을. 그리스도교에 대한 미래의 비판 서설》(Не мир, но меч. К будущей критике христианства)에 실린 논문 "마지막 성자"(Последний святой, 1908)를 염두에 두고 있다. 이 논문은 역사적인 정교에 반대하는 메레시콥스키의 가장 논쟁적인 진술이라고 할 수 있다.

갔는지도 모른다(하늘에서 누가 소리치는지 우리가 어떻게 알겠는가). 아마 메레시콥스키는 그곳, 창문 너머에 이미 얼어붙어 있고, 우리와 이야기하는 것은 바람일지도 모른다. 바람이 그의 전지들을 불어 날리면, 우리는 그것이 구름 위 점성술가가 우리에게 보내는 글이라고 생각한다. 아니다, 그건 그렇지 않다.

솔로구프*

1

"'그는 자신에 대해 이야기한다'라고 말하고 싶을 것이다. 아니다, 나의 소중한 동시대인들이여, 이는 당신에 대한 이야기이다"(《작은 악마》[1] 작가 서문).

"훠이, 훠이, 저리 가라, 우상아, 저리 가라, 작은 버러지 같은 악마야, 물러가라, 훠이, 훠이, 훠이, 물러가라, 썩 물러가라"(《작은 악마》).

솔로구프에 의하면, 삶은 수상한 아르메니아인이 파는 물약이다. "이 물약을 한 방울만 마시면, 살이 1푼트[2] 빠집니다. 한 방울에 1푼트랍니다. 한 방울에 1루블입니다. 몇 방울인지 세어 보시고, 방울 수대로 돈을 내십시오"(《썩어 가는 가면들》).[3]

---

* 〔편집자〕 잡지 〈천칭〉(1908, No. 3) 63~76쪽에 "사포조크에서 온 달라이 라마"(Далай-лама из Сапожка)라는 제목으로 처음 발표되었다.

1) 〔편집자〕《작은 악마》: 잡지 〈삶의 문제〉(Вопросы жизни, 1905, No. 6-11)에 처음 발표된 솔로구프(Сологуб, Ф. К.)의 소설.

2) 〔옮긴이〕 푼트(фунт): 러시아의 옛 중량 단위. 1푼트 = 0.41킬로그램.

3) 〔편집자〕《썩어 가는 가면들》: 솔로구프의 단편 모음집.

이는 자기 자신에 대한 이야기인가?

"아니다, 나의 소중한 동시대인들이여. 이는 당신에 대한 이야기이다." 어, 그래, 그에게 주문(呪文)을 외워야 한다. 대단한 고관께서 납시었구먼!

훠이, 훠이, 저리 가라, 우상아, 저리 가라, 작은 버러지 같은 악마야, 물러가라, 훠이, 훠이, 훠이, 물러가라, 썩 물러가라.

작가 선생, 괜찮으신가요?

"마치 작아지신 것만 같은데요? 정말 여위셨군요…. 줄어들 겁니다…. 최소한이 되려고 애쓰고 있습니다…. 응당 그를 관할경찰서에 데려다 놓아야 할 텐데요…. '고관'께서 납시었다니까요! 관리들은 그를 아주 엄하게 질책하듯이 쳐다봅니다…. 어떻게 감히 정부의 입장에 반대를 한단 말입니까? 그는 이미 사무실을 자유롭게 활보하고 있습니다. 치욕입니다, 망신이라고요!"(《썩어 가는 가면들》) 그러면서 그는 웃고 있는 독자들에게 주먹질을 하며 위협한다. "아니오, 나의 소중한 동시대인들이여, 나는 바로 당신들에 대해 이야기하고 있소."

훠이, 훠이, 물러가라!

"햇빛 속에서 춤추는 먼지가 구름과 뒤섞였다"(《썩어 가는 가면들》). 그러고는 사라졌나 싶더니, 먼지처럼 작은 벌레같이 추악한 악마들과 뒤섞였다. 아마도 수프 속으로 기어들어 가려 할 것이다.

"훠이, 훠이, 물러가라, 우상아, 물러가라, 작은 버러지 같은 악마야." 소중한 동시대인들이여, 이제 안심하셨는가? "*학술원과의 서신왕래를 통해 그가 퇴직하고 해외로 떠나는 걸로 합의할 것이다*"(《썩어 가는 가면들》).

2

아니다, 솔로구프를 러시아 현실에서 멀리 떼어 내서는 안 된다. 그의 삶과 피는 러시아와 연결되어 있다.

우리 문학의 사실주의는 체홉에서 시작되어 솔로구프에서 끝난다. 고골은 상징주의의 심연으로부터 사실주의의 공식을 도출했다. 그는 사실주의의 알파이다. 솔로구프는 사실주의의 심연에서 고유한 환상의 공식을 도출했다. 그것은 네도트이콤카, 욜키치 등이다.[4] 그는 사실주의의 오메가이다. 체홉은 사실주의자인 채로 있으면서도 사실주의 내부의 은밀한 적이라는 사실이 판명되었다. 솔로구프는 사실주의의 지표 밑에서 노골적인 반란의 기치를 들어 올렸다. 고대 도시 므스티슬라블에서 페트로그라드의 장벽에 이르기까지, 더 나아가 신이 보호하는 도시 사포조크[5]에 이르기까지 러시아를 두루 큰 소리로 비웃었던 그 기분 나쁜 웃음소리로 시작했던 솔로구프가 여기서 위대한 고골과 맞닿는다는 게 얼마나 이상한가. 솔로구프의 등장인물은 항상 지방 출신이고, 그의 주인공들의 공포는 사포조크에서 비롯된다. 양이 울고, 네도트이콤카가 장롱 속에서 튀어나왔으며, 미츠케비치는 벽에서 윙크한다. 이러한 무시무시한 존재들은 사포조크 시(市) 주민들의 꿈을 치명적으로 어수선하게 만든다. 솔로구프는 사포조크 시의 공포에 대한 잊을 수 없는 묘사가이다. 사포조크 주민이 잠에 취해 있다. (양배추를 곁들인 거위요리를 먹은 후가

---

4) 〔편집자〕 네도트이콤카(Недотыкомка) : 《작은 악마》의 주인공 페레도노프의 광기에서 탄생한 환상적인 존재.
욜키치(Елкич) : 솔로구프의 〈1월 이야기〉(Январский рассказ, 1907)에 등장하는 시의 형상.
〔옮긴이〕 '욜키치'는 전나무를 뜻하는 '욜카'(елка)에서 그 이름이 비롯되었다.

5) 〔옮긴이〕 사포조크(Сапожок) : 《작은 악마》의 공간적 배경이 되는 벽촌의 도시.

아니겠는가?) 그런데 그는 불교의 교리에 따라 수행 중이라고 생각한다. 열반, 죽음, 무(無)의 상태를 연구하고 있다는 것이다. 우리는 인적 드문 시골의 선량한 주민의 절반은 무의식적인 불교신자라는 것을 잊지 않는다. 그들은 어두운 텅 빈 구석 앞에서 가부좌를 하고 앉아 있다. 솔로구프는 그들이 수도로 이사하면서 그 어두운 구석을 함께 이전해 왔음을 입증했다. 또한 러시아제국의 도시들의 합계는 사포조크 시들의 합계와 같다는 것을 입증했다. 이런 의미에서 우리 나라의 광활한 평원은 거대한 사포조크이다.

이 고골의 독특한 반대자는 고골과 그런 식으로 서로 접촉하고 있다. 솔로구프의 문체는 고골적인 언어의 또 다른 특징들을 지니고 있다. 그것은 명료하고, 단순하며, 복잡하다. 그토록 선명한 장면들을 그려 낸 고골의 서정적 파토스가 솔로구프에게서는 위엄 있는 장중함과 엄격함으로 변형된다. 솔로구프는 결코 문체를 통해 자의식을 드러내지 않는다. 그의 소설 전편에 걸쳐 언어에 대한 방종한 태도라는 오점은 발견되지 않는다. 그의 작품이 항상 곡식들이 무성한 언어의 밭으로 덮여 있는 것은 아니다. 메마르고 짓밟힌, 민둥밭들도 많다. 거기에는 향쑥 같은 풀들이 무성하게 솟아 있다. 그러나 우리는 그의 작품들의 다른 부분에서 많은 것을 우리 문학의 곡물창고로 가져온다. 그의 어구는 종종 이삭들이자, 알곡들이 빽빽이 달려 있는 이삭들이다. 속이 빈 단어들은 없다. 아니, 단어가 아니라, 그것은 모두 그 무게에 있어 육중한 음절, 그 구조적 단조로움에 있어 단순한 음절의 무거운 알곡이다.

"그에게 공포와 파멸을 가져올 그녀가 바로 여기에 살고 있다. 다양한 모습의 마술적인 그녀가 그를 따라다니고 기만하고 비웃으며, 때로는 바닥을 굴러다니고 때로는 걸레와 리본, 나뭇가지, 깃발, 구름, 개, 거리의 먼지기둥인 척하며, 도처에 기어 다니고, 뛰어다니고, 불안한 춤으로 그를 괴롭히고 지치게 만든다"(《작은 악마》). 이 얼마나 풍부한 수식어들(마술적인, 다양한 모습의) 과 동사들(따라다니다, 기만하다, 비웃다, 굴러다니다, 기어 다니다, 뛰어다니다, 괴롭히다, 지치게 만들다) 인가! 그뿐 아니라 그녀는 걸레와 리본, 나뭇가지, 깃발, 구름, 개, 거리의 먼지기둥, 불안한 원무인 척한다. 그 많은 진부한 작가들이라면 구문들을 줄줄이 늘어놓으면서 소설의 페이지를 가득 채울 것이다. 반면 솔로구프는 네도트이콤카의 다양한 특징들을 저 하나의 구문에 압축시킨다. 그는 자신에게 필요한 인상을 강화시키기 위해 하나의 형용사를 두 번 반복한다. "이 *순식간의 건조한* 접촉으로 인해 그의 온몸에 *순식간의 건조한* 불이 재빠르게 스쳐 갔다." "그것의 *어두운* 가장자리에서 *어두운* 빛의 잔영이 수수께끼처럼 미소 짓고 있었다." "*여름날*(*летний*) 꿈의 *가벼운*(*легкий*) 환영"(여기서는 유사한 기능을 위한 자음 반복이 사용된다). "*어두운* 하늘에서 *어둡고* 이상한 냉기가 흐르고 있었다." 마지막 예는 그가 애용하는 또 다른 기법의 표본이다. 문체의 장중함을 강화하기 위해 동사를 사이에 두어 형용사를 명사로부터 떼어 놓는 것이다. "*무거운 발을* 그의 가슴에 얹었다"(*Тяжелую* на его грудь положил *лапу*). "*반짝이는 별들이* 검은 하늘에서 불타올랐다"(*Яркие* загорались в черном небе *звезды*). 묘사수단의 독특함에서도 그는 역시 거장이다. "구름이 하늘을 배회하고 맴돌다가 살며시 다가왔다. *구름의 보드라운 신발*이 몰래 엿보고 있었다."

이 얼마나 거장의 문체인가. 그의 문체는 장중하다. 장중하면서 화려하다. 화려함 속에 단조로움이 있고, 단조로움 속에 소박함이 있다.

이 음울한 연대기 작가의 이데올로기가 그러하다. 그의 이데올로기는 장중하면서 경이롭다. 경이로움 속에 단조로움이, 단조로움 속에 소박함이 있다.

이 세계의 현실을 타재(他在)의 현실처럼 먼지 같이 흩어진다. *여기저기*에서 네도트이콤카라는 먼지가 자기 안에 "머리와 다리들을" 연결하고, 지저귀듯 '나'라고 말한다. 사람들, 신들, 악마들, 짐승들이 기본 모나드로, 지저귀는 먼지가루로 환원된다. 그녀처럼 그들도 지저귀고, 환영적인 삶은 끝이 없고, 성가신 타재의 지저귐을 울음으로, 음성으로, 웃음소리로, 울부짖음으로 변형시킨다. *여기에도, 저기에도, 그 어디에도, 그 언제에도 결코 존재하지 않는 그것*—죽음이 네도트이콤카에게 대립한다. 인간은 자기 안에 티끌과 죽음을 연결한다. 발전하는 의식은 환영적인 삶을 없애고, 꺼져 가는 의식은 그것을 사방에 흩날리는 먼지의 사방에 퍼져 가는 지저귐 속에서, 영원한 티끌의 영원한 지저귐 속에서 극복한다. 그 위에는 "*어두운* 하늘에서 *어둡고* 이상한 냉기가 흐르고 있었다". 저 머나먼 태곳적부터 흘러왔고, 흐르고 있으며, 흐르면서 흘러갈 것이다.

솔로구프는 악마주의에 결정론적인 방법을 부가했다. 그리하여 결정론적인 악마주의가 탄생했다. 즉, 악마주의에 악마주의가 부재하는 것이다. 만일 고골이 자신의 악마주의를 사실주의로써 박멸하려는 시도에서 성공하지 못했다면, 솔로구프는 고골을 계승하여 악마주의와 영원히 결별했다. 이때 그는 자신이 마치 악마주의를 부활시키고 있는 것처럼 생각했다. 이에 대해서는 아래에서 언급할 것이다.

인간은 티끌에서 나왔다. 이것이 솔로구프의 우주론이다. 인간에게 남은 것은 티끌을 벗어나 죽음으로 가라앉거나, 다시 고향 같은 티끌로 뛰어드는 것이다. 랴자노프들, 모쉬킨들(무정부주의자들, 혁명가들, 무신론자들)은 첫 번째 길을 간다. 신을 외경하는 초원의 민중들과 사라닌들, 페레도노프들과 같은 관리들은 두 번째 길을 간다. 양쪽 길 모두 현실, 무엇보다도 러시아적 현실의 사실주의를 거부한다. 젊을 때 죽는 것이 낫다. 페레도노프 증후군을 피해 도망치는 소년들과, "얼굴에 연지를 바른 추악한 뚱뚱보 여자"인 삶을 경멸하는 소녀들의 죽음을 솔로구프는 너무나 온화하게 축복한다. 그는 사포조크 시와 깊은 사랑에 빠졌다.

고골은 마법사와 바사브류크에서 시작해서[6] 넵스키대로에서 끝이 났다. 그러나 넵스키대로는 장막임이, 그것도 구멍 뚫린 장막임이 드러났다. 어느 바사브류크가 구멍으로 코를 들이밀었다. 그러자 코는 넵스키 대로를 따라 걸어 다니기 시작했다. 뭐가 좋은지 몸통 없는 다리들이 걸어 다니기 시작했다. 마침내 중산모가 지팡이를 짚고 걸어 다녔다. 빌어먹을 마법사가 러시아 삶의 사실주의를 여러 개의 코들로 분해시켰다. 솔로구프는 예술의 모든 규범에 따라 그와 같은 분해작업을 완료했다. 그는 최초의 원자론자이다. 그는 원자 저울에 러시아 현실을 올려놓는다. 한편, 네도트이콤카는 그의 중량의 단위이다. 머리와 다리가 있는 먼지인 그녀는 균(菌)으로 위장하고, 콧속으로 기어들어 간다. 그러자 사람이 재채기를 하고 감기에 걸린다. 그녀는 자신에게 걸리는 사람마다 그렇게 파괴시켜 버린다. 보라, "그때 구석에서 흉측한 얼굴의 길고 가는 열병이 튀어나와 … 껴안았다 … "(《썩어 가는 가면》). 이미 바사브류크의 코가 구멍으로부터 솔로구프를 보고 있는 것이 아니라 수백만 개의 바사브류크 균이 먼지 속을 자유롭게 맴돌고 있다. 오, 사포조크여! 너는 보호하는 게 아니라, 파멸시키는구나!

"훠이, 훠이, 저리 가라 우상아, 저리 가라 작은 버러지 같은 악마야, 물러가라, 훠이, 훠이, 훠이, 물러가라, 썩 물러가라"(《작은 악마》). 작은 버러지 같은 악마는 희생양을 파멸시키기 위해, 심지어 "침상의 벼룩 아가씨"로부터 기어 나올 것이다(《작은 악마》).

인간-네도트이콤카는 늙은 유모 레페스티니야처럼, 먼지를 어루만지면서, 혀 짧은 소리와 귓속말을, 완전히 무의식중에 지껄인다. 그녀는 사포조크에서 자신이 처해 있는 상황이 얼마나 끔찍한지 깨닫자마자, 삶, 즉 푸른 소나무(욜카)를 도둑맞은 침울하면서도 사랑스러운 불평꾼

---

6) 〔옮긴이〕 고골의 중편 〈무서운 복수〉와 〈이반 쿠팔라 전야〉의 구체적인 인물들뿐 아니라 《디칸카 근교의 야화》 전체에 등장하는 민중적-동화적 '악마성'(демонология)을 염두에 둔 것이다.

욜키치로 변한다.

> 욜카에 욜키치가 평화롭게 살았네.
> 욜키치는 욜카를 지켰네.
> 사악한 사내가 와서
> 욜카를 도시로 훔쳐 갔네.[7]

사랑스러운 욜키치는 죽음을 향해 자신의 작은 손을 내민다. 친애하는, 친애하는 욜키치는 죽음을 향해 작은 손을 내민다. 이때 "성가신 일들이 닥쳐온다".

3

솔로구프의 구성방법은 지극히 단순하다. 그것은 인간(포로가 된 욜키치) — 네도트이콤카 — 죽음의 삼각구도이다. 그것은 곧 테제, 안티테제, 진테제이다. 상위의 전제와 하위의 전제, 그리고 추론이다. 그것은 신, 세계, 악마에 상응한다. 신이 보호하시는 사포조크, 불교 관련 서적을 읽는 주민, 그리고 그런 유의 것은 읽지 않는 여성 주민(뚱뚱한 귀부인)이 있다. 의식의 첫 단계 — 파카에게는 엄마가 있고, 사포조크 주민의 창밖에는 사포조크 시의 먼지가 있다. 의식의 두 번째 단계 — 파카의 엄마는 사악하고, 사포조크 주민의 창으로 먼지가 잔뜩 들어온다. 의식의 세 번째 단계 — 파카는 엄마로부터 '도망쳤고', 사포조크 시의 주민은 죽음의 우물로 '도망쳤다'. 결론 — 사포조크에는 사악한 엄마들이 있고, 사포조크에는 먼지가 많으며, 사포조크에는 깊은 우물이 있고, 사포조크의

7) 〔편집자〕 솔로구프의 〈1월 이야기〉에 나오는 시의 한 구절.

주민은 먼지를 피해 우물 속으로 '도망쳤다'. 솔로구프는 자신의 삼각형을 때로는 밑변이 위로 가도록, 때로는 밑변이 아래로 가도록 방향을 바꾼다. 솔로구프는 자신의 단일한 추론의 전제를 바꾼다. 불교신자인 사포조크 주민을 불교신자가 아닌 사포조크 주민으로써 드러내고, 혹은 불교신자로써 드러낸다. 그리고 그가 사포조크 자치회에 우물의 수를 늘리는 계획을 제출하는 것으로 끝맺는다. 사포조크 주민들은 그로부터 아이들을 숨기고, 그는 달라이 라마[8]의 옷을 입고 우물들 앞에 앉는다. "나의 구멍[9]이여, 나를 보호하라." 도처에 이 도시의 주민들이 '*구멍에 기도하는 자*', 즉 불교신자가 되는 기묘한 이야기가 전개된다.

"파카는 붙잡혔다. 그는 왕자이다. 사악한 페야는 엄마의 모습으로 나타났다 …. 소년들이 지나다니며 물었다. '너는 누구니?' '나는 붙잡힌 왕자야 ….' '신께서 풀어 주시기를 ….' 이제 저녁이 되었다. 만찬이 끝날 무렵이었다 …. 식당의 열린 창문으로 검은 화살이 날아들었다. 거기에는 *붉은* 글자가 새겨져 있었다 …. 그때 *창밖에서* 아이들이 마당에서 내지르는 욕지거리가 들려왔다 …. '드디어 시작이군.' 파카는 속으로 생각했다. (해방이 시작되었다) … 그러나 사악한 페야가 파카를 데려갔다 …. 그 자리의 모든 게 꼼짝없이 묶여 버렸고, 마법에 걸린 사슬들은 꽁꽁 묶어 버렸다"(《썩어 가는 가면들》).

이것이 솔로구프의 테제이다. 그다음에는 기본 테제가 발전한다. *테제*. 고티크는 생각했다: "매혹의 숲 너머에 온화한 공주 셀레니타가, 여름 꿈의 가벼운 환영이 살고 있다."

안티테제. 류티크 형이 그를 따라다닌다: "돼지에게는 꼬리가 있는데,

---

8) 〔편집자〕 달라이 라마: 티베트 라마교의 최고 성직자.

9) 〔옮긴이〕 여기서 '구멍'에 해당하는 러시아어 'дыра'는 '지방', '벽촌', '시골' 역시 의미한다. 즉, 구멍은 곧 사포조크 시 자체를 뜻하며, 그것은 또한 여기서 언급되는 '우물'의 이미지와 상응한다.

말은 어떤가?"

테제. 고티크는 말한다: "셀레니타로구나. 사랑스러운, 소중한 여인." *안티테제.* 류티크가 말한다: "러시아 해군들이 자신의 함대를 파멸로 몰고 갔다. 보라, 그들과 기벨링[10] 들이다." 모든 사포조크들의 총합은 기벨링들로 판명된다.

테제. 콜랴:	*안티테제.* 바냐(기벨링):
"숲 속은 얼마나 멋진가!"	"그래서 테레빈유로…."
"타르 냄새가 난다."	"그런데 나는 죽은 까마귀를…."
"아침에 다람쥐를 봤다."	

진테제. "바냐는 죽음을 찬미했다. 콜랴는 그 얘길 듣고 믿었다"(〈죽음의 혀〉).

테제. 사샤(표창장을 쥐고): "온통 5점이야…." *안티테제.* 아버지(기벨링, 비웃듯이): "왜, 벽에 걸어 놓지 그래?" *진테제.* "그의 심장이 어쩐지 이상하고 고통스럽게 달아올랐다"(〈흙에서 흙으로〉).[11]

그리고 이제 모든 게 반대로 된다(의식의 다음 단계).

테제. "미탸(그는 또한 파카, 콜랴, 고티크이기도 하다)는 또다시 수업을 빼먹기로 마음먹었다…. 주인 나리의 서명을 위조하는 일이 남았다…. 학교에서 미탸의 행실에 대한 서신을 어머니에게 보냈다." *안티테제.* 마님(살찌고, 어리석고, 뚱뚱한): "어떻게 감히 이런 일을 저질렀느냐?" *진테제.* 채찍질한다.

---

10) 〔옮긴이〕 기벨링(Гибелинг): 신비주의적 마술사.

11) 〔편집자〕 〈죽음의 혀〉(Жало Смерти)와 〈흙에서 흙으로〉(Земле земное): 솔로구프의 단편소설들. 단편집 《죽음의 혀. 흙에서 흙으로. 형상들. 양. 아름다움. 위안: 단편들》(Жало Смерти. Земле земное. Образы. Баранчик. Красоты. Утешение: Рассказы, 1904)에 실렸다.

오른쪽으로 가면, "심장이 고통스럽게 달아오른다". 왼쪽으로 가면, 채찍이다. 어디로 가든지 사방이 쐐기다. 이율배반은 심화된다.

테제. 미탸가 창문 너머로 소녀 라야를 발견한다. *안티테제.* 라야가 넘어져서 크게 다쳤다. "미탸는 겁먹은 듯이 부엌으로 향했다. 오븐에서 불타고 있는 붉은 혀가 라야의 흐르는 피처럼 빛났다 … ." *진테제.* "라야가 마치 산속의 전령관처럼 제단에서 다가왔다 … . 그리고 미탸를 불렀다. 그가 왔다. 그녀는 그를 4층으로 데려가서 창문에서 던져 버렸다."

기벨링들은 붉은 물감으로 글자가 적힌 화살을 삶에 예속시켰다. 그 글자는 오븐의 불꽃처럼 날뛴다. 어른이 된 파카 혹은 미탸는 언젠가 페레도노프가 되면 이 불로(붉은 수탉으로) 집을 태워 버릴 것이다.

투덜거리는 노파 레페스티니야의 삶이 부르는 소리에 유혹되기보다 파카는(그는 콜랴이자 미탸이기도 하다) 차라리 죽는 게 나았다. 만일 유혹에 넘어가면, 추론의 과정은 뒤집힌다. *테제.* 사샤: "온통 5점이야 … ." "사샤의 방에서 유모 레페스티니야가 굼뜨게 일하고 있다." *안티테제.* 아버지: "왜, 벽에 걸어 놓지 그래?" *진테제.* 사샤: "그래요, 걸어 둘 거예요." 레페스티니야(걸어 들어오면서) : "침대 위에 걸어 두고, 어서 자거라, 얘야." 그리고 이 진테제에서 새로운 이율배반이 전개된다.

솔로구프의 자연은 엄청난 무더위로 괴롭히고 숨을 못 쉬게 한다. 그것은 혀 짧은 소리로 뜨겁게 귓속말을 속삭인다. 그것은 사랑의 고백이다. "동자꽃이 반쪽짜리 하얀 우산을 펼치자, 저녁 무렵까지 근사하고 부드러운 향기가 났다. 덤불숲에는 밝은 하늘색 초롱꽃이 향기도 없이 조용하게 숨어 있었다"(〈흙에서 흙으로〉). "소년이여, 이 자연 속에서 잠들어라, 그러면 레페스티니야가 너를 데려가리니! 자라서 페레도노프가 될지어다." 이렇게 솔로구프는 자신의 소년들을 잠재운다.

훠이, 훠이, 저리 가라, 우상아, 저리 가라, 작은 버러지 같은 악마야, 물러가라, 훠이, 훠이, 훠이, 물러가라, 썩 물러가라.

4

하늘하늘하고 향이 짙은 꽃들과 밝은 하늘색 초롱꽃들은 아름다운 여성의 몸이다. 그리고 하녀의 아부: “아가씨처럼 아름다운 분한테 누가 반하지 않겠어요”(〈아름다움〉).[12] 하늘색 초롱꽃 속으로 번들거리는 곤충이 기어들어 간다. 초롱꽃이여, 그에게 입을 맞추라, 그러면, 벌레에게 쏘이리라. 오, 대지의 화려함이 곤충들로 뒤덮였구나! “피부에 벼룩이 문 자국이 남았어.” “침상의 벼룩 때문이야.” “친구들아, 어서 먹고, 배를 채워라.” 그러자 *친구들*(예전의 파카들, 콜랴들, 아르다쉬들)은 동물들, 즉 아르달리온 페레도노프들로 변형된다. 주위에는 “불길한 발자국 소리와 속삭임으로 사각대는 고요한 밤이 드리워진다”. 이 사악한 칠흑 같은 어둠 속에 서서 페레도노프가 “치명적인 유혹에 빠진 루틸로프 집안 아씨들”을 떠올린다. “모두가 벌거벗었고 음란하다.” 레페스티니야여, 그대는 대체 소년을 어디로 이끈 것이냐? 행복으로? 약혼녀에게? “마치 *기름진 살코기 같구나.*”—페레도노프가 음울하게 중얼거린다. “*안경 낀 악마*”여, 내키는 대로 하라. 그는 진정 악마이다. “*순진무구한* 눈동자의 *예쁘장하게 생긴* 남학생을 발견하자” 그를 여자애 취급하며 놀린다. “어머나, 안녕, 마셴카, 이 기생오라비야.” “친절하신 아르달리온 보리스이치, 당신의 상상력이 장난을 치는군요.”

모든 게 무너진다. 더 이상 갈 곳이 없다. 신이 보호하는 사포조크 시는 무시무시한 이를 드러낸다. “루틸로프는 썩은 이를 드러내며 웃음을 터뜨렸다.” 선홍색 초롱꽃 입술이 끔찍한 냄새를 풍긴다. 교장은 페레도노프에게 *이를 간다.* 이들, 이들이 도처에 있다. 썩은 이들이다. “뭐가

---

12) 〔편집자〕 〈아름다움〉(Красота): 솔로구프의 단편소설. 잡지 〈북극〉(Север, 1988, No. 1)에 처음 발표되었고 솔로구프의 단편 모음집(1904)에 삽입되었다.

우스운가!" 페레도노프가 소리를 지른다. 벌어진 썩은 아가리에서 한 덩어리의 끔찍한 말들과 함께 네도트이콤카가 튀어나와 페레도노프, 사람들, 동물들, 물건들을 뒤엎고 약을 올리기 시작한다. 장난치듯이 페레도노프에게 당구채를 겨냥하자, 그는 두려움에 몸을 웅크리고, 커피를 내온다. "독을 탄 건 아니겠지?" 돌연 미츠케비치가 벽에서 윙크를 한다. 그는 할 수 있는 한 복수한다. 학생들과 주민들을 밀고하고, 미츠케비치의 초상을 떼어 내 화장실에 갖다 놓는다. 안팎에서 꺼질 줄 모르는 네도트이콤카가 그를 볶아 댄다. 그녀는 아궁이 속 불꽃처럼, "율리야 페트로브나에게서 뜨거운 열기가 풍겼다"라는 속담처럼 훨훨 타오른다. 그녀가 페레도노프의 손매를 붙잡았고, 이 빠르고 건조한 접촉으로부터 마치 빠르고 건조한 불꽃이 그의 온몸을 스쳐 가는 듯했다. 그러나 그것은 율리야 페트로브나가 아니다. 솔로구프가 그 열기를 어떻게 기술했는지 상기하라. "추악한 누런 얼굴을 한 길고 가느다란 열기가 한구석에서 뻗어 나갔다…. 그러고는 *옆에 누워서 보듬어 안고 입 맞추기 시작했다*"(〈짐승을 부르는 자〉).[13]

파카를 구해 준 소년들-기벨링들이 화살에 붉은 글자를 적어 놓았다. 라야의 피처럼 붉고 치명적인 그 글자들이 미탸의 의식을 태웠다. 이제 붉은 페레도노프가 주문을 외우며 사포조크 시를 향해 붉은 횃불을 휘두른다.

"훠이, 훠이, 저리 가라, 우상아, 저리 가라, 작은 버러지 같은 악마야, 물러가라, 훠이, 훠이, 훠이, 물러가라, 썩 물러가라."

이것이 바로 솔로구프가 삶을 통해 만들어 낸 것이다. "자, 당신들에게 바치노라, 소중한 동시대인들이여!"

훠이, 훠이, 물러가라, 썩 물러가라!

---

13) 〔옮긴이〕 〈짐승을 부르는 자〉(Призывающий Зверя): 1906년에 발표된 솔로구프의 단편소설.

5

그러나 그는 마법사가 아니다. 실제로 그는 사람들의 이를 썩게 하고 몸에 벼룩한테 물린 자국을 남기고, 침상에는 빈대를 풀어 놓는다. 이 모든 일은 정말이지 불쾌하다. 그러나 그들이 더 자주 치과의사한테 진료를 받고, 더 자주 먼지를 털어 내고, 약국에서 해충약을 구입하게 하라. 기초적인 문화규범을 습득하는 것은 사포조크 주민들에게 유익한 일이다.

솔로비요프의 마법은 몽상이고, 그 이상은 아니다. 선량한 의도에서는 그토록 거대한 그가 악마주의에서는 무한히 작아진다. 그는 자신의 악마주의에서 삶을 도둑맞은 작고 지친 초록빛 욜키치이다. 가련한 그가 지금 우리에게 하소연하고 이를 갈며, 이불 속으로 기어들어 여기저기를 문다. 우리는 코를 골며 잔다, 죽은 듯이 코를 골며 잘 잔다. 욜키치의 음성을 듣지 못한다. 그러자 욜키치는 욕을 하고, 투덜거리고, 날뛰고, 흐트러뜨리고, 놀라게 한다.

그는 우리를 위협하고자, 우리에게는 설교가 되고 자신에게는 위로가 되는 자극적인 위안거리를 고안해 냈다. 그는 현실을 붕괴시키는 요술을 생각했다. 그는 마법사를 가장하고 탁자 위에 뛰어올랐다. 아이들이 탁자로 몰려들자 그가 탁자에서 내려왔다. "저런, 저런, 모든 게 무너져 버리고 아무것도 남지 않았어." 아이들이 울음을 터뜨린다. "훠이, 훠이, 훠이." 엄마가 다가와서 말한다:

> 사랑스러운 숲 속의 욜키치야,
> 집으로 돌아가거라.
> 욜카는 이미 구해 내지 못하니
> 욜카와 함께 너도 사라지거라.[14]

---

14) 〔편집자〕 솔로구프의 〈1월 이야기〉에 나오는 시의 한 구절.

아이들 중 누군가 재채기를 했다. 재채기에 날려 올라간 욜키치는 허공에서 두 발을 내저으며 투덜거리더니 사라졌다(〈1월 이야기〉).

가련한 욜키치가 부린 요술은 과연 어떤 것일까? 바로 이런 것이다.

욜키치의 과제

다음과 같은 명제가 *주어졌다*. 삶의 원자는 네도트이콤카이다(그녀는 수소 원자, 혹은 라이프니츠의 모나드, 혹은 보스코비치[15]의 이론, 혹은 간상균으로 상징된다). 모든 원자들의 총합은 아마도 세계일 것이며, 우리는 수십억 개의 네도트이콤카를 집어삼키는 자들이다(사포조크 시의 문지기들은 빗자루로 마당을 쓸다가 마침 그때 지나가는 행인의 코앞에 사뭄[16]을 불어 날린다. 나머지 시간에 그들은 앉아서 흰 빵과 함께 차를 마신다). 자치회의 권한으로 도시의 급수와 관개를 위해 우물을 파는 작업이 이루어진다.

다음을 증명해야 한다. 주민들이 깊은 우물에 앉아 있기만 하면, 자신이 먼지로부터 보호받고 있다고 느낄 수 있는가. 그들은 지금까지 우물 속에 빠진 채로, 냉기와 그늘의 세계로, 즉 아이드[17]로 하강하면서 거기 머물러 있다. 그것이 하데스로의 하강임을 증명해야 한다.

이것이 초록빛 욜키치의 과제이다. 그는 자연세계, 사포조크 주민들의 무의식적 본능의 세계, 그리고 사포조크 주민들의 의식적 욕망을 분석하면서 주어진 과제를 세 가지 형태로 증명한다.

---

15) 〔옮긴이〕 보스코비치(Боскович, P., 1711~1787): 크로아티아인 수학자, 천문학자, 철학자. 역학적 원자론(힘의 중심으로서의 원자)에 관한 저술을 남겼다.

16) 〔편집자〕 사뭄(самум, 아랍어): 아라비아 반도와 북아프리카 평원에 부는 덥고 건조한 바람. 사뭄은 종종 모래바람을 동반한다.

17) 〔편집자〕 아이드(Аид): 그리스 신화에 나오는 죽음의 왕국.
〔옮긴이〕 아이드 혹은 하데스(Hades): 그리스 신화에서 죽음을 관장하고 죽은 자들과 불멸의 영혼이 거주하는 지하세계를 다스리는 신이다. '하데스'는 '보이지 않는'의 의미를 지니고 있다.

증명과정

자연	
“동자꽃이 반쪽짜리 우산을 펼치자 저녁 무렵까지 달콤하고 부드러운 향기가 풍겼다”(〈흙에서 흙으로〉).	
테제	*안티테제*
“붉은 열매들이 잔뜩 열린 가지나무가 구부러졌다”(〈흙에서 흙으로〉).	“줄기를 뜯어서 발아래 가져다 놓자 불쾌한 악취 때문에 얼굴을 찌푸렸다”(《작은 악마》).
“강물 너머 금빛으로 반짝이는 연보랏빛 몽상 속에 잠긴 채 즐거워하며, 미소 지었고, 어느 선량한 사람들을 사랑했다”(〈위안〉).[18]	“들판 한가운데, 언제 무슨 까닭인지 모르나, 불필요하고 보기 흉한 도랑이 파헤쳐져 있었다”(〈군중 속에서〉).[20]
“저 멀리 매혹의 숲 저편 조용한 성 안에 온화한 공주 셀레니타가, 여름 꿈의 가벼운 환영이 살고 있다”(〈두 명의 고티크〉).[19]	“무의미하고 불필요한 것들이 무(無)에서 나오는 것 같았다…. 무지몽매에서 예기치 않은 불합리한 것이 발생했다”(〈군중 속에서〉).
진테제	
“(군중들에게 눌린) 청년의 치켜든 손에서는 술잔이 햇빛에 반사되어 빛났다. 그 손은 마치 살아 있는 장대처럼 하늘을 향해 기묘하게 올라가 있었다”(〈군중 속에서〉).	
죽음	

18) 〔옮긴이〕 〈위안〉(Утешение) : 1904년 발표된 솔로구프의 단편소설.
19) 〔옮긴이〕 〈두 명의 고티크〉(Два Готика) : 1906년 발표된 솔로구프의 단편소설.
20) 〔옮긴이〕 〈군중 속에서〉(В толпе) : 1907년 발표된 솔로구프의 단편소설.

<table>
<tr><th colspan="2">무의식</th></tr>
<tr><td colspan="2">“류드밀라가 그의 무릎과 발바닥에 입 맞추자 자극적이고 몽롱한 욕망이 일었다”(《작은 악마》).</td></tr>
<tr><th>테제</th><th>안티테제</th></tr>
<tr><td>“그녀가 사샤의 옷과 몸에 향수를 뿌리자, 기이한 계곡의 꽃향기처럼 그에게서 진한 풀 냄새가 났다”(《작은 악마》).</td><td>“류드밀라는 사샤를 소파에 쓰러뜨렸다. 그녀가 루바슈카를 힘껏 잡아당기자 단추가 떨어져 날아갔다. 그녀는 어깨를 드러냈다. ‘난폭한 년 같으니 … .’ 청년이 투덜거렸다”(《작은 악마》).</td></tr>
<tr><td>“그녀의 헛간 속에 모든 게 있었다. 바로 그 백색을 바탕으로 진주조가비와 진주알의 음영을 연상시키는 그녀의 몸의 붉고 노란 색조가 아른거렸다”(〈아름다움〉).</td><td>“그녀는 서둘러 옷을 벗고는 뻔뻔스럽게 미소 지었다 … . 그날 밤새도록 꿈에서 그는 온갖 여자들을 보았다. 그들은 벌거벗었고 음란했다”(《작은 악마》).</td></tr>
<tr><td>“향의 연기가 교회 내부를 휘감으며 솟아올랐다. 반투명한 라야가 제단 부근을 거닐고 있었다. 전신이 살아 있는 사람 같지 않아 보이는 그녀는 아름다웠다”(〈위안〉).</td><td>“마드모아젤 침상의 벼룩들은 …”(《작은 악마》).</td></tr>
<tr><th colspan="2">진테제</th></tr>
<tr><td colspan="2">“두려워할 것 없어 … . 4층 창문턱으로 기어 올라온 그는 추락하는 순간 이미 마음이 편해지는 것을 느꼈다”(〈위안〉).</td></tr>
<tr><th colspan="2">죽음</th></tr>
</table>

<table>
<tr><th colspan="2">의식</th></tr>
<tr><td colspan="2">“파카가 명랑하고 사랑스럽고 친절했다면, 그런 위험한 것들이나 낯설고 질이 좋지 않은 소년들에게 접근하지 않았을 것이며, 가까운 집안 아이들하고만 사귀었을 것이다”(〈노예 상태〉).[21]</td></tr>
<tr><th>테제</th><th>안티테제</th></tr>
<tr><td>“그가 표창장을 흔들었다. 온통 5점이에요. 4점도 거의 없어요.”</td><td>“왜, 벽에 걸어 놓지 그래?”(〈흙에서 흙으로〉).</td></tr>
<tr><td>“숲속은 이 얼마나 멋진가! 타르 냄새가 나는구나.”</td><td>“관목숲 밑에서 죽은 까마귀를 봤어”(〈죽음의 혀〉).</td></tr>
<tr><td>“살림꾼인 블라스는 미리미리 준비했다. 맥주를 담그고, 보드카를 사놓고, 양을 잡았다.”</td><td>“아니스카가 센카에게 말했다. ‘우리 양 놀이 할까?’ 그러고는 센카의 목을 베었다”(〈양〉).[22]</td></tr>
<tr><td>“‘순결한 피는 … 누구의 것이냐?’ 천사가 대답했다. ‘제 것입니다. 주여’”(〈양〉).</td><td>“무사들이 아이들에게 달려들어 그들의 목을 베었다”(〈린(Лин) 소년의 기적〉).</td></tr>
<tr><td>“피를 흘린 자들은 나의 피로써 보상받을 것이요, 피를 흘리는 것을 배운 자는 나로써 보상받을 것이다 …”(〈양〉).</td><td>“되풀이했다 …. 여태까지 우리가 숭배했던 신이 … 숲에 숨어 있는 짐승일 뿐이라고 …”(〈야생의 신〉).</td></tr>
<tr><th colspan="2">진테제</th></tr>
<tr><td colspan="2">“나는 살고 싶지 않아 …”(〈죽음의 혀〉).
“네가 나를 불렀기에 내가 왔노라 …. 너의 죽음은 편안하고 독보다 달콤하리라”(〈공표된 죽음〉).[23]</td></tr>
<tr><th colspan="2">죽음</th></tr>
</table>

의식의 제1단계 — 예속에 대한 인식. 아빠와 엄마에 대한 인식. 사샤는 류드밀라와 페레도노프에게 예속되어 있고, 스크보르초프는 라두긴에게 예속되어 있으며, 제냐 흐마로프는 계층적인 관례에 예속되어 있다. 기타 등등.

의식의 제2단계 — 네도트이콤카의 환영. 슈트킨네 식구들은 악의적으로 농담을 한다(〈군중 속에서〉). 레페스티니야, 코에 사마귀가 있는 루슬란-즈보나료바, 스트리갈, K⁰, 리호라드카 등.

의식의 제3단계 — 죽음의 임재. 죽음은 랴자노프에게 찾아온다. 미탸와 콜랴는 자살로 생을 마감한다. 레샤는 압사당한다. 시모치카는 병사들에 의해 살해된다. 기타 등등.

결론. 자연의 금빛 노을은 죽음의 금빛 노을이다. 사랑의 무의식적 부름소리는, 죽음을 향한 무의식적 부름소리이다. 의식의 치명적인 선명함은 죽음의 치명적인 선명함이다. 죽음 자체이다. 우리는 우리가 아니다. 우리는 먼지다. 네도트이콤카의 노을에 반사되는, 죽음을 예감할 때만 황금빛으로 빛나는 먼지다. 우리는 사람이지만, 때로 우리는 먼지이고, 혹은 생각하는 '죽음의 그림자들'24) 이다. 자, 욜키치는 얼마나 멋진 요술쟁이인가!

아아, 너는 마술사이자 계략가이다! 계략을 꾸민 마법사는 아르메니아식 가운을 입고 두 개의 병을 흔든다. "얘들아, 나한테 두 개의 병이 있

21) 〔옮긴이〕 〈노예 상태〉(В плену) : 1905년 발표된 솔로구프의 단편소설.

22) 〔옮긴이〕 〈양〉(Баранчик) : 1896년 발표된 솔로구프의 단편소설.

23) 〔옮긴이〕 〈공표된 죽음〉(Смерть по объявлению) : 1908년 발표된 솔로구프의 단편소설.

24) 〔옮긴이〕 죽음의 그림자들: 러시아어 'смертеныши'를 번역한 것으로 단편 〈공표된 죽음〉에 나오는 솔로구프의 고유한 표현이다. 네도트이콤카처럼 이 세상에 속하지 않는, 죽은 것이나 마찬가지인 유령 같은 존재들을 의미한다.

다. 그중 하나를 마시면, 영원히 죽지 않을 것이다⋯. 가루가 되어 흩날려라, 가루가 되어 속삭여라. 또 다른 병을 마시면 죽음이, 죽음의 그림자들이, 유령이 나타날 것이다!" 아르메니아인이 쳐다보며 위협한다. 가운으로 귀신을 만들어 낸다.

애들아, 믿지 마라. 이 사람은 우리의 선량한 마술사이자 계략가 표도르 쿠즈미치 솔로구프이시다! 애들아, 그의 작품을 읽는 것은 얼마나 큰 위안인지 모른다! 어서 자라서 그의 책을 읽어라. 읽고 나서 표도르 쿠즈미치가 우리에게 요술을 보여 주려고 오셨다는 것을 깨달아야 한다. 그러니까, 표도르 쿠즈미치 선생, 우리에게 죽음을 보여 주시오. 당신에게 죽음은 대체 어떤 모습이오?

"자, 이런 것이오." 솔로구프가 엄마들과 아빠들에게 대답한다. 둥근 빵을 실내모로 덮은 후, 다시 열어 보인다. 그러자 코에 혹이 난 작은 욜키치가 나타난다.

"자, 이런 것이오." 그러자 어여쁜 처녀, 사랑스러운 라야가 나타난다. 흰 가사(袈裟)에는 붉은 장미들이 만발한다. 그녀의 머리채는 지극히 가벼운 불꽃처럼 물결치며 흩날린다. 그녀의 아름다운 얼굴에서 온화한 빛이 쏟아지고, 그녀의 눈동자는 그 빛에 반사되어 마치 두 개의 저녁별처럼 반짝인다. 과연 이것이 죽음이란 말인가? 애들아, 너희들이 대체 무엇을 두려워했단 말이냐? 이것은 너희들의 신부이다.

"자, 이런 것이오." 그러자 사랑스럽고 못생긴 착한 엄마가 나타나서, 자신의 *죽음의 그림자*에 대해 잘못 익힌 대사를 외우고(애들아, 무서워할 거 없다. 이 모든 게 콜랴들과 페탸들이다), 다정하고 애틋한 대사들을 읊는다. "너의 영혼을 내 어깨에 소중히 짊어지고, 나의 군주께서 계시는 궁전에 내려놓겠다⋯. 그가 너의 영혼의 정수(精髓)를 깊은 잔에 짜낼 것이다⋯. 그러고는 너의 영혼의 정수를 한밤중의 별들에 뿌릴 것이다"(〈공표된 죽음〉).

사랑스러운 그녀는 얼마나 서투르게 죽음의 배역을 연기하는지. 죽음에 대해 이야기하면서, 그녀의 입은 부활의 미소를 짓는다. 얘들아, 그녀를 쫓아가거라. "그러자 (환영을 멍하니 바라보던) 아니스카와 센카를, 찬란하게 빛나는 수도원과, 풀 위에 맺힌 감로(甘露)가 반짝이고, 밝은 기슭을 따라 시냇물이 정겹게 흐르는 향기로운 정원에 놓아주었다"(〈양〉). 자, 마법사여, 놀라운가? 당신의 독자인 아니스카와 센카가 정겹게 흐르는 새로운 삶의 시냇가에 앉아 새로운 사랑의 감로를 마시고 있다. 왜냐하면 당신의 죽음의 형상은 열렬히 갈구하던 도시, 생명의 도시의 형상이기 때문이다. 반면, 죽음은 선술집 무대에 올린 실패한 비극 《죽음의 승리》[25]에 등장하는 여배우일 뿐이다. 작가 자신이 그것을 말하는 데 서툴렀다.

완벽한 규칙에 따른 수미일관한 계산에도 불구하고 솔로구프는 기본적인 개념을 혼동했다. 방정식을 만들면서 *기호들을 반대로 설정해야 하는 것을 깜박하고*는, 지수들을 한 항에, 미지수들은 다른 항에 대입했다. 그 결과 우리는 '더하기' 대신 '빼기'를, '빼기' 대신 '더하기'를 적는다. 그의 삶은 죽음이라 부르고, 그의 죽음은 삶이라고 부른다.

그렇다, 그는 죽음의 그 모든 길을 지나 … 우리를 삶으로까지 이끈다. 그는 네도트이콤카라는 '1'에서 출발한다. 그러고는 네도트이콤카들을 복잡한 수식으로, 복잡한 분수(分數)들로 조합시킨다. 그의 죽음의 공식은 복잡하다. 그러나 간소화된 수식의 분자는 0과 같다는 것이 판명된다. 바로 그 순간이 죽음이 나타나는 순간이다. 그리고 그는 변함없이 우리를 기만한다. 그는 무(無)를 향해 우리를 부르면서도, "찬란하게 빛나는 수도원"을 보여 준다. 왜일까?

---

25) 〔옮긴이〕《죽음의 승리》(Победа смерти) : 솔로구프가 죽은 누이를 추모하며 쓴 희곡. 1907년에 메이에르홀드(Мейерхольд, В. Э.)의 연출로 초연되었다.

'0 / 1 = 0', '삶 = 0'이라는 수식은 결코 참이 아니다. 출발점은 삶 속에 숨겨진 죽음이다. 분수는 죽음의 분수이다. '0 / 1 = 0'이라는 수식은 '죽음 = 0'으로 읽어야 한다. 죽음은 존재하지 않는다.

때로 종말은 실제로 벌어진다(미탸는 창밖으로 몸을 던지고, 콜랴는 익사하고, 어여쁜 귀부인은 흉기로 랴자노프를 살해하며, 모쉬킨은 강물에 투신자살한다). 그러나 종말은 종종 무의미하고 비논리적이며 억지스럽다.

아르메니아 마법사로 가장한 솔로구프가 우리에게 죽음의 물을 먹일 때, 우리는 마법사를 향해 생명(죽음)의 물을 뿌렸다. 그러자 마법사는 점점 작아져서 마침내 가운과 모자만 남게 되었다. 거기서 무엇인가 지저귀듯이 속삭이고 있었다. 그것은 조그맣고 귀여운 옷 속에 휘감긴 욜키치였다. 아이들이여, 욜키치를 데려다 탁자 위에 놓으라. 그러면 욜키치는 커다란 아저씨로 자랄 것이다.

욜키치 아저씨는 자라나서 아주 큰 아저씨가 될 것이다. 그는 우리 앞에 있는 위대한 작가이자, 새로운 삶과 찬란한 수도원을 노래하는 가수이다. 그로 인해 우리의 가슴은 희망으로 달아오른다.

그에게 허리 굽혀 인사하자.

러시아 민중은 쓰디쓴 고통에 대한 애달픈 노래를 지었다. 쓰디쓴 고통은 루시에 깜깜한 어둠을 드리웠다. 루시에서 삶은 어두운 구석으로 숨어 버렸다. 러시아인들의 얼굴 역시 어둡다. 솔로구프에게 과제가 주어졌다. 므스티슬라블(혹은 사포조크라도 상관없다) 주민들의 얼굴에 난 어두운 기미에 맑은 음영을 조성하는 것이다. 이 작업에 몰두하고 있는 그는 ('1'에서 '∞'까지) 음수(陰數)로 작업하고 있다는 것을 잊고 마이너스 부호를 생략해 버린다. 따라서 그는 하나의 네도트이콤카 혹은 무한한 네도트이콤카가 양수(陽數)라고 여기게 된다. 오랜 계산 후에 그는 무한 기호 '∞'로 표시하면서 무한한 (맑은) 음영을 복구한다. 그때 그는 음영에서 자유로운 형상을 대비적으로 '−∞'로 표시해야만 한다. 그러자 부조리한 상황이 벌어진다. 음수는 어여쁜 처녀 라야이고, 양수는 그늘진 열병-리호라드카이다. '+∞'에 강압적으로 마이너스 기호가 부가된다. '−∞'에 역시 강압적으로 플러스 기호가 부가된다(기본적인 플러스와 마이너스 기호는 괄호 밖에 둔다). 어떤 경우에는 '+'가 '−'를 대체하고, 또 다른 경우에는 '+'를 '−'가 대체한다. 양쪽 경우 모두 마이너스가 주어진다. 즉, 이때 삶과 죽음은 음수이다. 이로부터 불가피하게, 자기 안에 *무상한 세상사*와 죽음의 *완전한 안식*을 연결하는 네도트이콤카에게로 옮겨 가든지, 아니면 삶과 죽음의 구약적인 형상들과는 결코 부합하지 않는 그 무엇으로 옮겨 가야 한다. "그리고 죽음도 불못에 던져졌는데 …. 이제 내가 모든 것을 새롭게 한다"(〈요한계시록〉).[26]

솔로구프의 무의식적 본능이 양분된다. 그에게는 어여쁜 라야와 라야의 그림자, 열병-리호라드카가 보인다. 그러나 그는 자신의 구약적이고 금욕주의적이며 화석화된 의식으로 그림자를 붙들고, 몽상의 구름 속으로 라야를 흩날려 버린다. 그러나 라야는 실제적이고, 살아 있으며, 사랑스럽다. 사방에서 그녀를 비추어 보라, 그러면 그녀의 절묘한 아름다움이 눈부시게 빛날 것이다. 그림자는 사라질 것이다.

라야는 러시아의 진실의 넋이다. 그러나 그녀는 그림자 속에 잠겨 있다. 그리고 우리 역시 그림자 속에 잠겨 있으며, 솔로구프 역시 그 속에 우리와 함께 있다. 그는 스스로를 불교 승려라고 상상하고 어두운 구석에 가부좌를 하고 앉았다. 불교는 티베트에서는 괜찮다. 그러나 사포조크에서 그것은 '구멍에 기도하기'일 뿐이다. 그는 오두막에 앉아 있다. 그런데 오두막에는 구멍이 나 있다. 그는 그 구멍에 대고 기도한다. "나

26) 〔편집자〕 혼효된 여러 시들의 부분적 인용. 다음을 보라: "죽음도 지옥도 모두 불못에 던져졌다"(〈요한계시록〉 20장 14절); "권좌에 앉은 분이 말씀하였다. 이제 내가 모든 것을 새롭게 하리라"(〈요한계시록〉 21장 5절).

의 오두막이여, 나의 구멍이여, 나를 구원해 다오." 그러나 그의 성(聖) 바보(юродство) 같은 행동은 우리를 고통스럽게 파헤친다. 사실 우리는 숨어서 '구멍에 기도하는 자들'이다. 우리의 비밀이 솔로구프에게서 탄로가 나고 만 것이다. 그는 그 비밀을 알아내고서도 예전처럼 프록코트를 입고 한 잔의 차와 함께 구석에 앉았다. 그는 우리를 드러내 보이고자 자리에 앉았다. 이윽고 그에 의해 드러난 우리는 그에게 이렇게 말해야 한다. "너에게 말하노니, 일어나라."

구석에 가부좌를 하고 앉아 자기 자신의 그림자를 대변하는 것은 성 바보의 행위이다. 즉, 기사도적인 위업이다. 서구에서는 오래전부터 기사들이 존경심을 불러일으키며 존재해 왔다. 반면, 사포조크에는 오래전부터 성 바보들이 미신적인 공포심을 불러일으키며 존재해 왔다. 솔로구프의 텅 빈 구석에서의 가부좌는 두려움을 불러일으킨다. 이제 그것으로 충분하다. 우리는 어린애들이 아니다. 이 거대한 예술가에게 다가가서 이렇게 말하자.

"고맙소, 신의 인간이여. 당신은 지팡이로 우리의 눈 없는 죽음을 가리켰고, 우리는 우리에게 눈 없는 죽음이란 없다는 것을 알게 되었소!"

브류소프*

1

발레리 브류소프 — 그는 현대 러시아 시인 중 최고이다. 그의 이름은 푸시킨, 튜체프, 페트, 네크라소프, 바라틴스키와 나란히 놓일 만하다. 그는 우리에게 영원한 시의 모범을 제시했다. 그는 시를 새롭게 느끼는 법을 가르쳐 주었다. 그러나 그가 우리에게 가르쳐 준 시에 대한 새로운 감수성에는 푸시킨, 튜체프, 그리고 바라틴스키의 기법이 선명한 빛을 띠고 있다. 브류소프가 우리를 가담시킨 새로운 것은 이제 우리 나라 시의 발전 궤도에 올라섰다. 대담함의 극단에 있는 브류소프에게서 성스러운 계승의 왕관이 번쩍이기 시작했다. 그는 일상의 차원에서 부단한 탐색의 구름으로 이행했다. 그러나 그곳, 모호한 구름 너머에서 저물어 가는 푸시킨의 총체성의 태양은 브류소프의 탄력적인 시행을 황금빛으로 물들였다. 그는 뛰어난 과거로부터 작위를 받은 시인이다. 그와 같은 시

---

* 〔편집자〕 1부는 "월계관"(Венец лавровый) 이란 제목으로 잡지 〈황금 양모〉(Золотое руно, 1906, No. 5, C. 43~50) 에 처음 발표되었고, 2부는 "발레리 브류소프. 실루엣"(Валерий Брюсов. Силуэт) 이란 제목으로 잡지 〈자유로운 풍문〉(Свободная молва, 1908, No. 1, C. 29) 에 발표되었다.

인들만이 시에서 입법권을 갖는다. 그들은 낡은 것과 결별함으로써 과거의 훌륭한 전통들을 새롭게 재현한다. 오직 그러한 시인들만이 과거가 낙후되지 않도록 구원한다. 그들은 과거의 결함들을 질책함으로써 그것들이 스스로 자신의 미덕을 변호할 수 있도록 종용한다. 브류소프의 창조를 통해 드러나는 푸시킨은 얼마나 찬란하고, 바라틴스키는 얼마나 매혹적인가! 우리 모두는 어릴 적부터 푸시킨을 찬미해야 한다. 그러한 찬미는 냉혹하다. 그것은 나드손[1]의 보잘것없는 뮤즈와 알렉세이 톨스토이 백작의 교활한 뮤즈에 뒤늦게 매료되는 것을 예방해 주지 않는다. 푸시킨은 가장 이해하기 어려운 시인이다. 그리고 동시에 외면적으로는 이해 가능한 시인이다. 그의 시의 표면 위에 미끄러지면서 푸시킨을 이해한다고 생각하기는 쉽다. 허공 속을 미끄러지면서 날아다니기는 쉽다. 푸시킨 시의 강렬하고 미묘한 향기에 탐닉하는 대신 우리는 그의 뮤즈를 향기 없는 것으로 이해한다. 푸시킨을 예찬하는 데 동원되는 희극적인 표현들을 거부하면, 그는 우리에게 올림포스에 서 있는 하찮은 존재일 뿐임이 드러난다. 올림포스가 이류급의, 실제로 이해할 수 있는 시인들로 가득하다는 것은 놀라운 일이다.

브류소프의 시에 대한 연구는 예술적 쾌감과는 별개로 여전히 우리에게 유익하다. 그것이 우리에게 푸시킨의 총체성의 눈부신 정상으로 나아가는, 믿을 수 있는 길을 열어 보이기 때문이다. 그와 동시에 브류소프는 도스토옙스키가 우리에게 말했던 푸시킨의 비밀을 밝혀냈다. 푸시킨의 총체성의 비밀은 마치 칼처럼 삶의 모든 총체성을 예리하게 베어 내는 영혼의 깊은 균열임이 드러난다. 삶의 총체성은 창조의 총체성에 대립하는 것으로 판명된다. 푸시킨에게서 지금까지 우리가 몰랐던 투쟁과 모순의

---

1) 〔옮긴이〕 나드손(Надсон, С., 1862~1887) : 러시아 시인. 네크라소프적인 정조의 사회적인 주제를 다룬 시들을 주로 썼다.

새로운 장이 드러난다. 푸시킨은 시인일 뿐 아니라 자신의 신성함을 시의 가사(袈裟)에 감추고 있던 비극적 주인공임이 밝혀진다. 우리가 푸시킨에 대한 이 모든 사실을 알 수 있는 건 브류소프에게서 확실한 총체성을 보기 때문이다. 그런데 브류소프의 총체성 혹은 더 정확히는 총체성의 외관이 어디서 비롯되었는지는 감춰져 있지 않다. 푸시킨이 감춰 놓은 것을 브류소프는 밖으로 드러낸다. 브류소프와 푸시킨은 서로를 보완한다. 우리가 때로 브류소프에게서 푸시킨을 감지하는 것과 마찬가지로, 그에 상응하여 푸시킨에게서 일련의 새로운 브류소프적인 특징들을 발견하게 된다. 그 어떤 시인도 브류소프처럼 불굴의 힘으로 앞으로 전진하지 못할 것이다. 《러시아 상징주의》에서 《화관》의 출간까지[2] 그가 걸어온 길은 장대하다. 그의 창조의 얼음 화관은 데카당적 지향의 늪지대에서 생성되었다. 그러나 이 산길에서 우리는 준엄한 상상력의 지대를 발견한다. 그것은 햇빛이 축축하게 가라앉아 있는, 안개와 여린 풀이 깔려 있는 산기슭이다. 이제 막 브류소프 창조의 윤곽이 잡힌 《세 번째 파수》의 페이지에 드러나는 이 지대는 얼마나 아름답게 그려져 있는가. 그 뒤를 이어 《우르비와 오르비》의 쏟아지는 빛줄기 속에서 그의 창작의 화강암 덩어리들은 얼마나 예리하게 제시되는가.[3]

---

2) 〔편집자〕 1894~1895년에 브류소프가 출간한 3권으로 된 상징주의 시인들의 시선집 《러시아 상징주의》(Русский символизм)를 염두에 둔 것이다. 이 선집에는 브류소프 자신의 시들과 그가 번역한 프랑스 상징주의자들의 시가 수록되어 있다. 《화관》(Венок)은 벨르이가 논문을 쓸 때 나온 브류소프의 시집 《스테파노스》(*Stefanos*, M., 1906)를 말한다.

3) 〔편집자〕 《세 번째 파수》(*Tertia vigilia*)와 《우르비와 오르비》(*Urbi et orbi*)는 브류소프의 시집들이다.
〔옮긴이〕 《세 번째 파수》: 1900년에 발간된 브류소프의 시집. 러시아어로는 '세 번째 파수(혹은 파수꾼)'를 뜻하는 'третья стража'로 번역되지만, 실제 의미는 일몰부터 일출까지의 시간을 세 부분으로 등분할 때 그중 마지막 세 번째 시간대에 해당한다. '*vigilia*'는 보초, 파수를 지칭하는 라틴어이다.

그러나 우리가 미래의 눈으로 시인의 창조를 응시한다면, 물론 《화관》이 주의를 끌 것이다. 대담한 시적 탐색으로의 첫걸음으로서만이 아니라 모든 창작을 주관하는, 오직 위대한 시인만이 표현할 수 있는 형상들의 구현원리로서 우리는 《화관》을 환영한다. 브류소프는 우리 시대에 유일한, 위대한 러시아 시인이다. 푸시킨과 고골, 레르몬토프의 시대, 그다음 톨스토이와 도스토옙스키의 시대에 우리 문학이 빈곤하다고 한숨 쉬던 비평가들처럼 되지 않기 위해 우리는 지금 이 점을 지적해야 한다.

시인의 마지막 작품집 — 이는 창조 분야에서의 걸출한 현상으로서, 그에 대해 언급할 때는 브류소프의 창조기법 전반을 논해야만 한다. 그 기법들은 우리가 흔히 망각하는 창조의 영원한 기법들을 부활시킨다.

⁂

시에 대한 브류소프의 시각에 심대한 전환이 일어났다. 이 전환은 형식 분야에서 일련의 긍정적 성과에서 비롯되었다. 형식과 내용은 분리할 수 없고, 진정한 시의 상징들은 항상 실제적이라는 것을 브류소프는 말뿐 아니라 행동으로 보여 주었다. 상징은 형상의 총체성으로, 형상의 형식을 바로 그 형식의 내용과 융합시킨다. 상징화에 진정한 실제성이 없다면, 그리고 형상의 분리할 수 없는 단일성이 붕괴된다면, 상징은 내용을 그 속에 복구해야 하는 외피가 된다. 이러한 점에 근거하여 다음과 같이 서로 다른 예술적 지각수단들이 도출된다. ① 형식에 의거하여 그에 상응하는 내용을 복구해야 한다. ② 추측된 내용에 의거하여 주어진 형식을 상징, 혹은 분리될 수 없는 단일성으로 수정해야 한다. 말하자면, 주어진

《우르비와 오르비》: 1903년에 발간된 브류소프의 시집. '*Urbi et orbi*'는 본래 로마의 교황이 '도시', 즉 로마와 전 세계를 향해 내리는 축복의 전언을 지칭한다.

형식에서 추측된 내용으로 이어지는 선이 밑변이 되고, 상징으로 나타나는 내용과 형식의 단일성이 꼭짓점이 되는 그 어떤 삼각형을 구축하는 것이 과제로서 주어진다. 주어진 형식에서 상징을 읽어 내는 능력, 그리고 형상의 형식에 상징이 놓여 있는지를 판단할 수 있는 용기가 요구된다.

시의 이상(理想)은 말을 육화하고, 형상의 형식과 상징 간의 융합을 제시하는 것이다. 오직 그때만이 상징주의적 삼각형은 꼭짓점, 즉 상징으로 향한다. 만일 임의의 예술작품에서 내용과 형식이 불완전하게 융합되어 있다면, 체험의 형식 혹은 내용을 상징으로 이끄는 창조원리의 세 가지 면이 논의될 수 있다. 상징주의적 삼각형의 꼭짓점이 멀수록, 즉 상징이 형상으로부터 멀수록, 그만큼 형식이 내용에 상응하지 못하게 되고, 예술작품의 완성도가 떨어지며, 그 속에 평범함과 뜻하지 않은 도식성, 추상성, 관념성이 더해지게 된다.

시의 이상은 평범함을 제거하는 것, 즉 형상의 형식과 내용을 살아 있는 상징으로 용해시키는 것이다. 그것의 장애물은 예술형식이다. 예술형식이 생명을 얻어야 한다. 그렇게 될 때 형상의 형식을 창조하고 말을 매개로 그 형식을 표현하는 시인은, 말을 육화함으로써 말 자체가 된다. 그리고 예술가 자신이 예술작품이 된다. 그러나 여기에 시의 경계가 있다. 이때 시의 지표 아래서 종교적인 개성 숭배가 발생한다. 이때 창조와 종교는 예술가에 의한 종교의 창조, 즉 테우르기아로 통합된다.

시인의 월계관은 테우르기아 의식을 면류관 혹은 가시관으로 바꿔 놓는다. 시는 길이지만, 길의 정점은 아니다. 시는 처음이지만, 끝은 아니다. 시의 변용(變容)은 시인의 창조가 스스로를 지향할 때 일어난다. 예술가가 자신의 개인적 자아, 혹은 그 속에 드러나는 우주적 자아를 신적인 것으로 선언하느냐의 여부에 따라 예술가가 *신*이 되느냐 혹은 *신 안에* 거하게 되느냐라는 문제가 결정된다. 개인적 자아는 우주적 자아에 반기를 들거나, 혹은 그것과 융합된다. 양쪽 길은 모두 똑같이 예술에서 시작된다. 예술은 언제나 간접적으로 신을 수용했거나, 혹은 부정했던 개성의 종교이다. 바로 그렇기 때문에 시라는 것은 최후의 우렛소리, 혹은 최후의 정적을 미리 맛보는 것이다. 바로 그렇기 때문에 모든 완벽한 시인은 저도 모르게 신을 계시하거나, 신을 부정하는 체험으로 나아간다. 브류소프의 작품들은 악마주의의 불이나 계시의 불로 우리를 태운다. 그는 완벽한 시인이다. 그의 형상들의 형식은 종종 상징과 중첩된다. 그의 작품의 단순한 형상들을 통해 단순하지 않은 것이 우리의 꿈에 나타난다. 그의 단순함은 이유가 있다. 그가 노래한 형상들에서 우리는 악마주의의 영원한 형상들을 발견한다.

테우르기아적인 원칙은 형식과 내용의 분리될 수 없는 총체성을 전제로 한다. 이때 예술 창조의 내용은 우주의 형상에 반영된 체험들의 복합체이고, 그 우주를 창조하는 형식은 창조의 가시적 사슬의 마지막 고리, 즉 인간이다. 인간은 세계 창조자이다. 그의 꿈은 전적으로 실제적이다. 인간은 창조주로서의 신을 닮았다. 그의 목적은 하늘나라의 권세에 감탄하게 만드는 것이다. 그는 우주와 창조주의 단일성이고, 내용과 형식의 단일성이다. 낭만주의적이고 고전주의적인 창조원리가 표방하는 내용과 형식의 관례적 단일성은 그와 같은 내용과 형식의 완전한 단일성을 지향한다. 낭만주의적인 창조에서 이 같은 단일성은 형식을 수단으로 만들고 내용을 목적으로 만드는 것으로써 달성된다. 그 반대의 방법은 순수 형태의 고전주의적 원리이다. 이렇게 내용과 형식 간의 균형이 깨질 때 상징의 분리할 수 없는 단일성은 창조자가 아닌 창조의 대상과 합치된다. 이런 경우 낭만주의적이고 고전주의적인 방법이 나타난다. 창조형식은 창조자와 분리되고, 예술형식이 나타난다.

고전주의 예술의 이상은 내용을 형식에 종속시키는 것이다. 그런데 최후의 형식을 드러내는 것은 인식의 절대적인 주체를 드러내는 것이다. 그러나 인식의 주체는 공허한 규범이거나 혹은 가치에 근거하는 규범이다.

한편, 가치는 상징으로 이해된, '나'의 사고의 모든 내용이다. 예술 창조에서 이러한 *상징*은 신에 대비되는 예술가 자신이다. 고전주의적 창조는, 만일 그것이 일관적이라면, 불가피하게 신의 창조(боготворчесво)[4]가 된다. 그런 의미에서 브류소프는 가장 순수한 고전주의자이다. 그는 고전주의적 원리를 그 극단까지 가져간다. 이로 인해 그는 종종 순수예술을 초월한다. 바깥에서 보기에는 차가운 그의 형상들이 안에서는 마술적인 힘으로 우리를 매혹하고, 악마주의의 불로 태운다. 고전주의적 창조는 마법을 통해서만 테우르기아에 다다른다. 테우르기아는 백색 마법[5]이다. 탐미주의에 잠복해 있는 무(無)의 흑색 마법은 백색 마법에 의해 파열되고 투쟁과 소멸의 적자색 노을이 그 안에서 내비친다. 브류소프의 뮤즈가 창조한 차가운 형상들은 화염으로 충만하다. 그렇기 때문에 브류소프는 우리에게 마법을 걸고 유혹한다.

러시아 시는 푸시킨의 고전주의와 레르몬토프의 낭만주의의 첨예한 이율배반을 통해 거짓된 고전주의로부터의 해방을 기념했다. 그 뒤를 이은 시의 발전은 이러한 이율배반을 심화시키지 못하고 반대로 무마시켰다. 고전주의적이고 낭만주의적인 원칙이 합치되지 못하고 일정하게 뒤섞였다. 네크라소프, 튜체프에서 페트, 폴론스키,[6] 마이코프[7]를 거쳐 우리

---

4) 〔옮긴이〕 신의 창조(боготворчество): 테우르기아의 러시아어 표현. 인간의 영혼이 신을 대면할 수 있게 하는 제의식과 기도 등의 모든 활동의 총체를 지칭한다. 인간은 테우르기아를 통해 신의 의지에 자신을 온전히 내맡김으로써 신과의 합일의 경지에 다다른다.

5) 〔옮긴이〕 백색 마법(белая магия): 천체나 대기의 운행 등 자연적인 힘을 빌려서 악에 대항하고 선한 일을 추구하며, 신과 대면하는 마법. 중세 때 널리 확산되었다.

6) 〔옮긴이〕 폴론스키(Полонский, Я. П., 1819~1898): 푸시킨 다음 세대에 속하는 러시아의 시인. 산문적인 어휘들을 사용하여 세태와 일상을 다룬 서정시들을 남겼다.

7) 〔옮긴이〕 마이코프(Майков, А. Н., 1821~1897): 푸시킨 다음 세대의 시인.

는 뒤섞인 전통을 물려받았다. 결국에는, 푸시킨의 신을 닮은 시행은 타인의 연미복처럼 수상한 골레니셰프-쿠투조프[8]의 매끈함으로, 레르몬토프의 불타는 우수는 아푸흐틴[9]의 음울한 넋두리와 나드손의 무력하면서도 솔직한 한숨으로 퇴화했다.

마침내, 낡은 시행을 덮고 있던 형식과 내용 간의 타협이라는 천사 같은 외피를 벗어던지고 혁신을 일으킨 커다란 재능이 나타났다. 그는 바로 발몬트이다.

신세대 러시아 시는 형식과 내용에 대한 불확실한 태도를, 불확실한 시각에 대한 세 가지 반테제를 제시함으로써 단호하게 거부했다. 신세대 러시아 시를 남모르게 주도하는 모티프는 다음과 같다: ① 형식과 내용은 불가분의 것이다(이 낡은 진리는 대부분의 경우에 완전히 잊혀졌다). ② 그들의 단일성은 조건적이면서 무조건적이다. 조건적 단일성은 다음에 의해 규정된다: ① 형식과 내용의 완전한 부정(알렉산드르 도브롤류보프의 성공적이지 못한 시도들). ② 내용에 대한 형식의 종속: 내용이 형식처럼 취급된다(뱌체슬라프 이바노프, 알렉산드르 블록). ③ 형식에 대한 내용의 종속(브류소프). 브류소프는 최초로 시에 대한 관심을 제기했다. 그는 우리에게 형식에 대한 작업이 무엇인지를 다시 보여 주었다. 그리하여 널리

당시 페테르부르크에 있던 그의 저택은 문학 및 예술 살롱으로 유명했다. 문화와 예술에 대한 시들, 특히 고대 그리스-로마 문화를 노래한 시를 많이 남겼다. 푸시킨의 조화로움을 계승한 시인으로 평가된다.

8) 〔옮긴이〕 골레니셰프-쿠투조프(Голенищев-Кутузов, А. А., 1848~1913): 유명한 귀족가문 출신의 시인. 자연의 아름다움과 인간의 내밀한 감정을 절제되고 차분한 어조로 표현했다.

9) 〔옮긴이〕 아푸흐틴(Апухтин, А. Н., 1840~1893): 러시아 시인. 초기에는 네크라소프풍의 시민적 주제를 다룬 시를 발표했으나, 후기에는 로망스를 통해 독창적인 시 세계를 구현했다. 차이코프스키가 곡을 붙인 그의 많은 로망스 작품들이 러시아인들 사이에 널리 애창되었다.

애창되는 조국의 시인들의 창조에 숨겨진 많은 것들이 대낮처럼 환하게 밝혀졌다. 브류소프는 자신의 뮤즈의 아름다움만을 드러내었을 뿐 아니라, 우리에게 조국의 시를 돌려주었다.

⁂

최근에 발표된 브류소프의 시선집 《화관》에는 그의 창조의 세세한 면들이 뚜렷하게 규정되어 있다. 여기에 말 자체에 대한 사랑은 형언할 수 없는 아름다움에 도달한다. 브류소프는 러시아 시인으로서는 처음으로 창조의 화폭을 구성하는 무한히 작은 요소들을 분석했다. 그는 보잘것없는 수단들의 도움으로 아주 미묘한 효과들을 얻어 낸다. 단순한 방법으로 간신히 손에 넣은 것을 전달하는 그런 능력을 통해 창조의 보존 법칙은 정당성을 확보했다. 이것이 바로 그의 뮤즈의 매력이 어디에 있는가를 규명하면서 단어의 단순한 배치라든가 쉼표나 마침표에 대해 이야기해야 하는 이유이다. 사실 그런 단순한 방법들로 브류소프는 전례 없는 새로운 아름다움이 자신의 시행에 스며들게 만든다. 그는 현대 러시아 시인 중 처음으로 압운에 대한 사랑을 부활시켰다. 그는 《우르비와 오르비》에서 새로운 압운들을 풍부하게 제시했고, 그 즉시 그의 제자들과 모사가들은 그것을 따라했다. 이 시집에는 세련된 압운들(Менотий, дремоте; достроен, воин; сцеплены, затеплены; ставен, бесправен; Фалерна, верной 등)과 나란히 소박한 압운들도 공존한다. 그러나 그러한 소박함은 부차적인 것이다. 그것은 복잡함이 스스로를 해체하기 위해 표방하는 단순함이다. 브류소프에게는 다음과 같이 너무도 세련된 형상들이 존재한다:

> 나뭇잎들이 어르는 바람을 타고 한숨을 내쉬며
> 조용히 날아올라 저 멀리 굴러간다.
> (어르는 환영 속에 떠오르는 옛 생각)

살든, 죽든, — 괜찮아, 유감없어.
아픔 없이 베어 내는 예리한 초승달로
영혼 속에 기쁨도 슬픔도 꼭 쥐였네. [10]

또한 눈부시게 반짝이는 비단실로 수놓은 것 같은 형상들도 있다. 예를 들어:

마치 뱀처럼, 마치 실처럼,
휘감기고, 엉키고, 끊어지는
파도 위 달의 불빛. [11]

혹은:

노란 비단실로, 노란 비단실로
하늘색 지도첩에
보이지 않는 손이 수놓고 있다.
황금빛 지평선 향해
반짝이는 불꽃의 파편처럼
이별의 시간에 해가 진다. [12]

그러나 시인의 특기인 현란한 색채의 사용은 해당 시집에서는 드물게 나타난다. 브류소프는 번쩍이는 수식어들 대신 묘사대상의 특징적인 세부사항을 알려 주는 충직하고 단순한 수식어에 주력한다. 브류소프 시에

---

10) 〔편집자〕 브류소프의 시 〈초가을〉(Ранняя осень, 1905)의 일부. 이탤릭체는 벨르이.
11) 〔편집자〕 브류소프의 시 〈정적〉(Тишина, 1905)에서.
12) 〔편집자〕 브류소프의 시(제목 없음, 1905)의 첫 번째 연.

서 종종 색채가 아닌 형상의 모양이 우리를 놀라게 한다. 평범한 두 단어의 비범한 결합이 천천히 거부할 수 없이 영혼 속으로 파고든다.

> 모두가 기만, 모두가 거짓을 숨 쉰다.
> 거울마다 비친 분신이
> 신의 뜻을 이루고자
> 비틀린 성안(聖顔)을 *내보인다.*[13]

늘 비상한 말의 재능이 우리를 감동시킨다. 브류소프에게는 또 다른 대단한 재능이 있다. 그것은 단순한 말의 재능이다. 그러한 단순함은 특히 "우상들의 진실"(Правда Кумиров) 장(章)에서 우리를 사로잡는다. 마치 검은색 바탕에 황갈색으로 그려진 고대 그리스 화병 위의 단정한 형상들이 우리 앞에 나타나는 듯하다.

압운에 대한 사랑을 부활시킨 후, 브류소프는 처음으로 시행의 내밀한 삶에 대한 이해를 우리에게 일깨웠다. 그의 운율의 독특한 리듬은 단지 시어 자체가 아니라 시어의 소리들의 천재적인 선별에 의해 그 깊이가 더해진다. 음악적인 리듬에 사상과 형상의 리듬이 상응한다. 브류소프는 시어와 형상 간의 병치를 사용하는 탁월한 능력을 갖고 있으며, 그와 동시에 주어진 병치의 단일한 형태 내에서 변덕스러울 정도의 다양함을 구사함으로써 청각과 상상력을 매혹시킨다.

> 우리는 *예상하지* 못했다, 우리는 *알지* 못했다,
> 우리 둘이 같이 불운하다는 걸.
> 우리의 먼 곳은 *서로 낯설었다,*
> 우리의 꿈은 *서로 달랐다.*[14]

---

13) 〔편집자〕 브류소프의 시 〈올림포스 신들에게〉(К олимпийцам, 1904)의 일부.

인용된 4행시에서 잠시 멈춰야겠다. 여기서 브류소프의 기법은 특히 두드러진다. 다른 시인들 같았으면, 시행의 다음과 같은 연속적인 병치로 우리를 지치게 만들었을 것이다. ① 우리 …. 우리 …. ② 동사의 반복, ③ 마지막 시행들 — 연속적인 병치. 이를 보다 더 명료하게 설명하기 위해 같은 시행들을 약간 변형시켜 보자.

> 우리는 *알지* 못했다, 우리는 *알지* 못했다,
> 우리 둘이 같이 불운하다는 걸.
> 우리의 먼 곳은 *서로 낯설었다,*
> 우리의 꿈은 *서로 낯설었다.*

인용된 4행시를 브류소프의 4행시와 비교하면, 브류소프의 병치에서는 자유로움을, 변형된 텍스트에서는 형식에의 예속을 느끼게 될 것이다. 우리는 이 변이형을 브류소프의 형식에 대한 승리와는 구별되는, 형식의 진솔한 사용의 범례로서 제시했다. 브류소프의 시어 배치에는 종종 음악적이고 어원학적인 병치가 절제됨으로써 형식의 탄력성이 보존된다. 브류소프는 빼어난 솜씨로 형식을 사용함에도 불구하고 항상 형식의 틀 밖에 머문다. 브류소프는 줄곧 엄격하면서도 변덕스럽고 독창적이다. 저속한 시인은 그와 반대로 형식이 없는 것처럼 보이려고 애쓴다. 그렇게 함으로써 그는 형식이 휘두르는 권력으로부터 자신의 개성의 흔적을 보호하기를 원한다. 만일 오르페우스가 에우리디케에게 하는 다음과 같은 말을 들려주면,

> *들려요*, *들려요*, 당신의 단아한 발걸음.
> 나를 쫓는 당신의 발걸음이 *들려요.*

---

14) 〔편집자〕 브류소프의 시 〈고문실에서〉(В застенке, 1904)의 일부.

우리는 격정의 *오솔길*을 걸어가요,
삶의 죽은 *오솔길*을 향해.[15]

우리가 이 단어들에 형식적으로 시비를 걸 수는 없겠지만, 어떤 것도 특별하게 놀랄 만한 것은 없다. 그런데 브류소프는 무엇을 하고 있는가? 그는 두 단어〔동사 '들려요'(слышу)와 대명사 '당신'(твой)〕를 재배치하고, 그 결과 그의 두 행은 비상한 화음으로 노래하게 된다. 그는 명사 '오솔길'(тропа)을 두 번 반복하는데, 병치가 아니라 독창적으로 배열한다. 이제 우리는 변형된 4행시를 마주하게 된다. 여기서는 마치 마법사의 지팡이가 그를 건드린 것만 같다:

들려요, *들려요*, 당신의 부드러운 발걸음,
나를 쫓는 당신의 발걸음이 *들려요*.
우리는 격정의 *오솔길*을 걸어가요.
삶의 죽음의 *오솔길*을 향해.

브류소프는 이와 같이 단순한 시어와 형상들을 세련되게 배치할 줄 알았다.

브류소프는 기량이 뛰어난 시인의 대다수가 시행을 채우고자 사용하는 쓸데없는 잉여의 시어들을 현대 시인들 중에서 가장 먼저 축출할 수 있었다. 브류소프에게 불필요한 시어들은 없다. 그의 명료하고 단순하고, 간결한 말에 우리는 감탄한다.

스타일은 시인의 영혼이다. 스타일의 멜로디와 스타일의 화음이 있다. 수식어구와 은유의 현란함은 화음과 관련되고, 시어의 배치는 멜로디를 드러낸다. 형편없는 멜로디가 멋진 화음을 낼 수도 있다. 그러나 화음은

---

15) 〔편집자〕 브류소프의 시 〈오르페우스와 에우리디케〉의 일부.

아름다운 멜로디를 가로막지 않는다. 멜로디는 화음 없이도 가능하다. 리듬, 이것이야말로 중요하다. 멜로디는 음악의 본질에, 즉 리듬에 더 가깝다. 베토벤의 천재적 작품들은 종종 간단한 멜로디이다. 시어의 배치는 스타일의 멜로디적인 측면이다. 종종 시어의 배치는 창조자의 영혼의 깊은 곳을 열어 보인다. 스타일의 화음의 측면은 종종 바다의 잔물결처럼 표면상에서만 일어난다.

시어에 새로운 자리를 찾아 줄 수 있는 시인은 천재적 존재라는 말라르메의 표현은 아주 적절하다. 브류소프의 시어의 배치야말로 우리의 감동을 자아낸다. 브류소프는 멜로디에 대한 재능을 소유하고 있다. 그는 현대 러시아 시인 중에서 가장 뛰어난 양식주의자이다.

브류소프의 시에서 고전주의적 원칙은 아주 확고하다. 이 점은 그의 뮤즈를 가둔 철갑옷 아래에서 뿜어져 나오는 악마주의의 화염이 잘 지적해 준다. 그러나 고전주의자의 창조를 수반하는 사상들의 모든 체계를 브류소프가 자신의 수하에 두고 있는지, 혹은 반대로 그러한 사상들의 체계가 브류소프를 장악했는지, 우리는 모른다. 만일 그가 자신의 창조의 얼음 화관을 이미 달성했다면, 이제 그는 어디로 갈 것인가? 여기, 정상에서, 이 세계는 이미 주어져 있다. 여기서 악마에 의한 그리스도의 세 번째 시험이 시작된다. 그것은 왕국의 유혹이다. 권력의 세속적 관성을 물리쳐야 한다. 종교의 날개를 타고 날아가야 한다. 아니면, 반대로 하늘을 이해하지 말고, 외면해야 한다.

브류소프는 마법사이다. 그의 형상들 속에는 세계의 심연이 오래전부터 입을 벌리고 있다. 그것들은 《화관》에서도 입을 벌리고 있다. 브류소프의 마법은 "지옥에서 추방된 자들"(Из ада изведенные) 이라는 장(章)에 특히 명료하게 드러난다. 그러나 마법은 세속적 관성과 날개 위의 비상 간의 투쟁이다. 시인은 *지상의 꼭대기*에서 *천상의 밑바닥*을 너무도 뚜렷하게 보고 있다. 천상의 심연으로 지상을 오만하게 유린하는 자는 이제 어떤 행동을 취해야 하는가? 날개가 얼마나 높이 비상하는지 가늠해 볼 것인가, 말 것인가? 시인은 여기서 머뭇거린다.

> 저기서 두렵고, 불가사의한,
> 날개 달린 누군가가
> 화염으로 빛난다.
> 추격하라! 추격하라! 추격하라!
> 날고 싶은 열망에
> 우리 둘은 투신한다.[16]

그런데 왜 … .

> 또다시 내 영혼 산산이 쪼개졌다,
> 내리치는 번개를 맞아. 나는
> 돌연 황금의 회오리에 눈이 부셔
> 존재의 낭떠러지로 추락했다.[17]

그리고 결국:

> 나는 알고 있다, 검이 나를 피해 가지 않을 것임을 …[18]

얼음 박힌 권좌 위에서 시인은 오만하게 지상을 유린하고 즐거워한다. 그러나 천상의 심연으로부터 **날개 달린 자**(**Крылатый**)가 그를 향해 번개

---

16) 〔편집자〕 브류소프의 단시 〈날개의 환영〉(Видение крыльев, 1904)의 마지막 연.
17) 〔편집자〕 브류소프의 시 〈번개〉(Молния, 1904)의 첫 번째 연.
18) 〔편집자〕 브류소프의 시 〈잔〉(Кубок, 1905)에서.

의 창을 칼처럼 내리친다.

브류소프는 예술적인 가치를 성취한 후에 창조와, 창조로 정화된 삶의 간극에 서 있다. 죽음과 삶이 그의 내면에서 싸운다. 만일 브류소프가 삶의 형식에서 그칠 수 있었다면, 창조 속에서 찬란하게 영면했을 것이다. 그러나 그는 형식을 꿰뚫고 **가치의 삶**(Жизнь Ценная) 을 응시한다. 지금부터 그가 삶과 죽음의 길을 택할 때까지 **날개 달린 기사**(騎士, Крылатый Меченосец) 의 형상은 그를 놓아 주지 않을 것이다.

2

"네, 네 …'스콜피온' 출판사[19] 입니다!" 금속성의 목소리가 울린다. 낮은 가성(假聲) 이 계산된 시어들을 금속성으로, 분명하게 던진다.

마치 활에서 당겨진 탄력적인 화살처럼 시어들이 날아간다. 때로 거기에 독이 묻어 있는 경우도 있다.

"네, 네 … 잘 되었군요." 똑같은 목소리가 이어진다. 아주 냉담하고 고압적이고 위엄 있는 목소리이다.

당신은 〈천칭〉[20] 편집실에 들어선다. 책장, 책, 그림, 소상(小像) 들

---

19) 〔편집자〕 스콜피온(Скорпион) 출판사: 1900~1916년에 모스크바에 있었다. 러시아에서 처음으로 최신 서유럽 문학작품들과 러시아 상징주의자들의 책들을 출판했다. 1904~1909년 이 출판사에서 잡지 〈천칭〉이 발간되었다.

20) 〔옮긴이〕 〈천칭〉: 1904~1909년 모스크바의 '스콜피온' 출판사에서 발행된 월간지. 러시아 상징주의 유파의 기관지 역할을 했으며, 문학비평, 서평, 학술적인 논문 등을 두루 게재했다. 편집인이자 발행인은 줄곧 출판사 사장인 폴랴코프였지만, 잡지 편집을 실질적으로 주관한 사람은 브류소프였다. 발행 초기부터 적극적으로 관여한 작가들로는 벨르이, 뱌체슬라프 이바노프(Иванов, В.), 발몬트(Бальмонт, К.), 로자노프(Розанов, В.), 막시밀리안 볼로신(Волошин, М.), 메레시콥스키(Мережковский, Д.), 민스키(Минский, Н.), 솔로구프(Сологуб, Ф.), 블록(Блок, А.) 등이다.

이 보인다. 맨 처음 눈에 들어온 것은 다음과 같다. 프록코트의 단추를 빈틈없이 채운 키가 크고 늘씬한 갈색머리의 남자가 있다. 마치 시위가 당겨진 탄력적인 활 같기도 하고, 혹은 인간의 옷으로 갈아입은 메피스토펠레스 같기도 한 이 남자가 수화기 쪽으로 몸을 숙인다. 뾰족하고 검은 턱수염의, 차가운 조소가 어린, 강건한 그의 얼굴에는 마치 죽음 같은 창백함이 서려 있고, 때론 역동적이고, 때론 금속조각상처럼 미동도 없다. 그 얼굴은 반란의 격정과 온화함을 숨기고 있다. 붉은 입술은 굳게 다물어져 있고, 눈썹은 마치 목탄으로 그린 듯하다. 우아하고 귀족적인 높은 이마는 때론 훤하고, 때론 가는 주름에 뒤덮여 있다. 그런 탓에 얼굴이 음울하기도 하고, 변덕스러워 보이기도 한다. 그런데 느닷없이 어린아이 같은 미소가 눈부시게 하얀 치아를 드러낸다. 때론 흉포한 표범 같고, 때론 애완 고양이 같다.

"네, 네 …, 잘 되었군요 … ." 팔꿈치를 전화기에 기대고 있다.

당신은 이제 편집실을 나간다. 기다랗고 마치 벨벳 같은 속눈썹 아래 우수 어린 눈동자가 적의를 품은 듯이 당신을 태운다. 당신은 약간 당황한다. 당신은 발레리 브류소프를 모른다. 그에게 질문을 던져 보라. "정말, 모르겠는데요. 그건 … ." 당신은 입을 다문다. 그 역시 침묵한다. 묵직하고 눅눅하며 조밀한 침묵이 흐른다. 당신은 무슨 말을 해야 할지 모른다. 그러다 갑자기 자기 자신이 어리석다고, 지금까지 생각한 것보다 더 어리석다고 느껴진다. 발레리 브류소프라는 광기의 시인이 보이는 사무적인 진지함과 약간 과장된 구식 예절에 당신은 놀란 것이다(니체 또한 어느 정도 구식이었던 것 같다). '따르릉' — 전화벨이 울린다. 그러자 그가 재빠른 동작으로 손을 가슴 위에 얹고 동방의 샬롬[21] 을 하듯이 과장

21) 〔옮긴이〕 살람(*salam*, 아랍어: سلام, *salam*) : '평화'를 의미하는 아랍어. 이슬람교도들의 인사말로 '당신에게 평화를'이라는 뜻을 지닌다. 히브리어로는 '샬

되게 허리 숙여 예의 바르게 인사하고 가벼운 걸음으로, 마치 표범이 뛰듯이 전화기로 달려간다.

"'스콜피온' 출판사입니다."…. "네, 네…, 잘 되었군요!"

"나는 밤에 신과 전투를 벌였노라 / 내 위에 그의 빛줄기가 타오르네."[22] — 당신은 그의 시를 떠올리고 있는데, 건조하고 내성적이며 사무적인 그는 예의 바른 명령조로 수화기에 대고 소리치고 있다. 당신은 이건 혹시 마법이 아닐까, 발레리 브류소프가 자신을 숨기기 위해 당신 앞에서 일부러 이러는 게 아닐까라고 생각하기 시작한다. 당신은 갑자기 그를 찾아온 것이다. 아마 당신이 방문하기 전에 그는 마법의 동그라미를 그리고 있었을지도 모른다. 이제 단추를 여민 프록코트 차림으로 수화기를 든 채 곧바로 땅속으로 꺼지거나, 〈불의 천사〉(Огненный Ангел)에 등장하는 자신의 주인공들과 함께 홈통을 타고 날아가 버릴지도 모른다. 이제 사무실은 더 이상 사무실이 아니다. 그는 이제 전화기에 고개를 숙인 사무적인 신사가 아니라 세계를 향해 고개를 숙이고 있는 브루벨의 악마다. 당신은 대체 어디에 있는 것인가? 늦기 전에 물러가시는 게 좋지 않을까?

당신의 머리 위에서 그가 어디를 향하는지 알 수 없는 우수 어린 눈을 치켜뜬다. 그가 듣고 있는 것은 인쇄작업 진행상황에 대한 보고인지, 세계의 탄생에 관한 혼돈스러운 노래, 즉 "태곳적, 육친의 카오스에 대한"[23] 이야기인지 알 수 없다. 이때 그는 브루벨이 그린 그의 초상[24]과 얼마나

롬'(*shalom*)이라고 한다.

22) 〔옮긴이〕 브류소프의 시집 《세 번째 파수》에 수록된 시 〈또다시 너, 또다시 너〉(И снова ты, и снова ты)에서 인용된 구절.

23) 〔옮긴이〕 튜체프의 시 〈밤바람이여, 무엇으로 인해 울부짖는가?〉(О чем ты воешь, ветр ночной?, 1836)에서 인용된 구절. 원문은 다음과 같다: "про древний хаос, про родимый."

닮았는지! 작업도구들을 옆에 둔 열성적인 형식주의자이거나 두 손에 해골을 든 햄릿 왕자 같다. "사느냐, 죽느냐." "네, 네." — 그가 수화기를 놓는다.

"무엇을 도와 드릴까요. 5분 정도 시간이 있습니다."

그가 격식을 갖춘 재빠른 동작으로 당신에게 의자를 권한다. 그러나 자신은 의자에 앉지 않는다. 의자 등을 두 손으로 잡고 서서 당신의 이야기를 들을 자세를 갖춘다. 당신은 아직 아무 말도 하지 않는다. 왠지 그가 강제로 당신의 생각을 끄집어내려고 한다는 생각이 들고, 당신은 말하려고 했던 용건을 잊어버리고 만다. "5분 정도 시간을 내드릴 수 있습니다." "따르릉" — 전화벨이 울린다. 전화기로 달려간다. "'스콜피온' 출판사입니다." 수화기가 다시 내려진다. 그가 제자리로 돌아온다. 아무 말이 없다. 그는 눈을 내리깔고 있지만, 내리깔린 눈꺼풀을 통해 당신을 보고 있는 것 같다. 주시하는 시선의 준엄한 위력이 당신에게 최면을 건다. 당신은 이미 본능적으로 최면과 싸운다. 당신이 무장해제되자, 그제야 그는 당신과 매우 예의 바르게 이야기를 나누기 시작한다. 우수 어린, 아이 같은 미소가 너무도 진지하고 엄격한 얼굴에서 희미하게 빛난다. 그 얼굴은 때론 아름답고, 때론 추하다. 때론 단정하고, 때론 보기 흉하다. 동작이 때론 굼뜨고, 때론 비상하게 유연하다. 때로는 이 범상치 않은 인간에 대해, 스스로를 광기와 단추 여민 프록코트로 해체시킨 결과 이미 인간이란 그 속에 존재하지 않는, 프록코트 차림의 광기만이 남아 있는, 이미 인간이 아닌 이 존재에 대해 적개심이 일어난다. 때로는 이와 반대로, 스스로에게 지운 짐의 무게로 인해 영원히 십자가에 못 박힌 그

---

24) 〔옮긴이〕 브루벨이 1906년 봄에 그린 브류소프의 초상을 말한다. 당시의 일화에 대해 브류소프는 자신의 《일기》(Дневник)에 수록된 수필 〈브루벨의 마지막 작업〉(Последняя работа Врубеля)에서 언급했다. 브류소프의 초상화는 트레챠콥스키 미술관에 소장되어 있다.

에게 경의를 표하고 싶다. 이 같은 재능과 이렇게 뚜렷한 개성이 모든 번거로운 일들을 내버려 둘 수 있겠는가?

⁂

강력한 파동으로 러시아를 사로잡은 엄청난 운동에 대한 책임이 그에게 있다. 그는 혼자서 그것을 조직해 왔다. 노래의 기쁨, 춤의 기쁨[25]에 동참할 것을 호소하는 이 광인은 거의 고행자이자 금욕주의자임이 밝혀진다.

이 얼마나 강한 개성이고, 이 얼마나 탁월한 현상인가. 그는 현대 러시아 시인들 중에서 가장 재능이 뛰어나고, 가장 영리하며, 가장 예의 바르다. 종종 그는 고압적인 것처럼 보인다. 그건 물론 그렇다. 그가 그런 사람이라서 고맙다. 그런 고압적인 면은 그의 책임감에서 나온다. 그는 자기 목숨보다 소중한, 그러한 흐름의 운명에 대한 책임감을 의식한다. 우리 중에 누가 그토록 헌신적으로 자신의 이상에 충실한가? 우리는 과연 그것을 영예, 변덕, 혹은 개인적 안녕이라는 헐값에 팔아 버리지 않을 것인가?

우리가 그렇게 행동할 때, 브류소프는 고압적으로 의무에 대해 상기시킨다. 그는 마치 우리의 오류에 화를 내고, 새로운 예술에서 도발과 속악함, 만용과 게으름을 거세시키는 것 같다. 조직화된 작업이 시작된 지금, 새로운 예술을 대중들에게 설파하는 사람들을 결집시켜야 하고, 브류소프가 자신의 삶 전체와 낱낱의 행동으로 우리에게 본을 보여 주는 지금, 게으름은 너무 만연해 있다. 나는 우리 중에서 이 점을 이해하지 못

---

25) 〔편집자〕 브류소프의 시 〈오르페우스와 에우리디케〉에 대한 암시: "기억하라, 기억하라! 녹색 초원을 / 노래의 기쁨을, 춤의 기쁨을."

하는 자들의 충심과 진정성을 믿지 않는다. 브류소프는 단지 위대한 시인만은 아니다. 그는 우리의 슬로건, 우리의 기치, 구습 및 속물성과의 전투를 이끄는 우리의 사령관이다.

발레리 브류소프는 그러하다. 그가 명랑하고 씩씩하게 지팡이를 돌리면서 거리를 따라 질주한다. 그가 우리 앞에서 성장하는 것을 당신은 미처 알아보지 못한다. 그는 항상 발밑으로 자라나는 것처럼 보인다. 발레리 브류소프의 모습에는 활기차고, 굳건하고, 민첩한 무언가가 있다. 나는 그가 훌륭한 체조선수였을 것이라고 확신한다. 이런 말을 하는 이유는 작가의 경우, 특히 그의 외모와 내면세계의 비범함과 뛰어남의 흔적이 드러나는 경우에는 또한 진정한 건강성을 발견하기란 드문 일이기 때문이다. 작가에게서 비범함은 종종 단지 자세와 과시임이 판명된다. 브류소프에게서 우리는 건강한 비범을 평가한다. 그렇기 때문에 그의 시의 빛은 부패물 위의 칙칙하고 음란한 번득임이 아닌 낮의 건장한 빛 혹은 밤의 별빛이다. 시인 발레리 브류소프의 열정은 건강하고 순결한 열정이다.

오늘날 그러한 시인들이 과연 많단 말인가?

브류소프는 얼음에 덮여 있는 화산이다. 시인에 대한 개인적 태도를 얼어붙게 할 수 있는 그 얼음에 놀라는 사람은 누구나 브류소프에게서 화산폭발을 보게 된다. 그를 불태우는 창조는 화산폭발처럼 우리 앞에 솟구쳐 오른다. 그렇다, 우리는 발레리 브류소프를 소중히 여긴다. 그러나 우리는 아직 그의 절반은 평가하지 못했다.

묵시록에서 요한은 미래의 성전을 길이의 척도로 측정한다. 창작은 여전히 성장하고 있는데 묘사수단이 동이 났을 때, 절제된 건조함이나, 심지어 알레고리적 기호의 상징성은 황홀한 시어들로 발현된 무아지경보다 더 심오하다. 고통이 감각마비 상태로 전이되면, 수난자는 비명으로 목이 쉬고, 그에게 남은 것은 오직 박해자에게 차가운 미소를 짓는 일뿐이다.

이 모든 것이 발레리 브류소프라는 개성에 적용된다. 그 이유는 그가 자신의 모든 시어와 행동을 저울에 달아 헤아림으로써, 다른 이들이 자신의 창조를 상실하는 곳에서도 시인으로 남을 수 있기 때문이 아닐까? 그는 집요한 탐정을 피해 스스로를 숫자들로 감춘다. 그러나 검은 턱수염의 신사, 전화기를 향해 고개 숙인 신사에게서 두 손에 해골을 든 햄릿 왕자를 보는 자는 발레리 브류소프의 개성을 결코 잊지 못할 것이다.

⁂

벽에 서 있는 이토록 창백하고 음울한 이 신사는 누구인가? 그가 극장 로비에서 두 손을 비비며 서 있다. 꼭두각시 인형 같은 프록코트들 사이에, 귀부인들의 드레스 자락이 물결치는 와중에, 쓸데없는 말들의 떠들썩한 소음에 온통 에워싸인 채, 그가 홀로 거기에 서 있다. "발레리 브류소프" — 누군가 속삭이는 소리가 들리자 오페라글라스를 눈가로 가져간다. 그러나 그는 이미 거기 없다.

모스크바에 있는 문학예술, 혹은 다른 미학 단체에 가보시라. 화가, 음악가, 시인, 비평가, 변호사, 사회활동가, 모두 거기에 있다. 그들은 얼마나 달변가들인지! 그들이 하는 말은 얼마나 흥미로운가! 얼마나 풍요로운가! 얼마나 화려한가! 모든 게 어찌 이토록 반복되는지! 예술에 대한 그들의 태도의 리듬에서, 그들의 영혼의 음악에서 '검은 방울새'의 멜로디가 흘러나온다. "치직, 치직 … ."[26]

그가 오른손으로 가볍게 손짓을 하며(니체 또한 대화 중에 가벼운 손짓을 하곤 했다) 설명하는 동안, 당신의 머릿속에는 이와 같은 생각들이 아른

26) 〔옮긴이〕 '치직'은 '검은 방울새'를 뜻하는 러시아어 단어 'Чижик'를 음차 표기한 것이다. 벨르이는 이 단어의 뜻만이 아니라 독특한 소리를 이용하여 아이러니한 언어유희를 시도한 것으로 보인다.

거린다. 만일 당신이 그에게 시를 보여 주기 위해 찾아온 것이라면, 그는 매 단어를 차갑게 검토하면서 당신의 오만한 자부심을 부술 것이다. 그는 단지 결함을 지적하는 게 아니라, 수학적인 정확함으로 그것을 입증할 것이다. 부수적으로 문학사를 훑으면서 한 무더기의 인용구를 읊조리고, 당신이 잘 알고 있는 시구(詩句)에서 시어 하나를 붙잡고, 그 시어를 통해 해당 시인의 개성에 대한 비평가들과 시인들의 흔해 빠진 관점을 당신에게서 털어 낼 것이다.

만일 당신이 이런저런 이념적 조류에 대한 자신의 생각을 알리고자 방문한 것이라면, 그는 비상한 지적 호기심으로 당신의 생각을 전부 마신 후, 당신의 전문용어들을 금방 터득하고는, 다른 결론은 있을 수 없다는 것을 조목조목 입증하고, 당신이 한 말에 대한 비범한 결론을 그 자신이 내릴 것이다.

"죄송합니다. 5분이 벌써 지났습니다. 저는 가봐야 해서요." 열정적인 말을 쏟아 낸 후, 그는 다시 예의 냉담하고 냉정하고 냉혹한 모습으로 격식을 갖춰 목례를 한다. 그러고는 마치 허공에 기하학적 형상을 그리듯이 자신의 건조한 손을 건조하게 내민다. 당신이 외투를 입을 때, 그는 구식으로, 예의 바르게 옷 입는 것을 돕는다. 그리고 "따르릉" — 다시 전화벨이 울린다. 전화기로 달려간다. 편집실을 떠나는 당신의 귀에 들리는 소리.

"'스콜피온' 출판사입니다. 네, 네, 네 … ."

"잘 되었군요."

당신은 가로등 근처에 서서 그가 지나가는 것을 본다. 유연하고 가벼운 동작으로, 마치 표범이 달려가듯이 가벼운 동작으로, 그가 옆을 지나가더니 저녁 안개 속으로 사라진다. 그는 어디로 가는가. 편집실을 벗어난 '에테르의 자유로운 아들'이 자신의 작업실로, 이제 그만 쉬러 하늘나라로, 혹은 협회의 회의로 향한다. 거기서 그의 날카롭고, 마치 독수리처럼 당당한 목소리가 사무적인 독수리의 울음소리로 침묵을 가른다. "정관의 이 단락에 따르면 … ." 이렇게 말할 때 그의 두 눈은 슬프고, 광기 서린 듯 음울하다.

ꕥ

구식의 예의 바름과 자기 자신 속에 은폐된 어떤 광적인 순결함. 때로 우리 시대의 신경쇠약환자들에게 그것은 얼마나 납득하기 힘든 것인가. 그들은 자신의 감정과 자신의 말, 광기를 만나는 사람마다의 가슴에 쏟아 낸다. 보라, 여기 그가, 현대 시인이 있다. 그는 아주 어여쁜 케루빔, 오페라의 미남 가수이거나, 아니면 성 바보이다. 그는 영웅처럼 행동하다가도, 가슴을 무릎까지 굽히고 덧신 자국이 찍힌 보도를 밟으며 간다. 혹은 그는 너무 사랑스럽고, 너무 상냥하고, 너무 선량하다. 그런데 별안간 그가 천사의 미소를 지으며 당신에게 혐오스러운 행동을 부린다. 두 손을 비비며 겁을 낸다. 러시아 문학 멀리에서 겁을 낸다. 냄새를 맡으며 주위를 살핀다.

사라져 가는 과거의 문학가들이 과연 그렇지 않단 말인가. 너무 거대하면서도 너무 우습다. 손을 떨면서 손가락질로 위협하고, 등은 굽은 채로 보도에 고인 물웅덩이에 덧신 신은 발을 헛디딘다.

아주 드물게 마치 낯선 회합에 온 것처럼 긴장된 표정의 그가 홀을 가로지른다. 아주 드물게 무대 위에서 청중들을 향해 연설을 한다. 그것은 소리 높여 외치는 연설이 아니다. 오히려 그것은 숫자와 인용, 문학사적 사례들로 이루어진 담화에 대한 주석이다. 그 연설은 건강하고 압축적이며 단순하다. 그러나 그러한 연설이 오히려 당신의 기억 속에 영원히 남게 되고, 화려한 말은 사라지고 만다. 바로 발레리 브류소프가 그와 같은 연설을 한다. 그것은 교정과 숫자와 인용으로 이어진다. 그는 인용구와 연도와 날짜에 힘입어 그 어떤 반론가라도 모두 논파한다.

단추를 빈틈없이 여민 프록코트 차림의 신사가 무대 위로 올라와서 명료한 언어로 연설을 한다. 그러고는 올라와서 자리에 앉는가 했더니, 그만 사라진다.

그리고 그의 반론가 역시 사라진다.

예전에 문학적 담화의 자리에서 나는 그러한 모습의 브류소프를 보곤 했다. 그때 그는 적들 사이에서 발언하곤 했다. 이제 그때의 적들은 그의 숭배자들이 되었다. 그는 그들을 길들였다. 이제 화요일마다 열리는 회합에서 그는 보이지 않는다. 가끔, 아주 가끔 그의 검고 그늘진 실루엣이 아른거린다. 만일 그것이 어렴풋이 보인다면, 무엇하러 왔는지를 그는 알고 있다. 브류소프는 그가 반드시 있어야만 하는 곳에만 찾아온다.

브류소프는 연도와 숫자로 짠 자신의 프록코트를 광기에 입혔다. 단추를 빈틈없이 채운 프록코트를 입은 광기. 바로 그것이 발레리 브류소프이다. 그가 자신의 절묘한 형상을 창조할 때, 시인 초년생 앞에서 바라틴스키와 푸시킨, 혹은 라틴 시인들의 예술적 아름다움을 분석할 때(손이 책꽂이를 따라 재빠르게 움직이고, 책장이 저절로 필요한 대목에서 넘어간다), 그의 모습은 그러하다.

'스콜피온' 출판사의 전화기 옆에서, 인쇄소에서, 전람회에서 그는 그러한 모습이었다. 그는 날짜로 엮인 심연 위에 고개 숙인 햄릿이었다. "따르릉" — 전화벨이 울리자, 브류소프가 전화기 옆에서 말을 한다.

"'스콜피온'입니다 …. 네, 네, 네. 잘 되었군요."

발몬트*

1

발몬트의 시에는 몇 개의 단계가 있다. 《무한 속에서》와 《고요》[1] 는 음울한 악몽처럼 북방의 끝없는 평원에 방치된 음울한 안개와 갈대, 웅덩이 같은 신비주의로 우리를 데려간다. 그 평원은 안개를 모으고, 우주의 평원으로 스며든다. 그것은 진압되어 온순해진 자들을 향해 영원성을 불러내는 것이다. 그것은 낭떠러지 위에 맴도는 가벼운 금빛 연기이거나 황혼 속에서 기분 좋게 말없이 사그라지는 빛깔들이다. 그것은 금빛 별이고, 잿빛 갈매이기고, 북방의 백조가 부르는 노래이다.

붉은 노을빛을 띤 혼탁한 카오스의 파동, 무한(無限)의 냉기 속에 얼어붙은 자들의 둔탁한 외침, 최초로 불어오는 미래의 뇌우와 벼락소리, 흉측하고 변태적인 악덕. 이것이 《불타는 건물들》[2] 에서 예기치 않게 우

---

* 〔편집자〕 1부는 "발몬트"(К. Д. Бальмонт) 란 제목으로 잡지 〈천칭〉(1904, No. 3) 9~12쪽에 처음 발표되었다. 2부는 "발몬트. 실루엣"(Бальмонт. Силуэт) 이란 제목으로 잡지 〈시간〉(1907, No. 5) 에 수록되었다.

1) 〔편집자〕 《무한 속에서》(В безбрежности) 와 《고요》(Тишина) : 각각 발몬트의 두 번째(1895), 세 번째(1898) 시집.

리에게 충격을 준다. 여기에서 불교적인 침묵과 위엄 있는 냉기가 빛나는 진홍의 포도줏빛 디오니소스주의의 화염으로 단호하게 전향한다.

"*태양처럼 되리라*"라는 낭랑한 시행이 울려 퍼질 때, 찬란한 태양빛의 무더운 흐름이 우리를 영원한 애정으로 매만진다. 그것은 7월의 매혹적인 피로와 불타는 석양을 향한 독수리의 비상이다.

시집 《오직 사랑》[3] 은 발몬트의 창조의 몇몇 시기들의 조각난 특징을 통합하고 있지만, 정상을 향한 새로운 도약은 아니다. 그것은 단지 그 어떤 창조의 위대한 시기를 종결짓고 있으며, 좀더 충만하고 낭랑하며 다채로울 뿐이다. 그렇기 때문에 이 시집을 '일곱 빛깔 사나이'[4] 로 부르겠다는 생각은 성공적이라고 볼 수 있다.

최근까지 순수시는 음악에 가까이 접근했다. 베토벤에서 바그너와 슈트라우스까지 음악은 시로 향하는 포물선을 그렸다. 철학사상의 발전에서도 역시 음악을 시에 근접시키는 특징들이 발견되었다. 시와 음악, 그리고 사상이 어떤 불가분한 것으로 융합되는 문제적인 그 지점이 예기치 않게 우리에게 가까이 다가왔다. 그 지점은 신비극이다.

유미주의의 위대한 대표자들이 점점 줄어들고 있다. 시인 중에서 종교-철학적 영역으로 이행하는 경우가 아주 흔하게 발견된다. 시의 냇물이 테우르기아와 마법으로 넘쳐흐른다. 순수시의 가을이 닥쳐온다. 그럴수록 붉고 푸른 불빛을 띠는, 아직 시들지 않은 꽃들의 잎사귀들은 더욱 소중하고 아름답다.

> 가을의 맨 처음에
> 짧지만 경이로운 때가 있으니 … .[5]

---

2) 〔편집자〕《불타는 건물들》(Горящие здания) : 발몬트의 시집(М., 1900).
3) 〔편집자〕《오직 사랑》(Только любовь) : 발몬트의 시집(М., 1903).
4) 〔옮긴이〕 일곱 빛깔 사나이(Семицветник) : 발몬트의 시집 《오직 사랑》의 부제.

그때 세계는 온통 황금빛을 입고, 나무들은 가지에 매달린 루비색 잎사귀를 떤다. 발몬트는 러시아 순수시의 최후의 거인이요, 신학으로 넘쳐흐른 유미주의의 대표자이다. 동정을 지키던 순수시가 신학으로 비약한 것은 그것의 가을을 알리는 징후이다. 저무는 태양의 광채는 거울의 매끈한 표면 위에 드리워져 거울 빛의 심연을 금빛으로 물들인다. 그리고 그 빛줄기는 태양 너머로 헤엄치면서 꺼져 간다. 발몬트는 수백 개의 루비처럼 빛나는 유미주의의 빛나는 거울이다. 빛의 원천이 사그라질 때, 빛이 스며든 그 시행들을 우리는 그 후로도 얼마나 오랫동안 사랑하게 될 것인가. 꺼지지 않는 시행들은 우리에게 저문 태양을, *가을의 맨 처음* 금빛을 띤 짧은 시절을 상기시켜 줄 것이다.

✻

발몬트는 우연히 날아온 혜성이다. 그것은 마치 루비 목걸이처럼 황혼 위의 감청색 하늘에 걸렸다. 그리고 수백 개의 붉은 눈물방울이 잠든 대지 위에 쏟아졌다. 발몬트는 진홍색 양귀비의 우아하고 부드러운 얼룩 위에 드리운, 혜성 같은, 잠시 빌려 온 화려함이다. 그는 유년시절의 기억을 우리에게 돌려준, 클로버의 분홍빛 모자의 달콤한 향기이다. 햇빛줄기의 황금빛 곡단이 얼음을 녹였고, 절벽의 꼭대기에서 졸졸 흐르던 물줄기가 끊어졌다. 저 멀리서 내리 뻗친 진줏빛 실들이 절벽의 가슴팍 위에 현처럼 영원히 팽팽히 당겨져 있지 않은가? 길고 좁다란 구름이 절벽을 양분했다. 이제 구름은 가벼운 활처럼 기어가면서 진주의 행복한 탄식을 끌어낸다. 연기 자욱한 돌덩어리의 우레 같은 파열에서 루비처럼

---

5) 〔편집자〕 튜체프의 시 〈가을의 맨 처음에〉(Есть в осени первоначальной, 1857)의 처음 두 행.

붉은 공단 스카프가 번개처럼 반짝였다. 천상의 '*불꽃과 연기의 향연*'에 가담한 "*우주적인, 석양의 루비*"[6] 가 드리운다.

위대하고 온화하며, "*자신의 심연을 의식한*"[7] 누군가가 저 빈터에 "*연기를 뿜으며 반짝이는*" 모닥불을 여기저기 피워 놓았다. 갈퀴 달린 불꽃이 "*황색 돌풍*"[8] 처럼 선회하고 춤추더니, 그가 불타는 깜부기들을 망치로 내리치자 떼 지은 붉은 파편들이 선회하고 타오르며, 찰싹거리는 불꽃의 잎사귀들로부터 떨어져 나가 밤의 카오스 속에 잠겼다.

태양의 포말을 수확한 누군가 축제를 열었다. 그는 봉화와 폭죽에서 수백만 개의 히아신스를 내보냈다. 그는 자신의 멋진 동굴을 모아 둔 금은보화로 장식했다. 은색 반점이 있는 탁자 위에 루비색 호두를 곁들인 요리를 차렸다. 영원의 금빛 가로등이 주위를 비추었다. 그는 황금 왕관을 썼다. 그는 연분홍빛 산호로 된 와상(臥床)에 누워 감청색 종을 울리고, 루비색 호두 같은 종소리들을 퍼뜨렸다. 절벽의 낭떠러지에서 백설의 거품이 이는 폭포가 라일락꽃 바다처럼 쏟아져 내렸다. 누군가 거품이는 심연으로 잠수했다가 다시 뭍으로 나왔다. 그의 곱슬머리에서 하얀 라일락꽃들이 포말처럼 떨어져 내렸다. 졸린 백조가 차가운 개울에서 헤엄치고 있었다.

지평선에서 은빛 반점이 있는 눈부신 조가비가 보였고, 어둠이 잦아들기 시작했다. 누군가 흰 백조의 날개 사이에 앉아 터키석처럼 파란 아침의 소용돌이 속에서 환호하며 질주했다. 그러고는 위로 솟구쳐 올라 넓

---

6) 〔편집자〕 발몬트의 시 〈태양 송가〉(Гимн Сонлнцу)의 부정확한 인용.

7) 〔편집자〕 자신의 심연을 의식한 자(сознавший свою бездонность): 발몬트의 시. 〈석양의 음성〉(Голос заката, 1900)의 다음 시행과 비교하라: "Я блеск бездонность зеркальной / Роскошно гаснущего дня."

8) 〔옮긴이〕 황색 돌풍(желтым вихрем): 발몬트의 시 〈점〉〔Ворожба(占), 1903〕에서.

게 펼쳐진 구름으로 변했다. 바로 그것이 절벽을 갈랐다. 절벽의 가슴팍 위에 당겨진 현처럼, 영원한 진줏빛 물줄기가 내려왔다.

가벼운 활처럼 좁다란 구름이 현 위를 미끄러졌고, 또다시 행복의 탄식이 울려 퍼졌다. 하루가 그렇게 지났다.

황혼이 짙어 갔다. 붉은 땅거미는 어디론가 사라졌다. 금빛 가사(袈裟)의 옷자락이 지평선을 향해 뒤집어졌다. 우주의 사막의 차가운 심연을 빛의 선단(船團)이 질주했다. 빛나는 안개구름이 우리에게서 날아올랐고, 우리는 숨죽이며 말했다. "또다시 땅 위에 혜성이 빛나기 시작했구나! … 한 묶음의 이별의 불빛으로 우리를 축복하며 영원 속으로 떠나는구나!"

⌘

발몬트는 떠나가는 유미주의의 혜성이 내뿜는 이별의 금빛 빛줄기다. 별자리의 혼돈스러운 순환과 시간의 원들과 음울한 안개에 싸인, 에테르에 잠겨 수백만 년을 떠나가는 혜성은 알고 있다.

발몬트는 우주적인 것을 엿본 후 자신의 "*뇌를 태양의 광선으로 찌른*"[9] 신학자이다. 우주적인 것 속에 취할 듯이 황홀한 음악과 현란한 색채와 향기를 지닌 보석 같은 별들이 분무처럼 흩어지고 있다.

그의 음악적 시행들 속에서 쇼팽의 우아한 멜랑콜리와 바그너적 화음, 즉 카오스의 심연 위에 불타는 찬란한 물결의 장엄함이 느껴진다. 그의 색에는 보티첼리적인 부드러운 정교함과, 티치아노[10]의 화려한 금빛이 느껴진다.

---

9) [편집자] 발몬트의 시 〈태양광선〉(Солнечный луч, 1903)의 시구에 대한 암시: "Свой мозг пронзил я солнечным лучом."

10) [옮긴이] 티치아노 베첼리오(Vecellio, T., 1488/90~1576): 이탈리아 화가. 르네상스 시대의 베네치아 학파의 대표자.

2

약간 절름거리는 가벼운 발걸음이 마치 발몬트를 앞의 허공으로 내던지는 것만 같다. 정말이지 발몬트는 허공에서 솟아나와 지상에, 살롱과 거리에 당도하는 것 같다. 그의 격정이 가라앉으면, 그는 잘못 왔다는 것을 깨닫고, 예의 바르게 자신을 추스르며, 코안경을 쓰고 오만하게 (아마도, 놀란 듯이) 양옆을 둘러보고는 불처럼 붉은 턱수염에 에워싸인 건조한 입술을 들어 올린다. 푹 꺼진, 눈썹이 흐린 그의 밤색 눈이 우울하게, 온순하게, 그리고 의심쩍게 바라본다. 그 눈동자는 발몬트의 내면에 있는 어떤 고립감을 발산하며 응징의 눈초리로 바라본다. 여기서 그의 전체적인 외관은 양분된다. 오만과 무력감, 위엄과 무기력, 저돌성과 경악, 이 모든 게 그에게서 교체한다. 그의 쇠약하고 창백한 얼굴과 널따란 콧구멍에서는 그 얼마나 섬세하고 변덕스러운 음계가 스쳐 가는지! 이 얼굴이 어찌 하찮게 보일 수 있겠는가! 때로 이 얼굴은 그 얼마나 오묘한 우아함을 풍기는가! 삐죽 내민 넙적한 입술과 핏빛 턱수염을 한 흡혈귀 같기도 하고, 화초를 보기 위해 고개 숙인 온순한 어린아이 같기도 하다. 그는 태양의 빛줄기 같은 통제할 수 없는 천재, 관목 숲에서 나온 절뚝거리는 목신(牧神)이다. 그러므로 그의 깃이 넓은 모자와, 아르바트 거리를 활보하는 어린애-흡혈귀가 걸치고 다니는 안쓰럽게 벽에 걸린 외투는 때로 애틋한 인상을 불러일으킨다. 완전히 겸손한 것도, 완전히 불손한 것도 아니다. 그에게서는 초원의 클로버 향이 난다. 그쪽으로 고개를 숙이면, 아아! 그 향기에 흠뻑 취하게 되는 분홍빛 향기로운 클로버 같다. 초원 얘기가 나왔으니 말인데, 그는 초원의 풀로 만든 화관을 쓴 박쥐 같다. 또한, 그와 반대로, 복수심이 강한 무서운 천재, 열정을 불사르는 천재, 그리고 붉은 턱수염이 난 토르[11]이다. 그런데 그 토르는 낮이고 밤이고 도시에 비가 쏟아지는 10월에 아르바트 거리를 우울하게 배회하다

문득 멈춰 서서 원시력의 재앙을 몰아올 것이라고 위협한다. 아르바트 거리의 토르가 돌연 젖은 아스팔트 위에 오만하게 발을 구르며 말한다. "나는 태양을 보러 이 세상에 왔노라!"[12] 그러자 점원들이 그를 향해 말한다. "뭘 달라고 하셨죠?"

이제 그의 모순, 나약함, 파열된 영혼의 가라앉지 않는 고통을 만나 보기로 하자.

아아, 그가 자기 자신에 대해 말하는 것은 헛되고 헛된 일이다. "평생토록 나누었다가, 합쳤다가 해보시오.[13] 그래 봤자, 당신은 내가 나눌 수 없이 완전하다는 것을 결코 알 수 없을 겁니다." 그러나 그는 전혀 완전하지 않다. 혹은 어쩌면, 정말, 완전하다. 완전하지만 그것은 이상한 완전함이다.

그는 지상에서 벗어난 비행 속에서만 완전하다. 그의 표현대로 "어둡고 무서운" 한밤의 허공에서만 완전하다.

"오, 밤이여, 나를 데려가 다오. 나는 낮에 너무도 지쳤다." 그리하여 밤이 그를 데려갔고, 되돌려 놓지 않을 것이다.

그때부터 발몬트는 항상 공중에만 있었다. 그는 결코 아르바트 거리에 있는 게 아니었다. 그리고 그는 줄곧 지상을 날아다녔다. 아르바트, 파리, 스페인, 멕시코, 그리고 다시 아르바트로. 아마, 그의 궤도를 다시 계산해야 하리라. 아마 그의 공중선회의 폭은 더 크고 넓어져서, 지구, 목성, 금성, 토성, 헤라클레스좌(座)로 이어질 것이다.

---

11) 〔편집자〕 토르(Тор): 게르만과 스칸디나비아 민족의 신화에 등장하는 뇌우와 폭풍의 신. 괴물들로부터 신들과 인간들을 보호하는 신성한 기사.

12) 〔편집자〕 발몬트의 시집 《우리는 태양처럼 되리》(Будем как солнце)에 수록된 시(제목 없음, 1903)의 첫 행.

13) 〔편집자〕 나눴다 합쳤다 해보십시오(Вы разделяте, сливаете): 발몬트의 시 〈멀고도 가까운 사람들에게〉(Далеким близким, 1903)의 마지막 연.

그가 지구를 비켜 가는 기차처럼, 창백한 요정처럼 아르바트를 지나가고, 보고서를 읽고, 우리에게 별자리의 꽃다발을 던져 준다. 그리고 나는 그를 경배하여, 모자를 벗어 들지만 … . 그는 사라지고 없다.

그는 "세계이성은 무너졌다"[14] 라고 말했다. 그리고 수백만 년이 에테르 속에서 안개에 휩싸여 있다.

그러나 세계이성과 함께 발몬트의 이성도 무너졌고, 현실을 감지했던 그의 지혜도 이미 사라졌다.

그리하여 벽은 더 이상 벽이 아니고, 방도 더 이상 방이 아니다. 그것은 공중을 가르는 네 개의 장벽이다. 섬세하고, 지혜롭고, 재능이 뛰어난 세계시민, 무너진 이성을 지닌, 인터내셔널가(歌) 보다 전(全) 혹성 행진곡을 비할 데 없이 훌륭하게 부를 줄 아는 세계시민. 그런 사람이 바로 발몬트다.

가엾은 발몬트! 그가 헛되이 지구를 붙잡으려 한다. 그가 대기를 가르면서 모자를 흔들고 노래하기도 하고, 소리치기고 하고, 울기도 한다. 그리고 건물에 불을 지르겠다고,[15] 자신은 열정이요, 삶이요, 난초꽃망울이라고 단언한다. 집도 절도 없는 운석(隕石) 발몬트는 그렇게 대기를 가르며 일순간 붉게 타오르고, 난초꽃망울처럼 반짝이다가, 갑자기 사라진다. 얼음 사막이 그를 다시 데려가서 꽁꽁 얼리면서 질주하고, 또 질주한다.

"**영원**의 비밀스러운 속삭임을 들은 자에게는 지상세계의 그 어떤 소리

---

14) 〔편집자〕 발몬트의 시 〈악의 밤〉(Злая ночь, 1903)의 부정확한 인용.

15) 〔편집자〕 이 대목은 발몬트의 시 〈불타는 건물들〉(Горящие здания)의 "나는 불타는 건물들을 원하네"(Я хочу горящие здания)라는 시행과 시선집 《오직 사랑》(Только любовь)의 시행들("나는 수많은 꿈들을 파괴하고, 수많은 집들을 불태웠네"(Много снов я разрушил, много сжег я домов), 시 〈신과 악마〉(Бог и дьявол) 에서〕을 암시한다.

도 들리지 않는다."[16] 그가 이 말을 하자, 세계는 사라졌다. 그때 지구는 빛을 원했다.

"나는 태양을 보러 이 세상에 왔노라"라고 그가 말했다. 그러자 사람들은 그의 말을 믿었다. 그러나, 나는 믿지 않았다. 바로 그가 무(無)의 어둠을 비추기 위해 그 태양들이 불타오르게 했고, 삶에 대한 그의 호소는 북극에서 빛나는 오로라의 유희였다. 그는 태양을 루비라고 불렀다. 아, 그것은 오로라의 불빛에 싸인 얼음덩어리였다! 맹세컨대, 그것으로 발몬트는 세상에 불을 질렀다. 그러나 세상을 불태운 것은 냉기였다. 냉기에 그을린 발몬트여! 그는 토성에서 금성으로 날아가면서 지구를 지날 때, 지구한테 친절하게 대하고자 애쓴다(사람들은 항상 집주인에게 경의를 표한다). 그러면서 *흐르는 달빛을 음탕하다고, 지상의 뜨겁고 음탕한 포옹을 꽃잎 같다고 한다.* 남자 발몬트주의자들은 남녀 간의 노닥거림을 연습하고, 여자 발몬트주의자들은 *누보스타일*로 머리를 틀어 올리며, 가슴에 *피에 굶주린 난초*[17]를 꽂는다. 비평계가 떠들썩해도, 지상의 화재의 불꽃을 가져올 새로운 성전의 승려인 발몬트는 달 위의 어딘가에 앉아서, 달에게 충성을 맹세한다. 그리고 무(無)를 찬미한다.

발몬트는 영혼의 허공을 보았고, 별의 허공을 보았다. 그러고는 영혼의 허공은 별들의 허공이라고 말했다. 그리하여 영혼의 허공이 우주의 허공 속으로 헤엄쳐 사라졌다. 그러나 그 허공들을 그는 살아 있는 연결체, 즉 상징으로 연결했다. 그러자 육신은 육신으로만, 텅 빈 껍데기로

---

16) 〔옮긴이〕 발몬트의 시 〈용서하시오!〉(Прости!, 1898)에서 인용된 구절.

17) 〔편집자〕 피에 굶주린 난초(кровожадные орхидеи): 발몬트의 시 〈무언의 서사시〉(Безгласная поэма)의 시행 "호랑이 난초 입"(Пасть орхидеи тигриной)과 그의 논문 "오스카 와일드의 시"(Поэзи Оскара Уайльда)의 다음과 같은 종결부를 연상시킨다: "오스카 와일드는 아름답고 무서운 난초를 닮았다. 난초는 독성이 있고 예민한 꽃이지만, 그것은 꽃이다. 그것은 아름답고, 만개하고, 기뻐한다."

만 남게 되었고, 공간이 훔쳐 간, 그것에 종속된 영혼은 끝없는 축을 도는 영원한 소용돌이 속에서 선회하게 되었다. 발몬트의 영혼은 무한에 닿았고, 그것에 종속되었다. 그러한 무한성, 즉 *악무한*[18] (헤겔의 표현)은 수백만 베르스타이자 수백만 날들이다. 그는 세계를 순간으로 구현하는 대신 순간을 우주적인 과정의 무한성으로 늘어나게 했다. 그러고는 노래한다. "나는 불타 버리리라." 차라리 "얼어 죽겠다"고 우는 게 낫겠다. 만일 영혼과 물질을 결합시키는 살아 있는 존재만이 가치를 가진다면, 발몬트는 우주적인 것을 지상의 것과 결합시키지 않았고, 오히려 그 반대로 분리시켰다. 그리하여 물질, 그리고 그가 말한 우주의 소용돌이만이 남았다. 그리고 "달걀 같은 원자들이 질주한다".[19]

발몬트는 심한 모욕감을 느낀다. "마치 영혼이 갈구하는 것을 원하는 것처럼, 사람들은 그것을 이유 없이 고통스럽게 만든 것만 같다. 심장은 마비되었지만, 그러나 용서했다. 그러고는 저도 모르게 울고 또 운다."[20] 주신(酒神) 숭배자-불교신자, 바로 발몬트가 그러하다. 그야말로 울부짖는 모순이 아니겠는가!

그의 인생행로는 존재의 두루마리에 동시에 두 가지 무늬를 그린다. 그것은 붉은 아라베스크이자 불교의 현자 다르마키르티[21]의 표장이다. 이

---

18) 〔옮긴이〕 악무한(дурная бесконечность): 헤겔철학에서 한없이 나아가는 운동 과정을 이르는 말. 궁극에 끝없이 접근하려 하지만 끝내 접근하지 못하는 진행을 이른다.

19) 〔편집자〕 달걀 같은 원자들이 질주한다(Яёцевидные атомы мчатся): 발몬트의 시 〈원자들의 무도〉(Пляска атомов, 1905)에서.

20) 〔편집자〕 마치 영혼이 갈구하는 것을 원하는 것처럼(Как будто душа о желанном просила): 발몬트의 시 〈무언〉(Безглаголность, 1900)의 부정확한 인용.

21) 〔옮긴이〕 다르마키르티: 7세기의 불교신자이자 요가의 신봉자. 벨르이의 서재에는 셰르바츠키(Щерватская, Ф. И.)의 두 권짜리 저술 《후대 불교신자들의 교의에 따른 인식과 논리. 다르마키르티의 논리교서와 그에 대한 마르모타리의 해석》(Теория познания и логика по учению позднейших буддистов. Учебник

두 가지 그림은 함께 괴로운 인상을 불러일으킨다. 누군가 죽어 가면서 비밀스러운 표식을 그린 것만 같다. 그리고 그 표식에서 피처럼 다른 누군가가 흘러나와 자신의 흐르는 피로 표장을 그린다. 그리하여 우리 앞에 다음과 같은 얼룩이 남는다. "부러진 뼈들이 삐거덕거리는데 ….[22] 시냇물은 쉴 새 없이 이야기한다."

그리하여 발몬트는 더 이상 땅 위를 걸어 다니지 않고, 끝없는 허공에 매달려 있다. 그는 춥다. 그가 불빛이 환하게 비치는 방으로 들어간다. 거기서 그는 번존스[23] 스타일의 의상을 입고 꽃잎이 되려고 애쓴다. 수선화를 손에 든 발몬트가 꽃잎들 사이를 서성거리면서 축일의 아이처럼 거만하게 코안경 너머로 그것들을 살펴본다.

화가의 작업실에 있던 그의 모습이 기억난다. 그는 거기서 시로 된 부케를 읽었다. 꽃으로 된 부케는 우주의 푸르디푸른 초원의 거의 다 타 버린 노을의 (사암 절벽 같은) 붉은 절벽 위에서 뜯겼다. 그는 아마 얼마 전까지 그 초원 위에 앉아 있었다. 말 없는 별들이 달 위에서, 그 희고 뜨거운 돌의 요람 위에서, 흔들리며 잠자고 있는 그곳에서 그는 자신의 눈물 젖은 길고 긴 노래를 불렀다. 이제 그는 공허해졌고, 그래서 사람들에게 왔다. 달의 돌에서 흘러나오는 쓰디쓴 샘물을 그는 '음탕함'이라 불렀고, 노을을 욕정의 불이라고 칭했다. 그런 그가 당도하자 벽에 기대고 앉아 있던 귀족아가씨, 귀부인, 남자 파트너들이 벌떡 일어나서 이리저리 환호했다. 아가씨들과 귀부인들은 모두가 마치 번존스의 그림에서 튀어나

логики Дармакирти и толкование на него Дармотарри, 1903~1909)의 제1권이 소장되어 있었다.

22) [편집자] 부러진 뼈들이 삐거덕거리는데(Переломанные кости стучат): 발몬트의 시 〈고문실에서〉(В застенке, 1902)의 부정확한 인용.

23) [옮긴이] 번존스(Burne-Jones, E., 1833~1898): 영국의 화가. 주로 고대 그리스 및 그리스도교 신화를 소재로 다룬 그의 그림은 매우 장식적이며 정교하고 화려한 색감이 특징적이다.

온 것 같다. 남자 파트너들은 오스카 와일드식 헤어스타일의 가발을 쓴 인형들 같다. 와일드식 헤어스타일을 한 두상들이 마치 종두(鐘頭) 처럼 자신의 속물성의 종을 울리면서 흔들렸고, 발몬트는 그들에게 우주의 꽃들을 선물했다. 그런데 그들은 그것을 피에 굶주린 난초인 줄 알았다.

나는 발몬트가 가엾다. 그가 슬픈 표정으로 앉아 있다. 애석하게도 그의 영혼의 오로라는 꺼져 버렸다. 그의 대부분의 독자들에게 그것은 단지 감정을 미묘하게 자극하는 흙난로의 불꽃일 뿐이었다. 그들은 북극권 너머의 오로라를 적도의 숨 막히는 폭염인 줄 알았다. 루비처럼 타오르는 얼음의 파편, 즉 발몬트의 태양은 늘 모더니즘의 온실에서 녹는다. 허공에서 온 그에게는 거울도, 샹들리에도, 뜨거운 열기를 내뿜는 고운 차림의 귀부인들도 보이지 않는다. 그에게는 단지 벽에서 떨어지는 시간의 폭포와 붉은 혜성들로 둘러싸인 오리온좌만 보일 뿐이다. 그런데 그것은 혜성이 아니라 붉은 드레스를 입은 귀부인들이다. 빛나는 그가 들어오자 빛이 흘러내린다. 사막의 얼음이 열기와 닿자 '칙칙!' 증기가 폭발한다. 증기가 자욱하게 일어난다. 코안경이 오만하게 코 위로 날아올라 가고, 선명하게 불타는 턱수염도 날아오른다. 이윽고 악명 높은 발몬트식 뻔뻔함의 국면이 시작된다. 이제 그는 "나는 태양이다"라고 말할 수 있다. 그런데 이는 심오한 히스테리 증상이다. 이는 두 개로 분열된 영혼이다.

"나는 신이다, 나는 황제다, 나는 … ."[24] 칙, 칙, 칙! 증기가 자욱하다. '아아!' 귀부인들이 속삭인다. "킁-킁", 어디선가 돼지처럼 생긴 속물이 냄새를 맡는다.

가엾은 발몬트. 그는 밤의 허공에 내던져진 불쌍하고 고독한 어린애다!

---

24) 〔편집자〕 "Я — Бог, я — царь, я … ." 시적 풍자. 데르자빈(Державин, Г. Р.)의 송가 〈신〉(Бог, 1784)의 다음 시행과 비교하라: "나는 황제다 — 나는 노예다 — 나는 천민이다 — 나는 신이다"(Я царь — я раб — я чернь — я бог).

그는 춥다. 그를 따뜻하게 덥힐 수가 없다. 그는 멀리, 저 멀리 떠나 버렸다. 그를 찾아가서 자리에 앉아 이야기해 보라. 그러면 당신은 그와 대화하는 것이 어렵다는 것을 알게 될 것이다. 그가 사람들이 하는 말을 듣지 않고, 들을 줄 모르기 때문에 대화는 항상 중단된다. 설령 듣고자 해도, 들을 수가 없다. 이는 폐쇄적인 것이 아니라, 완전히 고립무원인 것이다. 그는 경청할 줄도 침묵할 줄도 안다. 즉, 그는 들을 줄 안다. 그러나 그는 대화상대자의 말을 듣는 것이 아니라 자신의 고유한 음악을 듣는다. 그는 말할 줄 안다. 그러나 그의 말은 자기 자신을 향한 말이다. 그 외에는 오직 기계적인 사교계의 말이나 문학사적인 대화만이 이루어진다.

그는 붙잡을 수 있는 모든 것을 헛되이 붙잡는다. 그는 등불의 광채를, 촛불의 광채를, 책 속의 지식을 붙잡는다. 그는 매일 문학사, 신학, 동양학, 자연과학에 관한 온갖 서적들을 읽는다. 그러나 책의 파도는 또 다른 책의 파도에 의해 흔적도 없이 씻긴다. 책의 파도가 헐벗은 절벽을 핥는다. 발몬트가 있었고, 발몬트가 있으며, 발몬트가 있을 것이다. 그러나 파도에 파도가 연이어서 지식의 이런저런 분야에 매료된 그를 덮친다. 그가 지식욕을 창조와 화해시키려고 해도, 그에게는 오직 고통만이 남는다. 예를 들어, 얼마 전에는 자연과학이 발몬트를 덮쳤다. 그는 앉아서 식물학, 금속학, 결정학 서적을 탐독했다. 그 결과 역겨운 자연철학적 어조의 압운을 밟는 시행들에서 종종 오켄[25]과 연금술의 혼합이 눈에 띄는 '미의 제전'[26]이 탄생했다.

---

25) 〔옮긴이〕 오켄(Окен, Oken 혹은 Ockenfuss, 1779~1851) : 독일의 자연철학자. 신이 세계로 영원히 변신하는 것이 자연이며, 예술도 학문도 기타 모든 것이 자연의 현상이라고 주장했다.

26) 〔편집자〕 미의 제전: 발몬트의 시집 《미의 제전. 원시력의 송가》(Литургия красоты. Стихийные гимны, 1906)를 염두에 둔 것이다.

그리고 일련의 민간신앙이 그를 덮쳤다. 그러나 나는 연구자로서 그의 능력을 신뢰하지 않는다. 파리에서 그는 나에게 스워바츠키[27]에 관해 훌륭하게 설명했지만, 언제나 확실히 드러나듯이, 그는 그때 자기 자신을 설명했다. 그는 모든 의상들을 걸치고 다니고자 한다. 또한 그에게는 수많은 희한한 가면들이 있다. 그러나 한편, '불새'[28] 같은 희한할 것 없는 가면들도 있다.

이제 그는 자신이 피닉스의 황금 깃털을 타고 슬라브인들의 영혼의 세계로 날아가는 것처럼 보이지만, 우리에게 보이는 건 빌리빈 스타일[29]의 나무수탉에 올라탄 발몬트일 뿐이다. 그런데 내가 걱정하는 것은 발몬트의 시적 재능이 아니다.

내일 그가 수탉에서 내려오면, 그의 코안경이 얼굴로 오만하게 날아오를 것이다. 그러고는 다시 칙, 칙, 칙! 그는 다시 자신의 파란 공중을 떠나갈 것이다. 그는 모자를 쓰고 전 혹성의 행진곡을 노래할 것이다. 그리고…. 그는 다시 사라진다. 궤도를 그리러 간 것이다. 지구 — 달 — 태양 — 지구.

아니다, 발몬트는 우리에게 경이로운 노래를 들려줄 것이다. 아니다, 많은 이들이 그렇게 생각하는 것처럼 그는 아직 죽지 않았다.

그러나 지금도, 예전에도, 이후에도 그는 깊은 유감을 불러일으킬 만하다. 그는 자연이 그에게 포상으로 내린 풍성한 자산들을 자기 안에서

---

27) 〔옮긴이〕 스워바츠키(Словацкий, Ю., 1809~1849): 폴란드의 시인이자 드라마작가.

28) 〔편집자〕 불새: 발몬트의 시집 《불새. 슬라브인의 피리》(Жар-Птица. Свирель славянина, 1907)를 염두에 둔 것이다. 이 책에는 발몬트가 정리한 민속적인 이야기와 텍스트가 실려 있는데, 여기에는 분파의 노래들도 있다.

29) 〔편집자〕 빌리빈 스타일: 러시아 민중예술의 모티프들의 양식화를 말하는 것으로, 선화가이자 무대미술가인 빌리빈(Билибин, И. Я., 1876~1942)이 러시아 동화와 영웅 서사시를 묘사하면서 이 모티프를 사용했다.

결합시키지 못했다. 그는 정신적 금은보화들의 영원한 낭비자이다. 그가 허공에서 이러저러한 유산을 받지 않았다면, 그는 오래전에 가난하고 뻔뻔해졌을 것이다. 그러나 그는 유산을 받고, 그것을 탕진하기를 반복한다. 그리고 그것을 우리에게 전달한다. 자신의 창조의 잔을 우리에게 쏟아붓는다.

그는 정작 자신의 창조의 맛을 보지 않는다.

우리에게 그의 뮤즈의 보물들은 삶의 꽃들처럼 빛나지만, 그에게 그것들은 꺼져 가는 오로라의 불빛이 비치는 얼음의 파편이다.

그는 가치의 상징 속에 삶과 창조를 결합하지 못하고 무(無)의 우주적 사막을 목적 없이 질주하고 있다.

불쌍한, 불쌍한 발몬트, 불쌍한 시인 … .

러시아 시의 묵시록*

범몽고주의여! —Вл. 솔로비요프

너를 예감한다. —A. 블록[1)]

1

어떠한 분열도 없다. 삶은 단일하다. 나타나는 수많은 것들은 오직 환상일 뿐이다. 우리가 세계의 현상들 사이에 어떤 장벽을 설치했다 해도 그 장벽은 추상적이고, 직접적으로 의미하지 않는다. 단일한 어떤 것이 자기 자신과 맺는 관계의 다양한 형태들이 그러한 장벽을 만들어 낸다. 단일성의 매개체로서, 단일한 천에 똑같이 접힌 겹겹의 주름처럼 다수의

---

* 〔편집자〕 잡지 〈천칭〉(1905, No. 4) 11~28쪽에 처음 발표되었다.

1) 〔편집자〕 에피그라프는 솔로비요프의 시 〈범몽고주의〉(Панмонголизм, 1894)와 블록의 시 〈너를 예감한다. 세월은 스쳐 지나가고〉(Предчувствую тебя. Года проходят мимо, 1901)에서 인용한 것이다.
〔옮긴이〕 '범몽고주의'는 솔로비요프의 용어로서, 유럽 문명에 파멸을 가져올 아시아의 통합된 세력을 뜻한다. 솔로비요프는 유럽 문명이 범몽고주의와 운명적인 격돌을 맞이하게 될 것임을 예언한 바 있다.

것들이 생겨난다. 세계의 베일이 벗겨지고, 저 공장들과 사람들, 초목들이 사라진다. 세계는 마치 잠자는 미녀처럼 총체성을 향해 깨어나서, 진주로 짠 두건을 흔든다. 그녀의 얼굴이 노을빛에 타오른다. 눈동자는 감청색이고 두 뺨은 눈구름 같고, 입술은 불꽃 같다. 미녀가 일어나서 웃는다. 그녀를 덮고 있던 먹구름이 그녀의 광채로 갈라지더니 불과 피로 타오른다. 그 위로 용의 형체가 나타난다. 패배한 붉은 용이 청정한 하늘 한복판에서 흩어진다.

2

1900년 봄이었다. 미래의 검은 날개가 세월에 그림자를 드리우고 있었고, 영혼 속에서 불안한 꿈이 일었다. 인류에게 유일한 길이 열렸다. 미래의 종교의 모습이 나타났다. 영원한 여인의 숨결이 전해져 왔다.

솔로비요프의 강연 〈세계 역사의 종말에 대하여〉[2]가 우리에게 우레 같은 충격을 주었다. 그러나 위대한 신비주의자는 옳았다. 깊고 집중하는 듯한 눈동자와 어깨 위에 머리칼을 흩뜨린, 외견상 비꼬는 듯 태연하며, 음울한, 불의 구름에 휩싸여 있는 그의 모습을 기억한다. 그의 강연은 번개의 파편처럼 날카롭고 명료하게 터져 나왔고, 그 번개는 미래를 관통했다. 그가 성서에 나오는 예언자를 닮은 자신의 얼굴을 원고 위에 편안하게 기울이고 있을 때 그의 심장은 비밀스러운 쾌감에 매혹되었다. 미래 앞에 드리워진 먹구름 사이에서 어떤 정경이 연이어 펼쳐졌다. 백

---

2) 〔편집자〕 솔로비요프가 벨르이를 포함한 가까운 지인들을 초청해 그의 마지막 저작 《전쟁, 진보, 세계역사에 대한 세 가지 대화》(Три разговора о войне, прогрссе, всемирной истории)를 낭독한 것을 말한다. 벨르이는 당시 솔로비요프의 연설에 대해 〈블라디미르 솔로비요프〉(Владимир Соловьев)라는 제목의 회고적인 수필을 썼다.

설이 빛나는 험준한 산의, 얼어붙은 봉우리들이 나타났다. 낭떠러지로 추락하지 않으려면 우리는 그 봉우리를 지나가야만 한다. 시커먼 절벽 아래에서 구름의 연기가 휘감겨 올라왔고, 햇빛이 구름에 피를 뿌리면서 용의 노여움으로 불타오르는 미래의 얼굴을 연기 중에 드러냈다.

플라톤주의와 셸링주의의 영원한 정점에서 솔로비요프는 **세계영혼**[3]의 분홍빛 미소를 보았다. 그는 '노래 중의 노래'[4]의 기쁨과 "해를 입은 여자"의 징후를 이해했다. 그러고는 사람들에게 그들을 위협하는 위험과 그들이 모르는 희열을 알려 주고자 철학적인 정점에서 이 세계로 내려왔다. 안락한 서재 안에 그의 포효하는 음성이 울려 퍼졌고, 긴 손가락들은 떨면서 책장을 넘겼다. 강하고 위압적인 그는 공포와 싸웠다. 그는 마치 책장을 넘기는 것이 아니라 적이 감춰 놓은 진리를 덮은 가면을 벗기는 것 같았다. 가면들이 차례로 벗겨져 날아갔고, 안개 가루가 되어 산산이 흩어졌으며, 그 가루에 불이 붙었다. *그러자 지상의 불의 사악한 불꽃*이 활활 타올랐다.[5] 그러더니 "모든 것이 선회하면서 안개 속으로 사라졌

---

3) 〔옮긴이〕 세계영혼(Мировая Душа): 우주의 생성에 관한 솔로비요프의 신화적인 교의에 등장하는 개념. 그에 따르면 세계 역사는 테제, 안티테제, 진테제의 3단계를 걸쳐서 완성된다. 테제는 전일적인 신성이 세계영혼과 합일을 이루고 있는 상태이고, 안티테제는 세계영혼이 신으로부터 분리되어 다양하게 세분화된 물질계를 만들고 카오스의 포로가 되는 단계이며, 진테제는 카오스가 패배하고 변형되며 신의 이데아가 다시 실현됨으로써 지상의 세계영혼이 천상의 빛과 다시 결합되는 단계이다. 이러한 세계영혼과 천상의 결합에서 중재자 역할을 하는 존재가 '소피아'(София)이다. 언급된 솔로비요프의 이론에서 신성과 여성성을 동시에 지니는 소피아는 솔로비요프와 그에게서 영향을 받은 러시아 상징주의 시인들에 의해 '영원한 여성성'의 다양한 시적 형상으로 구현된다. 이후 언급되는 솔로비요프의 '영원한 여인'(Вечная Жена)이나 '찬란한 여자친구'(Лучезарная Подруга) 역시 소피아의 형상과 결부되어 있다.

4) 〔옮긴이〕《구약성서》 가운데 솔로몬이 지은 〈아가서〉를 말한다. 영문 제목은 '*Song of songs*'이다.

5) 〔편집자〕 지상의 불의 사악한 불꽃(злое пламя земного огня): 솔로비요프의

다."[6] 우리는 탁자에 앉아 있고, 그는 강독을 마치고 농담 소리를 듣더니 어린애처럼, 정신 나간 듯이, 벽이 울리도록 웃어 젖혔다. 그러나 그가 불러일으킨 환영은 봄날의 창가에서 황금빛 마른번개처럼 위협하고 있었다.

나를 놀라게 한 것은 '적그리스도에 대한 이야기'[7] 자체보다 등장인물들의 말이었다. "나 역시 작년부터[8] 단지 분위기가 아니라 영혼에서 느끼기 시작했습니다. 그 느낌 속에 완전히 명료한 것은 없습니다…. 온통 *어떤 불안과, 불길한 예감*이 느껴집니다"(《세 가지 대화》). 이 말에서 나는 그 당시까지 나의 개인적인 체험들에서 해명되지 않는 모든 것을 읽어 냈다. 나는 블라디미르 세르게예비치[9]에게 그가 불안에 대한 이야기를 마치 세계를 에워싼 연기와 유사한 것으로 의식적으로 강조한 것인지 물었다. 그러자 블라디미르 세르게예비치는 그가 의식적으로 그와 같이 강조했다고 말했다. 나중에 그 '연기'에 대한 이야기는 분화구가 열리고, 검은 먼지가 "노을의 진홍빛 분광"(마르티니카)[10]을 발생시키면서, 마치 그물처럼 온 땅에 퍼져 나갔을 때, 글자 그대로 확인되었다. 그때 나는 세계 위에 던져진 이 그물망을 우리 눈앞에 발생시킨 원인들이 개인적 의식의 깊은 곳에 있다는 것을 알았다. 그러나 의식의 깊은 곳은 보편적이

시 〈오늘 그녀는 온통 감청색에 싸여 나타났네〉(Вся в лазури сегодня явилась, 1875)의 마지막 시행.

6) 〔옮긴이〕 솔로비요프의 시 〈가련한 친구여, 길이 너를 지치게 했고〉(Бедный друг, истомил тебя путь, 1887)에서 인용된 시행.

7) 〔편집자〕 솔로비요프의 《세 가지 대화》 가운데 〈적그리스도에 대한 짧은 이야기〉(Краткая повесть об Антихристе)를 말한다.

8) 〔옮긴이〕 나 역시 작년부터(А вот с прошлого года): 솔로비요프의 《세 가지 대화》에서 인용된 구절.

9) 〔옮긴이〕 블라디미르 세르게예비치: 솔로비요프의 이름과 부칭(父稱)이다.

10) 〔편집자〕 마르티니크(Martinique): 1902년 마르티니크(서인도)섬에 있는 몽탕펠리에(Montagne Pelée) 화산이 폭발한 사실을 염두에 둔 것이다.

고 우주적 단일성 속에 잠들어 있다. 그때 나는 또한 영혼의 동공을 가리던 연기가 전쟁과 내분의 그 모든 끔찍함을 외부로 드러내면서 러시아에 드리워질 것임을 알았다. 나는 내면에서 일어나고 있는 것을 암시하는 징후들을 그 바깥에서 기다리고 있었다. 환상의 불꽃[11]이 인류의 머리 위에서 폭발할 것임을 알았다.

그리고 현실은 즉시 이런 기대를 확인시켰다. **미래의 천민**을 드러내려는, 유럽의 삶의 묵시록적 죽음에 대한 메레시콥스키의 언설이 울려 퍼졌다.[12] 심연에서 솟아오른 카오스를 스스로 구현하는 새로운 유형, 새로운 무뢰한의 유형이 나타났다. 회오리바람이 무섭게 질주하면서 먼지구름을 불어 올렸다. 그리고 먼지 덮인 빛은 붉게 변했다. 마치 전 세계적인 화재가 일어난 것 같았다. 니체는 정신착란을 일으키기 직전에 보편적 발작의 세계사적 필연성을 예견했다. 세계를 덮고 있던 가면, '세계의 찌푸린 얼굴'(Мировая гримаса)이 블라디미르 솔로비요프를 전율케 했다. 메레시콥스키는 인류를 잠식하고 있는 전 세계적 광기를 지적했다. 카오스는 내부로부터 마치 광기처럼 우리에게 나타나고, 외부로부터 삶이 무수한 개별적 궤도로 분열되는 것으로 나타난다. 과학 분야에서도 마찬가지 현상이 일어난다. 서투른 전문성이 학식의 가면을 쓰고, 카오스적 무원칙의 광기를 가슴속에 품은 기술자와 기능공들을 양산하고 있다. 과학의 부도덕한 응용은 일본과의 현대전이라는 악몽을 낳았다. 우리는 그 전쟁 속에 출현한 존재를 보고 있다. 그것은 솟아오르는 카오스의 상징이다. 류드빅 노도의 팸플릿 〈그들은 몰랐다〉(Они не знали)[13]를

11) 〔옮긴이〕 환상의 불꽃: 원어는 'фейерверк химер'으로 여기서 'фейерверк'는 '불꽃', '대공포화'를 의미하는 영어 '*firework*'에 대응한다. 대재앙의 발발을 암시하는 벨르이의 이 예언적 표현은 실제 역사 속에서 실현됨으로써 유명해졌다.

12) 〔편집자〕 메레시콥스키의 《미래의 천민》(Грядущий хам)을 염두에 둔 것이다.

13) 〔편집자〕 〈그들은 몰랐다〉〔Они не знали … (*Ils ne savaient pas* …)〕: 1904년

살펴보면서 우리의 모든 군사작전은 연이은 낙관주의적 기만임을 알게 된다. 일본은 비가시적인 것에 써진 가면이다. 적에 대한 승리의 문제는 유럽인들에게 제기된 심오한 신비주의적 문제들의 해결을 향한 의식의 분수령과 관련된다.

솔로비요프는 우리 자신이 참석하는 우주적인 가면무도회를 깊이 통찰하고 있었다. 솔로비요프의 죽음 이후 대기 중에 뻗어 나가는 연기는 마치 비를 맞은 것처럼 가라앉았다. 깊디깊은 영혼의 밑바닥 같은 하늘이 정화되었다. 거기서 누군가의 영원한, 감청색 눈동자가 평온하게 반짝였고, 그 대신 하늘을 날아다니는 먼지는 모든 사물들 위에 내려앉았고, 얼굴에 떨어져서는, 뚜렷한 선을 긋고, 심지어 자연스러운 형태를 왜곡하면서 뜻하지 않은 가면무도회를 열었다.

그 먼지를 불어 올린, 현대 러시아 위에 솟아오른 회오리바람은 포연, 포화라는 붉은 공포의 유령을 불가피하게 만들어 내야 한다. 왜냐하면, 먼지를 꿰뚫는 빛은 그것을 불태울 것이기 때문이다. 동방에서 우리를 향해 질주해 오는 붉은 용은 투명하다는 것을, 그것은 안개 자욱한 구름이지 현실이 아니라는 것을 기억해야 한다. 그러므로 전쟁이란 결코 존재하지 않는다. 그것은 우리의 병적인 상상의 산물이고, 우주의 영혼과 우주적 공포 사이의 투쟁의 외형적 상징이며, 우리 영혼과 카오스의 히드라 간의 투쟁의 상징이다. 끔찍한 히드라와의 투쟁은 헛되다. 그 히드라가 투명하다는 것을 깨닫지 못하는 한, 아무리 많은 뱀의 머리를 베어내도 새것이 다시 자라날 것이다. 그것은 현실을 덮은 붉은 가면이다. 그 가면은 투명하고, 그것은 피로 물든 전 세계 역사의 장면을 그리면서 점

프랑스 일간지 〈저널〉(*Le Journal*)의 종군기자였던 류드빅 노도가 러일전쟁의 전장에 있던 러시아 군대에 관해 쓴 서한. 벨르이는 전쟁의 목격자를 인용하지만, 그의 진술과 혼효하여 전쟁을 마치 신비한 현상인 것처럼 묘사하고 있다.

점 크게 자라날 것임을 우리가 깨닫게 될 때까지, 그 뒤에 '보이지 않는 여인'(Невидимая)이 숨어 있을 것이다. 밖으로부터 날아오는 용은 러시아 깊숙한 곳에 있는 이상한 영지 위에 날개를 편 붉은 수탉과 합쳐질 것이다. 모든 게 불바다 속에 가라앉을 것이다. 환영은 웃음을 터뜨릴 것이고, 그 "붉은 웃음"[14]은 우주를 태워 버릴 것이다. 공포에 눈이 먼 자들에게 세계종말이란 단지 세계적인 공포의 "붉은 웃음"일 뿐이다.

레오니드 안드레예프는 주관주의적이라는 점에서 비난받곤 한다. 그는 전투 부대의 대규모 움직임이나 세태를 묘사하는 대신 환상에 잠긴다. 그러나 여기에 그의 현대성에 대한 통찰력이 있다. 전쟁의 목격자의 말을 들어 보자. "현대전에서는 모든 게 신비하고, 모호하고, 멀고, 보이지 않고, 추상적이다. 그것은 동작신호, 공습경보, 전기교신 혹은 일광반사 교신 신호들의 전투이다. 전투 중인 자들에게 다가가 보라, 당신은 당신 앞에 아무것도 발견하지 못할 것이다. 만일 그것이 포병부대라면, 습곡에 숨어 있다가 목적도 의미도 없이 불태운 다음 공중으로 날려 버릴 것이다 …. 당신은 끊임없이 환상에 의해 기만당한다. 이것은 보이지 않는, 형체 없는, 은폐된 전쟁이다 …. 랴오얀을 누가 잡아갔는가? 일본군인가? 그렇다, 물론, 일본군이다, 그런데 그건 악몽의 힘을 빌린 것이다 …. 희망에 대한 필요성, 환영, 감각마비, 환상 …. 유령 …. 현실에 대한 몰지각, 바로 이로부터 첫 번째 전투가 벌어진다"(류드빅 노도). *현실*을 알아보는 것, 이는 수많은 가면을 쓰고 우리에게 살금살금 다가오는 '보이지 않는 여인'의 가면을 벗기는 것을 의미한다. 솔로비요프는 우리에게, 분열된 우리 영혼의 지상과 천상을 형언할 수 없는 단일성으로 결합시킬 그녀의 얼굴에 적이 씌워 놓은 보기 좋은 거짓의 가면을 알려 주었다. 오직 영원

---

14) 〔편집자〕 붉은 웃음: 레오니드 안드레예프의 단편소설 〈붉은 웃음〉(Красный смех, 1904).

한 장미의 노을빛 꽃잎들만이 지금 세계를 핥고 있는 타오르는 지옥의 불꽃을 가라앉힐 수 있으며, **영원한 여인**(Вечная Жена)이 치명적인 위험의 순간에 세계를 구원해 줄 것이다. 뷔룬힐데[15]라는 영원한 여성형상이 불의 강을 허리에 두르고 있는 것은 이유가 있다. 파프너[16]라는 괴물 같은 용이 그녀를 지키는 것은 이유가 있다. 솔로비요프는 세계에 다가오는 광기의 가면을 가리켰고, 환영에 의해 동요하는 모든 이들에게 미쳐 버리지 않도록 내면으로 침잠할 것을 호소했다. 그러나 **영혼**의 영원한 여성적 근원으로 침잠하는 것은 모두 앞에 **그녀**의 얼굴을 드러내는 것을 의미한다. 바로 여기에, 페트의 범신론과 레르몬토프적인 개인주의가 그리스도교적 그노시스주의의 눈부신 통찰과 접촉하는 그의 시가 지닌 테우르기아적인 힘이 있다.

잊을 수 없는 그날 저녁 이후 솔로비요프를 보지 못했지만, 그날 이후 나는 많은 계시를 받았다. 나는 솔로비요프의 **찬란한 여자친구**(Лучезарная Подруга)를 향한 영원한 호소들을 이해하지 못했다. 그러나 지평선을 휘감았던 노을이 불안을 진정시켰다. 나는 그 불안이 개인적으로 나와 관련되어 있지는 않지만, 모두를 위협하고 있다는 것을 깨달았다. 그때 나는 노을빛의 미소와 천상의 눈동자의 감청색이 지니는 전 세계적 의미를 이해했다. 나는 현대전에서 모든 것이 신비하고, 모호하고, 멀고, 보이지 않고, 추상적인 것처럼, 전투를 통해 충돌하기 위해 세계 속에 굴러오는 신비주의의 물결에서도 그러하다는 것을 깨닫기 시작했다. 그 전투는 외관에 의해 실현되는 행동들이 아니라 *동작신호, 공습경보들의 전투*에서 시작된다. 모든 것이 한순간의 말 없는 마른번개에서 시작되는 것이다.

---

15) 〔옮긴이〕 바그너의 악극 〈니벨룽의 반지〉에 나오는 여주인공.

16) 〔옮긴이〕 〈니벨룽의 반지〉에 등장하는 거인으로 용으로 변신하여 황금반지를 지킨다.

그러나 마른번개들은 점점 커져 간다. 그들의 침묵은 굉음에 의해 파열된다. 그때 불타오른 상징들의 실현이 시작된다. 우리 주변의 사물이 상징이 되고, 가면-인간들이 출현한다. 마침내 가면은 벗겨지고, 노을이 새겨진 얼굴들이 드러난다. **그녀**가 세계로 구현된다. 어둠의 얼음족쇄가 녹는다. 그리고 심장은 봄이 비상하는 소리를 듣는다.

3

시의 목적은 뮤즈의 얼굴을 통해 우주적 진리의 세계적 단일성을 표현함으로써 바로 그 얼굴을 찾아내는 것이다. 종교의 목적은 이 단일성을 구현하는 것이다. 뮤즈의 형상은 종교에 의해 **인류**의 단일한 얼굴, **해를 입은 여자**의 얼굴로 변한다. 따라서 예술은 종교로 향하는 가장 가까운 길이다. 여기서 자신의 본질을 인식한 인류는 **영원한 여인**의 단일성에 의해 통합된다. 완전히 실현된 창조는 직접적으로 종교적 창조, 즉 테우르기아로 이행한다. 예술은 대리석, 물감, 언어의 도움으로 영원한 여인의 삶을 창조한다. 종교는 그 덮개를 벗겨 낸다. 모든 대리석 조각상에는 그녀의 미소가 담겨 있다. 그녀는 영원 속에 조각된 마돈나이다. 자유로운 필연의 법칙에 따라 형성된 태초의 카오스는 그녀의 육신이 됨으로써 신과 같이 된다. 만일 **인류**가 가장 실제적인 전일성(всеединство)이라면, 민족성은 **인류**의 첫 번째 제약이다. 바로 여기서, 민족의 자유롭고 자율적인 힘이 발전할 때 단일성으로 향하는 출구가 우리에게 나타난다. 뮤즈의 형상은 민족시(национальная поэзия)의 발전에 화관을 씌워 주어야 한다.

푸시킨부터 우리 시대까지 러시아 시의 발전은 그것의 본래 모습의 세 차례에 걸친 변화를 수반한다. 러시아 뮤즈의 얼굴에서 세 개의 덮개가 벗겨졌고, 세 가지 위험이 그녀의 출현을 위협한다. 첫 번째 덮개는 푸시킨의 뮤즈가 벗겨 내고, 두 번째 덮개는 레르몬토프의 뮤즈가 벗겨 내며,

세 번째 덮개를 벗겨 내는 것은 영원한 여인의 출현을 불러온다. 러시아 시에서 두 가지 길이 분명하게 드러난다. 하나는 푸시킨에서 시작되고 다른 하나는 레르몬토프에게서 시작된다. 이 두 가지 길에 대한 태도에 따라 네크라소프, 튜체프, 페트, 블라디미르 솔로비요프, 브류소프, 그리고 블록 시의 특성이 결정된다. 이 이름들은 우리의 영혼 속에 깊이 새겨진다. 열거된 시인들의 재능은 민족적 창조의 전체적 발전체계 속에 자리하는 그들의 신의(神意)적 위상과 부합한다. 푸시킨적인, 혹은 레르몬토프적인 창조의 비밀을 규명하는 일에 종사하지 않는 시인은 우리를 감동시키지 못한다.

푸시킨은 총체적이다. 그는 민족의 단일성을 밖으로부터 총체적으로 감싸 안는다. 그의 리라 소리 속에 러시아가 그것의 들판, 도시, 역사와 함께 우리 앞에 일어난다. 그는 민족의 영혼 깊은 곳에 담긴 전 인류적 이상을 *완벽하게* 전달한다. 어떤 형태로든 변형시킬 수 있는 그의 뮤즈의 능력이 바로 여기에서 비롯된다. 전 세계적 카오스로까지 뻗어 나가는 러시아 영혼의 깊은 뿌리가 무의식중에 드러났다. 그러나 푸시킨의 뮤즈의 총체성은 아직 이상적인 총체성이 아니다. 그의 뮤즈의 얼굴은 아직 러시아 시의 명백히 드러난 형상이 아니다. 눈보라 너머의 **그녀**는 아직 보이지 않는다. 눈보라의 카오스는 **그녀** 주변에서 덮개를 이룬다. 그녀는 아직 "잠의 마법에 걸린 채 얼음으로 된 관 속에 잠들어 있다…".[17] 푸시킨의 총체성은 진정한 깊이가 부족하다. 마법에 걸린 미녀에게 가는 길을 찾는 과정에서 그 총체성은 여러 개로 갈라져야 한다. 민족의 총체성이라는 정경을 구성하는 요소들은 새로운 단일성으로 재배열되어야 한다. 그러한 필요성에 의해 푸시킨학파의 후대의 계승자들이 나아갈 길이

17) 〔편집자〕 페트의 시 〈하늘의 깊은 곳은 또다시 밝고〉(Глубь небес опять ясна, 1879)에서.

완전하게 드러난다. 민족성의 깊은 곳에 썩지 않는 세계영혼의 육신을 마련해야 한다. 무질서한 카오스, 오직 그것만이 질서를 부여하는 원리의 육신이다. 푸시킨학파는 따라서 카오스에 가까이 다가가, 그것의 덮개를 벗겨 내고, 그것을 이겨 내야 한다. 푸시킨의 계승자들, 네크라소프와 튜체프는 푸시킨의 창작의 총체적 핵심을 분해하고, 세분화된 단일성의 부분들을 심화시켰다.

푸시킨이 그린 러시아의 감동적인 하늘은 네크라소프에게서 우울한 잿빛 구름들로 덮이게 된다. 푸시킨의 자연을 카오스적 순환과 연결하는 깊은 뿌리가 사라진다. 네크라소프의 잿빛 하늘에는 공포도 희열도 심연도 없다. 거기에는 오직 우울한 비애가 있을 뿐이다. 그러나 그 대신 푸시킨에게는 숨겨진 러시아 현실의 카오스가 네크라소프에게는 고상하고 장난스러운 외관을 하고 분명하게 드러난다.

이와 반대로 튜체프에서 푸시킨의 자연은 그 아래가 훤히 보일 정도로 아주 투명해진다:

> 형체 없고, 무섭고, 보이지 않는 세계가
> 지금 밤의 카오스 속에서 울부짖는다….
> 만조가 밀려와 우리를 순식간에 데려간다.
> 시커먼 파도의 무한 속으로….
> 그리고 우리는 헤엄쳐 간다, 불타는 심연으로
> 온통 에워싸인 채 ….[18]

튜체프는 우리에게 푸시킨 시의 깊은 뿌리가 저절로 자라나 전 세계적

---

18) 〔편집자〕 튜체프의 시 〈청록색 뜰은 이 얼마나 달콤하게 졸고 있는가〉(Как сладко дремлет сад темно-зеленый, 1836)와 〈꿈〉(Сны, 1829)의 시행을 혼효하여 인용했다.

인 카오스가 되었다는 사실을 일깨운다. 이 카오스는 신화창조의 광대한 비행을 지속하면서 고대 그리스의 비극에서 쓰던 가면의 텅 빈 동공을 무섭게 응시했다. 러시아 자연의 묘사에서 튜체프의 창조는 무의식중에 헬라스의 창조에 화답한다. 러시아 자연을 묘사하는 튜체프의 신화적 일탈은 그렇게 진기하게 살아남는다.

> 마치 경박한 헤베가
> 제우스의 독수리에게 먹이를 주며
> 하늘에서 요란하게 끓는 잔을
> 웃으면서 지상에 쏟아붓는 것 같다.[19]

푸시킨적인 도정(道程)은 튜체프에서 독특하게 갈라진다. 이후 그것은 ① 당대 현실의 형식을 통한 카오스의 구현, ② 고대 그리스의 형식을 통한 카오스의 구현으로 나아간다.

첫 번째 방향의 대표자는 브류소프이다. 두 번째 방향의 대표자는 뱌체슬라프 이바노프로서 그의 시에서는 고대 학파의 형상들이 친근한 음계로 들려온다.

여기서 민족의 총체성의 외형적 묘사에서 러시아 뮤즈의 썩지 않는 이상적인 육신을 찾기까지의 도정은 개인주의를 거쳐 간다는 것이 밝혀진다. 영혼의 깊은 곳에서, "여러 얼굴의 공포가 도사리는 그곳에서"(브류소프)[20] 만남과 전투가 벌어진다. 그러나 네크라소프 또한 러시아의 삶의 외적 조건들의 카오스를 나름대로 지적한다. 네크라소프와 튜체프에게서 푸시킨적 단일성의 분열은 양자 모두 러시아 현실의 수면과 접하기

---

19) 〔편집자〕 튜체프의 시 〈봄날의 뇌우〉(Весенняя гроза, 1828)의 부정확한 인용.
20) 〔옮긴이〕 브류소프의 시 〈고사리〉(Папоротник, 1900)에서 인용된 구절. 원문은 다음과 같다: "там, где ужас многоликий."

를 몹시 원하지만 그럴 수 없다는 것으로 표현된다. 양자 모두 자신의 시를 경향성의 좁은 틀 안에 몰아넣으려 한다. 네크라소프는 인민주의적이고, 튜체프는 슬라브주의적이다. 그뿐 아니라 네크라소프는 시민계층에 속하고, 튜체프는 시인-정치가이자 귀족계층에 속한다. 그러나 네크라소프의 시민성에서 우리는 독특하게 굴절된 바이러니즘과 페초린적 특성을 발견한다. 여기서 그와 레르몬토프 간의 연계가 드러난다. 이에 대해서는 아래에서 언급할 것이다. 다른 한편, 튜체프의 귀족주의적인 현(絃)은 지극히 인민주의적인 현에 의해서 끊어진다:

이 빈곤한 마을들
이 궁핍한 자연 —
감내하는 조국,
너, 러시아 민중의 나라여![21]

튜체프는 여전히 카오스를 두려워했다. "오, 폭풍우여, 잠든 이들을 깨우지 말라 / 그들 밑에서 카오스가 일렁이고 있다."[22] 그의 카오스는 다가오는 밤의 폭풍우처럼 멀리서 우리에게 들려온다. 그의 카오스는 원시력의 카오스로서, 범속한 삶의 자잘한 것들로는 구현될 수 없다. 다른 한편, 러시아 삶의 카오스적 정경은 네크라소프에 의해 여전히 피상적으로 묘사된다. 튜체프의 경우도, 네크라소프의 경우도 외관의 형상들이 원시력을 형성할 만큼, 그리고 그 반대로 일상적 형상들이 원시력의 암시로 기능할 수 있을 만큼, 심연의 카오스가 표층의 카오스와 결합되지는 못한다. 그뿐 아니라 튜체프의 슬라브주의적 귀족주의는 네크라소프

---

21) 〔편집자〕 튜체프의 시 〈이 가난한 마을들〉(Эти бедные селенья, 1855)의 일부.
22) 〔옮긴이〕 튜체프의 시 〈밤바람이여, 무엇을 울부짖는가?〉(О чем ты воешь, ветр ночной, 1836)에서 인용된 구절.

의 시민성과 흙으로 빚은 거인성이라는 하나의 지점에서 결합되어야 한다. 러시아 시의 흙으로 빚은, 썩지 않는 육신이 발견되기 전에, 흙으로 빚은 거인들의 최후의 봉기가 실현되어야 한다. 그리고 그것은 실현될 것이다. 브류소프의 시에서 광포한 원시력은 지진처럼 폭발한다. 브류소프는 반란의 영혼의 광포한 심연 속에, 서로 뒤엉킨 삶의 외적 조건들을 집어넣는다. 그는 다른 한편, 자신의 분명하고 때로 건조한 형상 속에 카오스적 내용을 채움으로써 어떤 내면적 총체성에 접근한다. 여기서 그와 푸시킨의 혈연관계가 드러난다. 19세기 초가 20세기 초에 악수를 청한다. 브류소프 덕분에 우리는 지금 튜체프의 심연이라는 프리즘을 통해 푸시킨의 시를 볼 수 있게 되었다. 그러한 새로운 관점은 여러 가지 전망을 열어 놓는다. 푸시킨학파의 발전의 사이클이 완결되고, 러시아 시의 섭리설적 특성이 개시된다.

그러나 대지와 육체를 묘사하는 브류소프적 형식의 불가분한 총체성은 종교적 정점의 불꽃을 결여한다. 그의 뮤즈의 아름다운 육체는 아직 소생하지 않았고, 카오스에 의해 기계화되었다. 그것은 증기와 전기로 움직이는 기계이다. 여기서 우리는 죽은 자들의 증기에 의한 부활에 대해 논하게 된다. 그의 뮤즈는 귀신 들린 여자와 유사하다. 그녀는 가다라의 나라에서 회복되기를 고대한다.[23] 신과 악마에게 똑같이 열광하는 그녀의 태도는 완전히 짐승과 같다. "나타나시라, 우리의 신과 반수(半獸)여!"[24] 만일 브류소프의 뮤즈가 지닌 생물적 특성을 피조물적 특성의 의미로 이해한다면, 그녀의 각대(角臺)에서는 **해를 입은 여자**의 경우처럼 달과 별이 나타날 수 있을 것이다. 반면, 만일 그녀의 생물적 특성이 '짐

---

23) 〔편집자〕 복음서의 비유. '가다라의 나라'는 귀신 들린 자를 치료한 곳으로 알려져 있다.

24) 〔옮긴이〕 브류소프의 시 〈시험〉(Искушение, 1902)에서 인용된 구절.

승의 속성'으로 기운다면, 그녀의 각대에서는 적자색 짐승이 나타날 것이다. 그것은 **큰 창녀**(Великая Блудница) 일 것이다. 그리고 짐승에 대립되는 찬란한 여인의 형상은 레르몬토프에서 시작되는 러시아 시의 또 다른 길의 심연에서 태어난다.

러시아 시는 서구의 시와 연관된다. 후자는 세계적 상징들을 성취했다. 베아트리체, 마르가리타 등의 형상에 의해 제시된 영원한 여성성의 상징이 그러하다. 또한 프로메테우스와 만프레드의 상징이 그러하다. 이러한 상징들은 유미주의의 외피 아래 주어졌다. 레르몬토프가 대표하는 러시아 문학은 서구적 영혼의 기본적 특징들을 차용하여, 그것을 러시아적 영혼 속 깊숙이 침투된 동양의 신비주의로써 독특하게 굴절시킨다. 서구의 형식은 동양의 신비주의적 체험을 외부에서부터 표현한다. 우리는 레르몬토프에게서 현실과 관계 맺는 두 가지 방법이 충돌하는 것을 본다. 그것은 개인주의와 보편주의의 투쟁이다. 미학에 의한 신비주의의 노예화가 임박하거나, 혹은 역으로, 종교적 창조가 실현하는 테우르기아적 단일성에 의해 신비주의가 미학과 결합한다. 후자의 경우 새로운 시의 심연으로부터 아직 세계에 알려지지 않은 종교의 탄생이 임박한다.

한편으로는 악마, 마르가리타-타마라, 부드러운 노을빛 미소와 감청색 불꽃이 가득한 눈동자의 형상을 낳았고, 다른 한편으로는 **무명인**(Неизвестный) 페초린과 "비밀스럽고 차가운 반(半) 가면 뒤의"[25] 레르몬토프를 일생 동안 응시하는 **미지의 여인**(Незнакомка)의 권태로워하는 형상을 제시한 레르몬토프 시의 비극적 요소가 여기에서 비롯된다. 니체 앞에 나타난 심오하기 그지없는 세계적 상징의 미학적 가면은 비극의 가면처럼 그 상징이 동양의 신비주의의 종교적 창조와 충돌할 때, 레르몬토프에서 반가면으로 변형된다. 그러나 반가면은 벗겨져야 한다. 왜냐

25) 〔편집자〕 레르몬토프의 시(제목 없음, 1841)의 첫 행.

하면, 적이 그것으로 **영원한 여인**의 진정한 본성을 은폐하려 하기 때문이다. *지주*: "이게 뭔지 모르겠소. 노화로 인해 시력이 흐려진 건지, 아니면 자연에서 무언가가 일어나는 건지. 구름 한 점 없는데, 마치 온통 어떤 것이 얇게 칠해진 것 같군."[26] … *장군*: "필시, 악마가 자신의 꼬리를 휘두르며 하느님의 빛을 향해 안개를 일으키는 겁니다"(《세 가지 대화》). 이러한 잿빛 안개는 〈아이들을 위한 동화〉[27]에 가득하다. **미지의 여인**의 얼굴을 안개로 감추는 레르몬토프의 악마주의는 산산이 흩어지고 퇴화되어야 한다. 왜냐하면, 악마의 진정한 본성은 메레시콥스키의 심오한 통찰에 따르면, 소시민적인 평범함, 범용성이기 때문이다. 그러한 악마주의는 네크라소프의 시에서 시민성으로 교체됨으로써 퇴화된다. 여기서 러시아 시의 푸시킨적인 길은 레르몬토프적 악마주의의 갑작스럽고 왜곡된 출현을 맞이한다. 벗겨진 마스크가 먼지와 재처럼 흩어진다.

다른 한편, 레르몬토프의 비극적 개인주의를 보편주의와 화해시키려는 시도 속에서 페트의 비관주의적 범신론이 발전한다. 페트는 레르몬토프의 상징들을 취해 범신론적 뉘앙스를 부가한다. 레르몬토프에게 노을이 **영원한 미지의 여인**(Вечная Незнакомка)의 '비범한 특징들'을 감추는 덮개라면, 페트는 그와 반대로 사라져 가는 음성 속에서 노을을 알아본다.

> 강 저편 너의 목소리가 사라지네, 불타는,
> 바다 저편 밤의 노을처럼.[28]

세계의 의지를 미학적으로 관조함으로써 개인의 의지로부터 해방되는 것, 이것이 페트 시의 기본 정조이다. 여기서 시는 비관주의적 교의의 표

---

26) 〔편집자〕 솔로비요프의 《세 가지 대화》에서 인용한 구절.
27) 〔편집자〕 〈아이들을 위한 동화〉(Сказка для детей, 1840): 레르몬토프의 서사시.
28) 〔편집자〕 페트의 시 〈여가수에게〉(Певице, 1857)의 부정확한 인용.

현자이다. 그러나 비관주의적 교의 자체는 철학에서 시로 넘어가는 분수령이다. 서구의 형상들은 러시아 시에서 신비주의적 체험들과 접촉하고, 혁신된 종교의 형상을 제시하려는 경향을 보인다. 그렇기 때문에 페트의 비관주의적 덮개는 무의식중에 레르몬토프적 비극주의의 심연과 연관되지만, 하이네의 경우에는 무익한 낭만주의와 맹목적 회의주의 사이의 파열이 일어난다. 그러므로 페트는 하이네보다 심오하다. 그러나 페트의 시는 레르몬토프 시의 발전이 아니고, 단지 방계적인 보충일 뿐이다. 그것은 레르몬토프와 유럽철학의 연결로이다. 이후부터 시와 철학은 불가분의 것이 된다. 이제 시인은 가수만이 아닌 삶의 지도자가 되어야 한다. 블라디미르 솔로비요프가 바로 그러했다.

솔로비요프는 비관주의의 심연으로부터 종교적 고지에 다다랐다. 그는 시를 철학과 연결했다. 솔로비요프에게 페트의 범신론의 화려함은, 종교라는 매개체에 의해 정화된 레르몬토프의 비극주의를 감추는 덮개이고, 일련의 세계사적 상징들을 제시할 뿐이다. 두 인간의 영혼 속에 씨름하는 두 가지 원리의 투쟁은 세계적 전투의 상징으로 판명된다. 솔로비요프는 레르몬토프의 서정시를 우주적 차원의 의식으로 조명하면서 레르몬토프에게 나타난 미지의 여자친구의 얼굴에서 반가면을 벗겨 내야 한다. 그는 그 가면을 벗겨 낸다. 그의 눈앞에 신성한 이집트의 사막에 있는 그녀가 얼굴을 마주하고 나타난다.[29]

존재하는 것, 존재했던 것, 영원히 다가올 것,
그 모든 것을 여기 하나의 고정된 시선이 감싸 안았네.[30]

---

29) 〔편집자〕 '연구의 목적'으로 외국에 나간 솔로비요프가 갑자기 영국에서 이집트로 떠난 사실을 염두에 둔 것이다. 이는 '무지개 문의 데바'(Дева Радужных Ворот, 영원한 여성성)를 만나기 위한 것이었다. 이 사건은 솔로비요프의 서사시 〈세 만남〉(Три свидания, 1899)에 나타나 있다.

이 모든 것은 여성적 아름다움의 단일한 형상, 즉 아그네스[31]의 신부임이 판명되었다. 벗겨진 반가면은 잿빛 먼지구름임이 드러났다. 레르몬토프적 악마주의의 매력은 사라졌다. "이는 악마가 자신의 꼬리를 휘두르며 안개를 일으키는" 것임이 드러났다. 메레시콥스키에 의하면, 이 악마는 코감기에 걸렸고, 그의 꼬리는 마치 네덜란드산 개의 꼬리 같다. 레르몬토프의 악마주의는 이후 네크라소프를 통해 푸시킨적 도정에서 구현되었다. 이 도정은 적자색 짐승 위에 올라탄 큰 창녀가 등장하는 브류소프의 시로써 완결된다. 그러나 적자색 짐승은 단지 환영일 뿐이다. 그것은 햇빛에 타오르는 먼지이다.

브류소프의 뮤즈의 아름다운 육체는 솔로비요프를 찾아온 환영의 광채 아래 투명한 것임이 드러난다. 이로부터 솔로비요프의 계승자 블록의 시에서 실제 현실은 악몽의 뉘앙스를 띠게 된다. "*해를 입은 여자*"의 시선이 그에게로 향했을 때 기계화된 카오스는 공허이자 공포임이 드러난다. 그러나 그녀의 출현은 당분간 오로지 천상에서만 일어난다. 우리는 지상에서 살고 있다. 지상과 천상이 결혼잔치를 통해 결합될 수 있도록 그녀는 지상의 우리에게 강림해야 한다. 그녀는 이집트의 사막에서 소피아처럼 솔로비요프 앞에 나타났다. 그녀는 우리에게 다가와야 한다. 전세계적 전일성을 잃지 않으면서 민중의 영혼이 되어야 한다. 그녀는 결합의 원리, 즉 *사랑*이 되어야 한다. 그녀의 고향은 천상이 아니라 지상이어야 한다. 그녀는 사랑의 유기체가 되어야 한다.

그러나 개인과 사회를 결합시키는 사랑의 조직은 신비의식에서 구현되는 마술을 지녀야 한다. 뱌체슬라프 이바노프는 오르케스트라가 신비

---

30) 〔편집자〕 솔로비요프의 서사시 〈세 만남〉에서 인용한 구절.

31) 〔옮긴이〕 《구약성서》에 나오는 희생양. 인내심 많고 온순한 인간을 상징한다. 예언자 예레미야는 유대 민중을 희생양 아그네스에 비유했다.

의식의 필수조건이고, 전 민중적 의사결정 형식의 핵심이라는 아주 심오한 지적을 했다. 그러한 형식들의 조직은 사랑을 조직하는 수단 중 하나이다. 뱌체슬라프 이바노프는 미래의 공동체의 디오니소스적 기초와, 사회적 관계의 비극적 요소를 지적하면서, 사회성을 종교적 원리로 격상시킨다. 그러한 비극적 요소는 **여인**과 **짐승** 간의 투쟁이 그 내용이 되는 전 세계적 비극과 연관되어 있다. 여인의 육화된 형상은 인류의 전일적 원리를 구현함으로써 신비극의 마술이 되어야 한다. 솔로비요프가 인식한 여인은 천상에서 내려와서 우리를 삶의 태양, 즉 신비의식으로 감싸주어야 한다. 브류소프의 시에 구현된 카오스는 천상에서 빛나는 여인의 육신이 되어야 한다.

네크라소프적 시민성은 디오니소스적 축 위에 확립되어야 한다. 튜체프적 카오스는 어둠으로부터 자신의 빛나는 딸을 드러내야 한다. 브류소프적 뮤즈는 또한 가다라의 나라를 버려야 한다! 이 가다라의 나라는 아메리카주의가 공장의 사이렌 소리, 전기의 신호음, 그리고 강철의 축을 향해 거리에 매달려 있는 영원한 파열의 소리 없는 화강암으로 자신의 끔찍한 노래를 부르는 곳, 전차가 강철 도마뱀처럼 궤도 위를 신속하게 달리는 바로 그곳임이 판명된다. 여기에 브류소프적 뮤즈의 수도가 있다. 여기서 그녀는 연기와 전차 사이를 거닌다.

> 그녀는 여신 같은 발걸음으로 철도마차에서 내려왔다.[32]

결국, 그녀의 각대는 강철 도마뱀, 짐승인가? 그런데 도대체 그녀는 누구인가?

---

32) 〔편집자〕 브류소프의 시 〈여신〉(Богиня, 1900)에서.

그렇다! 나는 자색옷을 입은 너를 예견했다.
황금 왕관을 쓴… 오만한 여제처럼
너는 정복된 수도에서 개선식을 거행했다… .[33]

브류소프의 뮤즈는 마차에서 내려 황제의 자색옷으로 향한다. 그와 반대로 자색옷을 입고 우리 앞에 나타난 블록의 뮤즈가 향하는 곳은… 마차이다.

이 두 뮤즈 사이에 무서운 이중주가 시작된다. 그들은 두 눈을 마주 보고 있다. 그중 한 명의 찬란한 빛줄기가 "텅 빈 동공의 밤의 응어리를" 꿰뚫는다. 다른 한 명의 입술에서는 "무언가 짐승 같은, 동굴의 적요, 절벽의 황량함"이 감돈다.

그들 사이를 전차, 강철 도마뱀이 기어간다. 주위에는 짐승의 무사들과 여인들이 서 있다. 블록이 말하는 데는 이유가 있다.

무서울 것이다, 형언할 수 없을 것이다
지상의 것이 아닌 얼굴의 가면들… .[34]

이제 러시아 시에서 최종적인 덮개가 벗겨져야 한다. 진정한 얼굴이 영원히 나타날 것이다. **그녀**가 현현할 것이다.

… 누구 앞에서 애태우고, 이를 가는가
나의 대지의 위대한 마술사여.[35]

---

33) 〔옮긴이〕 브류소프의 같은 시에서.
34) 〔편집자〕 블록의 시 〈너는 성스럽지만, 나는 너를 믿지 않는다〉(Ты свята, но я тебе не верю, 1902)에서.
35) 〔편집자〕 블록의 서정시 연작 〈기도〉(Молитвы)에 속하는 〈밤의 여인〉(Ночная, 1904)의 부정확한 인용.

블록의 시 도처에서 우리는 초시간적 환영을 시공간적 형식으로 구현하려는 시도를 접하게 된다. 그녀는 이미 우리 가운데, 우리와 함께, 가까이에, 구현되어, 살아 있다. 마침내 이러한 러시아 시의 뮤즈는, 우리가 일생 동안 그것을 위해 투쟁하게 될, 새롭게 나타난 종교의 빛이 교차하는 태양임이 판명된다. 마치 자신에게 아무 신비한 것도 없다는 듯이, 마치 시인들과 신비주의자들의 통찰이 그녀와 관련이 없다는 듯이, 여기 그녀가 아름답고 밝은 미소를 지으며 앉아 있다. 그러나 비밀스러운 위험의 순간에, 카오스의 광기가 영혼을 뒤흔들고, "미지의 평원 한가운데서"[36] 너무나 무서운 그 순간에, 그녀의 미소가 눈보라의 먹구름을 몰아낸다. 그녀가 불멸의 노을이 타오르는 감청색 눈동자를 카오스 같은 눈보라의 기둥으로 향하자 그것은 흰 눈이 되어 얌전히 내려앉는다. 그리고 그녀는 다시 조용하고 단정한 자태로 머나먼 방으로 떠난다. 심장은 그녀가 돌아오기를 요구한다.

그녀는 이집트의 사막에 있는 솔로비요프 앞에 나타났다. 블록에게서 그녀는 이미 우리 가운데 나타났는데, 세상이 그녀를 알아보지 못했고 단지 몇몇만이 알아보았다. 천상의 환영은 자기 안에 천상과 지상을 연결하고, 삶의 사소한 디테일들 속에 반영된다. 그러나 아직 삶 전체가 그녀에게 속한 것은 아니다. 그녀의 육신이 되지 못한 카오스가 아직 주변에서 반란을 일으키고 있다. 그곳, 카오스 속에 그녀의 권세에 반발하는 사악한 힘이 도사리고 있다. 블록의 시는 카오스적 현실로 주의를 돌리자 악몽으로 변하게 된다. 검은 인간이 도시를 여기저기 돌아다니다 모두가 둥근 탁자에 앉아 왁자지껄 소리치고 있는 집으로 돌아가고, 아침 무렵 분홍빛 구름 속에서 십자가 형상이 뚜렷하게 드러나며, 길가에 흐

36) 〔편집자〕 미지의 평원 한가운데서(средь неведомых равнин): 푸시킨의 시 〈악령들〉(Бесы, 1830)에서.

르는 봄 도랑에서 프록코트를 입은 흉측한 난쟁이가 배를 탄다. 이것은 바로 **그녀**에게 대항할 힘을 모으고 있는 몽골의 뱀이다. 그는 세계에 대한 **그녀**의 승리가 두려워 그녀의 **은신처**에서 **그녀**를 추격한다.

러시아 시의 푸시킨적이고 레르몬토프적인 조류는 브류소프와 블록에서 규정되고 형언할 수 없는 단일성으로 합류되어야 한다. 그렇지만 어떻게? 자유로운 통합, 아니면 종속을 통해서? 후자의 경우 두 가지 리얼리티 간의 전투가 임박해 있다. 한편으로는, 뚜렷하게 표현된 아스타르테 숭배의 음계를 지닌 브류소프적 사실주의의 총체성이, 그의 뮤즈가 아직 그녀에게 종속되지 않은 세계를 바라볼 때, 블록의 시에서 악몽의 연속으로 변형된다. 다른 한편으로, 지극히 실제적인 **그녀**의 전일성은, 브류소프의 관점에서, 육신 없는 환영임이 드러난다. 바로 이러한 두 가지 대립적 시점이 접촉하는 면에서 동요와 분열이 일어나고, 전투가 들끓고, 공포가 자라고, 고대 그리스의 키메라[37]가 부활하며, 전쟁의 고르곤[38]이 광기 어린 붉은 웃음을 터뜨린다. "현대전에서는 모든 게 신비하고, 모호하고, 멀고, 보이지 않고, 추상적이다. 그것은 동작신호, 공습경보, 전기교신 혹은 일광반사 교신신호들의 전투이다. 전투 중인 자들에게 다가가 보라, 당신은 당신 앞에 아무것도 발견하지 못할 것이다. 만일 그것이 포병부대라면, 습곡에 숨어 있다가 목적도 의미도 없이 불태워 공중으로 날려 버릴 것이다… . 당신은 끊임없이 환상에 의해 기만

---

37) 〔옮긴이〕 키메라(Chimera) : 그리스 신화에 나오는 괴물. 사자의 머리, 양의 몸, 용의 꼬리를 하고 있다.

38) 〔편집자〕 고르곤(Gorgon) : 그리스 신화에서 고르곤들(세 자매)은 포르키와 케토의 소생이자, 땅의 가이아와 바다의 폰티의 손녀들이다.
〔옮긴이〕 초기의 고전미술에서 고르곤은 날개 달린 여자들로 나오는데 머리카락은 뱀들로 이루어졌고 둥근 얼굴과 납작한 코, 축 늘어뜨린 혀, 튀어나온 큰 이빨을 가졌다. 그녀의 머리는 누구든지 보기만 하면 돌로 변하게 하는 마력이 있다고 전해진다.

당한다." 환상과 신기루, 이는 두 개의 대립되는 세계원리가 서로 접촉하는 면에서 끊임없이 자라나는 바로 그것이다. 만주의 벌판에서 웃어 젖히는 전투의 붉은 공포, 그리고 그들 사이에서 슬피 울던 불의 수탉, 이 모든 것은 우리 영혼의 분열된 심연이 가라앉는 세계적 전투의 외피이다. 이 모든 것은 니체가 지적한 "*세계의 찌푸린 얼굴*"이 변형되어 나타나는 "*붉은 죽음의 가면*"39) 이다.

서두에서 우리는 러시아의 뮤즈의 **얼굴**에서 세 가지 가면이 벗겨져야 한다고 말했다. 첫 번째로 벗겨지는 것은 카오스를 감춘, 푸시킨의 뮤즈의 신을 닮은 가면이고, 두 번째 것은 천상의 환영의 얼굴을 가린 반가면이며, 세 번째 것은 **짐승**과 **여인** 간의 세계적 전투를 초래하는 전 세계적 가면, 즉 '**붉은 죽음의 가면**'이다. 이 전투 속에 모든 종류의 비극주의의 내용이 함축되어 있다. 서구의 시는 이러한 전투에 대해 밖으로부터 우리에게 이야기해 준다. 비극주의는 묵시록적 전투의 형식적 정의이다. 러시아 시는 종교로 향한 다리를 놓으며, 유럽인의 비극적 세계관과, 짐승과 싸우기 위해 모인 신자들의 최후의 교회를 잇는 연결고리이다.

러시아 시는 자신의 양쪽 길을 통해 전 세계적 삶에 몰입한다. 그것이 제기한 문제는 **천상**과 **지상**이 **새로운 예루살렘**으로 변화할 때만 해결된다. 러시아 시의 묵시록은 **전 세계 역사의 종말**을 부추긴다. 오직 거기서만 우리는 푸시킨과 레르몬토프의 비밀에 대한 해답을 찾을 수 있다.

4

우리는 **네**(Ты) 가 우리에게 계시될 거라고, 앞으로 10월의 안개와 2월의 황토색 해빙은 없을 거라고 믿는다. **네**가 아직 얼음으로 된 관 속에 잠

---

39) 〔편집자〕 붉은 죽음의 가면(Маска Красной Смерти) : 에드거 앨런 포의 단편소설 〈붉은 죽음의 가면〉에서 차용한 형상-상징.

들어 있다고 생각한들 어떠랴.

> 너는 흰 관 속에 영면하고 있다.
> 너는 미소를 머금고 외친다. 깨우지 말라.
> 이마 위에 금빛 머리채,
> 가슴에는 금빛 성화(聖畫).[40]
>
> ―블록

아니다, 너는 부활했다.

너는 *분홍빛*에 싸인 채 나타나리라고 스스로 약속했고, 영혼은 네 앞에서 기도하듯이 고개 숙인다. 그리고 노을 속에서, 붉은 현수등 속에서 너의 기도하는 듯한 한숨소리가 들린다.

현현하라!

때가 되었다. 달콤한 즙이 가득한 금빛 과실처럼 세계는 무르익었다. 세계는 너를 그리워한다.

현현하라!

---

40) 〔편집자〕 블록의 시 〈여기 이렇게, 죽음의 계단이 줄지어 있네 …〉(Вот он, ряд гробовых ступеней, 1904)에서.

제 4 부

문화론

문화의 위기*

1

라인강의 초록색 물결 위로 언덕들이 선명하게 보였다. 그 옆에는 집들, 수풀들, 언덕들, 대기 중에 떠다니는 구름 속에 탁한 오렌지색으로 물든 지붕들이 있었다. 그리고 선명한 불꽃의, 선명한 돌의 뮌스터대성당[1]이 솟아 있었다. 포도나무 이파리가 짙어 갔다(벌써 가을이다). 그 이파리들은 장밋빛 물결이 되어 가볍게 빛나는 회색 탑에 드리웠다. 그

---

* 〔편집자〕 벨르이의 《분수령에서》(На перевале. Берлин; Пб., М., 1920)에 처음 발표되었다. 이후 다시 출판된 《분수령에서》(На перевале. Берлин; Пб., М., 1923) 147~199쪽에 수록되었다.

〔옮긴이〕 벨르이는 1912~1916년 부인 안나 투르게네바(Тургенева, А.)와 함께 외국을 여행했는데, 이 논문은 그때에 관한 회상이다. 이 논문에는 바젤과 노르웨이 여행, 도르나흐(Dornach)에서 괴테아눔(Goetheanum) 건설, 그리고 인지학에 대한 내용 등이 담겨 있다.

1) 〔옮긴이〕 뮌스터대성당(Münster): 그로스뮌스터(Grossmünster). 1019년에서 1500년에 걸쳐 건축되었으며 처음에는 로마네스크 양식으로 지어졌으나 후에 보수 재건하며 고딕 양식이 가미되었다. 라인강변의 작고 높은 언덕에 위치한 뮌스터대성당은 오랜 역사, 다양한 음악적·종교적 내면을 간직한 건축예술물로 바젤시의 상징적 건물이다.

탑은 진홍색 대기 속에 돌처럼 굳어 있었다(저녁이다). 저수지의 작은 용 조각이 닳아 버린 보랏빛 구멍의 하릴없는 무리들을 향해 입을 크게 벌리고 있었다.

여기는 바젤[2] 이다.

바젤은 유서 깊은 대학도시이다. 대학 도서관은 고서(古書)로 가득 찬 황량한 시설의 방들로 유인한다. 나는 책들 위로 고개를 숙이고 라몽 룰의 사고의 정교한 아라베스크에 빠져 들었다. 그리고 《짧은 예술》과 브루노의 주석을 통해 이 변덕스러운 카탈루냐 현자이자 전원만유시인, 그리고 순교자의 《위대한 예술》을 이해하려고 노력했다.[3]

바젤은 대학도시이다. 그러나 그 어디에서도 날카로운 단어가 수증기로 포화된, 10월부터 5월까지 빗줄기를 쏟는 짙고 무거운 공기를 관통하지 않았다(끔찍한 날씨다!).

여기서 단어는 기어 다닌다. 저주하며 흐릿하게 떨어진다. 이제 갑상선 환자가 석양을 바라보며 싸구려 레스토랑의 연기를 향해 걸어가고 있다. 크레틴병 환자가 굽은 다리를 끌고 간다 … .[4]

---

2) 〔옮긴이〕 바젤(Basel) : 프랑스와 독일과 접경한 스위스 바젤슈타트 주(州)의 도시. 니체는 당시 유명한 고전문헌학자인 지도교수 리츨(Ritschl)의 추천으로 24세의 나이에 바젤 대학의 교수로 임명되어 10년 동안(1869~1879) 재직했다.

3) 〔편집자〕 카탈루냐의 문학자, 철학자, 신학자인 라몽 룰의 고전 《짧은 예술》(*Ars brevis*), 《위대한 예술》(*Ars Magna*)을 염두에 둔 것이다.
〔옮긴이〕 라몽 룰(Llull, R., 1232~1315) : 카탈루냐 문학의 창시자이자 고전학자, 철학자, 신학자이다. 지금은 스페인인 아라곤 왕국의 일부인 발레아레스 제도의 마조르카섬에서 태어났다. 주요 저작은 카탈루냐어로 된 문학작품이다. 최근 발굴된 필사본은 그가 전자이론에 대해 몇 세기 앞서 예언한 것을 보여 준다. 그는 수리이론의 개척자로 간주되기도 하는데, 특히 라이프니츠(Gottfried Leibniz)에게 영향을 주었다. 룰은 또한 로마법의 주해자로 알려져 있다. 《짧은 예술》은 《위대한 예술》의 축약본이다.

4) 〔옮긴이〕 여기서 '크레틴병 환자'는 니체를 말한다. 크레틴병(*cretinism*)은 알프스 산지 등의 풍토병으로, 갑상선이 비대해져서 백치가 되는 병이다. 말년

2

올드 바젤은 쟁쟁한 과거로 가득 차 있고 쟁쟁한 미래로 가득 차 있다. 그 주위에는 *요한 성당*[5]의 터키석 쿠폴이 내려앉아 있는데, 나는 이 건물의 건축을 언급한 적이 있다(조심스럽게 개략적으로).

나는 2년 반 동안 바젤 근처에 살면서 바로 여기서 《비극의 탄생》의 일부가 작성되어야 했던 이유를 알 수 있었다. 프리드리히 니체는 바로 여기서 처음으로 문화의 위기를 감지했던 것이다.[6]

"36년 동안 나는 나의 삶의 가장 낮은 경계까지 내려왔다. 아직 살아 있다. 그러나 한치 앞도 내다볼 수 없었다. 그때 … 바젤 대학의 교수를 그만두었다 … . 환자의 시각으로 좀더 *건강한* 개념과 가치를 고찰하기도 하고, 또 역으로, 충만과 확신의 시각으로 좀더 풍요로운 삶을 고찰하기도 하고, 퇴화의 본능의 작업을 … 바라보기도 했다. 이것은 나의 기나긴 연습이고 나의 진정한 경험이었다 … ."[7]

니체의 존재가 들리지 않는 비명이 되어 대기 속에서 귀에 박힌다. 9월의 태양과 9월의 독기가 바젤에 있는 나에게 니체에 대한 생각을 실어 왔다. 내가 저녁노을이 지는 라인강의 초록색 물결 위에 서 있을 때 비가 올 것처럼 축축하게 속삭이는 대기 속에서 나는 분명히 비극의 탄생을 들었다. *니체의 발병이다.*[8]

에 니체는 이 병으로 고생했다.

5) 〔편집자〕 요한 성당(Иоанново здание) : 바젤 부근 도르나흐에 있는 인지학 사원. 건물을 건축할 때 벨르이는 1914년 3월부터 12월까지, 1916년 3월부터 7월까지 함께 작업했다.

6) 〔옮긴이〕 바젤 대학에 재직하면서 니체는 당시 고전문헌학계를 지배하던 훈고학적 분위기에 환멸을 느끼고, 독일의 지적인 문화 전반에 대한 비판적 시각을 형성하게 된다. 이러한 시각을 통해 저술한 작품이 바로 《비극의 탄생》이다.

7) 〔옮긴이〕 《이 사람을 보라》(*Ecce Homo*, 1888).

그는 여기서 문화의 위기를, 현대와의 이별을 경험했다. 그리고 독일인에 대한 깊은 환멸을 경험했다. 여기서 우리는 연로한 야콥 부르크하르트가 흥분하여 책을 덮고 밖으로 나와 젊은이들에게 자족적 제국주의의 요란한 팡파르를 경고하기 위해 몸을 끌고 강단에 올라가는 것을 본다.[9] 우리는 니체가 그에게 박수를 보내는 것을 보고, 문화에 대해 일련의 강의를 하는 것을 보고, 그가 바그너를 위해 죽는 것을 보고, 모욕당하고 희망이 부서지는 것을 본다. 이 때문에 누이가 니체의 마음을 끌게 된다. 여기서 75년 그에게 죽음의 그림자가 찾아온다. 그는 다음과 같이 말한다. "나는 서른 시간 내내 고통 받고 있었다."[10] 그리고 사람들은 병든 그를 산의 공기와 가까운 곳으로 옮겼다.

3

일찍 세상을 떠난 위대한 현대 시인 중 한 명이 여기 잠들어 있다. 새로운 문화의 초입에 크리스티안 모르겐슈테른[11]이 별이 되어 서 있다. 나

---

8) 〔편집자〕 니체는 1889년 정신질환이 발병했다.

9) 〔옮긴이〕 당시 스위스는 19세기 유럽 대부분의 나라에 비해 대체로 민주적이고 안정적이었다. 스위스인이었던 부르크하르트는 독일 민족주의와 독일이 문화적·지적으로 우월하다는 주장에 냉담했다. 그는 당시 유럽에서 행해지던 급속한 정치적·경제적 변화를 충분히 인식하면서, 점점 더해지는 민족주의와 군국주의에 대한 자신의 의견을 강의와 저술을 통해 말했다. 이와 함께 부르크하르트는 폭력적인 선동 정치가가 중심적 역할을 수행하게 될 20세기를 예견했다.

10) 〔벨르이〕 다니엘 알레비〔Daniel Halévy (Даниэль Галеви)〕, 《프리드리히 니체의 생애》(Жизнь Фридриха Ницше, 1911, С. 144).

11) 〔옮긴이〕 크리스티안 모르겐슈테른(Morgenstern, C., 1871~1914): 독일의 시인. 처음에는 니체의 영향을 받았으나 점차 종교적 신비성을 짙게 풍기기 시작하다가 1909년 이후에는 슈타이너의 인지학에 공명하여 신비주의적·사색적 시풍으로 전환했다. 〈교수대의 노래〉(*Galgenlieder*, 1905), 〈팔름슈트룀〉

는 그와 악수할 수 있는 행운을 누렸다. 그는 이미 죽음에 가까이 있었다. 그는 악수에 대해 눈빛으로 내게 화답했는데 그 눈빛은 결코 잊을 수 없었다. 그는 말을 할 수 없었다. 우리는 라이프치히에서 그라알의 비밀을 밝히는 한 강의실에서 만났고,[12] 언젠가 리하르트 바그너와 괴테(아팠을 때)의 삶에 헌사를 발견했던 도시에서 만났다. 그렇다, 내게 모르겐슈테른은 스승에 대한 사랑으로 연결된 선배 같았다. 그는 내게 있어 희미하게 반짝이는 머나먼 별과 같은 정신의 과학과 관련된 모든 존재를 용해시켜 주었다. 왜냐하면 그는 *크리스티안 모르겐-슈테른*이니까.[13]

내 기억에 분명히 남아 있는 것은, 거대한 쪽빛 눈동자의 빛나는 눈길, 피안의 미소, 그리고 미래의 도움을 요청하는 듯한 … 가늘고 투명한 긴 손가락이었다.

추모 기간에 나는 라이프치히 근처에 있는 한 유해를 찾았다. 그는 모르겐-슈테른에게처럼 나에게도 오랜 기간 평안을 준 사람이었다. 그는

(*Psalmström*, 1910) 등 환상적이고 독특한 작품을 발표했다.

12) 〔편집자〕 그라알의 비밀을 밝히는 한 강의실: 루돌프 슈타이너의 〈그리스도와 정신세계〉 강의(라이프치히, 1913년 12월)를 염두에 둔 것이다. 독일 시인 모르겐슈테른과의 만남은 1913년 12월 31일에 이루어졌다.
그라알(*graal*, 혹은 *holy grail*): 서유럽 중세 전설에 등장하는 신비한 그릇. 이 그릇에 가까이 다가가서 그 성스러운 행위에 참여하기 위해 기사들은 공훈을 세웠다. 보통 이것은 예수 그리스도의 피가 담긴 술잔으로, 그리스도를 십자가에서 내린 요셉 아리마테아가 소유한 것으로 알려졌다.
〔옮긴이〕 루돌프 슈타이너(Steiner, R., 1861~1925): 인지학(*Anthroposophie*)의 창시자. 현재의 크로아티아에 해당하는 헝가리 지역에서 태어났으며 신비사상가, 건축가, 교육자로서 유명하다. 괴테 연구자로 학문을 시작했고, 기독교 문화의 그리스도론과 동양적 사상에 대한 통찰을 바탕으로 베를린의 신지학협회에서 활동했다가 1912년 탈퇴 후 인지학협회를 창립했다. 훗날 벨르이는 슈타이너와 교류하며 인지학에 몰입하게 된다.

13) 〔편집자〕 '모르겐슈테른'을 분리하면 '모르겐'+'슈테른'(아침의 별)의 의미가 된다.

바로 프리드리히 니체였다(무덤에서 뜯어 온 살아 있는 담쟁이 잎사귀들이 아직도 있다). 친애하는 고인, 친애하는 계몽주의자 괴테의 무덤, 그라알에 대한 거대한 비밀, 그리고 모르겐슈테른과의 만남 등, 이 모든 것으로 라이프치히는 빛났다.

그렇지만 나의 첨예한 삶은 바젤에서였다. 여기서 나는 니체처럼 내면에서 퇴화의 깊이를 의식하며 괴로워했다. 여기서 모르겐슈테른의 아침 햇살은 종교학 강의를 통해 북극성처럼 *요한 성당*으로, 두 개의 쿠폴로 나를 이끌었다. 스승의 말이 들려왔다. 현대의 에크하르트,[14] 그 심오한 견해를 존중하던 카를 바우어였다.

아마 나는 이곳 바젤에서 자신을 영원히 매장했던 것 같다. 그렇지만 아마 나는 바로 여기에서 정신적으로 다시 태어났던 것 같다. 나의 어린 시절에 대한 기억, '*나의 삶*'은 나의 먼 미래에 대한 이야기이다. 나는 베르겐에서 커다란 번갯불을 보았고 모르겐슈테른이 베르겐의 기억이 되어 내 앞을 지나갔다. 또한 여기 도르나흐(바젤란트)에서 사람들은 내 머리에 가시 면류관을 씌웠다. 그리고 고난으로 고통 받는 니체처럼 나는 산으로 달려갔다.

나는 전쟁으로 귀결되었던 현대문화의 위기, 전쟁의 굉음, 그리고 전쟁을 나의 분신과 함께 바젤에서 경험했다.

4

바젤에는 프리드리히 니체가 살았다. 그는 모든 문화의 칼날이었다.[15] 문화의 비극적 위기는 그의 삶의 위기였다. "언젠가 나의 이름은

---

14) 〔옮긴이〕 요하네스 에크하르트(Eckhart, J., c1260~1327): 독일의 신비사상가. 마이스터 에크하르트(Meister Eckhart)라고 불린다.

무언가 거대한 것, 여태까지 지상에 존재하지 않았던 위기, 가장 심오한 양심의 붕괴에 대한 기억과 연관될 것이다 … ."[16] — 문화가 그의 입을 빌려 선포했다. 그는 스스로 폭파했다. 그는 자기 내부의 '독일인'을 폭파했다: "*그들은 그에게 가능하지 않다.*"[17] 그리고 자기 내부의 '선'을 폭파했다: "*선은 창조할 수 없기 때문이다. 선은 끝의 시작이다.*"[18] 문화가 최고로 비상한 정도에 도달한 순간, 그는 자기 내부의 인간을 폭파했다: "그 완성의 날, 모든 것이 무르익고 포도송이가 하나하나 붉어지고 태양이 나의 삶을 비추던 그 완성의 날, 나는 뒤를 돌아보고 앞을 바라보았다. 한 번에 그렇게 좋은 것들을 많이 본 것은 처음이었다."[19]

내게 있어 바젤의 첫 번째 방문은 9월이었다(오늘처럼 기억한다). 그 완성의 날, 위대한 〈마가복음〉의 음성이 내게 분명하게 다가오던 바로 그 완성의 날이었다.[20] *슈타이너의 강의에서 들려왔다.* "황야에서 통곡소리가 들려왔다. 주님에게 가는 길을 준비하시오. 주님에게 가는 길을 똑바르게 하시오 … ." *니체는 이런 목소리였다.*

---

15) 〔옮긴이〕 문화의 칼날: 니체철학은 일차적으로 서구의 전통 형이상학에 대한 비판이 주된 내용을 이루지만, 그에 못지않게 많은 부분을 차지하는 것은 당시 유럽 문화 및 그 연장선에 있는 독일 문화에 대한 비판이다. 왜냐하면 유럽 및 독일 문화란 니체가 비판하는 서구 형이상학의 필연적 귀결이기 때문이다. 따라서 니체의 문화비판은 그의 철학의 자연스러운 수순으로 나타난다.

16) 〔벨르이〕 《이 사람을 보라》.

17) 〔옮긴이〕 '폭파'라는 표현은 니체가 자신을 스스로 다이너마이트에 비유하고 있다는 사실과 관련되어 있다. "나는 어떠한 인간도 아니다. 나는 다이너마이트이다"〔*Ich bin kein Mensch, ich bin Dynamit*, 앞의 책, *Warum ich ein Schicksal bin*("나는 왜 하나의 운명인가") 1, KGW VI/3, 363쪽〕.

18) 〔벨르이〕 《이 사람을 보라》.

19) 〔벨르이〕 《이 사람을 보라》.

20) 〔편집자〕 슈타이너의 〈마가복음〉 강의를 염두에 둔 것이다. 벨르이는 1912년 9월 바젤에서 이 강의를 들었다.

나는 그 당시 바젤을 기억한다. 포도나무 이파리들이 붉어졌다. 그리고 태양이 내 삶을 비추었다. 그다음 나는 스스로에게 *삶*을 이야기했고, 의식의 첫 번째 어린 시절 경험을 이야기했다. 그때 〈마가복음〉의 소리가 20세기를 귀 멀게 했다. 이 모든 것이 파괴될 것이다. 그래서 여기에는 돌멩이 하나 남지 않을 것이다(13장 2절).

"언제입니까?"(13장 4절)

"전쟁과 전쟁에 대한 소문을 들을 때이다. 겁내지 말라. 왜냐하면 그것은 필연적이기 때문이다. 그러나 그것이 끝은 아니다. 민족이 민족에 대항하고, 왕국이 왕국에 대항할 것이다…. 굶주림과 혼란이 있을 것이다…. 아버지가 아들을 배신하고, 형제가 형제를 배신하여 죽음으로 이끌 것이다. 아들이 아버지에게 대항하고, 아버지를 죽일 것이다…. 황폐함의 극치를 보게 될 때 … 유대에 있는 사람들은 산으로 달려갈 것이다. 그러나 지붕 위에 있던 사람은 집으로 내려오지 못할 것이다…. 왜냐하면 그때가 되면 창조의 첫날 이후 존재하지 않았던 그런 슬픔이 있을 것이기 때문이다…. 만일 신이 그런 날들의 수를 줄이지 않는다면, 그 어떤 육체도 남아 있지 않을 것이다…. 이런 일을 보게 될 때, 가까워졌다는 것을 알 것이다…"(13장 7, 8, 12, 14, 15, 19, 20, 29절).

내가 바젤에서 스스로에게 나의 삶을 이야기할 때, 이곳 고난의 도르나흐에서 가시가 나의 이마를 찔렀다. 그곳 알자스에서 대포가 울렸고 문화의 건물의 함락과 파괴가 전 세계에 선포되었다.

여기서 나처럼 고통스러워했던 사람의 목소리가 내게 들려왔다. "정치는… 영혼의 전쟁에 용해될 것이다…. 형식 … 낡은 사회의 형식은 파열될 것이다…. 전쟁이 있을 것이다. 여태껏 지상에 존재하지 않았던…. 나는 다이너마이트다…. 나는 나의 운명을 알고 있다."[21]

---

21) 〔벨르이〕《이 사람을 보라》.

라인은 바젤에 있는 격렬한 강이다. 여기서 선명한 태양이 물줄기에 던져져 황금빛 고리를 만들고 날아다니며 합류했다. 그리고 수많은 니벨룽이 거주하는 돌로 된 해안으로 향했다. 그들은 물줄기에 부서지며 라인의 황금을 놓고 신들과 끈질기게 전쟁을 벌이고 있었다. 자본주의의 모든 역사는 현대문화의 죽음과 세계의 파멸이라는 공포로 몰고 가는데 이는 물의 표면에서 유희를 벌이는 견고한 태양광선과 같다. 라인으로 회귀하는 황금은 원시력에 속하던 자원(資源)이 원시력으로 회귀하는 것과 같다.

니체는 황금의 가치를 간파하고 독일에서 황금으로 황제와 사령관들을 주조할 때 그 황금을 거부했다. 그는 가치의 총화인 황금을 물에게 건네주도록 기도했다. 그는 우리에게 태양 자체가 무겁고 둔탁한 금속인 바로 그곳에서 태양의 황금을 예언했다.

그는 지크프리트가 되려 했다. 바그너가 주인공을 구상하면서 전직 교수 니체의 성격을 부여했다는 이야기가 전해진다. 두 세기의 경계에서 유럽을 향해 영혼의 전쟁이라는 무서운 칼을 빼든 니체였다.

"나는 사람들 사이를 걷는다. 미래의 폐허를 걷는 것처럼. 그 미래는 내가 보는 미래이다."[22)]

"나는 여태까지 존재하지 않았던 친절한 통신원이다. 나는 여태까지 이해되지 못했던 고귀한 과제를 알고 있다. 나로부터 다시 처음으로 희망이 존재한다."[23)]

---

22) 〔벨르이〕《차라투스트라는 이렇게 말했다》.
〔옮긴이〕 니체는 자신을 자주 '미래의 철학자'로 표현했는데, 이는 예언자적 위치를 주장한다기보다는, 니체 스스로 자신의 철학의 진정한 이해를 위해서는 앞으로 많은 시간이 필요하다고 생각한 것으로 이해할 수 있다.

23) 〔벨르이〕《이 사람을 보라》.

5

영원한 책은 샘물과 같다. 책이라는 샘물의 생명력 있는 두 원천 사이에 세월이 놓여 있다. 책장을 펼쳐라. 카스탈리아의 샘[24] 이 행과 행 사이에서 용솟음칠 것이다. 그리고 책상으로 쏟아지며 폭포처럼 흘러내릴 것이다. 온 방이 물에 잠기게 될 것이다. 파도가 유리창을 깨고 당신을 거품처럼 바깥으로 실어 나를 것이다. 당신은 파도와 함께 물결치고, 돌을 따라 흘러가고, 해변에 하염없이 다이아몬드를 던질 것이다. 찬란한 빛을 발산하고 물보라 위에 무지개를 창조하면서 생생한 현재의 단어는 대천사 아르한겔이 되어 공중으로 커 나가면서 땅에서 하늘로 다리를 던질 것이다.

6

세 권의 책이 '나와 동행했다'. 복음서, 《차라투스트라》, 그리고 《헌신의 길》이다. 샘이 솟지 않는 곳에서는 모래가 일상을 채운다. 나는 주거지를 바꾼다. 눈앞에 시실리섬이 질주한다. 그렇지만 나와 함께 《차라투스트라》가 있었다 … . 튀니지 근처의 한적한 시골마을의 평평한 지붕에 올라가 눈앞의 평원에서 아랍인의 두건이 터키석 색깔로 물들어 가는 아프리카의 밤을 바라본다. '탐-탐'[25] — 둔탁한 통곡소리가 황야를 연상시킬 때도 나와 함께 《차라투스트라》가 있었다. 선홍색 이끼가 초록색

---

24) 〔옮긴이〕 카스탈리아의 샘(*Castalian Spring*) : 신성하게 여겨지는 샘이다. 피티아 여사제가 신탁을 전하기 위해서나, 아폴론 신전으로 들어가기 전에 혹은 운동선수나 사제와 순례자들이 성역에 들어가기 전에 이 샘에서 몸을 깨끗이 씻어야 했다.

25) 〔벨르이〕 아랍의 악기.

붉은 돌을 덮고 있는, 내가 반쯤 언 호수에서 사슴뿔을 주워 들었던 그곳, 수많은 노을의 노르웨이의 얼음 사이에서도 《차라투스트라》가 나와 함께 있었다. 이 책은 시끄러운 파리에서도, 끔찍한 베를린에서도 나와 함께 있었다. 예루살렘과 카이로, 모스크바와 페테르부르크, 쾰른, 잊지 못할 도시, 친절한 브뤼셀, 비밀스러운 뉘른베르크, 크리스티아니아, 코펜하겐, 낭랑하게 울리는 프라하, 사색적인 슈트라스부르크, 명랑한 뮌헨이 추격전을 벌인다. 나라가 바뀐다. 그러나 변함없는 것은 《차라투스트라》가 나와 함께 있었다는 것이다(예전에는 나와 함께 칸트도 있었다. 그런데 그를 데리고 다니기가 무거웠다. 나는 그를 버렸다).[26]

변함없는 중심과 함께 여행을 하는 것이 좋다. 그 중심은 나의 귀중한 세 권의 책이다. 모든 도시는 나에게 각각 선물을 주었다. 노르웨이는 나에게 감람석을 주었다. 뮌헨은 터키석을 흘렸다. 나는 영롱한 감람석, 터키석과 녹주석(코펜하겐)을 나의 귀중한 세 권의 책에 대한 선물로 가져왔다. 책들은 굴절되며 나를 반영했다. 나에게는 나 자신이 있기 때문이다. 책들은 내게 고향과 같다. 방랑의 끝에 대한 서약이기 때문이다. 나는 그 속에서 스스로 높아지는 것을 발견했다. 그리고 나 자신에게서 나 자신을 검증했다. 여기서 솟구치는 카스탈리아의 물줄기 속에서 행과 행 사이에서 내게 아른거리는 모든 것, 나의 내부에 떨어진 모든 것이 다시 밖으로 나온다. 노르웨이의 감람석이 초록빛 물줄기로 뛰어오른다. 그리고 하늘색 터키석은 자신의 꿈을 흘린다. 태양은 진짜였다. 황금빛 물줄기였다. 마음속에 도시가 있었다. 물줄기는 납빛이 되었다.

---

26) 〔옮긴이〕 칸트가 '무거웠다'는 표현이 1차적으로 물리적인 무게를 지칭한다면, 보다 본질적 의미로는 칸트철학이 니체철학에 비해 이론적 엄격성이나 도덕적 의무감 등 부담을 주는 요인들을 더 많이 지녔다는 것을 지적할 수 있다.

7

모든 위대한 책들은 투명하고 생생하다. 그것은 반짝이는 불꽃에서 흩날리는 창조물처럼 생생하다. 눈에서 불꽃이 생길 정도로 자신을 긴장시키는 사고의 창조상태를 아는가? 이 불꽃은 당신이 뜻밖에 무관심하게 바라본 막연한 사물과 당신 사이에서 빛날 것이다. 그리고 빛났다가 꺼질 것이다. 당신은 '눈에서 불꽃'이 빛날 정도로 생각을 해본 적이 있는가? 만일 없다면, 당신은 아마 나를 비웃을 것이다. 그러나 그때 당신은 철학자가 아니다. 철학은 표현할 수 없는 풍경들로 가득 찬 활기찬 나라와 같아서, 여기서 가시세계는 생각의 알맹이로 독립한다. 철학의 나라에는 우주에서 우주로 활짝 열린 어떤 전기처럼 타오르는 지상의 마음이 있기 때문이다. 존재는 커다란 날개를 흔든다. 빛나는 수천의 눈동자가 내면을 바라본다. 그리고 선명한 불빛으로 외친다.

"나!"

"나!"

"나!"

"나!"

"나!"

이 다수의 '나'는 아르한겔의 사고 속에 흐르는 다수이다. 모든 사고는 아르한겔 같다 … .

8

만일 당신이 여전히 태고의 테마를 생각한다면 수개월의 생각이 서로 연결된 것이다. 감각이 빛날 것이다. 마치 당신은, 예를 들면, 아침마다 똑같은 일을 하고 그 일을 계속하는 것과 같을 것이다. 그리고 두 생각 사이로 계산된 하루가 지나갈 것이다. 그날의 적의가 흐르도록 하라. 왜냐하면 그 하루에는 사고의 감정이 들어가지 않기 때문이다. 그리고 일상적 날들의 질서는 변하지 않을 것이다. 당신은 더욱 성실하고 더욱 유능하게 될 것이다. 생각하는 순간 걱정은 부서질 것이다.

당신을 위해 여러 아침의 생각들이 연결되고 사고로 된 우물의 폭발로 변형될 것이다. 그리고 어느 날 깊은 생각에서 물의 원천이 솟구치는 거대한 순간이 있을 것이다. 그리고 사고의 우물을 넓히면서(눈에서 불꽃이 생길 때까지), 당신은 사고의 원천이 흐르는 샘물의 깊이를 보게 될 것이다. 생각은 순간적으로 솟구칠 것이다. 일상적 사고 속에 흘러들 것이다. 그리고 사고가 움직이기 시작할 것이다. 그리고 당신에게 자기를 따르라고 할 것이다. 당신은 사고 속으로 흘러들어 갈 것이다. 당신은 이제 더 이상 "나는 생각한다"라고 말하지 않을 것이다. 대신 "생각이 스스로 생각하고 나를 생각하게 한다"라고 말할 것이다. 이제 우리는 '나'를 계급적 존재로 생각할 것이다. 관찰, 사건의 기록, 그 정확한 복사가 *페오리아*[27]의 나라를 그리며 내게 그림자를 던질 것이다. 나는 감수성의 하얀 도화지에서 모서리로 그림자를 에워쌀 것이다. 당신이 스스로 이론가라고 부를 때, 나는 질문을 던질 것이다. 당신은 사고의 나라에 가본 적이 있습니까?

---

27) 〔옮긴이〕 페오리아(Феория, 프랑스어로 *féerie*, '요정'의 뜻) : 예술의 한 장르. 처음에 이 단어는 극장이나 서커스에서 환상적인 효과를 연출하기 위해 무대 장치를 바꾸는 공연의 한 장르로 사용되었다. 이후 17세기 이탈리아에서, 그 다음에는 유럽의 연극, 오페라, 발레 무대에서 적극 활용되었다. 차이콥스키(Чайковский, П. И.)의 《잠자는 숲속의 미녀》(Спящая красавица)를 연출한 페티프(Петип, М.)의 무대가 대표적인 예이다. 문학에서 페오리아는 텍스트의 기본 사상이나 총체적인 슈제트를 드러내기 위한 환상적인 요소로 사용되었는데, 그 대표적인 예는 그린(Грин, А.)의 소설 《붉은 돛》(Алые паруса)에 나타난다.

우리는 생생한 사고를 알지 못한다. 일상적 생각은 생각이 아니다. 그것은 도구이고, 우리는 그 도구로 이해의 틈 사이에 무거운 구멍을 뚫어 물줄기가 솟구치는 지하수를 만날 때까지 작업한다.

일상적 논리는 땅의 빈약한 일부로서, 우리 소유주들은 보통 이 땅에 편견의 '채소'만을 심을 뿐이다.

그러나 영원한 책은 땅도 아니고 채소도 아니다. 그것은 물줄기이다. 그것은 기반을 닦고 글자와 페이지의 행들을 잘라 내고 분수를 만들고, 그리고 창문을 통해 무한대의 코스모스로 싣고 간다.

우리는 측정된 사고의 모든 부분들이 교차하는 원천을 알지 못한다. 사고의 토양 아래 있기 때문이다. 사고의 원천에서 우리를 기다리는 감동은 그 무엇과도 비교할 수 없다.

갑자기 사고가 확장된다. 이러한 체험의 확장은 이를 병든다고 위협하는 파멸을 경험하게 한다. 그것은 명백해 보인다. 사고의 고유성은 상실된다. 사고가 스스로 사고하면서, 가물거리고 맴돌고 개미총의 많고 많은 개미처럼 두뇌의 주름 속을 뛰어다니기 시작한다. 개미들이 무수한 행렬 속에서 기어 나온다. 포획을 위해 기어 다니다 다시 돌아간다.

사고는 스스로 사고한다. 사고는 의식의 일상적 범주에서 떨어져 나온다. 그것은 들끓는 형상의 흐름으로 파열된다. 차가운 '나'는 녹아내리고 사고 속에 용해된다. '나'는 포획되고 찢겨지고 사라진다. 다시 돌아와 표면에 떠오르려는 시도 속에 낯선 의식에 빠진다.

사고의 훈련 경험은 의식의 경계를 바꾸고, 사고의 원천에 빠지면서 떠오르기를 가르친다. 가까운 이에게. 그의 '나'를 체험하면서 그에게 말한다.

"나는 너다."

가르치고, 도로 침잠하여, 당신에게 인접한 (외부가 두개골로 둘러싸인) 의식상태에 대한 어렴풋한 기억과 함께 다시 자신의 두뇌로 돌아간다. 그리고 이 선명한 사고가 생겨난다.

9

천재는 문화의 판단에 대해 극단적으로 첨예하다. 그 판단은 사상의 날 끝에 표현된다. 즉, 아포리즘(*aphorism*)으로 표현되는데,[28] 이는 쓰이지 않은 책들의 … 도서관으로 압축된 것으로서 미래를 향한 커튼을 들어 올리는 것이다.

예를 들어, 《비극의 탄생》은 아포리즘이다. 그 속에는 *시대의 정신*이 언급되어 있다. 고상한 말들이 이어진다. 니체는 그리스에 대한 새로운 시각으로 그것의 우연한 구절을 알아들었다. 니체에게 이해 안 되는 것이 얼마나 있을까! 우리는 20세기의 범주를 넘어설 수 있게 되고, 마치 이 세기의 진실이 15세기에 속하는 것처럼 느껴진다. 사실 현대의 사건보다 더 위대한 것은 없다. 아아, 시시한 영혼의 위액으로 소화된 먼 과거가 현대의 사건의 의미로 사용되고 있다. 문화의 '산물', 우리가 살고 있는 그곳은 쓰레기이다.

내 앞에 진실이 한 무더기 있다. 그것은 작은 언덕일 뿐으로, 여기서 현대성의 지맥들이 분기한다. 그러나 현대인들은 이 언덕을 '미래의 지평선'으로 간주한다. 최악의 경우 이 오래된 진실을 키메라라고 부른다. 만일 진정한 '현대성'(Современность)이 그들 앞에 나타난다면 그들은 무엇이라 말할까? 언젠가 사람들은 나를 비웃었다. 이제는 종종 나의 책에 의

---

28) 〔옮긴이〕 니체는 자신의 많은 저작에서 의도적으로 아포리즘으로 표현했는데, 이는 전통적 철학의 체계적 글쓰기 방식 자체에 대한 도전으로 간주된다. 니체는 체계적이고 논리적인 형태의 철학을 불신했고, 따라서 자신의 철학을 서술하는 방식 역시 전통적인 기법에서 벗어난 새로운 스타일을 사용했다. 그것이 바로 본문에 언급되는 아포리즘이다.

지하며 내부에서 극히 본능적 제스처를 불러일으킨다. *자신을 버려라.* 사실 나의 책은 '대상'에 대한 이야기일 뿐인데, 그것은 모든 사람이 주목할 수 있는 것이다. 그러나 관찰되는 사실에는 주목하지 않는다.

언젠가 나는 말했다. "보세요, 저기 먹구름이 있습니다." 사람들은 웃었다. 그리고 시간이 지났다. 천둥이 쳤다. 그러자 나의 관찰 '*대상*'을 믿는 대신, 나의 숭배자들은 이제 무겁기 그지없는 책들을 펼치고 있다. 여기 《상징주의》가 있고 저기 《페테르부르크》가 있다.[29] 나의 비전의 지평은 그들의 시야에서 고의로 가려졌다. 나의 책들로써. 인식의 지평에 새로운 역동적인 삶이 나타난다. 태양이 떠올랐다 사라진다. 그리고 노을이 타오르고 먹구름이 일어선다. 그러면 나는 말한다. '현대성'은 모든 사람에게 키메라라고.

10

20년 후 아우구스티누스가 프로테스탄트임이 밝혀졌다. 그에게는 가톨릭적인 것이 없었다. 그를 통해 플로티노스가 중세로 흘러나왔다. 그는 내부에 '파우스트', 괴테, 그리고 '바그너-칸트'를 숨기고 있었다. 그의 내부에는 바흐의 푸가의 한숨이 있었다. 후기 '현대성'의 섬세한 결합은 이미 현대적이다. 한 시대의 시작이기 때문이다. 6세기는 오늘날을 감추고 있었다. 그는 아우구스티누스와 비교되었다. 다른 모든 것이 시대에 뒤떨어졌기 때문이다.

마니교 지도자인 파우스트와의 모든 투쟁은 아우구스티누스에게 승리가 아니었다. 투쟁은 계속되었다.[30] 그리고 승리한 것은 그의 의식이었

---

29) 〔편집자〕《상징주의》는 벨르이의 첫 번째 논문모음집이다. 《페테르부르크》(Петербург)는 벨르이 소설의 첫 번째 판본(1912)을 염두에 둔 것이다.

다. 그는 무의식 속에서 의식에 승리했다.

11

현재 진리로 받아들여지는 것은 문화사건의 정신에 의해 거부되었다.

부활과 신비가 연결될 수 있다. 신비주의자는 휴머니스트에 선행하기 때문이다. 그들은 스콜라철학의 쇠퇴가 사상의 *어두운 과거*임을 입증했다. 그러나 이 *어두운 과거*는 우리 시대의 탐구에서 빛이 된다. 우리는 아벨라르 사상의 밝은 불꽃 앞에 고개를 숙인다.

그리고 우리는 베르나르 드 클레르보(Bernard de Clairvaux)의 박해, 유언비어, 음모를 언급할 수 있는데, 그는 십자가 행렬의 고무자이자 신비주의자, 생-빅토르 위고 수도원의 신비주의학파의 창시자이다. 우리의 시각에서 베르나르는 '신비주의자' 에크하르트와 뵈메보다 더한 신비주의자이다. 에크하르트와 뵈메는 신비주의자라기보다는 '심령주의자', '학자', '사상가'라고 할 수 있다. 신비주의 속에서 신학과의 '논쟁'은 신비주의의 외형이다. 실제로 신학의 '형성'이란 과제는 본질적으로, 신비주의의 '심화'와 사이좋게 경계한다. 이렇게 하늘을 두 부분(도달할 수 있는 부분과 도달할 수 없는 부분)으로 나누면서, 신학은 인식할 수 있는 하늘의 형성을, 신비주의는 인식할 수 없는 부분의 도달 불가능성을 상쇄하기 시작한다.

스콜라학파는 하늘을 둘로 나누는 것을 부정하고 그것의 도달 가능성의 자유를 선포했다. 스콜라학파의 자유에 대항하여 신학과 신비주의는 간교한 동맹을 맺었다. 그리고 스콜라학파는 '토미즘'[31]에 꺾였다. 토미

30) 〔벨르이〕 *Contra Faustam*(파우스트에 대항하는).

31) 〔옮긴이〕 토미즘(Thomism) : 토마스 아퀴나스의 신학설.

즘에 이르기까지 스콜라학파 내부에서 부활의 흐름이 있었다. 17세기에 이미 분명해진 것은 아우구스티누스가 정신의 자유를 들끓게 했던 곳에서 아벨라르의 형이상학적 양심이 투쟁하고 있다는 것이다.

그러나 아우구스티누스는 성인이 아니라 '축복받은' 사람이었다(모든 가톨릭교도, 예수회 신자, 신학도의 특징은 참을성인데, 이들에게 그는 매우 의심스러웠다). 그가 늦게 태어났다면, 라몽 룰의 운명에 도달했을 것이다. '룰의 예술'(*Ars Lulliana*)이 유럽을 뒤덮었다.[32] 그리고 라몽의 과업은 성스럽게 생각되었다. 그러나 훗날 가톨릭교회는 그의 책들을 불태웠다. 라몽의 위대한 옹호자였던 브루노가 화형을 당한 것도 다 이런 이유에서였다. 스콜라학파와 그 창시자 아우구스티누스는 교회를 위해 불태워졌다.

교회의 입장에서 그는 프로테스탄트였다.

프로테스탄티즘은 비밀스러운 물줄기였다. 루터의 물줄기였다. 그것은 수많은 원천들과 부딪쳤다. 6세기, 9세기, 그리고 10세기의 척박한 돌의 토양에서 물줄기가 되어 나갔다. 그것은 12세기에 더욱 강해졌다. 이탈리아 문화의 원천이 노크했고 뒤러의 조각용 선으로 새겨졌다. 그 이름은 '*재림 그리스도교*'(*христовство*)다.

'해를 입은 여자'는 첫 세기 기독교 공동체이다. 수 세기가 흐르는 동안 이 여자는 공식 교회로 우리 주변에서 공고해졌고, '*뉘른베르크*' 여인, '*철의*' 여인이 되었다. 유명한 고문기구(뾰족한 끝으로 내부를 찌르는 상자)가 되었다. 이제 해를 입은 여자는 상자 밖, 교회 밖, 자신의 경계 밖에서 우리에게 빛을 발한다. 이탈리아의 마돈나, 여성의 '여성성'이다.

---

32) 〔옮긴이〕 라몽 룰은 자신의 《위대한 예술》에서 철학과 종교를 혼합한 이론을 제시했는데, 이는 기독교와 이슬람의 논쟁에서 이성과 논리로 그 우위를 확보하려는 의도에서였다. 룰은 상세한 분석을 통해 심대한 신학적 논증을 세웠고, 이를 통해 독자는 기독교 교리에 입문할 수 있었다.

우리는 협소한 교회 울타리 밖에서 인간의 종교적 원리라는 색채의 광채를 본다. 거기서 '그분'(Он) 은 사람들 마음속에 기록되고, 교회 밖에서 표현된다. 그가 우주 영역의 존재와 합류할 때까지 인간의 무의식의 변형으로 표현된다. 우리는 이것을 단테의 '베아트리체'에게서, '마돈나'에게서, 레오나르도 다빈치의 '그리스도'에게서 본다. '그리스도들'과 '마돈나들'은 마치 사람처럼 이탈리아의 화폭과 프레스코에서 우리들 사이를 배회하며, 공개된 교회가 아닌 비밀스럽고 은밀한 교회에 자신의 물감의 충동을 흘린다. 그 교회의 숨겨진 이름은 '문화'이다. 공식 기독교는 비밀스럽게 기록된 그리스도적 자유와 투쟁으로 등장한다. 즉, 문화의 '*재림 그리스도교*'와의 투쟁으로 등장하는데, 이 문화 속에는 그리스도의 비밀이 분명히 표현되었다. 수없이 왜곡되어서(우리의 '채찍파'처럼). '기독교'와 '재림 그리스도교'의 투쟁, 이것이 투쟁의 슬로건이었다. 르네상스와 종교재판(이것은 후에 등장했다)의 투쟁. 믿기 힘든 가능성이 점쳐졌다. 삶이 '신비의식'이 될 때까지 변형시킨다는 것이다. 그리고 사회적 관계의 투쟁이 '*신비의식-드라마*'의 의식 속에 들어갔는데, 그 끝은 앞에 있다. 미래 문화의 태양의 사원에서만 삶의 변형을 볼 수 있기 때문이다. 네 계층이 문화의 예언적인 네 가지 목소리로 이야기한다. 우리는 슈타이너의 신비의식에서 태양의 사원을 본다. 베네딕트, 테오도시, 로만, 레타르드 — 예언자들이 서로 마주 보고 서 있다. 그리고 인류의 얼굴을 대표하고 있다.[33]

태양의 사원이 눈앞에 있다. 이 태양의 사원 혹은 '도시'는 사고의 알렉산드리아 시대 속에 선명하게 빛을 발했다. 그리고 그다음에 이탈리아의 '태양의 도시'가 빛을 발했다. 그러나 '태양의 도시'는 로마제국(*imperium*)처럼 저절로 구현되었다. 이탈리아에서 이 도시는 미켈란젤로의 건축(이

---

33) 〔편집자〕 신비의식 〈헌사의 문〉(У врат посвящения) 을 보라.

탈리아 르네상스의 성공하지 못한 건축)에서 태양처럼 빛났다. 그것은 마키아벨리에게서 강등되었다. 그것의 상징은 캄파넬라의 '사회주의'이다.[34]

12

여태까지 '재림 그리스도'는 문화의 원동력이었다. 이 문화의 신비한 점은 단순한 등불에도 비밀스럽게 마돈나의 힘이 작용하고, 파우스트에게 그리스도의 위대한 힘이 비밀스럽게 기록된다는 것이다. 이러한 인간의 힘의 결합(혹은 죄)은 도정을 찾지 못한 사랑의 힘, 부드러움의 힘이 될 수 있다.

특징적인 것은 그리스도가 죄를 지은 여인 앞에서 모래 위에 조용히 무언가를 그렸다는 것이다. 그가 비밀스럽게 그린 것은 이탈리아 문화에 분명히 암시되어 있다. 그것은 비밀스럽게 '프로테스탄트주의'에 흘러들었고, 아무도 모르게 교회와의 투쟁에서 문화의 반란의 역사를 이끌었다.

미래(아마 … 25세기 즈음)는 15세기에서 빛난다. 빛 중의 빛, 르네상스다. '*빛 중의 빛*'을 예고하며 보이지 않게 비추던 별, 그 별이 1세기에서 4세기까지 알렉산드리아에서 떠올랐다.

13

고대 그리스인들의 사고는 형상에 비유될 수 있다. 만일 그것을 단단하게 빚는다면 아폴론과 비너스가 눈앞에 일어설 것이다. 그런데 만일 우리

---

34) 〔옮긴이〕 캄파넬라(Campanella, T., 1568~1639): 르네상스 시대 이탈리아 철학자. 데카르트에 앞서 방법론적 회의의 필요성을 역설했다. 자연에 대한 관심과 전통적 스콜라사상을 독자적인 체계 속에 융합시키고자 하였다. 공상적 사회주의사상을 담은 《태양의 도시》(*Civitas Solis*)를 저술했다.

가 알렉산드리아 그리스인의 사고를 단단하게 빚는다면 웅장한 이탈리아의 형상이 일어설 것이다. 알렉산드리아에는 고대 그리스사상으로부터 거대한 도약이 있었다. 그것이 눈앞에 있다. 태양의 사원(혹은 도시)을 둘러싼 숲이다. 아직 다 지어지지 않은 사원에는 숨겨 놓은 마돈나가 있다(플로티노스의 '구상'). 기원전 5세기까지 '유일한' 것은 아폴로였고 3세기까지 '유일한' 것은 레오나르도 다빈치의 〈최후의 만찬〉의 그리스도였다.[35] 둘 사이에는 수 세기의 간격이 있다. 성급한 알렉산드리아가 각인된, 고통 받는 강건한 사고의 끔찍한 경련, 혹은 미켈란젤로의 〈최후의 심판〉[36]이 있는데, 여기에서 분노한 아폴론(혹은 그리스도)은 운명적인 육체를 심판한다. 타오르는 육체의 파도는 타락이다. 동시에 내부의 빛은 육체를 잠식하고… 영혼까지 그리고 영혼 속으로 침투한다.

알렉산드리아 문화의 경련은 이탈리아 르네상스의 개성의 과도한 숭배를 예고했다. 그리고 우리에게 다가오는 문화의 '재림 그리스도교'는 이러한 삶의 연회에서 비밀의 빛으로 빛난다. 여기서 '연회'는 '*최후의 만찬*'이 될 것이고 여기에 손님(гость)이 올 것이다. 인간 속의 인간이다. 그분은 아직 알려지지 않은 채 우리 내부에서 순례하고 있다. 그리고 우리도 순례하면서 방문객과의 만남을 추구할 것이다.

수 세기를 흐르는(16세기에서 20세기) 문화는 순례이고 '순례자'는 이를 표현하는 사람이다.

보르자, 메디치, 교황의 독창적인 모습(니콜라이, 레오, 율리우스), 섬세함, 르네상스 연회의 '혼합주의'에는 아직 '*순례*'가 없다. 여기 이 연회

---

35) 〔편집자〕 〈최후의 만찬〉(*The Last Supper*, 1495~1497): 밀라노의 산타 마리아 델레 그라치에 수도원 식당에 있는 레오나르도 다빈치의 프레스코화를 염두에 둔 것이다.

36) 〔편집자〕 〈최후의 심판〉(*Last Judgment*, 1534~1541): 시스틴 성당에 있는 미켈란젤로의 천장화를 염두에 둔 것이다.

에서 변용(變容)된 개성의 비극이 무르익는다. 곧 그 속에서 인간이 드러날 것이다(파우스트, 창백한 햄릿, 만프레드). 곧 연회의 기쁨이 사라질 것이다. 연회장은 《파우스트》에서 만나는 마법의 술집이라는 것이 밝혀질 것이다.

파우스트는 구원된다.

14

르네상스의 모든 비극은 괴테의 《파우스트》에 의해 폭로된다. 그러나 《파우스트》에서 파우스트는 (마지막 장면에서) … 화염에 소멸될 무상한 장막과("*Und wär er von Asbest, er ist nicht reinlich*")[37] … 영적 삶으로의 부활로 분열된다. 영적 세계의 높이에서 우리는 파우스트가 갈릴레이, 코페르니쿠스, 케플러의 발명품으로 16세기, 17세기를 뒤덮은 채 순수한 음악적 원시력의 정신세계로 생생하게 흘러들어 가는 것을 본다. 그 원천은 바흐이다. 중유럽 북부가 이탈리아의 줄기로서 소생하는 것은 *신에게 충실한*[38] 파우스트가 과학적 창조의 정신으로 소생하는 것이다. 이 창조의 비밀은 음악적 흐름의 '바흐' 소리[39]이다.

이 '*바흐*'는 … 바흐의 음악 이후에 나타났다. 내가 말하는 것은, 내가 아는 것이다 — 이는 극단적 패러독스이다. 이 패러독스만이 유럽 문화의 알려지지 않은 거대한 비밀을 언급할 수 있다. 나는 지난 세기 유럽의 과학적 · 미학적 · 철학적 · 종교적 삶 사이에 드러나지 않은 관계의 구조가 있는 것을 보았다. 나는 여기에 포함되어 있는 쓰이지 않은 책들의 장

---

37) 〔편집자〕 "그는 석면으로 만들어졌다. 그는 깨끗하지 않다." 여기서 '석면'(섬유질의 내화성 광물)은 유명 인사의 시체를 보존하는 데 사용되었다.

38) 〔벨르이〕 괴테의 《파우스트》 중 "하늘의 예언자"를 보라.

39) 〔옮긴이〕 언어유희. '바흐'(bach)는 독일어로 '시냇물'의 의미이다.

서가 포함되어 있다는 것을 안다. 그러나 그 책들이 쓰일 때, 그것은 나에게 동의할 것이다. "귀 있는 자는 들을지어다."

15

바흐에게는 아우구스티누스 시대부터 현대에 이르기까지 유럽 문화를 부활시키려는 충동이 나타난다. 격변이 이루어졌다. 그리스도교 내부에서 실현되었다. 생생한 충동의 흐름, 바흐가 지하수 물줄기가 되어 밖으로 나와 힘차게 흐른다. 과학, 예술, 르네상스의 거품이 밖으로 나왔다.

'재림 그리스도교'는 충동이다. 이 충동으로 유럽이라는 거대한 기관의 혈관 그물을 통해 교회와 교리 밖에서 흐른다. 지하수가 솟았다. 그라알(12세기)에 대한 전설 속에 폭로되었다. 건조한 궤도의 그물이 남았다. 그 궤도에서 고갈된 생생한 물줄기가 밖으로 나왔다. 이때 사라진 충동의 형식으로 궤도가 노출되었다(이제 충동은 영혼의 풍경의 다른 장소에서 소생했다). 황폐한 풍경, 비밀스러운 충동의 형식은 고딕 양식 혹은 사원의 골격이다.

중심을 향해 달려가는 '*생기*'[40]의 예속은 혈관의 예속이다(영혼의 혈관 조직의 정맥에서 동맥). 고딕 창작에, 슈트라스부르크에, 아헨에, 쾰른에, 레임 성당에 아우구스티누스 영혼의 투쟁이 돌에 새겨져 있다. 이렇게 6세기의 비밀, 그 현대성이 15세기에 분명해졌다. 성당은 아우구스티누스 영혼의 골격으로서 자신의 영혼을 의식한다.

그리스의 철학은 논리적 영혼의 삶이다. 그 건축형식은 열주(列柱)와 주랑(柱廊)이다. 균형 잡힌 기둥에는 삼각형이 있다. 이것이 그리스 사원의 형식이다. 그 절정은 파르메니데스, 플라톤, 그리고 아리스토텔레

---

40) 〔벨르이〕 '생기 있는' 아치는 고딕 건축의 본질적 특성이다.

스의 '단일한 것'을 상징한다. 그러나 기둥은 개념이다(아리스토텔레스의 범주).

현대의 철학은 자기 의식적 영혼의 철학이다. 현대성의 이 영혼은 아우구스티누스에게서 처음으로 일깨워졌다. 영혼의 삶의 유희는 15세기에 이미 완전히 건축양식으로 성립되었다. 고딕 사원이 그것이다. 이렇게 성립되어, 형식에서 (교회의) 비형식으로, 유럽 문화의 반란으로 흘러갔다.

형식에서 무엇이 나왔는가? 사원에서, 교회에서 문화로 흘러간 것은 무엇인가?

노래하는 음악적 푸가이다.

아헨, 쾰른, 레임 성당은 정체된 푸가이다. 슐레겔[41]에 의한 음악의 정의(건축술)는 수학적으로 정확하다.

언젠가 스콜라학파의 비밀스러운 충동이 부딪치던 곳에서 이미 15세기에 날아가는 아치의 서열을 보았다. 아치의 푸가이다. 17세기와 18세기의 경계에서 우리는 이미 충동의 차후 형성 혹은 그로부터 새로운 흔적의 제거를 본다. 그 흔적은 사고(아주 새로운 철학)의 음악이다. 그리고 음악의 사고는 바흐이다.

새로운 시대의 철학은 음악의 범람이고 기념비적 성당의 점진적 이행이다. 직접적으로 말할 수 있는 것은, 그것이 6세기의 맹아이고 비밀스러운 삶의 충동의 실제라는 것이다: 불타는 가슴(*Cor Ardens*).

언젠가 모든 것이 '단일한' 불꽃의 가슴속에서 부딪쳤다. 이 단일은 바

---

41) 〔옮긴이〕 슐레겔(Schlegel, J. E., 1719~1749): 독일의 작가이자 비평가로서 희곡과 비평을 통해 독일 연극계에 새로운 자극을 주었다. 셰익스피어가 독일 대중에게 사실상 알려지지 않았던 때에 《셰익스피어와 안드레아스 그리프스의 비교연구》(*Vergleichung Shakespears und Andreas Gryphs*, 1741)라는 저서로 셰익스피어의 천재성에 대한 그의 인식을 보여 주었다.

울(사도)이다. 그의 제자가 아우구스티누스이다. 아우구스티누스의 불꽃으로부터 우리 문화의 묘목이 자신의 심장으로 광선을 뻗었다. 그것은 스콜라학파, 고딕 양식, 음악, 사상이다.

아우구스티누스는 모든 세속적 문화의 알려지지 않은 불꽃이다. 그리고 그 속에서 파우스트가 태어났다.

괴테의 《파우스트》를 무의식적으로 내부에 받아들이면서 그는 자신의 분명한 의식으로 마니교도의 스승인 파우스트와 열렬히 투쟁했다.

이렇게 그의 과업은 스승인 파우스트로부터 수 세기 동안 행해졌다. 플로티노스, 사도 바울, 스콜라철학, 고딕 양식, 바흐를 거쳐, 그리고 모든 철학을 거쳐 괴테의 《파우스트》에 이르기까지.

> 차마 표현할 수 없는 것이
> 여기서 행해졌네.
> Das Unbeschreibliche
> Hier ist getan.

16

역설적으로 말하자면, 후기 성당의 위대한 형식은 플로티노스로부터 생겨났다. 여기서 아치와 무지개는 물줄기, 즉 음악의 원천이다. 어딘가 저곳, 플로티노스 정신의 정상에서 그의 사고의 '단일한 것'이 마치 바늘처럼 플라톤의 이데아의 하늘을 찔렀다. 생각의 구멍으로 떨어지면서, 직관의 엑스터시가 인간의 피를 향해 똑바로 흘렀다. 엑스터시 너머 멀리 바울의 '*비전*'이 열렸다.[42] 그리고 바울 학교는 아테네에서 신성의 낮

42) 〔편집자〕 바울의 '비전'(Видение Павла) : 다마섹의 비전을 의미한다(〈사도행전〉 9장 3~9절을 보라).

은 비행 줄기의 점진적 이행을 천사의 서열 목록 속에 각인시켰다. 이 모든 것이 우리에게 떨어지고, 소생하고, 아우구스티누스의 마음속에서 선명한 불꽃으로 끓어오른다. 이성(스콜라학파의)으로, 돌덩어리들로 견고해진다. 사원들로, 고딕 양식들로 견고해진다.

만일 플로티노스 철학에 돌로 된 육체를 부여한다면, 우리 눈앞에 슈트라스부르크 성당이 일어설 것이다. 아직 (이성으로, 돌로) 얼어붙지 않은 것은 고딕의 형식에서 성가와 푸가가 되어 흘러나올 것이다. 그리고 물줄기가 인간의 피를 통해 파헤치는 것이 계속될 것이다.

바흐에게서 음악이 흘러나왔다. 바흐에게서 베토벤의 모든 것이 생겨났다.

회화의 원천이 1세기부터 음악의 물줄기가 되어 흘러나왔다. 그 지층은 국가와 교회이다. 그것 스스로 '*문화*'를 형성했다.

문화는 새로운 종교적 충동의 물줄기 위에 돋아나는 초록색 새싹이다. 그리고 이 충동은 바로 그리스도이다.

17

우리는 알렉산드리아 문화에서 충동이 견고해지는 것을 본다. 그것이 견고해진 것이 로마이다. 여기서 모든 종합철학의 *단일한 것*(*единое*)은 거대한 국가의 *단일성*(*единство*)으로 견고해지고, 그 속에서 다양한 민중문화의 종합적 결합이 시도된다. 아직 1세기부터 거대한 제국의 형상이 생겨났던 것이다.

세계제국, 로마는 견고하다. 알렉산드리아 종합주의의 왜곡된 골격이다.

역설적으로 말해, 국가란 진정 음악의 때 이른 견고함이다. 여기서 인간관계의 미스터리, 그 발전의 자유, 변화의 대위법이 *법처럼 의무처럼*

이성적으로 기록된다. 그러므로 우리는 정언적 명령의 *법*, *의무*, *권리*가 당연히 국가철학의 산물이라고 말할 수 있다. 칸트의 철학은 분명하다. 사고의 나라의 제국주의이기 때문이다. 새로운 시대철학의 이성론(理性論)은 사고의 윤리적 원칙에 근거한다. 그것은 사고의 나라의 '로마'이다. 그리고 이 '로마'는 독일 철학자들의 두뇌를 덮어씌웠다.

플로티노스, 필론 학파가 이에 대해 작업했다는 사실은 삶에 대한 왜곡된 부가물을 발견했다. 이해할 수 없는 영혼의 비밀을 위해 사회적 골조를 실현하는 거인 아우구스투스의 작업에서이다. 인간의 영혼에 로고스의 강하(降下)와 그 시대의 황제 아우구스투스의 과제 사이에는 비밀스러운 관계가 있다.

그러나 여기서 전망의 전위는 분명하다.

18

알렉산드리아 문화의 비밀은 '로마'의 토양에 스며들어 살아났다. 그 비밀은 카타콤[43]이다. 진정, 제국은 카타콤에 의해 멸망했다고 할 수 있다. 카타콤은 교회처럼 밖으로 나왔다. 언젠가 황제가 미트라의 사원을 건설했던 곳에(문화의 알렉산드리아 시대에) 이제는 성 베드로의 사원이 완성되어 있다. 땅속에서 나왔던 것은 다시 견고해졌다. 신정(神政)의 원칙은 제국과 유사하게 전망을 혼합했다. 그리고 교회 국가는 '로마'처럼 파열되었다. 그러나 파열된 틈에서 마치 선명한 고딕 창문구멍처럼 알렉산드리아의 충동이 다시 솟아올랐다. 르네상스다. 그리고 라파엘로의 물감이 표현할 수 없는 비밀이 되어 태양처럼 빛났다.

교리학의 골조에서 물감이 되어 흘러나온 것은 인간의 핏속에 있는 알

43) 〔옮긴이〕 카타콤(*catacomb*): 초기 그리스도교도의 지하묘지.

렉산드리아적 엑스터시의 충동이었다. 플로티노스가 이집트 동쪽에서 서쪽으로, 그리고 로마로 이동한 것은 매우 상징적이다. 플로티노스는 보다 후기 시의 고무자이다. '로마'(르네상스 시대)가 그것이다. 그는 '로마' 철학자이다. 알렉산드리아는 바다를 건너 이탈리아에 비밀스러운 다리를 놓았다.

바로 이 이탈리아가 빛나는 모자이크로 라벤나[44]를 비추었다. 그리고 로마 교황의 철권을 통해 자신의 광선, 태양빛을 흘렸다. 이탈리아의 '태양의 도시'가 예술의 문화에 의해, '라파엘로'에 의해 분기했다.

그러나 이탈리아의 태양의 보다 초기 골조는 청동방패이다. 무거운 로마 전사의 칼은 이탈리아 삶의 광선에 대한 왜곡된 암시이다.

19

우리는 후기 유럽 문화에서 문화의 개종을 분명히 본다.

그 한 줄기는 이성적 사고의 줄기이다. 그리스에서 … 프랑스로, 고전주의적 드라마에서 이해할 수 없는 '*의사 고전적*' 예술문화로, 민주정과 공화정 체제, 그리고 공동체에서 민주주의적 삶의 창조를 위한 새로운 시도인 코뮌으로 가는 것이다. 그리고 줄기가 분명히 보인다. 알렉산드리아, 이탈리아(로마, 르네상스)이다. 이 줄기는 더욱 멀리 보인다. 이후 이탈리아의 물감은 … 뒤러에게로, 이탈리아의 사상은 철학의 새로운 '게르만'체계의 작은 산맥으로, '칼'과 '방패'라는 프러시아의 철모로 흘러갔다. 알렉산드리아는, 플로티노스의 엑스터시의 물감과 베드로의 '비전'의 빛이 되어 이탈리아로 흘러갔고, '바흐'의 음악이 되어 독일로 흘러들었다. 그러나 독일의 *철학*, *시*, *음악*의 도정에 언젠가 퇴락한 문화의 비

---

44) 〔옮긴이〕 라벤나(Ravenna) : 이탈리아의 도시.

밀의 태양을 내포하면서 모든 전망이 혼합된 기형의 골조가 발생했다. 바로 범게르만주의이다.

제국주의의 작품이다. 모든 독일 사람들. 태양의 비밀스러운 충동의 작품은 차라투스트라의 초인이다. 알렉산드리아 문화의 종교적 이율배반(그리스도와 카이사르)은 독일에서 현재 니체와 비스마르크의 문화적 이율배반으로 대치되었다.[45]

알렉산드리아의 태양성, '음악', 반복할 수 없는 '파우스트', 이제 이 모든 것이 구현된 것은 니체가 유일하다. 제국(*imperium*), 방패, 철모, 도덕적 정언〔혹은 '철제 장갑'(*eiserne Handschuhe*)〕이라는 칸트의 '채찍'은 비스마르크였다. 그가 니체 앞에 서 있다. 마치 그 지향의 무서운 분신처럼.

제국주의, 법, '채찍'은 그 의심의 난쟁이, 니체가 항상 증오했고 싸웠던 그 '니벨룽'의 미메[46] 이다. 그리고 이로 인해 니체는 죽음을 맞이했다.

20

독일의 문화는 바흐에 의해 이탈리아 르네상스의 높은 곳에서 흘러나왔다. 높이 날아가는 (천사로부터) 푸가 속에 알렉산드리아 상징의 *위계*가 노래한다. 음악에서 바흐는 시에서 단테와 같다. 두 사람 모두 알렉산드리아의 태양광선이다. 베토벤은 분기하는 피의 거품에 들끓는 하늘의 반사이다. 피는 분기한 듯 끓어오르고 내리쬐는 태양에 불타 버린다.

미래의 문화의 길은 피의 혁신이다. 그리고 피의 원기이다. 피는 구름처럼 될 것이다. 낭만주의의 분기, 개성과 그 성장, 이것은 얼음을 녹이

---

45) 〔옮긴이〕 니체는 비스마르크로 대변되는 독일제국의 문화에 대해 비판적이었다. 이때 독일 문화의 뿌리는 바로 다음에 언급되듯이, 칸트적인 도덕적 엄숙주의에서 찾을 수 있을 것이다.

46) 〔편집자〕 미메: 바그너의 악극 〈니벨룽의 반지〉에 등장하는 악한 난쟁이.

는 봄의 태풍이다. 청명한 여름이 오기 전에.

그러나 우리는 이 태풍을 상실된 개성의 비극처럼 마음속에 지닌다. 개체, 인간, 자유가 되어야 하는 개성.

비극의 고통으로 가득 찼던 슈만과 슈베르트가 있다.

21

가곡의 의미는 충분히 알려져 있지 않다. 이탈리아의 '마돈나'나 레오나르도 다빈치의 '그리스도'처럼 우리 눈앞에 이해할 수 없는 가곡이 나타난다. 〈겨울 나그네〉.[47] 프란츠 슈베르트는 우리 눈앞에 이해할 수 없는 순례자로 나타난다. 그의 뒤에서 봉기가 일어나는데, 여기서 사울은 '차라투스트라'에 비유되면서 음악의 소리로 단일한 '심포니' 형식을 격파한다. 그 형식은 노래의 포말 속에 있다. 그러나 노래의 '모자이크'로부터 길이 생긴다. 소리에 재능이 있는 사람은 들을 것이다. 그 길이 '다마섹으로 가는 길'이라는 것을. 비전으로 가는 길, 밝은 밤, 선명한 밤, 레오나르도 다빈치의 '만찬'으로 가는 길. 한밤중 태양이 타오른다.

과거의 '연회'로부터 황량한 겨울을 지나 미래의 '만찬'의 신비의식으로 가는 것은 우리 문화의 미래를 향한 길이다. 남은 연회는 르네상스, 문예부흥, 지구의 봄, 지구의 사랑이다.

사람들은 〈겨울 나그네〉의 수준(*niveau*)을 이해하지 못했다. 그것의 발판이 된 것은 슈만의 둘도 없는 가곡 〈시인의 사랑〉[48]이었다. 여기서 사랑의 서정적 긴장이 비극을 파헤치면서 지상의, 심히 동요하는 개성을

---

47) 〔편집자〕 〈겨울 나그네〉(*Winterreise*) : 뮐러(Muller, W.)의 시에 슈베르트가 곡을 붙인 24곡의 연작 가곡.

48) 〔편집자〕 〈시인의 사랑〉(*Dichterliebe*) : 하이네(Heine, H.)의 《시집》(*Buch der Lieder*, 1826~1831)의 시에 곡을 붙인 슈만(Schumann, R. A.)의 가곡.

살해한다. 그리고 발작의 '거인들'이 그를 매장한다.

사랑의 정상에는 죽음과 밤이 있다. 정상으로부터 공간의 추위를 지나 '겨울 나그네'의 길이 시작된다. 순례자의 내세의 편력 혹은 연속적인 영혼의 고난이다.

실제로, 자신의 정신 속에서 가곡의 관계를 추적한 사람, 〈시인의 사랑〉의 결과가 〈겨울 나그네〉라는 것을 이해하는 사람, 그 사람은 유일한 길을 이해할 것이다. 이탈리아의 인간에서 현대의 얼어붙은 문화의 차가운 껍질로 우리 속에 감추어진 인간으로 … 미래의 인간으로 가는, 우리 마음속의 비밀스러운 방문객에게 가는.

우리는 까마귀 울음소리로 생동하는 풍경을 지난다. 문화의 울음소리 혹은 '까마귀' 울음소리, 그것은 '유일한' 슈티르너[49] 일 수도 있고, '불행한' 키르케고르일 수도 있으며, 《차라투스트라는 이렇게 말했다》의 새로운 시대의 '추악한' 시일 수도 있다.

그리고 '차라투스트라' 역시 순례자이다. 우리는 가곡 〈까마귀〉[50] 의 얼어붙은 소리를 들으면서 빙빙 돌고 있는 이 새는 단순한 까마귀가 아니라 제의의 까마귀라는 것을 분명히 알게 된다. 우리는 고대 페르시아 신비의식에서 '까마귀'를 바치는 단계가 있다는 것을 알고 있다. 까마귀는 개인적 '나'이고 우리 내부에서 쪼아 대는 영혼이다. '*까마귀*'를 보고 '*까마귀*' 위에 서는 것은 내부의 '개성'을 폭로하는 것이다. 그리고 개인적 삶 속에서 죽는 것이다. 우리는 헌사(獻詞) 가 비극의 비밀이며 삶은 죽음의 비밀이라는 것을 알고 있다. 그리고 〈까마귀〉의 소리를 들으며 동

---

49) 〔옮긴이〕 요한 카스파르 슈미트(Schmidt, J. C., 1806~1856) 를 말한다. 필명인 막스 슈티르너(Max Stirner) 로 더 잘 알려진 그는 프로이센의 청년 헤겔학파 철학자로서 그의 철학은 허무주의와 개인주의에 큰 영향을 끼쳤다. 개인주의적 아나키스트로 분류되기도 한다.

50) 〔편집자〕 〈까마귀〉(*Die Krähe*) : 슈베르트 연작의 15번째 노래.

양에서 서양으로 배회하는 외로운 '차라투스트라'의 신비의식을 본다. 그리고 갑자기 자신에게 주목한다.

> 까마귀 한 마리가 나와 함께
> 그 도시로 들어왔네.
> Eine Krähe ist mit mir
> Von der Stadt gezogen.

죽은 문화의 '도시'로부터 까마귀의 악의 그림자가 드리워져 영혼세계의 공간을 가로막는다.

여기에 고독의 경계가 있다. 이것은 인간의 내부에 비밀스럽게 살고 있는 '*인간*'을 향한 인간적 개성의 마지막 지층이다. 내부의 '인간'에게 다가가는 것은 죽지 않고는 불가능한 일이다.[51] 우리를 죽이는 것이 진정 우리 내부에서 공격적인 '까마귀'처럼 보인다.

개성의 선, 시간의 선이 우리 내부에서 동그랗게 구부러진다. 뱀처럼 자신의 꼬리를 깨문다.

22

슈베르트 음악의 구조 속에 라파엘로 형식의 태양빛이 있다. 개별적 노래들은 붓질과 같다. 그러나 그 점진적 단계는 색조들의 완벽한 음표이다.

이렇게 〈겨울 나그네〉 연작형식은 보이지 않는 비밀스러운 태양의 도시를 엮고 있다. 여기서 '태양의 도시'는 '나'의 가운데이고 '나'의 내부이고 '나'(혹은 '개성')의 가장자리이다. 그 속에서 욕망의 '나'는 삶의 '나'를

51) 〔옮긴이〕 개성을 넘어선 참된 차원에 도달하기 위해서는 개인적 생명을 초월해야 한다는 의미이다.

위해 죽었다.

〈겨울 나그네〉 연작을 들으면서 우리는 대지를 상실한 느낌을 받는다. 그래서 우리는 이미 아무것도 남지 않은 곳에 무언가를 건축해야 한다. 우리 눈앞에 하강, 죽음의 밤이 있다. 겨울, 까마귀의 울음소리가 있다. 그리고 죽음의 도시, 죽음의 거리를 지나는 길이 뻗어 있다.

> 나는 그 길로 가야 하네,
> 아무도 돌아오지 않은 그 길로.
> Eine Strasse muss ich gehen,
> Die noch keiner kommt zurück.

그래도 역시 순례자의 사멸에 외침이 있다. 바로 여기, 이 노래, 〈이정표〉[52] 속에서 비밀스럽게 갑자기 바흐의 성가가 들린다. 그리고 *겨울 편력*에 절망하는 우리에게 다시 소리가 스며 나온다. 차라투스트라의 태양, 바울의 '비전', 플로티노스의 '엑스터시', 프란치스코의 꽃들, 그리고 아우구스티누스 영혼의 음악적 흐름이다.

무언가 우리에게 되풀이된다.

> 태양이
> 한밤중에 비치네.
> 생명 없는 대지의 돌들을
> 비추네.
> 그래서 몰락과 죽음의 밤에
> 창조의 새로운 시작과

52) 〔편집자〕 〈이정표〉(*Wegweiser*) : 뮐러가 작사한 〈이정표〉의 가사에 슈베르트가 곡을 붙인 연작의 20번째 노래.

아침의 젊은 힘을 발견하네.
Die Sonne schaue
Um mitternächtige Stunde.
Mit Steinen baue
Im leblosen Grunde.
So finde im Niedergang
Und in des Todes Nacht,
Der Schöpfung neuen Anfang
Des Morgens junge Macht.[53)]

23

새로운 날의 창작은 고통, 하강의 공포로 시작된다. 자신에게 주의를 돌릴 때 죽음이 우리를 찾아온다.

나는 그 길로 가야 하네.
아무도 돌아오지 않은 그 길로.
Eine Strasse muss ich gehen.
Die noch keiner kommt zurück.

이 길(*strasse*)은 슈만, 프리드리히 니체가 광기 속에서 하강한 길이다. 여기서 알려지지 않은 것이 있다. 한밤중(*mitternacht*)이 울린다. 그것은 헌사의 알려지지 않은 길이다. '차라투스트라'의 그림자는 살며시 다가오는 난쟁이이다.[54)] 차라투스트라 혹은 순례자는 그를 알아보고 전율한

53) 〔벨르이〕 루돌프 슈타이너의 시.
54) 〔옮긴이〕 난쟁이(карлик) : 니체의 《차라투스트라는 이렇게 말했다》에서 난쟁이는 차라투스트라의 과업, 즉 초인과 영원회귀에 대한 가르침을 방해하는 중

다. "높이가 아닌 경사에 놀랐다."[55] 한밤중 니체의 의식 속에 거짓된 *반복성*이 들어왔다.

난쟁이가 차라투스트라에게 말했다.

"오, 차라투스트라, — 그는 따로 속삭였다 — 당신은 당신 자신을 높이 공중으로 던졌습니다. 그러나 모든 던져진 돌은 떨어져야 합니다 … ."

"스스로 태형을 선고했습니다. 오, 차라투스트라, 당신은 당신의 돌을 높이 던졌습니다. 그러나 던져진 돌은 당신에게 떨어집니다."

난쟁이는 계속 말했다.

"똑바로 뻗은 것은 모두 거짓입니다 … 모든 진실은 구부러집니다. 시간 자체가 원이기 때문입니다."[56]

직선운동은 절반의 거짓이다. 그러나 그 속에는 또한 절반의 진실이 있다.

"〈겨울 나그네〉를 향한 길은 직선입니다. 그리고 추악한 무한대로 가득 차 있습니다. 까마귀는 끝없는 편력, 끝없는 고통, 나의 고독에 대해 깍깍댑니다."

> 나는 그 길로 가야 하네.
> 아무도 돌아오지 않은 그 길로.
> Eine Strasse muss ich gehen
> Die noch keiner kommt zurück.

심인물로 등장한다.

55) 〔벨르이〕《차라투스트라는 이렇게 말했다》.

56) 〔옮긴이〕 이 구절은 차라투스트라가 난쟁이와 영원회귀에 대해 논쟁하는 부분이다. 난쟁이는 영원회귀에 대해 일상적인 견해를 제시하고 있으나, 차라투스트라는 난쟁이의 그러한 이해에 유보적인 반응을 보인다.

24

우리는 대조로 사고한다.

선은 우리 내부에서 원에 대한 사고를 불러일으킨다. 그리고 회귀할 수 없는 것이 회귀를 인도한다. 그러나 선도 원도 모두 거짓이다.[57]

진실은 나선운동 속에 있다.

난쟁이는 직선운동의 거짓을 폭로했다. 그리고 차라투스트라를 원의 거짓으로 붙잡았다. 영원회귀로써 그를 회유했다. 차라투스트라는 본의 아니게 교활한 선동에 넘어갔다.

"달리는 모든 것은 이 길로 달리지 않고 모든 것은 이 길을 지나지 않습니다. 아무 일도 일어나지 않고 올 수 있는 것은 아무것도 없을 것입니다."[58]

그런 다음 차라투스트라는 산에서 내려와 바다로 갔다. 산에서는 사고의 밝아짐이 있다. 바다에서는 형상의 들끓음이 있다. 이렇게 차라투스트라의 귀환은 산에서의 하강과 비슷했다.

*반복*의 긍정은 차라투스트라의 차라투스트라 그림자[59]로의 *전환*이다. 차라투스트라의 *편력*은 여기서 거대한 슈베르트의 연작 가곡에 공명한다. 그리고 〈겨울 나그네〉의 결말이 대두된다. 〈겨울 나그네〉의 결말은 거리의 악사와의 만남이다. 그는 이상한 노인이다(아마 '영원한 유대인'일 것이다). 샤르망의 손잡이가 돌아간다.

이 영원한 거리의 악사가 일어나는 곳이 선적 진화가 원으로 이동하

---

57) 〔옮긴이〕 영원회귀란 직선과 원의 대립을 넘어선 차원에 속한다는 뜻으로 해석된다.

58) 〔벨르이〕 《차라투스트라는 이렇게 말했다》.

59) 〔옮긴이〕 차라투스트라는 고독 속에서 자신의 그림자와 대화하는 모습을 보여준다.

는 그곳 아닐까. 원운동이 *회전한다.* 바로 여기서 현기증(*vertigo*)이 시작된다.

바로 여기서 광기가 프리드리히 니체를 덮쳤다.

25

여기서 문화의 도정이 끝난다. 이 도정을 따라 1세기, 2세기부터 20세기에 이르기까지 생생한 원천이 흘러왔다. 여기서 원천은 고갈되었다. 여기서 우리는 다시 전환을 해야 한다. 내부의 충동을 의식해야 한다. 초인 속에서 자신의 분신(칸트와 파우스트, 마니교의 스승)과 연결된 인간을 인식해야 한다. 선적인 길과 부동의 원의 길, 이 두 개의 길을 나선으로 연결해야 한다.

우리는 자신의 〈겨울 나그네〉 속에서 더 이상 교리학이 없는 것처럼 더 이상 전진이 없다는 것을 이해해야 한다. 정해진 충동의 *화신*이 우리에게 문득 떠오른다. 그리고 우리는 프란츠 슈베르트 속에서 바흐의 화신이 있다는 것을 알게 된다. 바흐 속에서 우리는 아우구스티누스의 삶의 울림을 듣는다. '참회'의 울림 속에서 이번에는 우리의 다마섹으로 가는 길에 반사되는 빛의 형상을 알게 된다.

이러한 형상을 의식하는 것, 그것은 새로운 문화의 충동을 이해하는 것이다.

26

그러나 니체는 그것을 이해하지 못했고, 헌사의 '까마귀'를 만나 그것을 물리치지 않았다. 그는 '까마귀'가 되지 않았다. '까마귀'는 *영원회귀에 대한* 겨울의 비명으로 그의 두뇌를 쪼아 댔다. 그는 말했을 것이다 … 바젤에서 도망치면서.

> 까마귀 한 마리가 나와 함께
> 그 도시로 들어왔네.
> Eine Krähe ist mit mir
> Von der Stadt gezogen.

그리고 슈베르트의 *겨울 편력*의 순례자로서 미치기 직전에 이렇게 외쳤을 것이다.

> 까마귀는 놀라운 동물!
> Krähe wunderliches Tier!

'까마귀'는 바젤에서 까악까악 순례자를 향해 떨어진다. 나는 그 목소리를 들었다. 바젤에서는 종종 "죄인은 광인이 된다! 광기로 … . *포획된 의지*는 스스로를 해방시킨다". 60)

이것은 내가 바젤에 있을 때 들은 말이다. 겨울 편력, 나의 '겨울 나그네'는 여기서 시작되었다. 나의 포획된 의지는 러시아에서 억누르던 압박감에서 나를 해방시켰다. 나는 바젤에서 차라투스트라의 그림자를 만났다. 그리고 여기서 까마귀가 내게 울었다. 얼마 전 나는 바젤에서 나와 산으로 달려갔다. 그리고,

> 까마귀 한 마리가 나와 함께
> 그 도시로 들어왔네.
> Eine Krähe ist mit mir
> Von der Stadt gezogen.

---

60) 〔벨르이〕《차라투스트라는 이렇게 말했다》.

27

알자스에서 이미 전쟁이 터졌다. 나는 대포소리에 지쳐 바젤을 떠나 산으로 달려갔다. 갈색머리와 함께였다(아마도 국제수사팀의 형사일 것이다). 로잔, 루체른, 취리히 등, 모든 곳에서 호텔방 벽 뒤의 그를 알아보았다. 그는 산책길에서, 기차 안에서, 내 옆에 앉지 않았고 구석 어딘가에 비스듬히 있었다. 나는 그의 출현을 폭로할 수 없었다. 기차가 움직일 때, 보통 계곡, 나무, 산마루의 풍경에 정신을 빼앗겼을 때, 영혼이 가벼워졌을 때, 그리고 모든 음울한 것이 사라졌을 때, 바로 이때 나는 항상 나의 악한 까마귀를 폭로했다. 나를 탐색하는 눈동자(검은 눈동자), 검은 콧수염, 그리고 쭉 뻗은 까마귀 코끝.

"이것이 나다."

내가 얼마나 이 동행인을 무시하려 했는지, 내 안에서 모든 것이 불쾌한 구름에 싸이게 되었다.

까마귀 한 마리가 나와 함께
그 도시로 들어왔네.
Eine Krähe ist mit mir
Von der Stadt gezogen.

28

중절모를 쓴 나의 갈색머리는 형사일까? 누가 그를 알까. 그는 어디에 속해 있을까? 모든 부드러운 폭발과 관련된 국제사회일까, 언젠가 정신이 불타올랐던 오래전 사멸이 예정되었던 무서운 정교단체일까? 그들은 누구일까, 파멸의 형제들일까?

*우리*는 그들에 의해 포박되었다. 무서운 형사에 의해 포위되었다. 우리의 영혼은 일상적 행위에 쏟아진 무서운 마법행위로 인해 … 악마와 관련되었다. 우리는 우리 의식을 갉아먹고 밤으로 데려가는 이 까마귀 코에 속한 중절모들에 의해 포위되었다. 이 코는 전쟁이 일어난 해 바젤에서 나의 개인적 삶에 들이닥쳤다. 스파이와 형사(영혼의 형사) 체제는 그들과 영혼의 접촉을 경고했다. 그들은 산에 매복하고 있었다. 그리고 살금살금 다가와서 비인간적으로 우리를 심연 속으로 던졌다. 영혼의 공간에 배치된 불결한 그들의 도구들은 자신의 바늘로 인간의 영혼 속에 '아기'가 태어났던 곳을 가리켰다. *박해가 시작되었다.* 말하자면, 당신은 콘서트에 간다. 그리고 형사를 만난다. 그렇다.

> … 사람들의 모든 모임에는
> 이 비밀의 형사가 있다.[61]

박해가 시작되었다. 영적으로 태어난 '아기'(혹은 영혼 속의 정신)는 도망쳤다. 여기서 헤롯의 병사들이 나타났다('아기들'을 몰살시키기 위해). 그리고 국제 영계(靈界)의 형사들이 사냥을 시작했다(국가성의 원칙은 이들에 의해 죽을 운명에 처한 인류를 그 끔찍한 행위로부터 차단하는 커다란 화면이다). 국가적 이익의 비호 뒤에는 *악마의 검은 지대*가 있다. 그리고 천부적 재능이 나타나고 그들은 적절한 때에 그에게 국가적 범죄라는 무서운 낙인을 찍는다.

나는 바젤에서 이것을 깨달았다. 내 뒤를 따라 바젤에서 산으로 까마귀가 까악까악 날아왔다.

---

61) 〔편집자〕 블록의 시 〈조심스레 들어가는 놀이 ….〉(Есть игра: осторожно войти …., 1913)에서.

까마귀 한 마리가 나와 함께
그 도시로 들어왔네.
Eine Krähe ist mit mir
Von der Stadt gezogen.

29

우리의 삶은 죽은 바젤이다. 우리는 그곳에서 산으로 도망쳤다(요한의 건물은 아직 완성되지 않은 채 서 있다). '까마귀들'이 우리의 뒤를 따라오며 비명소리를 던진다. "멈추시오, 돌아오시오." 우리는 돌아서서 보았다. 배신의 비탈. 머리를 거꾸로 한 채 우리의 그림자가 밑에 누워 있었다. 우리는 마치 우리가 떨어진 것 같다. 분별력이 우리 영혼에 스며들었다. 그리고 우리는 바젤로 돌아왔다.

우리의 *회귀*는 심연으로의 추락과 같다.

르네상스적 충동으로의 귀환, 이것은 새로운 문화발생의 담보물이다. 그 연회로의, 그 형식으로의 회귀는 죽음을 향한 추락이다. 르네상스는 우리에게 코스모스를 선사했다.[62] 그러나 모든 코스모스는 창조과정에서 음악적으로 노래하는 카오스에서 빚어진다. 코스모스의 반복은 채색화와 같다. 르네상스 형식의 반복은 그 유훈을 침해하는 것이다.

르네상스적 충동은 알렉산드리아에 있다. 그리고 더 이전에 그 충동은 반짝이는 빛의 비전, 즉 베드로의 비전으로 땅에 흘렀다. 그리고 르네상스 형식의 반복은 우리를 빛의 부름으로부터 차단하는 것이다. 철모로, 방패로.

---

62) 〔옮긴이〕 질서를 부여했다는 뜻. '코스모스'(*cosmos*)는 그리스어로 원래 질서 혹은 조화를 의미했는데, 나중에 우주의 의미를 갖게 된다. 이는 우주가 질서와 조화의 모습을 보여 주기 때문이다.

많은 사람에 의해 선포된 문화의 숭배가 그런 행위이다. 문화의 가장 무서운 임무는 경향성, 즉 국가에 의해 이식되는 것이다. 국가와 문화의 결합은 무서운 일이다. 표면적 탈환에 있어 이 무서운 일은 모든 곳에서 벌어진다. 그 이름은 *자본주의*이다.

르네상스의 *연회*로의 회귀는 메디치가와 유사한 형상이 아닌 현대문화의 얼굴로 우리에게 나타난다. 빈델반트가나 로스차일드가와 유사한 형상 속에 트레게르 문화가 우리 앞에 나타난다.

삶의 모든 사치, 문화의 안락에 대해 우리는 "아니다"라고 말해야 한다. 우리는 그것들에서 떨어져 산으로 도망가야 한다. *겨울 편력*을 떠나야 한다. 까마귀의 출현을 체험하고 죽은 도시의 죽은 거리로 깊이 들어가야 한다. 그 거리에 대해 순례자의 목소리가 우리에게 말한다.

> 나는 그 길로 가야 하네.
> 아무도 돌아오지 않은 그 길로.
> Eine Strasse muss ich gehen
> Die noch keiner kommt zurück.

30

우리의 시선은 완전한 황폐함을 관조한다. 우리는 업적의 고양을 불쾌로부터 보호한다. 그러나 우리의 길이 다 끝나지 않았다(아직 시작되지 않았다) 는 것을 생각할 시간이 없다. 황폐함이 이무기처럼 매혹적인 시선으로 우리를 바라본다. 우리는 이무기의 입을 향해 새처럼 날아간다. 이때 우리는 생각한다. *우리는 떨어진다*. 아마, 입을 향해 날아가서 새가 그렇게 생각할 것이다.

현대문화의 가치로의 회귀는 *겨울의 고통스러운 편력*에 대한 공포에서 생겨났다. 레오나르도 다빈치의 〈최후의 만찬〉에 대한 헌사의 길로서 〈겨울 나그네〉는 무섭게 그려진다 — 서재의 안락함, 국가가 보호하는 편안한 서재, 식탁 위의 만두 조각은 *완전한 황폐함이 아닌 문화의 안락함*으로 그려진다. 그리고 우리는 빌헬름 마이스터의 쾌적한 편력[63]을 읽고, 사각의 벽, 증기로 데워진 서재의 입방체로 돌아온다. 그 증기는 문화의 첨탑으로 여겨진다.

그러나 서재의 '입방체'는 '감옥'이다.

'자신의' 서재로의 회귀는 *전복*된 회귀이다. 그리고 서재의 의미는 *전복된 의미*이다. 어린아이가 꿈에 몰두하는 것은 *재평가의 가치*, *가치의 재평가* 시대에 허용되었다고 자신에게 말한다.

평가와 *재*평가 사이에 심연이 있을 때 전치사를 뛰어넘는 것은 생각보다 위험하다(전치사를 비틀어라). 그 어디에도 부가되지 않는 비(非) 동사적 비본질성이 *전치사*이다. 그리고 문화의 국가 서재의 안락함으로 회귀하는 *전치사*는 하나다. 그것은 *그 어디에도 부가되지 않는*, 문화의 박물관 유품의 카탈로그 분류법 같은 비본질성에 종사하는 것이다. 여기서 창작 대신 분류학이 *카탈로그들의 카탈로그*(전문용어와 학술어)를 세상에 양산한다. 전문용어 중에서 학술어는 피아노의 건반 같아서, 우리는 그 키를 하나하나 누르며 좋은 소리를 끄집어낸다. "라파엘로의 탐-탐, 레오나르도의 탐-탐-탐, 바그너의 탐, 프리드리히 니체의 타-타-타."[64]

이렇게 문화의 소리를 추출하는 유쾌한 작업을 하면서 우리는 생각 없이 시간을 보낸다. 소리는 한가한 길에서 추출된다. 우리가 즐기는 *문화*

---

63) 〔옮긴이〕 괴테의 《빌헬름 마이스터의 편력시대》(*Wilhelm Meisters Wanderjahre*, 1829)를 말한다. 이 고전은 1700~1800년대를 무대로 빌헬름이 아들 펠릭스를 데리고 편력의 여행길에 오르는 이야기를 들려주는 장편소설이다. 이 작품에는 산업혁명의 여파로 인한 경제구조의 변화, 기계공업의 도래 등이 생생하게 묘사되어 있는데, 그에 따른 경고와 수공업자들의 중요성도 강조된다.

64) 〔옮긴이〕 여기서 '탐-탐'은 건반을 누르며 노래하는 의성어이다. 벨르이는 자주 이런 의성어를 사용하는데, 이는 소설 《페테르부르크》에도 등장한다.

의 피아노 소리의 음계는 십자가와 가시면류관 옆에서 도취되는 것이다. 문화의 연회에서 우리의 상태는 마치 우리가 서커스에서 검투사들의 싸움을 지켜보는 것과 같다. 악기(문화의 피아노)의 건반을 두드리는 것은 극히 감상적이다. 감상성은 기괴한 쾌락적 충동의 숨은 형식이다.

서재의 '입방체'에서 문화로의 회귀는 쾌락 게임이다. 그것은 선으로 *인도하지* 않는다.

조용한 밤이다. 피아노 소리가 들린다. 〈까마귀〉를 부르는 소리가 들린다. 광인이다. 들어보시라…. 당신의 심장이 두근거린다! 아, 당신은 밤마다 잠들어 있는가? 당신은 "아니다"라고 대답할 것이다.

아직도 잠들어 있는가?

당신은 깨어날 것이다. 서재의 마루가 내려앉을 것이다. 당신은 안락의자에 앉아 밤의 낭떠러지 위에 본능적으로 매달려 있게 될 것이다. 그곳에는 달이 있을 것이다. 떨어지고, 부풀어 오른 돌의 지구가 당신을 향해 날아갈 것이다. 그것은 환상이 될 것이다. 심연으로 떨어지기 때문이다. 당신이 떨어져 나온 집은 당신 위에서 텅 빈 껍질이 되어 허망하게 사라질 것이다. 상식은 당신을 문화의 '입방체'(집의 안락함)로 돌려놓고, 그곳으로 돌려놓고… 맹렬하게 던질 것이다. 순례자처럼 미리 옷을 준비하고 겨울에(겨울을 지나) 비밀스럽게 숨어 있는 태양을 향해 자발적으로 나가는 대신, 당신은 추위 속에 강제로 버려질 것이다. 편력의 우연성에 대항하여 미리 준비할 가능성도 없이.

31

이런 일이 지금 벌어지지 않을까? 국가와 관계를 끊지 않은 문화제국주의가 향하는 서재의 국가적 '입방체'는 그들에게 고통스러운 감옥이다. 여기서 그들을 얼음 참호로 강제추방했기 때문이다. 피아노 소리가 속인다 — 그 뭔가 다른, 사악한 소리 … 대포소리다. '*탐-탐*' — *대형탄환*이 날아간다. '*탐-탐-탐*' — 폭발하며, 거의 모든 프랑스의 젊은 시들을 파편화시킨다. '탐' — 라스크를 죽인다. '*탐*' — 사하라사막 흑인의 총검이 이곳 바젤 대학에서 강의하는 문화역사학자를 찔렀다. 국가의 문화에 주어진 피아노 건반은 이제 거짓임이 밝혀졌다. *그것은 대포소리의 건반이었다.*

'*겨울 편력*'을 거부하고, 우리 중에서 가장 섬세하고 훌륭한 사람들을 고문실에 억류시켰다. 그들 모두를 마치 죄인처럼 겨울밤 들판을 지나고 숲을 지나 얼음으로 뒤덮인 참호 속으로 끌고 갔다. 강철 손가락 — 화강암 — 이 갈라지며 그들의 조각난 뇌와 깨진 두개골을 쪼아 댔다. 권리 없는 노예부대가 사이좋게 노래를 부르며 도시를 나와 겨울 편력의 길을 떠났다. 그 노래는 —

까마귀 한 마리가 나와 함께
그 도시로 들어왔네.
Eine Krähe ist mit mir
Von der Stadt gezogen.

시련은 우리가 그를 내부에서 쫓아낼 때 외부에서 덮쳐 올 것이다. 광기, 페스트, 전쟁, 그리고 기아.

32

우리는 우리에게 주어진 문화의 '입방체'의 한가운데 불쾌한 폐허를 보지 못했다. "불쾌한 폐허를 볼 때 … . 제자리가 아닌 곳에 서 있는 … 그때는 산으로 도망칠 것이다"(〈마가복음〉). 65) "지붕 위에 있는 사람은 집으로 내려가지 못할 것이다 …. 그리고 들판에 있는 사람은 뒤로 방향을 바꾸지 못할 것이다 ….”[66] 우리는 그래도 방향을 바꾼다. 그러나 우리가 불쾌한 것으로 전환되는 것은 그 속에서 반복의 시작이다.

니체가 남긴 문화의 이상을 수호하는 것은 칼을 들고 서 있는 것이 아니다. 낮은 것을 공격하는 것도 아니다〔퍼레라(Perera)에 대한 침입으로는 베토벤의 그 무엇도 증명하지 못할 것이다. 괴테의 영광에 대한 그 어떤 왜곡으로도 괴테를 밝혀내지 못할 것이다〕. 낮은 것에서 솟아올라 우리는 그를 압도한다. *나선운동*의 물레방아로써 아무것도 하지 못하고 … 돈키호테의 상황에 처한다. 우리는 날개 위에 둥근 원을 그린다. 날개는 날아올랐던 돌을 아프게 때린다. 니체는 *영원회귀*를 때린다. 영웅의 삶이 시작된다. 돈키호테의 삶은 끝났다.

기억건대, 회귀의 첫 번째 소식은 니체의 선포로 시작되었다. “당신은 나의 존재 깊은 곳에 나타난 현기증 나는 생각을 딛고 있다.” 즐거움의 이상한 음표가 고독한 순례자 차라투스트라를 사로잡는다. 바로 이 즐거움의 이상한 음표가 우리가 거리의 악사와 만나는 순간 또 다른 우리에게 가까운 순례자 ‘겨울 나그네’를 사로잡는 것 아닌가. 이 이상한 악사는 귀 기울이지 않고 아무것도 주지 않았다. 그리고 회귀의 시험이 있다. 그는 바로 그곳, 우리가 자신으로 전환되고, 차라투스트라가 그림자로 전환되는 우리의 길에서 시작된다! “높이에 놀라지 않는다. 경사에 놀란다.” “시간 자체가 원이다.”[67]

그 누구도 그의 말을 들으려 하지 않고,
그 누구도 그를 사랑하지 않는다.

---

65) 〔편집자〕 복음서의 축약된 인용(〈마가복음〉 13장 14절)을 보라.
66) 〔편집자〕 복음서의 축약된 인용(〈마가복음〉 13장 15~16절).
67) 〔벨르이〕《차라투스트라는 이렇게 말했다》.

그의 작은 접시는 항상
텅 빈 채로 남아 있다.
Keiner mag ihn hören,
Keiner hat ihn gern
Und sein kleiner Teller
Bleibt ihm immer leer.

순례자는 이상한 노인, 거리의 악사를 보고("시간 자체가 원이다") 소리친다.

이상한 노인이여,
나는 당신의 뒤를 따라갑니다.
당신은 나의 노래를 위해
샤르망을 연주해 주십시오.
Wunderlicher Greise
Soll ich mit dir gehn;
Wirst zu meinen Liedern
Deine Leier drehn.

그리고 〈겨울 나그네〉 연작이 중단된다. 앞으로 무슨 일이 벌어질 것인가? 차라투스트라의 *광기*는 영원회귀의 시련을 참지 못하고 겨울 편력의 순례자처럼 소리친다: "당신은 나의 노래를 위해 샤르망을 *연주해 주십시오.*"

현기증이 시작된다. "당신은 현기증 나는 생각을 딛고 있다."[68]

그는 영원성, '*영원*회귀'와의 만남을 체험했다. 그의 내부에서 *무엇인*

---

68) 〔벨르이〕《차라투스트라는 이렇게 말했다》.

가 영원성의 외침을 왜곡한다. 이 무엇인가 혹은 니체의 *검은* 점은 '나'의 체험이다. 그것은 개인 외적인 개체(*individuum*)가 아니라 팽창하고 성장하는 개성이다. 그리고 '나'는 잠든 용이다.[69]

이것이 무서운 까마귀, 즉 *의식의 까마귀*(개인적인 '나')로서, 바젤에서부터 산에 이르기까지 니체 뒤에 뻗어 있는 것이다.

> 까마귀 한 마리가 나와 함께
> 그 도시로 들어왔네.
> Eine Krähe ist mit mir
> Von der Stadt gezogen.

그는 소리칠 것이다.

> 까마귀는 놀라운 동물!
> Krähe wunderliches Tier!

까마귀는 니체에게 울어 댄다. "돌아오세요. 당신은 예전에도 있었습니다. 예전에 있었다면 앞으로도 존재할 것입니다."

달 아래 새로운 것은 없다.

그리고 차라투스트라는 괴로워한다. "아, 멈추시오…. 혐오! …" 그리고 곧이어 니체의 말 없는 침묵이 시작된다.[70] 그의 *조용한 시간*이다.

---

69) 〔벨르이〕 앞의 책.

70) 〔옮긴이〕 '니체의 말 없는 침묵'은 차라투스트라가 가장 힘든 도전에 직면한 것을 의미한다. 그것은 니체의 두 가지 중심사상인 초인과 영원회귀를 서로 조화시키는 문제이다. 다시 말해 초인에 의해 극복된 최후의 인간이 영원회귀사상에 따라 반복될 수밖에 없다면 니체가 말하는 극복은 참된 의미의 극복이 될 수 없다는 모순이 나타난다. 니체는 자신의 극복사상을 상대화함으로써 이 모

*조용한 시간*이 반복된다. 니체는 *조용한 시간* 자체가 된다. 그의 뒤에서 문화는 순전히 조용한 시간이다… 모든 건물들, 문화의 골조들의 폭발을 목전에 둔.

그러나 우리는 *조용한 시간*을 서재의 전원곡으로 받아들인다. *조용한 시간*을 뇌우의 굉음 앞의 대기 전기의 압착으로 받아들인다. 굉음이 이어진다. 당신의 안락한 서재는 황량한 문화제국주의에 의해 파괴된다! *그때* 당신은 듣지 못했다. 들어보시라… 지금이라도. 당신에게는 아직 시간이 있다. 도망쳐라, 안락의 파편으로부터. 빨리 구원 받으라.[71]

33

니체는 모든 문화의 칼날이다. 그의 칼날은 '*회귀*'의 난쟁이와의 만남이다. 니체와 입센에 매혹되는 것은 우리 내부에서 실제로 일어난다. 단지 한순간 우리는 산으로 가고 싶어 한다. 우리는 산에서 습기와 온기를 느낀다. *연기 기둥*, 영혼의 소용돌이가 정신으로 고양되는 오솔길에 안개 장막을 쳤다. 우리 내부의 *편력*이 나왔다(산 한가운데 — 계곡과 산의 정상 사이 — 정신의 번개에 타 버린 크레틴병 환자가 살고 있다). 우리는 크레틴병 환자가 되었다. 우리는 니체에게서 정신에 의해 파괴된 육체를 보지 않는다. 그의 문학적 형식을 본다. 그리고 그것을 모방하고 상징으로 표정을 바꾼다. 우리의 만성적 크레틴병은 우리에게 문화 — 트레게르 — 로 발

순을 해결할 수 있다고 간주하였다.

71) 〔벨르이〕 1912년 나는 문화의 제국주의적 억압자에게 썼다: "… 내 서재에는 공중 전기가 압축되어 있다. 우리는 서재의 공기를 뇌우의 공기로 변화시킨다. 심한 번개 같은…. 벽들 사이에 있는 번개는, 우리의 심장을 놀라게 하는 번개이다"〔잡지 〈노동과 나날들〉(Труды и дни)에 실린 논문 "나선운동"(Круговое движение)을 보라〕. 모스크바에서는 거의 다음과 같이 나에게 대답했다: "'나선운동'의 저자는 무책임한 종자다!" 이 사건은 나를 정당화시켰다.

전한다. 매번 우리에게 최고의 과제라는 명목으로 모든 삶을 희생할 것을 요구한다. 우리는 부르는 소리를 전달한다 … 제조인에게. 이렇게 우리 눈앞에 무늬 장정의 '창조'가 놓여 있다. 장정은 삶의 부름을 압박한다.

34

니체는 울부짖는 신과 … 크레틴병 환자와의 대화이다. 그는 신이고 '크레틴병 환자'다. '차라투스트라'는 '이상함'의 흔적으로 말한다. 그의 내부에서 상상력이 … 회귀의 '샤르망'과 만나는 지점까지 고무된다. 거리의 악사, 그는 말한다.

> 이상한 노인이여,
> 나는 당신의 뒤를 따라갑니다.
> 당신은 나의 노래를 위해
> 샤르망을 연주해 주십시오.
> Wunderlicher Greis
> Soll ich mit dir gehn;
> Wirst zu meinen Liedern,
> Deine Leier drehn.

그의 내부에서 영혼의 독수리가 무서운 *이무기*와 싸운다. 회귀의 뱀이 싸운다.[72] 파충류와 독수리의 싸움은 수년 동안 계속된다. 싸움은 끝이 없다. 파충류와 독수리의 결합이 용이다. 그 개성의 깊은 곳에, 미래 문

---

72) 〔옮긴이〕 니체의 《차라투스트라는 이렇게 말했다》에는 여러 동물이 등장하는데, 이 동물들은 각각 특정한 의미를 상징한다. 이 가운데 가장 중요한 것은 독수리와 뱀이다. 둘 모두 원형을 상징하고 따라서 니체의 영원회귀사상과 밀접하게 관련되어 있다.

화의 *길목*에, 깊은 땅속에 용이 자라고 있다. "나는 잠든 용이다."

언젠가 거대했던 문화의 마지막 이정표는 광기 혹은 용이 되어 우리 앞에 나타날 것이다. 삶의 충동은 우리 삶의 *지옥으로* 내려와서 우리를 자신에게까지 높이 올린다. 과거의 충동으로 고양된 삶 속에 우리 삶의 분기점이 있다. '입방체' 서재의 조용한 시간은 그 속에 관과 지옥을 용해시킨다. 모든 인간 삶의 '*겨울 편력*'으로 향하는 출구 — 이것이 바로 니체의 고통을 나타낸다. 그는 자신의 서재에서 십자가에 못 박혔다. 산의 중도에서(정상까지 가지 않고) 돌아왔던 것이다. 그와 함께 1세기부터 20세기까지 문화가 점진적 단계로 나타났다.

십자가를 비추는 빛, 그리스도, 바울, 플로티노스, 아우구스티누스, 레오나르도, 칸트와 니체로 분열되는 이중의 파우스트(칸트는 '문화의 서재'이고, '니체'는 고양을 시작하려는 시도이다). 이러한 개성들(아우구스티누스에서 니체까지)의 대열을 지나, 그들 모두를 관통하면서, 푸가들과 사원들을 그러데이션 하는 물감들의 팔레트를 구성하는, 보이지 않게 숨겨진 근원을 통과한다. 이제 그는 바흐로부터 노래를 부르고 베토벤에게서 흐느낀다. 우리 세기에 그는 우리 내부에 감춰진 원천에 도달할 때까지 깊이 파들어 간다. 그리고 이 매혹적인 원천을 드러낸다. 하늘을 향해 물보라를 뿜어 댄다. *중도*(中途)가 나선을 그리고, 혹은 선으로 혹은 원으로 떨어져서 *길*, '만찬'을 향한 우리의 편력이 된다.

35

우리는 니체를 받아들였다. 그리고 마치 우리 두뇌를 갉아먹는 병균과 같은 니체의 모든 *기이함*을 받아들였다. 만일 우리가 원과 문화의 선이 거짓이라는 것을 이해했다면, 그는 우리에게 효모가 될 수 있었다. 시간의 '까마귀', 무시간의 '원'(혹은 '거리의 악사')은 시험이다. 시험은 광란의

'프리드리히'를 물리치려 했고 스스로에게 반복의 독을 접종했다. 접종은 성공하지 못했다. 그리고 니체는 *반복*을 물리쳤다. 그의 '문화'의 무거운 정체는 그를 압박했다. '입방체' 서재, 안락함, '칸트'.

우리의 구원은 활동성에 있다. 이러한 활동성의 이름은 '*죽음을 건*' 투쟁이다. 우리는 다시 그것을 대용품, 이성적 사고의 타란툴라로 바꾼다('타란툴라'의 출처는 독거미가 무는 것에서 유래한다).[73] 누가 '독거미'인가? 물론, 칸트, 칸트다!

현대철학은 우리에게 활동성을 가르쳤다. 그 속에서 *순수*이성 혹은 *칸트식* 이성(여기에 칸트는 거의 남아 있지 않았다)은 *비일상적 의미*의 심연으로 던져진다. 거꾸로 서게 되는 것이다. 모더니스트-그노시스학자는 거꾸로 서게 된다. 그들 뒤로 친애하는 '이성 … 비판'이 반쯤 열린 채로 있다. 거꾸로 읽는다. 오른쪽에서 왼쪽으로, 아래에서 위로. 동양의 어떤 난센스가 실현된다. '*아무자르, 오고트시치 아키티르크*'('순수이성비판' 대신).[74]

'아무자르'는 동양의 단어이다.

36

"칸트는 백치였다." — 니체는 말했다. 그러나 '백치'가 '현자'를 이겼다. 칸트주의의 최고봉은 '원운동'에 근거한 이론이었다(철학자들이여, 웃으시라!). "*의식은 의식의 형식의 형식이다*"라는 문구의 구성은 의식에

---

73) 〔옮긴이〕 타란툴라: 이탈리아의 무용, 무용곡. 여기서 타란툴라는 독거미로서 니체가 극복하기를 원하는 복수, 원한(*ressentiment*)의 정신의 상징으로 나타난다.

74) 〔옮긴이〕 언어유희. '순수이성비판'은 러시아어로 'критика чистого разума'로 표기되는데, 이를 거꾸로 읽으면 'Амузар оготсич акитирк'(아무자르, 오고트시치 아키티르크)가 된다.

대한 우리의 견해를 칸트식으로 만들고, 라스크의 철학 속에 굴절된다(저런, 라스크는 전쟁에서 죽었다!). 철학의 모더니즘은 원운동이고, 여기서 의식은 풍성해진다. 의식은 양성(兩性)적이 된다. 라스크와 코헨에서 유래된, 문화의 '철학자-철학자'(философистик-философучик)는 양성적이다. 진정으로 그는 현대문화의 *스노브*,[75] *사티로스*,[76] *오일렌슈피겔*[77]의 대열 마지막에 자리 잡고 있지 않으며, 그것들을 모두 형식화하고 '칸트'로 향하게 한다. 이때 그는 아이도 아니고 남자도 아닌, 니체를 경험한 타락한 소년으로 보인다. 그의 두뇌는 부풀어 올라 자신의 두개골을 깨고 조각으로 굴러다니면서 사방으로 뻗어 간다. 몸통은 쇠약해진다. 새로 생긴 '독거미'는 두 발(두뇌의 조각)로 서서 돌기 시작하고, 뛰는 *사티로스*들과 나는 *오일렌슈피겔*들 쪽으로 달려드는데, 그들은 백만장자들, 수집가들 그리고 서지학자들의 아들들이다.

37

우리는 높은 곳을 향하지 않는다. '*문화*'를 향해 도약한다. 문화의 땅 속에서 이제 우리를 향해 대포가 발사된다. 우리는 산의 광기를 '*칸트*'와 '*크루프*'[78]로 바꾸고 미리 (안락을 위해) 산의 풍경의 두 '화폭'을 차단한

---

75) 〔옮긴이〕 스노브(*snob*): 고상한 체하는 속물근성, 또는 출신이나 학식을 공개적으로 자랑하는 일. 그런 사람을 가리키는 말.

76) 〔옮긴이〕 사티로스(Satyros): 그리스 신화의 반인반수인 신.

77) 〔옮긴이〕 틸 오일렌슈피겔(*Till Eulenspiegel*): 독일 근세 초기의 통속문학서(*Volksbuch*). 1487년경 브라운슈바이크에서 저지(低地) 독일어로 쓰인 이야기책이다. 북(北)독일의 농부의 아들로 태어난 주인공 오일렌슈피겔은 여러 직장에 취직했다. 그는 장난꾸러기인 데다가 일을 제멋대로 해서 사람들을 웃기거나 곤경에 빠뜨리는 짓을 잘한다. 당시 경시당하는 농민이 도시 사람에게 복수하는 것과, 우직한 듯하면서 능청스러운 농민 직공에 대한 승리의 개가(凱歌)가 이야기의 바탕이 되었다.

다. 우리는 내부의 상승체험을 *산을 관조*하는(혹은 스위스 호텔 베란다에 그냥 앉아 있는) 체험으로 몰래 바꾼다. 우리는 산에 오르는 것이 아니다. 단지 투시경을 향해 가고 있을 뿐이다. 그 *투시경*은 연극이다. *입센의 드라마*다. 우리는 거기서 루벡을 연기하는 배우를 본다. 그는 나무 무대를 지나 … 빙하를 향해 걸어가서 … 압축붕대를 감은 … 하얀 덩어리가 되어 쓰러진다. 삶의 위치 변화는 유화장식의 교체일 뿐이라고 말한다. 삼각형, 입방체, 직각, 손짓의 각도 등 다른 부차적 원칙에 의해 세워진 것으로 말해진다. 연극은 이 각도에서 냉장고를 향해 걸어간다. 그 속에서 사람들은 극장 벽에 프레스코처럼 붙어 있다. 이렇게 문화의 양식화된 천재는 무대에서 나와 우리 사이를 배회한다. 전혀 단순하지 않은 사람들 속에서 그는 믿을 수 없이 단순하다.

인간의 몸짓을 단순화하는 것은 벌을 받는다. 인간의 몸짓을 단순화하면서 우리는 동물의 몸짓에 근접하게 된다. 인간을 단순화하는 것은 *크레틴병* 환자를 낳는다. 크레틴병 환자가 무대에 나타난다(〈삶의 드라마〉를 보라). 그리고 동물이 나타난다(희곡 〈동물의 삶〉의 흑인). 여기서 *흑인*은 자신의 날카로운 총검으로(알자스 전투에서) 바젤 대학의 교수를 찌른다. 강의하는 … 야콥 부르크하르트다!

우리의 삶으로 들어온 것은 차라투스트라가 아니었다. 우리의 삶에 침입한 것은 무서운 흑인이었다(중국인이 침입할 날이 올 것이다). 니체는 우리 내부에서 '아를레킨'[79] 으로 변했다. 그리고 중국인과 흑인은 문화의 영혼에 전쟁의 '*마스카라드*'를 흘렸다.

---

78) 〔옮긴이〕 크루프(Krupp) : 독일 에센의 왕조. 강철 생산과 무기 제작으로 유명하다.

79) 〔옮긴이〕 아를레킨(Harlequin) : 이탈리아 희극 〈코메디아 멜 아르떼〉(*Comedia mel Arte*)의 주인공 중 한 명. 다른 두 주인공은 피에로(Pierrot)와 콜럼바인(Columbine)이다.

38

연극(우리는 삶의 의식개조를 연극으로 귀착시켰다)의 악명 높은 개혁의 또 다른 특성은 회전무대이다. 여기서 회귀의 현기증은 무대 위에서 레퍼토리의 회전으로 나타난다. 원이 그려진다. 연극적 황홀경은 가벼운 *즐거움*(새로운 형식의 추구)의 단계에서 불합리와 *크레틴병*(무대 위에서 '저주' 혹은 *녹색 뱀*의 출현)의 추구로 이동한다. 꿈이 뒤따른다. 그 뒤로 자각이 이어진다. 오스트롭스키다. 무대에 의한 우리 내부의 삶의 의식개조는 무대에서 삶의 의식개조로 바뀌고, 결국에는 선술집 무대로 끝난다. 회전하면서 만족스러운 무대가 된다. 신비의식의 과제에서 … *무대 뒤 일화의 신비의식*으로. 한동안 무대의 변형이 일어나고, 관객의 시선은 다른 쪽으로 이동한다. '건축가 솔네스'에서 … 카바레의 유흥으로. 그는 카페샨탄의 빛나는 *탱고*에서 디오니소스를 발견했다.

저런, 현대무대는 관객과 연결되지 못했고, 현대철학은 삶과 연결되지 못했다. 빙하가 무대에서 옥양목 조각으로 변형되고, 눈덩이가 압축붕대의 일부로 변형되는 것처럼 얼어붙은 사고는 범주와 이성들의 원무(圓舞)로 변형된다.[80]

갑자기 사격 소리가 들린다. 투시경이 있던 곳이다. *투시경*의 스크린은 두꺼운 대포에 기대어 있는데, 거기에는 유탄이 헤엄치고 있다. 예술의 문화에 구멍이 뚫린다.

우리의 이성은 좌절한다. 《순수이성비판》[81]으로의 회귀는 기괴한 분

---

80) 〔옮긴이〕 니체철학에서 가장 중요한 개념 중 하나가 바로 '삶'(*Leben*)이다. 삶은 다른 모든 것들이 거기에 비추어 평가되어야 하는 최종적 심급(*Instanz*)이라고 할 수 있기 때문이다. 니체가 서구역사의 철학적 전통을 비판하는 것 역시 그것이 삶을 제대로 반영하거나 촉진시키지 못했기 때문이다.

81) 〔옮긴이〕 칸트의 비판서 가운데 인식론을 다루는 저서로서 그 중심 물음은 '선

화구 위에서 부르는 연애시다. 석탄, 초석, 유황은 유용한 것들이다. 그러나 — 잊지 말아야 한다 — 그것들을 한데 섞으면서 우리는 … 작동한다 …. 화약처럼. 철학의 미뉴에트는 폭발이다.

39

우리는 달콤한 기대의 높이에서 니체를 맞이했다. 그리고 우리는 보았다. 니체는 죽었다. 하나도 남지 않았다. 그가 죽은 곳에서 시작한다. 왜냐하면 그는 자신이 시작한 것을 끝마치기 위해 죽었기 때문이다(낮은 것을 위해 죽은 것).

그는 *신비의식*으로 시작했다. 신비의식으로 시작한 것에 대해 그는 다음과 같이 말할 수 있다. "나는 자비로운 통신원이다 …. 나는 고귀한 과제를 알고 있다 … 여태까지 이해되지 못한. 나로부터 처음으로 … 희망이 존재한다."[82]

우리의 과제는 니체가 문화에 부여한 충동을 드러내고 이 충동에서 장막을 벗기는 것이다. 그 장막은 감각주의, '과학성', '레' 박사의 '자연과학', *합리적* 사고를 도태시키는 *비이성성*(제 2의 디오니소스)이다. 알렉산드리아의 과제는 이해되지 못했다. 그리고 르네상스로 단순화되었다.

이 모든 것이 프리드리히 니체의 의식에서 떨어져 나왔지만, 우리가 보는 것은 단지 … 상징일 뿐이다. 상징들은 조용히 고개를 끄덕인다 … 스며드는 충동으로. 니체는 비둘기에게, 꽃들에게 호소한다.[83] *비둘기*는

천적 종합판단은 어떻게 가능한가'였다. 이후 칸트는 도덕의 문제를 다루는 《실천이성비판》과 아름다움 및 유기적 생명체의 문제를 다루는 《판단력비판》을 출간한다.

82) 〔벨르이〕《이 사람을 보라》.

83) 〔벨르이〕《차라투스트라는 이렇게 말했다》.

사랑의 구름이 되어 내려온다.[84] 상징들은 태양처럼 반짝인다. 그리고 '태양의 도시'는 심장으로 내려온다. 그리고 이제 그는 말한다. "찾지 말고 들으시오 … ." 그리고 "번개처럼 사고가 타오른다, 필연적으로 … 굳건하게". 오래된 황금찻잔이 올라간다. 이 "잉여의 빛이 … 내부에서 … 가혹하게 작동하는 … 그 … 행복으로 만든 잔이다."[85)]

한마디로, 이제 사고는 마치 스스로 사고하는 것 같다.

그리고 그러한 생각은 니체의 충동의 원천의 물줄기이다.

40

사고의 소생과 정화의 상태는 《에네아드》[86]의 신경이다. 영혼의 문제에서 나와 사고의 정화로 올라간다. 플로티노스는 우주의 지적 풍경의 관조를 설교했다. 그 속에서 오르페우스-피타고라스학파가 시, 사고, 엑스터시로 번쩍이며 변형된다. 여기서 사고의 선이 팽팽해진다. 그리고 그 현은 자신의 소리를 뽑아낸다. 그리고 이 현은 갑자기 부유하면서 활기 있는 샘물이 되어 선명한 뱀처럼 달린다. 우리는 그로부터 떨어져서 페오리아의 풍경으로 날아간다.

루돌프 슈타이너는 이런 사고의 상태에 대해 말했다.

> 너의 사유 속에서 세계사상을 *살아라.*
> 너의 느낌 속에서 세계의 힘들을 *만들어라.*
> 너의 의지 속에서 의지적 존재를 *작용하게 하라.*
> In deinem Denken *Leben* Weltgedanken.

---

84) 〔벨르이〕 앞의 책.

85) 〔벨르이〕 《이 사람을 보라》.

86) 〔옮긴이〕 《에네아드》(*Ennead*) : 포르프리우스(Porphrius)의 저서.

In deinem Fühlen *weben* Weltenkräfte.
In deinem Wollen *wirken* Willenswesen … .

이런 의식상태에서 차라투스트라가 프리드리히 니체에게 다가갔다.

41

여기, 바젤 근처에서 나의 흐르는 생각을 기억한다. 그러나 나의 흐르는 생각은 나를 크리스티아니아, 리안으로 이동시켰다. 그곳에서 아내와 나는 노르웨이의 석양 아래에서, 피오르(*fjord*) 위에서, 네 번째 벽이 없는 안락한 방에서 살았다. 피오르 위에 걸려 있는 발코니의 유리문과 창문은 더 밝은 방을 향해 물의 공간을 투사했다. 그것들은 보트일 뿐이라는 인상이 계속 남아 있었다. 나는 마치 두 개를 묶은 판자 보트 위에 마루를 만든 것 같았다. 마루에는 탁자, 안락의자가 있었다. 우리는 아침부터 저녁까지 혹은 생각에 혹은 도식에, 무질서하게 널려 있는 종이들의 숫자에 빠지면서 안락의자에 앉아 있었다(다리를 접고). 우리 방을 향한 두 개의 창문과 유리문은 터키석 대기의 공간으로 가득 메웠다. 그리고 마치 터키석 대기의 우리 방이 잠기지 않은 부분을 덜어 내고 전복되는 것 같았다(소리치지 못했다). 그리고 선명한 공간에서 눈을 떴다.

나는 사방을 뒤흔드는 노르웨이의 석양에 놀랐다. 고요한 맑음이 피오르를 변용시켰다. 대기의 숨소리가 멀리 뻗어 있었다. 맑은 구름이 걸려 있었다. 습기의 노란-레몬색 줄무늬가 흘러내리며 흐릿해졌다. 그리고 꺼졌다.

종종 아내는 망토로 몸을 감싸고, 두건 달린 긴 망토의 실루엣으로 선을 그리고, 이 돌에서 저 돌로 건너뛰며 물속으로 빠져들었다. 돌에 부딪혀 놀란 물줄기의 대화를 들었다. 그리고 빛 때문에 실눈을 뜨고 해파리를 뒤쫓았다. 믿을 수 없는 노을이 타올랐다. 그리고 꺼지지 않았다.

우리가 리안에서 했던 생각들이 몇 달 동안 선을 그었다. 사고의 선을 지속했다. 옆으로 도시들이 질주했다. 뮌헨, 바젤, 비츠나우. 어딘가 멀리서 갤러리, 박물관이 문을 열고 있었다. 준엄한 그뤼네발트, 색채로 빛나는 루카스 크라나흐, 뒤러와 젊은 홀바인이 자신의 팔레트의 표현할 수 없는 사고를 우리에게 던졌다. 피어발트슈퇴터 호수가 어두운 초록 물줄기로 울었다. 이 호수는 언젠가 바그너가 트리브셴에서 생각에 잠겼던 곳이다. 뮌헨, 바젤에서는 루돌프 슈타이너의 강의가 울려 퍼졌다. 날카로운 선이 우리에게 우물을 파주었다. 슈트라스부르크가 질주했다. 고딕 양식의 '플랑부아양'[87]이 우리를 불태웠다. 뉘른베르크가 날아올랐다. 말 없는 데게를로흐에서 슈투트가르트 위로 소나무가 웅성거렸다. 쾰른과 베를린이 질주했다. 헬싱포르스와 쾰른에서 바울의 '서한', 놀라운 〈기타〉[88]가 발견되었다. 드레스덴에서 마돈나가 바라보고 있었다. 그리고 크리스티아니아, 리안이다.

자리가 바뀌었다. 변하지 않는 중심은 남아 있었다. 그것은 사고하는 작업이다.

---

87) 〔옮긴이〕 플랑부아양(*flamboyant*) : '타오르는'이라는 뜻. 프랑스 후기 고딕 양식의 명칭.

88) 〔옮긴이〕 〈기타〉(*Gita*) : 〈바가바드 기타〉(*Bhagabad Gita*)를 말한다. 〈바가바드 기타〉는 고대 힌두의 대서사시 〈마하바라타〉(*Mahabharata*)의 일부로서, 판다바가문의 왕자 아르주나(Arjuna)와 그의 스승 크리슈나(Krishna) 신과의 철학적 종교적 내용의 대화로 구성되어 있다. '기타'는 '신의 노래'(*Song of the Lord*)의 의미이다.

42

의식의 경질이 우리를 찾아왔다. 사고가 스스로 사고했다. 그리고 사고의 흐름 속에서 나의 아내 아샤의 사고의 흐름이 일어났다. 그녀는 나의 사고의 존재 속을 방문했다. 그리고 서로를 알아보았다. 서로 속에서 서로를 알아보았다. 그리고 우리는 의식의 표현할 수 없는 상태의 도식으로 서로에게 바닥까지 스며들었다. 아샤의 사고-형상은 내게 있어 나를 방문한 영혼의 존재가 되었다. 그리고 아샤의 화집에서 나는 예정된 모든 나의 사고-형상을 보았다.[89] 그것은 세상에서 처형당한 비둘기, 헥사그램, 머리 없는 날개, 날개 달린 크리스털, 그리고 나선 장식(에테르 육체의 고통), 술잔(혹은 그라알의 목구멍)이다. 그리고 … 나는 이 그림들이 우리를 가로막는 생생한 충동의 사고의 리듬의 상징일 뿐이라는 것을 알고 있었다.

43

나는 소나무, 두꺼운 돌, 그리고 피오르 위에 걸려 있는 작은 테라스에서 편안한 안락의자에 앉아 있다. 나는 나의 감정과 충동을 내부로 빨아들이고 사고에 모든 주의를 집중했다. 사고의 리듬으로 덮인 육체는 기관의 침체를 듣지 못했다. 내부에서 선명한 무언가가 두개골을 지나 거대함으로 날아갔다. 날개처럼 리듬을 파닥이며(날개의 형상은 리듬이다. 천사의 날개 위치, 그 형식, 숫자는 율동적이다) 날아갔다. 나는 수많은 날개였다. 눈동자에서 불꽃이 튀며 연결된다. 형상들이 내게 불꽃의 실을

---

89) 〔편집자〕 아샤(Ася) : 벨르이의 첫 번째 아내 안나 알렉세예브니 투르게네바(Анна Алексеевна Тургенева)의 애칭. 그녀는 화가였다.

창조했다. 그리고 세상에서 처형당한 비둘기, 머리 없는 날개, 나선으로 감기는 날개 달린 크리스털이 나선으로 전개되었다(아샤의 화집 속에 있는 나선 장식을 내가 얼마나 좋아했던지). 어느 날 내게 기호가 구성되었다. 그것은 광채의 코스모스를 뿌리는 번개로 만든 삼각형으로서, 아주 밝은 크리스털 위에 제기되었다. 그리고 눈 속에 있었다(이 기호는 야콥 뵈메의 책에서 볼 수 있을 것이다).

모든 생각들이 수축되어 나의 내부에서 나선을 형성했다. 질주하면서, 나는 원시력의 바다의 공간을 천공(穿孔)했다. 이 순간 나는 머리를 들었다. 하늘에서 본 것은, 쪽빛 음영이 아니었을 것이다. 무시무시한 검은 구멍이 추위로 육체를 파고들며 믿을 수 없는 고통 속에서 … 죽어 가는 나를 빨아들였다. 나는 구멍이 진실의 입이 결코 *아니라는* 것을 깨달았을 것이다. 저세상의 입구였다. 그것은 나에게 쪽빛을 태우고 빛을 흘리며[나는 아샤의 화집에서 쪽빛의 구(球)를 보았다] 자신을 통해 나를 끌어들였다. 정수리에서 나는 연기가 소리를 내며 사모바르 입구를 향해 날아갔을 것이다. 수많은 눈으로 가운데 지점을 바라보며, 나는 구가 되었을 것이다. 그리고 지점을 더듬으며 추위를, 떨리는 가죽을 느낄 것이다. 그리고 나의 육체는 내게 수백 개 복숭아씨와 같다. 나는 가죽도 없이 모든 것에 넘쳐흘러 스스로 십이궁을 느낄 것이다.

(아샤의 화집에서 십이궁의 도해는 우리의 작업이 우리를 같은 길로 인도하고 있다는 확신을 주었다.)

나는 우주의 눈의 존재를 향해 추락했을 것이다. 나의 내부에서 소리치는 무리가 있었을 것이다. 나는 우주 벌의 무리의 정신이 되었을 것이다. 나의 황금벌들은 육체의 사원(혹은 벌집)의 쿠폴로 확장되는 지점을 향해 날아갔을 것이다. 나는 이 모든 무리와 함께 쿠폴의 입구(혹은 정수리의 입구)를 향해 날아간다는 것을 알았을 것이다. 나의 이 사고가 스스로 사고하는 것을 멈추었다는 것을 알았을 것이다. 그리고 *명상*이 끝났다.

다시 소나무 꼭대기와 테라스가 나타났다. 나는 아샤를 향해 고개를 돌렸다. 그리고 그녀를 보았다. 모든 얼굴에 퍼지며 그녀의 모든 모습에 건강의 선명함을 흘리는 불꽃 같은 눈동자, 하얀 원피스를 입은 가느다란 여인이 나를 향해 기쁘게 웃고 있었다. 우리는 손을 잡고 산책을 했다. 빛에 눈을 찡그리고 이 돌에서 저 돌로 건너뛰며 피오르를 향해 질주했다. 물줄기의 흐름을 보며 해파리에 즐거워했다.

투명한 우주-벌의 무리가 되어 우리는 하나의 우주벌에 합류하여 다른 사고의 영역으로 이동했다. 그리고 다시 날아갔다 … 우리 육체의 남겨진 사원의 쿠폴을 향해 날아갔다. 우리는 사원을 건축하고 사고의 작업으로써 감각적 충동의 나무에서 의식적 삶의 규범의 거대한 기둥머리를 잘라 내는 사명을 부여받았다는 것을 알았다. 나는 아샤가 나의 사원에 드나들면서 무거운 망치와 조각칼로 작업하는 것을 알았다. 그녀는 나의 존재에서 *전생의 나라에 대한 회상*이라는 이상하기 그지없는 형식을 잘라 냈는데, 이에 대한 회상으로 훗날 《코틱 레타예프》[90]를 쓰게 되었다.

그다음 우리는 도르나흐에서 *요한 성당*의 흔들리는 *처마*와 거대한 *현관*의 나무형식에 대해 작업했다. 조각칼로 무장한 채, 복숭아 혹은 사과 향기가 두드러진(나무 속에 향기 나는 벤졸 에테르가 있기 때문에) 무거운 미국 참나무의 향기로운 조각을 잘라 내며, 나는 형식을 구성하는 면들의 점진적 단계, 사고 리듬의 점진적 단계를 알게 되었다. 생생한 사고의 나라를 알게 되었다. 나와 아샤는 그곳을 방문했고, 리안에서 사고에 대해 작업했다. 그리고 '요한의 집'의 쿠폴은 나에게 상징이 되었다. 그것은 나의 *페오리아* 여행의 쿠폴의 상징, 새로운 문화의 건물을 구축하는

---

90) 〔편집자〕《코틱 레타예프》(Котик Летаев, 1920) : 벨르이의 자전적 소설.
〔옮긴이〕 벨르이의 《코틱 레타예프》는 20세기 러시아 문학사에서 주요 산문의 하나이다. 상징주의적 성장 소설로 간주되는 이 작품에는 19세기 모스크바 인텔리겐치아의 가정에서 성장하는 소년의 의식의 위기와 발전 과정이 묘사되어 있다.

사고의 견고함의 상징이었다.

문화는 스스로 생각하는 사고의 증기의 생생한 리듬의 결정체이다. 따라서 그것의 아라베스크와 나선은 훗날 원이나 직선운동처럼 아주 단순한 형식으로 견고해진다.

그리고 문화의 선(線) 이론이 발생한다. 그리고 그 평면적 원 이론이 발생한다.

그러나 사고의 원천에는 도식이 없다. 생생하고 선명한 아라베스크가 있을 뿐이다. *나선*은 사고의 아주 단순한 선이다. 그러나 이성적 사고에는 나선으로 성장하는 문화의 이론이 전혀 없다. 문화제국주의 이론에서 처음으로 정해진 사고의 화신이론은 진화이론과 교리이론으로 분해된다.

44

*순간*의 영원한 교체와 *순간* 속의 삶, 이것이 진화의 *선*이다. 그리고 '순간'의 철학은 그 속에 선을 뻗고 있다. 데카당, 순간의 설파자는 본질적으로 보호된다 … 허버트 스펜서에 의해서.

*원*은 순간을 부정한다. *선*의 철학은 자신의 꼬리 ― 교조주의 ― 를 깨문다. 진화는 사고로 된 원의 내부에서 구부러진다. 그리고 교리 속에 순간들의 영원회귀가 달려간다. 앞을 향한 운동에서 열매는 없다. 달 아래 새로운 것은 없다.

*선과 원의 결합*은 *나선*의 진실이다. 세 가지 운동의 결합은 모든 수단을 이용해서 자신의 생각을 이동하는 능력 속에 있다. 우리가 희망하는 문화는 두 가지 방법으로 주어진다. 하늘을 그을리는 파이프로 된 평행선 속에, 창작을 억압하는 국가적 지평의 원 속에.

아레오파기타[91]는 사고의 세 가지 운동을 그렸다. 우리를 초감각적 사고로 이끄는 *직선운동*, *나선운동* 그리고 *원운동*. 마지막 원운동은 엑스터시를 완성하고 교리로 벼려진다.

사고의 이러한 바퀴는 알레고리의 본질이 아니다. 그것은 리듬의 형상이다. 선조들은 위계적 삶의 관등을 '지혜'라 명했다. "우리의 성자들의 전설에서 제일가는 지혜는 … 빛을 주는 … 힘이라 불렀다."[92]

루돌프 슈타이너는 말했다. "이미 영혼의 세계에 있음의 수준에 도달할 … 존재와 관련하여 … 인간에게 드는 느낌은, 이 존재가 전적으로 사고의 실체로 이루어져 있고 … 이 존재가 … 사고의 직물 속에 … 살고 있다는 것이다 … 그리고 이것은 그들의 사고-존재가 … 세계에 역으로 작용하게 한다. 존재인 사고는 다른 사람들과 담화를 나누는데, 그 다른 사고들 역시 존재들이다."[93]

리듬, 바퀴의 형성은 초감각적 사고를 감각의 물질로 나타내려는 시도이다. "인간 내부의 정신-경험의 형성은 수레바퀴(차크라), 혹은 '연꽃'의 이름을 지닌다. 그것들은 바퀴와 꽃의 유사성에 따라 … 그렇게 불린다 … 학생이 … 연습을 시작할 때 … 그들은 회전을 시작한다."[94] "관찰해야 할 것은 … 바퀴라는 … 것이다 … . *지혜의 바퀴*를 묘사한 것을 해석할 수 … 있다 … 등."[95] 그리고 … 그들 네 명의 얼굴 앞에 바퀴 하나씩 … 그들의 외견상, 그리고 조직상, 마치 바퀴가 바퀴 속에 위치하는 것 같다 … . 그러나 그들의 바퀴 테는 … 네 개의 모든 바퀴 주위는 충만한 눈동자로 가득 찼다."[96]

---

91) 〔옮긴이〕 디오니시우스 아레오파기타(Areopagita, D.): 〈사도행전〉에 등장하는 바울의 제자.

92) 〔벨르이〕 디오니시우스 아레오파기타(Ареопагит, Д.), "천상의 계급에 대하여"(О небесной Иерархии, 1786, С. 57).

93) 〔벨르이〕 루돌프 슈타이너(Штейнер, Р.), "정신세계의 한계"(Порог духовного мира, С. 87, Духовное Знание, 1917).

94) 〔벨르이〕 루돌프 슈타이너, "헌신의 길"(Путь Посвящения).

95) 〔벨르이〕 디오니시우스 아레오파기타, "천상의 계급에 대하여"(С. 105).

그리고 타올랐다, 그리고 어둠이 밝아졌다.
모두 기억났다 … 의문이 생기지 않았다.
어떤 끓어오르는 수레바퀴를 향해
나의 영혼은 용해되어 흘러갔다.

45

영원한 책들 속에서 말해진 것은 진실이고 삶이다. 그러므로 모든 영원한 책들은 — 책이 아니라 불꽃으로 조각된 창조품이다. 가장 가시적인 세계는 우주에서 우주로 던져진 어떤 존재의 심장일 뿐이다.

책은 존재이다. 3차원을 가로지르며, 책의 4차원은 책의 입방체를 만든다. 혹은 8절지(*in octavo*)의 책을 만든다. 페이지는 면이고 줄은 선이다. 독서 중에 운동을 한다. 우리는 선을 따라 줄을 읽는다. 줄을 바꾸면서 우리는 눈의 운동으로 거의 동그란 원을 형성한다. 페이지에 페이지를 연결하면서 우리는 나선을 그린다. 올바른 책은 나선적이다. 그 안에는 영원한 변화가 변함없이 존재한다. 사실이다. 그 속에는 불변의 화신이 있다.

만일 진화의 선이 삶을 실현한다면, 책은 없을 것이다. 글을 쓰는 동안 이미 당신 내부의 모든 것이 변했을 것이다. 만일 원이 세계를 지배한다면, 세계 창조 이전에 이미 책이 창조되었을 것이다. 쓸 것이 아무것도 없었을 것이다. 써진 모든 것은 면의 형태를 띠고 있을 것이다. 면은 원이다. 오직 책의 가능성의 나선 속에, 어느 날 써진 책의 화신 속에 운명이 있다.

---

96) 〔벨르이〕 예언자 예제킬의 책, 제 1장(Книга пророка Иезекииля, Гл. 1).

46

시간의 영혼은 자신을 의식하는 중심의 단일성이다. 그 중심은 우리의 '나'이다. 행(行)들의 영혼은 자신을 건축하는 사고의 단일성이다(우리 사고는 우리의 내부에서 건축된다). 행들은 물질성의 사고 속에서 첫 번째 것이다. 그것들은 두뇌의 타격이라는 전류를 둘러싼 신경섬유이다. 타격 속에 행들의 맥박이 있다. 행들은 대상들을 때린다. 그리고 희미하게 반짝이는 행들의 신체는 페이지이고, 페이지는 모든 행들을 휘감는다〔뼈는 결체조직(結締組織)으로 구성된다〕. 페이지들의 총합은 근육의 두께이다. 그리고 표지는 가죽이다. 이렇게 책은 생생한 창조물과 4차원의 존재가 3차원으로의 투사의 육체를 최후로 부여하는 것이다.

책은 우리를 위해 물질의 침체된 카오스에서 십자가 처형된 빛의 아르한겔이다.

그러나 책을 읽지 않는다 … .

읽고 들으라. 이것이 제 1창조의 타격이다. 아르한겔의 사고에 참여하라. 책 속에서 민중을 예언하고 있지 않은가. 당신은 바로 그들이 되어 조국으로 확장될 것이다. 당신은 근처 사방에서 이상한 맥박들을 감지할 것이다. 그것들은 당신의 실루엣을 그리고, 사방에 황금빛과 푸른빛의 불꽃을 흘릴 것이다. 당신은 감지할 것이다. 땅으로, 땅속으로 들어가, 땅 밑에서, 땅속에서. 그리고 당신은 감지할 것이다. 나가서, 하늘, 그리고 청천하늘의 불꽃을 통해 자라나고 고동치면서 가슴을 걷어찰 것이다. 당신의 하늘과 땅은 당신 삶의 존재 내부에 있다. 사고가 그것들을 능동적으로 포용한다.

거기 측정할 수 없이 거대하게 빛나는 자 누구인가? 당신은 자신을 잊는다. 자기 자신 속에서.

일상적 사고는 첫 번째 빛나는 사고의 단단한 뼈대이다. 그 사고는 사고의 머리를 지나 평범한 감각을 던진다. 그 감각은 공간의 감각이다. 공간은 태양의 창조의 근육이다. 의지는 이제 감각의 근육을 지나 높이 던져진다. 왜냐하면 의지는 시간이기 때문이다. 시간은 우리 사고의 본질의 신경에 불과하다. 그것은 우주의 피의 흐름이다.

당신은 이제 페이지를 비추는 태양에 불과하다. 그 태양은 가슴에서 정수리까지 당신 내부에 기입되어 있다.

당신은 책을 읽으면서 — 자신을 잊는다 — 자기 자신 속에서.

47

그러므로 사고의 '수레바퀴', '원', '펜타그램', '나선', '선'에 대한 단어들은 본질의 거대한 진실에 대한 단어들로서, 그 진실은 심지어 합리적 사고의 도식 속에도 거주하고 있다. 그것을 소생시킬 때 당신은 슈타이너에게 말할 것이다. "본질은 … 생각의 직물 속에 살고 있다 … . 본질은 … 사고의 … 실체로 … 구성된다 … ." 그리고 사고의 통지는 영원히 진짜의 삶으로 활기를 띤다. 형상들의 세계는 비형상적 사고의 견고화이기 때문이다. 그리고 현실의 대상은 환상의 견고화이다. 만약 사고가 깨끗한 공기라면, 형상은 수증기 속 대기의 응축으로 형성된 구름이다. 그러므로 환상은 머릿속에서 사고의 대기의 응축이다. 우리를 둘러싼 자연은 환상의 습기의 결정체이다. 우리 내부의 환상의 세계는 우리를 둘러싼 자연의 형상이나 유사에 따라서가 아니라 응축되는 사고의 형상이나 유사에 따라서 고양된다. 그리고 여기서 영감, 세계 창조가 유래한다.

니체가 옳다. "리듬적 관계의 본능은 … 영감의 힘의 거의 모든 척도이다 … . 모든 것이 무의지의 높은 수준에서 발생하지만, 마치 흐름 속에 있는 것 같다 … . 힘, 신성 … 무의지성 … 상징은 가장 뛰어난 것이다 … . 실제로, 마치 … 사물들이 다가와서 자신을 제안하는 것 같다 … ."[97] 이것이 니체의 '상징'이다. 그것들은 환상의 자연 속에 있는 미래 자연의 첫 번째 맹아들의 조립이다. 그리고 상징으로부터 이후 세계가 미끄러져 나온다. 상징주의의 본질은 세계의 건축이다. 따라서 문화는 항상 상징적이다.

현대문화의 위기는 문명과 문화의 혼합에 있다. 문명은 자연적으로 우리에게 주어진 제품이다. 한때 견고했던 것이 얼어붙기 시작하고, 문명 속에서 소비적 생산이 되었다(우리가 강철로써 인공적으로 칼을 만드는 것처럼). 사고의 높이에서 우리에게 낮게 내려온 형상으로 된 물질의 형성이 문화이다. 문명은 항상 진화이다. 문화는 퇴행적이다. 사고의 존재로 된 문화에서 삶의 나라로부터 그 무엇인가, 그곳에서 소생하는 형상과 같은 것이 우리의 영혼 속에 끼어든다. 그 형상은 언젠가 분명한 자연으로 떨어진다. 형상은 상징이다. 그것은 사고한다. 즉, 살아 있다. 사고는 살아 있는 태양으로서, 광선, 빛 … 혹은, 아레오파기타의 표현에 따르면, '지력'의 다양성으로 빛난다. 그것들은 위계적 삶의 존재들이다. 아르한겔들, 천사들, 권력들, 원리들, 통치들, 왕위들 우리 내부의 모든 형상(혹은 문화)은 그들의 삶의 육체이고, 자연적 형상은 감각적 육체에서 자라나는 머리카락이다.

48

천사들이 나를 일깨웠다. 백합, 아이리스, 그리고 달이 일깨웠다. 아르한겔이 일깨웠다. 불꽃, 칼, 양귀비가 일깨웠다. '태초'(Начало)가 눈앞에서 푸른 국화 속을 회전한다. 색채의 힘을 위해 형상은 하얀 장미이

---

97) 〔벨르이〕《이 사람을 보라》.
〔옮긴이〕 이는 니체가 이 세계 자체를 스스로 산출하는 예술가로 표현하고 있다는 사실과도 연결된다.

다. 지혜의 정신은 푸른 질경이다.

"누군가에게 보이는 게 있다. 가치의 수많은 영겁의 신성한 배합, 스스로 우리에게는 보이지 않고 알려지지 않은, 그들이 알아차린 단순한 사물들 … 그는 알게 될 것이다, 그것들이 … 그들과 완전히 다르다는 것을."

상징은 영혼의 본성을 형성하고, 언젠가 영혼을 통해 다른 본성을 형성한다. 우리가 걸어 다니게 될 대륙은 물에 잠기고, 그다음에 공기가 될 것이다. 우리에게 진부해진 문화는 자연적 대상의 세계와 추상적 이해의 세계로 분해된다. 추상적 이해의 세계는 외부로부터 자연적 대상의 세계에 부과되고, 그 세계를 수제품의 세상으로 변형시킨다. 문화는 환상적이 되고, 환상은 사고적이 되고, 문명은 항상 공장같이 된다.

실재의 상징은 원이다. 이제 적절한 때에 실재의 구현은 불가능하다. 문명은 선이다. 그 속에서 시야는 좁아진다. 우리의 삶은 1차원이다. 우리가 기다리는 그 문화에서 우리는 *원*과 *선*이 연결되어 *상징주의의 나선*이 되는 것을 보게 될 것이다.

49

선은 순간의 교체이고 순간의 삶이다. 진실은 마지막 순간에만 안정을 찾는다. 그러나 그 순간은 시간 속에 체험된 것의 총체이다. 우리는 마지막 순간에 시간의 모든 선을 감지한다. 마치 우리가 시간의 위에 있는 것 같다. 우리는 시간을 타고 간다. 순간의 모든 비시간성은 환상이다. 속도의 감지는 영원성이 아니다.

'진화'는 수많은 뛰어난 두뇌들의 작품이다. 순간의 숭배는 데카당 머리의 제품이다. 두뇌는 의심을 한다. "허버트 스펜서의 훌륭한 철학이 정말 데카당으로 퇴화했단 말인가?" 그리고 데카당 쪽에서, 그들은 훌륭한 스펜서에 빠지게 된다. 진화철학은 큐비즘,[98] 미래주의[99]를 발생시켰다.

여기서 예술의 마지막 순간은 단지 첫 번째 순간(역사 이전의 외침)의 카오스가 된다. 순간은 완전한 원으로 압축된다. 선은 원을 그릴 뿐이다.

그 속에 진화의 법칙이 있다. 진화는, 진보하면서, 변함없이 선에서 벗어난다…. 왼쪽으로. 그리고 진보를 퇴보로 변화시킨다. 진화는 단지 영원회귀로 이행할 뿐이다. 그 속에서 직선은 원의 선이고, 그 반경은 영원하다. 원은 교리이다.

그리고 진화의 철학은 교조주의로 파열한다.

50

순간은 원에 의해 부정된다. 체험한 것은 길의 작은 단편일 뿐이다. 체험은, 현재와 미래의 순간이 그 속에서 내재(*implicit*)할 경우에만 진리가 된다. 그 총합은 원천으로 돌아가고, 그것은 선으로 흘러나오지 않을 것이다(영원은 초시간적이다. 그것은 부동성에 있다). 사고는 부동적이다. 그리고 그 부동성은 교조주의이다.

교조적 진리의 다양성은 시대에 따라 수백 년 동안 *진화*(*교리들*) *의 선*

---

98) 〔옮긴이〕 큐비즘(*cubism*): '큐비즘'이라는 용어는 조르주 브라크의 풍경화에서 비롯된 것으로 알려져 있다. 20세기 초 브라크는 프랑스의 남쪽 지중해 연안 지방 레스타크(L'Estaque)에서 사생을 하면서 풍경화를 그렸는데, 이때 대상을 입체적 공간으로 나누고 여러 가지 원색을 칠하여 자연을 재구성했다. 비평가들은 이 풍경화를 '희한한 입체'(*bizarrerie cubique*)라고 풍자했는데, 후에 브라크의 표현양식을 본뜬 그림들 및 화가들의 경향을 이 낱말에서 유래한 큐비즘이라 부르게 되었다.

99) 〔옮긴이〕 미래주의(*futurism*, *futurismo*): '미래파'라고도 하며, 이탈리아어로 '푸투리스모'라고 한다. 미래주의자들은 전통을 부정하고 기계 문명이 가져온 도시의 약동감과 속도감을 새로운 미(美)로써 표현하려고 했다. 1909년 시인 마리네티(Marinetti, F. T.)가 프랑스의 신문 〈피가로〉(*Le figaro*)에 "미래주의 선언"(*Manifeste de Futurisme*)을 발표한 것이 미래주의운동의 시작이다.

을 그려 왔다.

진화의 '순간'은 개구리가 소가 되는 것처럼 팽창한다. 코헨은 파열된 스펜서이다. 칸트 속에 파열된 스펜서와 함께 모든 미래주의자들 또한 창조의 규범 속에 파열되어야 한다. 예술의 미래주의 문화는 규범이다.

따라서 고전주의 속에 미래주의 조각이 있다. 플롯의 부재를 선 속에서 만날 수 있는데, 라파엘로 같은 천재는 선으로부터 거대한 플롯을 구성했다.

'파열된' 모더니스트들, 큐비스트들의 선을 알고 있다. 그들 중 일부는 단순히 파열되었다. 다른 사람들은… 규범의 미완성 형식의 법규로까지 파열되었다. '법규'는 교리들이다.

미래주의자들의 이상은 형식이 아니라 신경쇠약적인 '순간'의 변덕이다. 규범주의자들의 이상은 형식이다(밀로의 비너스). 형식은 '순간'으로부터 자유로운가? 변덕은 무형식인가?

진실로 그 형식은 교리로 된 원 속의 점이다.

교조주의 철학은 시대에 따라 의미의 부재를 되풀이한다. 진화는 시간을, 그리고 시간의 *선*을 가정한다. *원* 속에 시간은 없다. 그러나 시간의 부재의 주장에는 '심리적' 순간이 숨어 있다. 철학의 천민이라 할 수 있는 그것은 철학사의 특정 시기에 역사의 법칙 밖에 있었다. 그 철학의 역사적 비법칙성은 역사적으로 법제화되었다. 철학이 허용되는 행동은 *스스로의 파멸*이다.

그리고 그것은 '심리학', 순간, 신경성 경련, 전율, 고통, 시체이다. 모든 새로운 논리학은 시체의 심리학이다.

교리는 이미 교리가 아니다. 언젠가는 '*이었지만*' 말이다. 그리고 언젠가 교리'*였던*' 것이 있다. 여기에, 바로 그 속에 격동의 순간이 있다. 그래서 교리는 *원*이 아니라 점이 있는 원이다. 원과 점을 연결하는 것은 무엇인가? 나선이다.

51

그것은 점 속에서 생겨났다. 축의 선(직선) 은 질주하는 원 모양의 선으로 확장된다. 나선은 둥근 선이다. 그 속에는 진화가 있고 교리가 있다. 수직으로 세워진 면 위에 회전하는 원추형의 투사이다. 첫 번째 삼각형이다. 하나의 선이 아니라 두 개의 선이 아래로 위로 달려간다. 일반적 진화의 선(축) 은 주어지지 않는다. 이 축의 틈이 주어진다. 그 속에는 증대하는 모순이 있다. 우리는 삼각형을 분명하게 보지만, 원추형은 분명하게 보지 못한다. 그리고 선은 보지 못한다. 실현된 축이 직선이라고 상상한다. 이러한 *어두운* 용어의 일반적 발견 속에 진화는 없다. 제한적으로 허용될 뿐인 생각이다. 다른 투사를 동반한 나선운동을 관조하면서, 우리는 원과 점을 본다. 나선 속에 진화의 선이 수축된다(순간의 진실에 대한 스펜서의 철학과 데카당의 아포리즘). 그러나 나선을 뛰어다니는 원은 결코 끝나지 않는다(나선은 원에 맞추어지지 않는다). 교조적 원은 진실이 아니다. 시간을 *체계* 속에 수축시킨 교리론자들은 옳지 않다.

52

상징은 교리의 차원이다. 그 깊이는 *3차원*이다. 왜냐하면 상징 속에서 교리는 원이 아니라 나선으로 구축된 회전 원추형이기 때문이다. *교리-상징*의 원추형 속에서 진화의 선은 유일한 첫 번째 점으로부터 증대된 원과, 그 원에 들어가는 도형의 평면이다(예를 들어, 증대되는 면이 있는 삼각형 *CCC, BBB, AAA*). 도형과 원들의 모든 선의 점들은 시간 속에 흐르고 부풀어 오른다. 증대되는 원추형의 첫 번째 정상에는 영원성의 순간의 결합이 있다. 빛은 모든 원추형을 채운다. 그리고 달리는, 증대되는, 드러난 교리는 시간의 구현 속에서 달려가고 확대되고 회전한다.

상징주의는 교리론의 깊이다. 그리고 교리적 진리의 증대이다. 그러나 그것은 교리론 속에서 전도되어 평평해지고 진화론 속에서 전도되어 협소해진다. 그리고 선이 된다. 선적인 시간이 고갈된 교리는 '넓이의 원'이다. 그러나 모든 평평한 것은 넓어진다. 그리고 교리 철학의 '*종합주의*'(*синтетизм*)는 평평한 넓이다. 그러나 진화의 철학은 불쾌한 무한의 협

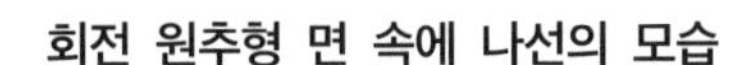

회전 원추형 면 속에 나선의 모습

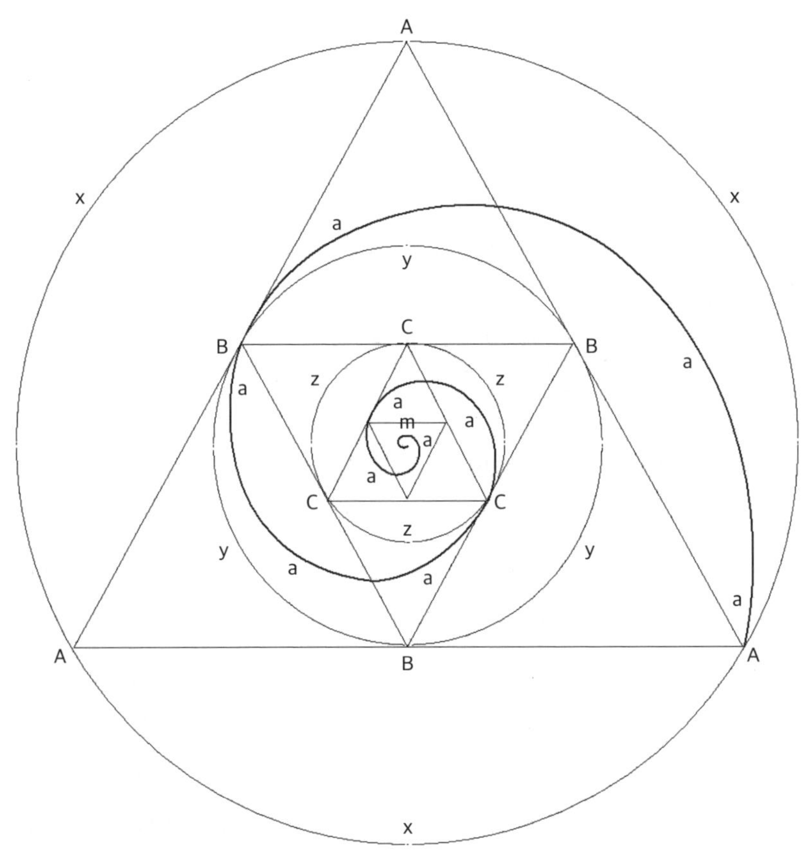

a: 나선의 선
m, A, B: 나선의 원추형 투사
z, y, x: 설계도면에 펼쳐진, 존재하지 않는 원의 투사

원추형 왼쪽에서 본 나선의 모습(평면도법)

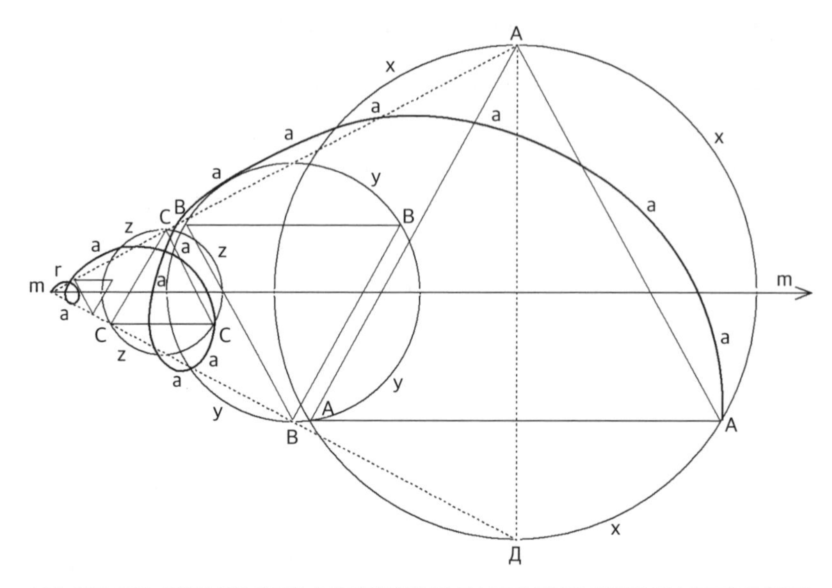

AAA, BBB, CCC: 다양한 시간의 결합 속에 다양하게 구축된 도그마 체계의 삼각형들(설계도면에 펼쳐진)
m: 진화의 상상의 선
ra: 진화의 선의 투사(순간)
mA, mB: 진화 속에 밝혀지는 선(anginomiia, 나선의 회전 원추형이 형성되는 선)
mA, mD: 나선의 회전 원추형의 원거리 둘레의 선

소함이다. 교리의 교차는 선이다. 철학자들의 논쟁은 교리적 진리의 원을 가로지르고 지난 세기들의 철학의 교리를 스펜서 철학의 진화의 선으로 무너뜨렸다. 데카당의 궤변은 그 화관이다. 그 선은 순간에 대한 아포리즘의 원자들로 분화된 교리적 진리의 먼지이다.

상징 속에서 시간의 선의 교리가 증대한다('*CCC*'로부터 '*BBB*', '*AAA*' 등이 증대된다). 교리론의 증가에 대한 진정한 교리(혹은 교리-상징)는 원추형이다. 교리의 진화는 나선을 그린다. 모든 삼각형의 선들은 나선으로 감긴다. 그러나 다양한 단면들 속에서 단면의 삼각형은 다양하게 구축된다.

교리의 순간은 변환의 맥박으로서, 거기에는 회귀가 없다. 상징주의의 교리에서 회귀의 교리는 회전하면서 달린다. 우리는 어느 날 그 속에서 정해진 점에서 원추형으로 증대되는 진실의 변용을 본다. 점은 사람이다. 원도 사람이다. 그리고 사람은 원 둘레의 점이다. 그러나 둘레 혹은 구 — 이것은 '세계'다. 세계와 '나', 나와 '세계'는 상징주의 교리에서 *유일한 것이다.* 정신에 대한 학문은 우리에게 똑같은 것을 알려 준다.

그리고 우리 내부에는 삼각형이 그려져 있다. 머리에, 가슴에, 그리고 손에 각들로서 그려져 있다. 우리는 내부에 그 리듬을 지니고 움직이고 바꾼다. 감정, 의지, 그리고 지력은 서로 다른 원으로 변형되고 회전하면서 우리의 능력을 증대시킨다.

53

상징주의의 두 가지 왜곡이 있다. 철학적 교리론에서 *루시퍼*[100] *의* 수련과 *아리만*[101] *의* 진화이다. 우리는 내부의 두 거짓을 처형해야 한다. 그러면 두 가지 비전을 갖는다. 아리만과 루시퍼의 십자가 처형이 그것이다.

이것은 우리가 다마섹으로 가는 길에서 **'비전'**(Видение) 에 이르는 두 개의 비전이다. 첫 번째는 우리에게 있었다. 두 번째는 나타나고 있다. 세 번째는 다가올 것이다.

54

순수한 사고의 디오니시즘은 니체에게 이해되지 못했다. 알렉산드리아는 이해되지 못했다. 경박하게 르네상스를 가지고 왔다.

---

100) 〔옮긴이〕 루시퍼(Lucifer) : 라틴어의 '빛(*lux*) 을 가져오는(*ferre*) 것'에서 나온 말로, '샛별'이란 뜻. 그러나 일반적으로 사탄을 지칭하는 고유명사로 쓰인다.

101) 〔옮긴이〕 아리만(Ahriman) : 고대 조로아스터교에서 어둠과 거짓의 세계를 지배한다고 말하는 악신.

이 모든 것을 니체의 의식에서 벗겨 내고, 우리는 그가 말한 상징을 드러낸다. *그것들은 말없이 우리에게 고개를 끄덕인다.* 상징들이 말없이 고개를 끄덕이는 것은 왜인가? 빛나는 충동이다. 니체는 비둘기에게 꽃들에게 호소한다. 사랑의 떨리는 먹구름이, 정신의 비둘기가 내려온다. 이러한 상징들은 태양으로 빛난다. 그리고 태양의 도시가 가슴으로 내려온다.

우리가 다마섹으로 가는 길에서 비전의 거부는 가슴속에 일어나는 비전을 깊게 한다. 니체의 의식은 그의 내부에서 노래하는 충동의 익명성으로 갈라진다. 결코 빛을 받지 못한 편력을 하면서 니체에게 순간적으로 북방의 태양이 떠올랐다. 그의 노래는 프란치스코의 태양에 바치는 송가이다.

나는 잠을 자네. 나는 잠을 자네.
깊은 꿈에서 나는 깨어나네.
밤은 깊네.
낮보다 더 깊은 것 같네.
밤의 고통은 깊다네.
쾌락은 마음의 고통보다 훨씬 더 깊다네.
누가 지나가면서 말하는가?
그럼에도 모든 쾌락은 영원성을 원한다네.
Ich schlief, ich schlief
Aus tiefem Traum bin ich erwacht …
Die Nacht ist tief
Und tiefer als der Tag gedacht.
Tief ist ihr Weh …
Lust tiefer noch als Herzensleid.
Wer spricht vergeh?
Doch alle Lust will Ewigkeit.

사실, 기쁨의 영원성은 영원성에 대한 기쁨이다. 여기서 프란치스코의 기쁨의 송가와 니체의 노래가 서로 엮인다.

그리고 차라투스트라의 태양은 파열되었다. 그 비밀은 태양이 **얼굴**에 대한, **이름**에 대한 장막이라는 것이다. **빛**은 눈에 보이지 않는 유일한 것이고(빛의 표면만 보일 뿐이다), **태양**은 생생한 얼굴에 대한 장막이다.

55

이 **얼굴**은 결정적으로 모든 현대의 문화에 의해 배격당했다. 신앙심 깊은 유럽의 모든 발전에 따라 외부로부터 주어진 이것은 내밀한 인간의 충동 속에 각인되지 않았다. 이것은 이름 없이 흐르면서 충동의 개별적 담지자들의 의식 속에 싹트고 교회의 얼굴의 모든 흔적을 급격하게 배격했다. 그리스도를 보지 못했던 바울의 비전이 그것이다. 그다음 똑같은 충동이 아우구스티누스의 얼굴에 6세기 얼굴에 대한 영혼적-정신적 표상을 던지며 예전에는 잠겨 있었던 *초정신적* 수도원에서 뜻밖의 도정을 그렸다. 이곳으로 사고의 힘이 흘러들었다. 새로운 시대의 철학이 얼굴들, 형상들, 이콘들의 모든 문화를 분쇄하고 흐르면서 종교형식의 도정으로부터 무정형의 음악이 흘러나왔다. 그러나 그것은 '*골격을 형성하고*' 이성 속에 응고되었다. 이렇게 18세기가 발생했다. 그리고 19세기도 이렇게 흘러갔다. 니체는 '골격'을 배격하고 '이콘'을 배격했다. 우상의 희생물을 받아들이지 않았고 자신의 이름 없는 희망의 순수한 리듬으로 뛰어들었다. 그리고 영혼의 중심에서 타오르는 광음의 태양으로써 새로운 문화의 반짝이는 빛을 우리에게 제시했다.

그의 두 번째 차라투스트라는 예언자이다. 두 번째, 진솔한 태양의 예언자. 힐끗 보이는 선명함이 *두 번째 차라투스트라*의 태양의 단어에서 반짝인다. 그러나 그의 태양은 한밤중이다. 그는 스스로에게 말할 것이다.

마치 어둠의 비존재처럼,
스스로 분해된,
스스로 십자가 처형된
'나'는 빛으로 빛난다.
황폐한, 어두운 세계에서
나의 손은 자라난다.
햇빛 없는 평원에서
'나'는 태양처럼 손을 뻗는다.

그는 두 번째 태양의 '**나**'에 대해 알고 있었다. 그는 우리의 한밤중 태양의 우리의 '나'에 대한 강림으로써 '나'의 재림(우리의 '나' 속에서)을 선포했다. 그러나 초인에 대한 교리로써 지식을 형식화하면서 실수를 했다. 그는 자신의 내부, 자신 앞, 그 속에서 미래의 한순간에 '**인간**'을 기다린다고 결론 내리지 않았다. 그러나 그의 시간은 원이다. 이렇게, 정상에 서서 원으로 회전한다. *항상 회귀한다.*

그는 순간의 수레바퀴가 인간 내부에 있다는 것을 알지 못했다. 지력의 바퀴는 진솔한 바퀴의 구멍일 뿐이다. 그리고 점 속에 서 있는 것은 ('나' 속의 '나') **태양**의 원의 선명한 얼굴이다. 아무리 이 얼굴을 진정한 인간, 초인, 혹은 **신**이라 부를지라도, 이 얼굴은 바로 '나'이다. 그것은 모든 세계의 '나'이고 인간의 '나'이다. 두 개의 '나'가 연결된 현상이 바로 그리스도이다.

차라투스트라 속에는 떠오르는 **태양**의 예감이 있다. 그러나 태양은, *그리스*도 혹은 '나'라는, 아직 다 피지 않은 **장미** 봉오리다. 시간은 원으로 달려간다. 시간 속에서 모든 차라투스트라(두 *번째*도, *첫 번째*처럼)는 예언자이다. 이렇게 차라투스트라의 광선이 빛의 강림으로 우리에게 노래를 부른다.

재림은 — 있다!

아른거리는 비밀을 밝히는 것 속에 문화의 수수께끼가 있다. 그리고 여기서 문화를 덮고 있는 모든 층들이 파열된다. 문화는 생생한 충동이 너무 빨리 견고해짐으로써 건설되었다. 교회의 교리론 속에서 바울의 '*비전*'의 삶의 충동은 견고해졌는데, 그 교리론에 대하여, 물론, 아우구스티누스는 프로테스탄트였다. 아우구스티누스는 스콜라철학의 정교한 사고로써 견고해졌다. 그 사고의 크리스털은 사원의 단단한 돌이 되어 가라앉았다. 그리고 삶의 충동은 바흐의 흐르는 물결이 되어 사원으로부터 흘러나왔다. 바흐 자신은 작업된 음악법규 속에서 견고해졌지만, 삶의 충동은, 예술로부터 심장의 피로 흐르면서, '*봉기*'(*бунт*) 처럼 끓어올랐다. 모두에게 대항하여 '*봉기*' 자체가 견고해졌다. 니체적 시간의 원운동은 봉기의 토대로부터, 초인-적그리스도의 우상으로부터 말할 수 없는, 이름 없는 부드러움이 되어 떨어져 나왔다.

— 심장의 충동이 되어.

새로운 이름(봉기의 '봉기', 나 자신의 '나') 은 그리스도이다.

그래서 몰락 속에서
그리고 죽음의 밤 속에서 —
창조의 새로운 시작과
아침의 젊은 힘을 발견한다네.[102)]
So finde im Niedergang
Und in des Todes Nacht —
Der Schöpfung neuen Anfang
Des Morgens junge Macht.

---

102) 〔벨르이〕 이렇게 하강과 죽음의 밤 속에서 새로운 원리와 아침의 창조, 젊은 힘을 발견할 수 있다.

56

우리 문화의 교리는 인류 속에 변용되고 유일한 점을 향해 나선으로 감긴다. 그 점은 '나'이다. '나' ― 자유로운 '나' ― 는 거대한 원뿔의 정점이다. 기초(원)에서 정점(빛나는 점)까지 나선이 달려간다. 만일 원이 1세기부터 인류를 둘러쌌던 '십이궁'이라면, 점은 '나'(현재 20세기를 살고 있는 인간)이다. 만일 시간의 원뿔을 회전시킨다면, 선(혹은 나선)은 이 새로운 단면에서 사라질 것이다. 우리는 *원의 한가운데 점*을 볼 것이다. 이 점은 1915년 올드 바젤에 있었던 '나'이다. 원은 1세기의 교리론이다. 문화의 파국은 역사를 향한 수직적 시각의 자연스러운 변경에 있다. 마치 나선이 거대한 원으로부터 '나'라는 작은 점으로 달려가면서(20세기 내내), 그 순간 완성되는 것 같다. 강림의 원(교리)과 '나'(혹은 *도래하는*)는 비밀스럽게 연관된다. 강림의 비밀이 있기 때문이다. '나'(완전히 자유로운)의 강림은… 바젤에서 있었다.

만일 인간이 도래를 체험하려고 시도한다면, 그리고 20세기와 그 밖의 세기들의 모든 역사를, 여기 이 바젤에서 세계의 골고다를 체험하는 '나'(나의) 사명의 폭로 흔적의 제거로 간주한다면, 그에게 모든 것이, 니체의 의식의 내부로부터 광적인 외침이 분출되었다는 것이 그에게 분명해질 것이다. 처음에는 "이 사람을 보라"(*Ecce homo*)였다. "이 사람을 보라"의 결과, 광인 니체의 마지막 서명은, 그가 십자가 처형당한…(디오니소스)라는 선포이다.

그러나 바로 그 순간 반대의 것이 의식된다. '나'는 내부에서 파헤쳐지고, 내부에서 십자가 처형을 당하고, 자신의 가운데서 거대한 밤을 관찰한다. 밤의 한가운데 **태양**이 있다. 그러나 **태양 자체** ― **태양**의 **원** ― 는 내게 떠오르는 **얼굴**이다. '나'에게 떠오르는 '나'는 끝없는 멀리의 '나'로부터 분리되어 있다('나'는 먼 곳을 향한 길이고 열망이다). 먼 곳은 끔찍한 작업에 접근하는데, 그것은 의식의 극복이다. 나는 내부에 총체적인 **태양**을 지니고 있지만, 그래도 '나'는 **태양**이 아니다. 만일 '점'(개인적 '나')과 나의 내부의 **태양**의 관계를 도식으로 표현한다면, 나는 20세기(원뿔) 역사의 정상으로부터 먼 곳에 원을 그려야 할 것이다. 그리고 그 원에 선을 그려야 할 것이다. 그래야만 거꾸로 세워진 원뿔이 될 것이다. '점', 순간 그리고 '나'는 바젤에 거주하면서 미래에 가서야 진정한 태양이 될 수 있을 것이라는 사실을 깨달았던 것이다. 니체가 가능성의 입구라는 것을 처음으로 알아차렸던 것이다. 니체 다음 차례는 의식의 전망의 변경이다. 그것은 '나'에 대한 니체적 시각에 대해서는 수직적이지만, 태양이 접근한다는 역사적 시각에 대해서는 그 역이 된다. 그것은 아마 20세기가 지나면 삶의 표면이 될 것이다.

재림 — 바젤, 페테르부르크, 사라토프에서 거주하는 '나'와 모든 행성의 그리스도 속에서의 변용 — 은 진실로 이루어질 것이다.

이러한 앎은 이제 *새로운 영혼의 수학*이다. *이 영혼의 학문의 수학 속에* 미래의 문화가 우리에게 수수께끼를 던진다.

현재 우리는 원뿔의 교차점, 즉 니체 속에 있다. 그의 봉기를 통해, 그의 부정을 통해, 자유로운, 우주의 '나'의 비밀의 앎을 통해 모든 것이 지나갈 것이다. 그것은 마치 현재 역사를 둘로 가르는 바늘귀를 통과하는 것과 같다. 그 한편에는 키르케고르의 '불행한 자'와 막스 슈티르너의 '유일한 자'의 외침이 있고, 그 중심에는 '십자가 처형된 디오니소스'(니체의 신비주의적 이름, 그는 자신을 이렇게 불렀다)가 있다.

57

나는 고인이 된 프리드리히 니체의 무덤에 꽃을 가지고 왔다. 무덤은 라이프치히 근처에 있다. 나는 기억한다. 순간적으로 관에 고개를 숙이고 입을 맞추었다. 그리고 분명히 느꼈다. 역사의 원뿔이 갑자기 비밀스럽게 나에게서 떨어져 나갔다. 고인이 된 니체의 유해를 향한 우리의 여행은 무한한 우주적 중요성을 지닌 사건이고, 무덤에 절을 하면서 역사의 괴물 같은 탑 정상에 서 있다는 것이 내게 분명해졌다. 그 탑은 붕괴되었고, 발에서 분리되었다. 나는 폐허에 서서 말한다. "이 사람을 보라"(*Ecce homo*).

그리고 내가 바로 "이 사람"(*Ecce homo*)이다.

마치 그런 것 같았다. 그리고 마치 믿을 수 없는 태양이 날아오는 것 같았다. 나를 향해!

니체 무덤에서의 체험은 나에게 이상한 병으로 투영되었고…. 바젤에서도 계속되었다. 나는 십자가 처형을 당한 듯한 느낌을 자주 받았다. 이렇게 나는 라인강의 초록색, 빠르게 흐르는 물줄기 위를 배회했다. 가시가 **세기의 이마**(**чело века**)[103]를 찔렀다. 나는 그 이마를 라인강 위로 높이 들어 올렸다. 마치 내부에 문화의 파멸을 지니고 있는 것 같았다. 나의 삶의 가시는 도르나흐에서 내게 모습을 드러냈다.

여기서 까마귀는 내게 악의적으로 깍깍댔다.

여기서 — 바젤에서, 도르나흐에서 — 나는 집들의 오렌지-붉은색 지붕을 오랫동안 바라보았다. 그리고 니체가 그랬던 것처럼, 크레틴병 환자들이 나를 에워쌌다. 여기서 모르겐슈테른의 유해가 소각되었다. 여기서 나는 알자스의 대포소리를 듣는다. 여기서 문화의 파멸을 경험하고 새로운 문화의 탄생을 만난다. 그리고 선명한 건물의 두 개의 쿠폴을 관조한다.

---

103) 〔옮긴이〕 세기의 이마(Чело Века) : 언어유희. '세기의 이마'(чело века)는 '인간'(человек)이란 단어가 변주된 것으로 '인간'의 메타포가 된다.

혁명과 문화*

혁명은 모든 것을 격파하는 지하의 일격처럼 표상된다. 형식을 쓸어버리는 태풍으로 표상된다. 조각의 형식은 돌처럼 조각처럼 굳어 버렸다. 혁명은 자연을 연상시킨다. 뇌우, 홍수, 폭포. 모든 것이 그 속에서 '*경계 너머*'를 두들겨 대고 있다. 모든 것이 과도하다.

익숙하게 '*조금씩-조금씩*' 아폴론 조각상의 조화로운 윤곽이 창조된다.[1] 보통 혁명 전에, 그리고 혁명 후에 많은 예술작품이 생산된다. 그

---

* 〔편집자〕 벨르이의 《혁명과 문화》(Революция и культура, М., 1917)에 처음 발표되었다. 이 글은 1917년 6~7월에 쓰였다.

1) 〔편집자〕 아폴론 조각상으로서 가장 뛰어난 것은 〈카셀의 아폴론〉(*Apollon de Cassel*, Phidias, B.C. 460)과 바티칸박물관에 있는 〈벨베데르의 아폴론〉(*Apollon de Belvédère*, Leochares, B.C. 350~325)이다.
〔옮긴이〕 아폴로 벨베데레(*The Apollo Belvedere*): 피티안 아폴로(*Pythian Apollo*)라고도 한다. 그리스 아테네 조각가 레오카레스(Leochares, B.C. 4세기경)의 작품이다. 퓌톤을 죽인 직후의 아폴론을 묘사해서 '피티안 아폴로'이고, 바티칸궁의 벨베데레 광장(Cortile del Belvedere) 조각 마당에 전시되어 있어서 '아폴로 벨베데레'라 불린다. 현재는 바티칸 피오 클레멘티노 박물관(Museo Pio Clementino)에 소장되어 있다. 15세기 르네상스 시기 이탈리아에서 발견되어 수세기 동안 신고전주의 예술가의 위대한 고전 작품으로 간주되었다. 1820년 에게해의 밀로스섬에서 발견된 비너스(*Venus de Milo*, B.C. 2세기, 루브르 박물관 소장)와 함께 인체의 아름다움에 대한 유럽인들의 표상이 되었다.

렇지만 혁명의 순간 예술성의 강도는 약해진다.

혁명과 예술의 관계는 긴밀하다. 그러나 이 관계를 밝히는 것은 쉬운 일이 아니다. 그것은 비밀스럽다. 예술 창작의 완성이 혁명의 의지에 직접적으로 종속되는 것은 알아차리기 어렵다. 하나의 중심에서 나온 뿌리와 줄기의 성장 방향은 서로 반대이다. 발현되는 창조형식의 성장과 혁명의 성장 또한 서로 반대이다.

그러나 성장의 중심은 같다.

예술작품은 *제의*로 예정되어 있는 문화의 형식이다. 즉, 지속적 발전이 예정되어 있는 소중하고 세심한 탈출구이다. 진화는 모든 예술문화의 조건이다.

혁명은 모든 것을 격파하는 지하의 일격처럼 표상된다. 진화는 삶의 지속적 형성과정에 있다. 혁명의 용암은 진화 속에서는 풍요로운 땅을 단단하게 하고, 씨앗에서는 젊은 초록색 싹이 자라나게 한다.

문화의 색깔은 초록색이고 혁명의 색깔은 불꽃이다. 이런 관점에서 혁명의 폭발로 인해 인류의 진화는 퇴보한다. 뜨거운 용암이 화산의 초록색 비탈을 따라 *핏빛* 급류가 되어 달려가거나, 문화의 *초록색* 싹이 굳어서 땅이 된 용암을 덮으며 이 비탈을 따라 뛰어간다. 진화의 파도는 혁명의 폭발로 대체된다. 그러나 그 폭발 뒤에 달려가는 문화의 표층이 그 폭발을 뒤덮는다. 초록색 표층 뒤로 핏빛 화염이 번쩍이고, 이 화염 뒤로 초록색 잎들이 다시 피어난다. 그러나 초록색은 *붉은색*으로 보강된다.

혁명 에너지와 진화 에너지의 교차, *초록색과 붉은색*의 교차는 예술에서 빛나는 백색의 아폴론의 세계이다. 그러나 이 세계는 보이지 않는 세계이다(알다시피, 발광하는 표면이 보인다). 예술은 정신적이다.

예술의 물질적 표현은 의무적인 것이 아닌 순간적인 문화의 침윤이다. 그 속에서 예술, 문화의 산물들은 소비의 대상이 된다. 즉, 상품의 가치성, 페티시, 아이돌, 환전되는 경화(硬貨) 이다. 이러한 문화의 산물들은 공기 중에 던져진 물건처럼 정지했다가 방아쇠를 당긴 것처럼 떨어진다. 혁명적 폭발의 에너지가 문화의 산물을 탄생시킨 창조과정에 응답한다.

문화의 형성하는 힘이 소비의 산물로 변화되는 것은 삶이란 빵을 딱딱하게 죽어 버린 돌로 변화시키는 것과 같다. 그것은 동전으로 주조된다. 그리고 자본이 축적된다. 문화의 형식이 변형된다. 과학은 기술적, 협소한 실용적 의미를 갖게 된다. 미학은 식도락으로 번창한다. 황금빛 태양광선은 화폐처럼 자신을 풍요롭게 한다. 그리고 석양의 부드러운 색조가 비단처럼 에워싼다. 법률적 관계의 창조 속에는 섬세하고 감각적인 에고이즘의 증대를 억제하기 위한 사법적 방편과 같은 강제의 채찍이 지배하고 있다. 한때 도덕적 환상의 연극이었던 것이 이제는 권력으로 표상된다. 창조가 수반되지 않는 권력의 힘은 강제적 힘의 권력처럼 더욱 견고해진다. 그리고 징벌의 망치로 가슴에 프로메테우스의 불을 새긴다.

프로메테우스의 정신의 불은 혁명 전(前) 시기에 혁명의 요람이 된다. 그것은 거짓 교환, 즉 물질적 골조로 된 유동적이고 조형적인 형식에 대항한 봉기이다. 혁명은 정신 속에서 시작된다. 우리는 정신 속에서 물질적 육체에 대한 봉기를 본다. 정신적 외양의 발현은 후에 시작된다. 법적, 경제적 관계의 혁명 속에서 우리는 정신적-혁명적 파도의 결과를 본다. 혁명은 열광의 화염 속에서 시작된다. 그것은 다시 정신 속에서 완결된다. 즉, 물보라 속에 소생한 일곱 색깔 노을 속에서, 새롭게 탄생한 문화의 조용하고 낭만적으로 빛나는 무지개 속에서 완결된다.

아직 형식화되지 않은 혁명의 내용은 때로 문화를 위협한다. 반대로, 문화의 생산품과 가격에 찍힌 강제적 낙인, 그것을 잘 팔리는 상품처럼 보는 시선은 마법적 성격이 있다. 그것은 미다스의 손과 같이 된다.[2] 신화

---

2) 〔편집자〕 미다스: 그리스 신화에 등장하는 황제. 디오니소스는 실렌을 해방시키기 위해 미다스에게 소원을 들어주겠다고 하고, 미다스는 손에 닿는 것은 무

에 따르면, 미다스의 손은 대상을 부동의 금속조각으로 변화시킨다. 조야한 권력이 문화를 건드리면 삶의 자유가 수축된다. 자본주의 국가에서 문화는 생산품이다. 혁명 속에서 예술은 과정으로서, 그것은 분명하게 발현되는 형식을 갖고 있지 않다. 여기서 생산품과 과정은 서로 대비된다. 광포하게 휘몰아치는 힘은 무겁게 졸고 있는 침체와 서로 대비된다.

문화의 색깔인 *초록색*과 혁명의 색깔인 *붉은색*은 모두 똑같이 눈에 보이지 않는 색깔인 추상적 하얀색이다. 창조의 아폴론적 세계는 진정한 정신의 세계이기 때문이다. 그 세계는 우주를 밝히는 횃불이다.

문화적으로 완결된 형식 한가운데서 예술은 문화의 형식이다. 그럼에도 불구하고 예술의 깊은 곳에서는 혁명적-정신적 과정이 완성되고 있다. 예전에 니체는 이런 대비를 자각했다. 그리고 우리도 이를 받아들였다. 비극 속에서 영혼을 창조하는 화해 — 여기서 창조의 과정은 우리로 하여금 과거와 함께 엮인 운명의 사실을 분쇄하도록 하는 칼을 벼리는 과정이다. 생산품은 우리가 만들어서 견고한 마법의 원을 그린 것이기 때문이다. 운명과의 만남은 자신의 이중인격과의 만남처럼 거대한 비극의 힘이 있다. 삶에서 예술의 분열은 '나'라는 인간의 분열의 자각 속에서 화해된다. 인간의 고차원의 '나'는 침체된 '나'와 투쟁을 시작한다. 후진 문화 창조의 모든 흐름은 투쟁의 출발점에서부터 변화된다. 혁명과 문화의 충돌은 사회적 삶의 현상 속에서 '나'라는 두 인간의 대화이다.

모든 비극적 충돌의 근원은 나와, 나의 고유한 '나'와의 진실한 만남에 있다. 모든 예술현상의 근원은 비극이다. 따라서 우리는 인간과 운명의 투쟁이 비극이라는 형식의 발생과 구성에 반영되어 있다는 것을 이해한다. 본원적 비극으로부터 모든 본원적 형식이 도출된다. 그 이중성이 모

엇이든 금이 되게 해달라고 한다. 그렇지만 음식마저도 그의 손이 닿으면 금으로 변하고, 미다스는 굶주려 사망한다.

든 것을 파기했다. 이 이중성은, 한편으로, 예술작품은 시간, 방법, 형식에 구애되지 않는다는 것, 우리 영혼 깊은 곳에서 자신을 무한히 확대한다는 것이다. 다른 한편, 그것은 시간의 형식, 일정한 공간의 형식으로서, 부동(不動)으로 재료에 얽매여 있다.

조각상의 장소는 일정하다. 박물관에서 조각상은 진열대의 벽들에 의해 시선의 보호를 받는다. 그것을 보기 위해 나는 일정한 장소로 여행을 떠나야 한다. 아마 그것을 숨기고 있는 박물관을 오랫동안 찾아야 할 것이다. 그러나 다른 한편, 나는 이 조각상을 그 외양으로부터 나의 지각(知覺) 속에 가지고 나왔다. 지각은 영원히 나와 함께한다. 나는 지각에 대한 작업을 한다. 나의 작업에서 웅장한 형상들의 유동적 싹들이 발생한다. 그 싹들 속에서 부동의 조각상들이 움직이고, 마치 바람에 흔들리는 밭에서 성장하는 알곡처럼 그들 속에서 성장하고, 조각상의 옆에서 아름다운 음향이 외부로 흐르고, 소네트의 비가 되어 흐른다. 그것에 귀 기울인 영혼 속에서 그 감동이 다시 창조된다. 부동의 조각상은 *되기*(*становление*) 속에서 소생한다. 그 속에서 장미처럼 드러나는 것은, 한때는 유일한 예술형식이었던 것이다. 그리고 그 형식을 창조하는 과정들의 자연 또한 그 속에서 드러난다. 우리가 부여한 자연은 두 번째 자연이기 때문이다. 자연과 예술의 형식은 내 안에 흐르는 불꽃같은 혁명의 과정으로서 형식을 갖지 않는 보이지 않는 참호이다. 한때 동결되었던 조각상은 내 안에서, 그리고 공감하는 영혼 속에서 수천 가지 의미 있는 감정의 선명한 물줄기를 부여한다.

얼굴의 생명은 표정에 있다. 얼굴의 중심은 눈이 아니라 순간적으로 타오르는 시선이다. 그것은 있거나, 아주 없거나 한다. 그것은 대리석에 조각할 수 없다. 얼굴의 삶이 예술에 묘사되는 것은 직접적이 아닌 독창적이고 제약적인 수단을 통해서이다. 그리고 이와 같은 수단을 통해 사회적 삶의 태풍도 표현된다. 여기서 직접적 상응은 결코 없다. 혁명의 흐름과 예술 사이에 평행선을 일반적으로 도입하는 것은 너무 이성적인 것이다. 경향적 미학은 추상적으로 부과된다. 일련의 프로토콜과 사진으로 혁명을 그리는 것, 혁명을 플롯으로 하는 것 등. 영감은 형상들의 창조이다. 그것은 고무된 형상들과 일치되지 않는다. 시스틴 성당에 있는 마돈나의 감화된 형상은 영혼 속에서 형상과 아라베스크의 태풍, 심포니 음향의 점진적 단계를 폭발시킨다. 그리고 그 거품 속에서 푸른색의 소리 없는 무언(無言)이 전개된다. 마돈나는 마돈나의 그림 속에 있지 않다. 아니, 무엇보다도 그녀는 노발리스의 탄식하는 리라[3]의 멜로디 속에 있다.

혁명은 시인의 영혼 속으로 흘러들고, 여기서 실제로 존재했던 형상 같지 않은 것이 성장한다. 아니, 그것은 오히려 낭만주의자의 *푸른색*[4]과 태양의 황금빛으로 성장한다. 그리고 태양의 황금과 쪽빛의 부드러운 애무는 역으로, 불합리하게 구성된 혁명의 플롯보다는 거대한 원시력으로 혁명을 끌어당긴다.

나는 독자에게 상기시킨다. 창조의 삶에서 1905년은 진정 우리에게 무엇을 선사했는가? 폭탄, 총살, 헌병에 대한 수많은 무채색 이야기들이다. 그러나 그것은 선명하게 표현되지 않았다. 늦었다. 그리고 현재 표현되었다. 혁명기의 창백한 이야기와 관련되어 혁명은 생으로 충만한 생생한 얼굴로 남아 우리를 주시한다. 그래도 혁명의 시기에 함께 사진을 찍는 것은 시선이 없는 초상화이다. 1905년은 훗날 기피우스의 시에서 격동적인 연으로 소생한다. 그러나 이 연은 격동적으로 써졌고, 그 속에는 사진이 없다. 플롯과 테마가 있는 예술작품은 살아 있는 얼굴의 석고

---

3) 〔옮긴이〕 리라: 하프와 비슷한 그리스의 악기. 시혼(詩魂)을 상징한다.

4) 〔편집자〕 낭만주의자의 푸른색: 푸른색의 상징은 노발리스의 소설 《헨릭 폰 오프테딩거》에 나온다.

모형이다. 이러한 것이 바로 '자유', '민중'을 시들하게 찬미하는 시인들의 운율 속에 있다. 그러나 나는 알고 있다. 위대한 러시아 혁명은 가까운 시일 내에 혹독한 우리 시대에 말의 예술가들이 그것을 모욕한 만큼의 커다란 힘으로 거대한 형상 속에 표현될 것이다.

혁명이 진행되는 시기에 그것을 플롯으로 선택하는 것은 거의 불가능하다. 그리고 시인, 화가, 음악가들에게 송가와 디티람보스 속에서 혁명을 찬미하도록 요구하는 것은 불가능하다. 고백건대, 나는 순간적으로 써져서 부서지기 쉬운 신문지에 내일 인쇄되는 그런 송가를 믿지 않는다. 충격, 기쁨, 환희는 우리의 말문을 막는다. 나는 내면적 삶의 신성한 사건에 대해 현명하게 침묵할 것이다. 그래서 얼마 전 시인들이 전쟁에 대해 통곡한 것이 역겨웠다. 이제 세계사적 사건에 대해 아주 매끄러운 운율 속에 영혼의 표면을 토로하는 사람들은 모두 이에 대해 자신의 진실을 말하지 않을 것이다. 아마 지금 침묵하는 사람들이 이에 대해 훗날 말할 것이다.

혁명은 수십 년간 숙성한 창조형식의 잉태행위이다. 잉태행위 이후에 잉태된 것은 일시적으로 퇴색한다. 그것의 삶은 개화가 아니라, 영양즙이 … 아기에게 유입되는 것에 있다. 우리 눈앞에서 피어난 예술의 꽃들이 혁명의 순간에 일시적으로 퇴색한다. 그 껍질이 시들어 간다. 마찬가지로 잉태한 여인의 뺨도 시들어 간다. 그러나 외면의 광채가 꺼져 가면서 숨어 있던 아름다움이 빛을 발한다. 말하는 삶의 순간에 창조의 침묵은 아름답다. 창조의 목소리가 삶의 격동적인 말 속에 개입하기 시작할 때, 그때 말은 발화할 것이다.

혁명의 시기에 예술가의 제스처에 대해 그리겠다. 그것은 헌신의 제스처, 미의 사제로서 자신을 망각하는 제스처이다. 자신을 일반적인 일을 하는 평범한 시민으로 느끼는 것이다. 위대한 바그너를 기억하자. 그는 혁명대중의 노래를 듣고 지휘봉을 흔들어 심포니를 중단했다. 그리고 지휘대에서 내려와 대중에게 달려갔다. 그리고 말했다. 그리고 라이프치히에서 탈출했다. 바그너는 위대한 디티람보스를 작곡하고, 그것을… 스위스에서 지휘할 수 있었다. 그러나 그는 디티람보스를 하나도 쓰지 않았다. 그리고… 심포니를 중단했다. 제의(祭儀)의 현명한 수호자의 미덕을 잊어버렸다. 자신을 평범한 선동가로 느꼈다. 그러나 이것이, 혁명의 삶이 예술가에게 반영되지 않는다는 것은 결코 아니다. 아니다, 혁명의 삶은 깊이, 아주 깊이 영혼 속에 빠져들었다. 그리고 혁명의 순간 바그너의 천재성은 말을 잃었다. 이것이 충격의 무언이었다. 그것은 훗날 거대한 폭탄이 되어 폭발했다. 그것은 〈니벨룽〉 4부작에서 우상을 타도하는 생생한 묘사와 진부한 신들의 압제에 대한 인간의 승리로 나타난다. 그것은 발퀴레를 사로잡은 혁명의 불꽃의 주문(呪文) 같은 폭발이 되어 반영되었다.

바그너는 자신의 영역에서 진정한 혁명가이다. 이는 마치 48년의 사건을 동정심 어린 열정으로 체험한 입센과 같다. 입센의 대화 속에는 극작가의 폭발이 있다. 그렇다, 정신의 혁명의 흔적이 그 속에서 번쩍인다. 바그너도, 입센도, 스스로에게 원시력을 반사했다. 혁명과 그것이 창조에 발현되는 것 사이에는 명확하지는 않지만 긴밀한 관계가 있다. 그러나 그것과 혁명이 시작되는 시기 사이에는 더욱 커다란 연관이 있다. 혁명 이전의 시기는 질주하는 혁명의 불꽃의 반사광으로 포위되어 있다. 이러한 반사광이 예술 속에 침잠해 있다.

혁명은 창조의 힘이 출현하는 것이다. 그러한 힘으로 된 삶의 외형에는 자리가 없고 삶의 내용은 유동적이다. 그것은 형식들과 관계가 멀어졌다. 형식들은 오래전에 말라 버렸다. 형식들 속에서 무형식이 지하로부터 소용돌이친다. 형식화는 내용이 외적 발현이다. 그러나 일상적 삶의 조건에서 형성과정은 형식이 아닌 부동의 앙금을 형성하는 침윤으로 대체된다. 모든 추상과 모든 물질적 형식은 고유한 형식의 앙금, 피부층,

어떤 뻘로 된 방패를 연상시키는 형식에 대한 비정상적 지층들이다. 그것들은 삶의 형성 속에 부동의 침체된 그늘의 자갈을 형성한다. 이것이 우리 내부의 해골이다. 그의 형상 속에 죽음이 나타난다. 우리의 해골은 광물의 재료 속에 살아 있는 조형적 형상의 죽은 흔적이 아니다. 이런 의미에서 그것은 시체이다. 우리는 그것을 자신 속에 저장한다. 자신 속에 저장하면서, 우리는 그것을 끌고 간다. 마치 우리는 삶의 시체에 묶인 것 같다. 그러나 이것이, 우리가 해골이라는 것은 아니다. 우리가 살아 있는 한, 해골은 숨겨져 있다. 우리의 '죽음'이 우리에게서 튀어 나갈 때, 그때는 단지 좀더 늦게, 진열된 직물로부터 운동의 정신이 떨어져 나갈 때이다. 이렇게 살아 있는 형식으로부터 죽음에 이르는 '*해골*'의 출현은 창조과정이 휴지로 바뀌는 것, 즉 물질적 생산품으로 바뀌는 것이다. 마찬가지로 죽음에 이르는 '해골' 현상은 사고의 변증법이 개별적 부분으로 분해되는 것이다. 즉, 죽은 개념으로 분해되는 것이다. 이런 개념은 뼈들이다. 그것들의 학술용어는 뼈들의 체계, 즉 해골의 창조이다. 우리는 스스로 죽음 이전의 죽음을 창조하고 진화과정을 기계화한다. 우리의 죽어 버린 사고 속에서 삶의 몸체는 물질의 요소로 분해된다. 이로 인해 물질적 생산품(상품)의 운동법칙은 우리에게 사회적 삶의 발현법칙이 된다. 이렇게 경제적 관계의 역학에 힘을 도입하는 것은, 우리의 끔찍한 영감을 쏟아 부은 해골을 너무 빨리 드러나게 한다. 사자(死者)는 기계적으로 우리가 자신을 따라 기계적 생산에 매료되도록 한다. 죽음의 상징은 해골이다. 그리고 해골을 모사한 것이 기계이다. 이 새로운 난쟁이,[5] 기계는 우리에게서 태어나 우리를 죽음으로 인도한다. 기계의 부주의한 사용, 기계의 재평가는 포위된 현실이 파국을 맞는 근원이 된다. 그리고 이

---

5) 〔편집자〕 난쟁이(гомункулус) : 라틴어. 중세 연금술사가 인공적으로 만들려고 한 작은 사람.

로 인해 삶의 창조과정은 이미 현실의 진화에서 본질적 역할을 하지 않는다. 진화(우리가 이해하는 의미의)에서 우리는 상품 차량의 운동과정만을 고찰하고 그 곡식 적재량을 고찰할 뿐이다. 우리는 이삭 안에 있는 알곡의 삶의 과정과 이삭이 영그는 과정을 고찰하지 못한다.

삶에 대한 기계적 시각에서 혁명은 사장(死藏)된 형식을 무형식의 카오스로 만드는 폭발이다. 그러나 그 표현은 다르다. 무엇보다 그것은 싹트는 힘의 압력, 싹으로 인한 종자 껍데기의 파열, 탄생의 신비로운 행위 속에서 모태기관의 발아이다. 이런 경우 우리는 혁명을 *퇴행*, 즉 유기체적 삶의 조건 속에 생성되는 정신의 구현이라 부를 수 있다. 퇴행의 혁명적 표현은 퇴행과정의 하나의 특수한 경우이다. 즉, 싹트는 힘과 비정상적으로 두꺼운 형식의 딱지의 충돌이다. 여기서 강제로 떨어진 형식은 뼈대이다.

혁명의 행위는 이중적이다. 그것은 강제적이고 자유롭다. 그것은 낡은 형식의 죽음이다. 그것은 새로운 형식의 탄생이다. 그러나 이 두 현상은 하나의 뿌리에서 나온 것이다. 이 뿌리에는 내용과 형식이 분화되지 않는다. 그 속에는 정신의 동역학(과정)이 몸체의 정역학과 결합한다. 우리에게 이것과 유사한 역설적 결합이 가능한 예는 사고력이다. 그 속에서 주체, 이상적 활동은 객체, 이 활동의 산물인 이념과 근본적으로 동일시된다. 따라서 그 속에는 내용과 형식 간의 그 어떠한 불균형도 없다. 따라서 사상은 우리 앞에서 지칠 줄 모르는 유동의 형식, 운동의 형식으로 나타난다.

퇴행은 바로 그러한 유동의 형식이다. 그리고 그것은 그 뿌리 속에 혁명적 내용과 진화적 형식을 결합한다. 그 세계에서 혁명의 박동은 아이가 배 속에서 뛰노는 것을 증명한다.

혁명의 힘은 지하수의 물결이다. 처음에 샘물은 진흙이 솟는다. 그다음 침체된 땅이 물결 속으로 날아든다. 그러나 물결은 깨끗해진다. 혁명의 정련은 새로 탄생하는 형식의 유연한 운동으로 카오스를 조직하는 것이다. 혁명의 첫 번째 순간은 증기가 형성되고, 두 번째 순간은 유연하고 유동적인 형식 속에 이를 응축시킨다. 그것은 구름이다. 움직이는 구름은 거인, 도시, 탑 등 무엇이든 될 수 있다. 그 속에서 변형이 자유롭다. 그 속에서 뼈대가 나타난다. 그것은 우레로 선포된다. 말 없는 무정형의 증기에서 나오는 우렛소리는 혁명의 깊은 곳에서 삶이 탄생하는 기적이다.

혁명의 시기에 선행하는 것은 혁명 뒤 현실의 미래형식들을 희미하게 통찰하는 것이다 … 예술의 환상적 연기 속에서. 그곳, 불명료하게 말하는 이야기 속에서 우리는 어렴풋이 미래의 과거를 떠올린다. 그것은 신화일 수도 있고 동화의 후광에 의해 변형된 과거의 외피 속에 있는 것일 수도 있다. 본질적으로 그것은 한 번도 존재하지 않았다고 말해지는 과거이다. 과거에 대한 모든 낭만적 기억은, 본질적으로, 희망이다. 완결된 형식을 갖지 않은 미래가 과거의 마스크를 쓰고 우리 앞에 나타난다. 그래서 이 '*과거*'는 한 번도 존재하지 않았던 것이다. 그것은 꿈의 나라이다. 〈시테른섬으로의 출항〉은 혁명 이전에 활동했던 고통을 반영한다.

낭만주의 속에, 환상 속에, 예술의 동화적 연기 속에 이미 동맹파업이 존재한다. 그것은 의식 어딘가에 혁명의 폭발적 에너지가 축적되어 있고, 이제 곧 낭만주의 구름의 파도로부터 번개가 나타날 것임을 가리킨다. 금세기 초 혁명의 시기가 낭만주의의 파도 속에 유럽을 질주했다. 그리고 우리의 시대는 상징주의의 파도를 타고 우리 눈앞을 지나갔다.

형식의 영역에서 혁명은 낭만주의의 결과이다. 영원한 침묵, 말 없음의 감각이 이에 수반된다. 미래의 형식의 비밀은 밝혀지지 않았고, 존재하는 형식은 낡아 버렸다. 그리고 조락(凋落)했다. 형식의 영역에서 혁명은 환영을 받는다. 그것은 자신의 얼굴을 갖지 않는 내적 충동의 압박을 받는 동결되고 죽어 버린 골조가 해체되는 진화이다.

혁명의 시대에 섬세한 예술가의 영혼은 정신의 내적 충동을 여성스럽게 드러낸다. 영혼 속에 정신의 잉태행위가 발생한다. 형상 속에서 삶의 미래적 형식의 비밀을 체험한다. 혁명 이후의 시대는 선명하게 보이지 않는다. 그러나 그것은 예술가의 예언적 감각을 관통한다. 그리고 그것은 이야기의 날개와 현실을 에워싼 주름 속에 미래의 과거를 포위한다. 이렇게 현실은 두 가지 의미를 획득한다. 그리고 현실은 상징으로 변형된다. 부분으로 파열되지 않고 전부 투명해진다. 이러한 것이 바로 혁명 이전 시기 위대한 아나키스트였던 입센의 드라마이다. 그 결과 이 드라마들은 날아가는 눈덩어리의 뇌성이 되어 유럽을 진동시켰고, 추락, 비상, 노래, 광적인 비명이 되어 유럽을 뒤흔들었다. 입센의 드라마는 나침반의 바늘이다. 거센 폭풍우 앞에서 나침반의 바늘이 추락하는 것과 같이 드라마 속에서 솔네스, 브란트, 루벡이 높은 빙하에서 추락한다. 우리는 입센의 모든 드라마의 눈사태의 굉음 속에서 다른 먼 굉음을 듣는다. 미증유의 세계전쟁의 대포의 굉음, 그리고 혁명의 굉음이다.

혁명의 첫 번째 굉음은 우리 내부에서 … 얌전한 걸음으로 살며시 다가온다. 혁명은 창조의 모든 낭만성으로 둘러싸여 있다. 그리고 그 낭만성으로부터 물질의 새로운 구호가 흘러나온다. 그것은 사실주의로 나타난다. 우리의 레르몬토프, 고골, 톨스토이, 도스토옙스키, 푸시킨은 그들 이전에 울렸던 혁명의 파도의 결과이다.

오늘날 혁명의 시대는 예술에 있어 복잡한 자연주의 형식의 폭발로써 시작된다. 인상주의는 자신의 파괴의 사명을 인식하지 못하고 자신이 자연을 긍정한다고 주장하며 폭발을 시작한다. 그리고 그것은 미래주의, 큐비즘, 초현실주의, 그리고 다른 새로운 형식의 분자로 분해된다. 그 폭발로부터 미래시대의 열리지 않은 내용이 상징주의의 파도 속에서 떠오른다.

혁명의 형식은 아직 혁명이 아니다. 아니, 그것은 창조의 침체된 재료를 분해하는 것이다. 형식의 껍질 속에 있던 새로운 내용이 형식을 유린하는 파괴적 회오리 속에서 자신을 드러낸다. 그러나 그것은 본질적으로 회오리가 아니라 리듬이다. 그것은 소음이 아니라 *아코디언 건반*이다. 그것은 시(詩)이다. 그리고 그것은 맹목적인 시가 아니다. 이 아코디언 건반은 죽은 단어의 찡그린 표정 속에서가 아닌, 단어의 균열 속에서 싹튼 의미를 읽는 능력에서 포착할 수 있다. 멀지 않은 과거 예술의 슈제트를 구체적으로 이해하기 위해서는 슈제트를 관통하는 시각이 필요하다. 그리고 그때서야 상징주의의 아버지들의 창조에 내포된 혁명, 세계전쟁, 그리고 우리의 시야에 아직 완성되지 않은 수많은 것이 우리 눈앞에 열릴 것이다. 아직 선명하게 공표되지 않은 멀지 않은 과거의 신화들을 간파한 사람은, 블록이 말했듯이 말할 것이다:

> 그러나 너를 알고 있다,
> 고상하고 격렬한 날들의 시작이여. [6]

현대의 예술가들은 멀리서 날아오는 "자유의 왕국"(царство свободы)의 의무를 이미 오래전에 들었을 것이다. 즉, 형식을 빈한하게 하는 예술의 골조를 거부하고 스스로 고유한 형식이 되는 것이다. 우리는 물질로 작업하지 않는다. 점토, 단어, 물감, 소리는 우리의 형식이 아니다. 우리의 형식은 영혼이다. 영혼을 변화시키면서, 우리는 창조의 필연성으로부터 창조의 자유의 나라로 들어가게 된다. 현대의 예술가들은 물질을 변형시키는 의무에서 도덕적 욕구로 고양된다. 즉, 자신의 영혼을 재창조한다. 정신의 혁명은 가니메데스의 독수리처럼[7] 그것을 미래형식의

---

6) 〔편집자〕 블록의 시 〈다시 쿨리코보 벌판에서 …〉(Опять над полем Куликовым …, 1908).

7) 〔편집자〕 가니메데스(*ganymedes*)의 독수리: 그리스 신화에 따르면 가니메데스는 자신의 아름다움 때문에 하늘의 신들에게 잡혀 있었는데, 제우스가 독수

원형으로 고양시킨다. 이러한 욕구는 이미 오래전에 톨스토이의 무상한 형식의 창조를 거부하는 제스처에서 말해졌다. 그리고 그것은 입센의 드라마적 에필로그에서 말해졌다.[8] 고골에게서 고통스럽게 등장하는 그러한 제스처를 우리는 불멸의 서사시 《죽은 혼》 2부에서 상실한다. 왜냐하면 '죽은' 우리가 '깨어나기' 때문이다. 자유의 왕국은 이미 우리 안에 있다! 그것은 우리 밖에 있을 것이다!

파손된 형식의 무상한 형상은 상징이다. 우리에게 오래전 예술의 세계 — 그것은 예술의 세계가 아니라 삶을 창조하는 예술이다. 그것은 모든 상징으로서, 니체에 따르면, 말 없는 신호일 뿐이다. 여태까지 우리에게 예술세계라고 공표되었던 것은 이미 오래전에 침묵한 말 없는 신호이다. 머나먼 굉음이 여전히 불명료한 단어로 말하기 시작한다. 그 첫 번째 글자는 전쟁이고 두 번째 단어는 죽음으로부터의 … 부활이다.

혁명 이전, 전쟁 이전의 혁명은 여전히 멀리서 분명하게 말 없는 신호를 보낸다. 단어 하나 없는 혁명의 시선은 낭만적인 것이다. 그리고 케렌스키 장관이 "낭만주의자가 되자"[9] 라고 말할 때, 우리, 시인들, 예술가들은 그에게 대답한다: "우리는 될 것이다. 우리는 될 것이다 … ."

가혹한 혁명의 시대에 예술에서 이러한 제스처는 뚜렷이 허락되지 않고 원시력(стихия)의 내부 리듬에 합류하려는 열망으로 옮겨 간다. 그리고 그것을 시(стих)처럼 체험한다. 혁명적 원시력의 목소리에 대한 예술가의 말은 사랑에 빠진 아름다운 여인에 대한 내면의 시이다. 러시아의 삶의 영혼에 대한 시이다. 혁명에 대한 태도는 사랑에 빠진 여인에 대한

리로 변하여 그를 납치했다.

8) 〔편집자〕 드라마적 에필로그: 입센의 마지막 희곡 《우리, 죽은 자들이 깨어날 때》(1899)의 부제이다.

9) 〔편집자〕 1917년 5월 볼쇼이 극장의 집회에서 케렌스키(Керенский, А. Ф.) 장관이 한 연설에서.

태도처럼 본능적 확신의 발현이다. 즉, 그녀와 창조의 결합이 이루어질 것이다. 우리가 혁명을 사랑하는 것은 그 무상한 형식이 아니다. 즉, 결혼하면 태어나는 어린아이 같은 것이 아니다:

> 아니, 내가 그렇게 열렬히 사랑했던 것은 당신이 아니다 …
> 당신의 외모에서 다른 특징들을 찾는다 … [10]

이어서:

> 빛나라, 지시하는 길이여!
> 도달하기 어려운 행복으로 인도하라
> 희망을 모르는 자들을 …
> 그리고 심장은 환희에 빠진다
> 너를 보았을 때 … [11]

혁명가와 예술가는 *타오르는 열광 속에서*, 발생하는 사건에 대한 낭만주의적 태도 속에서 서로 연결된다.

창조는 정신이 실현되는 과정이다. 그것은 퇴행이다. 물질은 부서진 정신이다. 창조는 물질화 속에서 고갈된다. 혁명과 예술의 모순은 예술에 대한 물질적 태도와 추상적 혁명이 충돌하는 것이다. 충돌은 똑같이 부정적인 두 힘, 즉 침체된 형식의 힘과 충동적 무형식의 힘의 충돌로 보인다.

---

10) 〔편집자〕 레르몬토프의 시 〈아니, 내가 그렇게 열렬히 사랑했던 것은 당신이 아니다 … 〉(Нетб не тебя так пылко я люблю … , 1841)의 부정확한 인용.

11) 〔편집자〕 르인딘(Рындин, П. П.)의 시에 글린카(Глинка, М. И.)가 곡을 붙인 로망스 〈당신과 함께 얼마나 달콤했는지 … 〉(Как сладко с тобою мне быть …, 1843)에서 인용하였다.

금세기 들어 정신은 추상적 정신으로 바뀌었다. 추상적 정신에는 *원칙*이 있다. 그 원칙의 삶은 운명과 논리에 의해 폭로된 범위에 대한 죽은 개념들의 변증법이다. 악순환의 폭로는 학술어 개념의 변증법의 죽음이고, 그 개념은 대상에 적용할 수 있는 능력을 의미한다. 대상은 물질화된다. 정신의 실체(субстанция)는 추상적 사상 속에서 물질세계의 실체로 대체된다. 이로부터 혁명의 사상(물질 속에서 정신의 발견)은 자연스럽게 생활을 에워싼 물질적 조건의 혁명에 대한 사상으로 대체된다. 이것이 전부이다. 경제적 유물론 속에는 정신의 추상적 혁명이 있다. 그 속에 혁명의 기관은 없다. 그 납작한 그림자가 있다. 생산적 관계의 혁명은 혁명의 반영이지 혁명 자체가 아니다. 경제적 유물론은 그 속에 순수함을 가정할 뿐이다. 그리고 그것은, 정신의 혁명은 순수하지 않다는 것을 가정한다. 그것은 부르주아적이다.

혁명은 순수하고, 혁명은 고유하며, 또한 단지 미래시대의 안개에서 나올 뿐이다. 이 후자의 관계에 따라 다른 모든 혁명은 경고동작이다. 왜냐하면 그것은 *부르주아적*이고, 우리가 '*역사*'라고 부르는 거대한 시대의 진화 사이클의 내부에 위치하기 때문이다. 미래시대는 역사 외적이고 전 세계적이다. 이렇게 혁명의 추상적 철회는 그 혁명적 과정을 대체한다. 그것이 사실이다.

상품 생산도구의 집단화는 자연스럽게 경제문제의 진화로부터 도출된다. 우리의 사고 조건하에서 사회주의로의 이행은 옛 형식을 근절시키는 단계를 열어 보일 뿐이다. 그렇지만 우리에게 새로운 형식을 열어 보이지는 않는다. 노동 대중의 독재는 마지막 단계를 완성한다. 그러나 그것은 자연스럽게 자본주의가 발전한다는 조건하에서 도출된다. 이런 의미에서 사회주의 혁명은 혁명이 아니다. 그것은 부르주아적이다. 진정한 진화적 차단, 본래의 혁명은 후에 도래하지만, 여기서 장막이 내려진다. 새로운 사회주의적 형식은 본질적으로 우리에게 열리지 않았다. 우리가 그것에 대해 알고 있는 것은 단 하나, 그것이 열리지 않았다는 것인데, 그것은 해부의 도구(철학과 과학적 사고)가 낡은 부르주아 문화의 *산물*이기 때문이다. 그것은 부르주아 문화와 함께 추락한다. 새로운 창조형식이 발견되는 순간 무상한 사고는 자신의 무상한 노동 생산시설의 형상을 투사한다. 노동은 추상적 창조이다. 그리고 노동 생산시설은 실제로 열어 보이지 않는다. 사회주의 이론으로써 혁명 이후 미래시대의 내용을 구체적으로 밝히는 것이 불가능하다는 것이 의식되었다. 이 시점에서 이론은 우리에게 완전히 새로운 *자유의 세계*로의 도약을 그려 준다. 이 자유의 왕국은 본질적으로 상품 문화의 무상한 조건과 이러한 문화의 무상한 이성의 제약적 사고 밖에 있는 새로운 삶의 척도를 인정하는 것일 뿐이다. *새로운 의식*만이 미래의 *자유의 왕국*을 측정할 수 있다. 그러나 이 의식은 우리에게 주어진 의식의 경계 밖에 놓여 있다.

이렇게 혁명의 정수를 우리에게 드러내려는 시도는 그 내용을 그것이 발현되는 모든 형태 너머로 반출하는데, 이때 그 형태는 물질적으로 감지되는 몰락한 형식의 진화이다.

이와 똑같이 물적으로 주어진 예술에 대한 우리의 이론은 "예술이란 무엇인가?"에 대해 우리가 새롭게 질문을 제기하도록 한다. 기괴함이 아닌 *창조의 비극*이 톨스토이가 했던 것처럼 결정적인 형태의 질문을 제기하게 한다.[12] 톨스토이의 질문에 대해 베토벤, 바그너, 괴테의 예술을 옹호하면서, 우리는 본의 아니게 우스꽝스럽게 된다. 바그너도, 베토벤도, 톨스토이도 아닌 … 미의 애호가만이 잠자는 대신 예술에 시간을 바쳤던 것이다.

19세기와 20세기 그 강력한 대표자들에게 창조에 대한 표상은 극히 역

---

12) 〔편집자〕 톨스토이의 저작 《예술이란 무엇인가》(Что такое искусство, 1897~1898)를 염두에 둔 것이다.

설적이다. 그것은 과거에 대해 혁명적 시각을 갖고 있다. 이러한 시각의 자연스러운 성장이 관찰되고, 그것의 발생원인이 아주 명확하게 드러난다. 창조의 진화 자체가 금세기에 창조의 모순적 의미를 고통스럽게 드러내고 있다. 고전적 형식의 덮개는 찢어졌다. 이전에 감춰져 있던 깊은 곳이 형식으로 도처에서 두드러진다. 우리 시대의 예술작품은 아폴론 조각상이 아니라 우리를 놀라게 하고 서로를 물어뜯는 뱀들의 꾸러미이다. 지난 19세기 초 예술의 특징에 대해 푸시킨은 말했다: "우리는 영감을 위해 태어났다, 부드러운 소리와 기도를 위해 태어났다."[13] 20세기 초는 블라디미르 마야콥스키(Владимир Маяковский)의 인정으로 특징적이다… *십자가에 처형된 순경에 대하여*(о … распятых перекрестком городовых)[14]가 특징적이다. 거대한 심연이 이러한 지적을 공유한다.

예술세계가 개별적 도정으로 분해되는 것은 증대하는 복잡한 기술적 수단의 조건이 된다. 생산도구가 예술을 원형으로 포위한다. 그리고 예술세계로 침입한다. 생산도구는 예술을 파괴한다. 생산의 복잡화 과정은 창조세계를 매혹시키고 예술세계를 아이드(Аид)의 영역, 즉 연기에 그을린 산업의 영역으로 끌고 간다. 거대한 생산의 중심으로 변화한 도시는 예술의 순결한 외형을 깨뜨리고, 물질적으로 분쇄된 부분들을 강화시킨다. 가속화된 발전도정의 속도는 단지 기술이라는 딱지의 발전일 뿐이다. 강화되는 형식의 방패 하에 역동적인 리듬은 거북이의 등으로 변화된다. 거북이걸음의 창조는 모조품을 양산한다. 형식의 표면이 요동치는 경박한 유행은 경직된 정신의 충동의 핵심을 관통하지 않는다.

형식의 물질적 부동성 속에서는 역동적이고 격렬한 충동의 출구를 찾을 수 없다. 그것은 형식으로부터 나와 형식 아래 카오스로 흘러든다. 그

---

13) 〔편집자〕 푸시킨의 시 〈시인과 군중〉(Поэт и толпа, 1828)에서.
14) 〔편집자〕 마야콥스키의 시 〈나〉(Я, 1913)에 대한 회상.

리고 그것은 무언의 낭만주의, 내적인 혁명적·정신적 충동으로써 이 형식들을 잡아 찢고 기술은 숨겨진 창조의 에너지를 혁명화하는데, 그것은 창조형태의 변화를 통해서가 아닌 자신의 갑옷으로써 그 숨겨진 정신의 발현을 억압하는 것을 통해서이다. 형식의 기술화는 자연스럽게 그것을 폭탄껍질로 변화시키고 자유롭게 날아가는 창조의 공기를 둔감하고 딱딱하게 압축시킨다. 이렇게 그것은 형식을 폭파하는 다이너마이트가 된다. 그러나 깨어진 형식의 파편은 후에 폭탄이 되어 폭발한다. 운명적 붕괴의 원이 점점 커진다. 물질문화의 조건 속에서 창조의 분화는 데카당으로 인도한다.

예술의 삶의 내부에서 형식에 대한 봉기가 일어난다. 창조는 새로운 영적-정신적 원시력의 창조 속에 있다는 것을 깨닫는다. 그 형식은 무상하지 않다. 그것은 점토도 아니고 물감도 아니다. 그리고 소리도 아니다. 아니, 그것은 인간의 영혼이다.

창조의 운동은 내적인 삶의 조형, 새로운 정신의 왕국의 점령 속에 있는 것이지, 물질로 구현된 기술 속에 있는 것이 아니다. 그러한 구현은 격렬한 정신적 원시력의 날숨을 뒤처진 현실의 경직된 분위기로 바꾸는 것이다. 그러한 구현은 호흡의 습기로부터 결정체를 자유롭게 형성하는 것이다. 그러나 날숨 자체는 심호흡에 기인하는 본질적으로 수동적인 것이다. 심호흡은 폐에 의존하고 있다. 창조는 수증기 결정체의 조립이 아니다. 창조는 심호흡이 아니다. 아니 그것은 폐에 대한 노동이다. 즉, 창조자의 기관이 변화하는 것이다.

붕괴된 창조의 결정체로부터 날숨의 원천인 폐로 관심의 대상이 이동하는 것에서 처음으로 형식의 혁명 밖에서의 *자유의 왕국*이 드러난다. 그 혁명은 항상 '*부르주아적*'이다. 자유의 왕국에서는 창조의 가능성의 재창조 속에 지금까지 존재하지 않았던 새로운 조건이 재생된다. 기술적 방법의 필연성, 이 운명, 이 새로운 이집트는 인간적 에고이즘과 인간적

둔감함이라는 진정한 정신적 '나'의 이중인격이 그리는 진실한 창조의 환상이다.

고골, 입센, 니체, 톨스토이, 도스토옙스키의 일반적 창조의 거부는 창조자가 예술이라는 이집트에서 *탈출*을 시작하면서 행해졌다. 여기서 예술가는 새로운 삶의 계율을 위해 시나이산을 오르는 진정한 모세가 된다. 그는 자신을 더 낮게 둘 수는 없다. 그러나 자유의 왕국의 법칙이 되는 창조에 주목하는 것은 새롭게 창조되는 삶의 도덕적 환상을 파괴하지 않도록 창조자에게 부담을 지우는 것이다. 이러한 부담은 주어진 삶의 조건 속에서는 이행하기 어렵다. 이로부터 창조의 비극이 발생하는데, 여기서 극작가는 연기자가 되고 공연은 무대가 아닌 삶에서 이루어진다.

창조의 제1장은 예술세계의 창조이다. 제2장은 세계와 유사한 형상을 창조하는 것이다. 그러나 창조된 형식의 세계는 그 창조자로 하여금 자신이 창조한 자유의 왕국으로 들어가는 것을 허용하지 않는다. 그 길목에는 보초가 서 있다. 즉, 침체된 '나'가 서 있는 것이다. 자신의 무상한 형식과의 투쟁, *길목의 보초*와의 투쟁이 *운명과의* 만남, 즉 창조의 비극이다. 이러한 비극의 시간에 창조의 거부, 예술에서의 이탈이 발생한다. 여기서 우리는 고골이 《죽은 혼》을 불태운 것, 니체의 광기, 톨스토이의 침묵 등을 이해할 수 있게 된다. 제3장은 *자유의 왕국*의 서곡과, 정신이 우리 속에 비밀스럽게 새겨 넣은 새로운 이름과 유사한 형상에 따른 삶의 공동체 형성을 위한 제약 없이 자유로운 인간들의 새로운 관계이다.

바로 이 순간에만 모든 예술은 진정한 삶의 혁명이 된다. 그러나 이때가 되기까지 예술은 형식의 세계가 그렇듯이 자취를 감추고 있다. 이 세 번째 순간은 현존하는 문화의 조건의 한계를 넘는다. 따라서 그것은 형식이 없다. 따라서 예술에서 진정한 *자유의 왕국*은 마치 무법의 혜성처럼 침입한 우리의 사고를 만나게 된다. 사회주의 혁명 속에서 자신을 발현시킬 수 없는 무정부주의적 혁명의 순간은 우리의 사고를 위협한다.

그러나 이 모든 것은 우리의 사고가 물질세계를 향한 추상이기 때문이다. 물질은 파괴된 정신이다. 물질은 정신의 비뚤어진 거울이다. 그 결과 혁명적 문화의 삶의 내용 속에서 모든 정신적인 것은 물질문화의 조건과 형식의 혁명 속에서 때로 개인적, 무정부적 카오스로 불리게 된다.

진정으로 혁명적인 사람은 마르크스도 엥겔스도 아닌 입센, 슈타이너, 니체이다. 그들의 의식 깊은 곳에서 거대한 혁명적 폭발이 울려 퍼진다. 그리고 그들은 적의 전선을 진정으로 쳐부수었다. 여기서 적의 전선은 침체된 우리 영혼이다. *자유의 왕국의 주인공*들이 예술의 최정상에서 거인족의 얼굴로 무분별하게 우리를 향해 일어선다. 분화구를 향해 머리를 낮추고 날아다니는 프로메테우스, 단테, 파우스트, 엠페도클레스, 그리고 빙하를 향해 위로 뛰어다니는 차라투스트라 — 이 강력한 형상들은 혁명적 문화 이후에 실현될 자유도시의 시민의 희미한 단편일 뿐이다.

그리고 분명한 것은zz, 미래에 실현될 삶의 형식 속에서 본래의 혁명으로 실현되는 것은 그 어떤 '볼셰비키적' 문화의 형식이 전혀 아닌 예술이라는 형식적 베일 속에 감춰진 영원한 존재라는 것이다. 사회주의적 현실의 조건 속에서 예술의 조밀화는 항상 살아 있는 육체를 먹기 좋은 빵으로 변화시킨다. 이런 관점에서 빵은 딱딱해진다. 즉, 돌이 되는 것이다. 현대의 문화는 이미 오래전에 돌이 되었다. 그 가치는 금전에 있다. 현대의 혁명은 돌을 지향하고 있다. 그러나 인간의 영혼이 고민하는 것은 "*빵 하나만은 아니다*". 생생한 삶의 육체는 빵에 있는 것도 아니고 돌에 있는 것도 아니다.

미래에 실현될 우리의 자유의 왕국은 이미 여기에 있다. 현재 우리와 함께 있다. 그것은 예술세계에 숨어 있는 "*영원한 존재*"이다. 우리를 둘러싼 그 형식들은 밀도, 즉 미래 삶의 세계의 진정한 얼굴을 가린 장막의 두께에 따라 고찰된다. 가장 침체된 형식은 건축술이다. 여기서 창조의 *신비로움*은 거대한 물질 덩어리에 의해 준엄하게 강요되는 것 같다. 침체된 형식의 두께를 관통하는 이 *신비로움*은 조각에서 생명을 얻는다. 그것은 단지 장막일 뿐으로, 회화에서 물감으로 타오른다. 이 장막은 시에서 형상의 흐름으로 파도친다. 여기서 형상은 주어지지 않는다. 시의 상상력은 여전히 상상되는 형상들의 장막일 뿐이다. 음악은 가장 낭만주의적이다. 자유의 왕국을 선포하는 정신의 혁명은 무형의 목소리를 통해 가장 잘 들린다. 혁명과 예술 사이에 바로 음악을 통해 긴밀한 평행선이 도입된다.

음악의 언어를 무엇으로 이해하는가? 그것이 호소하는 것은 내적인 것이다. 즉, *우리* 내부에서 일어나는 응답이다. 그러나 이러한 응답은 음악이 아니라 음악을 영혼의 단어로 번역한 것이다. 우리 내부에서 반향처럼 일어나는 것을 진실하게 묘사하기 위해 우리는 스스로를 명료하게 탐구해야 한다. 사고, 감정, 제스처, 충동이 우리 내부에서 일어난다. 그러나 음악에 의해 분기되는 사고, 감정, 제스처는 음악의 열림이 아니다. 그것들은 다양한 의미를 지니고 있으며 무엇보다 각각의 개별적 영혼에 의해 나름대로 해석된다. 음악의 소리는 한 가지 단일한 의미를 지니고 있으며 멜로디처럼 정확하고 하나같이 명확하다. 그 소리는 거의 숫자와 같다. 다시 말해, 음악은 우리 영혼의 수학이다. 음악에 의해 각성된 사고들, 형상들의 다양성에 있어 음악은 마치 영혼 속에서 사고와 형상을 불러일으키는 법칙과 같고 용액의 단일성과 같은데, 우리 내부에서 음악의 사고와 형상은 결정체와 같다. 음악은 구름 한 점 없는 하늘이 구름이 탄생하는 원천이 되듯이, 우리 내부에서 영혼의 어떤 복잡한 구성이 탄생하는 원천이 된다. 음악은 우리 내부에서 탄생하는 그 어떤 것보다 심오하다. 음악은 단순하지 않고, 우리 내부에서 음악에 의해 각성된 섬세하고 복잡한 것이다.

만약 우리가 음악에서 체험한 비유와 형상에 따라 떠오르는 인간의 형상을 창조한다면, 그 형상은 일상생활에 매몰되어 있는 우리를 초월한 것이 될 것이다.

음악을 들으면서, 우리는 우리가 도달할 수 없는 어떤 거대한 인간의 거대한 운명을 경험한다. 음악을 들으면서, 우리는 무언가를 바라지만 우리의 바람은 일상생활에 의해 좌절된다. 음악에 따른 삶을 실현하는 것은 현재 삶의 조건에서는 불가능하다. 음악 속에서 우리는 거인의 장화 속에서 그런 것처럼 … 스스로를 감지한다. 그러나 이 거인 역시 우리다. 사실 우리는 우리의 미래 속에 있다. 우리에게 하강한 자유의 왕국에서 미래의 우리 행동의 리듬은 주어져 있다. 행동의 법칙 자체는 우리에게 밝혀지지 않았다. 음악은 심지어 우리에게 주어진 단어의 법칙보다 심오하다. 그것은 우리 내부에 있는 영원한 자유의 법칙이다. 그리고 말은 그것의 산물이다.

인간 영혼의 무언의 깊이로부터 복잡하고 다양한 감정들이 음악에 의해 부상한다. 들어갈 수 없는 의식의 석양이 음악에 의해, 그리고 음악에 의해서만 의식의 한계에서 점화된다. 아직 도달할 수 없는 인간관계의 삶의 형상이 그려진다. 그 속에 이미 형상들의 파국으로 인한 삶의 얼굴이 있다. 음악은 그 앞에서 발생한 예술의 형식으로 흐르면서 그 윤곽을 씻어 버린다. 순수한 음악에서 형상들, 상상력은 침몰한다. 따라서 그 형식 자체는 우리에게 창조의 혁명을 예시한다. 그 속에 자유의 왕국의 실현에 대한 요청이 있고, 그러므로 극단적인 창조의 노출은 그 속에만 있다. 그리고 다른 이후의 형식들은 우리의 형식의 역사를 복잡하게 만들었다. 그 형식 속에서 현상 너머의 카오스를 형성하고 혁명적 형식하에서 정신의 혁명을 드러내려는 시도가 있다. 음악은 형식으로써 창작과정의 정수를 표현하려는 시도이다.

사회주의자들의 교리에 따르면, 프롤레타리아트는 계급들 중의 계급이다. 그리고, 다른 한편, 그 속에는 계급사회의 단계로부터 출구가 있다. 그들의 사명은 단단한 노동생산물(자본)을 노동과정 속에 침몰시키는 것이다. 음악도 마찬가지이다. 음악은 형식들 중의 형식이다. 그리고, 다른 한편, 그 속에는 형식 너머로의 출구가 있다. 음악의 사명은 단단한 창조제품(예술의 형식들)을 바로 이 창조과정 자체의 묘사 속에 침몰시키는 것이다.

우리의 사고 조건 속에서 노동생산 형식의 현실적 드러냄에 대한 표상은 추상적이다. 이러한 표상은 사고의 필연성에 사로잡힌 자유의 경계를 근본적으로 뛰어넘는다. 우리는 개인 노동의 단계로서 노동생산을 사고할 수 있다. 그러나 그것의 뿌리는 창조이다. 현실적으로 드러난 자유 속에서 노동생산은 혹은 패러독스이거나 혹은 생산이 아닌, 자유에 의해 창조된 유례없는 새로운 세계이다.

이 세계로부터 소리들이 처음으로 우리를 향해 음악 속에서 날아온다. 음악은 이러한 세계를 향한 의지이다. 그 결과 음악은 형상과도, 일정한 사고와도, 그것들의 총체와도 화해하지 않는다. 이 모든 것은 음악에 대한 계급과 형식일 뿐이다. 우리는 음악의 형식 속에서 형식으로부터의 출구를 추측할 수 있다. 음악은, 우리가 원하는 아름다움이지만, 아직 우리가 내부에서 과학적으로 의식할 수 없는 것이다. 음악은 *열광적 환호*이다. 음악은 길이다. 음악은 삶이다.

음악은 각각의 인간들의 발현으로부터 가능한 한 예술세계를 창조하려는 고결하고 자유로운 개인적 노동에 대한 아직 드러나지 않는 내적 표상이다.

음악은 우리의 운명을 내용으로 하는 개봉되지 않은 봉투이다. 음악 속에 미래의 역사적 삶의 내용이 있다. 음악은, 미래의 아라라트의 정상에서 우리 방주로 감람나무 가지를 물고 온 비둘기이다. 이 가지는 방주에 갇혀 있는 모두의 운명을 결정한다. 그 결과 그것은 전 민중적이다. 동시에 그것은 개인적이고 은밀한 것으로서 모두와 각각 연관되어 있다. 음악 속에 모든 개인적 영혼의 진정한 전 민중적 형상으로 드러남이 있다. 그러나 이러한 우리의 형상은 우리 내부에서 별과 같다. 그것은 보이지 않는다. 그것은 섬광의 다발 속에 주어졌다.

정신의 혁명은 경계 너머의 현실로부터 우리에게 날아온 혜성이다. 자유의 왕국에서 필연성의 극복, 사회적 도약의 스케치이다. 그것은 혜성이 우리를 향해 추락하는 것이다. 그러나 이러한 추락은 환시현상이다. 마음속의 일어남을 맑은 하늘에 비추는 것이다. 우리는 우리의 마음속에서 음악에 의해 나타난 새롭게 탄생한 우리 미래의 외관의 별의 초원을 본다. 한 점의 별이 날아가는 혜성의 원판으로의 확대가 이미 마음의 지식 깊은 곳에서 일어난다. 열광적 환호가 혜성의 별을 격파한다. 그리고 우리는 우리에 대한, 우리 미래에 대한 별들의 소리를 듣는다.

머리 위로 떨어지는 혜성과 … 우리 내부에 있는 부동의 별들이라는 두 형상의 관계의 이해 속에서 예술과 혁명의 관계를 이해한다. 여기서 복음서의 두 가지 교훈이 진정으로 교차된다: "*배고픈 자를 먹게 하라*" 그리고 "*빵만으로는 살 수 없다* …".

문화의 길*

'문화'의 개념은 극히 복잡한 것이 특징이다. '과학', '예술', '관습'의 개념을 정의하는 것이 좀더 쉽다. 문화는 총체성, 즉 인간활동의 다양한 측면들을 유기적으로 연결한 것이다. 고유한 의미에서 문화의 문제는, 관습, 예술, 과학, 개성, 사회가 함께 조직화되었을 때 발생한다. 문화는 삶의 양식이고, 그 양식 속에서 삶을 창조하는 것이다. 그러나 이는 무의식적인 것이 아닌 의식적인 것이다. 문화는 인간의 자의식의 성장에 의해 규정된다. 그것은 우리의 '나'(я)의 성장에 대한 이야기이다. 그것은 개별적인 동시에 보편적이다. 그것은 개체와 우주의 교차를 전제로 한다. 이러한 교차가 우리의 '나'이고, 우리에게 주어진 유일한 직관이다. 문화는 항상 어떤 '나'의 문화이다.

우리는 문화의 '나'를 스스로 알지 못한다. 우리는 보통 '나'를 우리의 본성의 감정적이고 이기적인 충동의 집합 혹은 '주체'에 대한 추상적 표상으로 이해한다. 그러나 '주체'와 '객체'의 문제는 아직 개인적인 '나'가 없고 종적인 '나'만 있는 원시적 집단으로부터 개성이 조성되는 과정 속에서 성

* 〔편집자〕〈철학의 제문제〉(Вопросы философии, 1990, 11권, 89~94쪽)에 처음 발표되었다. 벨르이는 이 글로 예술궁전에서 강연하였다(모스크바, 1920).

립될 뿐이다. 문화의 '객관적' 원칙의 담지자로서 사회에 대한 개성('주체')의 대립은 주관적이다. 주관적 문화의 일반적 발전에 예술영역의 참여가 허용된다. 과학은 객관성의 범주를 수호하는 역할을 맡는다.

'나'(객체가 아닌 주체)와 직접적으로 연관된 문화는, 과학과 예술이 서로 호소하는 곳에서 성장한다. 이렇게 해서 문화는 괴테 속에, 레오나르도 다빈치 속에 있다. 그리고 극단적 인상주의의 주관화 혹은 과학의 객관화, 산업사회의 기술 건축 속에 문화는 없다. 우리는 아직 높은 예술성의 '양식'으로 과학을 엮을 수 있을 정도로 성숙하지 않았다. 우리는 몽상가 혹은 삶의 기술자이지, 현실을 창조하는 데미우르크는 아니다. 우리는 아직 순수한 문화에 접근하지 않았다. 그러한 문화는 아직 형성과정에 있다. 그러므로 순수한 문화는 기관을 일련의 기계장치로 분해하는 현대과학의 기술적 개념 속에서 규정되지 않는다. 무엇보다 문화는 조직하고 연결하고 재생하고 통합한다. 문화에 대한 개념 자체가 우리 내부에서 아직 통합되지 않았다.

그러나 주어진 의미에서 '문화'형성의 역사는, 뒤떨어진 시대와 민중들의 '*문화들*' 속에서 형성의 분명한 선을 그리는데, 이때 정해진 의미에서 문화는 배아상태에 있다.

문화의 배아적 삶의 첫 번째 단계는 신통기(神統記)의 과정이다. 중국, 인도, 페르시아, 유대, 이집트의 신통기들은 종족, 관습, 민족에서 해방의 역사를 그린다. 처음에는 개성의 해방에서 다음은 개인의 '나'의 해방, 그리고 궁극적으로는 개인의 '나'와 집단의 '나'의 결합이다. 그 이후는 코스모스이다.

만일 중국 문화를 그리는 형상을 추적한다면, 이 형상은 도(道)라는 한마디 말 속에 압축된다. 그 결과, 《도덕경》(道德經)에 따르면, 도는 *모든 것이면서 아무것도 아니고 단일성이면서 다양성이다.* 그것은 *도처에 있으며 그 어디에도 없다.* 이러한 도의 정의는, 아직 개인의 '나'는 없고 종족의 '나'만 있었던 중국인 선조의 의식상태를 보여 주는 훌륭한 사례이다. 양자의 경우 모두 아직 코스모스에서 내려오지 않았다. 중국인 선조의 의식은 코스모스이다. 그것은 신체 속에서 특화되지 않았다. 이 신체는 코스모스적이고 우주적인 내부세계의 '나'이다. 이 '나'는 신체의 황량한 무의식 속에 기능한다. 중국인은 자신의 신체 속에 행복하게 잠들어 있다. 이렇게 행복하게 잠들어 있는 상태는 보다 이후 시기 《도덕경》의 철학 개념 속에 흔적을 남긴다.

고대 베다의 송가에서 우리는 고대 인도인의 의식상태를 엿볼 수 있다. 그들에게 우주적이고 분해할 수 없는 '나'는 이미 자신의 날개를 뻗었다. 그러나 개성을 향해서도 아니고, 심지어 종족을 향해서도 아닌, 카스트제도를 향해서였다. 카스트의 '나'는 있지만, 아직 개인의 '나'는 없다. 우주적인 '나'는 고대 인도인에게 낡은 태양을 가리는 카스트 신체의 어둠으로 인해 이미 안개에 싸였다. 단지 리시[1]의 예언에서만 개인의 외부에 있는 '나'의 목소리가 울린다. 인도인의 자아의식은 까마귀를 상기시킨다. 그의 눈동자는 외부를 보지 않는데, 심지어 자신의 내면도 보지 않는다. 인도인의 '자아'가 아직 투명해서 이를 통해 카스트의 '자아'가 조명되고, 이는 자신을 통해 호소하고 통곡하지만 말하지 않는 리시의 세계적 예언을 허용하기 때문이다. 인도인의 '눈'에는 구체적인 감각세계가 아직 보이지 않고, 원한의 연기, 마야만 보일 뿐이다. 마야(베단트)와 같은 최근의 세계철학은 마야의 생리학적 감각에 의거한다. 마야는 인도인에게는 생리학적인 것이다. 인도인은 분열되었다. 세계의 그림은 그의 이중적 시야로 나누어졌는데, 밖으로부터 들어가는 인상과, 우주에서 나와 카스트의 '나'를 통과하고 그 피로 들어가는 인상이 혼합된다. 좀더 이후에 발견된 인도철학은 아트만(의식의 정신)과 브라만(세계의 정신)의

1) 〔옮긴이〕 리시(*rishi*): 요가 수행자를 일컫는 말. '보는 자'(*seer*)의 의미이다.

평등표식을 내세움으로써 형식적으로만 이원론을 극복할 뿐이다. 인도의 문화는 인간 없는 의식과 인간 없는 세계의 교차점에 서 있는 수동적 이중성으로 꿰어져 있다. 그것은 아직 투쟁을 모른다. 그 속에는 시간의 감각이 없다.

만일 우리가 이 문화와 고대 페르시아 시대를 비교한다면, 우주적인 '나'의 탄생과정에서 다음 단계는 마야의 감각적인 분리라는 것을 알게 될 것이다. 고대 페르시아인은 마야의 정복을 희망했다. 그들은 마야를 빛의 정신과 투쟁하는 어둠의 정신을 속에 감추고 있는 덮개로 감지했다. 페르시아인에게 마야는 동요하고 소생했다. 그렇지만 '나'는 아직 자신의 독립성을 감지하지 못한다. 그것은 빛과 어둠이 투쟁하는 장으로 자신을 감지한다. 빛은 어둠 속으로 파고들고, 어둠은 빛 속으로 파고든다. 그의 '나'는 마찰면 혹은 투쟁이다. 이렇게 인도의 수동적 이원론은 페르시아 문화를 규정하는 보다 후기 이론들(오르무지, 아리만)에서 능동적 이원론으로 이동한다. 처음으로 시간이 나타난다. 그와 함께 역사가 나타난다. 훗날 차라투스트라의 발견은 서양의 빛(이란)과 동양의 어둠(우라노스)의 역사적 투쟁에서 이미 획득된다. 인도인의 마야는 바로 여기 이 투쟁 속에서 활짝 열리는 것 같다. 그리고 이집트에서 성장하는데, 여기서 마야는 어머니 — 지구, 풍요, 고루스(파리스의 '눈'을 반영하는 개성의 어린 '나')이다.

우리는 우주적인 '나'가 육체적 삶으로 다시 태어나는 것에 대한 이후의 이야기를 유대인에게서 볼 수 있다. 처음에 유대인은 자신의 '나'를 종족 속에서 감지했다. 그들에게는 종족의 '나'가 있고, 피를 통해 신이 나타난다. 즉, '나'는 아브라함, 이삭, 야곱의 신이다. 그다음은 이미 "누구누구"의 신이다. 이집트인에게는 모든 것이 오시리스와 같듯이, 유대인들에게 모든 '나'는 아브라함에게 있다. 그리고 그를 통해 야훼-엘로힘에게 있게 된다. 우리는 유대인을 고대 '이집트' 문화에서 데리고 나와 미래의 신에 대해 이야기하는 개혁가를 모세에게서 보게 된다. 이 신의 이름은 '나'이다. 이 '나'는 미래의 메시아이다. 개인적 불멸에 대한 맹세는 *바로 그 새로운 것*인데, 이는 문화형성의 신통기 단계에서 의식 속으로 들어오게 된다.

그리스는 똑같은 단계를 다르게 겪는다. 처음에 우리는 그 속에서 인류의 탄생 이전 뱀의 다리를 한 거인족의 시대를 본다. 고대 그리스인의 '뱀의 다리'는 그들을 과거와 이어 주는 꼬리를 가리킨다. 유대인에게 개인적인 '나'가 아브라함에서부터 '누구누구'에게까지 쏟아지는 피의 흐름 속에 살고 있는 것처럼, 그리스에서 개인적인 '나'는 신화적 현실의 과거로 뻗어 있는 뱀의 꼬리이다. 그리고 그다음에야 갓난아기가 나타나는데, 그는 뱀을 질식시키는 영웅이다. 갓난아기는 종족에 대립하는 개인적인 '나'의 의식이 처음으로 탄생한 것이다. 그리스에서 처음 발생한 종족으로부터 '나'를 떼어 내는 도구는 추상적인 사고이다. 이 거대한 개인의식과 에고이즘의 시기는 5, 6세기에 특징적으로 나타난다. 개인성은 처음으로 특화되었다. 부르주아 문화(에고이즘 문화)와 마을공동체가 대립하면서 그리스에서 처음으로 우리가 생각하는 바의 사회문제가 등장했다. 이 에고이즘과 개성의 성장은, 문화의 신통기의 마지막 세기를 장식하는데, 이때 문화는 '제의'의 덮개를 뚫고 나왔다.

개성은 스스로 사회와 대립하고, '주체'는 객관적 '집단'에 대립하기 시작한다. 양자 모두 이상하게 비대해진다. 개성의 '주체'는 감각적 의미에서 거대한 에고이스트('부자', '소유주')로 팽창하거나 혹은 의식주체의 감각적 껍질로부터 거품처럼 날아간다. 집단의 '객체'는 거대한 로마제국으로 감각적으로 팽창하고, 동시에 강철 같은 추상의 법으로써 개인들의 마찰을 보호한다. 객체의 추상적 단일성과 개성의 감각적 단일성을 기이하게 혼합한 것이 처음으로 나타난다. 그것은 로마의 황제이고, 다음에는 교황이다. 단일한 개성의 전횡과 혼합된 국가의 법규에 대항하여 휴머니즘이 고개를 드는데, 그 속에 **'인간'**(Человек, 대문자로)의 감각이 희미하게 살고 있다. 코스모스의 사원과 인류의 사원으로서, 모든 것을 하나로 묶는(캄파넬라의 '태양의 도시')[2] 기관으로서 인간의 개별적 유토피아의 동시적 개념 속에서, 우리는 고유한 의미에서 문화의 첫 번째 천공을 만난다. 그것은 고유한 **'나'** 속에서 개인과 사회 주체와 객체의 대립을 제거한 것으로서, 여기서 개인적인 **'나'**는 없고 집단적인 '나'의 동시적 교차, 세계의 **'나'**와 인간의 **'나'**의 동시적 교차가 있을 뿐이다. 그런데 이러한 문화의 통합은 성공하지 못했다. 우리 시대의 부르주아 문화에서 휴머니즘은 퇴화했다. 여기서 개별적인 **'나'** 속에서 세계, 신, 집단과 개인의 미지의 교차는 개성 속에, 오직 개성 속에 정해지는데, 즉 현대과학과 담장, 장벽, 그리고 금지(*imterdit*) 표시의 모든 체계가 있는 인식의 경계에 대한 철학을 반영하는 빈델반트들과 록펠러들의 주체 속에 정해진다. 문화의 모순적 지향(문화의 다른 반쪽)은 **'나'**의 개체를 죽어 버린 기계장치의 체계로 파괴한다. 경제적 유물론의 '객관성'으로 파괴한다. 투쟁 속에서 두 개의 추상적 **'나'**의 문화들(사회주의와 거짓 이상주의)의 모든 전통적 정의 개념이 화해한다.

문화의 전 세계적이고 역사적인 개념은 개인과 집단의 단순한 혼합이 아닌 유기적 조합 속에 있다. '주관적인 것'과 '객관적인 것'의 조합은 진정한 **'나'**의 의식 속에서만 '합류'한다. 우리의 삶에는 아직 **'나'**의 자아의식이 없다. 그것은 **'나'**가 세계와 개인, 신과 인간, 집단과 개인의 교차점에 있다는 것을 이해할 때 생겨난다.

경제적 유물론과, 이상의 마스크를 쓴 물질적 우상의 이상화된 주물

---

2) 〔편집자〕 태양의 도시(*civitas solis*): 캄파넬라의 유토피아 태양의 도시(*La citta del sole*)를 염두에 둔 것이다. 이는 저자에 의해 1623년 라틴어로 번역되었다.

숭배〔대문자 '인간'(Человек)〕의 투쟁이 있었다. 이런저런 경우에 '이상' 개념은 '자본' 개념으로 대체된다. 자본을 공동화하는 한쪽은 '이상'을 공동화하는 것을 알지 못한다. '이상'을 구원하는 다른 한쪽은 자신의 '자본'을 구원한다. 한쪽은 물질을 '정신'으로 이해하고 다른 한쪽은 '정신을 물질로 이해한다'.

물질은 현대과학에 의해 소멸되었고, '정신'은 약해져서 칸트의 '통각'(*apperzeption*)에 이르기까지 수축되었다. 이 주관적 '나'의 '정신'을 버리고, 물질적 지점이 의식의 중심이라는 것, 세계 · 자연은 살아 있는 사회적 유기체라는 것, '나', 우리의 '나'는 다양한 의식을 조직함과 동시에 전 세계 개체의 신체의 분자를 조직한다는 것을 이해할 때가 되었다(자유롭게 자신의 경계를 벗어난 개인은 집단 속에서 개별화되고 집단은 개인들 사이에서가 아닌 개인들 속에서 조직된다).

만일 역사 속에서 '나'가 자신의 진정한 목소리를 높인다면, 이 '나'는 그리스도가 될 것이다. 기독교 — '나'를 의식하는 종교 — 는 모든 제의와 현대의 모든 부르주아적-무신론적 제도의 '*미개함*'에 대립한다. 그러나 우리는 기독교의 역사에서 기독교 이전 문화의 '모방'만을 보게 된다. 기독교의 역사는 소아병의 역사이다. 기독교와의 투쟁은 반쪽의 계급제도가 다른 반쪽의 계급제도와 투쟁하는 것이다. 각각의 반쪽에 있어 다른 반쪽은 운명적인 '두 번째 자아'(*alter ego*)가 된다.

문화는 기독교이다. 기독교는 '나'를 의식하는 종교이다. 이것이 인지학(Антропософия) 문화에 대한 시각이다. 문화는 찬신론(讚神論, Теодицея)을 찬우주론(讚宇宙論, Космодицея)과 결합한 찬인론(讚人論, Антроподицея)이다. 문화의 길은 바로 이것을 이해하는 것이다.

문화의 철학*

오늘 주목하고자 하는 사고(思考)의 원은 여러 번 다양한 형식으로 어느 정도 이야기했던 것이다. 부분적으로 그것은 내가 수강했던 강의와 진행하는 강의의 테마이고, 따라서 짧은 담화에서 그 사고의 원을 충분히 심도 있게 설명하는 것은 불가능하다. 지금 전개하고자 하는 문화에 대한 문제제기의 몇몇 측면들은 상세하게 들어가야 하는데, 때로는 어느 정도 추상적인 철학적 개념의 분석을 요구하기도 한다. 물론, 오늘날 담화에서 우리는 이렇게 복잡한 가시밭길을 가지 않는다. 나의 담화는 아직 저술되지 않은 책의 프로그램처럼 짧은 소개의 성격을 띠게 될 것인데, 전면적인 논의, 여기서 언급되는 문제로 계속 돌아가는 것만이 나의 담화의 기본적인 사고를 우리의 의식에 완전히 접근하게 할 것이다.

오늘 담화의 테마는 '문화의 철학'이다. 제목에서부터 두 가지 중요한 문제가 나온다. 그것은 철학의 문제와 문화의 문제이다. 따라서 이러한 토대를 구축하는 계획으로 테마의 제목에 있는 두 가지 개념을 밝혀 보기

---

* 〔편집자〕《과학과 기술의 철학과 사회학》〔Философия и социология науки и техники(연간지), M., 1987〕 226~248쪽에 처음 발표되었다. 벨르이는 이 원고를 1920년 1월 24일 예술궁전(모스크바)에서 강연하였다.

로 하자. *철학은 무엇인가, 문화는 무엇인가.*

철학에 대한 다양한 관점은 오래도록 이야기할 수 있다. 철학적 인식의 대상은 현대 과학-철학에서 제도하는 것처럼 그릴 수도 있고, 이와는 다른 길로 갈 수도 있다. 철학의 역사에 피상적인 눈길을 던지고, 철학이 어떻게 발생했고 그와 연관된 것은 무엇인지를 고찰할 수도 있다.

만일 우리가 철학에 대한 두 가지 관점, 두 개의 시선을 비교한다면, 이때 하나의 관점은 철학이 처음으로 명확한 형식을 갖추었던 그리스의 역사로 흘러가서 철학을 스케치할 것이다. 만일 우리가 철학에 대한 이러한 시각을 철학적 인식의 과제에 대한 현대적 논의와 비교한다면, 우리는 공통점이 전혀 없는 두 가지 철학 개념에 도달하게 될 것이다.

현대철학은 주로 *우리가 어떻게 인식하는가*에 대한 문제에 집중한다. 동시에 과학은 어떻게 구체적 대상과 연관되어 있는가에 집중하는데, 예를 들어 일련의 자연과학, 식물학은 식물의 세계, 즉 꽃, 열매, 나무와 연관되어 있고, 광물학은 광물의 세계와 연관되어 있으며, 물리학은 신체의 법칙과 연관되어 있는데, 이 모든 것이 구체적 대상이 된다. 이러한 구체적 사물은 철학을 갖고 있지 않은데, 왜냐하면 철학의 대상은 우리의 인식으로 도달할 수 있는 방법 그 자체이기 때문이다. 이렇게 우리는 이러한 방법으로 주어진 경우 광물학에서 정밀과학의 발견에 접근하게 된다. 이렇게 우리는 계획적으로 행동하여 천문학에서 예측가능성을 부여하는 정확한 원칙에 접근할 수 있는 가능성에 접근하게 된다.

이렇게, 현대철학은 대조적인 지식으로 향하는데, 그 지식들은 대부분의 경우 완전히 윤곽이 그려진 구체적 대상과 관련이 있다. *지식에 대한 지식*이 그것이다.

그리고 만일 모든 과학이 완전히 구체적인 어떤 과제를 갖고 있으면서 인류의 발전에 원동기로 작용한다면, 그것은 진보라는 객차를 운반하는 기관차에 비유할 수 있을 것이다. 철학은 기계에 대한 지식으로 무장한 운전사에 비유할 수 있다. 그는 기차의 움직임을 통제할 뿐 아니라 근본적인 법칙을 알고 있는데, 이 법칙에 따라 기관차가 증기의 도움으로 차량을 끄는 에너지를 발전시킬 수 있다.

이렇게 현대철학은 구체적 사물에 집중하는 것이 아니라 우리가 과학 속에서 좀더 잘 인식할 수 있는 결론에 집중한다. 이렇게 현대 철학연구의 모든 힘, 능력, 섬세함, 날카로움은 인식의 섬세한 문제들을 분석한다.

무엇보다 고대에 발생했던 철학은 이렇게 엄격하게 제도된 학문에 대한 학문, 지식에 대한 지식이 아니었다. 그것은 지혜에 대한 열망, 우리 내부의 가장 역동적인 활동, 열정의 에너지, 우리에게 무언가를 추구하게 하는 파토스였다.

필로소피아. 이 단어를 다양하게 해석하는 이유가 있다. 그러나 '필로소피아'(*philosophia*) 라는 단어에는 그리스어로 '*지혜*'를 뜻하는 '소피아'(*sophia*) 와 '*사랑하는*', '*친애하는*'을 뜻하는 '필로'(*philo*) 라는 단어가 들어 있다. 그러므로 일단 철학을 지혜에 대한 사랑으로 번역할 수 있다. 이렇게 철학이 우리 내부에서 발생한 것은, 일정하게 동결되고 완결된 규율로서가 아니라 인식대상에 대한 아주 추상적인 논의로서이다. 여기서 인식의 대상은 항상 지식의 형식을 지녔고, 그래서 몇몇 현대철학자들은 철학을 형식에 대한 과학으로 정의할 수 있었다. 이때 이 형식들은 인식적 형식들로서, 그 속에서 학문이 구별되어 나오고, 우리는 그 학문의 도움으로 이런저런 과학을 이렇게 저렇게 공식화한다. 우리의 철학은 다르게 발생했다. 철학은 순수히 능동적인 활동으로서, 생생하고, 삶에 합류하고, 일반적인 삶의 흐름에 대립하지 않았다. 이런 의미에서 철학은 만사에 능통하지는 않은데, 학문은 그리스 철학으로부터 점진적으로 결정화되었기 때문이다. 예전에는 이렇게 완전히 서로 경계를 짓고 있는 닫힌 모습의 개별적인 학문이 아니었다. 철학의 영역은 고양된 신화적 표상의 영역은 물론 자연과학과 같은 영역도 포괄하고 있었다. 만사에

능통한 철학의 성질은 존재하는 모든 것을 포용하려는 무한한 객체이다. 이것은 지식이 계속 드러나는 형식이 아니다. 이것은 열망, 움직임, 희망이다. 이런 의미에서 철학은 지혜에 대한 사랑이고, 이런 의미에서 철학에 호소하는 것은 기도를 하는 것과 같다. 철학은 *뮤즈*와 같고, 뮤즈는 소피아라는 자신의 이름을 갖고 있다. 후에 철학의 과제가 바뀌었다. 이미 첫 번째 철학체계 이후에, 예를 들어 우리가 이른바 물리학과 같은 그리스 철학의 초기체계를 취한다면, 우리는 그리스인들의 철학적 표상의 근거가 되는 코스모스에 대한 표상을 볼 것인데, 그것은 한편으로는 자연 — 공기, 물 — 의 원시력의 근거가 되지만, 다른 한편으로 헤라클레이토스에게 이 공기와 물은 현재 우리가 생각하는 것과 같은 물질적 의미로 이해되는 것이 전혀 아니라 상징적인 의미로 이해되었다. 이렇게, 공기와 불은 어떤 신화적 신성으로 나타나게 되었다. 여기에는 아직 물리학과 물리학 이후에 나오는 것, 물리학 너머(за физикой)의 것, 혹은 훗날 말하듯이 *형이상학*(*метафизика*)의 경계가 없었다. 여기서 이 원시력 자체는 자연의 원시력으로 나타나고, 이와 함께 이 자연의 원시력이 영혼을 부여받았다. 이런 것이 바로, 예를 들어 한 그리스 철학자가 말했듯이, 우리의 영혼이 모두 똑같은 이유이다: "우리는 똑같은 공기를 호흡한다. 우리의 영혼은 하나이다." 이렇게, 우리가 숨 쉬는 공기는, 우리가 물리적·화학적 본성을 증명할 수 있는 그런 의미의 공기가 아니다. 이 공기는 세계의 근본이 영면하는 *세계영혼*처럼 나타난다.

이렇게 심리학, 신화, 물리학, 형이상학은 언젠가는 인간의 의식이 열망하는 하나의 총체였다. 이러한 총체적인 열망은 지혜, 모든 지혜를 펼치는 것인데, 이 지혜는 본래 모든 철학적 활동에 원기를 불어넣고 영혼을 부여했다. 그러나 이른바 소피스트 시대부터, 중요한 것은 아리스토텔레스부터 철학의 과제가 바뀌게 되었다. 철학은 이미 이러한 내적 영혼의 활동이 아니게 되었고, 인식에 대한 사랑스러운 열망, 유기적이고 구체적으로 인식과 연결되려는 열망이 아니게 된 것이다. 즉, 공기를 인식하면서, 나는 그 속성에 대해서만 이야기하지는 않는다. 아니, 공기를 인식하면서, 이와 함께 숨을 들이마시고 내쉬게 된다. 나의 영혼은 숨 쉬는 나의 작품이다. 그리고 어떤 의미에서 나는 합류하는데, 이러한 합류는 유기적인 합류가 되는 것이다. 우리는 잘 알고 있는 사랑의 합류를 결혼에서 본다. 그리고 이러한 합류의 작품이 새로운 유기적인 존재로 나타난다. 철학도 마찬가지이다. 철학은 이런 의미에서 예술 창조라 할 수 있다. 왜냐하면 그 속에는 신화적 순간이 강하게 있기 때문이다. 가장 첫 번째 철학체계는 신화, 형상적 사고에서 발전되었다. 내 눈앞에 있는 세계의 그림이 이러할 때, 나의 내적 존재로서 이 그림 속으로 들어가려고 할 때, 내가 세계에 대하여 이야기하는 것은 모두 스스로에게서 퍼낸 것이다. 그리고 이를 터득하는 과정에서 나는 이 세계의 현상 앞에서 그 어떤 선입견 없이 완전히 열린 영혼으로 서 있었다. 그리고 이 세계의 현상은 나의 영혼 속에서 거울 속에서처럼 표현된다. 바로 이런 의미에서 철학을 창조과정이라고 할 수 있다. 특징적인 것은, 일반적인 신화적 과정에서 철학적 사고를 하는 가장 초기 시도에서, 신화를 창조할 때 인간은 하나의 활동적인 충동 속에서 인식에 대한 열망과 미에 대한 열망, 진리에 대한 열망을 동시에 경험한다는 것이다.

그렇지만 좀더 후기에 이 과제는 바뀌게 된다. 마치 철학이 다른 사고방법의 첫 번째 돌격으로 포위된 것 같다. 이 사고방법은 후에 성숙했고, 현재 우리는 그것을 *추상적 사고*(*мышление абстрактное*)라 부른다.

대단한 것은, 초기 신화체계, 초기 철학체계를 고찰하면서, 우리가 분명하고 완전하고 정확한 개념을 전혀 보지 못한다는 것이다. 이 개념은 항상 형상 속에 주어지는데, 여기서 우선 형상은 우리의 머릿속에서 현재 개념, 연역의 사고과정으로 규정되는 이 과정이 고대 의식의 인간에게는 다르게 작용했다고 할 정도로 추상적이고 비실제적이다. 사상은 형상 속에 살고 있고 다양한 형상의 세계는 신적인 것이다. 다른 신적인 것에 대한 신적인 것의 어떤 활동은 어떤 환상적인 모험이다. 그것은 결국 사상이 되는 것이다.

훗날, 이 단어를 다른 단어로 번역하고 그것이 알레고리이며 이런저런 의미라고 설명해야 할 필요가 생겼을 때, 이것은 좀더 이후에 인간이 추상적 사고로 완전히 무장하고 그다음에는 형상적 사고를 점점 더 밀어냈을 때 생겨났다. 지금 우리는 인간이 무언가 정교한 사상을 이야기하려 할 때 좀더 원시적이 된다는 것을 알고 있다. 이때 인간은 제스처를 취하고, 자신이 말하고자 하는 것에 온 영혼을 집중하고, 팬터마임의 제스처 속에 사고를 주입한다. 그러나 그다음 인간은 아주 냉정하게 형상적 단어로 표현할 수 있는 것도 모두 다른 추상적 개념으로 표현하기 시작한다(좋은 건지 나쁜 건지 모르겠다. 나쁜 것 같다).

이러한 형상성의 소멸은 철학의 신화적 시대의 소멸과 일치하는데, 이러한 시대의 소멸과 함께 지혜에 대한 열망으로서의 철학인, 사랑스러운 소피아도 단순한 소피아로 변하고, *사랑*(*филе*)은 사라져서, 벌써 철학적 경향이 아닌 *소피스트적*(*софское*) 경향이 발생하게 된다. 그것은 문자 그대로 *소피즘*(*софизм*)[1] 이라고 불리었는데, 왜냐하면 소피스트들은 세계가 어떻게 존재하고 우주의 궁극적인 목적은 무엇이며 사건이 왜 발생하는지에 대한 문제를 우선적으로 제기하지 않은 사람들이기 때문이다. 그들이 우선적으로 제기한 질문은 *어떻게 생각하는지*, *어떻게 논증*

---

1) 〔옮긴이〕 소피즘(Софи́зм; 그리스어 σόφισμα) : 거장, 능력, 교활한 계획, 지혜 등의 의미. 소피즘의 어원은 '소피스트'(*sophist*)에 연원하는데, 이는 '지혜로운 자'(*wise-ist*, *wise man*)의 의미이다. 고대 그리스에서 소피스트는 가르치는 직업을 가진 자들로서 주로 철학과 수사학의 교사들이었다. 현대에는 주로 자신의 지적 우월함을 과시하거나 상대를 속일 의도로 행해지는 현란하거나 비논리적인 논쟁을 의미한다.

하는지, 토론자가 논증할 때 어떤 법칙을 따라야 하는지 등이었다. 그러나 그다음 그들 가운데서 좀더 진지한 철학자가 등장했는데, 그들은 생각하는 방법으로서 논리를 학문으로 변화시켰고, 토론하고 생각을 종합하는 기술을 어떤 법칙에 의존하게 하고 이 법칙을 궁극적으로 기록했는데, 이 법칙 중의 하나가 삼단논법이고, 이 삼단논법은 여러 형식을 지니고 있다고 말했다.

철학적 사고의 대상 자체에 우선적으로 이목을 집중하기 시작함에 따라 철학은 추상적 개념이 되었다. 처음으로 추상적 사고가 생겨나고, 처음으로 인간은 형상을 가정하지 않고 추상적 개념을 말하는 법을 배우게 되었다. 처음에 사상은 형상, 우화 속에 유폐되었고, 그다음에 무게중심은 우화의 형상으로부터 해설로 이동하게 되었다. 그리고 이것은 어떤 생각, 어떤 사고를 읽는 법을 배우는 것을 뜻한다. 결국 이러한 생각은 형상적 내용과는 점점 더 멀어지게 되고, 우리가 무언가를 설명할 때 어떤 수술이 이루어지는지 마치 현미경을 통해 관찰하는 것같이 되었다.

이렇게 철학의 일부가 점차 독립하기 시작하여 이후 몇 세기 동안 논리학으로 강화되었다. 이런 식으로 철학은 점점 더 소피즘이 되었고, 지혜에 대한 열망은 논리학이 되었다. 그리고 철학은 복잡한 철학적 과제 속에서 이러한 과제를 학문의 논리학이라고 규정했다. 그것은 *사고에 대한 사고*(*мышление о мышлении*)이다.

이런 식으로, 만일 어느 정도 알려진 단어들로 요약한다면, 철학은 행성으로서, 우리 내부의 어떤 삶의 강화로서, 열망으로서 발생했다고 기록할 수 있다. 추상적 사고가 등장했을 때 철학은 생성되었다가 멈추었는데, 그 이유는 추론에서 추론을, 개념에서 개념을 분리한다는 점에서 추상적 사고는 구체적 사고와 다르기 때문이다. 내가 어떤 추론을 이야기할 때, 나는 이 개념에서 저 개념으로 이동한다. 나는 사람이다. 사람은 죽는다. 고로 나는 죽는다. “나는 사람이다”라는 하나의 추론과 “사람은 죽는다"라는 또 다른 추론, 이 두 추론으로서 나는 다른 세 번째로 이동하여 말한다. "나는 사람이다. 따라서 나는 죽는다." 이런 식으로 주로 삼단논법, 추론, 개념에 집중하게 된다.

다음 도해를 보자.[2] 여기서 나는 그래프의 형태로 말하고자 하는 바를 확고히 하고자 한다. 철학의 영역은 넓다. 그것은 우리 영혼 속에 존재하는 공통적인 열망이다. 그러나 철학의 삶이 지적 활동, 추상적 사고, 준비되어 있고 형성되어 있는 개념이라는 한 측면에 집중되어 있을 때 그것은 초기의 크기의 일부가 된다. 그것은 단지 이 크기의 일정한 부분만을 차지할 뿐이다. 그것은 논리를 낳는 소피즘이고, 이전의 모습의 철학이 아닌 반쪽 철학일 뿐이다. 다른 한편인 창조에 대한 열망은 철학에서 분리되어 다른 영역에서 형성되었다. 예를 들어, 우리는 예술세계에서의 일부가 창조활동에서 지속되는 것을 보는데, 그것은 언젠가는 철학적 활동이었던 것이다.

이렇게, 좀더 좁은 의미에서 철학은 주로 우리가 판단, 이성이라고 부르는 우리의 능력과 동일시된다. 철학은 이성적이 되었는데, 사실 생각의 영역은 이성보다 넓다. 이성은 우리가 단어의 좀더 넓은 의미에서 생각할 때 우리를 사로잡는 그러한 과정의 일정한 부분이고 일정한 능력이다.

이렇게 사고의 일정한 형식과 일정한 개념에 집중하면서, 다음 단계의 철학에서는 이러한 개념들을 연결하는 법칙들을 연구하게 된다. 사실인즉, 그 속에서 다른 과학에서와 똑같은 과정이 발생했다. 사람들은 오랫동안 식물을 기록해 왔다. 오랫동안 동물학은 동물들의 삶을 기록했다. 결국 생리, 구조, 동물과 식물 기관의 내부조직 연구를 위해 해부를 시작했다. 특히, 현미경과 확대경이 나온 뒤에는 이 식물을 현미경으로 관찰하기 시작했고, 다양한 조직을 발견하고, 이 조직이 동물과 식물 기관의

---

2) [편집자] 원 텍스트에서 도해는 주어지지 않았다.

일정한 세포로 구성되어 있는 것을 보았다. 그리고 개별적인 세포의 삶, 성장, 번식에서 전체 기관, 전체 식물의 삶의 법칙을 생각했다. 철학에서도 똑같은 일이 일어났다. 철학은 세계의 그림을 건축하고, 모든 것이 어디에서 와서 어디로 가는지를 말하기 시작했다. 그러나 철학이 이성에 집중함에 따라, 이성은 철학의 형식 자체, 의미와 목적에 대한 질문 자체에 집중했다. 세계관은 개념을 연결하는 방법으로 이동했고, 삼단논법, 추론, 그리고 이 추론을 접합하는 개념들이 삶에 따라 어떻게 되는지, 이 삶에 어떻게 종속되어 있는지(예를 들어, 우리 인간의 추론이 개념들의 접합 법칙에 어떻게 종속되어 있는지), 삼단논법이 추론들의 접합에 어떻게 종속되어 있는지, 그리고 우리의 모든 사고가 삼단논법에 어떻게 종속되어 있는지를 증명하기 시작했다. 철학은 이러한 해부로 접근했다. 철학은 우주적 총체의 광대한 그림으로부터 이 원자로 이동했다. 이 벽돌로 이동하여 우리는 그것으로 건물을 짓는다. 화학에서 분자가 분해되어 개개의 원자로 구성되었다는 것이 밝혀졌듯이, 새로운 철학은 분해되어 추론의 행위 자체를 해부했다. 첫 번째 논리학자인 아리스토텔레스는 우리에게 삼단논법의 세계를 분해하여 주었지만, 삼단논법을 구성하는 추론은 해부하여 분해될 수 없고 현미경을 통하듯이 고찰될 수 없다. 그리고 칸트는 삼단논법의 과정이 추론에서 개념들의 접합에 종속되어 있다는 것을 밝히고, 형이상학이라 불리는 모든 철학체계가 삼단논법의 짜임에 종속되어 있으며, 역으로 그 삼단논법은 우리가 삼단논법에 이용하는 추론들의 총체에 종속되어 있다는 것을 증명했다. 이렇게 해서 그는 처음으로 인식행위를 밝혀냈다.

이렇게 해서 철학은 이때부터 인식행위의 생리학, 해부학에 집중했다. 모든 추론은 이미 인식행위이다. 우리는 어떤 추론을 말하고, 이 추론 속에서 항상 어떤 인식을 말한다. 칸트는, 본질적으로 말해, 만일 우리가 인식행위를 취한다면 어떤 복잡한 일, 혼란스러운 일이 벌어지는지를 증명했다. 실제로, 그는 이 인식행위, 이 추론을 분석하면서, 《순수이성비판》이라는 두꺼운 책을 썼다. 이 《순수이성비판》은 관심의 중심을 삼단논법에서 추론으로 이동시켰다. 그리고 삼단논법의 삶, 삼단논법의 정확성이 칸트 이전에는 의심받지 않았던 만큼, 사람들은 "정확하게 추론하여, 나는 항상 여러 사실적인 결과에 도달한다"고 말했다. 칸트가 증명한 것은 다음과 같다: "정확하게 추론하여, 당신은 사실적인 결과에 도달한 것처럼 여길 것이다. 그러나 당신이 추론을 분해할 때까지 당신은 결코 사실적인 결과에 도달하지 못할 것이다." 칸트는 이렇게 지적함으로써 형이상학을 분쇄했고, 추론의 내적 삶의 모든 힘은 결론을 내릴 때 일어나는 것 속에 있다는 것을 증명했고, 만일 우리가 경험에 의존하지 않고 서로를 짜 맞춘다면, 이러한 추론들은 증명이 불가능할 정도로 확장된 생각으로 본의 아니게 인도할 것이라는 것을 증명했다. 반대로, 만일 우리가 그 추론들을 어떤 구체적인 내용으로 향하게 한다면, 우리는 과학적으로 사고할 수 있을 것이다. 결국 철학은 과학의 논리 자체를 분석하는 일정한 방법이 되었다. 우리가 "세 번째 것과 똑같은 두 개의 크기는 서로 같다"고 생각할 때, 철학은 그것이 무슨 일인지를 증명한다.

이렇게 해서, 철학은 지식에 대한 지식(знание о знаниях)으로 변화했다. 내가 말하고 싶은 것은 여기에 그림으로 그렸다. 현재 우리의 과학은 우리가 이런저런 지식을 구성하는 방법에 의존하고 있다. 이렇게 구성한다면 우리는 심리학에 기반을 둔 방법론에 접근할 것이고, 다르게 구성한다면 물리학에 기반을 둔 방법론에 접근할 것이다. 명확하고 구체적인 과학에는 개별적인 방법이 있어서, 새로운 인식론은 무엇보다도 심리학이 말한 것에 물리학이나 다른 것을 도입하고, 생리학이 말한 것에 정신적인 해석을 덧붙이는데, 우리는 무엇보다도 주어진 어떤 과학을 다른 과학으로 이동하고, 한 과학을 다른 과학과 관련되게 하는 방법을 고찰해야 한다.

수많은 새로운 이론가들은 과학이 방법에 종속되어 있다고 주장했다. 과학적 방법은 단일한 형태일 수 있다. 만일 과학의 재료를 붉은색 그래프로 묘사하고 묘사방식을 다른 색으로 한다면, 나는 이 붉은색의 형식화되지 않은 덩어리를 사각형, 삼각형, 마름모형, 원형 등으로 변화시킬 수 있다. 그리고 이러한 다양한 외형은 결국 다양한 법칙으로 우리를 인도한다. 물리학에서 우리는 그 기저에 모든 기계적인 것이 있다고 말하는 법칙을 획득한다. 현대의 심리학은 심리학이 물리적 방법과 독립되어 있다고 말한다. 그리고 이러한 심리학적 체험의 공식화는 개별적인 기계적 자료로 분해할 수 없다.

이렇게 해서, 과학은 특유의 방법으로 똑같은 재료를 다르게 구성한다. 이것은 우리의 과학이 어떤 근본적인 과학적 개념에 종속되느냐에 달려 있다. 이렇게, 만일 어떤 과학의 기저에 인과관계에 대한 개념이 있다면, 우리는 인과관계, 인과관계, 인과관계, 그리고 인과관계의 원칙의 이러한 유형의 모든 과학적 발견을 획득할 수 있다. 만일 해당 과학의 기저에 칸트가 말하는 *상호관계*(*взаимодействие*) 의 원칙, 혹은 새로운 단어로 번역하여 *기능적 종속관계*(*функциональная взаимодейтвие*) 의 원칙이 있다면, 주어진 유형의 모든 법칙 속에서 우리는 기능적 종속관계, 기능적 종속관계, 기능적 종속관계의 원칙을 갖게 될 것이다. 생물학에서 우리는 생물학적 법칙을 획득하게 되는데, 이 법칙은 명백한 생물학적 특성을 갖고 있다.

이렇게, 재료를 삼각형으로 구성하면서, 우리는 오각별을 그릴 수 있지만, 그 기저에는 삼각형이 도처에 있게 될 것이다. 우리는 사각형으로부터 평행사변형을 구축할 수 있다. 그러나 결국 이러한 요소들로 구축되는 도형은 항상 사각형, 사각형, 사각형이 될 것이다.

이렇게 해서, 만일 과학의 영역이, 우리의 과학이 이런저런 재료를 구성하는 영역이라면, 철학의 영역은, 그 대상으로서 이렇게 구성된 재료가 아닌 이 재료가 구성하는 *그 개념*이 된다. 따라서 철학은 그 기저에 다른 과학들이 있는 형식에 대한 과학이며, 철학의 현대적 형식의 인식론은 그 일반적 형식의 철학적 원칙을 고찰하는 것인데, 그 원칙은 어떤 이성적 단일성을 고찰하고, 이러한 단일성이 어떤 재료와 형식 속에서 이런저런 대상과 관계를 맺고 있는지를 고찰하는 것이다.

내가 말한 것을 그래프로 그린다면, 현대철학은 지혜에 대한 열망이 아니라 지식에 대한 지식이며, 이렇게 고찰된 지식은 경험에 적용되고, 따라서 이러한 지식은 이러한 구성, 이러한 구성, 이러한 구성을 갖게 된다.

이것이 바로 우리 시대의 철학이다. 이로써 분명한 것은, 우리 시대 철학은 삶의 의미에 대한 문제에 대답하지 않는다는 것이다. 만일 우리가 어떻게 사는지, 우리의 열망은 어떤 의미가 있는지를 묻기 위해 현대철학에 접근한다면, 현대철학, 혹은 더 솔직하게 철학의 논리학은 철학이 아니고, 철학의 반쪽은 대답하기를, 만일 당신이 이렇게 구성한다면 당신은 삶의 의미에 대한 이런 대답을 얻을 것이고, 만일 당신이 저렇게 구성한다면, 당신은 다른 대답을 얻을 것이다, 라고 할 것이다. 아마 당신은 인식의 근본적 형식이 있는 만큼, 재료가 있는 만큼, 삶의 의미에 대한 대답을 얻을 것이다.

혹은, 만일 다르게 말한다면, 새로운 철학은 우리에게서 의미에 대한 질문을 빼앗았다. 의미는 무의미해지고, 의미에 대한 질문과 법칙들은 현대철학에서 무의미한 것이 되었다. 열망이 사라졌기 때문이다. 에로스, 동력 — 이 모든 것이 진부한 것이 되고 생생한 의미는 없다. 과학적 · 이론적 · 이성적 의미만 있을 뿐이다.

우리의 '나'는?

우리의 '나'는 형식일 뿐으로서, 나는 그것을 다양한 형식들과 연결한다. 우리의 '나'는 주체이고 형식이며, 그 이상은 아니다. 그런데 이 주체는 나의 열망에 대하여 그 어떤 관계도 갖고 있지 않다. 이것은 인식의 주체이다. 그는 모든 인식기관 속에서 똑같지만 개별적이지 않고 개성이 없다. 이것이 현대철학의 대답이다.

이렇게 해서, 만일 철학이 삶의 길이라면, 만일 철학이 삶의 길로서 발생했다면, 그것은 지금 현재 길이 없는 것처럼, 인식적 관계 속에서 무척 재미있어 보이고 인식적 관계 속에서 많은 것을 주는 것 같지만 우리의 구체적인 인간적 지향 속에서 아무것도 주지 않는 무상한 사색처럼 우리 눈앞에 있다.

반대로, 언젠가 철학의 영역이었던 구체적인 모든 것은 과학의 영역이 되었다. 철학은 자신의 고유한 대상을 빼앗긴 것이다. 이것이 우리가 접근해야 하는 것이다. 그렇다면 이런 의미에서 이해되는 문화의 철학은 무엇인가? 그것은 문화의 영역에 있는 모든 것의 카탈로그이다. 그리고 문화의 영역이 과학, 관습, 종교적 표상, 윤리적 표상의 여러 법칙의 영역이라면, 문화의 철학은 우리 인식의 이러한 제품들, 우리 인식의 이러한 형식들의 *카탈로그*이다. 문화의 철학은 인간의 모든 삶을 개별적인 요소들로 분쇄하는 박물관 학자이다. 그는 잘라진 모든 것을 유형에 따라 배분하고 특별한 방에 진열한다.

이렇게 해서, 만일 우리가 정의하는 철학이 정말 문화이고, 인간의 지식과 인간의 삶을 제품처럼 다양한 형식으로 조제하는 모든 것이라면, 이런 의미에서 포착된 문화의 철학은 실제로 패러독스에 비교할 수 있는데, 이는 지금 당신의 주목을 요한다. 마치 당신이 《전쟁과 평화》 속 철자 а, б, в, г의 통계숫자의 관점에서 소설 《전쟁과 평화》를 연구하기 시작했고, 굉장히 어렵고 정확한 통계숫자를, 의미를 구성하는 단어가 형성하는 각각의 페이지, 각 장, 각 부에 따라 도입한 사람이 누구인지를 지명하는 것 같다. 마치 당신이 한 장의 의미를 텍스트에서 분리된 개별적인 문구에 귀착시키고, 문구는 개별적인 단어에 귀착시키는 것을 지명하는 것과 같다.

예를 들어 보자.

"악의 사랑은 생각하지 않는다." 이것은 의미를 갖고 있다. 나는 '사랑'이란 단어를 분리시킨다. 나는 '사랑'이란 단어를 '사랑과 죽음'으로 다르게 조합할 수 있다. 이렇게 해서, 내가 주어진 문맥에서 '사랑'이란 단어를 분리할 수 있을까?

더 나아가 나는 '사랑'이란 단어를 이해하기 위한 과정을 수행한다. 그것이 어떤 요소들로 구성되어 있는지 이해해야 한다. '사랑'(любовь)이란 단어는 알파벳 글자의 하나인 Л로 구성되어 있고, 알파벳 글자의 하나인 Ю로 구성되어 있고, 등이다. 이렇게 해서, 이해하기 위해서 우리는 '사랑'이라고 써진 단어를 볼 때 우리가 느낀다는 것, 보기만 해도 느낀다는 것을 굳게 믿어야 한다. 우리는 '사랑'을 느낀다. 그러나 알파벳 철자들을 느끼지만 단어를 느끼지는 않는다.

본질적으로 말해, 만일 내가 여러분 앞에 이런저런 문화의 철학을 열어 보일 가능성을 실제로 갖고 있다면, 우리 시대 문화의 철학은 아주 존경할 만한 행동으로 인도한다. 그것은 인간활동 영역의 카탈로그화와 인간의 창조, 인간의 생산도구의 계획성 있는 기록으로서, 그곳에는 사고, 나무 수탉 조각 — 이 모든 것이 수제품 혹은 제품 혹은 인간의 개념의 관점에서 고찰된다 — 그리고 조각된 수탉, 그리고 기계가 있다.

이렇게 해서, 문화의 현대철학은 도구이거나 이 모든 인간제품의 일정한 체계 속에서 계획적으로 열거된 것이다. 그리고 철학이 활동대상 자체를 관리하고 조절하는 만큼 문화의 철학은 다름 아닌, 인간의 삶과 창조의 총체성을 구성요소의 관점에서 고찰하는 것이다.

물론, 그런 문화, 그런 도구, 그런 박물관은 인간의 의식적인 삶을 카탈로그, 박물관으로 변화시키는데, 사실 대부분의 철학에서 문화에 대한 철학적 접근은 바로 그러한 것이다.

여기서 문화에 포함되는 것은 인간의 창조 자체도 아니고, 삶의 역동성 자체도 아니며 지향의 총체적 파토스 자체도 아닌, 법률, 미학, 역사 등 지식이 되는 다양한 영역이다.

그리고 이러한 지식의 분류가 문화대상의 분류로 나타나고, 현대철학은 우리에게 정확하게 분류하는 것, 과학을 형성하는 것을 설명해 준다. 무엇보다 문화는 우리의 지식과 관계된 곳, 인간활동의 다양한 현상과 관련된 곳에서 시작된다.

사고 구성양식, 철학체계 건물양식과 건축 사이에 일정한 상응관계가 있고, 어떤 세기의 고딕 양식과 그 시대의 미묘한 심리학체계 사이에 관계가 있고, 인간의 도덕적 삶과 그 밖의 미학적 · 예술적 현상들 사이에 관계가 있는 곳에서, 우리가 이 모든 인간의 다양한 측면들을 끊을 수 없는 총체 속에, 알파벳 철자가 아닌 단어 속에 포착하려고 시도하는 곳, 이 단어들로부터 인간발전의 문구를 구성하려는 곳, 우리가 문구 자체와 문화적 시대를 관계된 소설의 관점에서 바라보고 싶어 하는 곳 — 그곳에서 문화의 철학은 천재적인 예술가의 천재적인 소설이 써지는 것처럼 우리 눈앞에 부상한다. 이 천재적인 예술가가 바로 인류이다. 사실 인류의 모든 행보는 창조과정에 비유될 수 있다. 이를 위해서, 만일 우리가 책을 든다면, 우리는 그것을 단어와 단어 사이의 관계 밖에서 고찰할 권리가 없다. 우리가 이러저러하게 창조하거나 인식하는 것은 모두 일정한 의미에서 지식이다. 예를 들어 보자. 내가 일정한 예술작품을 창작할 때, 나의 내부에서 일어나는 어떤 영적인 과정을 대리석에 표현할 때, 형상과 유사에 따라 일정한 시각적 형식을 건축할 때, 나는 이 영적인 과정을 인식한다.

결국 만일 우리가 의식의 이런저런 창조과정을 지식의 과정이라 한다면, 지식의 분리할 수 없는 총체적 관계로서 문화는 *그 무엇과 연관된 그 무엇의 지식*으로 규정된다. 그것은 단지 의식의 삶으로 생각될 수 있는데, 왜냐하면 의식은 그것의 첫 번째 순수한 외적 규정이고, 그 무엇과 연관된 그 무엇의 지식이며, 지식을 분해할 수 없는 것과 연결하는 중심으로서, 그 분해할 수 없는 중심이 바로 머리가 되는 것이다.

이렇게 해서, 문화(이렇게 우리는 문화에 대한 첫 번째 기본적인 개념에 접근하는데, 그것은 역설적으로 보인다. 그러나 이 짧은 담화에서 깊이 설명할 수는 없고, 오늘은 패러독스의 짧은 구성 속에서 이야기하겠다) — 가 정의되는데, 그것은 문화가 지식들의 관계, 그 무엇과 연관된 그 무엇의 지식들의 기관으로 정의되지만 의식 없이는 생각될 수 없다는 것이다.

문화는 인간의 모든 삶이 아니고, 모든 삶의 현상이 아니다. 그것은 단지 의식적인 삶인데, 삶은 대체로 자연적이고 생물학적인 삶이기 때문이다. 의식에 의해 형성되고 조직된 일정한 삶의 창조로서 문화는 자연에 대비되는데, 이때 의식은 총체성 속에 개별적 지식들을 연결하는 어떤 유기적 중심이 된다.

이렇게 해서 만일 우리가 문화의 개념에 이렇게 기본적으로 접근하고 이 개념을 지식과 연결한다면, 이로부터 가장 합리적인 일련의 결론들을 도출할 수 있을 것이다.

첫째, 철학은 인간의 지식영역의 하나이다. 과학은 인간의 지식의 다른 영역이고, 역사는 세 번째 영역, 풍속창조는 네 번째 영역, 그리고 미학 등이 있다. 이 모든 것이 넓은 의미에서 개별적 지식들, 인간의 의식적 삶의 개별적 생산들이다. 문화는 유기체이고, 이러한 생산의 조직화이다.

시작으로서, 그런 의미에서 지식들의 집합체로서 개별적 지식 속에 측정되지 않는 그 무엇이 문화의 개념과 함께 나타났다. 여기서는 철학도, 역사도, 풍속창조도 모두 자신의 개별적 부분으로는 분해되지 않도록 연결된 총체적인 것을 배경으로 고찰될 수 있다. 이렇게 연결된 것이 바로 그 삶인데, 우리는 그 삶을 인간의식의 삶이라고 부를 수 있다.

이렇게 과학이 점점 더 지식과, 개별적 영역과 연관된 구체적 지식의 영역에 집중함에 따라 현대적 의미에서의 철학이 인식되는데, 즉 *이후지식*(*после знание*), 즉 그것은 지식의 대상이 아닌 지식 자체를 고찰하고, 지식의 형식 자체를 (예를 들어) 대상으로 포착하는 것이다. 그러므로 내가 한마디로 말할 수 있는 것은 철학은 대상이고 *인식*(*познание*)이며(간단히 말하기 위해 이렇게 표현한다), 그것은 항상 *지식 이후*(*после знания*)라는 것이다. 그것은 자신만의 탐색의 길을 갖고 형성된 일련의 지식들을 가정한다.

그러나 철학은 문화를 구성하는 다양한 요소들 가운데 생산과 인식 같은 문화의 영역에 있다. 예를 들어, 예술, 풍속창조, 법률창조 등이 그것이다. 이런 의미에서 의식은 인식에 종속되어 있지 않다. 의식은 그 구성부분이 분쇄되지 않는 분리할 수 없는 총체이다.

만일 의식이 이런저런 지식에 종속되어 있다면, 예를 들어 손이 주인인 인간을 먹을 수도 있을 것이다. 총체적 유기체에서 분리된 개별적 인간의 지식은 종종 전체 유기체를 삼켜 버리려고 한다. 우리가 알다시피, 일곱 마리의 여윈 소가 일곱 마리의 살찐 소를 삼키고, 이로써 살이 쪘다.

이것이 인식의 형식을 순순히 이성적으로 해명하려는 추상적 철학의 열망이고, 내가 우리 시대의 논리를 규정했던 그런 의미에서 철학의 열망으로서, 이러한 열망이 좀더 넓고 생생한 영역을 삼키고 문화의 철학이 되려 할 때 그 열망은 우리를 기형으로 인도하게 되는데, 나는 그것을 두 단어로 말하겠다. 그 열망은 인간의 의식적 창조의 생생한 기관에 각인되고, 익히 알려진 나눠지지 않는 관계들의 개별적 부분들을 모으지 않고 늘어놓는다. 그러면 이 개별적 부분들이 이번에는 또 다른 개별적 부분들로 나눠는데, 이는 통계학자가 하는 그런 작업으로 이끈다. 통계학자는 《전쟁과 평화》를 알파벳 철자의 총합으로 설명하려 하면서 이렇게 말할 것이다: 《전쟁과 평화》는 36개의 알파벳 철자로 구성되어 있다. 여기서 A는 Б와 관련되어 있다, 등. 그러나 카를 마르크스의 《자본론》은 36철자의 알파벳[3]으로 구성되어 있고, 복음서도 36철자의 알파벳으로 구성되어 있다. 만일 모든 책을 36철자의 알파벳으로 분해할 수 있고, 마르크스의 《자본론》이나 《전쟁과 평화》 속의 철자들 사이의 통계학적 관계를 계산할 수 있다면, 그렇다면 책을 왜 쓰겠는가.

이것은 설명이 아니다. 사실 그들이 그런 기형을 생산할 때, 그들이 살아 있는 유기체를 죽일 때, 그다음 그 기관들을 더듬기 시작하고 그다음 인간의 육체는 이런 법칙에 따라 이렇게 움직인다고 말할 때, 많은 사람은 그들이 현상을 설명한다고 생각한다. 결국 이런 일들은 모든 것이 개별적으로 조직되어 있는 곳, 인간의 의식 속에 조직화된 창조가 바로 문화가 되는 곳에서 일어난다. 왜냐하면 이런 의미에서 의식은 그 무엇과 연관된 그 무엇의 지식이기 때문이다.

이렇게 해서, 내가 지금 문화의 특징적 성격이라고 짧게 언급하는 것을 다음 도해에서 순순히 도식적으로 보여 줄 수 있다. 만일 이 다각형의 각각의 선들을 따로 취하면 어떤 기호에 적합하게 되는데, 그 밖에 다각형의 각각의 선들은 측정이 가능하다. 그러나 우리가 그것에 흥미를 갖는 것은 다른 의미에서이다. 우리는 그것이 도형 속에 어떤 자리를 차지하고 있으며 모든 선들에서 이 윤곽이 제도되었는지에 흥미를 갖고 있다.

여기에는 평행하게 놓을 수 있는 여덟 개의 선이 있을 뿐 아니라, 이 여덟 개의 선은 팔각형을 그릴 수 있도록 놓여 있다고 말할 수 있다. 따라서 이 선은 팔각형의 윗선이고 이것은 팔각형의 아랫선이라고 말할 수 있다. 이 선은 서로 똑같을 수 있지만, 그들이 차지하는 장소는 각각 다르다. 그들의 위치가 팔각형 전체를 규정한다.

이제 이 형상을 내가 말할 것에 대입하자. 그 무엇과 관련된 그 무엇의 의식 혹은 지식은 분해할 수 없는 총체성, 분해할 수 없는 외형으로서,

---

3) 〔편집자〕 1917년 인민 계몽위원회의 강령 이전에 존재했던 알파벳을 말한다.

그것은 개별적인 부분들의 관계를 완전히 변형시킨다. 따라서 철학은 자신의 방법을 갖고, 심리학도 자신의 방법을 가질 수 있다. 그러나 인간의 의식 속에서 이러한 방법들의 관계는 분해될 수 없는 총체성 속에 있어야 한다. 철학은 총체적인 것을 배경으로 나타나고, 역사도 총체적인 것을 배경으로 나타난다. 그리고 이 총체적인 것이 인간의 의식이다.

이렇게 해서, 오늘날 철학이 논리적 · 추상적 사색의 모습을 하고 있는 한, 철학은 모든 문화를 자신의 방법에 종속시키려 하고, 문화의 철학은 의미 없는 카탈로그로 나타난다. 그러나 우리는 문화의 철학을 다른 그 무엇에 대비시킬 수 없다. 우리는 문화를 배경으로 철학이 자신의 근본적 의미를 변화시킬 수 있을까 하는 것에 대한 질문을 제기할 수 있을 뿐이다. 우리는 철학을 *사상의 문화*로 간주할 수 있고, 철학의 역사, 철학체계의 역사에서 구성 자체를 인류의식을 연습하는 일정한 단계로 고찰할 수 있다. 여기서 우리가 관심 있는 것은 개념과 개념을 연결할 때 어떤 나사를 이용하느냐에 대한 시선이 아니라 그 개념의 양식이다.

철학체계가 인간 사고의 총체적 열망의 구현인 한, 아리스토텔레스의 수십 개의 카테고리와 이 카테고리를 규정하는 다른 사람들이 모든 양식과 아름다움이 열주와 열주 위의 박공에 담겨 있는 그리스 성전의 철학적 의미에서의 표현자로 나타나는 한, 그리스 열주와 이 항구적 도형을 창조한 천재에 대해 이야기할 수 있는데, 그 천재는 철학적 사고의 구조 속에, 박자의 논리 속에 표현되어 있다.

이렇게 해서, 우리가 '문화의 철학'이라고 이야기할 때 우리가 잊지 말아야 할 것은, 여기서 문화의 철학이 그 어떤 다른 것, 강화된 인간의 자아의식의 역사로서 사고의 문화의 역사에 대비된다는 것이다. 그 역사에서 의미와 그 밖의 다른 것은 불가분의 관계, 불가분의 단일성에 놓여 있는데, 이 단일성, 그 무엇과 관련된 그 무엇의 인식은 항상 분해할 수 없고 자율적이고 자유로운 인간의 인식이다. 의식은 분해할 수 없고, 만일 문화가 박물관이 되지 않으려면, 만일 철학이 옛 기억의 보존자가 되지 않으려면, 문화는 항상 자율적이고 자유롭게 강화된 인간의 자의식의 철학이 되어야 한다.

이 자유 속에, 이 자율 속에, 이 인간의 자의식의 성장 속에 리듬이 자리 잡고 있는데, 이 리듬은 우리에게 가장 문화적인 시대를 어떤 단일한 유기체로 바라볼 수 있는 가능성을 부여한다. 우리는 이 리듬을 인간의 생물학적 의미에서뿐 아니라 다른 의미로도 부를 수 있는데, 우리는 이러한 인간(человек)을 자의식적 의미에서 *시대의 이마*(*чело века*)라고 할 수 있다. 문화는 이 *이마*와 인간의 불가분성과 단일성을 승인하는 것이다.

내가 말한 것이 이 도해 속에 도식적으로 묘사되어 있다. 이것은 여러분의 의식 속에 들어가게 하기 위한 것이다. 이렇게 삼각형이 있는데, 이렇게 여기에도 삼각형이 있고, 여기에도 삼각형이 있고, 여기에도 있다. 그러나 이렇게 여기에 세 개의 삼각형이 있고, 더 이상은 아무것도 없다. 여기서 그것은 오각별의 정점이다. 그리고 나는 이 도형을 두 번 특징지을 수 있다. 이것이 오각별의 정점이라는 설명은 문화의 고백인데, 왜냐하면 이러한 설명은 삼각형이 총체와 연관된 어떤 지식의 영역 중의 하나라는 것이고, 이러한 설명은 기계적인 것이기 때문이다. 나는 이 오각별이 다섯 개의 삼각형을 합한 것이라고 말할 수 있다. 이렇게, 결국 이러한 도형의 삼각형은 삼각형이고, 그다음에는 오각별의 정점이다.

그러나 여러분은 다섯 개의 삼각형을 차례차례 상상하거나 다섯 개의 합해진 삼각형을 그것이 다른 모양으로 형성되는 바대로 상상할 수 있다. 무엇보다도 좀더 복잡한 이 모양에서 전체적인 오각별은 부분이 된다. 그것은 좀더 복잡한 모양 속에 놓여 있다. 결국 이 모든 모양은 이 삼각형 속의 오각별이고, 그다음에는 오각별의 정점이고, 세 번째로는 삼각형의 중간 부분이고, 마지막으로, 육각별의 어떤 부분이 된다. 나는 이 모양을 더욱 더 복잡하게 할 수 있는데, 이때 삼각형은 매번 새로운 형태로 나타날 것이다.

이런 식으로, 문화는 점점 더 복잡한 외형 속에서 지식의 영역을 점점 더 확장하고 이러한 지식을 설명하면서 인간의 의식을 점점 더 확장하는데, 그래서 자의식적인 '나'는 점점 더 큰 집단의 중심에서 스스로를 감지한다.

이런 식으로, 우리는 개인적인 문화에 대해 이야기할 수 있다. 우리는 레프 톨스토이나 프리드리히 니체와 같은 유명하고 위대한 사상가들에게서 유사한 사상을 만날 수 있다고 말할 수 있다. 그러나 프리드리히 니체는 레프 톨스토이와 비슷하지 않다. 왜냐하면 유사한 사상들의 만남에 서 그들의 일반적이고 총체적인 세계관은 완전히 반대상황에 놓여 있기 때문이다. 이런 식으로, 톨스토이 철학의 양식과 그의 문화에 대해 말할 수 있다.

더 나아가 톨스토이가 좀더 복잡한 도형인 오각별로만 나타나는 한, 우리는 이 톨스토이들의 총합을 러시아의 문화, 러시아 자의식의 문화라고 명명할 수 있다. 이렇게, 우리는 민중문화, 일정한 계급의 문화, 시대의 문화에 대해 이야기할 수 있다. 이 모든 것이, 말하자면, 그 요소들의 명제가 될 것이다. 왜냐하면 톨스토이는 칸트를 읽었고, 우리처럼 읽고 쓰기를 배웠지만, 그가 배운 모든 것은 그의 철학에서 독특한 의미를 지니고 있기 때문이다. 왜냐하면 그는 이 요소들을 총체적인 의식 속의 모형 속에서 자기 식대로 연결했기 때문이다. 특정 민족의 의식도 의심의 여지없이 똑같을 것이다.

이렇게 해서, 우리는 문화는 길을 갖고 있다고 말할 수 있다. 문화는, 개별적인 지식들이 철자 Л, Ю, Б, О, В, Ь처럼 우리가 잘 아는 바대로 합류할 때 시작된다. 철자 Л은 'Любовь'(사랑)란 단어 속의 철자 Л이다. 또 다른 모형에서 철자 Л은 'лютик'(미나리아재비속) 이란 단어 속의 그것일 수도 있다. 'Любовь'란 단어를 우리는 'любовь и смерть'(사랑과 죽음), 'любовь зла не мыслит'(사랑은 악을 생각하지 않는다) 란 단어 조합 속에서 말할 수 있다.

이렇게 해서, 우리가 문화를 지식의 총체적 모형으로 규정할 때, 우리는 이 지식의 총체적 모형이 자신의 길을 갖고 있으며 자신의 발전을 갖고 있다고 규정할 수 있다. 우리는 서로 다른 두 문화에 대해 말할 수 있는데, 마치 무한히 복잡한 조합 속에서 여덟 개의 점을 취하고, 각각의 점에서 다른 모든 점으로 선을 긋는다면, 우리가 복잡한 도형을 얻게 되는 것과 같다. 처음에 여러분은 이 도형이 혼란스러워 보일 것이다. 그것은 단지 어떤 선들의 교차로 보일 것이다. 그러나 이 복잡하고 혼란스러운 선들 속에 하나의 도형이 푸른 선을 긋는다. 이 혼란스러운 선들 속에 내가 다른 선들을 긋는다면 다른 도형을 얻는다. 그러나 이 혼란스러운 선들 속에 이 도형은 마지막이 아니다. 그리고 이 모든 무늬는 복잡한 하나 속에 위치하고 있다.

내가 이 그림 속에 일목요연하게 제시하는 것은 문화에도 적용된다. 문화는 알려진 지식을 알려진 형상과 결합할 때 시작되어 일정한 도형의 양식을 얻게 된다. 다른 양식은 다르게 결합된다. 그러나 결국 다양한 양식들, 선들의 개별적 연결이 잠재적으로 무한한 수량은 이러한 조합 속에 위치한다.

이렇게, 만일 우리가 경험적으로 연습하고, 이 도형 속에서 다양한 도형을 보려고 노력하고, 그다음에 두 도형을 한 번에 볼 수 있도록 연결한다면, 도형의 모든 복잡한 조합을 동시에 볼 수 있는 천재적 시각을 갖게 될 것이다. 그리고 문화의 의미가 다양성 속에 단일성을 조합하는 데 있다는 것을 이해할 수 있게 될 것이다. 이것은 개별적인 의식이 일반적인 조합 속에 추상적으로 용해되는 것이 아니라 동시에 존재하는 것이다.

그리고 우리가 문화의 지식의 조합의 경계를 생각할 때, 우리는 지식 요소들의 복잡한 개별적인 조합의 유형을 생각하게 되는데, 그 요소들은 점점 더 개별적이 되면서 우리의 의식을 확장하고 우리의 자의식인 '나'를 확장한다. 그리고 이렇게 우리의 의식 속에 확장된 '나'는 자신이 갇혀 있던 껍질에서 분리된다.

이렇게 나는 하나의 무늬를 택하여 그릴 수 있고, 이와 함께 그 도형의 모든 조합을 배경으로 그것을 지금 여기서 살펴볼 수 있다. 문화에서도 이와 똑같이 할 수 있다. 자의식을 확장하고, 나의 내부에서 자의식적 '나'처럼 있는 그 중심의 삶을 확장하면서, 모든 것은 점점 더 '나'가 아닌 '우리'(Мы) 라고 말할 권리가 점점 더 커지게 된다. 왜냐하면 나의 개별적인 '나'는 다른 집단과의 완전한 관계를 점점 더 체험할 것이기 때문이다. 나의 '나'는 '나'일 뿐 아니라, 그것은 조직화된 집단이고 단일성이며 잠재적 다양성이다.

나의 내부에서 나의 의식이 궁극적으로 개인적인 현상의 다양성과 연결될 때만 연결되고 강화되는 것과 같이, '나', 개별적인 '나'는 그 의식의 영역을 확장하고 점점 더 자신을 외부에 있는 것으로, 자기 자신의 외부에 있는 것으로 느낀다. 왜냐하면 내가 스스로에게 '나'라고 말할 때 나는 이 '나'를 '너'처럼 번역하기 때문이다. "나는 — 너다."

"나는 — 너다"라는 주장 속에는 고대 산스크리트 현자의 주장이 들어 있다. 학생이 개인성 확장의 일정한 단계에서 실제로 유기적으로 공동체험을 할 때, 그와 동료를 연결하고 있는 추상적 문제에 대해 동료를 추상적으로 체험하지 않고, 그와 동료의 개별적인 특수성 모두로써 자신의 동료를 체험한다. 이것은 서로 오각별과 다른 도형들을 일반적이고 총체적인 배경에서 동시에 공동체험을 하는 능력과 같은 능력인데, 이들은 서로 얽혀 있어서 양자의 도형은 일반적인 배경으로 연결되어 있다.

이렇게 해서 우리는 하나의 근본적인 문제에 접근하는데, 그것은 문화의 개념으로 설명된다. 만일 '문화' 개념이 의식 개념과 연관되어 있다면, 의식의 확장은 우리를 문화 개념의 확장으로 인도할 것이다. 이때 문화의 길에 대한 문제가 발생한다. "문화의 길은 무엇인가." 그리고 우리는 생물학적 삶이 이 문화의 길이 될 수 없다는 것을 알고 있다. 문화는 자연적인 삶이 아니라 의식의 시금석을 통해 실현된 삶이기 때문이다. 이와 함께 우리는 이 삶이 의식을 형성하는 물질적 대상에 의해 규정될 수 없다고 말할 수 없는데, 물질적 대상의 영역은 지식의 영역이고, 문화는 그 무엇과 연관된 그 무엇의 지식이기 때문이다. 따라서 만일 내가 어떤 물질적 대상으로써 문화를 규정한다면, 여윈 소로 하여금 살찐 소를 먹게 하는 것과 같을 것이다. 인식은 자신의 관계 속에 포함되지 않은 총체를 연결하는 살찐 소이기 때문이다.

이렇게 해서, 문화는 생물학적 삶으로 규정할 수 없고 지식을 부여하는 것으로도 규정할 수 없다. 지식은 문화의 인간적 유기체이기 때문이다. 문화는 지식, 인식 그리고 물질적 속성의 영역에 있지 않은 것으로만 규정된다. 마치 우리가 이 원칙을 규정한 것처럼, 이러한 탐색의 원칙과 방법은 자의식의 중심으로 나타날 때만 가능하다.

만일 문화가 의식이라면, 만일 우리가 이 의식을 어떤 분해할 수 없는 자의식적 유기체로 생각해야 한다면, 문화의 길을 규정하는 것은 자의식의 중심이고, 이 자의식의 중심은 다름 아닌 인간의 '나'가 된다. 그러나 그런 상황에서 이 '나'는 이런저런 생물학적 과정과 연관된 '나'가 될 수 없다. 아마 이 '나'는 철학자들이 "인식의 주체"라고 일컫는 '나'가 될 것이다. 왜냐하면 철학적 주체는, 그 원칙의 추상적 영역에서 자연에 의해 규정되지 않고 심지어 인식에 의해서도 규정되지 않는 자의식의 중심 바깥에 있기 때문이다.

이렇게, 의식의 확장과정에서 천천히 일어나는, 경험적 존재로서 나에 속하지 않는, 나, 보리스 부가예프에게 속하지 않는, 그리고 나의 문학 필명인 안드레이 벨르이에게 속하지 않는 '나'에 대한 이러한 독특한 인식을 제시하기 위해, 나는 문화를 규정하는 이 과정이 그 무엇에도 속하지 않는 확장된 원리라는 것을 말해야겠다. 그 원리는 문화의 과정에서, 즉 의식의 과정에서, *자기인식*(*самопознание*)의 과정에서, 이 의식의 중심에서, 막 태어난 아기처럼, 어떤 두 번째 '**나**'처럼, 천천히 내부를 뚫고 나간다. 이 두 번째 '**나**'는 일반적으로 이해되는 '나'보다 훨씬 넓고, 본질적으로 말해, 자신의 내부 속에 집단, 모든 '**우리**', 모든 개별적이고 주체적인 '나'를 포함하고 있다.

이것은 우리 내부에서 천천히 일어나고 체험되는 '**나**'에 뿌리를 둔 우리의 자의식의 원리에 대한 교리로서, 이 교리는, 본질적으로, 정신적 원리로서 '**나**'에 대한 교리이다.

우리가 '정신적 원리'에 대해 말할 때 우리는 '정신' 개념과 충돌한다. 그러나 지금 우리는 전체 개념들과 충돌하는데, 그것들은 왜곡된 철학과 진부한 신화를 대립시켜, 이 정신이 나의 외부에 있고 자연을 초월하여 위치하게 한다. 이 짧은 담화에서 우리는 정신, 즉 그 무엇과도 화해하지 않는 원리라고 부를 수 있는 것, 우리가 내부에서 의식의 심리적 삶이라고 부를 수 있는 것(왜냐하면 우리의 의식은 그 무엇과 관련된 그 무엇의 지식이기 때문이다)을 충분히 심도 있게 드러낼 수는 없다.

아마 이 '**나**'는 문화적 길이 확장된 결과로서 우리 내부에서 자의식의 중심으로 태어났을 것이다. 이 '**나**'는 신체의 원리도 아니고 영혼의 원리도 아니다. 이것은, 이것의 사실적 본성을 표현한다면, '**나**'는 아마 영혼 외적이고 의식 외적인 것으로만 추정할 수 있을 것이다(왜냐하면 의식은 물질 외적이고, 물질적 대상은 과학의 영역이기 때문이다). 이렇게 이해되는 '**나**'는 우리가 정신적 원리라고 부를 수 있는 '**나**'이다.

'정신적인 것'을 말할 때, 이 정신적인 것은 우리 내부에 있는 그 무엇, 세계의 자연현상을 초월하여 감춰진 신적인 그 무엇, 혹은 반대로, 추상적인 것에 대비된다. 왜냐하면 '정신적인 것'을 이야기할 때 이것은 종종 근원적인 사상을 염두에 두기 때문이다. 표상으로 감지되는 정신에 대한 우리의 모든 표상은 신화적 성격을 지닌다. 정신은 자연의 옷을 입은 신으로 이해되기도 하고, 자연은 물질적 자연으로 이해되기도 한다. 그리고 이 신은 자연에 의해 우리에게서 분리되어 있는데, 그래서 우리는 어떤 식으로도 그것에 도달할 수 없다.

철학의 역사에서 이러한 이해는 일련의 왜곡된 형이상학체계를 양산했는데, 그 체계는 사실주의란 이름을 지니고 있다. 그러나 이 사실주의는 시대에 뒤떨어졌다. 그런 신에 대한 칸트의 비판 이후 형이상학적 신은 없다.

다른 한편, 어떤 초감각적인 것을 정신적 사고라고 이해하기도 하고, 그러한 초감각적인 것을 사상이라고 가정하기도 한다. 논리학과 인식론을 드러내는 개념을 사상이라고 이해하기도 한다.

이렇게 해서, 이러한 정신은 개념의 현미경을 통해 고찰하는 것으로서 개념에 대한 개념으로 나타난다. 그것은 어떤 형이상학적 단일성으로서 철학의 기저에 놓여 있는 그 무엇으로 나타난다. 즉, 그것은 우리에게서 차단된 채, 자연의 옷을 입고 두 다리로 서 있는 것으로 나타난다.

이런저런 정신성의 이해, 형이상학적이고 범신론적인, 혹은 달리 말해, 합리적이고 사실적인 이해는 시대에 뒤떨어졌다. 현재 우리는 이 '나'를 내가 제도한 대로, 즉 자의식의 원리이며, 문화의 가장 일정한 자극이라는 의미에서 이 '나'에 대해 말할 수 있다. 이 '나'는 이론과 영혼에 대비되는 초발생적(суэгенерис) 특징을 지니고 있는데, 이는 추상적이고 정신적이라고 말할 수 있다.

이와 함께 정신, 우리에게서 분리된 자연으로서 정신에 대한 모든 표상, 혹은 절대적인 사실성을 내포한 듯한 개념으로 변화된 정신에 대한 표상 — 이 모든 표상이 현대에는 떨어져 나갔다.

이렇게 해서, 만일 영적인 정신(дух духовного)의 구체적 지식이 가능하다면, 이 영적인 정신의 구체적 지식은 우리의 '나'의 내적인 삶 속으로 구체적으로 심화되는 것에서만 가능할 것이다.

내가 말한 것을 간단하게 정리하자. 추상적 의미에서 문화의 철학은 존재할 수 없다. 왜냐하면 그런 철학은 박물관학으로 변할 것이기 때문이다. 철학 자체는 문화에서 취하는데, 문화는 지식과 지식의 결합이다. 그러나 의식적 삶으로서 문화는, 우리가 보았듯이, 길을 가지고 있는데, 이 문화의 길은 생물학적 길이 아니다. 그것은 이런저런 물질문화의 길로는 규정될 수 없다. 그러므로 '물질문화'라는 것은 무의미한 단어조합이다. '물질문화', 물질의 대상, 대상으로서 물질은 물질에 대한 과학의 대상이고, 우리가 문화라고 부르는 총체적 모형에 속하는 요소들이다. 따라서 이런 의미에서 문화의 개념은 정신적이다. 그러나 이러한 정신은 우리 내부에서 태어난 **'나'**이다. 이런 구조에서 문화의 철학은 정신문화의 철학으로만 가능하다. 물질문화에 대한 교리는 문화에 대한 교리가 아니라 이런저런 지식에 대한 교리이다. 이런 식으로 질료에 대한 과학의 프리즘을 통해 문화를 보는 시각이 가능하고, 추상적 철학의 프리즘을 통해 문화를 보는 시각이 가능하다. 그러나 이러한 시각은 *자의식적* **'나'***의 성장과정으로서* 문화 자체에는 대립된다.

이렇게 해서, 우리는 전 인류적 문화가 가능한가라는 문제에 접근하게 된다. 문화는 개별적 관계로서 탄생한다. 그것은 민중문화처럼 성장하고 강화된다. 모든 민중문화에서 나와 전 인류적 문화로 갈 수 있는가? 이것은 이렇게 복잡한 모형을 배경으로 이러한 모형을 바라볼 수 있는지에 대한 문제이다.

이렇게 우리의 개인적 의식은 민중의 의식 속에 확장되면서 총체성 속에서 모든 총체성을 배경으로 개별적인 모형을 좀더 복잡하게 연결하는 것으로 나타난다. 바로 이렇게 드러난 '나'의 크기가 모든 총체성이다. 그러나 우리가 내부에서 개인적으로 체험하는 이 '나'는 우리가 경험하는 일상적인 '나'가 아니다. 이것은 우리가 다시 태어났을 때 우리 내부에서 태어나는 그 어떤 강화된 **'나'**이다. …

제 5 부

에세이

나는 왜 상징주의자가 되었고, 사상적-예술적 모든 발전단계에서 왜 계속 상징주의자로 남았는가*

1

나는 왜 상징주의자가 되었는가. 이 문제에 대해 나는 다음과 같은 말로 대답하겠다.

우선 나의 내부에 존재하는 상징주의라는 근본적인 *테마*를 언급해야겠다. 나는 이 테마에서 자신을 이중으로(심지어 삼중으로) 구분했다. 나는 나의 내면에서 상징주의의 테마가 형성되는 것을 느꼈는데, 그것은 마치 그 테마가 어린 시절부터 나의 영혼 속에서 노래하는 것 같았다. 사

---

* 〔편집자〕 필사본으로 출간되었다(РГАПИ, Ф. 53, Оп. 1, Ед. хр. 74). 아드리스(Adris) 출판사의 판본(Белый, А., Почему я стал символистом и почему я не перестал им быть на всех фазах моего идейного и художественного развития, Ann Arbor, 1982)은 부정확하고 내용이 많이 누락되었다. 벨르이는 이 자전적 에세이를 1928년 3월 17일부터 26일까지 작업했다.
〔옮긴이〕 〈나는 왜 상징주의자가 되었고…〉(1928)는 벨르이의 자전적 에세이로서, 상징주의자로서 벨르이의 정체성 형성 과정을 반영하고 그 사상의 궤적을 추적하게 하는 중요한 자료이다. 벨르이는 자신이 이 글을 쓴 이유가 상징주의이론이 자신의 다양한 사상적·예술적 발전 과정에서 꾸준한 주제였다는 것을 나타내기 위한 것이었다고 밝힌 바 있다.

상을 조탁(彫琢)하기 위해 사람들과 만나는 과정에서 이 테마를 의식하게 된 것은 한참 후였다. 여기서 이념적 동기와 사회적 동기가 등장한다. '우리'라는 집단과 당에 대한 염원이 생겨난다. 나는 이 사회적 동기를 두 개의 이른바 하부 동기로 구분한다. 그것은 '*상징주의자들*'의 이념적 풍습의 은밀한 총체 속에 상징주의를 공동으로 함유하는 것과 러시아의 현실에서 문화적 흐름으로서 상징주의를 이데올로기적으로 고착시키는 것이다. 이렇게 고착시킴에 있어 나는 첫째, *내가* 도입한 것과, 둘째, *우리*, 상징주의자들이 동의한 것을 구별한다.

*나의 테마*에는 나에게 이질적인 것들이 있다. ① 은밀한 '나', ② 다른 사람들과 구별되는 이데올로기적으로 성숙한 '나', ③ 다른 사람들과 함께 하는 '나', ④ 전술적이고 논쟁적으로 굴절된 동기들 밖에서 이념적으로 강령화된 '나', ⑤ 전술과 논쟁의 문제(예술에서 이른바 '학파'라 불리는).

내가 *언제* 상징주의자가 되었고 *어떻게* 상징주의자가 되었는지에 대한 질문에 솔직하게 답하겠다. 나는 *언제* 된 것도 아니고 *어떻게 된 것도 아니다.* 나는 항상 상징주의자*였다*('*상징*'이나 '*상징주의자*'란 단어를 알기 전에도). 훗날 지각의 상징주의로 인식된 네 살 어린아이의 놀이에는 어린아이의 의식의 극히 내면적인 소여(所與)가 있었다. 나는 그 놀이 중 하나를 기억한다. 의식(놀람) 상태의 본질이 반영되길 바라면서, 나는 상자의 진홍색 뚜껑을 집었다. 그리고 그 뚜껑을 그늘 속에 감추고 대상(предметность)이 보이지 않게 했다. 그런데 색깔이 있었다. 나는 진홍색 얼룩을 지나면서 혼잣말로 소리쳤다: "*적자색 그 무엇*(*нечто*) *이다.*" 그 무엇 — 이것은 체험이다. 적자색 얼룩은 표현형식이다. 이것과 저것을 함께 아우르는 것이 상징이다(상징화된). '*그 무엇*'은 인식되지 않는다. 상자 뚜껑은 외부 대상으로, '그 무엇'과 연관을 갖지 않는다. 그것은 그늘(적자색 얼룩)에 의해 외형이 변형된, *이것*(무형)과 *저것*(대상)이면서, *이것*(*то*)도 아니고 *저것*(*это*)도 아닌 *제3의 것*(*третье*)으로 합류한다. 상징 — 그것은 제 3의 것이다. 상징을 건축하면서 나는 두 세계(놀람의 카오스적 상태와 나에게 주어진 외부세계의 대상)를 극복했다. 두 세계 모두 작용하지 않는다. *제 3의 세계*가 있다. 나는 영혼에도 외부 대상에도 해당되지 않는 이 제 3세계의 인식 속으로 모든 것을 끌어들였다. 창조활동, 결합은 인식을 특수한 인식으로 그 외형을 변형시켰다. 인식의 결과는 '*적자색 그 무엇*'이란 명제를 획득하며 *제 3의* 세계를 향한 진척을 확인하게 했다.

내가 도식적으로 묘사한 것은 나의 어린 시절 놀이의 중심이다. 그것은 나의 의식에 내재하는 그 무엇이다. 어른들은 어떻게도, 무엇으로도 내 속에 존재하는 이러한 중심의 삶을 결코 건드리지 못한다. 그 반대이다. 그들은 외부에서 주어진 대상과 그에 대한 설명으로 중심을 에워싸지만, 그 설명은 나의 어린 영혼의 극히 내면적인 움직임에 대해 아무것도 드러내지 못한다. 나는 이 움직임을 숨길 필요가 없었다. 설사 내가 이 움직임을 드러내고 싶다 해도 나에게는 단어가 없었다. 그 단어와 의미를 나는 외부에서 배웠다. 한편, 이 움직임, 나의 '*그 무엇*'은 충분한 '*사실성*'(*реальность*)이 있어서 어른들의 머리로는 포착되지 않았다. 그것은 나의 내부의 언어와 형상 밖에서 성장하면서 나의 내부에 있는 나의 **'나'**(Я)를 삭이기 시작했다. '*나*'는 이름 없는 체험 속에 침몰되는 것을 느꼈다. 그리고 **'나'**는 나만 알고 있는 특별한 놀이에서 이미 안도 아니고 밖도 아닌 곳을 향해 헤엄쳐 나갔다. 그것은 훗날 내게 상징들의 세계로 알려진 것이다(인식도 아니고 체험도 아닌, '*대상*'의 오성 속에 수동적으로 반영되는 것도 아니고 그것의 창조도 아닌 것, 그러나 그것은 말하자면 창작-인식이다).

나는 이러한 놀이를 나의 **'나'**의 성장에서 나만의 문화로 의식했다. 그렇지만 나를 이 문화에 던진 것은 어른들이었다(아시다시피 나는 겨우 빠져나왔다). 의사는 내가 신경과민이고 그래서 내게 이야기를 빼앗아야 한다고 말했는데, 이때 나는 사람들이 나의 외부에서 형상의 놀이라는 구원의 지푸라기를 제거했고 나는 지푸라기 하나 없이 망상의 심연 속으로 내던져지는 것처럼 느껴졌다. 만일 어른들이 이야기를 빼앗는다고 했을 때 어린 내가 느꼈던 공포를 이해했다면, 그들은 그 공포를 자신의 언어로 이렇게 표현했을 것이다: "그는 '나'를 보존하기 위해 싸운다. 즉, 신경질환에 걸리지 않으려는 것이다." 여섯 살 때 나는 엄마가 나의 '*이것*'(*это*) 에 대해 말하는 것을 들었다. "*이것은 예민한 신경성 질환*이다." '*그들의*' 언어는 그랬다. '*적자색 그 무엇*', '*물망초의 세계*' 등의 상징주의적 명제를 구축하면서, 나는 나의 내부에 존재하긴 하면서 인식되지 않은 지각의 선명함으로 인한 예민한 신경성 질환에 걸리지 않는 법을 배웠다. 결국 26년이 지나 슈타이너의 연속 강의 중 하나를 들으면서, 나는 이 지각의 선명함이 언젠가 환추(環椎) 를 위협했던 것으로서, 감각을 조율하기 위해 로고스(*logos*) 가 아담의 자매의 영혼과 결합되었다(정신세계에서) 는 것을 알게 되었다. 그 결과 감각기관들의 보고서를 체험하는 데 평형이 이루어졌다. 이렇게 세 살과 네 살의 경계에서 나의 '나'의 진정한 성장은 26년 후에야 내게 드러났다. 나는 내 속의 내면적인 감정의 단절(혹은 '*예민한 신경성 질환*') 로부터 구원되었다. 이러한 구원행위는 연결 놀이 속에, 상징화 속에 있으며 나를 잡아당기는 '그 무엇', 나의 붉은 상자의 도움을 받았다. 나는 '적자색 그 무엇'을 중얼거리면서 나의 여러 감각의 다양한 부서의 보고서를 연결했다. 상징-모델 속에는 구체적이고 논리적인 그 무엇을 향한 아틀란티스-레무리아[1] 카오스의 초기단계의 극복이 있었다.

---

1) 〔옮긴이〕 아틀란티스(Atlantis) : 그리스 전설상의 큰 섬. 지브롤터 서쪽 대서양 가운데 존재하는 찬란한 문화를 가진 이상향이다. 지진으로 멸망했다고 알려져 있다.
〔편집자〕 레무리아(Lemuria) : 신화적인 레무르인들의 나라. 아틀란티스와 마찬가지로 상징주의자들은 레무르인들이 지상에서 처음으로 문화를 창조하였다

나의 놀이는 *이것*에 관한 것이다. 그것은 후에 상징주의, 혹은 로고스의 세계에 나를 편입시키는 창조적-인식행위의 법칙이 되었다. 파열, 카오스, 헛소리 위로 놀이 속에서 나는 높이 올랐다.

자의식적 '*나*'의 형성에서 고대문화의 시기는 이렇게 나에게 구체적으로 경험되었다. 이에 대해서는 《코틱 레타예프》에서 상세히 전달한다. *코틱 레타예프*는 아마 레무리아인일 듯한 고대의 공포를 극복하는 문구를 놀이에서 취한다. 놀이는 상징화에 있다. 그것은 어딘가 머리 위에 높이 떠다니는 로고스의 구원행위의 결과이다. 상징, 혹은 두 세계의 제 3의 것, 평행선이 십자로 교차하고 그 가운데 정신세계의 점이 찍힌 것이다. 점이 타오른다. 그것은 '나'의 파열로부터 나의 구원이다. 코틱 레타예프는 세 살배기의 감정을 묘사하는데, 그는 마치 자신이 난로통을 통해 헛소리로부터 아파트로 옮겨진 것같이 느낀다. 아파트에는 '*아빠*'와 '*엄마*'와 '*유모*'가 '*이것*'(말로 할 수 없는 '그 무엇')으로부터 도망친다. 그다음 그것은 '*도깨비*'로 변질되어 나를 놀라게 한다. 그렇지만 도깨비의 공포 자체는 이미 공포가 아니었다. 그것은 공포의 놀이였다. 나는 *상징* 속에서 공포로부터 탈출했다.

이렇게 나는 네 살배기 '*보렌카*'의 체험을 서른 살 어른의 지식으로 해명한 것 같다. 인지학[2]적 사이클의 인식론적 도식은 나의 경험의 재료를 훈련된 기억으로 나에게 완전히 설명해 주었는데, 그 재료를 명료하게 분별한다는 조건에서였다(《*코틱 레타예프*》는 훈련의 경험이다). 그렇지

고 간주하였다.

2) 〔옮긴이〕 인지학(人智學, *Anthrophosophy*): '신지학'에 대비되는 개념이다. 신지학이 '신의 지혜'를 의미한다면, 인지학은 '인간의 지혜'(*anthro + philosophy, sophia*)를 의미한다. '인지학'은 자연과학이 공헌하는 외면적, 물질-육체적 인간에 대한 연구결과를 보충하고, 이와 함께 정신과학 연구로부터의 인간 내면, 정신-영혼적인 인간의 부분을 인식 안으로 포함시킨다.

만 여기서 명백한 것은 경험의 재료가 없다면 인지학 강의의 재료는 공허하게 된다는 것이다. 이 강의는 경험과 결합될 때만이 이해될 수 있다. 경험 바깥에서 그 강의는 스콜라철학이다. 두뇌 피질 속에서 스콜라철학은 현명할수록 더욱 얇게 재생된다. 만일 인지학자이면서 상징주의자가 아니라면, 즉 외부에서 주어진 재료를 그의 삶에 내재하는 경험과 연결시키지 못한다면, 현상은 단지 그로테스크한 것일 뿐이다. 그러나 상징주의자는 자기 경험의 모호함의 논리적 기원을 거부하는데, 만일 그가 진심이라면 신경성 환자로 변질되고(블록처럼), 진심이 아니라면 알레고리적 양식주의자로 변질된다(뱌체슬라프 이바노프처럼). 그러나 나는 앞으로 나아간다.

네 살 때 나는 상징의 놀이를 했다. 그렇지만 나는 이 놀이를 어른들에게도 아이들에게도 알리지 못했다. 그들 모두 나를 이해하지 못했기 때문이다. 나는 그렇다고 확신했다. 그리고 숨었다(그래서 나는 네 살 때부터 '*밀교주의자*'[3] 가 되었다). 나에게서 표정과 가면이 점차 커져 갔다. 성탄절의 가면이 다섯 살인 나의 체험 속에 나타났다. 나는 그 가면을 썼다. 그리고 '개성'(личность) 을 갖게 되었다. 이것은 아마 나의 그리스 시대 입문이 될 것이다. '*보리스 부가예프*'는 그때부터 어른들과 있을 때면 의식적으로 '*작위적 표정*'을 전개했다. 그의 유년 시절은 물론 청년 시절의 조건은 이러했고, '*가면*'에서 생긴 것이 '*개체*' (*индивидуум*) 의 얼굴로 성장했다. 훗날 삶의 상징화에서 '*보리스 니콜라예비치*'도 '*안드레이 벨르이*'도, 그리고 '*운저 프로인트*'[4] 도 모두 직접적 동기가 아닌 개성-가면들의 '나'가 리듬적으로 변주되는 변증법 속에서 자의식적 '*나*'가 소거되어야

---

3) 〔옮긴이〕 밀교주의자(密教者, *esoterik*) : 비교(秘教), 비전(秘傳), 혹은 비결을 전수받은 사람을 의미한다.

4) 〔편집자〕 운저 프로인트(*unser freund*, 독일어) : '우리 친구'. 인지학협회에서 슈타이너는 벨르이를 이렇게 불렀다.

했는데, 그 속에서 '나'라는 것은 하나도 없었다. 왜 '*나*'가 개성-가면 속에서 소거되지 않는가의 이유는 벌써 일곱 살 때부터 시작되었다. 그것은 고통스러운 생각과 심각한 놀이, 그리고 행동의 변주의 대상이었다.

변주의 테마, 다양성의 사상, 개체가 표현되는 복합체(세계관, 집단에 대한 꿈, 도덕적 사실성의 연습)의 문제가 상징의 테마(삶의 두 행렬이 제 3의 것으로 교차한다)에서 자연스럽게 증식된 것은 놀라운 일이 아니다. 삼원주의는 변주, 음조, 방법의 다원론으로 더욱 복잡해졌고, 삶의 이데올로기의 테마, 경험의 세계관, 그리고 도덕적 삶의 고통도 모두 '47'년 동안 나의 '나'를 이해하지 못했기 때문에 더욱 복잡해졌다. 이 '나'가 일곱 살 때부터 이미 알았고 열일곱 살 때 이미 의식하게 된 것은, 감독의 문제, 개성 속의 '*나*'의 대조와 대비의 흐름 속에 발전하는 시기, 이 '*나*'가 다른 사람들에게 이해되는 단계, 같이 작업하게 된 다양한 집단에 따른 조화로운 변증법의 문제가 여기서 증대된다는 것이다. 행위의 연속성은 개체를 개성에 강제로 맞추는 데 있는 것이 아니다. 그런 '*끼워 맞추기*'의 결과는 개성의 단절을 초래할 뿐이다. 행위의 연속성은 '*나*'(자신에 대한 믿음의 기본적 표상)에게 주어진 단계에서 하나의 개성을 도려내는 데 있는 것이 아니라 사회 속에서 '*개성들*'의 흐름이 조화하는 데 있는 것이다. 이렇게 도덕적 환상의 문제는, 감독의 문제처럼, 삶이란 무대에서 한 사람을 제외한 나머지 '*배우들*'을 추방하는 데 있는 것이 아니라, 처음에는 어린아이(일곱 살)의 도덕의 문제로, 다음에는 세계관의 문제로 나타나는 데 있는 것이다.

'7'살부터 '47'살까지 (40년 동안!) 나의 '*나*'는 다른 사람들의 '나' 앞에서 놀라며 서 있었다. 그들은 다양성과 감독의 문제를 이해하지 못했기 때문이다. 나의 '나'가 행동의 테마를 다르게 변주시켜 다른 사람들에게 제시했을 때, 그들의 '나'는 나의 '나'가 배반했다고 비난했다. 나는 한참 뒤에야 어떤 사람들은 개성의 도덕과 개체의 도덕의 구체적 연관성을 정말 알지 못한다는 것을 알 수 있었다. 개성의 도덕은 순차적인데, 이는 직접적인 단편과 같다. 개체의 도덕은 서로 교차하는 단편들의 사회 속에 서 있는 것으로서, 교차점들 속에서 적법하게 변화하는 곡선의 조화를 구축하려는 시도이다.

끔찍하게도, 나는 대다수의 사람들이 개체적 삶과 개성적 삶 사이에 놓여 있는 모든 심연을 혀끝에서 형식화할 수 있지만, 자신의 삶의 문제에 대해서는 구체적 연속성, 개체의 삶과 다른 개성의 삶의 총체성에 대한 열망을 보지 못한다는 사실을 알게 되었다. 혹은 그 역도 성립한다. 개체는 항상 집단이므로, 사회적 삶에서 그들은 다른 사람과의 삶의 *리듬*에 대한 그 어떤 표상도 갖고 있지 않고, 자신과 타인을 개별성(индивидуальность)이 아닌 개성(личность)의 행위의 법칙 속에서 평가한다. 가까운 사람들의 장단점에 대한 그들의 주장은 실제로 왜곡의 성격을 지니고 있는데, 그것은 모든 공동사회, 코뮌, 동아리, 집단의 파멸이라는 운명적인 법칙으로 나타난다.

이런 사실의 앎에 대한 소리가 나에게 '*가면*'과 함께 주어졌을 때 나는 다섯 살이었다. 다른 아이들과 놀이를 하고 있을 때였다. 이 놀이들에서 벌써 타인에게 이해받지 못한다는 나의 테마가 드러났다. 나는 '*상징주의자*'였고(즉, 우리 둘 중에서 *세 번째*), 대부분의 아이들과 거의 모든 어른들은 나에게 그들의 *첫 번째*(내부) 세계의 *두 번째*(외부) 세계로 나타났다. 그 첫 번째는 개성이고 두 번째는 가면이었다. 그들 사이에는 직선의 연결선이 있었다(내부에서 외부로). 나는 *세 번째*(삼각형의 꼭짓점)에 있었다. 그것은 개체성의 점이다. 내부에서 외부로 향하는 나의 행위의 선은 항상 상징, 기호, 가면의 삼각형이었다. 훗날 나는 내부의 다면체, 일련의 선들-가면들 속에 살았다.

이에 대한 직접적인 해당 지식의 경험은 다섯 살에서 일곱 살까지 있었다. 나는 모든 삶을 의식했다. 개성과 개체성 사이, 판단의 영혼과 자의식적 영혼의 차이의 공식은 깨달음의 커다란 동기의 하나였다. 표현되지 않는 개체성을 지닌 영혼들이 1928년 네 번째 문화적 시기에 살고 있었는데, 이는 그들이 개체가 개성이 아니라는 것을 오성적으로 이해하느냐 이해하지 못하느냐와 관계없었다. 따라서 *첫 번째*(내부) 세계에서 *두 번째*(외부) 세계로 향하는 그들의 선은 '*주관-객관*'(*subject-object*)의 선이다. 그들은 영혼의 체험에서는 주관주의자이지만, 외부적 표현에서는 *객관성*을 추구한다. 그러나 그들의 *객관성*은 주관적이다. 어떤 개성이냐에 따라 가면이 결정되기 때문이다. 객관적으로 주어진 가면은 세계관의 방식이다.

나는 객관적이었던 적이 한 번도 없었다. 그렇지만 의식적으로 많이 객관적이다. 열일곱 살부터 시작된 방법의 다양성의 문제는 상징주의이론의 진지한 문제였다. 나는 *주관적*(내면적인 자기 폭로)일 뿐 아니라 개체적이기도 했다.

이렇게 나는 유년기부터 확고한 개인주의자였고, 나에게 중요한 것은 첫째가 본능, 둘째가 논리였다. 나는 사회-개인주의자라 할 수 있는데, 왜냐하면 개체는 사회적 총체(교회, 공동체-모임)이고 공동체는 자신의 '공동적인 것' 속에서 개인적이기 때문이다. 이러한 지식 밖에 있는 사회는 '*in concreto*'(사실) 시체나 마찬가지이다.

1904년에 이 공식은 덜 명료해졌다. 나는 이 공식을 다양하게 이야기했지만, 독자들(친구들과 적들)은 *인정하고 싶어 하지 않았다.* 그들은 주로 사회생활의 다양한 개성이 아닌 하나의 개성이 고정된 속에서 살았다. 그들의 사회문제는 공동체-국가의 문제였고, 개성의 문제는 민감하게 의식되지 않는 고유한 객관주의였다. 나의 사회생활의 노력, 경험, 실패, 고통은 공동체-개체였다. 마찬가지로 개인적 삶의 성취와 실패는 개성들의 모순으로서, 이는 자의식적 영혼의 개체 속에서 그들의 리듬화에 대한 재료가 되었다.

용어들, 세계관들, 단어들, 어린 시절에서 내부의 인지학협회의 상태에 이르는 사회적 관계의 기호들은 다른 사람들 속에서 자신의 상태가 *전이된* 것이다. 다른 사람들은 자신의 개인적, 사회적 드러남이 너무 개성적이라고(적법하지 않게 주관적이거나 객관적이라고) 여긴다. 나도 그들의 '*객관주의*'를 주관적이고 일관성이 없다고 여긴다. 그들의 '*주관주의*'를 지루하게 원칙적이라고 여긴다. '*일관성 없는 원칙*' — 그들은 내 눈에 이렇게 나타났다. 카오스와 비리듬의 '*주관주의자*' — 나는 다른 사람들에게 이렇게 보였다.

나는 유년기의 쇼펜하우어주의에서부터 성숙기의 인지학(이 시기도 포함됨)에 이르기까지 *상징주의자*였다. 그렇지만 그들은 종종 아니었다. 네 살에서 다섯 살까지 문화적 시기들의 극복하기 어려운 분리의 경계선이 우리를 갈라놓았다.[5]

이 경계선은 첫 번째 7년의 끝에서 나타났다. 이때 나는 내가 제3의 세계(상징들)로 이탈하는 것이 마치 죄의 길로 들어서는 것 같았는데, 그것은 '*문명*' 혹은 외부세계(다른 아이들, 설교, 아파트, 교수들의 습관 등)의 편견에 대한 저항 혹은 반란이라는 죄였다.

나는 반란을 시작했다. 그러나 반란은 드러나지 않았다.

2

나의 '*상징주의적*' 인식은 '이' 놀이에 숨겨진 복잡함 속에서 확대되었다. 나는 내게 불분명한 내적 경험의 현존을 그렇게 부르고 '*나의*'(*мой*)

5) 〔벨르이〕 문화들에 대한 복잡한 교리는 내 논문 "자의식적 영혼형성의 역사"(История становления самопознающей души)를 보라.
〔편집자〕 "자의식적 영혼형성의 역사": 문화의 역사와 철학에 대한 벨르이의 미완성 원고를 염두에 둔 것이다. 그는 1926년 1월부터 4월까지 작업하였다.

세계라 인식되는 창조 속에서 그것을 다듬었다. 그 세계는 상징주의자의 세계였다. 이 세계의 현실은 나의 인식의 결과였다. 가정교사는 내가 놀이를 숨긴다고 의심하면서 어느 날 내게 소리 내어 놀이를 하라고 했다. 나는 소리 내어 놀이를 했고, *시시한* 말을 늘어놓으면서 내 놀이가 단순하고 순진한 것이라는 것을 믿게 했다. 그리고 가정교사는 믿었다. 동시에 나는 나의 '나'에 대하여 이 '나'를 다양하게 표현하기를 강요하는 아버지와 어머니와의 투쟁을 느끼면서 그들을 만족시킬 허구의 '*나*'를 본능적으로 만들어 냈다. 허구는 나의 '나'를 축소시키는 방향으로 진행되었다. 이렇게 해서 첫 번째 개성-가면, 혹은 '*보렌카 부가예프*'가 외부세계에 나타났다. 부모님은 이를 만족스럽게 받아들였는데 그 이유는 아버지와 어머니의 관점과 '*공통적인*'(*общий*) 것만을 보였기 때문이다. 그렇지만 그들 사이에 '*공통적인*' 것은 많지 않았다. 따라서 이 보렌카는 지력(知力)이 아주 '*작았다*'. 그는 자신의 것이 아무것도 없었다. 그는 '*공통적인*' 입장에서 이야기했다. 이 '*공통적인*' 것에서 그들과 '*공통적인*' 것을 들은 부모님은 이 '*공통적인*' 것의 보잘것없음을 알지 못했다. 그런데 다른 사람들은 알고 있었다. '보렌카' 또한 사람들이 자신을 바보 취급한다는 것을 곧 알게 되었다. 그는 괴로웠다. 그러나 '*공통적인*' 것을 극복할 수 없었다. 개체적인 표현은 표현하는 연습이 필요했고 '*자신의*' 단어를 요구했다. 그렇지만 자신의 단어는 없었다. '*공통적인*' 언어만이 있었다. 아빠, 엄마, 가정교사, '*보렌카*' 사이에는 중간산술만이 있었다. 그는 그들에게 이 중간의 것을 보여 주었다. 그것은 실제 보렌카보다 작았다.

첫 번째 집단인 가족과의 삶은 '*공통적인*' 선을 따라 전개되었는데, 그것은 공동체적 선이 아닌 사회적-국가적 삶의 선이었다. 여기서 '*보렌카*'는 첫 번째 깨달음의 경험을 하게 되었다. 그것은 '*공동체*'란 강압, 족쇄, 개체적 삶의 성장의 정지표시라는 것이었다. 부모님이 계신 가족은 내부에 모순과 드라마를 숨긴 족쇄였다. 가정생활의 위기에서 그는 첫 번째 위기를 경험했다. 위기감은 상징, 개체, 다양성의 감각과 연관되어 있었다. 그때부터 위기감은 자라났고, 17세가 되자 모든 문화적 상황의 위기의 감정으로 커져 갔다.

개체의 자기인식은 개성 속에 숨겨져서, 알아차리는 모든 것을 놀이에 포함시키는 노력으로 전개되었다. 이는 초월적인 것이 내재적인 것 속에서 극복되었다는 것을 의미한다(물론, 이렇게 단어로 공식화된 것은 훗날의 일이다). 가장 선명한 놀이는 삶에 강한 충동을 부여하는 것으로, 이는 '*나*' 속에서 《신약성서》를 연출하는 것이다(이 역시 일곱 살 즈음이다). 두 선을 *제3의* 십자가로 교차하는 *것*, *제3의 것* 속에서 두 개의 '*나*'를 체험하는 것을 본능적으로 알아차렸다. '*이것*'의 상징은 구체적으로 말이 되었다. 그리고 *로고스*(*logos*)가 되었다. 그때부터 구체적인 상징적 체험과 구체적인 기독교적 체험에서 개체적이고 숨겨진 '*나*' 속의 결속이 직접 생겨났다.

'*상징*'의 영역은 새롭게('*놀이는 놀이가 아니다*') 체험하는 종교의 영역이 되었다. 이러한 놀이와 종교의 결속은 이후 14년이 지나 예술로 의식되었고, 대학생 부가예프와 블라디미르 솔로비요프의 용어를 연결시켰다. 그 용어는 *테우르기아*였다. 중요한 것은 단어가 아니었다. 단어는 *쓰레기일 수도 있고 쓰레기가 아닐 수도 있다*. 문제는 의식에 내재된 *경험*이란 단어와 연관된 것이다. 일곱 살배기 '*보렌카*'는 심각하게 《신약성서》 놀이를 했고, 자연과학대 학생은 사물에 대한 비판적인 관점의 정밀함을 '*종교*'와 연관시키려고 분투했다. 종교라는 용어는 교차, 결합, *이것*과 *저것*(내부와 외부)의 연결로 체험되었다. 그런데 교차의 형상은 상징이다. 법칙 혹은 리듬이 상징, 결합, 연결(상징화, '*종교화*')의 무한 대오를 수용하는 것이 로고스의 기호이다. 그리스도이다. '*테우르기아*'라는 용어는 나의 상징주의의 종교적 단계에 나타났는데, 그것은 종교의 역사적 형상과 재료들이 나에게 내재된 그 무엇, 나를 관통하여 성장하는 그 무엇 속에 새롭게 창조적으로 용해되는 것이다. '테우르기아'는 '*신의 작업*'이다. 보다 표면적으로 말하자면, 신화창조이다.

나는 교리론으로부터 분리기호가 필요했다. '*테우르기아*'란 단어는 교리론에서 분리되었다.

일고여덟 살 때 쪽마루의 두세 조각 위에서 성령이 강림하는 것을 체험하면서, 나, 보렌카, 상징주의자는 *심각하게* 자신의 놀이를 *테우르기아*에 집중했는데, 이는 훗날 상징화의 한 형태로 의식되어 아주 드물고 값진 것이 되었다. 기독교의 상징에서 나는 보렌카-상징주의자로 시작하여 '*안드레이 벨르이*'로 끝나면서 상징들의 특별한 유형을 보았는데, 그것은 순수와 고결이 두드러지는 것이었다. 많은 사람들이 해변의 수많은 돌 중에서 투명한 돌을 다른 것보다 높이 평가하고 선호하는 것과 같다. 나는 복음서의 상징들에서 특별한 투명성을 보았다. 그 속에는 나의 도덕적, 예술적 인상을 매료시키는 것이 있었다. 다른 상징들은 종종 나의 지각을 심미적 기쁨과 윤리적 저급함으로 갈라놓았고, 혹은 그 역이기도 했다. 여기서 *빛*과 *색채*는 광선의 투명함으로 결합되었다.

기독교에 대한 나의 *놀이적* 접근은 이렇게 규정된다. 다시 말하지만, *나는 심각하게 놀이를 했다.*

여기서 훗날 나의 종교적 문제와 관련된 것을 정확하게 이해하기 위해 미리 변명을 해야겠다. 그 문제는 우리 관습에서는 꽃을 필 수 없는 것이었다. 수학 교수였던 나의 아버지는 자신만의 복잡한 철학체계를 지니고 있었는데, '*말하자면*' 지고의 힘을 허용하면서 '*성서*'의 모든 형상들을 자신의 알레고리적인 '말하자면'과 함께 내 앞에 제시했던 것이다. 그가 보다 관심을 가졌던 것은 종교적 표상 속에서 인간의 도덕적 진화의 문제였다. 그는 교회, 교리론, 전통에 극단적으로 반대했다. 그리고 '*신비주의*'를 혐오했다. 그는 예식에 의해 방해 받지 않았다. 즉, 십자가를 든 성직자를… 세속적 예절로써 맞이했던 것이다(사람을 맞이하는 것 아닌가).

그리고 그 반대였다. 아버지를 통해 발산되는 자연과학적 세계관의 원칙은 우리 집 공기를 가라앉혔다고 할 수 있다. 아버지와 아버지의 친구들인 수학 교수, 물리학 교수, 화학 교수, 생물학 교수의 말을 통해 다윈주의, 기계적 세계관, 지리학, 고생물학 등이 내 귀에 흘러들었다. 내가 기억하는 것은, 벼락은 전기가 집적된 것이고 성막[6]에 불을 켜는 사람은 '*신관*'이고 지구는 공이고 인간은 원숭이에게서 생겨났고 세계는 수천 년 전에 7일 동안 *창조된 것이 아니라* 그 시작이 없다는 것이다.

아마 《구약성서》와 《신약성서》의 형상들을 생생하게 감지하는 것은 나의 영혼의 상징주의를 감지하는 것일 것이다. 우리 집에서는 '*전통*'을 비웃었다. 유일한 전통적 신자인 할머니는 아빠와 엄마에 의해 계속 놀림을 받았다. 엄마는 생의 말기에야 종교적이 되었다. 그러나 그녀는 소박한 현실에서가 아닌 종교적 형상 속에서 상징들을 추구했다. 젊은 시절 그녀는 음악적 열정과 세속적 만족에 몰두했다. 아버지 쪽으로 삼촌과 고모들은 분명 무신론이거나 무관심했다. 엄마의 형제자매들과 나의 가정교사들 역시 그렇게 무관심했다. 그들은 둘 내지 셋 정도의 모티프들만 기계적으로 내게 가르쳐 줬을 뿐, 그 밖의 다른 종교적 기호들을 내게 요구하지 않았다. 나는 나의 《신약성서》 놀이를 숨겼다. 어린 시절 아버지가 내게 주입하려 했던 것은 자연과학적 전통이었다. 다섯 살 때 나는 읽을 줄도 몰랐지만, 폴 베르의 동물학을 거의 다 암송할 수 있었다.[7] 열한 살 때부터 열네 살까지 접할 수 있는 자연과학에 심히 몰입했고, 자연과학대학으로 진학을 꿈꾸었다. 나의 '*문명화*'는 세속적인 것이었다. 종교적 상징들의 삶은 모든 것으로부터 깊이 감춰진 나의 상징들

---

6) 〔편집자〕 성막(聖幕, Скиния Завета) : 유대인들이 40일 동안 황야를 유랑할 때 사용했던 이동 사원.

7) 〔편집자〕 폴 베르의 〈동물학에 대한 첫 번째 이해〉(Первые Понятия о зоологии, 2-е изд, спб., 1877)를 염두에 둔 것이다.

('*진지한 놀이*')의 세계를 흐르고 있었다. 훗날 대학생 부가예프가 솔로비요프 집안의 영향하에 교회성, 전통, 정교회의 문제들을 나름대로 탐구하고 해명하려 했던 시도는 우리 집의 '*전통*'에서 독립하려는 투쟁으로 간주될 수 있다. 그 전통은 이른바 자유사상이라 여겨지는 예스러운 '*전통*'의 향을 발산하는 교수 문화였다.

그 누구도 내게 다윈주의나 고생물학에 대한 눈을 열어 주지 않았다. 그것들은 항상 열려 있었고, 아버지와 이야기하거나 아버지 친구들인 성숙한 교수들의 논쟁에 귀를 기울이는 것만으로도 이를 흡수할 수 있었다.

이렇게 주석을 다는 것은, 나의 종교성의 시기, *신비주의*의 시기를 어떻게 봐야 할 것인가의 문제를 분명히 하기 위해서다. 그것은 주변 사람들의 실증주의적 관습에 대한 격한 혁명의 시기에 일어난 일이다. 바로 이것이 종교적 교리에 접근하는 과정에서 솔로비요프 집안과 우리 집안의 차이이다. 그들은 모두 끝까지 보지 않았다. 솔로비요프에게 심취했던 시기에 나는 어느 정도 '*신앙심 깊은*' 상징주의자였지 '*상징주의적인*' 종교인이 아니었다. 청년 시절 초기 나의 신념은 새로운 문화에 대한 의지로 키워진 용기 있는 투쟁이었지 경건으로 키워진 온화한 경향은 아니었다.

이것이 바로 내가 청년시절 《심포니야》의 '*깜빡이는*' 신비주의자들[8]을 대학을 둘이나 졸업한 다채롭고 고급한 문화의 인간으로 규정한 이유이다. 나는 그런 사람들만이 용감하게 '*묵시록*'에 접근할 권리를 갖고 있다고 생각했다. 이들은 모두 투쟁하는 사람들이고 '*문제아*'이다. 만일 그

---

8) 〔편집자〕 벨르이의 《심포니야》(두 번째 드라마)에 등장하는 풍자적 문구 "러시아에서 점점 자라나는 비밀스러운 깜빡임의 의미에 대하여"와 '신비주의자들' 중 한 명의 특징을 염두에 둔 것이다. "드로시코프스키는 전 러시아를 다니면서 강연을 하였다. 강연 도중 그는 열심히 깜빡이며 눈짓을 하였다"(А. Белый, Сочинения, в9т., М., 1990, Т. 1, С. 309, 348).

러면서도 종교인이라면 이는 *특별한 경우*이다.

나는 자연과학도로서 화학 실험실에서 일했고 해부실을 경험했다. 나는 한 손에는 멘델레예프의 《화학의 원리》[9]와 오스트발트를, 다른 한 손에는 《묵시록》을 들고 있었다. 만일 내가 《화학의 원리》나 다윈주의의 책을 읽지 않았더라면 〈신성한 색채〉나 〈러시아 시의 묵시록〉에서 그랬듯이 그렇게 노골적으로 종교적-상징적 톤으로 쓰는 것을 자신에게 허용하지 않았을 것이다.

다시 어린 시절로 돌아가자.

나는 상징 놀이인 *제3의* 세계를 내부에 감추고, 어른들에게서도 책에서도 알 수 없는 것을 영혼을 통해 얻었다. 이것은 모든 면에서 충분했기 때문이다. 여덟아홉 살 때 나의 놀이에서 나는 헤라클레스, 쿠퍼의 《가죽 양말》,[10] 핀갈[11] … 그리고 네덜란드의 제방시설을 감독하는 엔지니어 스코벨레프가 되었고, 나중에는 로마의 원로원에서 활동하는 율리우스 카이사르가 되었다(학교에 가는 것은 원로원에 출석하는 것과 같았다). 나는 알고 있는 모든 것을 나 자신에게 통과시켰고 놀이는 지식으로 습득되었다. 그리고 놀이를 통해 내 나이를 뛰어넘는 것을 진지하게 바라보았다. 아홉 살 때부터 나의 영웅놀이의 다양성(나는 스코벨레프이자 수보로프이며 이로코이족의 뇌우이기도 했다) 이 하나의 놀이로 결합되는 문제가

---

9) 〔편집자〕《화학의 원리》(Основы Химии): 멘델레예프(Менделеев, Д. И., 1834~1907)의 고전적인 저서로서 주기율이 포함되어 있다(и. 1~2, 1869~1871). 《화학의 원리》는 멘델레예프 생애에 여덟 번 출판되었는데, 벨르이는 이 책을 1899년 가을에 읽었다.

10) 〔옮긴이〕 쿠퍼(Cooper, J. F., 1789~1851): 북아메리카의 작가. 황야의 사나이를 주인공으로 변경 지방에서의 모험을 그린 '가죽 양말' 시리즈로 유명하다. 이에 속하는 작품으로 《개척자》(*The Pioneers*, 1823), 《모히칸족의 최후》(*The Last of the Mohicans*, 1826) 등이 있다.

11) 〔옮긴이〕 핀갈(Фингал): 오제로프(Озеров, В. А.)의 3막 희곡의 주인공.

대두되었다. 그것은 개별적인 인간화('역할 속의 나')가 나라는 개체 주변에 동아리를 형성하는 것이었다. 나는 '그'라는 어떤 인물에 대한 전설을 지어냈는데, 이는 자신의 내부에 존재하는 모든 것을 혼합한 것이다. 그리고 '*그에게*'(즉, 나 자신에게) 내가 신화에서 읽은 것과 나의 일상적인 삶에서 벌어지는 사건을 끼워 넣었다. '*그의*' 삶이 출현했다. '그'는 신화 속에서 부풀었고 해가 갈수록 자라났다. 열두 살 때 나의 놀이는 항구적인 놀이가 되었고 '*중학생 보렌카*'의 재미없는 삶의 놀이가 되었다. '*놀이들*' 속에서 놀이는 더욱 크고 복잡해졌다. 그 흔적은 대학생이 되어서야 없어졌는데, 그때는 나의 삶의 '*신화*'가 내게 열린 제 2의 '*나*'의 삶에 심각하게 합류하던 때였다. '그'의 흔적이 내 어깨 너머로 사라지자마자 눈앞에는 이미 '*작가*'가 서 있었고 곧 '*안드레이 벨르이*'가 되었다. '*안드레이 벨르이*'는 대학시절 보리스 니콜라예비치의 개성적인 변주들의 독특한 종합으로서, 이는 마치 '그'가 '*보렌카*'와 '*중학생*'의 변주들의 흥미로운 종합인 것과 같았다.

안타깝게도 내가 특별한 목적을 위해 스스로 재단한 인형들을 불태웠다는 사실을 말해야겠다… 중학교 7학년 때의 일이다. 그때 벌써 나는 철학 서적에 심취해 있었고 시를 쓰고 있었다. '그'는 첫 번째 단계의 학교에서 '*상징주의*'를 연구하고 있었다. '*안드레이 벨르이*'는 '두 번째 단계'의 학교의 문턱에 나타났다.

네 살배기 보렌카는 상징주의적인 '*적자색 그 무엇*'의 명제에 익숙해졌다. '*안드레이 벨르이*'는 솔로비요프의 집을 뛰쳐나와 C. M. 솔로비요프[12]와 함께 상징주의 명제의 그노시스를 연습하고 있었다: '*하얀*… 그

12) 〔옮긴이〕 세르게이 솔로비요프(Соловьев, С. М., 1820~1879): 블라디미르 솔로비요프의 아버지. 유명한 역사학자로서 《고대로부터 러시아의 역사》(История России сдрейших времён)를 저술했다.

무엇….' 여기서 그는 예명으로 '*벨르이*'를 선택했다. 연습형식은 다양했다. 어린아이의 놀이, 색채지각의 신지학적 그노시스 등. 형식의 본질은 *같았다.* 심지어 그노시스의 관심사가 *빨간색에서 하얀색으로* 변화한다는 테마조차 성서 텍스트에 나오는 특별한 감동과 연관되어 있었다: "만일 너의 상태가 *적자색*이면 내가 눈처럼 하얗게 하리라."[13]

여기서 청년시절 나의 빛의 이론(*빨간색에서 하얀색으로*)의 변증법이 도출되는데, 그것은 논문 "신성한 색채"에서 일곱 색깔의 일곱 단계에서 상징주의적으로 말해진다. 그것은 나의 젊은 시절 일곱 세계관을 기록하려는 시도이다. 그 하나는 네 살 때 경험한 것이고 다른 하나는 열아홉 살 때 경험한 것이다.

'*이것*'은 모두 외부로 분출되었고, 어린아이의 놀이는 문학의 문화가 되었다. 나는 자신의 '*상징주의*'로써 상징주의에 접근했다. 나는 문학학파를 재단하고 *나름대*로 그 무게를 측정했다.

3

나는 네 살부터 열일곱 살까지 '*밀교주의자*'로 성장했다. 나의 상징주의는 다른 사람에게 숨겨졌다. 오랫동안 숨겨진 영역은 본의 아니게 계속 숨겨지게 되었는데, 내 사전에는 이를 부를 만한 적절한 단어가 없었기 때문이다. 나는 나의 '*놀이들*'을 유모인 아피미야 이바노브나 라브로바에게 조금 드러냈다. 그때 내 나이는 열네 살이었다. 그녀는 무언가를 *이해했다.* 그리고 우리는 같이 놀이를 했다. 어릴 때부터 나는 내 안에 살고 있는 '*이것*'이 영혼의 특별한 문화로서 특별한 기관을 조건으로 한다는 것, 이러한 기관을 가진 사람들은 세련되고 단순하다는 것을 분명

---

13) 〔편집자〕〈이사야서〉 1장 18절.

하게 알았다. 세련된 사람들을 만난 것은 훗날의 일이다. 첫 번째 단순한 영혼이자 동료 상징주의자는 유모로서 철저하게 '세속적' 문화에 속한 사람이었다. 심지어 문맹이기까지 했다.

나는 자라면서 외부로부터 나의 침묵의 세계에 새겨진 문화의 요소들을 '*이것*'으로 정리하기 시작했다. 대여섯 살의 나는 '*이것*'이 나의 내부에서 기관으로 형성되는 데에 음악(쇼팽, 슈만, 베토벤), 독일 시(울란트, 하이네, 괴테), 동화, 요한의 〈계시록〉에 대한 하녀 아누슈카와의 대화(그녀는 내게 구교도의 전설을 이야기해 주었다) 가 영향을 주었다는 것을 알았다.

이와 반대방향에서 나의 '*문명화*'가 진행되었다. 즉, 지구는 구이고 번개는 전기가 집적된 것이라는 지식의 형태로 어른들이 나에게 준 재료를 취합하는 것이었다. 여기서 행동의 원칙으로 반드시 어떤 감정들은 드러내고 어떤 감정들은 드러내지 말아야 한다는 교수 집안의 풍습이 시작되었다. 나는 '*문명화*'의 정보를 맹렬하게 흡수했다. 그러나 그 풍습은 먹어도 소화가 안 되는 음식과 같았다. 마치 억지로 석탄을 씹는 것 같았다. 나는 나의 신음소리가 이상하게 들리지 않도록 똑같은 수의 석탄을 부수었다. 부수는 것은 보렌카였고, 그는 아이에서 어른을 향한 사회적 다리를 언어로 건설했다.

나는 혼자 성장했다. 나는 아이들을 알지 못했고 그래서 아이들과 사귈 줄도 몰랐다. 아이들은 나를 놀려 댔다.

무미건조한 외부세계에서 선명한 체험에 돌입한 적이 몇 번 있었다. 투르게네프의 《유령들》(Призраки), 그리고 《악마》(Демон) 와 《클라라 밀리치》(Клара Милич) 의 단편들[14] 을 소리 내어 읽는 것을 들었던 것이다.[15]

---

14) 〔편집자〕 레르몬토프의 서사시 《악마》와 투르게네프의 소설 《클라라 밀리치》를 염두에 둔 것이다.

그렇지만 나의 내부에서 '*이것*'의 문화를 위해 내게 요구되는 신선한 재료는 외부세계에서 극히 적게 유입되었다. 주변의 사막이 커져 갔다. 집안의 불쾌한 공기, 우리 가족을 흔드는 무언지 모를 공포, 지루한 선생들, 명사와 형용사의 구분에는 전적으로 재능이 없다는 느낌, 숫자를 이해하지 못하는 것이 그것이다. 그리고 나중에는, 엘렌드-제이페르트에 따르면, '*주관성의 발생*'(*генетивуса объективуса*)에서 '*객관성의 발생*'(*генетивуса субъективуса*)의 차이 규정이 여전히 불명료한 계급들의 사하라사막이 되었다.[16]

내가 아이들한테 놀림을 받고 어른들도 나를 바보로 여기는 것이 분명해졌다. 그리고 나는 재능이 없다는 느낌을 주는 집안 분위기에 사로잡혀 있었다. *그런 식*으로는 더 이상 살 수 없었다. 돌이킬 수 없는 어떤 일이 벌어지고 개성의 가면이 찢어졌다. 그리고 보렌카로부터 '*이것*'이 나왔다. 사람들은 공포로 탄식했다. 왜냐하면 '*이것*'이 그들에게는 범죄 혹은 광기로 보였기 때문이다. 나는 순간을 연장하려고 '*문명화*'에 합류하기 시작했다. 이를 구축하는 과정에서 나의 첫 번째 양식화가 이루어졌는데 이는 매우 성공적이었다. 나는 일등 학생이 되었다. 그것은 어렵지 않은 일이었다. 모두들 나를 칭찬했다. 내가 성공에 매우 자랑스러워한 것은 본질적인 것이 아니었다. 그것은 양식화가 성공적이었기 때문이다. 나는 학문에는 소질이 없지만 이해력에 굉장한 재능이 있는 소년임이 밝혀졌다. 2년 동안 나는 성공에 만족했다. 3학년이 되자 싫증이 났고, 4학년에

---

15) 〔편집자〕 벨르이가 투르게네프(Тургенев, И. С., 1818~1883)의 소설 《유령들》을 알게 된 것은 1888년 3월이다: "엄마는 나에게 투르게네프의 《유령들》을 소리 내어 읽어 주었다. 나는 들으면서 너무나 놀라 경기를 일으켰다"(Белый, А., Материал к библиографии рглпи, ф. 53, Оп. 2, Ед. хр. 3, л. 2, об.).

16) 〔편집자〕 엘렌드(Эллнд, Ф.)와 제이페르트(Зейфферт, М.)의 〈라틴어 문법〉(Латинская грамматика)을 염두에 둔 것이다. 페브니츠키(Певницкий, П.)와 주브코프(Зубков, В.)가 번역하여 러시아 중등학교에서 교과서로 사용되었다.

는 무의미한 것들(엘렌드-제이페르트, 역사의 날짜 기록, 그리스적 예외)을 배우기를 그만두었다. 그렇지만 바퀴를 굴리는 것처럼 부지런한 가정교사를 *흉내* 내는 것은 … 7학년 때까지 계속되었다. 훗날 '*부지런한*' 양식은 '*오리지널-데카당*'으로 바뀌었다. 이상한 일이었다. 대부분의 교사들은 나의 두 양식을 모두 높이 평가했다. '부지런하지 않은' 속에서 '부지런함'을 존중했고 겁을 내며 위태롭게 … '*데카당*'을 둘러보았다(그들은 아직 많지 않았다).

나의 재능 없음에 대한 이설(異說)이 나의 내부에 드리워진 계기가 있었다. 나는 나의 내부에서 자신의 개체를 보았다. 이 체험은 《우파니샤드》 읽기와 관련되어 있었다.[17] 1896년의 일이다. 자신의 힘을 믿지 못하던 것이 '나'의 힘을 감지하는 것으로 바뀌었다. 이상한 일이었다. 나는 나의 의지의 본성을 의식했다. 나는 내가 정면 공격으로 돌파하는 것이 아니라 부드러운 겸손이나 다양성으로 곧 의식되는 태도를 취한다는 것을 알았다. 나는 원시적 의지(단호한 눈동자, 사각 턱, 긴장된 근육)를 지닌 인간의 고집에 양보하며 좌로 우로 흘러갔다. 무의지와 부드러움이 느껴지는 순간에 양 진영을 순회했다. 세계에 대한 '*자신의*' 언어로 외부세계를 붕괴시키려는 영혼 속의 희미한 욕구는 이로써 설명되었다. 1895~1896년에 이것은 마치 제스처처럼 체험되었다. 그리고 이것은 모두에게 이야기되었다. 역설적으로 내가 '데카당'을 옹호하고 비웃는 대신 존

17) 〔편집자〕 니베라 존스톤이 번역한 《우파니샤드》의 단편(Джонстон В. Отрывки из Уианишад, Вопросы философии и иеихологии, 1896, кн. 31(1), С. 1~34)의 독서를 염두에 둔 것이다. 《우파니샤드》는 인도의 종교·철학서로서 베다 문학에 포함된다. 벨르이는 《우파니샤드》를 알게 된 것의 의미에 대해 여러 번 강조하여 말했다: "《우파니샤드》 속에서 나는 전생을 살았다"(Белый, А., Записки чудака, Берлин, 1922, С. 150). "《우파니샤드》의 감동은 모든 존재를 고양시킨다 … 《우파니샤드》는 쇼펜하우어와 함께 나를 인도했다 …"(Белый, А., На рубеже двух столетий, С. 337).

경했기 때문이다. 나는 학교 신문에 생애 처음으로 단편 산문을 썼다('*기분*'으로). 친구들은 놀라서 "예술적이다"라고 말했다. 가족 연극에서 '데시우스'를 맡았다.[18] 아무것도 없었다. 아무것도 없어서 고대 복장을 고안했다. 그리고 다시 벗었다. 장난치며 그 무엇인가에 다가갔다 나왔다. 마술을 하며 나와서 할머니를 놀라게 했다. 그리고 차곡차곡 쌓인 네 개의 의자에 능숙하게 올라 그 꼭대기에서 머리에 램프를 이고 서 있었다.

직업은 아직 그 어떤 것도 보이지 않았다. 나는 기로에 서 있었다. 그렇지만 나는 나의 '*이것*'의 의지의 에너지가 어디로 향하는지 알고 있었다. 나의 의지대로 될 것이었다. 1895년 나는 많은 활동의 교차점에 서 있었다. 마치 미래의 선을 조준하는 것 같았다. 그 지점에 서서 분명하게 알게 된 것은, 내가 철학자, 시인, 소설가, 자연과학자, 비평가, 작곡가, 신지학자, 곡예사, 기수, 마술사, 배우, 의상 담당자, 감독 등 무엇이든 될 수 있다는 것이었다. 나라는 개체의 의지가 어디로 향하든지 그것은 세월의 선을 따라가며 자신의 기법과 양식을 발전시킬 것이다. 따라서 목표를 정하고 "*작가가 되겠다*"고 단호하게 말하면서, 나는 의지의 원천을 향한 전술적 퇴각의 가능성을 의식적으로 후방에 남겨 두었다. 나는 자신의 작품을 제작할 의지가 있었고, 작품을 바꿀 경우 비축할 의지가 있었다. 그 결과 나는 생물학적 표현을 원칙적으로 부정하는 '*보리스 부가예프*'의 무의지적 부드러움에 대한 전설을 스스로 믿지 않게 되었다. 정면을 강타했기 때문이었다. 나의 의지적 행위의 총합은, 교차하는 모든 집단 속에서 자신의 개성의 선을 실행하고, 그 뉘앙스를 위해 각각 자신을 확장하고 자신을 용해시키는 Б. Н.[19]의 전면적인 의지에 있는 것이

18) 〔편집자〕 마이코프(Майков, А. Н.)의 비극 〈두 세계〉(Два мира, 1872, 1881)의 데시우스 역을 염두에 둔 것이다. 가족 연극은 1897년 봄에 열렸다.

19) 〔옮긴이〕 Б. Н.: 보리스 니콜라예비치, 즉 벨르이의 이니셜이다.

아니었다. 집단의 단계 속에서 이러한 음영의 강도는 Б. Н. 의 의지적 '*개성*'의 획일화에 도달하고 역으로 이러한 획일성에 비례하게 된다. 나는 개성의 영역의 중심보다 자신의 *영역*에서 보다 더 영향력이 있었다는 것을 말하겠다. 중심들의 총합(책들, 구호들의 총합 등)은 내가 일했던 집단의 굴절된 삶의 미미한 강도의 총합보다 작다. 때로 나는 나로부터가 아닌 다른 사람으로부터 전체 집단에 영향을 미쳤다.

나는 사색적 인간이나 감성적 인간이기보다 의지적 인간이라고 말할 수 있다. 그렇지만 나의 의지는 *부드러운* 표현을 갖고 있다. 그것은 나의 개체의 영역에서 적절한 시기에 자신의 변형-개성이 되었다 사라졌다. '*의지적 본성*'에 대한 우리의 표상은 영웅적 표상이다. '*영웅*'은 그리스 문화 시기의 의지적 본성이다. 그 '영웅'은 개성처럼 소멸하고 우리 삶의 시기로 변용될 것이다. 우리 시대의 의지적 본성은 개성의 의지를 소유하지 않는 것처럼 지나갈 것이다. 이러한 우리 시대의 초보적 진리로는 자신으로부터(из себя) '*주지주의자들*'[20]을 패러디하는 무의지적 개체들을 이해할 수 없다. 그런 개체의 예로서 발레리 브류소프를 거론할 수 있다. 어느 날 그는 나를 '*타도*'하는 것을 좌우명으로 삼았다. 이 운동은 1904년부터 1906년까지 계속되었다. 그에 대해 이상한 사실을 지적하자면, 그는 자신이 … 내게 패했다고 생각했다는 것이다(1904~1905년 우리 관계의 '*신화화*'는 그의 소설 《불의 천사》에 나타나 있다. 여기서 그는 나에게 헨리 백작의 역할을 맡겨 '경의를 표했다').[21]

'*나의*' 세계에 대한 믿음의 리듬은 나의 의지의 세계가 되었고, 이는 나

---

20) 〔옮긴이〕 주지주의자(волюнтарист) : '주의설'(волюнтаризм)을 논하는 철학자, 즉 쇼펜하우어, 니체를 일컫는다.

21) 〔편집자〕 브류소프(Брюсов, В.)의 역사소설 《불의 천사》(Огненный ангел)에는 브류소프와 벨르이, 그리고 페트로프스카야(Петровекая, Н. И.)의 복잡한 관계가 나타나 있다.

의 내부에서 《*우파니샤드*》 읽기로 나타났다. '*자신이*' 자신을 의식했다. 나의 놀이는 자의식의 연습이나 삶의 요가처럼 진지하게 바로 그때 처음으로 내 앞에 나타났다. 외부세계로의 출구 확보를 지향하는 경향의 첫 번째 이데올로기적 단편이 열리기 시작했다. 《우파니샤드》에서 쇼펜하우어까지 — 이것이 1896년에서 1897년 봄까지의 궤적의 일부이다.

의지 놀이의 이러한 내적 이동은 솔로비요프 집안의 세계를 향한 나의 외적 출구와 일치하는 것이었다. 이 집에서 나는 '*자신의*' 단어를 갖는 나의 입지를 처음으로 확립했다. 여기서 나는 새로운 사전의 단어를 선택하게 되었다. 그것은 예술사전이다. 그런데 상징이란 단어가 눈에 띄었다. 그것은 '*이것*'과 '*저것*'을 제 3의 것으로 연결하는 기호로서 나의 자의식적인 '**나**' '*자신*' 속에 감추어진 것 같았다. 나는 '*상징*'과 '*상징주의*'란 단어를 프랑스 상징주의자들로부터 기계적으로 차용했고 그들의 슬로건에 대한 그 어떤 표상도 갖고 있지 않았다. 나는 그들과 관련이 없었다. 나에게는 나만의 슬로건이 있었다. 나의 '*자신*'은 어제는 '*이것*'이었지만 오늘은 《우파니샤드》에 사로잡힌 '**나**'가 되었다. 상징주의자들의 작품〔베를렌의 시들, 마테를링크의 《온실》(*Serre chaude*)〕은 나를 '*적자색 그 무엇*'의 이상한 놀이로 내던졌다. 브류소프의 '*데카당*'한 시들은 나의 첫 번째 의식의 순간의 역사 이전 비몽에 대한 기억처럼 나를 동요하게 했는데, 그 순간은 이미 오래전에 상징화로 극복되었다. 만일 내가 '*비몽*' 속에 함몰되어 '*상징*'이나 '*제 3의*' 시들을 갖고 있지 않았다면('*비몽*'은 '*두 번째*'가 없는 카오스적 '*첫 번째*'이다), 나는 '*가스불빛에 비치는 사자(死者) 들*', 그리고 '*창백한 다리들*'(어렸을 때 이런 악몽을 꾸었다)[22] 의 세계로 떨어졌을 것이다.

---

22) 〔편집자〕 브류소프의 유명한 일행 시 〈창백한 다리를 거두어라〉(О закрой свои бледные ноги, 1894)에 대한 암시. 이 시는 〈러시아 상징주의자들〉(Русские символисты, М., 1895) 제 3호에 수록되었다.

1897~1899년 시기 제 1세대 '*상징주의자들*'의 시는 내게 '*상징주의*'가 아니라 마치 '*악몽주의*' 같았다. 그것은 '*데카당*', '*과민성 신경질환*'의 세계였다. 여기서는 카오스를 점령할 방법이 없었다.

나는 데카당에 관심을 갖기 시작했다. 왜냐하면 그것을 이해하지 못한 것은 아니었기 때문이다. 그렇지만 당시 나의 *모토*[23]에 따르면, 그것은 반드시 극복되어야 하는 것이었다. 나는 다수의 의지를 허용했다. 이 시기에 나는 주콥스키와 발몬트의 시에 심취해 있었다. 그렇지만 페트는 다른 모든 시인들을 압도했다. 그는 쇼펜하우어의 철학세계와 함께 펼쳐졌다. 그는 쇼펜하우어주의자였다. 나에게 있어 그는 세계 관조와 세계 지각을 조화롭게 교차시키는 제 3의 그 무엇을 갖고 있었다.

물론, 나에게 그는 '*상징주의자*'였다.

1897년부터 나의 격렬한 문학적 자기 결정의 시기가 시작되었다. 그것은 그보다 6개월 앞선 철학적 자기 결정으로 시작되었다. 벨린스키, 레스킨, 상징주의자들, 테네르의 '프리티오프',[24] 입센과 도스토옙스키, 뵈클린과 브루벨, 그리그와 바그너가 나의 의식의 실험실에 동시에 합류했다. 스타일, 수수께끼, 인식의 문제를 상상하라. 나는 날아올랐다. 나의 입에서 나 자신도 놀랄 만한 단어의 폭우가 쏟아졌는데, 그것은 학급 친구들이나 불교를 설파하는 주브코프가(家) 아가씨들의 교훈을 동시에 향한 것이었다. 나는 아버지에게도 코르사코프 교수에게도 감히 동의하지 않았다. '*보렌카*'는 금방 실패했다. '*발라암의 당나귀*'[25]가 말을 하면 모

---

23) 〔편집자〕 모토(*motto*, 이탈리아어): 짧고 분명한 사고의 표현. 누군가를 이끄는 사상이다.

24) 〔편집자〕 고대 아이슬란드 전설을 토대로 한 테네르(Тэгнер, Э.)의 시 〈프리티오프에 대한 이야기〉(Сага о фритьофе, 1820~1825)를 말한다.

25) 〔편집자〕 발라암의 당나귀: 성서에 따르면, 유대의 예언자 발라암이 길을 막고 세 번 위협하는 천사를 보지 못하자, 그의 당나귀가 갑자기 완강하게 버티더니 말을 하는 능력을 얻어 신의 의지를 경고했다.

두 당황했다. 이해하지 못하고 비웃었다. 그렇지만 … 왠지 조심스러웠다. 그리고 모두 양식을 바꾸었다. 웃음에는 웃음으로, 불분명에는 불분명으로. 그렇지만 제스처, 포즈, 확신하며 치켜든 손가락, 모든 범주의 결정적인 거절, 그리고 취향, 유용하고 필요하다고 간주되는 것은 깊은 인상을 남겼다. 나의 친구들은 이런 것들의 신봉자였다. 나는 '*데카당*'의 신봉자일 뿐 아니라 나 자신의 교리를 갖고 등장했다.

이렇게 평가되어야 한다.

중학교 8학년의 '데카당' 부가예프는 이미 칸트를 읽었고, 스마일스, 콩트, 스펜서에 대해 대답할 수 있었다. 이를 인정한 사람은 가정교사, 러시아어 교사 그리고 그 자신도 놀라운 라틴어학자(한때 학급을 감독했던)였다.

나는 시를 쓰고, 극도로 데카당적인 단편의 산문, 거대한 비평일기를 썼다(모두 분실되었다). 그렇지만 나는 데카당도 아니고 심지어 쇼펜하우어주의자도 아니었다.

나는 의식적 상징주의자이다. 나는 쇼펜하우어의 체계를 나름대로 개작하여 외부적으로 무력해 보이지만 내부적으로 독창적인 힘이 있도록 했다. 나는 쇼펜하우어의 미학을 독특하게 이용했고 상징주의에서 더욱 첨예하게 했다. 나의 예전의 '*이것*'은 의지였고, '*저것*'은 표상이었다. '*이것*'과 '*저것*'을 연결하는 것은 쇼펜하우어의 동기화 법칙이 아니라 자신을 만들어 가는 상징주의자-개체주의자의 상징화된 리듬이었다. 나는 하르트만에게 가는 출구를 거부했다. 니체의 개체주의의 검토는 그다음 순서였다. 그렇지만 이미 분명한 것은, 니체의 상징화는 초인의 도움으로 나의 위치의 *선험적* 조건에 의해 극복되지 않는다는 것이었다. 초인은 초월적이고, 인간에게 없는 것을 향해 인간을 내던지는 것이다. 나에게는 고결한 것, *제3의 것*, 인간 속의 인간 외적인 것이 있다. 초인은 단지 개체적인 '*나*'로서 초개성과 같다. 우리는 모두 초개인적이다. 나의 내재주의(Имманентизм)는 '*자신*'(*Само*), '*정신*'(*Дух*)에 대한 생각과 연결되었고, 아르바트 아파트의 상징화 속에서 언젠가 체험한 그리스도에 대한 생각과도 연결되었는데, 이 체험은 철학자 솔로비요프와의 만남과 솔로비요프 집에서 나눈 대화, 그리고 중요한 것은 도스토옙스키와 '묵시록'의 현대적 형상(처음에는 아르바트의 삼위일체 성당, 다음에는 모스크바의 보론 언덕에서 체험한 세계의 종말)과 연관된 나의 개인적 경험의 영향을 받은 것이다. 이 모든 것이 미래에 극복될 것을 예견했는데, 그것은 ① 쇼펜하우어주의, ② *상징-테우르기아*라는 단어들의 선에 따른 니체주의이다. 테우르기아라는 단어는 곧 만날 수 있었다. 나는 그 단어에서 개체(즉, 니체식의 '*초개체*')로 확대된 개성에 대한 상징주의의 극도로 긴장된 표현을 위한 용어를 발견한다. 일반적인 모습의 '*상징주의*'는 그것이 외부세계로 방전되는 과정 속의 의지적 긴장의 흐름이다. 미지의 단어 '*테우르기아*'(아직 밝혀지지 않은)는 고도의 긴장의 상징주의적 흐름으로서, 이는 현실과 집단 그리고 '*나*'를 변형시킨다. 이러한 변형은 변형의 과정에 반대되는 것들에게 세계의 종말처럼 보인다. 세계의 종말은 혁명적 걸음이다. 잠든 자를 일깨우는 흐름의 타격이다. 재림은 '*나*' 속에 있고 또한 '*나*'를 통한다. 그것은 변형과정의 긍정적 발견의 양상 속에 있다.

*테우르기아*는 우리 내부에 있는 변형의 리듬이다.

이것이 바로 종교를 향한 나의 행보로서, 이는 솔로비요프의 가족과 '*솔로비요프주의자들*'이 파악하지 못했던 것이다. 종교의 모든 노선을 향한 나의 행보는 상징주의, 파국, 폭발을 통해서만 행해진다. '*모든 것을 새롭게 창조한다*' — 이것이 나의 모토이다. 그리고 이로써 나는 새로운 '*나*'와 새로운 '*우리*'를 창조한다. 우리는 집단이고 공동체이다. 그것은 상징주의의 의지적 에너지로 포화되었다는 의미에서 종교적이다. 이제 상징주의는 나에게 '*나*'에 대한 행동의 요가이고 모든 '*나*'의 리듬의 요가인데, 이 모든 '*나*'는 처음에는 자신의 개체적 중심, 테우르기적 코뮌, 혹은 세계를 향해하는 지렛대의 부착점을 재생시킨다.

여기서 나는 충분히 수집된 논리적 공식화 없이 나의 삶의 모든 테마를 모았다. 그것은 '*제 3의*' 세계, 상징의 왕국, 개체의 테마이고 다양성의 테마이다. '나'를 건축하는 수많은 개성들이 개체를 형성하고 그 법칙에 따라 개체의 복잡성의 외관을 고급질서의 개체나 교회-코뮌으로 바꾼다 (여기에 아버지의 사상의 영향이 있는데, 그것은 수많은 질서의 모나드들의 결합과 전위의 역동성에 관한 것이다). 만일 그때 내가 이집트의 마카리[26] 가 규정한 교회의 공식을 발견했다면, 나는 다음과 같이 말했을 것이다: "이렇게 나는 사회적 단계에서 나의 상징주의의 발전을 표현하려 했다." 마카리의 말을 인용하자. "교회는 두 형태로 이해된다. 그것은 신자들의 모임이나 영혼들의 집합이다. 따라서 교회가 인간의 의미를 영적으로 파악할 때 교회는 인간의 총체적인 집합이 된다. 인간의 다섯 가지 언어는 다섯 가지 … 선행이다"(37번째 대담 〈영혼의 법칙에 대하여〉). 나는 교회에 대한 난해한 영혼의 진실도 인간 내부의 다섯 가지 리듬의 원칙처럼 공식화할 수 없었다. 그러나 감지할 수는 있었다. 만일 그때 내가 집합체로서 수적인 개체에 대한 교리를 알았다면, 나는 사회적 상징체계를 비율동학(수학의 사회학)으로 표현했을 것이다.

나는 종교적 공동체의 표상 속에 모든 전통적 표상과 사회의 개념, 개성, 예술, 진부한 개인주의의 새로운 창조적 문화로의 영적이고 혁명적인 극복을 허용했다. 이것은 상징주의의 에너지에 의한 새로운 창조이다. 전통적 종교세계와 공통된 것이 하나도 없는 종교다. 이 종교는 아직

---

26) 〔옮긴이〕 마카리우스(300년경~391년): 이집트의 그리스도교 성직자. '이집트의 마카리우스', '위대한 마카리우스'(Macarius the Great)로 알려져 있다. '사막의 등불'(The Lamp of the Desert)이라고도 불린다.

내가 젊었을 때 힘들게 생각해 낸 나의 상징주의로서, 이는 개성적-개체적 단계(개성의 가면을 쓴 상징주의)로부터 개체적-사회적 단계로의 이행을 요구한다.

이 *단계*는 내가 허용한 단계로서 내가 '*나*'와 함께 사회에 침입하는 것이다. 나는 상징주의자이다. 만일 내가 사회개혁가(더 정확히는 창조가)가 아니라면 나는 상징주의자가 아니라 주관주의자이다. 문제는 보리스 부가예프의 개인적 역량이 아니라 나라는 개체의 총체적 조건이다. 나는 '전부가 아니면, 아무것도 아니기' 때문이다.

이것이 바로 모스크바의 상징주의자 그룹에 합류하기 전까지 나와 그 그룹을 구분했다. 그것은 상징주의의 '*가면*'과 그 속에 침입한 '개성'(슈타이너의 용어로 말하면 주관적 이미지화)을 극복하려는 의지이다. 이것은 공식적인 교회의 역사주의와 전통의 모든 혼합에서뿐 아니라 내가 아직 혼란스럽게 방황하던 때 블라디미르 솔로비요프의 철학에서도 나를 분리시켰다. 그다음 나는 '*테우르기아*'라는 용어에 새로운 의미를 부여했다. 몇 년이 지난 후에야 비로소 나는 블라디미르 솔로비요프의 '용어' 선택으로부터 나의 '용어' 선택을 분리할 수 있었다. '*뒤죽박죽*' 전도된, 그러나 끝까지 다 의식되지 않은 우주의 흔들기의 놀라움 — 이런 것들 속에는 사람들과의 만남에서 나에 대한 오해, 그리고 자신의 개념을 논리적으로 밝히는 과정에서 스스로에 대한 오해가 예정되어 있었다. 이로 인해 후에 써진 일련의 논문들이 조야하게 된 것이다. 여기서 조야하다는 것은 표현을 발견하지 못했다는 것이지, 자신의 의식 속에 있는 자신의 입장이 아니다.

8학년 때 이러한 나의 상징주의 슬로건은 아직 낯선 사상과 체계의 형식을 전적으로 모방하고 있었는데, 나는 그러한 사상과 체계를 나의 세계에 적용했다. 1899년 솔로비요프는 내게 삶의 바다를 항해하는 방향을 제시했다. 그 방향은 '*아포칼립스*',[27] 즉 "*모든 것을 새롭게 창조한다*"는 것이었다. 핸들과 나침반은 나에게 있다. 핸들은 창조의 문제를 제어하는 능력이다. 나침반의 바늘은 새로운 세계(최대한으로 말해) 혹은 새로운 문화(최소한으로 말해)의 자석에 끌리는 상징주의이다. 슬로건의 열림과 닫힘에 나의 교묘한 변조가 있었다. 낡은 재료로 서둘러 만든 작은 배, 혹은 삶의 태양 너머를 항해하는 '*아르고호*'[28]는 쇼펜하우어의 철학을 나의 양식대로 세심하게 수선한 것이다. 거기서 '*염세주의*'는 모방이거나 아니면 당시 공개적으로 유행하던 철학의 보호색이었다. 그래서 나는 파국의 깃발 아래 아포칼립시즘을 설파했다. 그 파국은 '*이것*'과 '*저것*'의 이율배반, 비극주의에 최소한으로 적용되는 것으로서 상징 속에서 극복되었다.

중학생인 나는 이렇게 혼란한 파고 속에 있었다. 이때 나는 아직 '*자기 방식의*' 상징주의자였다. 상징주의에서 나의 유일한 동반자는 어린 세르게이 솔로비요프였는데, 그는 상징주의를 끝까지 통과하지는 못했다.

나는 당시 상징주의자들 중 그 누구와도 알지 못했다. 고백건대, 그들에게 흥미도 없었다. 그들은 '*데카당*'이었다. 그러나 머지않아 블라디미르 솔로비요프, 니체, 메레시콥스키, 그리고 블록과의 만남이 예정되어 있었다.

나는 쇼펜하우어-바그너-니체의 노선을 밟았다(그것은 염세주의를 극복하고 개체적 상징주의로 가는 길이다). 나는 도스토옙스키와 입센의 숭배자였고 *비극작가*였다. 나는 니체의 《비극의 탄생》의 테마로 향했다. 그

---

27) 〔옮긴이〕 아포칼립스(*Apocalyps*) : 묵시록. 성서에 묘사된 세상의 종말. 성서의 〈요한계시록〉.

28) 〔편집자〕 아르고호(Apro) : 그리스 신화에 등장하는 배. 아르고호의 선원들은 이 배를 타고 황금 양모를 찾아 '에야'(혹은 콜히다)로 간다. '아르고호의 선원들'(авгонавты) 모임은 1903년 10월 형성되기 시작했는데, 벨르이와 엘리스가 그 이데올로그였다.

렇지만 나의 '*아포칼립시즘*'은 내게 개성의 비극의 문제를 보다 넓게 포착하기를 요구했다. 이 문제는 일반적인 위기의 징후였다. 그러나 이 위기는 또한 그 뒤에 새로운 시대가 도래할 징후였다: '*모든 것을 새롭게 창조한다.*' 나는 조시마 장로와 므이슈킨 공작에 몰두했다. 나는 비극적 세계관의 고전적 노선과 친숙했는데, 그 이유는 나의 문제가 주관적 상징주의와 종교적 상징주의 사이의 이율배반의 문제였기 때문이다.

이렇게 나는 대학에 들어갔다.

다윈, 기계주의, 자연과학의 문제가 새로운 사상의 소용돌이로 솟아올랐다. 나의 '아르고호'는 어디로 핸들을 돌려야 할까. 그것은 한편으로는 나의 영혼 속에서 투쟁하는 니체와 솔로비요프를 화해시키는 문제였고, 다른 한편으로는 영혼 속에서 투쟁하는 그들의 문제 자체를 자연과학과 화해시키는 문제였다. 여기서 솔로비요프 가족은 도움이 되지 않았다. 그들은 자연과학을 알지 못했기 때문이다. 여기서 나는 다시 나의 사상적 편력의 중심인 쇼펜하우어와 관련된 노선으로 방향을 잡았다. 이 길은, 한편으로는 주지주의(분트)로서 에너지론(오스트발트)의 전위를 허용하는 것이고, 다른 한편으로는 하르트만의 '*무의식의 철학*'으로서 그것은 많은 자리를 자연과학의 문제에 넘겨주는 것이다. 쇼펜하우어의 극복에서 *앞에* 상징주의가 있었다면 이를 *뒤에서* 지탱한 것은 자연과학이었다.

대학교에서 새로운 사상가들을 만났다. 하르트만, 회프딩, 분트, 오스트발트, 그리고 이후에는 랑게 등이다. 그들은 나의 자연철학을 형성하는 방편이 되었는데, 자연철학은 이미 헤르트비히, 콰트르파주, 들라주, 해켈 등의 특별한 독서를 자양분으로 삼았다. 후에 스펜서가 부분적으로 여기에 합류했다.

첫 번째 강좌에서 이미 나의 세계관의 문제는 결정되었다. 그것은 사고의 한쪽 레일에서 다른 쪽 레일로 화살표를 이동하는 문제였다. 여기서 레일은 방법론이다. 이런 레일의 길은 많다. ① 개별 과학들(물리-화학, 그리고 생물학)과 그들의 개별 철학, ② 평행주의와 주지주의, ③ 비극주의, 개인주의와 이에 기반을 둔 상징주의, ④ 수도원적 상징주의(코뮤니즘과 테우르기즘의 문제). 나는 수많은 노선들의 공존 문제와 한 노선을 다른 노선이 극복하는 가운데 성립하는 질서를 연구했다. 내 앞에는 인식의 수많은 단계가 있다. 그렇지만 부조(浮彫)는 두드러지지 않았다. 평행한 레일과 교차하는 화살들은 교차로 곳곳에서 나에게 *이것*과 *저것*의 가위를 그렸다. 과제는 곳곳에 있었다. *이것*, *저것*을 극복하고 제 3의 것으로 향한다. 그 제 3의 것이 바로 *상징*이다.

이렇게 이 시기 상징주의는 이율배반과 가위의 문제였다. 그것은 어깨에 올린 약속의 십자가와 같다. 그 약속은 십자가에서 죽음을 극복하고 인류에게 필요한 새로운, 진정 새로운 세계관의 영역에서 부활한다는 것이다. 그것은 상징주의의 영역이자 비판적 세계관의 영역이다.

상징주의의 인식론은 아직은 분명하지 않다. 그러나 나는 그 이론을 탐색하고 증명하는 모든 파토스를 경험한다. 그것은 존재해야 한다. 그것은 황금 양모이다. 나의 '*아르고호*'는 그것을 찾아 항해한다. 나는 '*가위*'로부터 쉽게 뛰어나올 것을 약속하지 않는다. 그 가위는 내가 스스로에게 내리는 명령의 흔적으로서 인식과 창조의 위계 속에 수많은 노선의 결정에 대한 생각을 교차하라는 것이다. 이러한 결정에서 세계관 자체는 자유로운 '*노선*'이다. 인식의 경계인 비극주의에서 탈출하는 것이다. 나는 이렇게 자신을 보았다. 그러나 다른 사람들은 그렇게 나를 보지 않았다. 그들은 내가 '*가위*'를 비판적으로 극복할 수 있다고 보지 않았다. 그들은 '*가위로*' 잘린 나를 보았다. '*가위*'는 나로부터 도출되었다. 나는 가위를 숨기지 않았다. 나의 모순된 열망과 그 불일치 등, 많은 것이 가위를 설명한다. 솔로비요프는 내가 왜 자연과학을 옹호하는지 이해하지 못했다. 아버지는 나의 자연과학적 사고를 높이 평가했지만, 미학이나 쇼펜하우어, 솔로비요프가 왜 필요한지는 이해하지 못했다. 과 친구인 화가 블라디미로프는 나의 철학을 이해하지 못했다(그는 자연과학에 미학을 더하는 노선을 취했다). 가위의 문제에서 나를 보다 많이 이해한 사람은 학과 친구 페트로프스키(А. С. Петровский)였다. 1899년부터 우리 사이에 세계관에 대한 생생한 대화가 시작되었다.

나는 내가 왜 이율배반적 문제들〔'나'와 '우리', 학문과 종교, 니체와 솔로비요프, 무신론과 '아포칼립스', 문화의 소멸과 삶의 변형, 의지와 표상, 아폴론과 디오니소스, 시간과 공간, 음악과 십이궁, 의식과 무의식, 생기설(生氣說)과 기계주의, 데카르트와 뉴턴, 에피르이론(теория эфира)과 중력의 법칙〕에 열중하는지 이해할 수 있다. 그 교차를 탐구하면서, 나는, 말하자면, 모순의 화관을 짜려는 것이다. 화관은 이미 나를 충분히 아프게 했다. 가시로 된 화관이기 때문이다. 출구는 복잡성의 차단이 아니라 조화에 있었다. 그렇지만 무엇보다 문제의 순서와 문제의 각 면을 정해야 한다. 종합은 이렇게 함께하는 상태가 아니라 구체적인 교차에 있고, '*suntitemi*'(함께 행하는 것)이 아니라 '*sumballo*'(연결하는 것)에 있다.

새로운 연결의 노선이 새로운 문화를 구성한다는 것이 내게 분명했다. 그것은 수 세대(世代)의 길이지, 명문화된 체계가 아니다. 그러나 나의 친구들 중 그 누구도 이것을 이해하지 못했다. 그들은 내가 제시한 수많은 노선 중 정돈된 하나만을 나에게서 보았다. 블라디미로프는 나의 미학을 좋아했고, 솔로비요프는 종교를, 아버지는 자연과학을 좋아했다(아버지는 우모프 교수가 나의 리포트 "물리학의 과제와 방법에 대하여"[29]를 높이 평가한 것을 매우 자랑스러워했다). 그러나 그들 모두 좋아하지 않았던 것은, 내가 미학, 종교, 과학 그 어느 하나에 만족하지 못했다는 것,

---

29) 〔편집자〕 "물리학의 과제와 방법에 대하여"(О задачах и методау физики) : 이 보고서는 1899년 11월 우모프(Умов, Н. А.) 교수의 물리학 모임에서 발표되었다.

그리고 가치의 문제를 상징주의의 형식으로 독창적으로 전개하려 했다는 사실이다. 그들은 나의 '*가위*' 속에서 제 3의 것을 향한 두 개의 선의 교차점을 보지 못했는데, 그것은 1900년부터 1901년에 이르는 페트로프스키와의 논쟁의 중심이 이동된 것으로 말해진다. 1900년 페트로프스키는 상징주의의 문제로 나를 이른바 오른편에서 공격했다. 즉, 랑게의 회의주의, 자연과학의 측면에서 공격했던 것이다. 나의 문제에서 종교성의 강조가 그에게는 구름과 '*신비*'로 보인 것이다. 1901년 몇 주 동안 '가위' 너머로 날아다니더니 이제 그는 왼쪽에서 나를 논박했다. 즉, 정교회의 종교적 측면에서 논박한 것이다. 나는 다시 비판철학을 근거로 상징주의를 허용했다.

나는 오른쪽에서, 왼쪽에서, 앞에서, 뒤에서 공격을 물리쳐야 했다. 그것은 나의 세계관의 다면체의 진정한 교차점을 위한 투쟁이었다. 이렇게 나는 이러한 중심, 슬로건 속의 상징을 점유하기 위해 노력했다: ① 지식의 다면성, ② 인식에 의한 지식의 제한, ③ 의미론적 형상의 표장을 건축하기 위한 지식 공식의 전위와 결합, ④ 이러한 노선에서 상징주의의 지혜로의 추상적 인식의 극복이다.

나는 상징주의에 테제를 도입했는데 (1904년) 그 테제는 1900~1902년 나의 대학시절에 획득했던 것이다. 그것은 *상징주의 플러스 비판철학*이다. 그것은 *상징주의 마이너스 비판철학*이 결코 아니다.

상징주의 자체는 스스로의 전진 운동 속에서 비(非) 비판적인 것이다. 왜냐하면 그것은 지혜로운 것이고 지혜는 초비판적이기 때문이다. 그러나 뒤에서 공격이 진행되면서 상징주의는 자신의 비판주의 철학을 칼로 변형시켜 교리론을 내려쳤는데, 바로 그 교리론의 출발점 (유물론 혹은 신학) 을 향해서였다.

이제 끔찍할 정도로 내게 분명한 것은, 내가 혼자라는 것이다. 그것은 마치 운명과 같았다. 그러나 혼자서는 전투에서 무사가 될 수 없다. 나는 사회적 허구를 지어냄으로써 나를 위로했다. 마치 나를 이해하는 친구가 있는 것 같다고 생각했던 것이다. *바로 여기서* 그 누구도 나를 이해하고 싶어 하지 않았다. 블라디미로프도, 솔로비요프도 나를 이해하지 못했다. 학과 친구들은 말할 것도 없다. 그리고 그다음에는 메레시콥스키, 블록, 브류소프, 뱌체슬라프 이바노프도 나를 이해하지 못했다. 바로 이 지점에서 자신의 *강하*라는 지속적인 테마와, 평면적 구상에서 상징주의에 대한 공간적 표상의 자발적인 원근법이 도출되는데, 어떤 표상은 브류소프를, 어떤 표상은 블록을 위한 것이다. 다른 사람들과 문제를 일으키지 않으려는 바람에서 때로 남에게 고개를 숙일 필요가 있다는 것은 극단적인 피로를 체험하게 했다. 그것은 거의 모욕적인 것이었다. 이 때문에 많은 사람에게 "죄송합니다", "그렇다면, 동의합니다"라는 톤으로 말하게 되는 것이다. 이러한 톤은 세계관의 평면을 지적함으로써 그 사람을 모욕하기를 원하지 않거나, 부드럽고 조심스럽게, 점진적으로 그 사람의 눈을 열어 주려는 바람 때문인 것이다. 이렇게 나는 사람들과 게임을 시작했다. 훗날 말하기를, "죄송합니다"는 순수한 동전처럼 받아들여졌다. 그때의 어떤 *친구*, 이 중에서 만난 동행인은 그의 한정된 사고에 대한 나의 조심스러운 태도에서 근거 없는 우월감이나 '*어깨를 으쓱*'하는 태도를 취했고, 이것은 훗날 자연스러운 결과로 귀결되었다. 나는 내 어깨에 건방지게 놓여 있던 이런저런 '*친구들*'의 다리를 단호한 동작으로 내던졌던 것이다. 그리고 우리의 관계는 나의 '*반란*'이라는 다음 단계에 돌입했다. 그러나 반란은 없었다. 근본적인 반란은, 나를 왜곡시키는 '개성적' 구상에서 나에 대한 확신에 찬 해석이 허용되는 한계에 도달했다는 것이다. 그다음에는 타인에 대한 예의에 기반을 둔 나의 '*미니멀리즘*'(*минимализм*)이 내 어깨에서 '*친구*'의 구두 굽을 던지는 '*맥시멀리즘*'(*максимализм*)의 충격으로 바뀌었다. 관계가 갑자기 속담처럼 끝나 버리는 경우가 있다. "*돼지를 식탁에 올려놓으면, 돼지가 식탁에 발을 올려놓는다.*"

4

1900년 나는 '스콜피온' 시인 그룹이라는, 나에게는 '작은' 일에 관심을 갖게 되었다. 나는 세 권의 시집을 낸 브류소프가 마음에 들었지만, 그래도 나는 그를 상징주의자가 아닌 데카당으로 간주했다. 나는 미처 '스콜피온'이 되지 못했는데, 이때 다윈, 니체, 솔로비요프, 입센, 그리고 고양된 메레시콥스키와 로자노프가 나의 노선에 있었던 것이다. 모두를 연구하면서 '*우리 편*', '*우리 편 아님*', '노선', '*비노선*'의 도장을 찍어야 했다. 블라디미르 솔로비요프는 죽었고 나의 문제의 부조에 그의 사상의 부조를 구체적으로 조각해야 한다는 과제가 사라졌다. 나는 철학자의 유산을 내 어깨에 느꼈다. 더욱이 '*보랴 부가예프*'는 솔로비요프 댁에서 '*친애하는*' 고인과 개인적 논의를 한 뒤였는데, 여기서 고인은 집단의 상상 속에서 자신이 만들어 낸 어떤 '*우리*'에 대해 화를 내며 흥분했던 것이다. 새로운 과제는 솔로비요프의 철학을 '*나*'의 삶의 길, 구체적인 상징주의에 용해시키고, 이로써 창조적 문화의 사실적이고 긍정적인 원칙 속에서 그의 사상의 추상적 원칙을 극복하는 것인데, 이는 그가 시에서 언급한 *석양*의 노선을(소피아의 문제는 개체의 문제나 교회집단-코뮌의 문제와 마찬가지로 교리적 양상에 있는 것이 아니다), 그리고 그가 《*세 가지 대화*》에서 지적한 현실적 위기의 해명이라는 노선을 따르는 것이다. 둘째, 솔로비요프-니체의 이율배반을 극복의 관점에서 파헤치는 것이다. 그 극복의 노선은 솔로비요프사상의 구체화나 혹은 '*나*' 속에서 그 사상을 발견하는 것이다. 그 역은 니체의 집체적 상징주의의 '*우리*' 속에서 '*나*'를 발견하는 것이다. 솔로비요프로 인해 나는 이 모든 것을 강조하게 되었다. 강조하건대, 메레시콥스키는 원칙적으로 이 문제에서 많은 것을 보강했다. 여기서 나는 '*의심*'하게 되었다. 솔로비요프를 건드리면 안 된다. 낯선 과제가 나타났다. 그것은 나의 상징주의의 문제를 자연과학적 근거로 무장하는 것이었다. 이것은 '*무력세력*'에 대한 나의 염려 때문인데, 이 무장은 소박한 실증주의에 대항하는 내일의 출정에 필수적인 것으로서 분트와 회프딩의 물리학으로 무장하여 스펜서를 공격하는 것이다. 여기서 구멍을 뚫고, 그 구멍에 비판적 상징주의의 슬로건을 도입한다. 그래서 무거운 대포로 교리를 부수고 새로운 문화의 초비판적 창조적 활동을 위한 길을 여는 것이다. 그 문화는 '*테우르기아*'이다. 이러한 문화의 바람은 1901년부터 내가 개인적으로 체험한 것인데 이는 희망으로 가득 차 있었다.

나는 이 희망에 대해 여러 번 글을 썼고 그것을 '*여명의 시대*'(1901~1902년) 라고 불렀다.

나는 현실이 나에게 부여한 이미지(имагинация) 속에서〔예술적 몽상의 주체(субъекция) 속에서가 아닌〕 정신세계를 어렴풋이 체험한다. 바로 여기에 당시 내가 시도했던 예술의 독창성이 있다. 데카당들은 종종 헛소리로 변질된 몽상을 체험한다. 우리 상징주의자들은 이미지의 근원을 시대의 상징 속에 갖고 있다. 우리는 그 상징들을 읽는 법을 배운다. 독특한 독서 속에 '*글쓰기*'(*письмян*)의 원천에 대한 지식 속에 몇몇 동갑내기들의 독특한 '밀교'(эсотеризм)가 있었는데, 이들은 미래의 상징주의의 동반자가 되었다. 사람들과 만나는 시기가 시작되었다. 놀라운 것은, 우리의 가장 주관적인 것이 사회화되었다는 사실이다. 이 사회화 속에 은어의 원칙이 있었고, 그 은어는 새로운 단어를 발음하는 표정 속에 있었다("*상징은 말하지 않는다, 상징은 고개를 끄덕인다*"). 우리는 서로 단어를 주고받으면서 우리의 가면-개성을 지나친다. 개체로부터 개체를 향해 고개를 끄덕이는 것이다. 개별적인 것은 단어의 *공통적인* 의미를 가리지 않는다. 공통적인 단어는 공허하다. 그럼에도 불구하고 다른 주체들은 공통적이지 않은 의미에서 사회적이 된다. 코뮌에서 사회적이 되는 것이다.

바로 이렇게 특별히 은밀한 사회적 의미에서 상징주의는 시작되었고,

이에 대해 1910년 알렉산드르 블록은 밀교에 대해 말하듯이 말했다. 프랑스 상징주의 *학파*에는 이러한 알아차림의 뉘앙스가 없었다. 그것은 '*스콜피온*'에도 없었다. 1910년 지각(知覺)의 특별한 리듬이 연구되었는데, 그것은 몇 년 내에 특별한 만남, '*코뮌적*' 만남의 가능성을 부여했다. 그것은 나와 C. M. 솔로비요프와 블록과 블록 어머니와의 만남이고, 페트로프스키와 솔로비요프 가족들의 만남, 나와 메트네르의 만남 등이었다.

사람들은 다양하고 세계관도 다양하다. 길의 출발점도 다양하다. 가장 개별적인 것에는 공통'적인' 표명의 지평이 있다. 가장 개별적인 것은 *제3의* 것을 향해 주관과 객관의 간극을 극복한 결과이다. 제 3의 것은 시대의 징후에서 개별적으로 건축된 것으로서, 새로운 문화를 양육하는 우리 모두의 공통적인 자산과 같다.

그것은 세계관적 슬로건이 아니다. 그것은 그 시대의 경험적 알아차림이다. 1901년 봄 블록이 썼듯이, 이 봄까지는 다양한 사람들이 자신이 체험한 시대를 다양하게 쓸 수 있었다. 그러나 이후에는 *제3의* 것을 향해 분산되었다.

상징주의에서 개별적 경험이 공통적이 된다는 사실에 대한 깨달음의 *경험적 계기*를 강조하면서, 그 기저에는 상징주의가 길이라는 확신이 놓여 있었다. 나는 여기서 이 사실을 설명하지 않겠다. 다만 *사실이 존재했다*는 것에만 주목하겠다.

체험의 코뮤니즘에는 노을, 봄, 상징주의의 소보르노스티가 있다. 최근 상징주의의 몰락은 소보르노스티의 실패를 의미했다.

이것이 당시 나의 슬로건 완성의 조건이었다('*경험*'의 완성). 상징주의의 비판적 칼과 자연과학적 투구는 전술이다. 왜냐하면 그것은 상징주의가 외부세계, 즉 칸트, 쇼펜하우어, 오스트발트, 아버지의 '모나드론'[30)]

---

30) 〔편집자〕 벨르이 아버지 부가예프(Бугаев, Н. В.)의 "진화적 모나드론의 기본

으로 입성하는 행렬이기 때문이다. 그러나 갑옷 속에 숨겨진 경험의 내면세계를 암시하는 *눈동자의* 표시를 투구에 해야 한다. 교묘하게 새겨진 '*암시*'는 희망의 눈짓이다. 이 때문에 나의 《심포니야》에서 사람들이 경험을 '눈짓'이라고 부른 것이다. 왜 '*눈짓*'을 하는가? 그 이유는 "상징들은 말하지 않는다. 상징들은 말없이 고개를 끄덕이기"(니체) 때문이다. 그것들은 사실적 체험, 창조된 것, 제 3의 것, '*상징*'의 왕국에 대해 *고개를 끄덕인다.* 갑옷과 투구의 이데올로기가 모두에게 이해되는 것이 아니었다. 많은 사람들이 그 경험 속에서, 마치 열린 문으로 곧바로 밀려오듯이, 삼각형 지그재그 각도를 *첫 번째*(내부) 노선에서 *두 번째*(외부) 노선으로 변형시키려 했다. 이렇게 밀려들면서 질문이 제기되는데, 그것은 '세계의 끝 혹은 진보의 무한성'에 대한 문제이다. '*세계란 무엇인가*'와 '*종말은 무엇인가*'라는 나의 질문은 상징주의의 문제와 비판철학의 토대로 회귀하여, 마치 나에게 이렇게 대답하는 듯하다. "이것은 당신이 고백하기 겁내 하는 불일치이다." 이것이 가까운 미래에 나와 블록의 대화이고(1903년 편지), 나와 메레시콥스키와의 관계이다(1902~1906년).

사람들은 마치 열려 있는 것 같은 문으로 밀려오는 것 같지만, 그 문은 다만 거울의 평면일 뿐이다. 마치 전망은 문 뒤의 열린 공간에 있는 것 같았다. 다른 영역의 반영, 나는 그 영역으로의 전망을 허용했다. 그리고 나의 철학은 전환각도의 계산에 지쳐 있었다. 이러한 계산은 분산되는 것처럼 보인다. 그러나 너무 성급하게 '*손을 잡고*' '*쪽빛으로 날아가는*'(블록의 시, 〈아르고호의 선원들〉)[31] 작열하는 자들의 운명은 거울을 이마로 타격

원칙"(Основные наиала эволюционной монадологии, Вопросы философии и исихологии, 1894, Кн. 17, С. 26~44)을 보라. 부가예프 교수는 자신의 철학적 관점을 라이프니츠의 '모나드론'에 따라 184개의 테제로 정립했다.

31) 〔편집자〕 블록의 시 〈망루의 입구를 지키다〉〔Сторожим у входа в терем …, 연작 〈기도〉(Молитвы, 1904)에서〕의 마지막 부분을 염두에 둔 것이다: "조용

을 가하는 것과 같다. 블록에게 이러한 타격으로 생긴 혹이 〈*발라간칙*〉(*Балаганчик*) 이다(자신을 조롱하는). 메레시콥스키에게는 신문 지면으로의 이탈이다. 페트로프스키에게는 1905년 정교에 대한 타격이다.

나는 내가 주장한 상징주의 문제의 습득 밖에서 *타격*이 있을 것을 알고 있었다. 나는 이미 《심포니야》의 다음과 같은 문구의 슬로건에서 차례로 타격을 가했다. "위안을 주는 자를 기다렸다. 그러나 복수하는 자가 왔다."[32] '*복수하는 자*'는 이마를 벽에 부딪치는 것이다. *상징주의 마이너스 비판주의이다.*

그다음에 이마의 타박상과 어제의 자유에 대한 욕설의 카오스가 시작되었다. 나는 전술적으로 상징주의의 모든 전선에서 퇴각했는데, *테우르기아*, *코뮌*, *밀교*, 새로운 입장에 대한 *경험* 등이 그것이다. 그리고 칸트와 '학파'로서 상징주의에서도 퇴각했다.

여기서 사람들은 나를 이해하지 못했다(1906~1909년).

이데올로기에 의한 이데올로기, 경험에 의한 경험 — 이것이 나의 '*모토*'이다. 비판주의는 그들 사이의 경계선이다. *경험*은 교리로 강화되지 않았다. 그것은 교묘하게 제시된 암시의 유동적인 상징화로 표현된다. 이데올로기는 일시적인 가설이다. 그것은 경험의 존재 위의 상부구조이기 때문이다. 증축하는 방법과 상징화하는 방법에 대한 교리는 *이론*으로서 상징주의의 비판적 가설이다.

이렇게 나에게 상징주의의 세 영역이 정해졌다. 그것은 **상징**(**Символ**)과 상징주의이론, 그리고 상징화 기법의 영역이다. **상징**의 영역은 상징주의의 밀교성의 이면(裏面)이다. 모든 연결된 것들의 연결의 중심에 대

히 함께 손을 잡고 // 쪽빛을 향해 날아가자"〔Молча свяжем вместе руки, // оглетим в лазурь(Блок, А. А., Собр. соч. в 8т., М., 1960, Т. 1, С. 316)〕.

32) 〔편집자〕 벨르이의 《심포니야》(Симфония, 2-й, драматическая)에서.

한 교리이기 때문이다. 그리고 나에게 그 중심은 그리스도이다. 상징주의의 밀교성은 인간 내부에서 그리스도와 소피아의 새로운 발견에 있다(이것이 나의 《심포니야》 연작이 모방하는 것이다). 이론의 영역은 구체적인 세계관의 영역으로서 인식과 지식의 의미적 표장의 구성원칙을 포함하고 있다. 상징화의 영역은 예술에서 창조양식을 포함하는 영역이다. 상징주의를 이러한 영역에 종속시키고 **상징**의 영역 자체를 상징주의에 종속시키는 것은 나의 내부에서 상징주의 노선의 기저에 있는 삼원성의 원칙을 약화시켰다.

이러한 삼원성의 리듬이 들려온 것은 《심포니야》를 쓸 무렵(1901년)이었다. 그렇지만 사람들은 나를 이해하지 못했다. 위대한 낙관주의("*사람들에게 많은 기쁨이 있다*")의 악보와, '*신비*'와 '*종파*'로의 직접적인 이행에 반대되는 날카로운 풍자가 혼합되었어도 말이다. 1년 후 《심포니야》가 세상에 나왔을 때, 그것을 예술적으로 수용한 사람들도 나를 알아보지 못했다. 라친스키와 엘리스는 《심포니야》에 열광했다. 라친스키는 《심포니야》가 전통에 대해 '그렇다'라고 말한다는 것에, 엘리스는 그것을 산산이 부서진 영혼이 썼다는 것에 열광했다. 두 사람 모두 비판주의의 문제, 지그재그, '*희망*'을 다른 영역으로 이행시키는 전환의 각도를 보지 못했다. 나는 서문에서 《심포니야》의 세 가지 의미를 강조했다. 그 이념적-상징적 슬로건은 '*새로운*' 것이 가까워졌다는 것이다. 풍자적 슬로건은 '교리와 신비주의의 새로운 문화를 때리지 마시오, 이마를 다칠 것이오'다. 사실주의적 슬로건은 《심포니야》에 대한 재료가 있다는 것이다. 이것은 인간의 새로운 층위를 감지하는 생활양식이다. 그러나 이러한 생활양식은 거부되었다. 사람들은 그것을 보지 못했다. 그러나 나는 눈으로 보고 사실을 묘사할 수 있었다. 종교적 · 철학적 문제에 대한 전반적인 유행은 《심포니야》가 나온 지 3~4년 후에 시작되었다. 나는 1900~1901년에 이미 이 유형을 보았던 것이다.

1901년부터 1905년까지 나는 구체적인 문제에 대해 고민했다. 만일 상징주의자들이 경험의 상호교환의 사실이 확립된다면, 이로써 이러한 경험의 강화와 성장의 가능성이 코뮌 내부의 협회에 확립될 것이기 때문이다. 이 코뮌은 상징 속의 관계에 기반을 둔 생활양식을 성숙하게 해야 하는 것이다. 상징화의 다양성은, 말하자면, 상징주의자들의 코뮌의 생활양식의 무대이다. 이해 가능한 집단주의의 문제는 실제로 실현될 것이다. 그것은 새롭고 어렵지만 희망이 없는 것은 아니다. 블록은 "손을 잡자"고 화답했다. '같이 연결된다'는 것은 상징 속에서 연결된다는 것이다. 그것은 상징, 경험의 원으로, 즉 종교적으로 연결되는 것이다.

나는 이에 대해 주로 상징화의 형상과 아포리즘으로 말했다. 그러나 내가 형상과 아포리즘을 구축한 이유가 있었다. 그것은 상징의 영역에 대한 암시이고 내적으로 명료한 현실이었다. 따라서 그것은 주관주의적 상징주의자들(나에게 이들은 아직 데카당이다)의 노골적인 환상주의와 구별되고 메레시콥스키의 교조적 도식과도 구별되는데, 나는 그의 도식에서 상징주의와 교리론의 투쟁을 보았다. 《심포니야》에서 나는 예술에 '그 무엇'(*нечто*)을 반영하는 것을 구상했다. 그리고 과제는 성공했다. 그러나 나는 그 이상을 원했다. 그것은 생활양식에도 '그 *무엇*'을 반영하고자 하는 것이다. 코뮌은 삶의 새싹을 낡은 문화라는 추위로부터 보호해야 한다. 여기서 사람들에게 이해받지 못한다는 나의 절망적인 테마가 시작되는 것이다.

이해받지 못한다는 것, 고통, 실패 — 이 모든 것이 25년 동안 나와 함께했던 것이다.

내가 1901~1904년에 고무시켰던 것을 사람들은 이해하지 못했다. 여기서 말하는 사람들이란 C. M. 솔로비요프(상징의 언어가 그의 내부에서 도식적인 교리로 변질되었기 때문에), 라친스키('전통' 때문에), 브류소프(카오스주의와 불명료한 논리 때문에), 엘리스(상징주의를 평행을 위한 상응

이론으로 이해했기 때문에), 페트로프스키(첨예하게 논쟁된 교회와 수도원의 문제 때문에), 블록(신비주의와 철학적 무지 때문에), 뱌체슬라프 이바노프(혼합주의 때문에) 등이다. 나의 음악적 테마의 해석에 보다 접근한 사람은 1902년의 Э. К. 메트네르이다(1907년에 이미 그의 귀는 낡게 이해되는 '*문화*'로 가득 차 있었다).

이 시기 나는 사람들과 같이 생활하면서 그들과 함께 연구 코뮌, 새로운 삶의 경험 실험실을… 상징 속에서 혹은 주요한 충동으로 우리 중에 발생하는 *제3의* 것 속에서 건설하고자 했다. 바로 여기서 먼 곳을 향해 하기 위해 용사들을 모집하는 '*아르고호*'의 신화가 시작되었다. 나는 '*아르고호*'에 앉아 '*오르페우스*' — 그리스도의 표식 — 를 생각했다. 그는 문화의 가면을 쓰고 있었다(초기 기독교인들에게는 *물고기*의 표식이었다).

그리고 1903~1904년 사랑스러운 아르고호 용사 친구들이 그 물고기를…'*먹어 버렸던*' 기억이 있다. 나는 이에 대해 1903년 시에 썼다.

> 친구에게 주었던 태양은… 삼켜졌다.
> 찢겨진 태양의 조각들은
> 탐욕스러운 입술로 떨면서 빨아들였다…
> 비켜라…!

1903년 여름 나는 다음과 같이 썼다: "우리의 아르고호는…. 날아갈 준비가 되었다. 황금빛 날개로 가득 찼다." 그리고 겨울(1903~1904년)에는 아르고호의 용사들의 비행(飛行)에 대한 단편소설을 썼는데, 이 소설에서 그들의 비행은 이미 죽음의 폐허를 향해 있었다(단편소설 〈아이러니〉). 1903년 여름과 1904년 봄 사이에 오랫동안 감춰졌던 깨달음이 성장했는데, 그것은 아르고호 용사들의 '악수'는 단지 '*원탁의*' 비명[33] 일 뿐으로서, 그 비명은 상징주의의 집체적 단계(코뮌)에서 사회적 리듬에 대한 무지와 이 리듬을 지탱하려는 나의 노력에 대한 몰이해로부터 구체적 상징주의 문제의 분산과 무형화로 이끌었다. 나의 삼원칙(상징의 영역-상징주의의 영역-상징화의 영역)은 파괴되었다. '삼각형'은 볼품없는 무한대의 선으로 분해되었다(어떤 사람에게는 감성, 다른 사람에게는 교리론, 제 3자에게는 공허한 혼합주의).

나는 의기소침한 기분, 죽음 같은 피로를 체험했다. 나에게서 비명소리가 터져 나왔다. 시 〈광인〉(《쪽빛 속의 황금》의 마지막 부분)을 보라.

> 정녕 나를
> 결코 알아보지 못한단 말인가?[34]

그것은 '내가 아니라 나와 우리 안의 그리스도'를 드러내려는 노력에서 나, 개성, 보리스 니콜라예비치가 아닌 개체적, 나의 '나'이다. 그러나 이 시는 '*히스테리즘*'과 기이한 분리교도인 채찍파의 노선에서만 이해된다(나는 데카당파의 몇몇 숙녀들이 이것을 이해한다는 것을 알고 있다).

곧이어 블록이 모스크바에 도착했다. 나는 금방 그의 손에 무너졌다. 이해받지 못하는 고통 때문이었다 … 다음 시는 《재》의 처음에 등장하는데 이는 블록이 떠난 뒤 곧바로 써진 것이다. 그 속에는 '*카메르*'(*камер*, 방)와 '*자메르*'(*замер*, 죽다)의 운이 맞추어져 있다.[35] '나'는 희망과 노력 속에서 정신병원의 방에서 죽어 간다.

---

33) 〔편집자〕 원탁의 비명(кричанье за круглым столом): 블록의 시 〈모두가 원탁에서 소리친다 … 〉(Все кричали у круглыу столов …, 1902)에 대한 회상.

34) 〔편집자〕 벨르이의 시 〈광인〉(Безумец, 1904)의 마지막 구절.

35) 〔편집자〕 벨르이의 시 〈평정〉(Успокоение)에서 운율이 두 번 반복되는 것을 말한다(Белы, А., Стихотворение и поэмы, л., 1967, С. 242~243을 보라). 이 시는 《재》의 처음에 등장하지 않는데, 아마 벨르이는 이 시를 썼을 때와 혼동하는 것 같다.

1901년부터 떠오르던 코뮌이 정신병원에 있을 때 내게 재생했다. 나는 모스크바를 떠나 니즈니 노브고로트로 도망쳤다. 《재》의 뒤에 실린 시는 이 도주를 묘사하는 것이다. "나는 시끄러운 도시를 버렸다."[36] 이 도시는 얼마 전에 태양의 도시, *코뮌*에 대한 유토피아로 나타났다.

나는 니즈니 노브고로트에서 일련의 타격에서 회복되었는데, 그 타격은 유기적으로 전개되는 새로운 사회의 다성성(多聲性)과 신비의식에 대한 나의 유토피아에서 초래된 것으로서, 이 사회는 상징주의라는 '*아르고호*'가 정박해야 하는 것이었다.

나는 니즈니 노브고로트에서 돌아와서 투구를 내리고 '*테우르기아*'의 슬로건을 주머니에 넣었다. 그리고 주머니에서 '칸트'라는 슬로건을 꺼냈다.

모스크바에 처음으로 나타난 뱌체슬라프 이바노프는 우리 서클의 시속을 부유하며 수천의 면이 있지만 공허한 자신의 혼합주의의 수용으로 모든 것을 설명하고 모든 것을 화해시켰다. 사람들은 그가 진정한 상징주의자라고 믿었다. 그러나 나는 *칸트*의 제본을 보며 식상해서 얼굴을 찡그렸다….

2년 후 나는 1904년 봄을 회상하며 다음과 같이 썼다. "우리 중 많은 사람이 신비의식에 대한 몽상을 염소로 변형시키는 보잘것없는 운명에 속해 있다."

나는 그것을 구체화하려는 시도 속에서 우리를 연결하는 *경험*이 깨졌다는 것을 알아차리고 거의 돌아 버릴 뻔했다. 사람들은 배신했다고 나를 질책했다. 다른 아르고호 용사들은 아르고호주의(аргонавтизм)를 연장하기를 원했다. 그러나 경험적 알아차림 속에서 나에게는 아르고호주의가 없었는데, 그것은 모스크바의 집단에는 공통적인 경험적 토대가 없

36) 〔편집자〕 벨르이의 시 〈쇼세〉(Шоссе, 1904)에서.

다는 것이다. 나는 좋지 않은 경험을 갖고 있었다. 그것은 사회집단에서 사회적 리듬이 어떻게 재생되는지에 대한 고통스러운 지식이었다. 만일 사회적 리듬이 정신의 영역에서 영혼의 영역으로 너무 빠르게 하강한다면 거기서 그 리듬은 카오스의 회오리나 영계(靈界)의 무더운 공기가 될 것이다.

5

희망이 깨어진 후 이론적 위치를 재점검하기 위해 시골로 갔다. 그리고 철학을 전공할 생각으로 1904년 가을부터 인문학부에 입학했다. 그리고 방법론 과목을 공부했다. 대학에서 칸트와 릴을 부지런히 연구했다. 그리고 그들로부터 튕겨 나와 리케르트에게 부딪쳤다. 여기서 나는 코헨주의자 포흐트(Б. А. Фохт)의 지시를 이용했다. 쇼펜하우어-분트의 상징주의로부터 거리를 두어야 할 필요성이 분명해졌다. 프라이부르크학파의 그노시스주의에 근거한 문화의 철학과 그 철학의 수정은 상징주의 이론에 대한 나의 새로운 접근방식이 되었다.

그러나 기본적인 세계관의 경향은 다음향성과 복합성을 드러내고 방법 속에서 방법의 흐름의 변증법적 리듬을 발견하는 것, 즉 흐름의 콘트라푼크트에서 변주된 테마를 보는 것이다. 변주되지 않은 테마는 추상적인 일원론이었다. 변주를 교차시키는 테마가 없는 변주는 방법들의 평행선과 같았다. 소박한 논문 "과학적 교리에 대하여"(о Научном догматизме)에서 이 주제는 단순하고 일반적인 형태로 주어진다. "*철학자가 할 일은 인식의 경계를 다양하게 굴절시키는 상호관계 질서의 연구이다.*" 더 나아가 "무한한 양의 세계관의 존재가 가능하다"(1904년). 이것은 1914년 슈타이너 강의의 좌우명으로, 그가 베를린에서 강의하기 이미 10년 전에 나온 것이다. 나는 1909년 "의미의 표장"(Эмблематика смысла)에서 내가 쓴 모든 것에 합치되는 세계관의 조합과 전위 속에서 콘트라푼크트의 도식을 제시하려고 노력했다. 콘트라푼크트의 원칙은 그노시스와 상징주의를 연결한 비판주의이다. 그리고 1904년 약소한 논문 "비판주의와 상징주의"(Критицизм и символизм)에서 다시 이 슬로건을 꺼냈다. "*비판주의는 의식의 단계에서 전망을 확립한다*"(1904년). 그 단계는 형식주의(오성으로부터), 형이상학적 교리론, 비판주의, 상징주의로 나타난다. 같은 해 논문 "심리학의 경계에 대하여"(О границах психологии)에서 *제3의 것*에 의해 극복되는 이원론의 문제를 내세웠다. 나는 어떤 면에서는 다원-일원론자이고 다른 면에서는 이원-일원론자이다. 왜냐하면 상징주의이론은 다원-이원-일원론인데, 거기서 다원론의 영역은 과학적 표장과 상징화의 영역이기 때문이다. 이원론은 상징주의이론의 영역으로, 그 이론은 인식과 창조의 이중성의 문제를 고찰한다. 구체적인 일원론의 영역은 총체적으로 체험되는 **상징**의 영역이다. 여기 제3의 영역에서 "*이런저런 외적 윤곽을 지닌 진리의 밀교적 의미를 추구하는 가능성이 열린다*"["미래를 향한 창"(Окно в будущее), 1904]. 나에게 외적인 윤곽이지만 심오한 의미를 지닌 것은 에너지 원칙이다. 나는 논문 "미학의 형식들"(Формы в эстетике)에서 에너지론의 표장에 미학을 부여했고, 논문 "마스크"(Маски)에서 기본적 원칙에 합치되는 디오니소스의 표장을 에너지론 끝에 위치시켰는데, 그 원칙은 나에게 분명했다. 1903년 약소하게 쓴 논문에서 세계 지각의 일곱 개 그림을 스케치하려고 시도했는데, 이는 형상들의 교체처럼 했다(논문 "신성한 색채"). 그리고 논문 "예술의 의미"(Смысл искусства)에서는 상징들을 구축하는 여덟 가지 기법들을 연역하려고 시도했는데, 그 상징들은 다양한 예술학파의 근본에 놓일 수 있는 것이었다. 왜냐하면 상징주의는 한 학파의 이론이 아니라 **상징-로고스**의 리듬에 종속되는 무한한 유형의 상징화 속에서 이뤄지는 여러 학파들의 전위와 조합의 이론이기 때문이다.

곳곳에서 인식의 표장을 드러내는 경향이 있다. 헤겔, 피히테, 셸링은, 내 생각에는, "*상징주의* … . *형이상학* … *모든 상징주의를 이해하는 대신* … *형이상학으로부터 이끌어 냈다*"〔"상징주의"(Символизм)〕. 그러나 당시에는 내가 알지 못했던 슈타이너의 방법론 역시 똑같은 것을 주장하는데, 헤겔의 이념의 변형이나 괴테의 정밀한 환상은 제 3의 것인 이미지로 교차한다는 것에 주목하는 것이다.

슈타이너는 나보다 22년이나 앞서 이렇게 썼다(괴테에 대한 주석 제 2권에서). "괴테는 세 가지 방법을 구분했다 … 첫 번째는 경험주의 방법이다 … 다음 단계는 합리주의가 형성된다 … 괴테는 이것저것 모두 일방적인 것으로 간주했다."

그러나 나는 이것을 수용했다. 코헨의 그노시스적 합리주의는 칸트의 문제를 해결하고 경험적 다원론을 극복했다. 그리고 여기에 다원주의 교리의 극복이 있다. "*우리* … *상징주의자*들은 *자신을* … *위대한 쾨니스베르크학파의 법적인 후계자로 자처한다.*" — 나는 1904년 이렇게 썼다〔"상징주의와 비판주의"(Символизм и критицизм)〕. 그러나 슈타이너에 따르면, 합리주의는 높은 수준에서 극복되고 나는 똑같은 극복을 주장했다. "상징주의는 비판주의에서 생겨나서 … 살아 있는 방법론이 되었지만, *교조적 경험주의, 추상적 비판주의와 이런저런 것*들*의 극복으로써* 구분된다"("상징주의와 비판주의").

나는 10년 뒤 슈타이너의 방법론을 접하고 그 속에 젊은 시절 나의 노력이 있다는 것을 알게 되었다. 그것은 상징주의를 비판주의에서 이끌어 내지만 경험주의에 넘기지 않은 채, 경험주의로 전향한 칸트의 비판의 총구를 후방에 전시하려는 것이다. 왜 나처럼 인지학자가 된 다른 아르고호 용사 친구들은 내가 인지학에 입문하기 전에 인지학적인 어떤 것을 언급했다는 것에 주목하지 않았을까? 왜냐하면 그들은 나를 이해하지 못했기 때문이다 … 상징주의자로서 … 그들이 이해하지 못한 것은 이해하려 하지 않았기 때문이다. '*상징*'이란 단어에 대한 혐오감이 제 역할을 했던 것이다. 나는 '*종합주의*'를 상징주의로 대체하지 않는 유력한 동기를 갖고 있다. 이론적 해부에서 종합주의는 합리주의다. 그뿐이다.

그리고 나는 슈타이너처럼 모든 합리주의의 구체적인 극복에 몰두했다. 그러나 이것을 상징주의 외부에서 극복하는 것은 항상 퇴보라는 것을 알았다. 경험주의로부터 이런저런 교리론으로 퇴보하는 것이다.

나에게는 언어를 위해 투쟁할 유력한 이데올로기적 이유가 있었다. 그러나 친구들은 … 그것을 좋아하지 않았다(종교 혹은 단지 '*미학*'적 이유에서).

나는 단어-슬로건에서 나와 어디로든 갔다. 종교, 신비주의, 속물주의, 코헨주의자 등. 그리고 멀어졌다. 데카당(유미주의자-경험론자)에게 상징주의자로서 나는 합리주의자였다. 합리주의 다음 단계의 철학자들은 신칸트주의 '*사무소*'에 자리를 제안했다. 그러나 필수적인 조건이 있었다. 상징주의를 거부하는 것이다. '*전통*'의 종교주의자들은 무조건 교구의 물을 상징의 영역에 뿌리는 것에 동의했는데, 칸트와 과학을 거부하는 대가였다.

이렇게 나의 삼위일체의 영역은 항상 그 3분의 1만을 취하는 노선을 따라 암담하게 끌려갔는데, 이는 보통 상징화, 혹은 종교, 혹은 철학이었다. 상호관계, 교차, 흐름의 변증법은 항상 낯선 것이었다. 다원-이원-일원론은 일원론자, 이원론자, 다원론자에 의해 거부되었다.

이로 인해 그 누구도 '*상징주의자*'인 안드레이 벨르이 내부에 있는 진정한 상징주의를 보지 못했던 것이다.

나는 이런 사실을 모스크바에서 깨달았다. 1904년 나는 의무감에서 아르고호의 공허함에 대해 논쟁하는 천문학 모임에 참여했다. 여기서 직무상 늑대들과 함께 늑대처럼 울었다.[37] 스콜피온들과도 그랬고 그리핀과도 그랬다.

밀교, 비밀스러운 것, 희망, 코뮌에 대한 꿈 등, 나는 이런 것들을 퍼뜨렸다. 그리고 다른 사람들과 함께 그것을 실현하려 했다.

이 시기 나는 개인적인 환멸과는 달리 사회와 공동체에서 집단은 무엇인가라는 생각에 빠져 있었다. 나는 수많은 사회학 책을 읽었다(카우츠키, 마르크스, 메링, 좀바르트, 슈탐레르, 크로포트킨, 엘츠바헤르와 그 밖의 책들). 1905년 나는 '사회'가 이중적 의미의 개념으로, 모든 깨어진 국가 조직들 간의 운명과 드러나지 않은 코뮌(공동체)의 구체적 리듬 사이의 운명이라는 것을 분명하게 알았다. 원시 공동체로의 회귀는 불가능하고, 우리가 의지하는 미래 코뮌의 원칙은 소보르노스티(집체성)를 부여한다면, 결코 드러나지 않는다. 내부에서 코뮌의 삶이 전개되지 않는 모든 사회는 국가로 재생되는데, 거기에서는 사회가 숙고하고 감독할 뿐 아니라, 국가성의 원칙을 흡수하여 자신의 내부에서 다음과 같이 전개한다. ① 모순적인 열망의 비율동성, ② 사회의 리듬을 채찍으로 변화시키는 하나 혹은 몇몇을 지도하는 깃발 아래 추악한 강압의 형식. 항상 구성원의 개체성을 압박하는 규정으로 인해 기계적으로 된 카오스와 독재는 사회가 퇴화하는 두 형식이다. 외부로부터 (경찰의) 그리고 내부 독재와 법령이 내게는 허구였고, 이는 모든 형태의 권력(도그마나 전술이나 법령이나)에 의해서만 극복된다. 전개의 리듬에 의한 권력의 극복은 나를 개인주의자로서 무정부주의자로 만들었다. 그러나 상징주의자로서 나는 나의 개체성이 개성의 수많은 외형에 연결된 것일 뿐이라고 간주한다. 나의 개체는 집단이다. 그리고 모든 집단의 코뮌은 구성원들과 유기적으로 짜인 개체이다. 개체주의적 코뮤니즘의 의미에서 사회성은 총체의 밝혀지지 않은 개념이다. 나는 그것을 '*잠자는 미녀*'라고 부른다. 창조적 개체의 의식이 그녀를 꿈에서 깨워야 한다. 꿈에서 그녀는 마법에 걸렸는데, 이는

---

37) 〔옮긴이〕 로마에 가면 로마법을 따라야 한다는 뜻.

마치 원시 공산주의나 전통적인 교회 공동체나 그룹화된 영혼(집단의, 인류의, 세계의)과 같다. 꿈에서 깨어난 그녀는 집단의 문화인 *소피아*이다. 물론 나는 *소피아*를 전통적인 그노시스적 표상으로 이해한 것이 아니라, **상징**이나 **로고스**에 의해 리듬화된 새로운 생활양식의 문화의 상징적 표식으로 이해한 것이다. 이러한 코뮌의 문제는 전집 제 2권 《집단의 양심》(Соборная совесть)의 조야한 논문(제목은 잊었다)[38]과 논문 "녹색 초원"(Луг зеленый)에 나와 있는데, 후자의 논문에는 복잡한 생각, 사회학적 문헌의 독서와 과거 경제학자이자 마르크스주의자였던 엘리스와의 대화가 형상과 아포리즘 속에 암시되어 있다. "사회는 인간을 잡아먹는 기계이거나 … 아니면 살아 있는, 총체적인, 드러나지 않은 존재이다"("녹색 초원"). 존재의 표장은 다양하다. 연상, 기관, 교회, 공동체, 소피아, 잠에서 깨어난 미녀, 삶의 뮤즈, 페르세포네, 에우리디케 등. 코뮌에 대한 몽상에서 삶이 코뮌을 드러내지 않는 한, 나는 의식적으로 신화적 은어를 허용했는데, 그것은 나에 대한 터무니없는 몰이해의 근원이 되었다. 예를 들어 블록 부부는 불명확한 지성과 그들 특유의 '신비주의' 때문에 채찍파, 분리파, 신비주의적 사고를 나의 표장으로 귀착시켰다.

나의 생각은 이렇다. 개체성의 리듬과 코뮌의 개체(индивидуум)와의 합성은 각각의 개체성의 모든 본성을 각자에서 각자로 전개되는 관계의 모든 형태의 조합과 전위 속에서 동일하게 자유롭게 드러나게 한다. 개성 *a*, *b*, *c* 삼위일체로 이루어진 코뮌은, 이 개성들이 코뮌 속에서 자신의 개체를 드러내고, '*a*'는 '*a*'로 남아있으면서 '*b*'와의 관계에서는 '*ab*'로,

---

38) 〔편집자〕 벨르이의 논문 "주관적인 것과 객관적인 것에 대하여, 개인주의의 종교적 기반"(О субъективном и объективном, религиозное основание индивидуализма)을 말하는 것이다. 이 논문은 《자유로운 양식, 문학-철학 전집》(Свободная совесть, литературно-филоюфскийсборник, М., 1906, Ки. 2) 268~279쪽에 수록되었다.

'*c*'와의 관계에서는 '*ac*'로, 또 '*abc*'로, '*acb*'로 전개되도록 고무한다. 이때만이 '*a*'는 사회적 관계 창조의 *개체적* 자유 속에서 바르게 된다. '*b*'나 '*c*'에 대해서도 마찬가지다.

만일 사회적 관계로 포화된 삼위일체를 상상한다면(하나에서 다른 하나로의), 삼각형의 모형은 코뮌의 개체의 표장이 될 것이다. 사각형(네 가지 구성의 코뮌)에서 하나에서 다른 하나로의 관계의 전개형성은 다른 것으로 나타난다. 십자로 교차하는 사각형에서 네 개의 개성은 사각형의 각각의 모서리로 나타나고 다섯 번째 점(교차점)은 총체로서 코뮌의 단일성으로 나타난다. 다섯 가지 구성의 코뮌에서 그 모형은 이미 다섯 개가 아닌 열 개의 점을 그리고, 여기서 다섯 개의 꼭짓점은 사회적으로 나타나는 개성들의 총합을 복잡한 모형으로 그린다. 그런데 오각형 내부에서 교차하는 다섯 개의 점은 내부에서 오망성형[39]을 형성하면서 총체적 혹은 개체적 생활양식의 문화를 그리는데, 그 양식은 개체적 요소나 그 요소들의 총합 속에 있지 않다. 이렇게 다량의 요소를 지닌 코뮌의 내적인 모형은 자신의 사회적 개체적 삶의 총화를 자유롭게 전개하며 더욱 복잡하고 세련되어진다. 총합이 주어지지 않은 이 내적인 코뮌의 삶이 총합 속에 주어지지 않은 이 새로운 건축은 관계의 기계적 사회화가 아닌 현실적 사회화의 결과로서, 그것은 리듬 속에 있는 것이지 규칙이나 법규, 한쪽이 다른 쪽에 행하는 강제에 있는 것이 아니다.

사회는 이질적이다. 그것은 항상 사회의 기계화에 의한 국가성의 해체, 혹은 그 안에서 로고스, 리듬, 내적 삶의 흔적의 표출을 위한 원재료로서, 이때 내적 삶의 성장은 "나의 이름으로 둘 혹은 셋이 있는 곳, 그곳에 내가 임하리라"라는 말로 상징화된다. 최근 테우르기아의 슬로건("모

---

39) 〔옮긴이〕 오망성형(五芒星形): 옛날에는 완전·우주의 상징, 중세에는 건강의 상징, 이후에는 마귀 쫓는 부적이었다.

두 새롭게 창조하리라")은 1904~1905년에 사회주의자-국가주의자가 아닌 상징주의자-사회주의자의 코뮌 건설에서 표현을 추구했다. 내적으로 창조된 가치의 사회화는 자유로부터 그리고 의식으로부터 비롯되고, 둘을 넘어 셋, 셋을 넘어 넷이 된다(여섯, 일곱, 여덟, 아홉이 오망성형으로 조합되어 다섯 요소들을 능가한다). 그리고 새롭게 창조되는 현실이 있다. 사회의 변형은 세포-코뮌의 창조에 있는데, 그것은 문화로써 내부 삶을 통합한다. 나는 이러한 코뮌을 아르고호에서 확신했다. 그러나 이러한 코뮌은 한편으로는 카오스이고 다른 한편으로는 다양한 사회로서, 모스크바의 사회 서클일 뿐인 것으로 나타났다. 나는 거기서 일을 끝냈다.

새로운 코뮌적 삶에 대한 나의 희망은 비밀스럽고 밀교적인 관계의 도태를 추구했다. 그러한 도태는 1903년 나와 블록 부부 사이에서, 그리고 나와 C. M. 솔로비요프 사이에서는 같은 방향으로, 나와 메레시콥스키 부부 사이에서는 다른 방향으로(1901년 기피우스와의 만남과 열렬한 서신 교환) 일어났다.

여기서 강조할 것은, 그러한 코뮌-개체(혹은 높은 수준의 '*모나드*')에 대한 나의 이론적인 공식화가 아버지의 논문 '진화적 모나드론의 원리'의 테제로 등장했다는 것이다. 이 논문에서 세계의 삶은 더한 복잡성을 지닌 분해할 수 없는 집합체의 점진적 이행 속에서 모나드의 사회적 조합으로 간주된다. 리케르트의 테제도 1904년에 이렇게 공식화되었는데, 개체는 분해할 수 없는 총체이거나 사회의 단위(개체의 사회적 토대)가 되었다. 사회성으로 이해되지 않는 이러한 전통의 종교적 상징체계는 교회를 개체적-사회적 코뮌으로 간주한 바울 사도의 교리였다. 이렇게 나는 나의 집체적 상징주의를 위해 그노시스적 표장(리케르트), 사회적 표장(구체적인 코뮌적 삶 속에 미처 드러나지 않은 아나키즘적 코뮌), 비율동성의 표장(아버지의 교리인 피타고라스의 교리), 모나드론(라이프니츠)을 갖고 있었다.

내가 어떤 새로운 코뮌의 후보자에게처럼 블록에게 접근했다고 블록의 숙모가 전기에서 묘사한 것과 같은 그런 '*바보*'는 아니다. 나는 너무 비판적이었다. 그러나 나의 영원한 불행은 전혀 훈련되지 않은 지성과 신비주의와 충돌하면서 나의 복잡한 개념을 '*말하자면*'이라고 설명했다는 것이다. 그 결과 셋-넷-다섯 요소의 범위에서 *사회적 리듬*의 전개 경험에 대한 나의 전혀 이해되지 못한 생각의 어깨에 친구들의 장화가 무례하게 올라오게 되었던 것이다.

블록 부부와 세르게이 솔로비요프와의 에피소드에서 《발라간칙》(Балаганчик)에 대한 이야기는 하지 않겠다. 나의 신화는 완전히 붕괴되었다. 블록은 사회학, 그노시스주의, 나의 비판적 상징주의이론과는 거리가 멀었다. 그는 신비주의가 없는 곳에서 신비주의를 보았다. 그리고 상상의 '신비주의'를 부정한 '신비주의'로써 자기 시의 테마와 충돌했는데, 나는 이것을 〈우연한 기쁨〉(Нечаянная радость)에서 비웃었다. 리디아 블록(Л. Д. Блок)은 즉흥시와 모험적인 것 외에는 아무것도 이해하지 못했다. 솔로비요프는 교회의 교리를 갖고 코뮌에 나타났는데, 그것은 특별한 양식으로 서둘러 개조한 것으로 코뮌사상에 분파성의 형태를 부가한 것이다.

그 결과 블록 부부와의 관계는 비극적으로 와해되었다. 나는 이에 대해 블록에 관한 회상에서 침묵의 커튼을 내렸다("De mortuis aut bene, aut nihil").[40] 한 가지만 말하겠다. 나는 이 회상에서 무덤의 조사(弔詞)를 '*위해*' 스스로를 지나치게 과소평가했다. 지금은 후회하고 있는데, 나의 겸손에 대해 숙고했기 때문이다.

유토피아는 새로운 소보르노스티의 토양에서 이룩하고자 하는 시도의 하나로서 섬세하고 부드러운 리듬이 기이하고 왜곡된 관계로 대체되는

---

40) 〔편집자〕 "*De mortuis aut bene, aut nihil*": 라틴어. 죽은 자에 대하여 좋거나 혹은 아무렇지 않거나.

역사이다. 그 결과 타격이 있었다. 메레시콥스키 부부의 종교적-사상적 코뮌에서 거주하려고 시도하는 유토피아는 또 다른 실패의 역사였다.

두 사건은 모두 1905년에 준비되었고 1906년에 전개되었으며 1907년에 의식되었다.

내가 메레시콥스키 부부와 친해진 것은 새로운 의식의 종교적 공동체를 주제로 서신교환을 하면서였다. 나의 종교성은 교리를 넘지 않았다. 그러나 그리스도의 상징은 얼굴과 충동 속에 있었다. 메레시콥스키는 1901년과 1902년에 특히 나를 동요하게 했는데, 그의 용기가 최대한 고조되던 이때 나에게 그것은 최소한으로 나타났다. 그것은 종교적 삶의 낡은 해안에서의 출발점이었다. 나는 1905년 종교적 공동체를 수용했는데, 이는 메레시콥스키의 표상 속에서 분명하게 형성되어 있었다. 또한 그것은 공개적인 자신의 의례의 가능성 속에 형성되어 있었다. 이 공동체에 들어가서 나는 그곳에 *삼위일체*(메레시콥스키, 기피우스, 필로소프) 만이 살고 있는 것을 보았다. 나는 일곱 번째 회원으로 받아들여졌다(카르타셰프와 기피우스의 두 자매가 네 번째, 다섯 번째, 여섯 번째 회원이었다). 삼위일체에 우리의 자리는 없었다. *삼위일체*는 공동체를 지배했다. 그로 인해 우리의 창조는 삼위일체와 내적으로 연관되어 있었다. 이것이 1905년 나의 느낌이었다. 그 느낌은 공동체의 활동 영역 자체가 점점 더 신문의 칼럼에 표현되는 사회성 같다는 느낌과 연결되어 있었다. 그뿐이다. 단지 1905년 말의 논문 "러시아 상징주의의 아버지들과 아들들"(Отцы и дети русского символизма)[41] 에서 이러한 활동은 '*없다*'고 말하면서 메레시콥스키와 나 사이에 '아버지와 아들' 문제를 진전시켰다. 1906년 초 나는 메레시콥스키의 공동체에서 자신을 생생하게 느끼려는 마지막 시도를 했다. 1906년부터 1908년까지 나는 이데올로기적인 모든

---

41) 〔편집자〕 벨르이의 《아라베스크》를 보라.

시기에 칼럼의 사회에서 탈출했다. 메레시콥스키 부부는 내가 비판의 동기를 내보였음에도 불구하고 나의 소극성의 원인을 이해하지 못했다. 비판주의와 다양성의 부재, 사회적 문제에서 불명료성, 분파주의 교리론에서 '새로운' 의식의 정체 등이 그것이다. 한마디로 상징주의의 부재였다. 그들은 나에게 주의를 기울이지 않았다.

1908년 편지에서 나는 메레시콥스키와 작별했다.

그러나 원칙적으로 1906년에 이미 집체적 개체주의의 유토피아는 끝이 났다.

6

나는 블록 부부와 결별하고 그 타격으로 1906년 러시아를 떠났다. 1907년 러시아로 돌아왔을 때, 나는 1901~1905년 소보르노스티에 대한 나의 유토피아가 신비주의적 아나키즘으로 볼품없이 패러디되는 것을 보았다. 이 신비주의적 아나키즘은 블록 부부와 뱌체슬라프 이바노프에게 사회적 리듬이란 무엇인가를 설명하려는 노력에서 비롯된 것이었다. 나는 1905년 말에서 1906년 초까지 비밀스러운 코뮌이란 주제로 이바노프와 많은 이야기를 나누면서 블록을 언급했다. 이바노프는 나의 말을 자신의 혼합주의의 언어로 번역했다. 나는 이 비밀스러운 주제에 대한 대화를 위해 이바노프를 블록 부부에게 소개했다. 후에 나는 블록 부부와 헤어졌다. 이바노프는 블록과 공통의 언어를 찾았든지 아니면 자신의 불명료한 사상의 강한 약물을 복용하도록 블록에게 강요했을 것이다. 그는 블록 부부에게 기둥처럼 증축된 출코프(Чулков)를 당겨 놓았다. 양쪽 모두 곧 정말 이해할 수 없는 집체적 개체주의의 강령을 구워 내고 그것을 신비주의적 아나키즘이라 부르면서, 거기에 고로데츠키(Городецкий)와 메이에르홀드(Мейерхольд)[42]를 끌어들였다. '*신비주의적 아나키즘*'(*мистический анархизм*)은 1907년 페테르부르크 살롱의 유행이 되었는데, 여기에는 모데스트 호프만, 그리고 A. A. 메이에르가 나타났다.

나는 이러한 사상의 유행을 상징주의자들의 비밀스러운 경험에 대한 지독한 모독으로 간주하는데, 그 경험은 1901년 진정으로 알아차린 것에 의거한다. 방탕하고 타락한 사회가 마치 '퇴폐'의 분위기에 이데올로기를 부여하는 것처럼, 공동체와 신비의식 테마, 그리고 혼합주의적 스콜라 철학에 도입된 '*퇴폐*'와 신비를 경험한 데카당은, 나로 하여금 신비의식의 문제는 연극의 거점에서 이데올로기적 신비화로, 공동체의 문제는 여성들의 '*공통성*'(*общность*)으로 해결하는 방향과 싸우는 최대한의 방법을 고민하게 한다.

나는 학파에 대한 문제와 논쟁에서 최근에 상징주의 슬로건으로 무장했다. 학파로서 상징주의는 나의 '*뒤로 포위*'(*осади назад*)를 의미하는데, 이는 전선을 재정비하기 위한 것이다.

상징주의의 비밀스러움은 상실되었다. 그것은 쿠즈민의 《날개》[43]와 지노비예바-한니발(뱌체슬라프 이바노프의 아내)의 《서른세 명의 불구

---

42) 〔옮긴이〕 고로데츠키(Городéцкий, С. М., 1884~1967): 러시아와 소비에트의 시인, 번역가. 1900년대 페테르부르크 대학에서 블록과 함께 수학하며 시에 관심을 가졌다. 1905년 이바노프의 '탑'에 합류하였고, 1906~1907년 상징주의적 민속 시집 《야르》(Ярь), 《페룬》(Перун) 등을 출간했다. 1910년 상징주의자들과 결별한다.
메이에르홀드(Мейерхóльд, В. Э., 1874~1940): 러시아 소비에트 연출가이자 배우, 제작자. 연극적 그로테스크의 이론가이자 실천가로서 '바이오메카닉'(*biomechanic*)이란 배우 훈련 체제를 창조했다. 이는 배우들의 감정 영역을 확대하고 당대의 연극 무대에서는 쉽게 드러낼 수 없었던 사고와 사상을 표현하는 것을 목적으로 했다. 그 도발적인 실험과 비관습적인 무대 장치로 인해 메이에르홀드의 현대 연극의 역사에 한 획을 긋는 인물이 되었다. 대탄압의 시기에 체포되어 고문당하고 1940년 처형되었다.

43) 〔편집자〕 쿠즈민(Кузмин, М. А.)의 《날개》(КРылья, М., 1907)를 보라. 벨르이는 《분수령에서》에서 이 작품의 서평을 썼다(Перевал, 1907, No. 6, C. 67).

자》[44]에서 동성애적 코드를 읽는 숙녀와 젊은이들에게 유혹적인 것이 되었다. 사상의 전선은 모든 신문과 잡지로 반출되었다. 나는 저널리스트가 되려고 생각해 본 적이 한 번도 없고 더욱이 상징주의에 대한 철학적 주석을 쓸 생각은 꿈에도 해본 적이 없었다. 그러나 상징주의의 집에 불이 난 것을 보고 소방호스를 들고 불 속으로 뛰어들었다. 그리고 신비주의적 아나키즘의 화염에 차가운 물줄기를 끼얹었다. 나는 이렇게 신문에 손을 뻗었다. 당시 〈천칭〉에 실린 나의 모든 논문은 신문기사의 성격을 띠고 있다.

나는 신비주의적 아나키즘에서 비밀스러운 슬로건들이 도둑맞은 것을 보았다. 그것은 소보르노스티, 초-개체주의, 사실적 상징체계, 혁명적 코뮌, 다면체, 신비의식 등이다. 나는 나의 슬로건이 뒤집혀진 것을 알았다. 소보르노스티 대신 신문의 시장과 광고 지불, 초-개체주의 대신 공동성으로의 후퇴, 사실적 상징체계 대신 상징들의 감각적 견고화 — 여기서 '팔루스'의 표식은 그리스도의 표식과 나란히 있었다. 혁명적 코뮌 대신 세련된 단어의 향기가 뿌려진 사창가의 냄새, 다면체 대신 공허하게 혼합된 전면체, 그리고 신비의식 대신 메이에르홀드 연극에서 양식화의 경험.

나는 이 모든 것에 분노하며 "*아니다*"라고 외칠 것이다. "이것은 상징주의가 아니다. 모조품이다."

당시의 출코프나 고로데츠키와 같이 혼란에 빠진 사람들은 신비주의적 아나키즘의 이론에 이전의 자신의 소박한 교리적 표상들과 빈약한 단어들의 샐러드를 도입했는데, 그 단어들은 분해되지 않고 모든 세상의 지성들에게 포획된 것이었다. 이는 아직 내게 모욕적이지는 않았다. 육감적인 숙녀와 방탕한 젊은이가 신비주의적-아나키즘적 코뮌에 투신하

---

44) 〔편집자〕 지노비예바-한니발(Зиовьева-Аннибал, Л. Д.)의 소설 《서른세 명의 불구자》(Тридцать три урода, Повесть, Пб., 1907)를 보라.

고 '코뮌 참가자들'(коммунары)이 마치 친숙한 사람들처럼 그 사이를 배회하는 쿠즈민의 색채에 매혹되는 것, 이것은 아직 인내의 찻잔을 가득 채우지 않았다. 어디선가 누군가를 바늘로 찌르고 신비의식의 깃발 아래 그 피를 포도주로 만들어 마시는 것, 이것은 웃기는 일일 뿐이었다. 중요한 것은 많은 사람들이 이 방탕한 분위기에 빠져서 부패한다는 것이다. 그러나 무엇보다 모욕적인 것은 두 명의 진정한 상징주의자, 이바노프와 블록이 나처럼 신비주의적 아나키즘의 입장권을 반환하거나 하지 않았을 뿐 아니라, 반대로 암묵적 동의로 이 혼란을 묵인했다는 것이다. 그리고 바로 어제 칭송했던 모든 것을 자신의 예술적 형상에서 분명히 비웃었다. 블록은 《발라간칙》에서 어제 기이하게 혼란스러워했던 것을 비웃었다. 그런데 그는 자신의 혼란을 비웃는 것이 아니라, '*어제의 친구들*'의 혼란을 비웃었고 어리석은 신비주의자로 묘사했다. 그와 서신교환을 하던 시기, 그는 나에게 이러한 신비주의자였다. 그리고 그 신비를 나는 1901년에 이미 《심포니야》의 형상 속에서 비웃었다. 우리 관계의 내막을 알지 못하는 사람들에게 알려진 것은, 어떤 어리석은 신비주의자들이 현명한 블록은 말도 안 되는 난센스로 끌고 갔고, 이로 인해 그 신비주의자들은 현명한 블록에게 보복을 당했다는 것이다. 그 '*신비주의자들*' 가운데 한 명이 나라는 것은 더 말할 필요도 없었다.

이렇게 구두 굽으로 어깨를 치는 것에 대한 대답으로 나는 이미 1906년 〈우연한 기쁨〉(Нечаянная радость)의 헛소리에 대한 평론으로 대답했다. 평론의 의미는 다음과 같다. 즉, 블록은 뮤즈의 성상을 신성모독으로 대체하고 상징주의자-밀교주의자로 마감했다. 그리고 그것은 블록이 나의 어깨를 구두 굽으로 내려치는 행위라는 것이다. 평론은 나에 대한 분노를 불러일으켰다. 그러나 4년 뒤 블록은 자신이 뮤즈의 성상을 어릿광대로 대체하여 어리석은 사람들을 속였다고 시인했다.

내가 이바노프, 블록, 출코프, 고로데츠키와 그 밖의 '*아나키스트*'와 선명하게 논쟁했던 것은 '*거짓*'과의 투쟁과 같았다. 나의 진실은 내가 처음으로 상징주의의 발생을 자신의 고유한 이름으로 불렀다는 것이고, 나의 실수는 공격으로 중심 이동하면서 앞으로 요새가 되어야 할 나의 후방 위치를 분별할 충분한 시간이 없었다는 것이다. 그러한 요새들, 즉 나의 후방에 찔러 넣은 상징주의학파의 깃발은 브류소프였다.

신문에 실린 *소보르노스티*에 대한 대답으로 나는 나의 퇴거, 즉 '개체주의로 후퇴'를 선포했다. 사회주의는 '*신비주의적*', 그리고 그 밖의 다른 모든 아나키즘에 대립된다. 과도기의 사회주의 정부가 '*공산주의*'의 토리첼리 진공보다 더 낫다. 공산주의에서는 블록의 《발라간칙》의 어릿광대들이 자취를 감추었다. 왜냐하면 이런 공산주의의 하늘은 서커스의 고리에 씌우는 궐련 용지와 같기 때문이다. 그 속으로 출코프가 뛰어든다(숙녀들과 소년들의 의식을 잠재우는 것보다 임시 순경이 낫다. 그것은… 그들에 대한 장인정신이라는 '*이상한 일들*'을 위해서이다. 그 일들은 333번째 포옹의 가능성에 대한 뱌체슬라프 이바노프의 시로서, 그것은 짐승의 숫자 666의 1/2이다).[45] 나는 끝없는 포옹 대신 내면적 방법론이라는 날카로운 면을 선포했는데, 그것은 비판철학에 호소하는 것이었다. 성교(性交)와 성찬(聖餐)의 차이를 연구하지 못하는 두뇌를 일깨우기 위해서였다. 손으로 감촉되는 육체의 형식, '사실적' 상징체계, 팔루스의 표장, 뱌체슬라프 이바노프가 좋아하던 역사 이전 카니발의 이중 도끼〔그의 《고통 받는 신의 종교》(Религия страдающего бога)를 보라〕 대신 내가 선택한 것은 비판적 합리주의 이론의 극복이었다. 만일 극복이 그러한 경험체계에 합류한다면 말이다. 그러한 경험체계 속에는 그 체계로부터 단절된 상징주의의 영

---

45) 〔편집자〕 이바노프의 시 〈빈네리스〉(*Vineris Figurre*, 1907) 중 "333의 유혹, 333의 의식"(триста тридцать три соблазна, триста тридцать три обряда …)을 염두에 둔 것이다.

역이 있다. 이렇게 우리는 칸트의 비판적 관념론으로써 경험체계를 극복할 것이다(여기서 나는 1901년과 1904년 태도를 견지했다). 나의 '*관념론으로의 후퇴*'는 '*감각*'으로부터의 전진을 의미한다. 숙녀와 소년들을 사랑하는 '*데우르기적*' 예술 대신 나는 일찍이 집체적 예술에 대한 이러한 이해 속에서 '*순수예술*'(*только искусство*) 로부터 빠져나올 것을 선포했다. 나는 학파, 공부, 직업, 기법, 스타일을 선포했다. 그 결과 구밀료프와 같은 회고주의자들은 이렇게 전술을 수정하는 가운데 자신의 학파를 정립했다(3년 뒤). 혁명적 최대주의 대신, 불량소년의 심리로 재생하는 반동의 시기에 나는 강령을 정했다. 그것은 좌익 당이라도 보존하는 것인데, 우리는 거기서 반동과 만난다. '불량성'을 당의 강령의 극복이라 명하는 것은 초라한 거짓말이다. 이바노프가 반원형 무대의 회복으로 대체한 '*신비의식*' 대신, 코미사르제프스카야가 기술적 양식화로 대체한 극장 대신, 나는 예술의 종합의 문제에서 연극을 비판적으로 연구할 것을 추천했다. 나는 ① 신비주의적 아나키즘의 개념에서 상징주의 드라마의 불가능성, ② 연극무대의 경계에서 '신비의식'의 불가능성〔그것은 나에게는 *공동체*의 중심에서 가능한 것인데, 나의 *공동체*는 '*놀이의 초원*'(*лужок игр*) 에서 날조되었다〕을 지적하고, ③ 연극의 길들(혹은 셰익스피어에서 혹은 인형극에서) 의 이율배반을 지적했다. 그리고 문제를 제기했다. 메이에르홀드, 블록, 코미사르제프스카야가 원한 것은 무엇인가? 코미사르제프스카야는 나의 논문에 주의를 기울였다. 블록도 그랬다. 나는 이 마지막 질문에서 신비주의적 아나키스트들의 단일성을 깨뜨렸다. 블록은 나의 압력으로 그들과 공개적으로 결별했다. 코미사르제프스카야는 현대 연극에서 나오는 방향으로 진화를 시작했는데, 이 진화는 그녀를 무대에서 이탈하게 했다.

1907~1908년 나의 평론은 이러한 테마들로 가득 차 있었다. 신문에서 상징주의의 과제를 왜곡시키는 것에 대해 나는 신문에 시비를 거는 것으

로 대답했다. 1907년 신문에 등장한 이래 나는 신문에서 총구를 열었다. 상징주의 이데올로기를 깊이 있게 생각할 시간이 없었다. 그리고 예술적으로 작업할 시간도 없었다. 다만 3년 동안 쓴 논문을 대략 열거하더라도 (많은 것을 기억 못함) 65개를 헤아릴 수 있다는 것만 말하겠다. 1909년 모은 것들이 나의 책 《상징주의》, 《아라베스크》, 《녹색 초원》의 3/4을 차지했다. 열렬하고 성급한 신문 활동은 상징주의를 위한 화재를 진압하고자 한 것인데, 상징주의의 위기는 1912~1914년이 아니라 1907~1908년에 있었다. '*상징주의*'는 심오하고 비판적이고 비밀스러운 흐름으로서 나에게는 '*상징주의자들*' 속에서 파괴된 것이다. '*상징주의자들*'이 상징주의를 훼손했던 것이다.

이것이 나의 생각이다.

그리고 나는 상징주의자들의 실패를 보면서 아직 손상되지 않은 것을 임시 거점으로 미리 옮기려고 서둘렀다. 거점, 혹은 상징주의의 *비밀스러운 깊이*를 논쟁으로 무장하는 것은 상징주의를 문학학파로 협소화하는 것이다. '학파'의 슬로건들은 브류소프의 명성이 있는 모스크바의 '*천칭파*'(*весовцы*)가 제시한 것인데, 그는 지나치게 칭찬을 받는 지도자로서, 그것들이 주로 내게 속한다는 사실이 중요하다.

그 슬로건들은 다음과 같다.

① 상징주의는 비판주의의 모든 역사에 근거한다. 상징주의는 가장 빛나는 미래를 향한 비판주의의 돌파구이다.
② 그것은 새로운 문화가 건축 중인 세계관이다.
③ 이러한 문화의 윤곽을 선명하게 그리는 오늘날의 시도는 일시적이고 작업적인 가설이다.
④ 문화의 경향으로서 현대의 상징주의는 '*예술학파*'는 아니지만 이 문화에서 내용을 추출했기 때문에 무엇보다도 예술에서 구체화된다.

그러나 이때 상징주의는 '*학파*'이다.

⑤ '*학파*'는 조건적이다. 프롤레타리아트와 계급은 미래의 초계급적 삶의 맹아이다. 그것은 두 개가 결합된 것이다. 이 중 단일성이 '*상징주의학파*'이다. 상징주의학파는 학파의 교리의 투쟁에서 '*학파*'이다. 그러나 그것은 조건적으로 허용된 학파의 기법의 모든 총회를 각각의 교리에 대립시킨다. 그것은 하나가 아니다. 낭만주의, 사실주의, 자연주의, 고전주의는 상징주의 테마가 변형된 것, 즉 상징주의에 주어진 것이다. 그리고 그것들은 상징주의 외부에서 교조적으로 정체된다.

⑥ 모든 예술은 예술가에 의한 자신의 창조의 높이와 깊이의 의식 속에서 상징적이다. 상징주의학파는 시대와 학파 속에 사라진 이 개체적 슬로건을 사회화하고, 그 강령 속에 축적된다. 상징주의에는 창조의 자의식이 드러나 있다. 상징주의 이전까지 자의식은 맹목적인 것이었다. 상징주의에서 그것은 의식된다.

⑦ 예술의 상징적 동력을 의식하고 대중화하는 것은 상징주의자들의 '*당*'이라는 학파의 이론가들의 과제이다. 그 속에 새로운 창조의 지평이 열린다.

⑧ 이러한 지평의 성장은 언어예술(임의의 종류의 '학파'에 속할 수 있는 상징주의자들의 작품)의 새로운 형식의 성장을 보장한다.

⑨ 상징주의는 다른 학파들의 그와 관련된 *진정한* 것에 대립하지 않는다. 왜냐하면 그것은 '*말하자면, 학파*'이기 때문이다. 그러나 그것은 '*학파*'로 대립할 때가 있다. 그것은 *형식과 내용의 단일성*이라는 기본적인 상징주의 '*학파의 슬로건*'을 다른 학파들이 파괴했을 때이다.

⑩ 이 '*단일성*'은 다음과 같이 이해되어서는 안 된다: ① 내용으로부터 형식의 독립(낭만주의), ② 형식으로부터 내용의 독립(형식주의 혹

은 복구된 고전주의). 왜냐하면 단일성은 *총체*(*целое*)이고 *총체*는 **상징**-삼위일체이기 때문이다.

⑪ 상징주의의 의미는 개체와 집합체로서 총체의 발견에 있다(사회적 토대). 개체는 집단이고 집단은 개체이다. 총체의 개체적 삶은 집단적 삶의 형식의 내용이다. 집단의 개체성의 집단적 삶은 개체성을 드러내는 내용이다. 이것이 바로 학파의 슬로건이 새로운 문화의 철학적 기획에 이식되는 것이다. 여기서 '*학파*'는 상징주의 철학과 연관된다.

⑫ 역으로, 학파의 과제를 언어의 문제로 협소화하는 것은 슬로건 속에서이다. 언어의 상징은 메타포이다(나는 이 슬로건을 뱌체슬라프 이바노프의 성명에서 차용하여 나의 프로그램에 편입시켰다).

⑬ 만일 언어학자들의 연구가 언어적 메타포를 드러낸다면 그것은 상징주의학파의 언어학적 토대가 된다.

⑭ 상징주의학파는 빌헬름 폰 훔볼트와 포체브냐의 이론에서 자신의 언어적 기원을 발견한다(여기서 포체브냐에 대한 브류소프의 시각을 공유한다).

⑮ 그러나 상징주의학파는 포체브냐의 작업에 머무르지 않고 그것을 심화하고자 한다.

⑯ 그렇게 심화된 것 중 하나가 우리에게 언어적 메타포와 신화의 단일성을 밝혀 준다. 여기서 신화는 언어형식의 종교적 내용으로서, 이 언어적 형식은 언어 속에서 신화가 실현되는 것이다(뱌체슬라프 이바노프와 결합).

⑰ 내용과 형식에 대한 상징주의학파 슬로건의 전면적인 발견은 언어형식의 분석, 단어의 이론, 문체이론, 신화이론, 심리학, 비평 등에 새로운 범주를 제공한다.

⑱ 여기서 상징주의학파는 새로운 문화창조의 원칙으로서 상징주의이

론의 표식이 된다. 새로운 문화창조의 원천은 우리 내부의 새로운 인간이다.

⑲ 새로운 문화의 길은 우리 내부, 우리 사회, 그리고 궁극적으로는 계급투쟁 속에서 진화와 퇴화의 투쟁의 결과로서 존재한다.

⑳ 상징주의의 구체화는 새로운 삶의 창조이다.

㉑ 예술의 영역에서 삶을 잘라 내고 거기에 새로운 표식, 우리가 도달해야 할 창조이론으로 밝혀낸 상징주의를 그린다.

이상이 임시로 작성된 학파에 대한 나의 강령으로서, 이는 65개의 논문과 이 시기에 작성했던 몇십 개의 리포트, 강의, 성명에 다양하게 산재한다.

나는 곳곳에 나타났다. 큰소리로 외치며 강령을 만들고 공격하고 방어했다. 그러면서 고양된 상징주의의 건물을 휘감은 불길을 껐다.

사람들은 나를 이해하지 못했다. 어제의 친구들(오늘의 적들)도, 어제의 적들(오늘의 친구들)도, 가까운 옛 친구들도 불을 끄는 것이 필연이라는 것을 알지 못했다. 그것이 필연인 이유는 10~15년 후 상징주의는 수십 명의 교수들의 저작에서 모든 '*신비주의자들*'과 '*초월성*'과 상징주의-패러디의 흔적과 동일하게 지각되는 형식으로 나타날 것이기 때문이다. 즉, 상징주의가 아니라 '신비주의적 아나키즘'으로 접수될 것이기 때문이다. 신비주의적 아나키스트들은 상징주의를 훼손하고 도망치고, 1921~1928년 소비에트 사회주의 러시아(CCCP)에서는 상징주의에 대한 '신화들'을 공개적으로 비웃을 것이다. 그리고 진정한 상징주의자들은 멍하니 침묵하고 있을 것이다.

아니다. 친구들은 나를 이해하지 못했다. 그리고 자신들도 이해하지 못했다. "그만 해라, 보랴, 쓸데없는 일에 신경 쓰지 않는 게 좋겠다." 이제 나에게는 힘겹게 뿌리치는 일만 남았다. 다음의 스캔들을 기다리며 ….

이 단계에서 나를 이해했던 사람은 엘리스와 솔로비요프뿐이었다. 그들은 상징주의에 뿌려진 해악이 10년 동안 번성하는 것을 보았다. 그것은 상징주의학파의 슬로건을 계승할 수 있는 사람들이 이를 적시에 계승하지 않았기 때문이다. 아우게이아스 왕의 마구간을 치우는 참을 수 없이 힘든 역할 속에서 고통과 고독을 의식하는 것은 《재》의 불행한 시에서 호소되었다.

> 사람들은 말한다, 내가 죽었다고,
> 내가 여위었고 치명적으로 아프다고.
> 그러나 나는 끓어오르는 종각의
> 은을 본다.[46]

'*종각*'은 시끄러움과 더러움, 나의 이타주의조차 이해 못하는 타인에 대한 무익한 봉사에서 떠나라는 요구이다. 그러나 나는 떠나지 않았다. 나는 상징주의와 상징주의자들이 새로운 문학의 역사에 남아 있는 사람들보다 훌륭하게 기억되도록 하기 위해 싸웠다.

그래서 나는 예기치 않게 내게 다가와서 친근하고 따뜻하게 격려를 해주었던 게르센존(M. O. Гершензон)에 대해 무한히 기뻐했다. 그는 때맞춰 다음과 같이 말했다. "당신이 분노한 것은 옳소. 지금처럼 행동하고 앞으로 나아가시오. 거칠게라도 악을 공격하는 것이 부끄럽게 손을 씻는 것보다 낫소."

---

46) 〔편집자〕 벨르이의 시 〈감옥에서〉(В темнице)에서. '라스푸틴의 테마를 제기하면서' 벨르이는 자신의 소설 《은빛 비둘기》(Серебряный голубь)에서 다음과 같이 썼다. "나는 여러 형태로 변형된 러시아의 그리스도교에 무엇보다 관심을 갖는다. 나는 라스푸틴이 등장하기 이전에 라스푸틴과 같은 영혼에 대한 이야기를 들었다. 나는 그를 소목장이의 형상으로 그려 냈다"(Белый, А., Между двух революуий, М., 1990, С. 315).

비록 내가 논객으로서의 역할 때문에 모욕을 당하기만 했지만, 나는 20여 년이 넘은 1928년 '*집체적 개체주의*'에 대한 나의 뉘앙스의 기본적 파토스를 주장했다.

만일 모든 '신비주의자'에 대한 나의 '아니다'의 흔적이 《아라베스크》와 《상징주의》에 남아 있지 않다면, 상징주의에 대한 모든 슈발로프들의 재미없고 둔탁한 책에서 상징주의의 수십 개 번역은 1906~1908년에 쓰인 논문들의 진정한 텍스트의 형태 속에서 실제로 논박될 수 없을 것이다. 그 어떤 위로도 그것을 숨길 수는 없다. 누군가 나타나서 현대의 연구가에게 다음과 같이 말할 것이다. "*거짓말을 하시는군. 상징주의자들이 이렇게 썼는데 말이오.*"

7

때로 나는 심하게 우울했다. 진지한 그노시스주의 양식으로 《상징주의이론》을 쓰려던 나의 노력은 논쟁, 당면한 '*시대*', 그리고 지면의 테마에 부딪혀 수포로 돌아갔다. 나는 점점 더 자신의 이론의 고독을 의식하게 되었는데, 상징주의자들 속에서조차 그랬다. 3년 동안의 고집스러운 문필활동은 의식 속에 완강히 내포된 상징주의체계를 산산이 부서뜨렸다. 그리고 65편의 논문은 내게 떠오른 체계의 기록되지 못한 조각들이다. 내가 시대의 요청을 이용하고 그 속에서 이론사상의 필수 조각들, '*학파*'의 강령의 단편들을 찔러 넣으려고 아무리 애를 써도 나의 사상의 총체적인 그림은 그려지지 않았다. 그 그림은 항상 오늘의 과제('*노래의 집*'의 콘서트)에 부딪혀 실패했는데, 그곳에서는 기념일 혹은 죽음이 열리고 있었다. 그렇지만 논문 "삶의 노래" 속의 문화는 어떤가. 이때 문화는 '노래의 집' 개관일에 발언한 것과 일치한다. 알헤임(д'Альгейм)이 상징주의이론을 못마땅하게 생각하는 것은 상징주의가 그의 '*집*'(*Дом*)을 밀어냈기 때문이다. 또한 당면 테마인 '*프시브이셉스키*'에 넣어진 이론적 논의 때문에 코미사르제프스카야가 모욕을 느낄 수도 있었지만, 그녀는 프시브이셉스키에 대해 말해 달라며 나를 자신의 극장에 초빙했다.

나의 65편의 논문은 두 개의 속이 가득 찬 단단한 소시지와 같았다. 그 하나는 상징주의에 대한 사상의 테마의 조각들에 덧붙은 '오늘의 테마'로 속이 가득 찬 것이었다. 이 단편들은 항상 '*밀수품*'이었다. 사실 *밀수품* 조각들의 조립에서 쓰이지 않은 나의 체계의 *그 무엇*이 나타났다. 이제 나는 《상징주의》, 《아라베스크》, 《녹색 초원》의 울적한 원재료를 다시 읽으면서 한숨을 쉰다. 왜냐하면 거기에서 중요한 것은 모두 밀수품이기 때문이다. 당시의 오늘의 테마였던 것은 모두 낡아 버렸다. 나는 더욱 울적한 마음으로 쓰이지 않은 체계의 골조를 기형으로 만드는 일을 계속하며 더욱 내키지 않는 마음으로 논쟁, 전술로 돌아왔다. 왜냐하면 상징주의자들의 전투에서 모스크바의 '*후방*'의 진정한 그림이 내게 드러났기 때문이다. '*후방*', '*참모부*'에는 우리의 공표된 지도자 브류소프가 있었는데, 그는 주변의 페테르부르크인들의 포위에는 만족했고, '상징주의학파'의 이론과 과제에는 하품을 했다. 그 학파에는 브류소프, 리키아르도 풀로, 보리스 사도프스키가 있고 또 그만큼의 사람들이 있었다. 브류소프의 협소함이 드러났다. 그는 우선 '*서클*'과 백만장자의 아내들 사이에서의 명성에 사로잡혀 있었다. 그가 나에게 무리하게 일을 시켰을 때 나는 완강히 버텼다. 그렇지만 나의 친한 친구들(세르게이 솔로비요프, 엘리스) 조차 이미 나를 그 일에 밀어 넣었는데, 이때 '*리더*'로서 브류소프의 역할은 이상하게 비대했다.

'*학파*'의 유토피아를 동반한 '*돈키호테이즘*'이 시작되었다. 상징주의의 위기가 명백해졌다. 상징주의자들이 상징주의에 대해 하품을 했다.

위안이 되는 것은 내가 유토피아적 상상의 전사들의 부대를 위해 내부의 이데올로그와 관계를 끊고 도덕적 이상의 이름으로 행동했다는 것이다. 일에 종사할 때 손에 '*평화의 올리브*'가 아닌 '*칼*'을 들게 하라. 분노의 형식을 한 충심은 책을 짓밟는 것과 항상 옳지만은 않은 쓴 소리를 정당화한다. 논문들의 하릴없는 제스처가 화재 진압의 제스처임을 잊지 말라. 1909년 후반에 나는 이러한 진압작업에 심하게 지쳐서 친구들의 은밀한 그룹활동이었던 '무사게트'(Мусагет)를 거절하기까지 했다. 만일 당시 페트로프스키의 고집이 아니었다면 나는 출판에 대한 메트네르의 제안을 전보로 거절했을 것이다. 나의 의기소침에 개입한 페트로프스키의 단호한 '*무사게트가 되기*'(*Мусагету быть*)가 가까운 미래의 운명을 결정했던 것이다.

메트네르는 나의 논문을 우선순위로 출판할 것을 제안했다. 그리고 나는 의식 속에 건축된 이 깨어진 건물의 '*파편들*'을 공포심을 갖고 바라보며, 이미 조판된 《*상징주의*》에 이어 열흘 만에 "*의미의 표장*"을 썼다. 이 논문은 이데올로기적 슬로건을 무언가 연결한 형태로 모아야 했다. "*표장*"은 미래의 체계에 대한 서문의 초고이다. 여기서 중요한 부분을 망친 것은 서둘러 작성해서 그런 것이지 사상이 모호해서 그런 것은 아니다. 일주일이라도 여유가 있었다면 불명료함은 제거되었을 것이다. 그리고 똑같이 쫓겨서 쓴 것이, "*단어의 마법*"(*Магия слов*), "*서정시 실험*"(*Лирика как эксперимент*), "*얌브 묘사의 경험*"(*Опыт описания ямба*), "*얌브의 형태론*"(*Морфология ямба*), "*미인이여, 노래하지 말라*"(*Не пой, красавица*)이다. 이 네 편의 설익은 논문에는 얌브 연구를 위해 4년 동안 꼼꼼하게 모아 온 자료들을 쏟아 부었다. 《*상징주의*》에서 이러한 논문들의 과제는 '*학파*'의 슬로건(형식의 측면에서 내용과 형식의 단일성)을 구체적으로 드러내는 것이다. 내용의 측면에서 형식과 내용의 단일성을 고찰한 것은 《*아라베스크*》와 《*녹색 초원*》의 논문들이다. *동시에 나는 두 달 동안 약 200여 페이지에 달하는 《상징주의》의 주석을 작성했다.* 그 속에는 일련의 논문들의 배아가 기입되어 있는데, 그것은 내가 다양한 형태로 보고자 했던 것이다. 예를 들어 내 머릿속에 방대한 논문이 있는데, 그것은 개념의 도식주의에 대한 칸트의 교리를 상징주의이론으로 분석하는 것이다. 이로부터 《*순수이성비판*》의 모든 칸트적인 분석의 이해가 새로운 세상에서 보이는 것이다. 그런데 《*상징주의*》에는 논문 대신 8포인트 활자로 된 두 페이지가 있다. 말하기 이상하지만, 《상징주의》는 작가의 계획에 따라 만들어진 것이 아니라 ① 급한 주문에 의해, ② 미친 듯이 빠르게 조판되었고, 내가 아니라 '*무사게트*' 편집부에 의해 좌우되었다.

이렇게 두껍고 끔찍할 정도로 말이 되지 않는 책을 쓴 것은 나이기도 하고 인쇄소이기도 하다.

만일 이 시기 내가 《*은빛 비둘기*》를 다 썼다는 것(기간 내에)에 주목한다면, 이 시기 작업은 인내의 관점에서가 아니라 장애를 딛고 도약하는 스포츠의 관점에서 그 비중을 규정하는 것이 정당하다. 텍스트와 관련된 이 모든 혼란 속에서 나를 안심시키는 것은 미래에 《*상징주의이론*》(*Теория Символизма*)을 조용하게 작업할 수 있는 가능성이 있다는 것 하나뿐이었다.

1910년 나의 행동노선은 명확했다. 모스크바 '*학파*'는 없었다(그렇다고 현실이 내게 보여 주었다). 그렇지만 페테르부르크 '*학파*' 역시 없었다. 신비주의적 아나키즘은 미래의 역사학자를 위한 러시아 상징주의 역사의 중요한 몇몇 장을 망쳐 놓고 사라졌다(아마 이렇게 망쳐진 것이 미래의 역사학자의 사명이 될 것이다).

마치 실제 그룹은 없는 것 같았다. 그렇지만 '*상징주의*'가 있었다. 나는 ① 상징주의의 그노시스주의, ② 상징주의 문화에 흥미를 갖고 있었다. 메트네르는 상징주의의 동반자이다. 그러나 그는 괴테, 칸트, 베토벤 문화의 찬미자이다. 나는 엘리스의 라틴화된 상징주의가 낯설다. 나는 '*러시아*' 상징주의의 위치에 서 있다. 러시아 상징주의의 과제는 보다 광범위하다. 그것은 서구의 비판주의를 상실하지 않은 채 민중문화를 연결하는 것이다. 나머지 무사게트 사람들에게 상징주의는 이질적인 것이었다. 트로이카(나-메트네르-엘리스) 중에서 나와 메트네르가 함께 엘리스에 대립하고, 부분적으로 페트로프스키와 키셀료프(Н. П. Киселев)에게 대립하며, 국제 철학잡지 〈로고스〉(*Логос*)와 그 대표자(스테푼, 야코벤카, 게센)와 일정하게 연결되는 것을 찬성하는 편이었다. 〈로고스〉는 '*무사게트*'의 오른쪽 가지로서 출판되어 *상징주의 플러스 비판주의*라는 1904년 나의 슬로건을 일목요연하게 보여 주었다. 왼쪽 가지는 나의 상징영역과 합치한다. 나는 여기에 경험, 밀교, 형제애에 관한 연구를 〈*오르페우스*〉에 옮겨 놓았다. 이렇게 상징, 상징주의, 상징화의 영역은 '무사게트 출판사'라는 공통된 쿠폴 아래 〈*오르페우스*〉-〈로고스〉-'*무사게트*'의 영역으로 나타났다.

그런데 이때 관련된 영역의 이해에서 나와 메트네르 사이에 조화가 깨졌다. 나는 페트로프스키, 시조프, 키셀료프와 함께 삼위일체 사상을 예전 슬로건에 따라 그 중심에 '상징'이 위치한 세 개의 동심원으로 이해했다. 나에게 이러한 중심은 〈*오르페우스*〉와 '*무사게트*'였다. 특히 상징화의 문화영역은 〈*오르페우스*〉였고, 〈로고스〉 혹은 비판적 무장화는 주변적인 것으로 나타났다. 그런데 메트네르는 '*무사게트*'를 중심에 놓고 내가 〈*오르페우스*〉로 이행하여 '오르페우스인들'을 강화시키는 것을 보면서, 처음에는 전술적으로, 그다음에는 논쟁적으로, 마지막에는 이데올로기적으로 〈로고스〉에 중심을 두었다. 이제 〈로고스〉는 모든 러시아 철학자 그룹과 그들의 대부 키스탸코프스키(Б. А. Кистяковский) 교수에 의해 강화되었다. 뱌체슬라프 이바노프가 별안간 〈*오르페우스*〉에 등장했다. 메트네르는 사실 〈로고스〉와 함께했다. 그러자 '*무사게트*'의 중심과 결합은 텅 비게 되었다. 그 속에는 잊혀 버린 엘리스가 있었는데, 그는 여차한 이유로 〈*오르페우스*〉 사람들과는 헤어질 수 없었고, 〈로고스〉의 철학자들에게는 받아들여지지 않았다. 당시 그는 자신의 내면적 탐구에 몰두하여 화가 크라흐트와 함께 '*무사게트*' 밖에서 자신의 서클 '*새로운 무*

사게트'를 조직했다. '*무사게트*'는 태어날 때부터 이미 '*낡은*' 것이 되었다. 중요한 것은 텅 빈 것이 되었다는 것이다. 그 중심에는 코제바트킨의 실크해트(그는 '무사게트'의 간사가 되었는데, 이때 실크해트를 쓰고 다녔다)가 자발적으로 성장하여 자리를 잡았다.

〈*오르페우스*〉의 표시는 내게 중요했다. 나는 지난 3년 동안 신문 칼럼을 쓰는 생활에 지쳐서 '*상징주의*'의 영역을 그룹에 대한 유토피아와 편집국의 빈자리로부터 나의 서재로 옮겼다(철학 책을 쓰려는 꿈). 나는 '*무사게트*' 대신 무의식적으로 '*문화*'의 표시를 내세웠다. 그리고 자신의 비밀스러운 체험, 밀교 문학의 독서, '*훈장*'에 대한 꿈, 그리고 민츨로바와의 만남에 전적으로 몰두했는데, 그녀는 장미와 십자가의 형제애에 대한 이야기와 친구들의 작은 서클과 '스승들' 간의 중재자가 되겠다는 약속을 갖고 우리를 찾아왔다. 전 생애에 걸친 코뮌과 형제애의 경험에 대한 생각이 내게 새롭게 부상했다. 이러한 체험은 새로운 음조로 1901년 나에게 석양의 해를 열었다. 석양은 우리 내부에서 정신적 인식의 길에 대한 지도자의 부재로 꺼져 버렸다. 1904년에 이미 나는 "예술이 만족할 만하지 않다 … 새로운 지도자를 찾아라"["*마스크*"(*Маски*)]라고 썼다. 경험을 일반화하려는 모든 시도가 실패한 것은 정신적 지도자의 부재 때문이었다. '*아르고호*'의 실패, 천문학 서클의 실패, 신지학에 접근하려는 시도의 실패, 블록 부부와의 실패, 메레시콥스키 부부와의 실패가 기억난다. 근시안적으로 브류소프로 방향을 잡은 것, 마지막으로 〈로고스〉, '*무사게트*', 〈*오르페우스*〉 사이에서 발견하지 못한 균형과 새로운 무사게트와의 불일치 등. 나는 우리가 너무 이르게 주변을 어지럽게 한 것을 알았다. 어지럽게 하면서 중심에서 파열되었는데 그 중심에 구멍이 있었던 것이다(구멍에서 코제바트킨이 성장하여 '*파라온의 뱀*'의 마술을 부렸다).

나로 하여금 결정적으로 〈*오르페우스*〉의 중심에 집중하게 한 것은 우리의 외부 문화에 대한 이 모든 유쾌하지 않은 생각이었다. 더욱이 그 중심에는 이미 '*출판사*'가 아니라 형제애, **상징**의 길이라는 슬로건이 있었다. 나는 〈*오르페우스*〉에서 아르고호의 부활을 보았다. 그러나 이것은 새로운 부활이었다. 오르페우스는 아르고호 출정에 참가한 사람의 하나로서 그리스도의 상징이었다. 그는 우리의 유일한 목자(牧者)였다.

어딘가 멀리 골치 아픈 문제가 있었다. 그것은 상징주의자들의 앞날에 대한 문제였다. 브류소프는 〈*천칭*〉(*Весы*)을 〈*러시아 사상*〉(*Русская мысль*)에 침몰시키고 계산을 끝냈다. 마치 카노사에 등장한 참회하는 '*죄인*'처럼 '*무사게트*'에 등장한 뱌체슬라프 이바노프는 우리의 선동가 민츨로바가 소개했다. 이바노프가 그녀의 얌전한 학생이었는데 어떻게 그를 받아들이지 않겠는가. 우리는 그레고리의 아버지가 아니다. 그를 무릎 꿇게 할 수도 없었다. 무엇보다도 알렉산드르 블록은 상징주의에 대한 자신의 잘못된 생각을 후회했다. 과거의 신비주의적 아나키즘을 후회했던 것이다. 삶의 변증법은 전술이 아니라 실현되는 사실이다. 세 명의 상징주의자들은 이제 자신들의 상징주의적 '*신조*'(*credo*)에 동의한다. 이것을 재배치하느냐 아니냐에 대해서는 이론적으로 생각하지 않아도 된다. 그러나 이를 유념은 해야 한다.

자신의 목소리를 갖고 등장한 블록이 나와 만난 것은 '*훈장*' 때문이 아니다. 그러나 〈로고스〉의 문화로 재무장한 상징주의가 본질적으로 상징주의의 과제에 대한 공식적인 인사로 제한됨에도 불구하고, 메트네르는 그를 향해 귀를 기울일 것이다. 아주 특징적인 사실은 그가 심지어 《*상징주의*》조차 읽지 않았다는 것이다. 더욱이 그는 '로고스인들'의 논문의 세세한 부분을 과장해 말하면서, 때로 과장되게 경의를 표하며 〈로고스〉의 사령부는 독일의 가장 뛰어난 지성들이라고 강조했다. 이렇게 '*무사게트*'의 편집부는 그 내부에 보이지 않는 존재에 갑자기 고개를 숙였는데, 리케르트, 크리스티안센, 라스크와 그 밖의 '*노장들*'이 그들이다.

이것은 상징주의의 과제가 프라이부르크 철학학파에 의해 재-재-무장한 것 아닌가?

나에게 이 모든 것이 명확해진 것은 1911년이 되어서였다. 그러나 나는 이보다 훨씬 먼저 '*무사게트*'에서 상징주의의 활동 프로그램에 대한 친숙한 논의에서 메트네르가 조직적으로 도망치려 했다는 것을 알았다. 이와 함께 그가 처음에는 상징주의를 추진하는 엘리스와 우리의 주장에 조직적으로 개입했고, 그다음엔 나의 과업에 장애가 되었다는 것을 알았다. 그리고 이후 우리 세 명의 상징주의자들(블록, 이바노프, 그리고 나)의 과제에 대한 장애는 블록의 생각에 따라 계획된 〈*저널 - 일기*〉(*Журнал-Дневник*)에서 자동적이 되었고, 그 왜곡된 그림자는 1912년 작은 크기, 무거운 리듬, 그리고 잡다한 구성의 〈*노동과 나날*〉(*Труды и дни*)로 나타났는데, 그것은 … 창간호가 등장할 때까지(아마 조직적인 무의식적 개입 때문이리라) 나의 영혼 속에서 바싹 말라 있었다. 내가 잡지에 서명한 것은 그것이 나의 영혼을 불태워서가 아니라 상징주의자 *트로이카* 중에서 내가 모스크바에 나타난 유일한 사람이었기 때문이다(이때 엘리스는 외국으로 나갔다). 블록과 이바노프는 잡지에 관심을 갖고 있었지만 나는 그들보다 관심이 적었다. 사실 나는 공동 편집자인 메트네르의 모든 이론과 불쾌감으로 고생했다. 그런데 나만 그랬다. 그중에서 가장 불쾌한 것은 메트네르의 과장된 말이었는데, 그것은 잡지가 나를 위해 창간되었고(마치 잡지가 내게 필요한 것처럼) '*무사게트*'는 이러한 나의 변덕을 위한 기부 방법이라는 것인데, 이미 이러한 방법 중 하나 때문에 나는 '*쓰디쓴 무*'처럼 쓰라렸다.

그러나 나는 때가 될 때까지 쓰라림을 감추었다.

나와 '*무사게트*'와의 관계는 극히 예외적인 일이었다. 모든 주장은 첫째, 명백히 의심스러운 메트네르의 비평을 받았는데, 그는 전술에 관해 완전 문외한이었다(메트네르의 눈이 나를 '*바라본다*'). 둘째, 아주 존경스럽지만 지향이 다양한 비중 있는 인물들의 학술적 검사를 받았는데, 그들은 라친스키, 메트네르, 스테푼, 게센, 페트로프스키, 키셀료프, 야코벤코 등이었다. 그들 사이에 어떤 공통점이 있는가? 공통적인 것은 메트네르가 *위원회로써* 내 손과 발을 묶었다는 것 아닌가? 누가 저널을 이끌었는가. 이것이 내가 말하고자 하는 것이다. 그렇게 일을 하는 것이 불가능한데, 주창하는 일은 첫째, 시대의 리듬을 포착하여 고양시키는 것이고, 둘째, '*순간*'의 고정 속에 속도와 압박이 있기 때문이다. 적절한 때에 출간되지 않은 책과 논문은 끔찍하게 편집의 불협화음을 나타낸다. 나는 지속적인 불협화음 상태에 놓여 있었다. 내가 주창한 것에 대한 불신을 나는 그 어디에서도 경험하지 않았다. 그 생활양식이 내게는 낯설었던 〈*천칭*〉에서는 나를 '*전술의 순간*'에 밝은 사람으로 간주했다. 질투심 많은 브류소프조차 한 번도 나의 테마에 간섭하지 않고 내가 '*순간을 포착*'하여 이를 '*강령화*'하도록 했다. '*무사게트*'에서는 비율동적인 육중한 것이 확립되었는데, 그래도 우리를 안심시키는 것은 비율동적인 동료들이 다양한 사물들을 알고 있는 친애하는 인물들로 구성되었다는 점이다. 그 사물이란 잡지의 다음 호나 박물관의 카탈로그 혹은 백과사전과 같은 것을 말한다.

상징주의의 어떤 강령이 잡지의 업무를 … 박물관학의 문제처럼 이해하게 할까?

나는 '*업무*'가 나쁘지 않았다고 생각한다. 필요한 것은 단지 율동적인 손뿐이었다. 그러한 손이 될 수 있는 것은 메트네르의 손이나 나의 손이었다. 메트네르는 마치 건초 위의 강아지처럼 좋은 프로그램 위에 누워 있었다(자신에게도 타인에게도 아닌). 그러나 나는 그노시스학자들(미래의 교수들), 종교-철학 협회의 회장들, 그리고 … 순간에 대한 논문을 쓰지는 않지만 '*순간을 위해*' 몇 달 동안 논문을 눈여겨보는 박물관 학자들에게 둘러싸여 애를 쓰고 있었다.

이러한 어려움에 더해진 것이 〈*길*〉(*Путь*)과 〈로고스〉의 활동가들 사이에서 나의 어려운 상황이었다. 〈*길*〉의 활동가들(게르센존, 베르자예프, 투르베츠코이, 에른, 불가코프, 라친스키)은 단일한 형상의 그룹이 아니었다. 그들 중 한 명인 에른이 〈로고스〉의 철학자들에 반대하여 말도 안 되는 책을 펴냈을 때, 나와 메트네르는 에른의 입장에 분노했다. 나는 '*비판주의 플러스 상징주의*'의 강령을 지지하면서 이론적-인식적 입장의 의미를 온갖 노력으로 지지했다. 그러나 나는 이 입장에서 마지막 목적을 보지 못했는데, 그것은 내게는 상징주의의 길로 향하는 것이었다. 그러나 메트네르는 〈로고스〉를 옹호하면서 상징주의와 그노시스주의의 경계를 뛰어넘었는데, 그는 그 경계를 인식으로 설정했을 뿐 아니라 서정적으로 노래했던 것이다. 나는 그와 함께 그노시스적인 전원만 유시인이 될 수 없었다. 나는 〈*노래*〉(*Песня*) 속으로 강제로 떠밀렸다. 나는 에른의 광신주의 노선을 따르는 〈*길*〉의 모든 활동가들이 '로고스인들'을 피상적으로 동등하게 간주하는 것에 많이 공감할 수 없었다. 예를 들어 내게는 게르센존이 '*로고스인들*'보다 훨씬 더 가까웠다. 이와 함께 나는 *당시의* 베르자예프의 입장의 동기들에 공명했다. *나*는 〈*길*〉과 〈로고스〉의 활동가들 각각에 대하여 개별적인 입장이 있었다. 그리고 나는 메트네르에게 차이의 노선을 강조했는데, 그는 '*로고스인들*'을 위해서는 '자기 사람들'을 위한 것처럼 화를 냈지만, '*로고스인들*'이 자신의 논리실험을 위해 토끼를 잡듯이 우리 상징주의자들을 포획한 것에 대해서는 전혀 화를 내지 않았다. 그 실험은 다음과 같다: 만일 게르센존이 당신의 슬로건에 대한 완전한 존중과 이해로 당신에게 다가가고 당신이 이에 화답했다면, 당신은 이미 〈로고스〉가 아닌 '*무사게트*'를 *배반*한 것이다. 본질적으로 철학적 웅변가인 스테푼이 빈틈없는 논리적 기술로써 '*무사게트*'에서 당신의 상징주의의 머리를 잘라 낼 때, 이런 상처에 대해 절하고 감사해야 할 것이다.

다른 '교통 *기사들*' 속에서 내게 가까운 것은 '*경험의 길*'의 악보였다.

그것이 어떻게 형성되든지 말이다. 이 악보에서 그들은 〈오르*페우스*〉와 가까이 서 있었는데, 심지어 다른 '*무사게트인들*'이 그런 것보다 더했다(〈로고스〉에 대해서는 말할 것도 없다). 그리고 나는 메트네르에 대항하여 이 악보를 고수했는데, 그는 〈길〉을 향한 나의 *비밀스러운* 도주(그런 일은 없었다)에 대해 모욕적인 언급을 했던 것이다. 그리고 모든 혹을 나에게만 뒤집어 씌웠다(오르페우스 형제들은 *바로 여기서* 나를 지지해야 한다고 생각하지 않았는데, 그 이유는 그들이 '*도로의*' 이데올로기를 격파하지 않고 단지 그들의 '*취향*'을 '*맛보았을*' 뿐이기 때문이다. 그리고 마음에 들어 하지 않았다. 그런데 '취향'에 무엇을 구축할 수 있을까? … 속물주의를 뺀다면).

결국 나는 이데올로기적으로 모순적인 논쟁의 그물에 던져졌는데, 그 이유는 내가 원한 것은 *상징주의*이지 낯선 그노시스주의 앞에서 앞발을 들고 춤을 추는 *신비주의*가 아니었기 때문이다. 그런데 무사게트식으로 변형된 나의 총체적인 테마를 이해하지 못하는 낯선 생각 속에서 모욕적인 신화가 생겨났는데, 그것은 자신이 원하는 것을 모르고 모든 사람과 모든 것을 배신하는 트러블 메이커에 대한 것이다.

이러한 전설이 '*무사게트*'에서 '*친구*'인 메트네르의 비호 아래 번성했기 때문에, 그리고 *친구*들 가운데 다른 사람들이 그것을 충분히 무력화하지 않았기 때문에, 그 전설은 '*무사게트*'를 떠나 모스크바에서 다양한 변주로 나타나기 시작했다. 이렇게 1910년 말부터 '*무사게트*'에서 나의 고난이 처음에는 은밀하게 다음에는 분명하게 시작되었다. 여기에는 이데올로기도 없었고 진정한 친교도 없었다.

그러나 '*무사게트*'는 나와 문학의 문화를 연결하는 마지막 고리였다. 그리고 내가 '*무사게트*'를 떠난 것은 모든 것을 떠나는 것을 의미했다.

이런 떠남은 오르페우스 코뮌의 불행을 앞당겼다.

나는 《*세기 초*》(*Начало века*) 제 3권에서 민츨로바와의 사건을 상세하게 기술했다. 그녀는 비밀스러운 그룹과 우리 가운데 나와야 했던 스승들 간의 중재자 역할을 했는데, 이는 만성적인 기다림의 상태로 변했다. 그 기다림의 순간에 우리 눈앞에서 민츨로바의 균형이 깨져 버렸던 것이다. 그녀의 초기 가치 있는 지시와 수업(훗날 밝혀진 바에 따르면, 이 수업은 슈타이너의 강의 자료였다) 은 헛소리 같은 판타지도 아니고 그 속에 감춰진 끔찍한 현실의 단편도 아닌 것으로 점점 더 모호해졌는데, 그 현실은 그녀를 통해 우리의 의식 속에 파고들어, 나와 메트네르로 하여금 그녀로 대표되는 '*형제애*'의 진정성에 대한 의문을 점점 더 자주 제기하게 했다. 그녀의 병과 무기력은 매일이 아니라 매시간 커져 갔다. 그녀가 약속한 화려한 '*환상*'과 반비례하여 그녀의 이상한 행동이 나왔는데, 이는 병이라고밖에 말할 수 없는 것이었다. 그러나 '그들은' 그녀의 편을 들면서 그녀의 헛소리의 구름 속에서 점점 더 비뚤어졌다. 결국 그녀가 우리에게 '동료'(*co-брат*) 라고 소개했던 뱌체슬라프 이바노프의 지적인 계획들 중 어떤 것들 앞에서 그녀의 무력함은 문제를 노출시켰다. 누가 그녀의 진정한 교사자인가. 미지의 스승인가 아니면 뱌체슬라프 이바노프인가? 이바노프는 동료이자 똑똑한 사람으로 인정받고 있었다. 그러나 나는 얼마 전 신비주의적 아나키즘에서 그의 이중적 역할을 잊을 수가 없었다. 이바노프는 내게 여러모로 참회하는 죄인에 불과할 뿐 그 이상은 아니었다. 그의 모든 밀교는 나에게 슈타이너의 은밀한 강의 자료에 대한, 어느 정도 성공적인 즉흥시에 불과했는데, 그 자료는 민츨로바에게서 천천히 흘러나왔다(사실 그의 논문집의 대부분은 슈타이너에게서 빌려 온 것인데, 이는 그의 개인적 억측으로 인해 주관적이 되었다). '*형제애*'의 단절 속에서 이바노프는 점점 더 이방인이 되었다. 결국 이상한 일이 벌어졌다. 왜 민츨로바에게서 좋은 것은 다 슈타이너와 연관되어 있을까. 그녀는 병적인 헛소리를 하면서 이상하게 슈타이너로부터 떠났지만, 그래도 모든 어둡고 혼란스러운 것이 그녀가 접근하여 우리와 가까워지길 원했던 사람들을 통해 풍겨 나왔다.

형제애의 정신, 뱌체슬라프 이바노프, 민츨로바에 대한 나의 불신은 몇몇 생생한 사건의 영향으로 1904년 봄에 최고조에 달했고, 나는 그녀에게 이를 알리기로 굳게 결심했다.

그 일이 있은 후 얼마 뒤 이상하게 그녀가 사라졌다. 흔적도 없이 사라졌다. 이러한 사라짐은 물론 '*장미와 십자가*'에 대한 그녀의 신화에 신뢰를 부여하지 않았다. 그러나 이는 또한 코뮌에 대한 나의 꿈에도 타격을 가했다. 그 타격 속에서 출판사 '*오르페우스*'의 의미가 완전히 무효화되었다. 오르페우스 사람들은 *신비주의자*들의 책을 출판하기를 꿈꾸었다. 나에게 그러한 출판은 문화적 의미는 있지만 이데올로기적 의미는 갖고 있지 않았다. 나는 자신을 '신비주의자'라고 생각하지 않았을 뿐 아니라 그 이상이었다. 나는 "*신비주의자에 반대하여*"(*Против мистики*) 라는 논문을 썼고 이 논문은 〈노동과 *나날*〉에 실려 있다.

나는 상징주의자다. 따라서 나는 비판주의를 요구한다. 그러나 비판주의와 '*신비주의*'는 서로 양립할 수 없었다.

'*무사게트 - 로고스 - 오르페우스*'의 삼위일체와 연관된 마지막 점은 떨어져 나갔다. 나는 자유였다. 그렇지만 나의 자유는 '*무사게트*'에서 실질적으로 떠난다는 것을 의미했다.

8

나는 이해받고 싶었다. 나는 이 자리에서 어떤 이해받지 못하는 영웅의 자세를 취하고자 하지 않았다. 내게 '*영웅적인 것*'은 전혀 없었다. 그렇지만 주어진 시대의 단편 속에서 영웅주의의 심리가 먼 과거의 유물처럼 내 앞에 있었다. 현대의 영웅과 기사는 개체이다. 개체적 존재를 주시했을 때 나는 '*영웅주의*'를 보았다. 그것은 내가 가진 모든 일반적인 영웅적인 것에 대한 표상을 뒤집는 것이었다. 현대의 '*영웅*'은 평범하게 보이는 참호라는 조건에서 투쟁하는 소박하고 조심스러운 형상이지 무기를 철컥거리는 비극적 형상이 아니다. 현대 영웅의 행동법규에서 부상당하지 않는 능력은 부상을 두려워하지 않는 능력과 같다. 현대의 영웅은 겉으로 표출되지 않는 능력이 있어야 하는데 '*우리*' 속에서 '*우리*'와 함께 행동해야 한다. 현대의 영웅은 군대이다. 그 속에는 *용자*(*勇者*) 가 있고 가장 평범한 겁쟁이가 있다. 자신의 내부에서 '*겁쟁이*'와 화합하는 것은 때로 심장을 총알 아래 놓는 것보다 더욱 존경스러운 일이다. 이렇게 현대성의 다른 조건 아래 심장을 놓는 것은 겁이 많은 것이고 겁이 많은 것일 뿐이기 때문이다. 어제의 '*영웅*'이 오늘은 돈키호테의 특수한 양상으로 등장하는 것은 나의 내부에서 보이는 모든 '*영웅적인 것*'에서 나를 도망치게 한다. 만일 내가 *이해하지 못함*의 테마를 반복한다면, 이는 단지 그것을 인식적으로 연구하기 위해서일 뿐이다. 나의 의식이 '이해하지 못함'을 고정시키는 것은 현미경 아래 놓인 한 점을 고정시키는 것과 같다. 나는 내일은 삶의 평원의 다른 점을 고정시킬 것이다. 그리고 이해하지 못함을 드러낼 것이다.

이해하지 못함의 테마는 특히 사회적 측면에서 내게 관심이 있었는데, 여기서 각각의 '*나*'는 그 개체적-사회적 열망 속에서 이해받지 못했다. 이집트의 마카리의 말로 표현하자면, 인간의 조직으로서 교회는 아직 이해받지 못한 것이다. 사실 이러한 조직은 사회적 문제의 *다른* 부분처럼 교회의 총회에 도입되어야 하는 것이다.

여기서 나오는 결론은 내가 나에게 이해하지 못하는 '*나*'의 그림자를 던진 것은 아니라는 것이다. 나는 다만 의문을 공유할 뿐이다, 우리는 왜 서로 이해하지 못하는가. 모든 삶으로 속삭인다, 우리가 왜 서로 이해하지 못하고 서로를 개체의 '*나*'가 아닌 개별적으로 변주된 안경을 쓴 개체로 바라보고 그럼으로써 다른 사람의 '*나*'에서도 그러한 변주만을 보아야 하는가. 나는 이것을 오랫동안 이해하지 못했는데, 즉 이것이 어디까지 작용되는지 그리고 여기에 모든 사회적 붕괴의 진정한 원인이 어디에 있는지를 이해하지 못했던 것이다. 우리는 서로를 바라보면서 주어진 날의 포장에 연루되지만, 그러나 그 포장은 낡아 버린다. 나의 아픔은 내가 어떻게 그 포장에 연루되었는지에 대한 이야기이다.

나는 아마 다음에 내가 어떻게 친구들의 포장에 연루되었는지에 대한 설명을 할 것이다. 그것은 어렵지만 불가능한 것은 아니다. 그러한 설명은 필요하다. 그러한 설명 없이 우리는 결코 서로를 이해할 수 없다. 그리고 결코 우리의 사회적 삶을 바르게 할 수 없다.

이해받지 못함의 내용을 설명하기 전에, 이해받지 못함에서 오는 나의 고통에는 그 어떤 영웅적인 것도 없다는 것을 미리 말해야겠다. 내 생각에 각각의 집단에서 사회적으로 살고자 하는 나의 열정적 시도와 나와 함께 살려는 열정적 시도들에서 생겨난 나의 영구적인 스캔들은 *상징주의자*로서 나의 구체적 세계관을 모든 집단을 통해 실현했기 때문이다. 그 속에서 알파와 오메가는 테제이다. 세계관은 협소하다. 그것들은 방법이고 수없이 많다. 세계관들의 종합은 공허하다. 왜냐하면 자의식의 종합적 단일성은 개인의 의식 속에서 오성의 형식일 뿐이기 때문이다. 의식은 초개인적이고, 개체적인 것은 자의식의 단계에서 다양한 의식이 자의식적 단일성의 무한한 종류의 형식들과 합류한 결과이다. '*자신*'(*Само*) 속에서 '*나*'의 자의식(самосознание)은 이미 오성의 종합이 아니라 현실 속의 종합이다. 그것은 *첫 번째*(내용)와 *두 번째*(개인적 형식)를 규정하는 *세 번째*이다. 그것은 *이런* 종합도 아니고 *저런* 종합도 아니다. 그것은 종합이 아니라 *상징*이다.

스스로 상징주의자라고 주장하면서 나는 그노시스적인 측면을 강조했다. 칸트의 자의식의 단일성은 의식의 단일성이지 자의식의 단일성이 아니다. 그리고 단일성은 자의식의 오성적 지대에 있다. 인지학의 역사에서 이러한 지대의 발전은 그 발생시기와 연관되어 있는데, 한편으로는 *개*

*성*의 발생, 다른 한편으로는 오성적 개념의 발생과 관련되어 있다. 칸트의 억측에 기반을 둔 인식론은 7세기부터 15세기 중반까지 그리고 20세기 초까지 사상의 삶의 사건으로 거슬러 올라가서 형성된다. 이러한 사상의 유기체가 사멸했을 때, 해부학자들이 그 표본을 점유했다. 만일 데카르트와 스피노자가 사상의 단계를 끝마친 존재의 사체(死體)에서 근육을 떼어 냈다면, 칸트는 처음으로 뼈를 노출시켰다. 그리고 칸트는 이 뼈에서 '*종합*'의 개념과 '*오성적*(рассудочный) *종합*'의 개념이 동의이어(同義異語)라는 사실을 밝혀냈다. 이러한 종합을 다르게 이해하려는 모든 시도는 안타까운 망상이었다. 왜냐하면 '*종합*'의 개념이 사상의 두 번째 단계인 합리론(рационалистический)과 긴밀히 결합되었기 때문이다.

이 이야기를 하는 것은 용어의 이용을 바라지 않는 나의 고집이 분명해지도록 하기 위해서인데, 그것은 다름이 아닌 우리의 '*나*'가 형식들의 형식임을 확인하는 것으로 인도할 뿐이다.

그러나 종합 대신 '*상징*'을 주장하면서 내가 주장하는 것은 첫째, '*나*'는 형식 중의 형식이 아니고 그 형식의 내용인 '*개성*'이라는 것이다. '*나*'는 개인적 주관과 일반형식적(종합적인) 객관을 극복하는 '*스스로의*' 자의식이다. 상징에는 무한한 종류의 사상의 문화 속에서 '*나*'가 발현될 수 있는 무한한 종류의 결합 가능성의 리듬이 있다. 이 모든 것이 자의식의 분별에서 도출된다. 나는 1904년 상징주의를 주장하면서 인지학의 인식론이 제기한 문제를 인지학 이전의 방식으로 접근할 것을 주장했다. 만일 종합이 상징을 결정하지 않는다면, 그리고 그 반대가 된다면, '*나*'는 형식들의 형식이 아닌 창조된 현실이 된다. 그 현실은 항상 주어지는 것이 아니라 창조적 인식의 결과이다. 나의 상징주의 이데올로기에서 그 결과의 표식, 새롭게 조명된 인식행위는 *하나의* 대열과 *다른* 대열이 현실적으로 교차하는 **상징**의 표식이었다. 경험주의, 칸트의 그노시스적 이원론, 지식의 문제가 추상적으로 허용된 코헨의 합리주의를 극복하는 길은 오직 여기에 있다.

슈타이너의 인식론의 용어에서 나는 1901~1911년의 시기를 고려하지 않았다. 그러나 나의 인식론의 용어는 그것이 비록 언어적으로 포획되어 이상하게 보일지라도, 슈타이너가 지시하는 방향으로 인식과 창조의 출구를 가리킨다.

상징주의를 위한, 상징주의이론을 위한, 그 이론의 신조(경험주의와 합리주의의 극복을 위한, 그러나 칸트식이 아닌)를 위한 나의 투쟁은 내가 1912년 수용하지 않을 수 없었던 것과 전적으로 일치했는데, 그 이유는 내가 수용한 것 속에 있었기 때문이다. 그것은 다른 학술어의 수용이었는데, 그 학술어는 공통적인 테제들 중에서 일련의 그노시스적인 흔적의 변증법적 의식을 위해 내게 편리한 것이었다.

나의 신조인 '*종합*'이 아닌 '*상징*'은 내게 세월의 선상을 의미했다. 왜냐하면 삶과 사상의 길을 *저* 방향이 아닌 *이* 방향에서 찾았기 때문이다. 나는 '*상징*'을 위해 투쟁했다. 왜냐하면 이런 표식이 없는 것에서 나는 합리주의, 교리론, 종합주의 경험주의, 유미주의, 신비주의로의 필연적인 탈골(脫骨)을 보았기 때문이다.

나의 모든 인식의 논쟁의 비극은, 인식행위를 새로운 세계의 창조로 간주하면서, 여기서 분리란 삶에서 전개되는 생활양식에서의 분리라는 것을 보지 않을 수 없었다는 것이다. 보리스 니콜라예비치, 레프 리보비치, 세르게이 미하일로비치, 에밀 카를로비치의 개성에 대한 경험적인 논쟁은 논리의 로고스에 대한 서로 간의 불분명한 이해의 필연적인 결과일 뿐이었다. 이로 인해 내게 근본적 타격이 있었는데, 핵심은 필수적이고 가치 있는 것으로 조사된 구체적 인식적 표식의 견고함에 있었다. 나에게 **상징**의 표식은 믿음의 **상징**의 표식이거나 추상적 지식의 상징의 표식이 아니라, 구체적이고 믿음이 가는 지식과 인지되는 믿음의 표식이었다. 나에게 **상징주의**는 인식과 창조의 균형 잡힌 이론으로 대두되었는데, 그것은 아마 미래의 몇 세기를 포함할 새로운 시대의 *믿음과 지식*의 상징이었던 것이다. 나는 세기의 표식을 고양시켰다. 그리고 이 표식을 미래의 아리안과 네스토리안, 그리고 그 밖에 이미 내가 알고 있는 미래의 길에 경도된 분파주의자들로부터 지켜 냈다.

이것이 나의 분노, 이데올로기적 논쟁과 쟁점의 원천이다.

1911년 나는, 엘리스가 상응의 회의적 이론에서 탈출하는 길은 추상적 일원론뿐이고, 메트네르는 이원론의 골짜기에 빠져서 코헨의 합리주의냐 아니면 수많은 '*경험주의*'의 하나냐를 선택하는 기로에 서 있으며(그는 프로이트의 '*경험주의*'를 선택했다), 솔로비요프는 전통을 향해 굴러갔고, 오르페우스인 중 몇몇은 지나치게 '신비주의자'가 되었다는 등의 사실을 알게 되었다. 내가 이 사람들을 새로운 문화(나에게는 상징주의)에 대한 지향의 악보 속에 선택했기 때문에, 나는 그들에게 나의 믿음과 지식의 **상징**을 양보할 수 없었다. 하물며 그들이 내게 더욱 소중했던 것은 그들이 지향하는 삶의 길 때문이다. 그들은 이런저런 시기에 각각 나와 피를 나눈 것 같은 관계에 있었다. 이 *관계*는 상징 속에서 … 회상으로라도 있었다. 여기서 논쟁과 전술에 대한 나의 동시적 차이, 그리스인과 함께 있을 때는 그리스인처럼, 유대인들과 함께 있을 때는 유대인처럼 되려는 성급한 시도가 나온다. 무엇보다 내게 모욕적인 것은 사람들이 신의를 향한 파토스 속에서 나를 보지 못했다는 것이다. 사실 '모순'이나 '불신'도 모두 슬로건에서 나온 것인데, 나는 항상 그 슬로건을 본능적으로 알고 있었다. *진리는 항상 개별적인 것*이지만 사람들은 진리를 항상 개체의 봉기로만 인식한다. 이것은 내가 생각하기 몇 년 전에 만들어졌지만 나는 알지 못했던 슈타이너의 슬로건으로서, 이는 개념 혹은 '*진리*'의 범위에서 정의에 대한 개념을 취하는 필연성에 대한 슬로건과 함께 나의 "*의미의 표장*"의 슬로건이 되지 않았는가. 조급하고 불명료하게 그려졌지만, 그러나 친구들이 *그것이 명령하는 열망에 대한 이해를 거절할 권리*

를 가질 정도는 아니었다.

나는 이제 1914년 인지학에 대한 루돌프 슈타이너의 강의 〈*대우주적-소우주적 사고에 대하여*〉(*О макро-микрокосмическом мышлении*) 는 인지학적이지만 나의 "*의미의 표장*"을 *완전히* 이식한 것임을 부끄럽지만 강조하고자 한다. 여기저기에 세계관에 관한 문제를 세계관의 대위법의 이론으로 대체하려는 시도가 있었다. 여기저기에 그들 동아리의 세계관에서 떠나야 한다는 것을 보여 주려는 노력이 있었다. 여기저기에 세계관이 소우주 속에서 확대되었다. 슈타이너의 소우주적 사고는 대우주를 연역한 것이다. 나의 대우주로의 탈출은 인식의 피라미드의 정점으로부터 궁극적인 귀납인 것이다. 아주 세세하게 일치했다. 여기저기에 삼각형이 있었다. 슈타이너에게는 일반적 개념의 현실성에 합리주의적으로 접근할 가능성이 없다는 문제가 있었고, 나에게는 당면한 이율배반(내용과 형식) 극복의 리듬이 제 3의 것, *상징* 속에 있었다. 원근법적 도식에서 "*의미의 표장*"은 점진적 이율배반으로 구축된 피라미드를 이해한 것인데, 이때 이율배반은 제 3의 것, 삼각형의 정점에서 극복된다. 두 가지 입장(슈타이너와 나의) 은 합리주의의 이해 속에 있는 변증법적 방법이다. 슈타이너에게는 세계관의 변증법이고, 나에게는 방법론적 도식의 변증법으로서 이 도식은 건반으로 나타난다.

결국 슈타이너는 33번째 강의를 "*의미의 표장*"이라고 부를 수 있고, 나는 "*표장*"(*Эмблематика*) 을 "*대우주를 향한 소우주적 사고 극복의 변증법*"(*Диалектика преодоления микрокосмического мышления в макрокосм*) 이라고 부를 수 있다.

본질은 다양한 용어나 접근법에 있지 않다. 본질은 본질 속에 있다.

이러한 본질을 보지 못한 사람들은 ① 1912년 '*상징주의*'를 배반했다고 나를 비난한 친구들(메트네르, 이바노프와 그 밖의 인물들), ② 예전에는 아르고호인이었고 다음에는 인지학자가 된 친구들이었는데, 그들은

33번째 강의를 들으면서 그것과 "*표장*" 사이에 평등한 표식을 세우지 못했다.

반복하건대, 나의 작은 키로써 사상의 거인과 비슷하다는 것을 강조하는 것이 부끄럽다. 내가 이런 일을 한 것은 공허한 허영심 때문이 아니라 내가 슈타이너에 합류한 것을 이해하지 못하는 사람들, 이렇게 합류하기 전에는 슈타이너에게서 나를 보지 못한 사람들에게 분명하게 하고, *상징주의*의 요구나 상징주의를 〈*오르페우스*〉의 '신비주의자들', *로고스인들*, 메트네르의 문화, 〈*길*〉의 전통, 〈*천칭*〉의 속물주의, 페테르부르크의 신비주의적 아나키즘에 양보할 수 없다는 나의 철저한 원칙을 완전히 이해시키기 위한 것이다. 나는 수년을 다니면서 쉰 목소리로 외쳤다. 바꿔, 바꿔, 바꿔. 의식 속에는 상징주의이론이 있었고, 그것이 우발적으로 결정된 것이 "*의미의 표장*"이다. 만일 이 논문이 그 지향하는 점들의 무한한 대열 속에서 내가 알지 못하는 슈타이너의 방법론과 세계관에 관한 그의 교리에 일치한다면, *내가 무엇 때문에 투쟁했고 무엇을 양보하지 못하는지* 이해하게 될 것이다.

나는 *정신의 지식*의 방향을 가리키는 이정표를 손에 들고 싸웠다.

이것이 인지학자 친구들에게 하는 말이다.

그렇지만 *언젠가* 친구였지만 인지학자가 아닌 사람들에게는 다르게 말한다. 어떻게 그들이 감격의 어조 속에서 나에 대한 '그렇다'를 보지 못하고, 1901년, 1904년, 1906년 나의 '*상징주의*' 속에서 성장하는 '*표장*', 즉 칸트, 전통, 유미주의, 신비주의, 괄호 속의 '*신령학*', 종교, 교리가 아닌 '*정신의 지식*'을 가리키는 손을 보지 못할 수 있단 말인가. 혹은 내 속에는 항상 치명적인 '*슈타이너이즘*'이 둥지를 틀고 있는 것을, 혹은 내가 '*인지학협회*'에 등장하던 시기에는 그 어떤 '*슈타이너이즘*'도 없었다는 것을 보지 못할 수 있단 말인가. 왜냐하면 왜소한 나와 거인 슈타이너는 항상 '*이즘*'에 대한 특별한 혐오 속에 교차했기 때문이다.

이것이 바로 나에 대한 몰이해를 내가 이해하지 못하는 이유이다. 그리고 이러한 몰이해 속에서 고통스럽게 서서 끊임없이 인지학, 인지학자, 인지학자 아님으로 나를 이해하는 방향을 바꾸고 있었다. 그리고 이런저런 사람들이 거의 적대감에 가까운 특별한 비호감으로, 이렇게 타협하려는 나의 시도에 주목했다. 혹은 침묵으로, 혹은 대화의 테마를 전략적이지 않게 변경하는 것으로, 혹은 내가 오만하고 불공정하다는 모욕적인 의심으로, 혹은 야만적인 비명과 욕설로(메트네르처럼), 혹은 실의에 빠진 나에 대한 소문을 퍼뜨리는 데 참여하는 것으로(블록이 《일기》에서 그런 것처럼) 말이다. 나는 인지학 속에서, 그리고 동시에 인지학이 아닌 것 속에서 나를 이해하기를 원했다. 왜냐하면 나는 인지학에 나의 '*상징주의*'를 도입했고, 이전 '*아르고호*'와 '*천칭*'의 시기, 그리고 그 밖의 다른 모든 상징주의에 이를 도입했기 때문이다. 나의 '*나*' 속에서 인지학을 천천히 드러내는 인지학자가 있었다. 이는 잘못되었을 수도 있지만 자연스러운 것이었다.

내 생각에, 1912년 (내가 '*무사게트*'에 있을 때) 모든 총회의 무사게트인들이 일부러 내 말을 듣지 않는 것, 슈타이너와 대화한 이후 (같은 해) 2개월 반 이후에도 같은 총회의 무사게트인들(오르페우스인들과 '*로고스인들*')이 일부러 내 말을 듣지 않고 무엇 때문인지(무엇 때문일까?) 나를 비난했던 것이 바로 그 누구도 나의 "*의미의 표장*"을 읽지 않았기 때문이고, 나는 나의 전 생애(중학교 때의 생각부터 30세까지) 사상의 노력의 결실인 써지지 않은 체계에 대한 무상한 암시에 매달리듯이 이 논문에 매달린다는 것을 알았다. 나는 이 논문이 어렵게 써졌고 잘 써지지 않았다고 믿는다(생각이 아니라 종이에 써진 것). 그리고 그 논문은 삶의 투쟁의 총합, 더 나아가 *경험적 길*의 총합에 대한 암시이기도 했다. 인간은 이웃과 함께 살고 이웃을 위하라는 과제를 스스로 부여한다. 유토피아로 인한 인간의 모든 개인적인 불행은 이런 토양 위에 생겨난다. 심지어 "*의미의 표장*"을 쓰면서 가장 성공적이지 못하고 서두른 것은 사상의 완전한 체계가 저널리즘적으로 와해되었기 때문인데, 그 사상을 종이 위에 확보할 시간이 없었던 것이다. 그렇지만 그에 대한 저널리즘과 피로는 역시 손에 든, 정신의 지식을 향한 이정표의 표장이나 아니면 '*상징주의*'가 일단의 상징주의자들에게서 모욕을 당하고 바꿔치기를 당했기 때문이었다. 수십 년 우정의 은밀한 대화가 바로 *친구*가 가장 은밀하고 가장 진지하다고 간주했던 연구를 그만둔다는 것인가(그것은 *시*를 쓰는 것과 《*심포니야*》, 혹은 '*신비주의*' 형제들에 참여하는 것보다 더욱 진지한 것이다)?

후에 이렇게 나를 짓누르는 공기는 인지학자들뿐 아니라 그들의 적과도 교류해야 하는 지점에서 지속되었다. 심지어 나의 인지학 속에 나의 '*상징주의*'의 테마를 구축하려는 시도에 대해 '*관심 없다*'는 직접적인 말로 나를 배제하려는 지경까지 이르렀다.

"왜 관심이 없단 말인가?" 나는 1913년 이렇게 소리칠 수 있었다. 이때 나의 모든 영혼은 라이프치히에서 행한 강의의 비밀스러운 테마에 쏠려 있었다. 왜 관심이 없단 말인가? 인지학의 *개체적* 포획의 테마를 실행하지 않으면 그 테마는 우리 내부에서 퇴화할 것(슈타이너의 슬로건)에 대한 이야기 아닌가. 나의 인지학적 개체는 그 속에서 인지학 이전의 삶이 인지학적으로 가공된 것이다. "만일 *이것*에 관심 없다면, *인지학 친구*의 감상적 이타주의는 무엇을 향한 것인가?" 우리가 각각의 '*개체*'에 대해 서로 관심이 없다면, 과연 우리가 어떻게 친구가 된단 말인가.

이제 지성을 악과 싸우는 *미카엘의 칼*처럼 이야기하는 당대 인지학적 유행의 관점에서 "*표장*"의 위치는, 거칠게 말해, 이 '*칼*'의 위치에 있었는데 왜냐하면 그 속에 다음과 같은 슬로건이 있기 때문이다. ① *상징주의 플러스 비판주의*, ② 도덕적 환상으로 이행하는 *표장의 자유*(*свобода эмблематики*), ③ 모든 표장에서 상징영역의 반출 — 이것은 모든 외피에 대한 미하일의 자극의 영향을 받는 영역의 반출이다. 왜냐하면 *상징*

은 여기서 경계의 경계, '*어떤*' 구체적인 것('*아무것도 아닌 것*'이 아닌)으로 주어졌기 때문이다.

이 시점에서 미래에 있을 오해의 여지를 피하기 위해 나 자신을 해명하는 것이 나에게는 무척 중요하다.

미리 말해 두지만, 나의 말은 비난하기 위해서가 아니라 설명하기 위해서, 즉 '*이해받지 못함*'에 대한 생각의 테마가 삶의 몇 년 동안 어떻게 전개되었나에 대해 설명하기 위해서이다.

나의 이데올로기가 이해받지 못하는 것과 더불어 나의 예술적 길도 이해받지 못했다. 여기서 나는 이해받지 못한 것에 대해 그렇게 슬퍼하지 않는다. 나는 장인이자 수공업자로서 자신의 성취와 실패를 잘 알고 있었다. 자신이 '*최고 재판관*'이 되어야 한다는 예술가의 슬로건은 내게 본질적이었고, 내가 쓴 글은 한 번도 최후의 심판에 회부되지 않았다. 그래서 나는 이러한 토양에서 나를 이해하지 못하는 모든 사람을 깊게 생각하지 않는다. 한마디만 하자면 1901년 내가 《*북극의 심포니야*》(*Северная симфония*) 필사본을 친구들 중 하나에게 조심스럽게 보여 주었을 때 그 결과는 내가 예술의 영역에서 추구하는 것에 완전히 찬물을 끼얹는 것이었다. "*문학은 당신 영역이 아닌 것 같소.*" 나는 생각했다. '*만일 이 사람이 이해하지 못한다면 그 누가 나를 이해하겠는가?*' 손과 머리가 넝쿨처럼 얽혀 있었다. 예술가는 재판관, 비평가가 필요하다. 그렇지만 그가 *왜 이해받지 못하는지* 분명한 이유를 말해야 한다. 이유가 불분명한 선고, 침묵은 그릇된 '*칭찬*'처럼 창조를 손상시킨다. 나는 연달아 책을 출판했다. 그렇지만 많은 친한 친구들로부터 *이렇다 저렇다* 할 말을 하나도 듣지 못했다. 화를 내지는 않았지만 매우 괴로웠다(칭찬뿐 아니라 욕설도 없었다. *침묵*에 질식되었다). 예술가를 진심으로 대하지 않는 것은 화초에 물을 주지 않는 것과 같다. 그는 시들어 버릴 것이다. *낭만주의자에서 사실주의*(상징주의의)로의 결정적 이행의 시기에, 나는 또한 버림받았다. 그 누구도 《*눈보라의 잔*》(*Кубок метелей*)에 대해 언급하지 않고 놀랄 만큼 *침묵했다*. 그리고 나는 놀라고 당황하여 관습과 민중에게로 튕겨 나가서 대중의 찌꺼기에서 그 앙금을 거르고 그 과정에서 '*라스푸틴*'(*Распутин*)의 테마[47]를 내세웠다. *내가 이해받지 못한다는 것*을 깊이 생각하지 않았지만, 친한 친구들 가운데 많은 사람이 '소설'에 대해 한마디도 하지 않았다는 것만 지적하겠다. 그리고 나는 나의 내부의 '*예술가*'가 그들을 위해 달에서 생존하고, 그 '*예술가*'는 우리에게 공통적인 *삶의 테마*를 계속 언급한다는 기분이 들었다. 상징 속에서. 내가 《*페테르부르크*》를 썼을 때, 모든 사람들이 나를 욕하고 괴롭히면서 보다 얇은 원고와 *기도*를 요구했다. '*무사게트*'에서 몇 시간 동안이나 *활자*에 대한 문제로 논쟁했을 때 나는 마치 그것이 전 세계적-역사적 중요성을 가진 문제이고, 그에 비하면 《*페테르부르크*》 줄거리의 내용과 형식에 대한 과제는 단순한 '*박테리아*'처럼 얼핏 보아서는 분별되지도 않는 것으로 여겨졌다. 사실 나는 이 책에서 페테르부르크의 소멸, 혁명, 러시아 사회의 위기 등 역사가 된 사실에 대해 썼던 것이다. 그렇지만 사람들은 첫 번째 《*심포니야*》 때처럼 "*이것은 문학이 아니다*"(형식의 혁신은 아마 낭만주의자의 것이다) 라고 말했다. 나는 《페테르부르크》의 단편을 읽은 후 쓴 글의 한 대목을 기억하는데, 그것은 왜 내가 여류작가 크트이자노프스카야의 문제로 쓰지 않았는가 하는 것이다. *내일 페테르부르크가 멸망*

---

47) 〔옮긴이〕 라스푸틴(Распутин, Г. Е., 1869~1916): 러시아의 신비주의 승려. 시베리아에서 농부의 아들로 태어나 러시아 전역을 순례하였다. 황태자 알렉세이의 혈우병을 고쳐 황제 니콜라이 2세와 황후의 신임을 받았다. 황실의 실력자가 되어 제정 러시아의 정치에 관여하였는데, 이후 이는 당시 귀족 정치인들의 반감을 샀고, 결국 살해되었다. 이렇게 라스푸틴은 19세기 말 러시아의 정치적 상황과 직접적으로 연관되어 있지만 그의 생애와 행적에 대해서는 정확한 기록 없이 많은 부분이 베일에 싸여 신비화되어 있다. '라스푸틴의 테마'는 벨르이가 이를 염두에 둔 것이다.

할 것이다(*Завтра провалится Петербург*) 에 대해서가 아니라 다른 행성으로의 이주에 대해 써야 했다는 것이다. 《페테르부르크》는 지루하고 불쾌하고 진부하고 '*심령학적이지 않다*' 한다. 더욱이 모든 사람들이 《심포니야》를 잊었다고 나를 비난했는데, 내가 《심포니야》의 형식을 어느 정도 잊은 것은 그에 대한 친구들의 침묵 때문이었다. 이제 《심포니야》에 대한 유감스러운 감정이 《페테르부르크》에 대한 근거 없는 비난으로 감지되었다. 〈*러시아 사상*〉은 이 소설을 받아들이지 않았다. 나는 《페테르부르크》를 작업할 때만큼 도덕적 지지를 필요로 한 적은 없었다. 후에 소설이 인정받고 거의 예언적인 것으로 간주되었을 때 나는 생각했다. "*지금* 내게 이런 인정이 무슨 소용인가. 예술가로서 지지가 필요했을 때 지금의 100분의 1이라도 예술가로서의 나에 주목했다면, 《페테르부르크》는 훨씬 더 진지해졌을 것이다."

나는 친구들에게서 예술가로 인정받지 못했고, 소설을 주문한 편집장은 다 쓰지 못한 원고의 절반을 거절했다. 그 원고를 *다 쓰는 것*은 절망적이었다. 나는 인간적으로 '*무사게트*'에서 의심을 받았다. 게다가 나는 돈도 없었다.

모든 실패는 또 다른 실패에 대한 두려움을 야기했다. 소설의 실패도 그렇다. 그렇게 이해받지 못하고 의심받는 분위기에서 소설을 쓰는 것은 불가능했다.

내가 '*무사게트*'를 버린 게 아니라 '*무사게트*'가 나를 버린 것이고, 완전한 고독 속에서만 나의 물질적 존재가 의존하는 단순한 노동과 사고를 다룰 수 있다는 의식으로 소설을 *다 쓰는 것*(*дописание*) 에 대한 생각 — 이런 생각이 내가 모스크바와 '*무사게트*'로부터 도주할 뿐 아니라 '*송두리째*' 도주하는 조건이 되었다. 내가 떠날 때 앞에는 온갖 장애가 있었지만, 떠나지 않아도 편하다는 보장도 없었다. 벨기에로 황급히 떠난 것과 절망적인 고통을 연상시키는 이러한 떠남의 제스처는 기본적인 자유, 이데올로기의 신념, 나의 내부의 '*예술가*'를 위한 투쟁이었다. 그 예술가는 모스크바에서는 식물에 가까웠는데, 그 식물은 물을 머금지 못했을 뿐 아니라 부식성 산소에 침식당하고 있었던 것이다.

나는 도망쳤다.

옛 이야기가 생각났다.

> 나는 시끄러운 도시를 버렸다.

이것이 1904년과 1906년에 일어난 일이다.

9

1912년 4월과 5월에 나의 내면적인 사건으로 인해 갑자기 슈타이너와 개인적으로 만나게 되었다. 그런데 이 만남으로 나는 슈타이너의 '*작업*'(*Дело*)과 관련되었는데, 그 작업은 나에게 다음 단계의 길을 분명하게 밝혀 주었다. "*표장*"은 분석을 기본으로 하는 것으로 내게는 명확한 이론이 불완전한 조각으로 나타난 것으로서, 이후 나는 변증법의 문제에 관심을 가져야 했다. *변증법*은 정적인 도식인 *분석학*의 탈출구로서 *동역학*을 필요로 했다. 나에게 이 동적인 변증법은 인지학으로서 자의식 속에서 사상적 문화의 문제에 타격을 가하는 것이었다. 그리고 이미 의식의 상태의 변증법을 도출하고 자연과 문화를 구체적인 일원-이원-다원론으로 취하게 하는 자의식의 타격이 있었다. 슈타이너에게 접근하게 된 내적인 동기는 1909년부터 시작된 '*길*'을 탐색하는 모든 대오에 의해 규정되었다(그리고 이로부터 경험 있는 지도자를 탐색하는). 민츨로바와의 '*파경*' 이후 그녀가 지시한 영역에서 방향을 탐색하는 것은 중단되었고, 나와 슈타이너 사이에 있던 '*장벽*'은 사라졌다. 그 장벽이란 슈타이너의 그리스도론에 대한 일면적이고 선입견적인 불신을 말한다. 기독교 과정에 대한 접근과 〈*그리스도와20세기*〉 강의는 슈타이너의 기독교 관점에 대한 나의 해석(민츨로바의 프리즘을 통해)에서 오해를 제거했다.

'*상징주의*'로부터 인지학으로 가는 길은 내게 이미 "*표장*"에서 언급한 길의 연장선상에 있었다. 그러나 슈타이너가 내게 보여준, 내적으로 작용하는 방법들의 조건에 대한 놀라운 지침과 이러한 작용을 토대로 한 지속적인 소통의 가능성은 자연스럽게 나를 슈타이너의 개인적 제자들의 모임으로 이끌었다. '인지학협회' 가입은 오래전부터 내부적으로 성숙한 사실들의 외적인 형식화에 불과했다. 이미 1907년에 논문 "*니체*"를 베잔트의 '*고양된 의식*'에 대한 인용으로 마감하고, 이후 5년 동안 고집스럽게 이 테마를 숙고하고 이에 관한 책을 읽었던 사람은 1912년 슈타이너 주변 사람들의 모임에 합류해야 했다. 이 길에서 그 어떤 갈등도 없었다.

이때부터 나의 오랜 영역이었던 *상징*과 새로운 문화에서 재림한 미래의 그리스도의 영역이 균등하다는 긴밀한 특징을 감지했다(나에게 상징주의는 슈타이너에게 인지학이었다). 나는 슈타이너의 강의에서 그리스도에 대한 그노시스를 포착했는데, 그것은 처음으로 *의식적으로도 경험적으로도* 만족스러운 것이었다(《심포니야》 시절 체험한 경험에 의하면). 나는 기억한다. 음울한 1906~1907년 망쳐 버린 네 번째 《심포니야》의 옛 텍스트(1902년에 쓰여져 1906년 《눈보라의 잔》에서 *파손된*)는 "*이 낡은 세계에서 나에게 때가 되었다… 나는 모든 사물들의 비단옷을 입는다*" 혹은 "*여기로 오라, 농군이여, 여기로 와서… 말하라. '나는 당신과 함께합니다'라고… 약혼자가 수확을 갖고 올 것이다*"라는 문구로 가득 찼다. 나에게 이 문구들은 1902년에 이미 **상징** 혹은 그리스도 영역의 재림의 리듬이었다. 1912년 루돌프 슈타이너의 강의에 이러한 유형의 체험의 그노시스가 명확해졌는데, "*표장*"에서 *분석적으로* 고양된 다면성, 복합성, 상징화 등의 오래된 테마가 인지학 속에서 수동으로 내게 변증법적으로 해명되었다는 것은 더 이상 말할 필요도 없었다. 사상의 세 영역, 즉 상징-상징주의-상징화는 방법론적 *3단계*(테제-안티테제-진테제, 형식-내용-상징화의 표장)의 대위법 속에서 다성악적으로 설정된 것으로서, 이는 자신의 구체적 대화를 대위법 '7'에서 발견하는데, 이때 1, 2, 3은 테제, 안티테제, 진테제의 추상적인 표상이 된다. 반복되지 않는 '4'는 개별적 복합체의 문화에서 그들의 총체가 되고, 5, 6, 7은 총체의 상징 속에서 테제, 안티테제, 진테제가 된다. 이렇게 일곱 개의 대열은 나선으로 넓게 펼쳐진 3단계(1, 2, 3)로 나타나고 그 속에서 '1'(테제)은 이미 1-2-3이 되고, '2'(안티테제)는 4, 그리고 5-6-7(진테제)은 '3'이 된다. 그러나 "의미의 표장"에서 내가 그린 표장의 피라미드의 도식에서 각각의 삼각형을 확장하는 경향은 고양된 질서의 삼각형을 고찰하는 경향 속에서 자신의 표식을 갖는데, 그 삼각형은 '4' 삼각형들로 구성된 것으로, 여기서 △는 ▽으로 연구된다("의미의 표장"을 보라). 펼침의 법칙, 혹은 네 가지 의미의 삼위일체성 복합체 속에 포획된 삼위일체 속에서 의미 변화의 변증법, 그리고 '3'과 피타고라스의 '4'를 7로 결합(3 + 4 = 7)하는 강화된 인지학적 7의 리듬이 있다.

여기서 내가 암시하는 것은 16년(1912~1928년) 동안 구체적으로 연구한 것이다. 그리고 그것은 1912년 아주 분명해졌는데, 마치 인지학의 문화 속에서 "의미의 표장"의 펼침가능성에 대한 암시와 같다.

이렇게 분명하고 아주 명확한 자신과 자신(*상징주의자이자 인지학자*)의 일치를 다른 사람들은 이해하지 못했다. 한편으로 상징주의자로서 나의 타락에 대해 통곡으로 일깨우거나 다른 한편으로 도덕론의 꼼꼼하고 감상적인 양식을 내게 일깨우거나 하지 않기 위해, 즉 '*안드레이 벨르이*'의 인식의 망상을 거부하고 루돌프 슈타이너의 '*초-인적*' 지혜의 원리를 수동적으로 감지하는 자유사상을 전적으로 거부할 때가 되었다거나 하지 않기 위해서는 나의 전 생애의 사상적-도덕적 외견을 수용하는 *최소한*의 건전한 사고와 인지학을 수용하는 (비판적 태도에서라도) 최소한의 건전한 사고를 갖고 있어야 했다. 인지학 진영에서 제기된 마지막 지적은 나를 더욱 난처하게 했는데, 그것이 아니어도 인지학적 '*교리*'와 인지학의 '*교리*' 사이를 빠져나가는 것은 어려운 상황이었다. 이런저런 '*교리*'와 함께 나에게는 모든 것이 오래전에 끝났는데 그때 나는 '*비판주의 플러스 상징주의*'라는 낡은 슬로건을 내세우며, 내가 왜 인지학과 반(反) 인지학 앞에서 *고백*해야 하는지 이해할 수 없었다.

사실 내가 이렇게 고백하게 된 것은 브뤼셀에 있는 메트네르의 편지 때문이었다. 그 편지로 인해 모스크바의 발작으로부터 '*도주*'한 이후 나는 내 등을 주먹으로 강타당하는 느낌을 받았다. 마치 무언가 의심하는 듯한 '*오르페우스들*'의 건조한 편지가 나로 하여금 고백하게 했는데, 그들 중 두 명은 … 인지학자였다.

슈타이너와의 만남이라는 아주 기쁜 순간은 쓰라린 순간과 관련되어 있었다. 그것은 나에 대한 모든 모스크바 사람들의 비합리적이고 불유쾌한 태도 때문이었다. 그들은 왜 그랬는가? 그 이유는 내가 ① 〈노동*과 나날*〉에 상징주의에 관한 논문을 집요하게 집어넣었기 때문이다. 이 잡지는 상징주의에 동화된 메트네르가 나로부터 방어하기 위해 고안한 것이다. ② 그때 집요하게 《페테르부르크》를 썼기 때문이다. 페테르부르크의 멸망을 이야기한 것 때문에 나를 질책하던 사람들은 후에 이 소설을 나의 작품 중 가장 훌륭한 것으로 간주했다. ③ 그 밖에도 나는 아주 집중하여 인지학 서적을 연구하고 슈타이너의 강의에 참석하고 끊임없이 명상작업에 몰두했기 때문이다. 내가 명상에서 슈타이너에게 확실하게 인정받은 적이 한두 번이 아니었다.

이 시기 나는 모든 사람들을 만족시키려고 많은 노력을 했다. 여기서 모든 사람들이란, ① *상징주의*, ② 예술, ③ 인지학적 그노시스의 길에서 성공을 나에게 요구하던 사람들을 말한다. 나는 맨 마지막 사항에서 나를 후원하는 친구 — 인지학자의 조직을 통해 슈타이너에게서만 칭찬을 받았다. 그래서 나는 자만하지 않고 내 위치를 알았다(나는 자만하지 않았다). 작가로서 직업적 성공(어쨌든 결국 자신의 '*최고의*' 책을 썼다는 것이 수많은 인지학 '*적들*'의 후기 의견이었다), 이 성공에 대해서는 예술을 위한 굴곡이라는 설교를 들었고, '*상징주의학파*'란 무엇인가라는 테마에 관해 쓰려는 노력에 대해서는 *상징주의*를 배반했다는 말만 들었다.

나는 아무것도 변하지 않았다는 것을 메트네르, 키셀료프, 라친스키, 모로조바, 크라흐트에게 편지로 설명하려 했으나 헛수고였다. 예술적이고 철학적이며 종교적이면서 부르주아적인 모스크바는 "백치로 변하는 만곡점"이 되었다. 메트네르는 나에 대한 유감이란 깃발 아래 이러한 말을 모스크바 살롱에 퍼뜨렸을 뿐 아니라 페테르부르크까지 전달했다. 블록에게는 설명조의 편지를 한 뭉치 보냈는데(그가 나를 *욕하지 않은* 유일한 사람이라는 것을 알고 있다) 그는 모든 설명에 대해 "*포도주 한 병을 마셨다*"고 적을 정도로 사소한 일들을 적었던 《*일기*》에서도 침묵을 지키고 있었다. 나를 모욕하는 메트네르의 이야기는 《*일기*》에서 무조건 확고하게 나타났다. 나는 나를 비방한 자의 '*안녕*'과 '*명복*'을 빈다.

'*무사게트*'에서 상징주의를 압박하던 사람들(메트네르, '*로고스인들*')은 나를 상징주의자로 여기지 않고 이에 대해 유감스러워하는 것이 분명했다. 비록 그것이 뱌체슬라프 이바노프가 바젤로 나를 찾아와서 상징주의 트로이카(나-블록-이바노프)에서 내가 이탈하면 상징주의가 어떻게 되겠느냐고 울적하게 말한 뒤라도 말이다. 이 일이 있은 후 나는 피츠나우에서 두 편의 논문을 썼다. 그것은 "*나선운동*"(*Круговое движение*)과 "*선, 원, 나선, 상징주의*"(*Линия, круг, спираль, символизм*)였다. 이 논문들에서 '*상징주의자*'는 분명하게 상징주의를 지지했는데, 이에 대해 모스크바에 있는 메트네르는 마치 논문 속에 '*천재의 불꽃*'이 있는 것 같다고 비평했다. 그러나 '*불꽃*'에도 불구하고 나는 백치였다. 왜냐하면

'*천재의 불꽃*'이 빛나는 곳이 머리나 가슴, 의지가 아니라 … *배꼽*이기 때문이다(이 표현을 용서하시라). 나는 나를 예술가, 사상가, 강연자, 평론가로 대하는 많은 사람들의 본질적인 특성을 이해했다. 나의 이 모든 성과는 의식, 도덕적 환상, 심장의 고통스러운 작업 혹은 '*장인*'의 기강에 호소하는 이마의 땀과 관련된 것이 아니라 '*재능*'과 관계된 것으로, 발화의 근원지는 바로 배였다(위장에서 나는 꼬르륵 소리와 비슷한데 불쾌하지는 않다). 이로 인해 나의 경박함이나 모순에 대한 여러 이설(異說)이 있는 것이다. 그리고 이로 인해 많은 친구들이 나의 창조를 높이 평가하지 않을 뿐 아니라, 나의 인격을 인정하는 데 장애가 되는 그 무엇으로 간주하는 것이다. 나는 만일 '*재능*'이 배에서 나는 꼬르륵 소리로 간주된다면 재능 있는 인간은 책임감 없는 부끄러운 것(вещь) 일 뿐임을 알았다. 교육가를 자처하는 인지학자들이 내 안의 '*예술적 꼬르륵 소리*'를 조율하기 시작했다.

나는 힘들었다. 나는 다른 누구보다 열심히 일했다. *이마에 땀이 나도록.* 박물관 학자 키셀료프는 훌륭한 사람이다. 왜인가? 그는 어떤 작업도 끝까지 할 수 없었는데, 바로 책임감이 있기 때문이다. 일을 끝까지 마친 나는 바로 그 때문에 *신뢰를 받지 못했다.* 재능 때문이었다. 무상하게 주어진.

'*꼬르륵 소리가 난다*' — 그리고 600쪽의 책이 나왔다.

이로부터 감독한 엄격한 제도가 유래했고, 이는 무시와 멸시로 이어졌다(600쪽의 책에 대한). 건조한 석류열매처럼 그것을 짜내는 '*수고는 헛수고*'라는 것이 내게 분명해졌다. 물론 그러한 생각은 '*의식적인 자들*'의 무의식 속에 일어난다. 만일 '*무의식적인*' 내가 의식적으로 '*의식적인 자들*' 속에 있다면 상처 입기 쉬운 무의식의 뒤꿈치는 어떻게 할 것인가. 천년의 편견이 무너지고, 작가는 자의식적 유형이라거나 혹은 방치되지 않은 계획 — 결실을 맺지 못하는 — 이라는 진리가 확립된다.

본질적으로, 나에게 '*재능*'을 선물하면서 사람들은 바로 이 결실 없는 꽃의 화관을 나에게 씌웠던 것이다.

10

사회적인 단절 속에서 이해받지 못하는 대대적인 마지막 단계에 접어드는 것은 힘든 일이었다. 나의 마지막 은신처였던 인지학 그룹과의 비극은 15년 동안이나 지속되었다. 그 비극은 시간적으로나 그 첨예한 성격에서나 다른 비극들을 능가하는 것이었다. 만일 내가 12년 동안(1900~1912년) 문학에 그렇게 많은 비중을 할당했다면, 인지학의 비극에는 얼마나 많은 비중을 할당해야 하는 걸까? 인지학의 비극이 근접해 있었다. 여기서는 아직 내게 모든 것이 보이지 않았다. 여전히 감성이 나의 삶의 수면에 잔물결을 일으키고 그 표면에 나의 '*나*'가 비쳤다.

이 모든 것이 나의 간결한 표현의 이유가 되었다. 왜냐하면 나는 무한히 상세하게 말할 수 있는 것을 건조하게 말하려고 노력했기 때문이다.

인지학과의 관계는 1912년 7월 뮌헨에 내가 등장하는 것으로 시작된다.

그리고 여기서 내가 말하려는 것은 그 사람들이 아니라, 평균적으로 포함되는 모든 환경에 대한 나의 느낌이다.

모스크바에서 나는 죽은 것으로 알려졌다. 그러나 뮌헨에서 나는 그 무엇으로도 알려지지 않았다. 왜냐하면 그곳에서 나는 아무것도 아니기 때문이다. 나의 삶의 내용을 구성하는 복잡한 문제들의 자리와 복잡한 문학활동의 자리에는 *아무것도 없었고* 나는 그렇게 자리매김되었다. 그것이 방문객이라면 이해된다. 변두리에서 온 사람은 그 누구도 알지 못했고 아무래도 좋았다. 내가 등장했을 때 나는 *아무것도 아니*었다. 그렇지만 나는 기다렸다. 처음에는 몇 주일, 그다음에는 몇 달을 기다렸고, 결국 몇 년을 기다리게 되었다. 내가 살고 일하려 했던 이 사회에서 '*아무*

것도 아닌 것' (*ничто*) 으로부터 진정한 내가 알을 깨고 나오기를 기다렸다. 그러나 아무것도 나오지 않았다. *아무것도 아닌* 것은 *아무것도 아니*었다. 단지 이 몇 년 동안 예전에는 나의 복잡한 도덕적 세계가 있던 곳에 폐허가 자리 잡았고, 서구사회에서 나의 등장의 사회적 경계에는 '*아무것도 아닌*' 내용물이 들어 있는 달걀껍질에 그런 것처럼 이상한 무늬들이 층층이 새겨졌을 뿐이다. 나는 그것이 불쾌했다. 그것은 캐리커처 같지도 않았고 내 삶의 그 어떤 지점에도 일치하지 않는 아주 낯선 것이었다. 이 삶이 나를 지각하는 것으로 나에게 나타났던 것이다. 어쨌든 그 사회의 평균적인 사람들에게 나는 그렇게 나타났는데, 그 속에서 나는 4년 동안 생활했다. 이러한 '*그*' 혹은 '*헤르 부가예프*'는 소박하고 단순한 얼뜨기로서, 그 누구도 그와 대화를 하거나 그 사회의 활동적인 작업에 끌어들일 가치가 있다고 생각하지 않았다. '*헤르 부가예프*'의 교육은 중등학교 3학년보다 높지 않은 것 같았다. 그는 작가, 철학자, 철물공, 마마보이 혹은 카불의 나폴레옹 등 누구든지 될 수 있었다. 사회에서 그는 겉에 '*헤르 부가예프*'라고 서명된 아무것도 아닌 것이었다. 그가 자신을 무엇이라 부르든지 그것은 중요하지 않았다. 다섯 살짜리 소년이 놀이를 하면서 자신을 '작가'라고 부르거나 '나폴레옹'이라 불러도 아무도 이것에 놀라지 않는 것처럼 말이다. 한 가지 확실한 것은 그들이 '*마마*보이'라는 사실이다. 그런데 벌써 서른세 살의 '헤르 부가예프'가 그 사회의 많은 사람들의 의식 속에 '*엄마*'에게 의존하는 '*아들*'이 되었던 것이다. 그 '*엄마*'는 바로 마담 슈타이너였다. 어떤 사람들이 '*엄마*' 말을 잘 듣는, 이 짧은 치마를 입은 서른세 살의 '*베이비*'의 그림에 분개한 것은 당연하다. 그런데 그들은 자신의 분노를 내게 전달했는데, 그들이 '*베이비*'의 흉한 모습을 나의 교활하고 수상한 아첨으로 탓했기 때문이다. 다른 사람들은 자신이 창조한 나에 대한 순진한 '*얼뜨기*'라는 신화를 믿으면서 나이 많은 대머리 '*베이비*'를 신중하게 받아들였다. 이 사람들은 나를 '*운저 헤르 부*

가예프'라고 불렀다.

사람들은 내가 어떻게 '*신화*'를 파괴하지 않았냐고 물었다. 그렇지만 나에게 아무것도 묻지 않고, 나의 이념세계, 고뇌의 영역, 체험의 실재를 밝히려는 모든 시도에서 내가 만난 것은 심지어 반대도 아닌 청각장애에 가까운 무관심뿐인 걸 어떻게 하겠는가. 러시아 작가는 낯선 청각장애 속에 앉아 4년 동안 마치 통 속에 생매장당한 느낌을 경험하고 있었다. 이 시기에 그 어떤 시도의 가능성도 차단된 가운데 사람들은 통의 표면에 '*베이비*'나 '*부키*', 신성한 백치를 그려 넣었다. 백치 속에서 파르시팔[48]을 능가하는 거대한 괴물이 자라났다. 그리고 이 교활하고 어두운 괴물은 친애하는 독일 사회에 숨어들었다. 루돌프 슈타이너와 그의 아내, 슈타이너의 제자들, 몇몇 우리의 *친애하는 활동가들*(미하일 바우어, 소피아 슈틴데 등)의 알 수 없는 신뢰 속에 스며들었던 것이다.

그 사회의 평균 수준 혹은 이와 동등한 수백 명의 인지학자들, 수백 명의 인지학 대표자들, 유럽의 열아홉 민족의 대표자들과의 상황은 이러했다. 이 평균 수준의 *수백 명*들은 *수십* 가지 관계의 빽빽한 원으로 나를 에워쌌다. 이 관계는 피할 수 있는 것이 아니었다. 그것은 슈타이너 강의의 '*비 셴*'(*ви шен*), '*비 미프*'(*ви миф*)에 대한 대화 혹은 인간에게는 '*일곱 개의 막*'(*семь оболочек*)이 있다는 달갑지 않은 설교에 있었다. 평균적인 독일 인지학자는 슈타이너 앞에 까치발로 서서, 신참자와 아주 낮은 교양의 속죄양들(나는 이 '*신참자들*' 속에 4년 동안 있었다)에게 설교와 잔소리를 하며 소문과 유언비어(신령하거나 신령하지 않은)에 취해 있었다.

나는 이 평균 수준의 관습에 젖어야 했는데 러시아에서 도주한 이후 찾은 은신처였기 때문이다.

---

48) 〔옮긴이〕 파르시팔(Parsifal): 바그너의 오페라 〈니벨룽의 반지〉 제 1부에 등장하는 괴물. 오페라 1부의 제목이기도 하다.

내가 실제 처한 상황을 상상해 보시라. 한편으로는 러시아에 무성했던 나의 죽음에 대한 신화에 끼이고, 다른 한편으로는 인지학 속물들의 이중적인 전설('*성스러운 바보*'와 '*사기꾼*')에 끼여서, 나는 편견 없음, 사고의 조직, 창의, 균형, 모욕의 감내, 기독교적 헌신의 일곱 단계(발을 씻는 것부터 채찍질과 관에 안장하는 것까지) 등 '헌신의 길'을 정상적으로 통과하는 데 필요한 덕성들을 고안해야 했다. 나는 사람들과의 교제수단인 모국어가 제거된 채(나는 독일어에 끔찍하게 서툴렀다), 자신의 내면세계를 소개할 수 있는 가능성을 상실했다(사람들은 *무례하게도* 내 말을 듣지 않았다). 외부에서 나를 추천하는 것이 제거되었는데(나는 '*무명의 러시아 작가*'였다), 왜냐하면 뮌헨의 인지학 사회에서 *안드레이 벨르이*에 대한 모든 평가는 '오만하다'는 것이었고, 이에 '*베이비*'인 나는 자원봉사 교사에게도 모욕을 받았던 것이다. 나의 '*책들*' 역시 제거되었다.

이렇게 나는 '*인지학협회*' 평균 수준의 내부에 알려지지 않은 채 나의 복잡한 30년 인생과 함께 실질적인 죽음을 맞게 되었다. 1913년, 1914년 나는 내가 이미 '*없는 것이 아닌가*'를 심각하게 생각했다. 나의 '*나*'의 모든 개인적인 변주는 내가 입고 있던 '*공통의 괄호*' 아래 폐기되었다. 그러나 바로 그 때문에 형체가 없고 말이 없고 그 출현에 손과 발이 묶인 개체의 '*나*'는 독수리 날개를 달고 진정 그 위로 높이 날았다. 나는 내 인생에서 처음으로 그러한 지식의 비상과 비행을 체험했다. 이러한 *비행*은 사람들을 지나서 나를 스승인 루돌프 슈타이너에게 실어다 주었고, 나는 4년 동안 그에게서 말할 수 없이 많은 것을 받았다.

물론, 슈타이너는 자신의 청중들 중 평균 수준의 선에서 나를 대하지 않았다. 왜 그는 '*인지학협회*'에 보다 적합한 관습을 나에게서 찾지 않았을까. 이러한 현상을 설명하기 위해서는 '*인지학협회*'에 대한 복잡하고 이해하기 어렵고 역설적인 그의 태도에 대해 장황한 논문을 써야할 것이다. 그는 심지어 '*인지학협회*'의 회원도 아니었다.

이후 나는 '*인지학협회*'에서 몇몇 사람들을 알게 되었는데, 그들은 내게 진정한 관계를 제안했다. 여기서 간단히 언급할 수 없는 몇 가지 이유 때문에 다른 사람은 이러한 관계를 알지 못했다(이것도 논문의 테마다). 나는 '*익명의 인물들*'(*никодимы*) 을 만났다. 나보다 '*나이가 많은*' 사람들은 나를 받아들이고 이해하고 배려해 주었다. 그러나 그것은 말하자면 닫힌 문 앞에서였다. 나를 '*아무것도 아닌*' 것으로 놓고 '*아무것도 아닌*' 것으로 받아들인 인지학의 관습은 나를 슈타이너와 그의 몇몇 제자들이 내게 흘려 준 집중의 표시들을 실제로 이해하지 못했다. 이로부터 '*어두운 인간*'(악한 사람들에게) 과 '*성스러운 얼뜨기*'(아마 선한 사람들에게) 에 대한 전설이 나온 것이다. 나에 대한 슈타이너와 바우어의 사랑, 마담 슈타이너의 관심은 이 '*순수한 피조물*'의 진실하고 순결한 활동에 의거하고 있었다.

나의 4년 동안 삶의 양식의 이 고통스럽고 수치스러운 측면에 대해 묻지 마시라(누구에게 수치스러운지 모르겠다. 관습을 물리치지 못하는 나인지, 아니면 수치의 옷을 입힌 다른 사람들인지). 내가 아는 것은 단지 광대 옷을 입은 '*안드레이 벨르이*'를 러시아인들이 보지 않은 것이 다행이라는 것이다. 이 역시 누구한테 다행인지도 모르겠다. 나한테인지, 아니면 나를 보지 못하는 사람들한테인지. 심지어 러시아에 있는 나의 적들도 논쟁적이고 잘 이해되지 않는 러시아 작가를 서구의 인지학이 어떻게 받아들였는지에 전율했을 것이다. 아마 이그나토프들, 멜구노프들, 야블로노프스키들은 나를 불친절하게 대하며 소리칠 것이다: "이런 일은 독일 인지학의 수치다."

그러나 여기서 사람들은 내게 물을 것이다. "메레시콥스키, 블록, 메트네르, 불가코프, 베르자예프 같은 사람들이 당신을 매장한 것은 옳은 일이다. 1912년에서 1916년까지 당신은 매장당하지 않았는가?" 이에 대해 나는 이렇게 대답할 것이다. "독일 관습이 러시아 작가를 텅 빈 통 속에 넣고 사회의 적절한 자리에 위치시키지 않는 한 내 일이 아니다. 이것은 이 사회가 어리석기 때문이다. 나로 말하면, 말은 안 해도 나는 이것을 알고 의식하고 있다. 어려운 상황이다. 그러나 내가 살고 있는 이 '*통*'은 나에게 건전한 정신과 강한 기억의 조건이 되는 디오게네스의 통과 같다. 디오게네스의 통에서 무엇인가 내게 나타났다. 나는 통에서 나왔다. 그리고 등불을 들고 *사람*들을 찾기 시작했다. 그러나 그들의 숫자는 아직 너무 적었다. 인지학에서나 인지학이 아닌 데서나."

나는 이렇게 대답할 수 있을 것이다.

그리고 이제는 말하겠다. 나의 내부에서 자유로워진 슈타이너의 400회 강연, 명상, 밀교 강의, 그리고 통 속에 앉아 슈타이너에게 '*익명의 인물*'식 접근, 거대한 경험을 연결하는 것, 그리고 여기에 러시아와 '*인지학협회*'에서 나의 무상한 개성이 의식적 무의식적 모욕과 무시에서 자유롭게 된 것, 그리고 여기에 더하여 나의 개인적인 삶의 힘겨운 비극은 나의 '나'와 디오게네스적인 그 무엇으로 나타났다.

나는 통 속에서 통 위에 높이 있는 나의 '*나*'를 보았다. 이 때문에 나는 등불을 들고 몇 년 동안 인간(человек)에 대해, *세기의 이마*(*Чело Века*)에 대해서처럼 말했다. 이마의 징표가 도르나흐에서 나의 이마 위에서 순간 번쩍였는데, 이때 이 이마는 가시로 장식되어 있었다.

1913년 봄 밀교 강연 참석자들(이른바 '*밀교의 반군*')과 이보다 더욱 비밀스러운 그룹에서 나를 받아들인 것은 슈타이너 박사의 꾸준한 지도하에 작용된 내면적인 내용의 커다란 사건이었다. 보다 비밀스러운 그룹에서는 강연의 참석자들이 받아들였고, 이에 대해 슈타이너는 이 비밀스러운 그룹의 폐쇄 이후 자신의 책에서 언급했다. 두 번째로 받아들인 것은 1914년에 스웨덴에서였다. 비밀스러운 그룹과의 접촉은 슈타이너와의 개인적인 교제와 무관하게 밀교의 코뮌에 대한 나의 오래된 사상에 새로운 영양분을 제공했는데, 그 사상은 바로 형제애(братство)에 대한 것이었다. 그러나 수 명의 회원으로 구성된 협회에 나가면서 내가 알게 된 것은, 공동체의 **상징들**이 그 어떤 '*밀교 사회*'에 대한 거짓되고 위선적인 표상의 기관인 '협회'로 이동했다는 것이다. 그 협회는 다른 '*세속적*' 협회와 구분되는 '인지학협회'였다.

이렇게 역하고 독성이 가시지 않은 협회의 '*밀교*' 냄새와, 역으로, 사회를 '*밀교*'로 이동시키는 것은 서구에서 인지학 운동이 와해된 주요 원인이었다. '*형제애*'로 이행한 '*사회*'는 형제단의 사상에 국가성을 도입했다. 그리고 국가성은 내부에서 받아들여져서 전통, 고대 이집트의 과자, '*훈장*'의 흔적, 그리고 이와 유사한 유물로써 내적인 선을 훼손했다. 반대로 법규로 이동한 형제애의 사상과 협회의 조언, 완전히 법률적이고 형식적인 조언가의 기능은 선교의식과 같은 제의의 형식을 띠고 있었다. 왜냐하면 그것은 선들의 자유로운 이합(離合)이 아닌 자유를 훼손한 결합이기 때문이다. 이러한 결합의 결과 '통'의 감각이 생겨나고 그 속에 당신을 집어넣는 것이다. 법규에는 '*자유*'가 있고, 혀끝에는 자유의 철학이 있다. 그러나 세계관의 현실에는 주교의 지팡이가 있고, 그 앞에 자유로운 충동으로 절을 하는 것이다 … 노예제도에.

이것이 1915년까지 있었던 일이다.

1915년 슈타이너 박사는 '*밀교 사회*'와 같은 것에 타격을 가했다. 그러나 협회에 대한 슈타이너의 타격이나 1923년 비대해진 협회 사무실에 대한 그 어떤 타격도 '역한 냄새'를 없애지 못했다. 전통의 힘은 믿을 수 없을 정도였다. 언제나 자청해서 목동이 나타났고, 자청해서 경찰이 나타났다. 전자는 이집트의 과자 속에 숨어 있었고, 후자는 행정구역 속에 숨어 있었다.

11

내가 처음에는 나의 새로운 '*사회*'를, 다음에는 '*공동체*'의 선(線)을 새롭게 분별하며 나아가는 동안 이전 친구들과는 점점 멀어지게 되었다. 1913년 나는 '*무사게트*'에서 나왔다(형식적으로는 아직 회원이었다). 탈퇴한 이유는 메트네르가 무사게트인-인지학자와 무사게트인-반인지학자 사이의 *조직*을 파괴했기 때문이다. 그는 다음과 같이 결정했다. 즉, 검열의 고삐가 우리 인지학자에게 '*무사게트*'의 옷을 입혔고, 그래서 우리는 '*정신적인*' 것이 아니라 '*세속적인*' 것을 잡지에 써야 된다는 것이다. 그러고는 편집에서 인지학자들을 속이지 않겠다고 공개적으로 약속했다. 그 조건이 희극적이었지만, 우리는 동의했다. 그리고 동의했지만, 슈타이너에 반대하는 엘리스의 팸플릿[49]이 우리의 등 뒤에 새겨졌다.

이에 대한 답으로 인지학자들은 '*무사게트*'에서 탈퇴하기 시작했다. 나에게 이 탈퇴는 모든 문학적 작업에서의 탈퇴를 의미했다. 내가 거기에서 나온 것이 아니고, '*세속성*'을 간직하려는 나의 모든 노력에도 불구하고 나를 '*내보낸*' 것이다. 나는 계속 《*페테르부르크*》 같은 작품으로라도 세속성을 증명하려 했는데, 이 소설의 후반부는 1913년에 썼고 마지막 장은 '*무사게트*'에서 나온 이후에 썼다.

나는 인지학적 '*교리*'의 선전에서 자유로웠지만, 그것을 탄핵하는 짐을 져야 했다. 또한 나는 정신의 문제에 '*신*'을 도입하는 것에서 자유로웠다. 무엇보다도 서구에 있는 러시아 인지학자들은 종종 나의 이 찬송가 스타일을 의심했다. '*안드레이 벨르이*'는 사람들을 무척 골치 아프게 했다. '벨르이'는 자신의 소박함을 증명하기 위해 어떤 희생도 하지 않았고

---

49) 〔편집자〕 엘리스 비길레무스〔Эллис, *Vigilemus*(비길레무스, *in god we trust all others we watch*), M., 1914〕를 보라.

그들은 나를 신뢰하지 않았다.

나는 서구에 있는 다른 러시아 인지학자들의 심리를 이해하지 못했다. 그들의 평균 수준이 독일협회의 수준보다 높았다. 그런데도 그들은 '*가난을 가장*'하려는 감상적이고 위선적인 바람을 과장하며, '*겸손*'을 높이 평가하지 않고 발꿈치를 들고 서 있는 독일 박사들 앞에 자신의 키를 낮춘 채 기어 다녔다. 내게 그것은 낯설었는데, 무례한 독일인에 대한 겸손과 러시아와 러시아인에 대한 '*인지학적 오만*'은 나로 하여금 은밀하지만 때로 '*폭동*'과 유사한 분노를 불러일으켰다. 그래서 나는 나의 이 '*폭동*'을 감추기 시작했다. 그것은 인지학 자체에 대한 폭동으로 간주되었다. 이렇게 해서 나와 수많은 러시아인 '*도르나흐인*'들 사이에 나의 침묵과 나의 어깨를 가볍게 치는 것을 핑계로 한 불신의 분위기가 확립되었다. 러시아인 중에서 다른 사람들은 많은 면에서 나를 '*겸손하고 현명한 사제*'가 아닌 … 데카당적 양식주의자로 보았다(유미주의와 데카당적 속물주의에 감염된 러시아 부르주아 사회의 퇴폐적 계층이었던 그들의 과거가 말해 준다). 이 사람들은 러시아인들에게는 멀고 어두운 미래밖에 없으며 이러한 미래의 '*배아*'로 살고 있다는 것을 자신과 다른 사람에게 확인시키려고 노력하면서, 태어나지 않은 '나'를 포함한 '*집단적 영혼*'으로 자신을 양식화했다. 우리들 중에서 어떤 사람들은 과거 초-니체주의적이고 신비주의적-아나키즘 단계에서 나에게 무척 적대적이었던 것을 기억하는데, 나는 이러한 단계의 사람들이 '*얌전한 여학생*'의 표정으로 최저 문화수준의 평균적 독일인 인지학-상인에게 접근하여 '*눈동자*'를 높이 들고 그에게 고개를 숙인 순진한 소녀의 모습을 하면서도, 일상적인 모순의 실마리를 *사실대로* 연구하려는 러시아 작가에게 이 '*눈동자*'는 다른 표정, 즉 수상한 원한의 눈초리로서 아무것도 허용하지 않는 오만한 표정을 보이는 것을 보았다.

이 시기는 내면적으로는 풍요로운 삶을 살았지만 외면적으로는 늑대처럼 살아야 했다는 이야기를 해야겠다. 왜냐하면 … 둔한 사람들 속에서 늑대와 이웃하며 살았기 때문이다. 나의 늑대의 울부짖음은 즉시 단순한 울부짖음 혹은 좀더 좋게 말해 커다란 울음소리로 변했다. 왜냐하면 혈연이나 지연에 따라 당신이 '*가깝다*'고 하는 사람들 중에 외로운 사람이 있기 때문이다.

1912년부터 협회의 비정상적 '*관습*'을 은밀하게 의식하는 과정이 시작되었다. 그것은 처음에는 자신의 희극적 사실들에 의거한 것이었고 다음에는 이 '*관습*' 속에 있는 다른 사람들의 희극적 사실들에 의거한 것이었는데, 이때는 아직 두 노선이 하나로 합류하는 것('*국가성*'과 '*정신의 자유*'가 '*협회*'의 물약으로)의 무의미함이 드러나지 않았다. 협회는 새로운 문화의 *상징*이 아니라 *진테제*였고, 다른 모든 진테제와 마찬가지로 도자기처럼 허약한 허수아비 운명의 진테제일 뿐이었다.

결국 1923년 이후 명백해진 사실은 인지학 '*마이너스*' 협회는 정신적으로 자유로운 인간들의 결합가능성을 촉진한다는 것이다. 미래의 '*형제애*'에 대한 그들의 노력과 물리적인 면에서 그렇다. 인지학 '*플러스*' 협회는 모두에게 무거운 것을 지우는 의미 없는 작업과 같은데 … 그것을 '십자가'라고 말하지는 않겠는데(무엇 때문에 상징을 비하하겠는가) … 그것은 지고 가는 사람을 압박하는 묘석과 같은 것이었다.

1912년부터 1921년까지 나는 처음에는 자신과 '*밀교 사회*'에 대한 허구에 몰두하는 단계에서 그다음 그것을 자신에게서 제거하는 단계에 이르기까지 모든 단계를 거쳤다. 1913년 나는 영혼의 성당 건축의 이미지를 체험했고, '*요한 성당*'(사랑의 성당) *주춧돌*에서 내 이름이 새겨진 새로운 영혼의 돌을 보았다(〈요한계시록〉을 보라). 그리고 이 시기상조의 상징에 매료되어 '*영혼의 성당*' 건축을 위해 도르나흐에 나타났다. '*서기*'로 *근무*하면서 나는 조각가였고, 동시에 '*경비 부가예프*'였다. 마지막 직업은 인정을 받았다(아마 유일하게). 나는 새로운 문화의 주춧돌을 지키고 있지만 현실은 '*요한 성당*'을 무거운 '*괴테아눔*'으로 바꾸고 영혼의 돌로 '*단순*

한 돌'을 강화한다고 생각했다. 그러고는 이 '돌'은 내 어깨 위에서 나를 거의 매장할 뻔했다.

1914~1916년 도르나흐의 힘겨운 겨울에 나의 '*온기*'(*темплиерство*)가 투박한 '*경비*'로 재생되는 단계가 일어났는데 그것은 결국 내면에서 후자를 거부하는 것으로 끝났다. '*괴테아눔*' 문화에 봉사하는 작업에 섬세하게 접근할수록 자신의 공허한 의무(죽었다고 여겨지는 것을 지키는 것)에 대한 '*경비*'의 불평은 거세졌고, 다른 인지학 친구들에게 있어 나의 얼굴은 자연스럽게 변해 갔다. 파르시팔 같은 '*초-백치*'와 그의 그림자인 '*어두운 개성*'은 사라졌다. 그리고 손에 못이 박힌 '*경비*' 부가예프가 등장했다. 그는 다른 '*경비들*', 작업장 동료들, 순진한 어린이들에게 어떤 조합에서든지 만날 수 있는 사람처럼 정직하게 받아들여졌다. 이 그룹에 의해 도르나흐의 관습은 폐기되었다.

그러나 러시아로 떠난 '*경비*'가 '*작가*'를 만난다면, 물론 '*경비*'는 이미 협회의 형제 같은 품으로 돌아올 수 없다. 왜냐하면 그는 '*나*'라는 개체의 가능한 모든 변주에서 '*경비*'보다는 '*안드레이 벨르이*'이기 때문이다.

'*경비*'는 작가 '벨르이'에게 필요했다. 그렇다면 '*작가*'는 도르나흐의 그 누구에게 필요할까?

이것이 1916년부터 1921년까지 나의 인지학 단계를 결정하는 것이었다.

그리고 도르나흐에서 모두에게 분명한 의무인 '*경비*' 역할 외에 내가 또 하나의 의무를 수행했다는 것을 깜박 잊었다. 그 사실은 도르나흐의 그 누구도 알지 못하였는데, 그 이유는 '*경비*'는 책을 쓸 수 없기 때문이다. 나는 방대한 분량의 《*루돌프 슈타이너와 괴테*》(*Рудольф Штейнер и Гете*)[50]를 저술했는데, 여기서 슈타이너 박사에 대한 메트네르의 공격

---

50) 〔편집자〕 벨르이의 《루돌프 슈타이너와 괴테》(Рудольф Штейнер и Геге в мировоззрении современнюсти, Ответ Эмилию Метнеру Наею первый том "Раз-

을 논박했다. 그리고 이러한 공격에 더하여 과거의 논문 "*의미의 표장*"과 이 논문에서 포착한 슈타이너의 변증법적 동력학 사이에 등가의 표시를 했다. 나에게 최고의 만족을 선사한 것은 슈타이너가 나의 사상을 승인한 사실이다. 나는 슈타이너에게 상세하게 책의 입장을 설명했고, 그는 그 책의 몇몇 장을 개인적으로 고찰했다. 그는 그것을 직역했다. 내가 페테르부르크 인지학 그룹의 지도자들이 이 책을 반대한 것을 회상했을 때, 다음 두 문장은 나를 안심시켰다. "*당신의 빛나는 이론이 좋다.*" "*당신은 훌륭한 책을 썼다.*"

이 문장은 내 노력에 대한 보상이다. 그것은 과거 사상의 노선을 도르나흐에서 찾은 사상들의 단계에서 이해하는 것이다. 물론 도르나흐에서는 이 노선을 카타콤처럼 지나쳤는데, 그 사상의 소유자가 '*경비*'였고, '*경비*'는 생각을 할 수 없기 때문이다. 한참 뒤에 슈타이너가 이 테마에 대해 글을 썼을 때, 협회는 슈타이너 책의 테마를 논평했다. '*경비*'가 썼을 때 그의 사상의 노선은 결코 스스로 드러날 수 없었다. 마찬가지로 *이전*과 *이후*에 써진 '*신령한*' 책들의 사상도 그 노선이 스스로 드러날 수 없었다. 그 책이 '*신령한*' 이유는 '신령학'을 논하고 있어서가 아니라, 그것을 쓴 사람이 '*경비*'이기 때문이다.

12

인지학협회의 과제에 대한 나의 생각은 몇 년 동안 숙성해서 러시아협회의 문학동인의 경계를 넘어섰다. 나에게 다양하고 복잡한 세계가 이들에게는 2차원의 평면으로 보였고, 그 속에 휘말린 러시아 작가는 … *그림자*가 되었다. 나중에는 때로 이 그림자의 평면에서 책이 떨어지거나 '생

ышлений О Геге". М., 1917)를 보라.

생한' 강연자의 목소리가 울려 퍼졌다. 책이나 목소리는 중요하지만, 그러나 그들은 … 그림자였다. 원인을 찾았다. 그들은 1912년 *벨르이*를 인지학에 매장하고 1916년 "벨르이는 어떤 인지학자인가"라고 세상에 폭로했다. 사실 벨르이 책의 정확한 분석을 위해서는 《*페테르부르크*》가 전체적으로 인지학적 성격을 띠고 있으며 특히 중요한 '*심리적*' 장소에 소설의 비중이 있다는 것을 밝혀야 했다. 게르셴존은 《*코틱 레타예프*》와 관련하여 이 소설이 깊은 속을 드러냈다고 평했다. 인지학 문화가 변형시킨 기억의 깊은 속이란 어떤 것인가. 《*코틱 레타예프*》는 인지학적 경험의 총체적인 결과처럼 쓰였다. 이후 《*모스크바*》(*Москва*)에서 고유한 '*나*'와 이에 대한 낮은 '*나*'의 관계와 카르마 사상을 제기했다. 인지학에서 배양된 가장 흥미 있는 주제에 대한 인지학자들의 반향은 찾을 수 없었다. 독일 친구들은 《*페테르부르크*》의 독일어 번역에 끔찍해했다. 그리고 《*사상의 위기*》(*Кризис мысли*)의 번역을 이해하는 사람은 *없었다*(아마 '*경비*' 부가예프가 썼기 때문일 것이다). '*예술*'이 이런 상황이었다.

이것이 구체적인 인지학적 신념을 만들면서 생긴 일이다. 사람들은 슈타이너가 승인한, 슈타이너의 인지학 이면에 있는 '*상징주의*'의 원리를 보지 못했다. 따라서 아무것도 보지 못한 것이다. 이렇게 나를 인지학으로 몰아넣은 테마는 '*협회*'에서 안식처를 찾지 못했다. 이후 그 테마는 인지학이 아니라 단순히 벨르이의 문학적 활동을 평가했던 사람에게서 안식처를 찾았다. 이 사실과 내가 4년 동안 기거했던 그룹의 주요 인지학 '*박사들*'을 비교해 보라. 그들은 내가 작가이고 협회의 테마에 관심을 갖고 있으며, 도움이 되는 일을 하려는 마음이 있다는 것을 알면서도 단 5분이라도 진지하게 대화해 나를 인정한 적이 *한 번*도 없었다. 내가 찾은 힘의 동위점은 '*괴테아눔*'의 야간경비였다. 이러한 사실은 설명할 수도 없고, 솔직히 말해, 이해할 수도 없는 것이다. 더 나아가 내가 박사들 밑에 있던 4년 동안 그 박사들은 프랑스 작가 레비나 독일 작가 데인하르트 같은 유명인사들이 인지학에 합류했다고 탄성을 질렀다(대체 인지학자들 말고 누가 이 '*유명인사들*'을 알겠는가).

만일 슈타이너 바우어, 모르겐슈타인 부인, 레르헨벨트, 고(故) T. Г. 트라페즈니코프, '*괴테아눔*'의 건설자 엔글레르트, 닥터 게슈, 섬세하고 똑똑한 폴만이 나를 주목하지 않았다면, 이념적-도덕적 소통이라는 의미에서 내가 서구 협회 깊은 곳에 4년 동안 있었던 것에 대해 말할 것이 아무것도 없었을 것이다. 그러나 이렇게 똑똑하고 섬세하고 교양 있는 인지학자들 중에서 나의 친구인 게슈와 엔글레르트는 화를 내며 협회에서 탈퇴했다. 그들은 변절자로 간주되었다. 나는 그들에게 찬성하지는 않았지만 *확인*은 했다. 내가 그 사회에 대한 '*폭동*'을 억누른 것은 자신의 오류를 의식해서라기보다는 감정 때문이었다는 것을 말해야겠다. 인지학 속물들이 "보시오. 그는 인지학과 슈타이너에 반대하고 있소"라고 말할 근거를 주지 않기 위해서였다. 그 사회의 '선동'을 견디고 그들에게 항복하지 않는 것, 이러한 경쟁적 과제가 나를 침묵하게 한 것은 아니었다. 그것은 슈타이너의 비극에 대한 사랑과 이해 때문인데, 그는 이러한 평균 수준의 사람들과 교제하는 십자가를 지면서 인지학적 충동의 의식을 점점 더 … 자신의 것으로 했다.

이 모든 것이 협회와 관련한 악의 뿌리에 대한 생각을 예리하게 했다. 그 뿌리는 점점 더 분명하게 보였는데, 그것은 협회에 대한 모든 표상의 진정한 혁명 없이 협회에서의 생활과 공동생활의 리듬을 *결합*했기 때문이었다.

미래의 인지학 공동체는 물리적 차원에서 표현형식을 갖지 않았고, 또 해당 조건에서는 가질 수도 없었다. 그렇게 하려는 모든 노력은 실패가 '*예정*'된 것이었다. 내면의 훈련, 삶에 헌신하는 것만이 미래사회를 창조하는 조건이다. 그러나 이러한 *훈련*은 '인지학협회'와 어느 하나 공통되는 것이 없었다. 내면적 훈련은 '인지학협회'뿐 아니라 모든 사회의 안에 있었다. 그러한 '*훈련*'의 모든 형태는 그 뿌리에서 변형된다. 내면적인 훈련은 하나다. 그 요소는 삶의 정신의 리듬에 '*헌신*'하는 것이고, 그 리듬은 '*원하는 곳에서 숨을 쉰다*'. 말하자면 그것은 개별적인 문을 가질 수 없다는 것이다. 모든 사회는 공동의 개별적인 것이 있다. 혹은 그것은 개별을 가정한 '*총체*'이다. 그것은 전체적인 것이 아니라 부분적인 것이다. '*신령학*' 훈련을 '인지학협회'에 접착시키는 것은 자의식적인 '나'를 두뇌 세포에 접착시키는 것과 같다. 이러한 접착은 '*영혼의 돌*'을 단순한 '돌'로 순식간에 물질화하는데, 그 돌은 삶의 빵 대신에 주어지는 것이다. 루돌프 슈타이너가 전통적 '*학파들*'을 부정한 것도 다 그런 이유에서인데, 아무리 그들이 스스로를 교단(教團) 이나 형제단이라고 부를지라도 말이다. 이런 의미에서 그들은 '*비밀 협회*', 즉 역사적 경화의 단계에서 결성된 '*협회*'일 뿐이다.

새로운 문화는 '*교단*'의 전통과 양립할 수 없다. 인지학자들은 이것을 알고 있었다(비록 말뿐이라도). 협회의 '*공동체*'나 아니면 심지어 협회(다름 아닌 바로 그 협회) *내부*의 '학파'가 *난센스*라는 것을 어떻게 그들이 의식하지 않을 수 있단 말인가. 슈타이너가 1914년에 언젠가 몸담았던 유사한 조직들을 폐지한 것도 다 그런 이유에서이다. 그 조직들은 그 자체가 나쁜 사회 속에서 사회의 병든 모습을 양산했는데, 그런 사회는 항상 *나쁜 사회*이기 때문이다. 이른바 '*밀교 사회*'는 슈타이너 주변에 모인 집단 내부에 1904년부터 1915년까지 전염병을 축적했는데, 그는 이러한 사실을 1915년 도르나흐에서 폭로했다. 다음과 같은 결론을 내려야 한다. 그러한 폭로가 진정한 '*밀교*'나 '*형제단*'의 원리를 상대적으로 왜곡하는 것은 이번 경우뿐 아니라 모든 경우에 그러한데, 사회 내부에 '*공동체*'의 리듬과 그 리듬이 성장하는 사회가 생길 때 이 리듬은 스스로를 독점하고, 자신을 세계에 돌려보내는 것이 아니라 땅속에서 죽은 씨앗으로서 하늘 아래 다시 태어난다. 그것은 처음에는 한 알의 이삭으로, 다음에는 한

줌의 이삭으로, 그다음에는 곡식으로 영그는 넓은 밭으로 나타난다. 바람에 흔들리는 이 곡식에 도장이 필요한가. 이 곡식이 시로드 카르포프(Сирод Карпов)의 창고에 있는 씨앗에서 생긴 것인데 말이다.

루돌프 슈타이너의 죽음 이후 관습, 계급, 문화, '*사회*'에서 서로 다른 지향의 수천의 회원들로 구성된 '*인지학협회*'는 기로에 서지 않을 수 없었다. 한 가지 길은 협회가 인지학을 공공화하는 것이다. 이것은 추상적인 교리와 교리의 전통으로 인도하는 공허한 진테제의 창조를 의미한다. 다른 길은 유사한 형태의 '*협회들*' 속에서 '*단일성*'의 골격을 깨고 '*인지학협회*'를 해산하는 것인데, 그 협회들은 한편으로는 인지학의 총체에서 자신에게 필요한 요소들을 흡수하고, 다른 한편으로는 낯선 문화를 인지학에 흡수시켰다. '*인지학들*' 속에서 인지학은 가톨릭화되고 프로테스탄트화되고 속물화되었다. 그리고 무엇이든 될 수 있었다. 왜냐하면 새로운 조직의 조형학파는, 예를 들어, 여기서 퇴화되지 않은 인식론을 배양하고 인지학화했기 때문이다. 그것은 아마 화학 속의 '*새로운 이념협회*' 같은 것이 될 것이다. 이런저런 주변 문화적 자치구의 지향 속에서 그 중심에는 공허한 스콜라철학이 있을 운명인데, 그것은 자신을 이끄는 자치구에 이질적으로 매료되어 격세유전의 꼬리가 된다. 그 꼬리의 운명은 소멸되는 것이다.

'*인지학들*' 속의 인지학은 서로 모함하는 종파들 속의 '*그리스도교*'이다.

'*협회*'의 운명 속 인지학은 그랬다. 그리고 '*협회*'의 운명 속에서만 그랬다. 만일 새로운 문화의 충동으로 인도하는 살아 있는 개체들이 자신이 '*협회*'의 형태로 어떤 독을 복용했는지를 제때 간파하려 하지 않는다면 말이다. 그 사회는 세계 정부의 조건에서 시체로 가득 차 있다. 나는 '*협회*' 자체에 대해 말하는 것이다. 인지학협회의 '*밀교 사회*'는 해독제가 아니라 또 다른 형태의 부패이다. 그리고 내 생각에는 가장 심한 것이다.

'인지학협회'가 소멸하는 가장 좋은 형식은 인지학적 충동의 이해를 위한 공개적이고 정직한 투쟁으로, 그 활동은 회원들이 지양하는 모든 모순들의 화해가능성에 대한 *유토피아*를 배제한다. 이러한 유토피아의 실현은 한 가지 형식으로만 가능하다. 그것은 바로 주교의 지팡이로서, 주교의 자리로 인도하고 이로써 *교황*을 압박할 때 필요한 것이다. 황제-교황주의(цезаро-папизм)는 일종의 국가 형태다. 또 다른 유형은 국가 사회주의다. 세 번째 국가 형태는 없다. 부르주아 국가는 가톨릭이나 사회주의로 재생하기 위한 하나의 단계일 뿐이다.

미래 국가들의 접전에서 '*공동사회*'(*общественность*)로 이해되는 인지학적 충동 자체는 억제된다.

이러한 단순한 진리를 인식하기 위해 '*인지학협회*' 활동 회원들에게 불충분한 것은 무엇일까.

구체적 일원론의 진정하고 생생한 이해는 다원적-이원적 일원론(плюро-дуо-монизм)으로 이해하는 것으로는 충분하지 않은데, 그러한 이해는 심지어 공통의 법칙(сюн-архия)을 추구하지도 않으면서, 사회적 공통의 리듬의 혹은 공통의 에너지〔단어 '에너지'(эргон)에서 유래, 혹은 '일'(дело)〕의 리듬의 연구로 이끌기 때문이다. 그런데 공통의 에너지가 바로 *공통의 던지기*(*сюм-болия*)이다. 삼일체(**상징**-상징주의-상징화)의 원칙을 고수하지 않겠다. 반대로 그와 관련되지 않은 새로운 문화의 '*정신*'을 고수할 것이다. 슈타이너로 하여금 상징을 '*알레고리일 뿐*'인 것으로 이해하게 하라. 이러한 이해는 학술어의 외형을 지닌 우연이다. 그러나 내게 분명한 것은 그러한 외형 속에서 우리가 총체로 *연결*하는 다른 단어를 찾을 것이라는 점이다. 그리고 *종합*으로 갈 것이다. 그러나 단어의 그노시스적 분해의 운명은 오성적인 단일성으로 나타난다. 나의 표식인 '*상징*'은 예방장치의 표식일 뿐이다. 내게 분명한 것은 이것이다: "출발점의 길, 종합의 길로 가지 마라. 종합은 단지 공동의 이해와 공동의 사회로 이끌 뿐이다. 그러한 이해와 그러한 사회는 공동의 진테제 속에 구축된 집단적 삶에서 나의 모든 경험에서의 출발점을 강화할 뿐인데, 그것은 *종합은 상징 속에 있고, 종합주의는 상징주의 속에 있다는 것이다.*"

나는 상징주의자이다. 그것도 인지학적 상징주의자이다.

나는 인지학적 종합주의, 사실주의, 이상주의, 혹은 다른 어떤 인지학적 세계관에 동조할 수 없다. 나는 루돌프 슈타이너의 서른세 번째 강의를 믿는다. 그것은 강의가 아니라 모든 강의들, 강연들, 그리고 책들의 종합을 조망한 것이다. 그것은 그 자체가 암시이고 기호이고 상징이고 *새롭게* 읽히는 인지학으로서, 그 새로운 인지학은 빠르고 선명해서 그 뒤를 따르는 것에 *투명하게* 비친다.

새로운 인지학의 투명성은, 그것이 아주 순수한 상징주의라는 것, 그리고 상징주의자가 되지 않고서는 그것을 왜곡하지 않을 수 없다는 데 있다.

13

1916년 9월 러시아로 돌아와서 나는 지난 4년 동안의 경험의 중대함을 느꼈고, 이와 더불어 그것의 성취, 실패, 그리고 학파, 경험, 공동체, 협회를 어떤 하나의 총체로 결합하려는 인지학자들의 노력과 인지학 사이의 상호관계에 대한 건실한 비판적 견해를 전달하는 것이 불가능함을 느꼈다. 하나의 총체는 '*와해*'된 것처럼 보였는데, 이 '*와해*'는 다시 죽음이 아니라 *건강*한 것처럼 보였다.

나는 이 모든 것을 설명할 수 없다. 왜냐하면 나의 설명은 자연스럽게 '*협회*' 자체에 대한 비판, 특히 전쟁 직전 발작상태의 서유럽 사회에 대한 비판을 내포하기 때문이다. 그리고 나는 전쟁 시기 러시아 부르주아 사회의 발작에 대해 연구하였는데, 무엇보다 《*페테르부르크*》는 그 연구의 징표이다.

물론 부르주아 사회의 괄호는 외적으로 우리 서구사회를 지탱하고 장벽으로써 그 사회를 내적으로 분해하며, 커다란 용의 내부에서 우글거리는, 혐오스러운 '*작은 용들*'의 그림이 되어 서 있다. 비범함과 선명함의 개체적 발화만이 이런 '*작은 용들*'과 관련된다는 의식의 언짢음을 어느 정도 조정할 수 있다. 러시아 인지학의 싹은 아직 너무 어려서 '*작은 용들*'에 대한 말만 해도 얼어붙을 수 있다. 나는 좋은 것만 이야기하고 나쁜 것은 이야기하지 않겠다.

그러나 그러한 침묵은 … 그 무게가 고통스럽게 느껴진다. 비록 나의 신경이 서구에서의 생활로 무장되어 있었지만, 만일 내가 바실리예바(К. Н. Васильева)의 얼굴에서 영혼을 발견하지 못했다면 견디지 못했을 것이다. 그 영혼은 '*모든 것*'을 있는 그대로 이야기하고 정직한 이야기로 사실을 말할 수 있다.

나는 당시 나의 사회적 역할이 진정한 개성을 지닌 사람들에게 루돌프 슈타이너의 이데올로기를 소개하는 것이라고 생각했다. 그 이데올로기는 슈타이너와 함께했던 시기 나의 삶에 반영되어 있다. 인지학의 적들은 슈타이너와 인지학에 대한 *전설*을 폭로하려고 많은 시간을 들였는데, 그들은 대부분 러시아 문화의 활동가로서 나는 러시아에서 그들과 만나고 함께 일해야 했다. 나는 인지학을 둘러싼 비인지학자들의 표상을 수정하고 수준을 고양시키는 것에서 나의 주된 사명을 발견했다. 사람들은 내가 아직 살아 있고 더욱이 예술가와 사상가로서 더욱 견고해진 것을 보고 놀라움을 표시했다. 나는 이러한 나의 '*유행*'(*мода*)을 인지학의 '*영광*'을 위해 이용하려 했다. 나는 어느 정도 나의 역할을 수행했다. 그것은 인내심이 있고 아량이 넓어 보이지만 필요할 때는 가차 없는 인지학자의 역할이었다. 이에 사람들 사이에 '*이 인지학자*'와는 소통뿐 아니라 문화적 작업까지 가능하다는 이미지가 생겨났다. 베르자예프, 불가코프, 플로렌스키, 트루베츠코이 공작, C. M. 솔로비요프, 카르타쇼프, 이바노프-라줌니크, 블록, 메레시콥스키와 다른 비인지학 활동가들이 이런 비슷한 의미의 말을 했다. 왜냐하면 메트네르에 대한 나의 이데올로기적 대답은 인지학에 대한 그의 공격을 무력하게 했기 때문에 이로써 그는 논쟁의 스타일을 바꿔야 한다는 것을 인정했는데, 얼마 전 찬반을 논하는 점잖은 학술토론에서도 여전히 무례했던 것이다.

나는 외부세계에서 인지학의 *위신*을 높이는 전략을 구사하면서 우리가 문화에 허용되도록 목소리를 강화했다(한때 우리는 메트네르의 경박한 손에서 문화로부터 그냥 내던져졌다).

이렇게 가치 있는 인지학의 행보를 연구하는 나의 상황은 때로 몇몇 인지학 친구들의 비난을 불러일으켰다. 내가 조직의 내부 작업에 시간을 조금밖에 투자하지 않고 외부세계에만 빠져 있다는 것이다. 그들은 인지학 중심을 둘러싼 문화의 화원을 깨뜨리려는 나의 노력이 인지학의 숭배와 광명을 향한 독특한 경향, 즉 프로파간다보다 더 큰 프로파간다라는 것을 고려하지 않았다. 그것은 비인지학자들과의 학문적 만남이 가능한 조건의 삶에 호소하는 프로파간다였다. 그들과의 만남이 없다면 러시아에서 인지학의 확장은 문제들의 첨예함의 의미에서, 그리고 인지학에서 재능 있고, 굳건하고, 문화적이고, 유능한 사람들을 뽑는 데 있어 올바른 방향으로 가지 않을 것이다. 그렇지 않다면 '*가축의 무리*'가 출현하여 위협할 것이다. 그리고 아마 '*목동들*'을 위협할 것이다. 나는 러시아의 '인지학협회'에서 '*가축의 무리*', 특히 '*목동*'의 무리는 생각하지 않았다.

이렇게 나의 작업을 편드는 것은 *내부적인* 나의 작업을 표현하는 것이었다. 친구들은 나의 전술을 이해했다. 많은 사람들이 나를 이해하지 못하고 나의 활동을 단지 '*세속적이고 경박한 바람*', 썩은 상처를 혀로 핥아내려는 헛된 바람으로 간주했다. 만일 그들이 내가 서유럽에서 4년 동안 묵묵히 '*경비*'로 있으면서 이미 인내력 시험을 통과했다는 것을 알았다면 1916~1917년 나의 행위의 진정한 동기를 간파했을 것이다.

처음에는 모스크바 인지학자들 그룹 내부에서 아주 작은 일을 하다가 나는 곧이어 그룹에 영혼의 온 힘을 쏟아붓기 시작했다. 그룹은 나의 고향이 되었다. 나는 이 그룹 내부에서 삶, 도덕적 환상의 동요, 진지한 생각, 진실한 지향을 보았다. '*공동의*' 삶에는 그 규범에서 나오는 결함이 있었는데, 그것은 개별적으로 선택된 사람이 '공동'에서 선택된 사람보다 더 재미있고 심오하다는 것이다. 그리고 ① 사회적 리듬, ② 집단적 조화의 문제, ③ 선입견과의 싸움, ④ 신비의식의 리듬을 *법령*이나 *프로토콜*로 퇴화하지 않게 하는 상징주의의 다각성에 대한 몰이해에서도 똑같은 모순이 일어난다. 그러나 이것은 내게 이미 알려진 명료한 현상이었다. 더욱이 그룹에서 정직하고 건강하고 편견이 거의 없다시피 한 사람, '*고분고분한 부류*'로 변질되지 않고 '*밀교 사회*'의 바닥으로 붕괴되지 않은 사람을 만나는 것은 기쁜 일이다.

'*페테르부르크*' 그룹과의 만남은 그러한 인상으로 남지 않았다. 그곳에는 나를 모스크바와 가깝게 했던 그런 것이 없었다. '*생생한*' 도르나흐가 나를 모스크바와 가깝게 했고, 나는 그곳을 집같이 생각했다. 도르나흐에는 많은 시체들이 있었는데, 모스크바는 '죽은' 도르나흐를 제거하면서 도르나흐와 연관될 수 있었다. 모스크바의 도르나흐는 도르나흐에 살고 있는 인지학자들의 그룹이었다. 페테르부르크에는 그런 그룹이 없었다. 그리고 서구와의 실질적인 관계가 없었다(*밀교*를 통해서도, 서구적 삶의 관습을 통해서도 없었다). 그래서 아마 이 생생한 관계가 '*메카*'의 숭배로 대체되었을 것이다. 도르나흐가 메카로 변했던 것이다.

여기서 마침표를 찍겠다. 페테르부르크의 '*밀교 사회*'의 성과는 몇 년 동안 하나도 실패하지 않았다.

러시아에서 나의 상황은 어려웠다. 나는 이른바 외부적이고 사회적인 강령을 찾아야 했다. 러시아의 정치는 극단적 긴장상태에 달했다. 정치적으로 자신을 찾아야 했다.

슈타이너는 러시아의 혁명을 기다리며, 전쟁 초기 나에게 혁명이 곧 일어날 것 같으냐고 물었다. 더욱이 나는 1911년부터 러시아 사회의 붕괴를 기다렸다. 나는 1907년부터 러시아 부르주아 사회에 대해 단호하게 부정적인 태도를 취했고, 그 사회를 견디지 못하고 1912년 러시아를 떠났던 것이다. 전체적인 파국이 임박했다는 것은 도르나흐에서 쓰기 시작한 "*문화의 위기*"에 반영되어 있다. 전쟁에 대한 대답은 절대 "*아니다*"였다. 나는 패배주의에 적극적으로 가담하지 않으면서(나는 '*당*'과 실제적으로 연결될 수 없었다), 치메르발트-킨탈의 일련의 슬로건에 공감하고 있었다. 나는 사회-민주당의 리더들과 관계 맺는 것에 신중했다. 그 리더들 중 어떤 사람들은 알고 있었다(예를 들어, 줄 데스트레와는 개인적으로 아는 사이였다). 슈타이너의 승낙을 받아 러시아 신문에 글을 쓰면서 나는 논문에 조금이라도 반군국주의적 시각을 나타내려 했다. 내가 쓴 칼럼 중 하나가 이에 공감하는 논평과 함께 〈*프랑크푸르트 자이퉁*〉에 다시 게재된 후, 이 조금도 검열을 통과할 수 없었다. 도르나흐를 떠나면서 나는 러시아에 반군국주의 노선을 도입하고자 하는 희망을 슈타이너에게 말했다. "그렇게는 안 될 거요." 그는 서글픈 미소를 띠고 말했다. 그러나 만일 내가 이 노선을 도입할 수 있다면 좋은 일일 거라고 했다. 그는 당파성에 반대하는 경고를 할 뿐 우리에게 강요하지 않았다. 그 자신은 반군국주의에 공감을 표시했다. 그는 전쟁을 반대하는 수하노프의 팸플릿을 높이 평가했다.

여전히 러시아의 정당정치가 낯설긴 해도 나는 있는 힘을 다해 당시의 극좌파가 되었다. 내가 똑같은 문학적 취향이나 개인적 친분으로 이바노프-라줌니크와 연관된 것은 아니었다. 민중의 테마, 전쟁과 혁명의 테마가 우리를 가깝게 했다. 그러나 나는 모스크바의 '*입헌민주당적*' 문화 속에 입을 다물고 앉아 있었다. 인지학 동료들과 페테르부르크의 '*스키타이*' 동료들 사이에서만 솔직하게 이야기했다.

1906년부터 나는 잡지 〈*천칭*〉에 일련의 평론들을 게재하였는데, 여기서 사회주의 혁명과 프롤레타리아트에게 명백한 '*그렇다*'를 표시했다(필명은 '*알파*', '*베타*', '*감마*', '*델타*'이다). 임시정부의 실패 이후 1917년 6월부터 이미 *혁명*은 내게 운명적인 필연으로 보였다. 나는 이러한 폭발의 기대를 T. Г. 트라페즈니코프, 페트로프스키(인지학자들), M. O. 게르센존, 이바노프-라줌니크와 공유했다. 그러나 나의 *혁명* 개념은 둘이 아니라 셋이었고(정치적, 사회적, 정신적), 이는 나를 국가적 공산주의, 공산주의에 적대적 진영인 국가적 민주주의 바깥에 위치하게 했다. 나는 1905년 이미 전환의 지렛대로서 *소비에트*의 원칙에 찬성했다. 그리고 1917년 나는 이 원칙에서 정신적 전환과 발전을 발견하기를 희망했다.

1917~1918년 나의 상황은 이러했다. 즉, 사회적-개체적 코뮌의 아래에서 위로의 자유로운 발전, 정치적 억압의 부정이었다. 나는 이러한 강령을 당대의 자유로운 사람들과 공유했다. 그들 중에는 공산주의자도 있었다.

그리고 나는 비상한 경험을 하게 되었다. 우리는 삼각형의 시사적 이해를 위해 정신적 리듬과 독립성이 필요했는데, 그 심각함은 내게 **상징**-상징주의-상징화의 삼일체와 연관되어 있었다. 나에게 '*상징*'의 영역은 천둥과 폭우 속에서 우리를 이끄는 시대의 리듬으로 들렸는데, 그 리듬은 청각과 청각의 단련에 호소했다. 나에게 이러한 청각이 반영된 것은 블록의 〈*스키타이*〉(*Скифы*)와 퇴각명령이었다. 나는 법이 아니라 법을 읽는 리듬을 추구했다. 나는 이론으로서 상징주의의 영역을 아래에서 위로 상승하는 순간의 슬로건 속에서 보았다. 슬로건의 *권력*으로서 법령이 나에게는 단지 일어나는 파도의 거품일 뿐으로 보았다. 이 슬로건은 "*모든 권력을 소비에트로*"였다. 소비에트는 삶을 건설하는 모든 경험들의 실험적 연합이었다(사회적, 정신적, 사회-정신적). 내가 독재를 허용한 것은 외부의 타격으로부터 소비에트의 보호가 필요할 때뿐이며, 소비에트적 삶의 내용 자체를 정할 필요 때문은 아니었는데, 소비에트적 삶의 영역은 바로 *상징화*의 다양성이다. 소비에트적 귀납(아래에서 위로)의 *순간*에만 *권력*을 보았다. 그리고 소비에트의 생생한 권력의 원시력에서 파도처럼 떠올랐다 가라앉는 그런 *권력*들보다 믿음직스러운 시사적 권력의 원칙을 발견하기를 희망했다.

이것이 나의 혁명의 체험이다.

이때 내게 분명해진 것은, 삼일체의 중간(소비에트-권력-리듬) 혹은 권력-슬로건이 일반적 권력으로 재생된다는 것, 그리고 이러한 재생 속에서 *소비에트*들의 권력으로부터 소비에트 *권력*이 형성된다는 것이다. 이러한 권력은 아마 일반적인 권력일 것인데, 국가권력의 핵심은 형용사('*소비에트적*', '*반소비에트적*')에 있는 것이 아니라 세계와 같은 오래된 명사에 있기 때문에, 나는 정치로부터 내던져져서 반국가성에 영원히 거주하게 되었다. 그렇지만 *세 번째 전선*이 나를 외부로부터 은둔 장소에 고정시켰다. 지금 나는 톨스토이적 무저항주의자로서, '*소비에티즘*'이 권력의 조직 내에서 보다 유연하게 이해되기를 바란다는 말을 할 수 있을 뿐이다.

14

1917년부터 1921년까지 러시아 인지학자들에게 과제가 있었는데, 이는 서구 인지학자들에게는 부여되지 않은 것이었다. 그 과제가 *생성* 중인 러시아 문화를 *생성* 중인 인지학 문화와 연결하는 것이기 때문이다. *생성된* 것이 아니라 오직 *생성*만이 주어졌다. 과제가 부여되었다. 생성은 카오스에 용해되지 않아야 한다. 그러나 카오스의 두려움 속에 교리의 발전이 막혀 있지 않아야 한다. 우리 러시아인에게 그러한 *울타리*는 서구사회의 삶이었는데, 심지어 그것도 가장 성공적인 순간에도 그러했다. 그 순간들은, 만일 사회의 *울타리*가 아니라면, 전 유럽적 부르주아 권력의 울타리 속으로, 말하자면 흘러 지나갔다. 우리는 그러한 울타리 없이 지냈다. 이미 과거도 없었고 마찬가지로 선명한 미래도 없었는데, 현재의 원시력 속에서 여기저기 던져지면서 순간적이고 항상 개체적인 방향에 호소할 뿐이었다. 그 방향에는 서구의 슬로건이나 지시, 그리고 우리가 서구의 모범에 따라 재단한 슬로건이나 지시가 존재할 수 없는데, 그 이유는 서구의 모범은 항상 전통이나 그 밖의 관습의 발판으로 고양된 것으로서, 그것을 극복할 때조차 그러했기 때문이다. 그러나 이곳에서 용해되고 저곳에서 붕괴된 우리의 현실은 침체된 인지학의 극복이라는 의미에서 그 어떤 발판도 찾을 수 없었다. 발판은 하나였다. 우리의 침체, 인지학자로서 우리 모두의 침체였다. 그리고 아마 사회 조건에서 인지학의 침체일 것이다. 서구에는 보이지 않는 '인지학협회'의 경화증이(다른 경화증 때문에 보이지 않을 것이다) 우리에게 보이기 시작했다. 서구의 인지학은 서구의 전통에 대립했다. 1918년에서 1921년까지 러시아의 인지학은 그 어느 것과도 대립하지 않았는데, 그것이 외부로부터 용해와 붕괴의 조건 속에 구축되었기 때문이다. 따라서 러시아의 인지학은 무의식적으로 주변을 흡수할 수 있었다. 러시아의 인지학은 형식의 이질적인 원칙들과 그 어떤 마찰도 없었는데, 이 시기 러시아에는 삶의 형식이 없었기 때문이다. 있는 것은 이른바 '*마이너스 형식*' 혹은 부정적 개념뿐이었다. 먹을 것도 없었고 땔감도 없었고 관습도 없었고 전통도 없었고 건강도 없었고 편견도 없었다. 이러한 '*아니다*'(*не*)는 슈타이너 책의 강연자료인 거대한 '*그렇다*'(*да*)와 대립하는데, 이 책은 서구적 *형식*으로 되어 있다. 아마 이러한 형식이 러시아의 탈존(безбытица)적 조건 속에 용해된 것은 러시아 인지학자들의 관습에서 그 시대의 슬로건이 되었기 때문일 것인데, 그들은 러시아의 삶의 사건과 분리되기를 원치 않았다.

나는 이러한 과제의 두려움, 책임의 두려움 때문에 머리가 어지럽지 않을 수 없다고 말했다. 그리고 머리가 어지러운 인지학자들은 러시아에서 활동을 해야 했던 인지학자로서 자신의 활동에 깜짝 놀랐다. 그들은 인지학의 *작은 울타리*에 "아니다"라고 말하고 깜짝 놀랐는데, 파괴된 곳에서 드러난 이후 이 울타리는 그들의 시야에 부르주아 형식으로 나타났다. 서구에서는 보이지 않고 러시아에서만 보이는 이러한 작은 울타리-경화증은 국가적 구조에서, 그리고 밀교적 구조에서 '*인지학협회*' 그 자체로 나타났다. '*밀교*'와 '*협회의 형식*'이 엮인 가운데 전자는 의식 속에서 사회적 리듬으로 변화하고, 후자는 자신이 분해된 가운데 모든 국가의 부패로부터 삶의 건강한 오존층을 분리한다. 이 오존층은 자신을 시사적 연합, 자유의지 연합 속에서 이해하고자 하는 집단적 지향으로 그 연합의 상징은 *사회*(*общество*)가 아닌 *공동체*(*община*)이다.

어떤 사람들은 이런 단어와 슬로건에 놀라고 다른 사람들은 여기에 의지했다. 이렇게 해서 이른바 '*로모노소프*' 그룹과 모스크바의 '*솔로비요프*' 그룹이 분리된다. 그리고 나는 인지학자로서, '*자유의지 철학연합*'(*вольно-философская ассоциация*)의 회장이자 협의회 회원으로서, 될 수 있는 한 로모노소프 그룹의 작업양식을 가다듬는 것에 찬성하고 참여할 것인데, 그것은 공동체, 연합, 지도자와 회원이 없는 협의회의 작업양식이었다. 연합의 개념에는 이미 이위일체(적극적 지도자와 수동적 회원)가 삼위일체(지도자-회원으로서 협의회, 리듬에 의해 작동하는 총체로서의 협의회, '나의 이름으로 둘과 셋이 있는 그곳에서 내가 너희들 속에 있으리라') 속에 가라앉았다.

로모노소프 그룹의 근저에는 슬로건이 있었다. 그것은 '*어떻게 도달하는가*'와 '*자유의 철학*'의 접촉과 대위로부터 인지학의 수수께끼를 추구하는 것이다. 즉, 도식이 아니라 편견 없는 귀납의 생생한 경험에서 추구하는 것이다(머리로 짜낸 도식에서는 두 개의 독으로부터 혼합된 독이 나올 뿐이지만 실제적인 접촉에서는 유용한 소금이 된다). 인지학의 변주인 이러한 '*엑소*'(*эксо*, 외적인)와 '*에소*'(*эсо*, 내적인)의 연결의 생생한 경험적 결과의 선입견 없는 기대 속에서 나는 인지학의 서유럽적 재생인 인지학적 '*종합주의*'로부터 연결, 인지학적 *상징주의*로 계류했다. 둘째, 공동회원 속에 기계적으로 앉아 있는 회원 대신 공동체적 연합의 슬로건을 가정했는데, 여기서 '*공동*'(*co*)이란 활기찬 관계의 조직이 아니라 같이 앉아 있는 회원들의 좌석번호 순서이다(머리에 반대되는 육체의 일부라고 말하는 게 좋겠다). 바로 여기에서 인지학에서 똑같이 허용되는 세계관적 뉘앙스를 지닌 다양성의 리듬화라는 슬로건이 나오는 것이다. 사회의 원칙에서 실제로 이러한 뉘앙스는 '*특별석*'(베를린, 뮌헨, 슈투트가르트 등)의 뉘앙스와 같이 발생한다. 그러나 거기에서 그러한 뉘앙스는 '*남자 가정교사*'와 '*여자 가정교사*'에 의존했는데, 그들이 아니었다면 지금까지 서구사회의 삶은 흘러가지 못했을 것이다. 자유로운 연합 속에서 '*가정교사*'의 다양성에 대한 테마가 내게 보였는데, 이는 비판적이었다. 왜냐하면 이 다양성은 우리 속에서 총체로 구성되는 자유로운 노력의 연합이기 때문이다. 더 나아가 과제가 부상했다. 상호 소통 리듬의 '*사회*' 원칙의 외형적 변화에 따라 인지학 사회의 구성체계를 넓고 깊게 숙고한 '*문화*' 사회로, 고유한('*sui generis*') 것으로, 인지학 주변에서 발전된 자유로운 형태의 '*정신적 아카데미*'로 변화시키는 것이다. 내가 구상한 '*빛의 숭배*'에 대해 사람들은 이미 슈타이너의 교리의 '*빛*'이 있는 곳에서 자신의 것을 구상했다고 나를 비웃었다. 인지학자들의 이러한 싸구려 농담은 1915년 도르나흐에서 이미 슈타이너가 이러한 '*빛의 숭배*'를 주창했다는 것을 모르고 하는 소리였다. 슈타이너는 '*문화*'가 없는 그의 교리의 '*빛*'이 처음에는 빛으로부터 가는 '*빛줄기*'였다가 그다음에는 인지학적 미신의 중세적 신비의 질식 속에서 '*빛이 없음*'이 되는 걸 보았다. 우리는 도르나흐에서 이러한 미신과 싸웠지만, '*밀교 사회*'나 '*지도자*'도 이러한 미신에서 벗어날 수 없었다. '*밀교 노선*'의 폐쇄성은 슈타이너에 의해 몇 년 동안 없어졌다. 결국 나의 '*빛의 숭배*'는 다양한 형태의 서구의 인지학의 삶으로 떨어져 나갔다. 그것은 연구소의 학자로부터 젊은이들의 운동에 이르는데 그 젊은이들은 사회가 아닌 연합을 구성하고 있었다. 결국 그리스도교 공동체의 목자들의 연합이 협회로부터 떨어져 나온 것이 아니면 무엇이란 말인가. 나는 *로모노소프* 그룹의 경향이 서구사회의 힘겨운 붕괴 속에 성숙한 일련의 경향을 몇 년 동안 앞섰다고 생각했는데, 이는 이 '*부푼 시체*'를 어떻게 할까 고민하는 것과 같았다. 결국 내가 당시 우리 그룹의 중요한 경향으로 간주하는 것은 자의식, 비판주의, 자유, 도덕적 환상과 예술문화의 강조 등인데, 이는 '*협회*' 회원들의 총회에서 충분히 강조되지 못한 것들이다. 앞서 언급한 테마는 그 지도자, 조직, 기관 등 인지학의 문명에 대한 모든 책임을 협회 회원들의 '*나*'에게 이전시키는 것에서 특별한 의미를 갖는다. 나는 그룹의 회원들 속에서 그런 의식성을 꿈꾸었는데, 이러한 의식 속에서 지도자, 보증인, 해결을 위한 상위기관의 명령을 앉아서 기다리는 것은 이미 불가능했다. 유일한 해결은 나의 개체적 양심인데, 도르나흐, 슈투트가르트, 모스크바, 페테르부르크에서의 실패는 적절한 때에 실패에 대한 칼을 들지 않은 '*나*'에게 책임이 있기 때문이다.

이렇게 1918~1921년 러시아 현실의 억압적 조건하에 우리 그룹에서 인지학 관습의 재정립 가능 기관이 한눈에 보였다. 그리고 이러한 재정립 속에서 러시아에서 진정한 인지학자를 위한 문화적 작업의 새로운 양식의 가능성의 조건이 보였다. 그 과제는 자신의 나라에서 진정하고 능동적인 자리를 찾는 것이다. 나는 러시아 인지학자들이 이러한 과제를 다루었고 지금도 다루고 있다는 말을 해야겠다. 지금은 고인이 된 우리 그룹의 대표 트라페즈니코프의 문화적 역할을 언급하자면, 그는 이러한 작업을 전 러시아적 수준에서 진행하였다. 비록 그 역할이 '*기념비 보호*' 부서의 담당자 한 사람이지만 말이다.

그러나 러시아의 지극히 교양 있는 '*박사*'에게서 '*경비*'의 모습을 보는 것에 익숙했던 서구 '*친구들*'은 고(故) 트라페즈니코프의 작업을 희극적으로 이해하려 했다. 그들은 그가 기아의 시대에 파수를 보면서 기념비를 지켰다고 진지하게 전했다.

이것은 말장난이 아니다. 사실이다!

내가 이 시기 러시아에서 했던 많은 작업들을 열거하지 않겠다('프롤레트쿨트', 'TEO', 나르콤프로사 등). 그것은 인지학적 양심에 따라 행한 것이다. 그 작업은 프로파간다나 교리가 아니라 진정한 자유로운 창조 속에 나타나 있다. 그리고 이에 장애가 생겼을 때 나는 작업을 그만두었다.

레닌그라드의 '*자유의지 철학연합*'은 나의 개인적인 일이자 개체적인(말하자면 개체적이고 사회적인) 일이 되었다. 나는 그 활동가들, 그 슬로건들, 광범하지만 다양하게 조직된 청중들, 그 작업속도와 연관되었다. 나는 나의 '*인지학적*' 표상을 확장하면서 장애를 만났고 다른 인지학자들의 악의적인 의심의 눈초리를 만났다. 반대로, 인지학자가 아닌 다른 사람들은 나에게 잊을 수 없는 열렬한 형제 같은 지지를 보내 주었다. 나는 인지학자 볼로시나의 *좋지 않은* 태도를 정말 잊을 수 없는데(1921~1923년), 그녀는 나에 대한 헛소문을 퍼뜨릴 정도로 저급했다. 그리고 나에게 형제 같은 태도를 보였던 이바노프-라줌니크의 친밀한 태도 역시 잊을 수 없다.

'자유의지 철학연합'은 1920~1921년 페테르부르크에서 커다란 문화적 사업을 전개했다. 그것은 '*볼필*'〔*Вольфил*(*자유의지 철학*)〕연합이 전 러시아에 성장할 수 있게 했다. 만일 기계적인 장애가 레닌그라드를 연합의 경계로 놓았다면 그것은 연합의 잘못이 아니었다. 레닌그라드에서 연합의 작업속도는 매우 빠르고 생산적이고 다양했다. 3년 동안 300여 회의 대중회합이 열렸는데 이 숫자 하나만으로도 '*자유의지 철학연합*'의 규모를 짐작할 수 있다. 그 서클, 강연, 비밀회합 등은 언급하지 않겠다. 1922년 연합은 축소되었고 1924년 소멸되어야 했다.

1920년과 1921년 나는 '*자유의지 철학연합*'의 중심에서 처음에는 5개월, 다음에는 6개월 동안 회장과 회원으로 일했다. 나는 조직의 과제에 완전히 몰두했다. 특히 좋았던 것은 '*자유의지 철학연합*'이 협회가 아니라 새로운 *문화*(사상, 사회, 예술)를 추구하는 사람들의 연합이라는 점이다. 만일 서구의 '인지학협회'가 연합의 정신을 수용하여 '*협회*'의 틀을 깨고 형제애의 추구와 국가형식 사이에 경계를 도입했다면, '*엑소*'(*экco*)와 '*에소*'(*эco*) 노선의 혼합 속의 수많은 추태는 결코 없었을 것이라고 생각한다. 그들이 슈타이너의 사회적 3요소의 사상을 이해하면 좋았을 것인데, 그 요소는 제자들에 의해 사장되었다. 이 3요소는 지향의 리듬처럼 '*자유의지 철학연합*'의 근본이 되었다. 그리고 그것은 '*자유의지 철학연합*' 회원인 우리들에게 슈타이너의 사상과는 독립적으로 놓여 있었다. 그것은 1919~1920년 잘 알려져 있지 않았다. 여기서 의지, 사상, 사회적 감정은 '*자유*', '*철학*', '*사람들의 연합*'의 개념과 새로운 관계를 추구했다. '*자유의지 철학연합*'이란 명칭 자체가 3요소를 반영하는데 그것은 또한 나에게 *나의* 3요소를 반영하는 것이었다. 여기서 나는 '*자유의지 철학연합*'의 수많은 부서, 하위부서, 서클의 자유로운 다양성 속에서, 그리고 그 서클의 문화 속에 자유롭게 조성되고자 친밀하게 다투는 세계관의 자유로운 다양성 속에서 *상징화*의 영역을 볼 수 있었다. 여기서 *상징주의*의 영역은 문화의 가장 첨예한 문제, 문화의 *원칙*으로 나타났는데, 그 속에서 문화를 변형(상징화)했다. 나에게 미지의 *상징의* 영역은 리듬으로서, 이는 문화의 원칙과 자유로운 인간정신의 발현("*정신은 원하는 곳에서 숨을 쉰다*")을 리듬으로 읽는 것을 의미한다. '*자유의지 철학연합*' 활동가들의 비밀스러운 삶과 그들의 작업으로 인해 나는 실험실에서 가져온 사상-슬로건을 연상하게 되는데, 그것은 우리에게 흘러드는 대중의 요구 속에서 아래로부터 감지된다. 우리는 이 사상-슬로건을 이해하고 슬로건에서처럼 몇 날 몇 분으로 형식화하여 들어 올리려고 하지만 슬로건에는 리듬(상징)의 징후가 있다. 이런 의미에서 회원이 아닌 대중과 '*위원회*'를 가진 우리 '*자유의지 철학연합*' 위원회 회원들은 *권력*이다. 그것은 '*볼필*'에 가득한 위원회(Совет) 혹은 기관, 서클, 지향의 권력이다. 따라서 '*위원회의 권력*'은 여기서 항상 일시적 권력, 귀납적 형식의 권력으로서 아래에서 우리를 양육한다. 이 *권력*은 순수히 상징적이고 리듬적인 성격을 지닌다. 볼필의 심장의 고동을 추측할 수 있는 한 그것은 *권력*이다. 추측할 수 없다면 그것은 순식간에 뒤집어질 것인데, '*위원회*'가 자신을 전복시키는 문제를 끊임없이 제기하기 때문이다. 그리고 이러한 문제제기 가운데 끊임없이 권력에 대한 위임장을 받는데 그것은 슬로건을 제출하는 것이다. 대중과 4인의 위원회로 구성되어 대중과 의장인 나의 '*위원회*'의 권력에 따라 변하지 않는 유일한 조직은 *위원회*의 표장일 뿐이다. 그 이유는 표장은 바뀌지 않았기 때문이다(역시 자신의 의지와 무관하게).

나는 작업의 참신한 리듬에 매료되었다. 물론 영혼으로부터이다. '*자유의지 철학연합*'의 삶의 리듬을 진정으로 포착한 사람은, 첫째, 이바노프(P. B. Иванов), 둘째, 위원회의 의원들, 셋째, 부서와 하위부서의 젊은이들, 마지막으로 수천의 청중들 모두였다.

물론, '*자유의지 철학연합*'의 사상이 위대한 수준은 아니었다. 그것은 연합이지 당이나 협회가 아니었다. 그러나 '*자유의지 철학연합*'은 이것을 의식했고, 존재하지 않는 밀교, 친밀함, 형제애의 비눗방울을 불어 날리지 않았다. 이렇게 가혹하면서 정직한 진실 속에 비밀이 있었다. 그 비밀은 그 무엇으로도 은폐되지 않는 진실에 대한 열망으로서 진실의 제목, 장식, 내용은 가리지 않는다.

진실이 '*자유의지 철학연합*'에 대한 것인지 아니면 '*자유의지 철학연합*'에 대한 것이 아닌지의 문제가 제기된다. 사실 서구의 '*인지학협회*'에서는 예비적인 회상이 계속 제기되었는데, 그것은 '*인지학*' 자체가 진리를 말하는 것이지 '*진리*'가 인지학을 말하는 것은 아니라는 것이며, 이때 인지학은 협회, 즉 이 협회의 '*협의*'로서 이해되는 것이다. 이러한 조건 없이 사건이 발생할 수 있다. 왜냐하면 세계의 진실은 현재 회장, 친구인 웅거, 율랴, 스테픈, 마담 슈타이너의 두뇌세포의 상태에 달려 있기 때문이다. 그리고 또 누구?

나는 1921년 외국으로 출국할 때까지 '*자유의지 철학연합*'에서 일했다. 그리고 이러한 작업 속에서 나와 내 삶에 드리워진 의혹의 끔찍한 먹구름을 잊어버렸다.

15

아마 … 여기서 마침표를 찍어야 할 것 같다. 왜냐하면 마지막 7년에 대한 적확한 말이 없기 때문인가?

그래도 적확하지는 않더라도 이 시기 나의 지향에 대한 인상만이라도 전달하려고 노력할 것이다.

나는 1921년 도르나흐로 갔다. 내게는 일련의 해결되지 않은 1916년의 문제들이 있었는데, 그것은 우선적으로 '*인지학협회*', 그 사람들, 그 관습, 그 속에서의 자신에 대한 것이었고, 두 번째는 ① 러시아 현실의 삶에서 생기는 인지학에 대한 일련의 문제들, ② 이러한 삶에서 자신에 대한 것, ③ 러시아의 작가이자 사회활동가로서 나를 신뢰로 에워싼 주위 사람들, 서클들, 조직들에 대한 것이었다. 인지학자나 '*자유의지 철학연합*'의 의장일지라도 '*인지학협회*'의 위원회와 '*인지학협회*'의 활동가로 나눌 수 있다. 나는 아주 개인적인 문제들은 그것이 아무리 중요하게 보여도(명상이나 나의 '*경험*'에 대한 문제일지라도) 너무 깊게 생각하지 않았는데, 러시아에서 개인적으로 사는 삶을 포기했기 때문이다. 우리의 개인적 삶은 무엇보다도 '아니다'라는 용어로 결정된다. 먹는 것도 *아니다*, 자는 것도 *아니다*, 연료, 돈, 오락거리, 집, 건강 등을 갖는 것도 *아니다*다. 그러나

이 *아니다*는 눈물 어린 환호의 대상인데, 기쁨을 수반한 정신적이고 의미 있는 삶의 거대한 '*그렇다*'가 이 모든 '*아니다*'를 극복하기 때문이다. 나는 '*아니다*'가 아니라 '*그렇다*' (그것도 아주 큰) 를 가지고 서구에 등장했다. 결국 깨달은 것은 서구의 개인적인 삶의 단면 속에서 내가 수술을 해야 하는데, 그것은 이미 1919년부터 완전히 준비되었다는 사실이다. 수술이 *주된* 불안은 아니었다. 불안한 것은 모든 '*사회성*'이었다. 2년 반 동안 믿기 힘든 노력으로 나는 개인적 애수에 반하는 '*사회적*' 테마의 해결을 위해 떠날 수 있는 조건에 도달했다. 개인적 애수는 즉, 친구들, 친지들, 어머니, 내가 좋아하는 레닌그라드의 '*자유의지 철학연합*'과 모스크바의 '*로모노소프 그룹*'의 일을 남겨 두는 것이다.

내가 무엇을 보았는가.

여기서 … 휴지.

베를린에 도착한 첫날 입추의 여지없이 강당을 메운 3천 명의 사람들을 생각하면 모골이 송연한데, 여기서 언젠가 나와 '*친했던*' 사람들, 예전부터 알던 사람들, '*도르나흐 사람들*', 그리고 슈타이너를 만났다. 5년 동안 축적된 모든 '*사회적인 것*'은 바로 그때 무너졌다. 그리고 '이것'이 시작되었다.

'이것'은 끔찍한 인상이었다. 냄새도 이상했다. 달콤하고 느끼한, 아주 불쾌하지도 아주 상쾌하지도 않은 냄새였다. 이것은 향수인가 악취인가? 나는 21년 전 연주회의 지도학생 시절, 향수를 뿌린 하얀 장갑의 냄새를 맡으며 이렇게 자신에게 물었다. 그리고 불현듯 깨달았다. 시체 냄새였다(나는 그날 해부실에서 일하고 있었다. 비누나 향수가 죽은 자의 냄새를 없애지 못했다). 바로 그 21년 전에 나는 순수한 시체 냄새가 향수를 뿌린 시체 냄새보다 훨씬 좋다는 것을 깨달았다. 참기 어려운 역겨움이 올라왔고 정신을 잃은 것 같았다 … 2년 동안. 본능적으로 구원의 암모니아수를 찾았지만 잘못 집은 것은 … 알코올이었다.

많은 서구의 친구들이 옛날처럼 나에게서 '*우리 경비*', 순진한 '*얼뜨기*', 대머리 '*베이비*'를 본다는 사실, 그 사실에 내가 충격을 받은 것은 아니었다. 또한 9년 전 그랬듯이, 인간은 일곱 가지 원칙으로 구성되어 있다고(오래된 개미총으로 가서 오래된 개미들의 습관을 기다리는 것처럼) 내게 알려주며 기뻐하던 무보수 지도자들에게 한때 둘러싸여 있었다는 사실에 충격을 받은 것도 아니었다. 러시아 이후 놀랄 만큼 사소한 사회적 관심이 타격을 준 것도 아니었다. 러시아에서 우리는 모든 사회의 파멸로 나타나는 삶 자체로서 '*협회*'란 무엇인가의 문제를 결정했다. 그리고 여기서 동요했다. 어떤 '*목사*'가 슈타이너에 반대하여 어떤 '*논문*'을 썼는가, 그리고 그것이 마치 … 세계적인 격변인 것처럼 놀랐다. 오만은 타격을 입지 않았다〔"우리에게는 그런 연설가가 있다", "나는 *적위군*(*рэднер*)이다. 방금 전까지 적위군에서 근무했다"〕. 나를 망친 것은 내가 볼셰비키가 되었고 양심을 팔았다는 '*친애하는*' 친구들의 친애하지 못한 소문들(이것이 서구의 그 어떤 '*인지학의 저명인사*'도 참지 못하는 조건에서 '*인지학의 영광*'을 위해 바친 5년의 대가였다) 도 아니었고, 영혼의 의식의 강경증(强硬症) 이라 변명하는 한때 친했던 영혼들의 기이한 정신적 냉담도 아니었고, 인지학적으로 머리를 쓰지 못할 뿐 아니라 내가 듣지 못한 슈타이너의 강의를 단순하게 전달하지도 못하는 다른 러시아인들의 무능력도 아니었고, 순식간에 나를 에워싼 수많은 다른 유사한 '*매력들*'도 아니었다. 더욱이 내가 생각할 수 있는 것은 내게 매복을 시켰다는 것인데, 그 추악함은 2년 반 동안 떨어져 있던 슈타이너와의 만남이 5년 후에도 불가능할 정도라는 것이다.

'*이것*'이 찌그러졌다. 냄새가 났다(아마 내가 없었던 5년 동안 화려한 관공서와 그 밖의 문화의 정면 아래서 강한 부패가 전개되었을 것이다). 친애하는 러시아 친구들이여, 변덕이 아니라는 합리적인 설명을 나에게 요구하지 마시라(사람들은 변덕 때문에 기절하지는 않는다). 인지학과 루돌프 슈타이너에 대한 나의 신뢰만을 기억하시라. 그 신뢰는 1916년부터 1921년까지 나를 인지학의 깃발 아래로 이끌었다. 그 신뢰는 내가 1928년 러시아로 돌아와서 *무덤같이 침묵*했다는 데 있다. 그리고 그 5년 후에야 인지학의 시기인 1912~1916년을 점검할 수 있었다. 그리고 1916~1921년, 1921~1923년 슈타이너에 대한 인지학의 '*그렇다*'를 통해 결정적으로 확인했다. 1921년 11월 19일 나는 들리는 소문의 *냄새* 때문에 가사(假死) 상태가 되었다. 그것은 베를린에서 2년 동안 계속되었다. 러시아에서 2년 동안 나는 이로부터 천천히 회복되었다.

건강하게 되었을 때 나는 그것을 깨달았다.

그것이 혐오스러운 이유는 그것이 시체와 향수의 혼합이기 때문이라고 생각한다. 즉, 그 속에는 서구 부르주아의 시체 속에 분해된 천사의 삶의 향기가 있었다. 천사의 삶의 향기를 바른다고 시체가 불평하지 않는다면 말이다.

그 속에서 4년 동안 나의 특별한 충동은 분해되었다. 나의 의식상태의 조건에서 모든 계획, 질문들, 만남은 물론 약해졌다. "어떻게 지내는가?"라는 슈타이너의 질문에 나는 얼굴 근육을 수축시키며 유쾌한 미소를 지었다. "주택 분과가 어렵군요"라고 대답할 뿐이었다. 이로써 내게 필요했고 즐거웠던 5년 동안의 모든 대화는 1921년에 국한되었다.

이 '*냄새*'는 바로 '*밀교 사회*'라고 생각한다.

더욱이 마담 슈타이너에게 보내는 편지에서 나는 내가 이 시기에 '*인지학협회*'의 활동가들로부터 멀어져야 했던(*잠깐 동안!*) 이유를 공손하게 설명하려 했다. 그러나 러시아인이자 독일인인 마담 슈타이너는 30년 동안 러시아어와 떨어져서 이 언어를 잊었던 것 같다. 왜냐하면 그녀는 내 편지를 내가 슈타이너와 인지학을 떠나는 것으로 읽었던 것이다. 추악한 덩어리에 새로운, 나에게 아주 모욕적인 추악함이 더해졌다. 나는 슈타이너를 신뢰했다. 그 증거가 나의 5년 동안 러시아에서의 삶이었다. 그 속에서 나는 일로 *신뢰*를 받는 것에 익숙했지, 자신을 증명하는 편지로 신뢰를 받는 것에는 익숙하지 않았다. 정말 마담 슈타이너는 내가 스스로를 비하하는 증명사진으로 자신의 뒤를 따라다닌다고 생각했단 말인가. 나는 천민이 아니었고 두 발로 서서 칭찬을 바라는 개가 아니었다. 그리고 그럴 생각도 없었다. 내 편지를 그렇게 이해하는 것은 나에 대한 모욕이었다.

내가 어디로도 떠나지 않았고 떠날 생각도 없다는 것을, 나는 회원들 속에 있으면서, 그리고 의장인 율랴의 청탁으로 인지학 출판사에 책을 넘김으로써, 그리고 심지어 논문 "*디 드라이*"(*Ди драй*) 로써 증명했다. 그러나 마담 슈타이너의 뒤를 따라다니면서 '*믿음*'과 '*충성*'을 증명하지는 못했다. 그리고 그런 일을 할 만한 상태도 아니었다. *아팠기 때문이다.*

이때 나를 비방하는 소리가 새로 들려왔다. 내가 루돌프 슈타이너를 풍자하는 《*닥터 도너*》(*Доктор Доннер*) 를 썼다는 것이다(가톨릭의 예수회 교도를 묘사하는 이 소설의 테마는 전통적 교회에 대립하는 방향이었다). 사람들이 이 비방을 믿었다니!

어떻게 이 사람들은, 분란으로부터 인지학에 접근한 나를, 언제라도 슈타이너의 '*개성*'에 몸을 숙일 준비가 되어 있는 애정의 충동에 있는 나를 이해하지 못하고 체계적으로 비방하고 뒷발로 서라고 요구할 수 있을까. "*무릎 꿇으라*"는 명령에 환호할 뿐이다.

"여보세요, 채찍이 어디 있죠?"

그리고 나는 병이라는 무의식적 *채찍* — 포도주와 폭스트롯 — 이 개인적 '*비극*'이 아닌 냄새에 대한 반작용이라고 생각하는데, 이는 나를 … 무릎 꿇게 … 하는 요구이다!

처음에는 가사상태를 야기하고, 다음에는 인간에 대한 모든 전설을 엮기 위해 가사상태를 이용하는 것 — 이것은 이미 향기 없는 악취 혹은 '*종교재판*' 단계의 '*밀교 사회*'이다.

외적으로 보충하자면, 가사상태의 베를린 시절 나는 여전히 ① 먹고 살기 위해 일했고, ② 잡지에 관여했고, ③ 《*세기초*》(*Начало века*) 세 권을 썼고, ④ '*자유의지 철학연합*' 분과를 조직했고, ⑤ '*예술의 집*'(*Дом искусства*)을 조직했다. 나는 이 모든 것을 완전히 몽롱한 상태에서 수행했다. 이 모든 것은 병을 깊게 할 뿐 건강을 회복하는 데 도움이 되지 않았다.

이 병은 '*협회*'의 짐승 같은 면상에 모욕 받고 짓밟힌 사랑 때문이었다.

이 시기에 온화한 인지학적 단어는 하나도 없었다. '협회 회원'으로서 단순한 인간적인 충동도 하나 없었다. 2년 동안의 폐허의 삶은 이주자들과, 나의 고통을 바라보며 '안드레이 벨르이'에 대한 서구 인지학자들의 태도가 … 저열한 것에 손을 비비며 기뻐하는 인지학의 적들의 만족스러운 얼굴로 가득 차 있었다. 나는 이 모든 것을 불평 없이 바라보았다(나는 불평하지 않았다. 그리고 폭스트롯을 추었다). 이것을 보지 못한 것은 서구의 친구들뿐이었다. 그들이 본 것은, '*경비*' 부가예프가 돌아왔다는 것, 그리고 어딘가로 숨었다는 것이다.

만일 1923년 베를린을 방문하여 나와 진실한 생각을 공유했던 바실리예바(К. Н. Васильева)가 속한 모스크바로부터 우정 어린 친절한 인지학적 지지가 없었더라면, 나는 인지학으로도 … 돌아오지 않았을 것이다. 인지학자 없는 인지학은 … 나에게는 너무 … 아름다운 여인(Прикрасная Дама)이었다. 인간의 진정한 충동 속에서 인지학을 보면서, 나는 스스로 말했다. 그래도 … 인지학은 … 존재한다.

나는 인지학에 … 다다르지 못했다. 그곳으로 떠난 것은 … 인지학을 향해서였다. 인지학은 베를린에서도 나를 따라왔는데, 그것은 … 모스크바 … 에서부터였다.

이 일이 있기 전에 '*괴테아눔*'에 화재가 있었다. 괴테아눔은 내가 상징적 행위로 건축했던 것이다. 삶의 온갖 정열을 기울여서! 나는 화재를 비극적으로 … 그리고 어떤 징조로 느꼈다 … *비극적인 것뿐 아니라!*

그 당시 내가 마비를 떨쳐 버릴 수 있도록 희망을 주었던 두 번째 협력은, 협회는 시체, 혹은 이 협회의 기구는 시체라는 1923년 슈타이너의 말에 따른 우레 같은 타격이었다. 이때 나는 병상을 뛰쳐나와 '*악취*'를 맡지 않기 위해 입을 다물고 슈투트가르트로 떠나면서, 나와 슈타이너를 기계적으로 분리시키는 것의 앞을 가로질렀다. 그리고 그와의 만남과 이별을 하였는데, 이는 미래의 쿠치노 생활의 많은 것을 결정해 주었다. 그것은 나의 영혼에서 인지학의 새로운 개화의 시작이었다. 그리고 이미 … '*협회*'의 면상은 … 없었다. 협회와의 모든 계산은 끝났다.

그것을 끝낸 사람은 내가 아니었다.

그것을 끝낸 것은 루돌프 슈타이너의 영웅적인 최후였다(그와 헤어지던 그날, 3월 30일이었다). 1923년 3월 30일 나는 나에게 그토록 많은 것을 주었던 사람에게 인사를 했다. 그리고 러시아로 가면 오랫동안 그를 보지 못한다는 것을 알았다. 1925년 3월 30일 그는 존재하지 않았다. 나의 '*오랫동안*'은 내가 생각한 것보다 훨씬 오래가 되었다.

죽음이 여기에 있었다. 승리가 저기에 있었다. 그러나 승리를 자랑한 것은 '*협회*'가 아니었다. 협회에는 죽음의 원인을 규명하는 것이 더 나았다. 이 죽음은 루돌프 슈타이너의 희생적인 관여와 일치하지 않는가 … '협회' 깊숙이 루돌프 슈타이너가 관여한 것은 자신의 관에 들어간 것과 같았다.

16

삶은 어디까지 상징적인가!

1915년 도르나흐에서 '*괴테아눔*'에 화재가 나는 꿈을 꾸었다. 이 꿈에서 가장 불쾌했던 것은 화재가 *나랑 무관하지 않다*는 것이었다. 얼마 후에 협회에 전해진 것은, 박사가 말한 듯한데, '*괴테아눔*'이 70년 동안 서 있다가 불타 버릴 것이라는 소문이다. 이러한 '*헛소문*'이 현실에 어느 정도 부합하는지는 모른다. 1922년(봄, 여름, 가을) 나를 덮친 공포에 대해 생각하면서 나는 스스로 내 생각을 포착했다. '*괴테아눔*'은 우상이 되었고 수많은 건축가들의 영혼을 질식시켰다. 영혼으로부터 "우상을 만들지 말라"라는 말이 위협적으로 튀어나왔다. 다시 영혼 속에서 '*괴테아눔*'의 화재가 질주했다. 그리고 영혼은 말하는 듯했다. "만일 이러한 희생으로 우리가 삶의 정신을 회복한다면, 그러면 … ." 더 이상은 생각하지 않았다. 그리고 1922년 12월 31일 괴테아눔이 불타기 시작했다. 그리고 1923년 1월 1일 활활 타올랐다. *모두 타 버렸다!*

화재의 순간 나는 사로프(베를린 아래)에 있는 고리키(М. Горький)의 집에 있었다. 우리는 종이로 만든 고깔모자(독일 풍속)를 쓰고 앉아 화기애애하게 담화를 나누고 있었다. 방 안에는 색종이가 가득 걸려 있었다. 갑자기 모든 것이 타올랐다. 불길이 방 안을 휘감았다. 종이는 다 탔지만 다른 것을 태우지는 않았다. 이상하게 활발한 불꽃이 어떤 영혼의 불꽃에 화답했다. 어떤 미래가 아른거렸다(이때 '*괴테아눔*'은 불타고 있었다). 나는 1월 3일 베를린으로 돌아왔다. 그리고 거기서 화재소식을 들었다.

'*괴테아눔*'과 함께 '*밀교 사회*'의 원칙도 소실되었다. 협회는 사장(死藏)되었다. 내게 분명한 것은, "슈타이너는 필요하다. 인지학도 필요하다. 그러나 '*협회*'는 필요 없다"였다.

이러한 나의 생각의 징후로서 '*러시아 인지학협회*'가 권력에 의해 폐쇄되었다는 것을 알게 되었다. 울적했고, 그리고 … 기뻤다. 러시아에 '*인지학협회*'*가 반드시 있어야 하는 것은 아니었다.* 인지학의 운명은 여기서는 좀 다르다. 인지학은 수분이 건조한 토양을 적시듯 사람들에게 수분을 공급해야 했다. 그리고 표면에는 '*협회*', 혹은 외침, 심지어 아마 단어도 남지 않을 것이다. 대지를 양육하는 수분은 대지 표면에서는 보이지 않는다. 왜냐하면 그 수분은 축축한 대지 자체이기 때문이다. 대지는 수분을 공급받고 풀과 꽃을 피운다.

러시아에서 인지학은 삶의 새로운 문화(그렇다면 '*인지학자*'란 조잡한 도장이 찍힌 감찰은 왜인가) 혹은 아무것도 아니었다. 러시아에 '*협회*'도 없고 회원도 없는 것은 잘된 일이다.

할 말이 얼마 남지 않았다. 몇 가지 사실만 언급하겠다.

1921년 (10월) 러시아를 떠나서 나는 '*축하*'의 대상이 되었는데, 이는 나를 당혹하게 했다. 그 '*축하*'는 어떤 구실도 없었기 때문이다. 기념일도 아니었고 나의 어떤 행동도 없었다. 송별회에서 사람들이 나에게 진심을 표하고 좋은 태도를 보였기 때문에 나는 깊은 감동을 받았다. '*자유의지 철학연합*'의 대중회합에서는 연설로써 나를 전송하였는데, 여기서 초면의 한 젊은이('볼필인')의 말이 가슴을 흔들었다. "벨르이, 나중에 서구에서 힘든 일이 생기면, 러시아에서 우리가 항상 당신과 함께 있고 당신을 사랑한다는 것을 기억하십시오. 그러면 좋아질 것입니다." 젊은이의 말은 예언이 되었다. 두 달 후 나는 극심한 공포에 사로잡혔다. 나는 *고향* 사람들이 나를 사랑한다는 말을 기억했다. 베를린에서는 그 누구도 나를 사랑하지 않았다. 인지학자들도, 이주자들도 나를 사랑하지 않았다. 그들은 나의 불행에 악담을 하거나 아니면 좋아했는데, 서구 인지학자들은 별 볼 일 없는데 안드레이 벨르이는 재미있다는 것이다. 히-히-! 그렇지만 이 재미는 오래가지 않았다. 나는 곧 '올드' 취급을 받았다.

'*볼필*'과 관계된 서클에서도 나에게 송별회를 해주었다. 모스크바에서는 '*작가연합*'이 나에게 공식적인 기념행사를 열어 주었는데, 나의 '*지대한*' 공헌에 대한 교수의 연설이 있었다. 내가 모스크바에서 일했던 조직에서는 회합(은밀한)이 이루어졌다. 나는 프롤레타리아 작가들로부터 역시 따뜻하고 좋은 말들을 들었다.

나는 또한 이 즉흥적인 기념식에서 장례가 행해졌다는 것을 의심하지 않았다. 첫 번째 책의 출간 25주년(1927년) 기념일에 몇몇 친구들이 참석하기를 두려워했는데, 모임이 사회적 성격을 띠지 않을까 해서였다. '*사회*'와 '*안드레이 벨르이*'의 자리에는 무명의 무덤 십자가만 서 있었을 뿐이었다. 나는 1923년 10월 자신의 '*무덤*'으로 되돌아왔다. 그 무덤은 트로츠키가 나를 묻었던 곳인데, 그의 뒤를 이어 트로츠키의 후예들이 묻었고, 그들의 뒤를 이어 모든 비평가들과 모든 '*진정 살아 있는*' 작가들이 나를 묻었다. 심지어 1921년 나를 '*축하해 주던*' 사람들도 이상하게 눈동자를 내리깔고 나를 피했다. 나의 '지대한' 공헌은 나와의 교제에 그만큼의 장애가 되었고, 나의 공식석상 출현은 스캔들이 되었다. 왜냐하면 '*시체*'는 나타나지 않고 썩는 것이기 때문이다.

나는 '*살아 있는 시체*'였다. '*자유의지 철학연합*'은 폐쇄되었고 '*인지학협회*'도 폐쇄되었다. 잡지는 폐간되었다. 출판사도 나로 인해 문을 닫았다. 이상한 정경이 아른거린 순간이 있었는데, 이때 나는 아르바트에서 … 팔을 뻗고 서 있었다. "예전의 작가로 돌아가시오."

그런 일은 일어나지 않았다.

이런 일이 일어난 것은 내가 '*인지학자*'이기 때문이었다.

여기서 다른 정경이 떠올랐다. 베를린에서 *몇몇 비평가들의 보증대로 혁명에 지대한 공헌을 하고, 혁명을 수용한* '소비에트 *러시아*'에서 '*인지학자*'를 보는 것이다.

그러나 러시아에서 '*러시아 인지학자*'가 되는 것의 특별한 어려움에 대해 서구에서 침묵하였던 것처럼, 나는 이제 과거 러시아 '*인지학회*' 회원 앞에서 서구에서 나의 가사상태에 대한 진정한 이유에 대해 침묵했다. 나는 1928년까지, 이 나의 '*시선과 아무것도 아닌 것*'에까지 침묵했다.

이러한 *침묵* 속에서 태곳적부터 알려진 나의 운명의 반복적인 모티프가 내게 말해졌다.

나는 모스크바를 떠나 2년 동안 남부의 공장에 있었는데, 이곳은 나에게 병원 침상이 되었다. 나는 천천히 병에서 회복되었고 1925년부터 쿠치노로 이주해서 건강을 되찾았다. 육체적, 도덕적, 정신적-영혼적 건강을 회복했고 흥미와 독서를 되찾았다. 여기서 나는 다른 일들을 제치고 미완성 저서 《*자의식적 영혼형성의 역사*》(*История становления самосознающей души*)의 초고를 스케치했다(나는 삶이 허락하는 한 책을 완성할 것이다). 이 책은 루돌프 슈타이너의 몇몇 사상에 대한 대학생 세미나를 다룬 것인데, 그것은 나의 사상의 단편에서 포착한 것이다. 여기에는 물론 *상징주의*에 대한 사상이 들어 있다. 이곳 쿠치노에서 나는 고(故) 루돌프 슈타이너의 개성에 대한 회고록의 초고를 쓰기 시작했다(삶은 그것의 완성을 허락하지 않았다). 그러나 책에서도 '*회고록*'에서도, 내가 개인적으로 '협회'로 이동한 흔적은 없었다.

단지 슈타이너에 대한 애정의 인사와 내가 인지학자이기를 멈추지 않았다는 대목 뒤에서 나는 이 회상을 강화하고, 그림자가 있는 곳에서 빛을 말하는 것은 거짓이고, 다른 사람에게 열광하면서 자신을 과소평가하는 것은 겸손을 연습하는 데는 유용할지라도 *진실*에 대해서는 항상 유용한 것은 아니라고 말하려는 생각에서 탈피했다.

왜 이렇게 말하기 전까지 나는 많은 것에 침묵하였을까?

나는 침묵하는 몇 년 동안 *진실*이 가라앉아서 주관적인, 너무나 주관적인 것으로부터, 그리고 객관적인, 너무나 객관적인 것으로부터 분리되도록 하고 싶었다. 나의 너무 주관적인 것은 고통으로 인한 비명이다. 그래서 나는 이를 악물었다. 나의 너무 객관적인 것은 두려움 때문에 서구사회와 인지학자들에 대한 대화에서 인지학적 평온의 관습에 합류하는 것인데, 그 두려움은 날카로운 통증이 아주 격렬한, 현기증 나는 단어를 떼어 내는 것이다.

*진실*을 말하고, 그 진실을 개체적('객관적'도 아니고 '주관적'도 아닌) 재생 속에서 추적해야 한다. 그러나 이것은 어려운 일이다. 나는 지금도 여전히 그런 것을 하지 못한다.

그렇지만 나는 이것을 배울 것이다.

자신에 대해 조금 더 이야기하자면, 1923~1925년에 친구들 사이에서 생활하던 시기가 있었다.

이 시기 나는 다른 사상들과의 원기의 양식에서 절망적으로 흥분하며 이 원기를 느끼지 못했다. 나는 자신의 '*고뇌*'로 다른 사람의 빛을 끄고 싶지 않았다. 우리는 이미 너무 자주 '*소등기*'(消燈器) 역할을 했다. 그리고 결국에는 절대적 타자도, 절대적 '*자아*'도 만나지 못할 것이다(이런 저런 사람들과 만나는 것이 쉽다). 중간과 만나서 중간에 있게 될 것이다. 그런데 이 중간이 가장 끔찍한 무의식적 '*모방*'이다. 앞서 언급한 시기에 나의 중간은 힘의 끔찍한 도출로 인해 끔찍하게 강화된 원기의 시기였다. 자신에 대해 인지학적으로 다문 입은 절망적인 모든 작업에서 몇 년 동안의 긴 행렬이었는데, 그 시기 작업의 범주에는 다른 사람들에게 원기를 북돋는 과제가 포함된다.

1923~1925년에 답답했던 적이 한두 번이 아니었는데, 나와 *중간* 정도의 관계를 가졌던 바로 그 인지학자들과의 관계 때문이었다. '*중간*' 친구들 가운데 다른 사람들은 이상한, 때로 나를 짓누르려는 시선을 보내며, 마치 언어, 책, 강연, 강의들을… 침묵의 폐허로 내던지는 기구처럼 '*보리스 니콜라예비치*'를 바라보았다. 그렇지만 사실 그 '*보리스 니콜라예비치*'는 사람들에게 다가가서 강의실이 아니라 진심 어린 구체적 사회적 관계를 추구하면서, 자신의 심장의 고동에 대한 대답을 보지 못한 채, 이미 공기의 진동(한마디로 — '*절망*'으로 인한)으로써 그를 지속적으로 괴롭히는 사상, 감정, 동요에 대해 '그렇다'도 아니고 '아니다'도 아닌 점증하는 폐허로 자신의 주위를 가득 채웠다.

나는 여권처럼 도장이 찍힌 영혼을 정화하기 위해 쿠치노로 떠났다. 그 여권에는 내가 일했던 모든 단체의 통행비자가 찍혀 있었다. 모든 비자는 이런저런 비애와 이런저런 몰이해의 도장이었다.

몰이해에 대한 몰이해 속에서 일하는 것은 힘들었다. 나에 대한 다른 사람들의 몰이해로 인해 내 안에서 몰이해가 자라났다. 그러나 그러한 몰이해 속에서 '*협회*' 그 자체(모든!)에 대한 이해가 천천히 생겨났다. 이해는 또한 '몰이해' 자체였다. 몰이해는 자신의 이해할 수 없음 속에서 어느 정도 내게 이해되기 시작했는데, 주로 '사회적 삶'을 사는 사람들이 종종 자신과 다른 사람의 몰이해 자체를 이러한 몰이해의 규범으로 승격시킨 것을 알았기 때문이다. 그들에게는 이미 진정한 사회적 리듬이 무엇인가에 대한 표상이 없을 뿐 아니라, '*그와 같은 어떤 것*'이 세상에 존재할 수 있다는 가능성마저 없었다. 그러므로 그들은 모든 사회적 '*신비의식*'의 가능성을 거부한다. 만일 그들이 그 신비의식을 허용한다면 말이다. 그들은 사회적 질문 자체를 거부하고 '*공동의 사회*'에서 그 질문에 대한 패러디를 구축한다. 그리고 그 사회 속에서 사상, 감정, 충동을 거부한다.

'*사회*'의 원칙이 작동하기 시작하는 곳은 모두 거짓이고, 처음부터 거짓이었다. 따라서 '공동' 개념의 원칙은 그 방법론적 구조 속에서 '*사적인*', 즉 *당파적인* 것이 된다. *당파적* 인간은 인간의 파편, 혹은 *유인원*, 인간〔두뇌의 인(燐), 녹슨 철 등〕의 다양한 펼침으로 인한 약공장이다. 해방된 리듬 속에서만, 자유로운 의지의 바람 속에서만, 수줍은 암시 — '*연상*' — 속에서만 새로운 '*공동체적*' 삶의 도달할 수 없는 지평선이 솟아나는데, 그러한 지평선은 '*협회*'에는 존재하지 않으며 존재할 수도 없는 것이다.

나는 '*공동체*'(*община*)란 단어를 기호, 상징으로 취하였지, 그 근원적인 끔찍한 의미〔'공통'(*общ*)〕로 취한 것은 아니었다. 활기찬 조직사회에서 '공동'(общее)은 그 누구에게도 속하지 않고, 달려가고, 흘러가고, 합류하고, 그리고 다시 부서지며 한순간도 똑같이 있지 않는다. 나의 공동체의 '공동'(*общее*)은 결코 '*공통의*'(*обще*) 것이 아니라 사회적이고 개체적인 것이다. 그에 대해 사도 바울의 상징, 슈타이너의 표장, 고등 수학의 기호가 말한다. 수학자의 언어, 인식론, 예술, 종교적 상징, 진정한 사회적 리듬의 박동은 표장을 왜곡하여 우리 내부에서 경화증을 일으키는 그런 공동사회(общественность)에 대해 말한 적이 없다. 그 경화증은 국가란 별을 동반한 '*사회성*'의 경화증이다.

몇 번이나 이렇게 말했던가. 그러나 '*협회*'로써 얘기되는 모든 것은 십자가에 매달렸다. 영원히.

심지어 상대적으로 자유로웠던 나조차 가사상태에 빠졌는데, 이때 내가 어느 정도까지 '*협회*'에서 살았는지를 알게 되었다.

이 협회의 '*성전*'은 '괴테아눔'의 화재 즈음에 나의 영혼 속에서 소실되었다. 그 자리에는 철근 콘크리트 요목이 서 있다. "메멘토 모리!"(*Memento mori* — 죽음을 기억하라). 그러나 나는 '*괴테아눔*'의 기호를 슈타이너의 〈다섯 번째 복음〉 강의가 끝난 1913년 10월 나의 영혼 위로 고양시켰다. 내 영혼의 성전은 노르웨이 언덕에 서 있었다. 그리고 산맥의 고개 빙하 속에서 선명하게 보였는데, 여기에서 훗날 불타 버린 성전의 쿠폴에 쓰일 돌을 가져왔던 것이다. 그러나 그렇게 가져온 돌은 쿠폴에 쓰일 수 없었다. 돌은 받침대여서 그 밑에 묻을 수 없었기 때문이다. 쿠폴은 하늘이었다.

그리고 나는 …

나는 도르나흐로 가서 자신을 돌에 파묻었다. 묘지의 돌, 혹은 압박받던 시기(1916~1921년)의 침묵은 모두 똑같은 비명이 되었다. 그러나 … 그것은 '봉기'의 비명이었다. 그리고 … 돌은 무너졌다.

1913년 나는 결정을 슈타이너에게 편지로 알렸다. 그리고 1921년 나의 새로운 결정을 슈타이너에게 역시 편지로 알렸다. 그는 말이 없었다. 1913년에도 그랬고 1921년에도 그랬다. '*이것*'에 대해 우리는 말하지 않았다. 그러나 우리 둘 다 '*이것*'에 대해 알고 있었다.

우리는 많은 이야기를 나누었다. 이전에도, 지금도, 이후에도(벌써 1923년이다). 돌에 대한 문제는 이미 중요하지 않았다. 그것은 나와 슈타이너 박사를 연결하는 것이 아니었다.

부패가 혼합된 향수 냄새는 위선적인 '*돈키호테이즘*', 십자가, 가시나무지만 장미와 정신의 노을이 없었다. 나는 길을 수용한 다른 사람들이 요구된 희생 속에서 끔찍하게 퇴화하는 것을 보았다. 희생은 받아들여지지 않았다. 그리고 이 다른 사람들은(나는 그들을 알고 있다) 영적으로 돌이 되었다. 그들을 희생으로 이해했기 때문이다. 희생은 폐허에 있었다. 희생은 잘못된 명상 속에서 희생에 대한 표상이었다. 여기에서 습기 찬 지하가 증대된다. 곰팡이, 벌레 냄새는 집단의 기계화 혹은 영혼을 긷는 거대한 기계장치로서, 그 기계는 영적인 삶을 '*공동의*', 그러나 모든 것에서 폐쇄된 탱크로 인도한다. 자신을 '*협회*'의 메커니즘과 연결하는 이 잘못된 시스템 속에서 덜 능동적이고 덜 똑똑하고 덜 격렬한 사람들은 위험을 무릅쓰지 않을 뿐 아니라 격렬하고 똑똑한 사람들의 희생의 대가로 '*조금씩 - 조금씩*' 따뜻해지는 것이다. 그들은 뒤섞이고, 이로부터 결실 없는 봉기, 영웅적인 죽음 … 에 이르는 파멸의 그림이 나오는 것이다.

영웅적으로 타 버린 사람은 소피아 슈틴제, 크리스티안 모르겐슈테른이다. 엘리스, 풀만, 엥글레르트, 게슈, 슈프렌겔, 민츨로바이다. 얼마나 많은가.

그러나 '*탱크*'는 침묵했다. 빛나는 행복이 중간 사람들과 따뜻한 사람들에게 떠올랐다.

"오, 만일 네가 춥거나 혹은 덥다면"(〈요한계시록〉).

나의 '*시체 냄새*'는 '*협회*'에서 9년 동안 나의 연소가 모두 부질없다는 것을 아는 것이다. 그렇지만 '*협회*'를 아는데 어떻게 내가 타 버릴 수 있단 말인가? 예수회의 위선이 나를 이끌었다. '*밀교 사회*'!

나는 1913년 편지로써 삶을 넘겨주었다. 사람들은 나에게 '*경비*'를 선사했다. 나는 1916~1921년 시기 작업에 모든 노력을 경주했고, 사람들은 나에게 '*볼셰비키*', '*배신자*'〔소설 《*닥터 도너*》(*Доктор Доннер*) 에 대한 비방〕의 칭호를 부여했다. 나는 "나를 다 가지시오"라고 말했다. 사람들은 나에게 "모자란다, 당신의 아내를 달라"고 대답했다. 주었다. 사람들은 말했다. "사방으로 나가시오, 당신은 모든 것을 주었고, 이제는 우리에게 더 이상 필요 없소"라고 말했다. 한 번은 슈타이너가 나의 명상 작업에 대해 이렇게 표현했다. "*당신의 직관은 완전히 믿을 수 있소*"(천사들의 계급제도에 대한 '*직관*', 여기에는 사도들도 포함된다). 그렇지만 나는 이 모든 '*직관*'을 가지고 밀폐된 탱크 속으로 들어갔다. 직관은 '*협회*'에서는 실현되지 못했다. '*협회*'에서는 경비의 작업이 실현되었다.

그리고 '*직관*'은 연소되었다. 왜냐하면 나는 1915년부터 직관에 대해 기억하지 못했기 때문이다.

누구를 위해서인가? 무엇을 위해서인가?

거대한 쿠폴이 서 있었다. 새로운 '*종합*'이 준비되었다. 그리고 '*종합*'이었기 때문에 '*상징*'이 되지 못한 종합은 독일의 수많은 도시에서 '*적위대*'의 수많은 입으로 말하기 시작했다. 풍부하게, 화려하게.

그러나 "**상징들**은 말하지 않는다. 그것들은 *조용히 고개를 끄덕인다.*"

그 무엇도 내게 '끄덕이지' 않았다. 루돌프 슈타이너가 '끄덕였다'.

그렇다면 '*협회*'는 무엇인가?

나는 형상과 비유로 말한다. 봉인된 지혜에서 모든 봉인을 아직 떼어내지 못했기 때문이다. 아직 암시는 보이지 않았다. 그리고 관에서 나온 모든 사람이 다 수의를 던지지는 않았다.

17

"당신은 마지막 소설에서 학대하는 끔찍한 장면이 꼭 필요했는가. 그것은 가혹하다"라고 사람들이 내게 한두 번 말한 것이 아니다.

소설이 이미 써진 지금 이 말에 대해 *올바른 대답*을 하겠다. 그것은 여태까지 내 입으로 말하기가 부끄러운 것이었다. 교수의 학대 장면은 나의 내부에 앉아 있고, 나와 연결되어 있는 것을 내 앞에 일어선 형상으로 객관화한 것이다. 이러한 *학대*는 나의 내부에서 일어났다. 나는 베를린에서 사람들이 나를 *학대한* 것 같았다. 1922년 체험은 몇 년 동안의 체험과 연결되어 있었다. 그것은 어린 시절의 원죄로부터 '*얼간이*'를 겪고, 1904년 시의 '*광인*'을 겪고, '*광야의 예언자를 괴롭히다*'(1907년 시에서)를 겪고, 무언가에 대해 메트네르의 '*비난*'을 겪고, 1915년 인지학적 수다의 '*어두운 개성*'을 겪고, 1921년 '*올드*' 인간을 겪으면서, 나를 잡아 찢는 목소리는 길어지고 더욱 강해졌다. 1922년 나는 소리쳤다. "왜 *나*를 잡아 찢는 거지?"라고 소리를 질렀다. 나는 초센 평야를 뛰어다니며 이름도 없고 형태도 없는 고통을 느꼈다. 나는 그것을 포도주로 녹이려 했으나 소용없었다. 그리고 고통이 나에게서 떨어졌을 때 내 자신의 형상이 눈앞에 나타났다. 그리고 종이 위에 문장들이 쏟아졌다.

"어두운 머리가 걸려 있었다. 굳은 피가 … 말없이 이를 드러낸 입은 고통 받는다. 그는 더럽고 지저분한 걸레를 삼켜 목구멍에 걸려 있다."

혹은.

"야만적인 광기의 시선 속에 광기는 없다. 단단함이 있다. 설명서가 필요하다. 세계의 회전은 어떤 법칙에 근거하여 일어나는 것일까. 여기서 … 눈동자가 타오른다."

혹은.

"이 고독한 시선이 … 행인에게 윙크한다. '나는 안다. 당신은 내 뒤를 따를 수 없다. 나는 아무도 가지 않은 길을 간다.'"

나는 1922년 초센에서 이런 경험을 했고 이때 시집을 썼다. 그리고 내가 왜 그렇게 교수를 심하게 다루었느냐는 질문에 대해 나는 대답할 것이다. "삶은 *왜 그렇게 나를 심하게 다루었는가?*"

곧이어 나는 폭스트롯을 추기 시작했다. 신경과 의사가 내게 최대한 움직이라고 처방했기 때문이다. 그렇지만 무용 … 선생은 … 나에게 그렇게 말하지 않았다. "무용을 하는 그들은 어디에 있지?" 비율동적인 것에 감사한다. 손과 발의 움직임을 돕기 때문이다.

신경과 의사가 옳았다.

18

언젠가 내가 *체계*로 강화시키려 했던 그 세계관의 구조와 *상징주의*의 일반적 이해는 공통점이 전혀 없는데, 그러한 이해를 하는 사람들은 ① 상징주의를 가장 불분명한 '*모더니즘*'으로 사용하는 러시아 대중, ② 학파를 위해 싸우는 프랑스 상징주의자들, 그리고 ③ 여기에 이성적 종합주의만을 대입하는 몇몇 사상가들인데, 왜 갖가지 오류를 동반한 '*헤겔철학*'이 다시 기어 나오는 걸까.

상징주의의 부정확한 이해, 즉 ① 신비주의, ② 경험주의, ③ 종합주의, ④ 표장주의(합리주의)로 이해하는 것에 대한 수정을 나는 평생 동안 충분히 명료하게 말했는데, 단어의 의미만을 이해하고 그 단어의 부정확한 용어적 포획을 이해하는 뿌리 깊은 타성적 습관을 찌르는 것이었다. 슈타이너조차 합리주의와의 논쟁에서 다음과 같은 말을 던졌다. "상징뿐이다. 현실이 아니다." 한 번은 이런 종류의 말에 이어 나는 상징의 의미를 그렇게 이해한 적이 결코 없고, 러시아의 모든 신문은 상징이 알레고리가 아니라는 진리에 길들여졌다고 청중을 향해 소리쳤던 것을 기억한다. 사람들이 내 소매를 잡아당겼는데(물론 러시아 '*친구들*'이다), 그들은 내가 슈타이너에게 이런 말을 던짐으로써 아주 묵직한 동기로 나의 삶의 원칙을 수호했다는 것을 알지 못했다. 옆에 앉아 있던 선량한 독일 부인

(칼크라이트 백작부인) 은 친구들에게 말했다. "그만하세요. 날씨 때문입니다. 바로미터가 내려갔어요." 그렇지만 마담 슈타이너는 열흘 뒤에 내게 말했다. "당신은 박사님을 이해하지 못했습니다. 그는 다른 상징주의에 대해 말했어요." 그러나 *상징주의*는 하나다. 나는 이에 대해 싸웠다 … 슈타이너와 함께, 슈타이너에 대항해서. 물론 이러한 싸움이 내 생각에는 부정확한 용어의 문제일 뿐이라는 것을 알고 있었다. 본질적으로 문제는 나의 '*상징주의*'와 최초로 현실을 양산하는 슈타이너의 인식론의 인식행위 사이의 분리에 있지 않았다. 나의 '*상징*'이 의미하는 것은, 현실은 주어지는 것이 아니라 진실하고 당위적인 인식행위의 실현에 수수께끼를 던지는 것으로, 합리주의에서 인식이 끝나게 되는 그런 도식이 아니라는 것이다. 사실 인식은 그 구성과 함께 시작된다. 슈타이너의 책 《*괴테 인식론의 기본 방향*》(*Основные линии теории знания Гете*) 의 위대한 해석에서 보면, 현실은 우리가 창조적 인식행위 속에서 창조하는 것이지 세계의 용광로 속에 주어지는 것이 아니며, 나는 이것을 슈타이너의 책 이전에도 잘 알고 있었다. 나는 "*의미의 표장*"에서 이러한 현실을 활동이라고 불렀다('*비르켄*'으로부터 '*비르클리히카이트*'). 여기서 우리는 활동, 이 상징주의적 단일성으로 돌아가자. 꿈에서 깨어나는 과정 … 그 자체가 현실이다. 꿈을 창조하는 것을 우리는 가치라고 부른다. 그리고 이 가치가 바로 상징인 것이다. 꿈에서 창조되는 것을 우리는 현실이라고 부른다("의미의 표장"). 무엇보다 '*주어진*' 현실은 현실이 아니라는 것을 증명하면서 나는 내재적 현실(나의 용어로 '*상징화*') 로 이동했다. 모든 것이 아직 꿈이지만, '*주어진*' 꿈보다는 깨는 것에 보다 가까워진다. 여기에 꿈을 벗어던지는 사다리의 계단이 있다. "모든 새로운 계단은 상징화이다"("의미의 표장"). "만일 우리가 그 계단 아래에 있다면 상징화는 먼 곳으로의 … 부름이 되고, 만일 우리가 상징화에 도달했다면 그것은 현실이 된다. 만일 우리가 그것을 초월했다면 그것은 죽은 자연같이 된다"("의미의 표장"). 1909년

나는 이렇게 썼다. 인지학자가 되었을 때 나의 내부에서 무엇이 변하였는가? 바뀐 것은 아무것도 없었다.

그러나 "*의미의 표장*"에서 나는 내재적 현실뿐 아니라 고양된 현실에 호소했다. 인지학 용어에서 이 '*현실*'은 영감과 직관의 내재성을 지지한다. "*의미의 표장*"의 해당 부분에서 본질적으로 분리되지 않으면서, 나는 그것을 현실 자체(상징화)의 구성의 뿌리라고 불렀다. 그리고 이 뿌리가 "*의미의 표장*"에서 분별 속의 활동이다. "활동으로 돌아가면서 우리는 현실 자체를 알게 되는데, 그것은 언젠가 우리가 표류했던 것이다"("의미의 표장").

이 '*언젠가* 표류했다'는 말의 의미는, 언젠가 우리의 '**나**'의 신성이 신으로부터 분리되었다는 것이다. 그리고 그다음에는 추락했다. 나의 활동은 영감과 직관의 세계의 영역이다. "그것은 그 자체가 생생한 형상으로서 용어로는 표현할 수 없는 것이다. 그러나 우리는 용어 속에서 생각한다. 그래서 활동에 대한 우리의 단어는 상징일 뿐이다"("의미의 표장").

나는 '*상징일 뿐*'이라는 단어를 슈타이너 이전에 사용했다. 상징주의자 시절에 사용했고, 그리고 상징주의자일 때만 사용했다. 그러나 '*상징일 뿐*'이라는 표현은 "*의미의 표장*" 마지막에 상징주의(*상징화*)의 단계를 열거하면서 드러났는데, 그 단계는 절대적인 경계의 표시로서 **상징** 속에 있는 것이다. 그러나 슈타이너의 용어에서 그 영역은 일곱 번째 우주의 마지막에 드러난다. 우리는 네 번째 우주에 있는데, 여기에서 **상징**은 상징화 속에서 주어진다.

나의 관점에서 볼 때, 인지학 이전, 그리고 인지학에서의 정신의 지식 자체는 '*상징일 뿐*'이거나 혹은 우리 모두를 지구에서 불칸으로 이끄는 미래의 길의 조각의 상징화이다. 슈타이너 옆에서 나의 비명은 슈타이너에 대한 방법론적 수정을 의미한다. 나는 이렇게 말하고 싶다. "결국 당신도 내가 의미하는 상징에 대해 말하는 것입니다. 나는 상징에 대해 합리주의의 '*공통*'의 개념들, 알레고리로서 그 개념들의 이질적 활용을 염두에 둔 적은 한 번도 없습니다." 나의 수정의 비명의 현실은 ① 인지학을 상징주의 외부에서 이해하는 위험, ② 이웃 '*친구들*'과 관련되었는데, 이들은 이 시기 나의 *예전* 상징주의에 대한 참회의 분위기를 조성했고, 나는 그 죄로 인해 기도를 해야 했다.

물론, 그 누구도 그 무엇도 이해하지 못했다. 나의 수정된 비명의 '*뻔뻔함*'에 모욕을 느낀 친구들도, 이 비명을 바로미터와 관련시키던 선량한 백작부인 칼크라이트도, 나에게 허구의 안정을 제공하던(슈타이너가 *다른 상징주의*에 대해 말했다며) 마담 슈타이너도 마찬가지였다. 물론, 슈타이너 자신은 화를 내지 않았을 뿐 아니라 호감을 갖는 것 같았다(그는 나의 '*비명 소리*'를 잘 알고 있었다). 그리고 그는 이 '*비명*'이 그와 근원적으로 분리되는 것과는 아무 관계도 없다는 것을 잘 알고 있었다.

1915년 나의 비명은 다른 의미를 지니게 되었다. 그것은 예고의 의미였는데, 마치 누군가가 인지학의 합리주의로 압박을 받는데도 비명을 지르지 않는 것 같았다. 이 누군가는 다시 나였다. 1922년 "*더럽고 지저분한 걸레를 삼켜 목구멍에 걸려 있었다*".

이 더럽고 지저분한 걸레는 인지학적 합리주의다. 여기서 이미 비명을 지르게 된다. "이 지저분한 걸레 대신 '*상징일 뿐*'이라도 주시오!"

상징주의자인 나와 인지학자인 나는 두 개의 '**나**'(Я)가 아니었다. 그러나 '*인지학자*'인 '**나**'는 인지학 이전의 입장에서 결론을 내렸다. 그 동기는 서른세 번째 강연이다. 슈타이너는 이 강연에서 특별한 의미를 강조하며 나를 보았는데, 마치 자신의 제스처로서 청중들 너머로 나에게 자신을 전달하는 것 같았다. 이렇게 나도 그를 수용했다. 손에서 손으로 결론을 위해서다. 그 결론은 책 《*슈타이너와 괴테*》(*Штейнер и Гете*)이다.

나는 이 모든 것을 말할 필요가 있다고 생각한다. 왜냐하면 나는 삶의 문제에서 사회와 세계관의 붕괴의 단계를 연구했기 때문이다. 사람들이 실패하는 것이 아니었다(그들은 그들의 고유한 '*세계관*'보다 더욱 가치 있고 훌륭한데, 그 세계관은 *뿔, 황소의 얼굴* 그 밖의 *가면*을 쓰고 있다). 쓰고 있는 가면은 편견이었다. 지금 그것은 개성의 운명이고, 개체적인 '나'가 아닌 개성을 훼손했다. 그러나 사회적 구조 속에서나 협회에서 편견의 증대는 믿을 수 없을 정도였다. 그 속에서 개별적으로 취한 '*나*'라는 가면을 쓴 각각의 모든 것이 이미 전체의 개체(Индивидуум)를 휘감았다. 공동집단은 모든 편견이 끔찍하게 일그러지고 단일한 노선으로 평준화된 집단이다. 그렇게 평준화된 집단은 가치의 무덤이다. 개인적 형식화는 말하자면 필연의 레일 위에 구축된 철도 플랫폼이 된다.[51] 그리고 '*나*'는 플랫폼 한가운데 앉아 짐처럼 수동적으로 … '*마카르가 송아지를 쫓아가지 않는 곳*'으로 간다. 집단 내부에서 사람들의 비극은 플랫폼의 이별 혹은 '*플랫폼*'의 의지에 따라 가치 있는 '*개체적*' 관계가 결렬되는 것이다. "친하게 지내고 싶지만 … 플랫폼이 운반해 간다." 혹은 플랫폼의 여행이 아니라 철도의 파국으로서, 이미 헤어지는 것이 아니라 서로 타격을 가한다. 때로 … 죽을 때까지.

'*플랫폼*'의 이별은 본의 아닌 것이다. 플랫폼들 사이에서 그 옆에 서 있는 경우 사회성이 발달한다. 화학적 과정의 증대 속에 배출되는 … 악취 때문이다.

나는 30년의 세월 동안 유토피아와 집단의 해체를 목격하는 현란한 경험을 했다. 집단은 변하지만 해체의 원인은 똑같았다. 사랑스러운(어디선가 여전히 사랑하는) 친구와의 관계가 단절된 현실은 '*나*'를 향한 '*나*'의 관계의 가능성이 냉각되는 현실이 아니라 비뚤게 자라나서 맹목적으로 '*나*'를 운반하는 플랫폼이라는 것을 자신에게 상기시킨다. 이것이 나의

---

51) 〔옮긴이〕 플랫폼을 뜻하는 러시아어 'платформ'이 '강령'의 뜻으로도 쓰인다는 사실에 근거한 것이다.

냉각된 현실이다. 메레시콥스키, 블록과, C. M. 솔로비요프와, 라친스키와, 베르자예프와, 모로조바와, A. A. 투르게네바와, 엘리스와, 그리고 수많은 이들과 함께였다! 개체적인 '나'에게 친근하게 손을 뻗는 개체적인 '*나*'를 거슬러서 맹목적으로 증대하는 플랫폼은 '*나*'에 대한 '나'의 관계에서 성장을 멈추었다. 그리고 철도의 이별, 철도의 파국은 필연적이 되었다.

*철*은 '*협회*'의 카르마이다. 그러나 '협회' 자체가 카르마이다. 추악한 카르마. 그리고 우리는 이미 세계의 위기라는 형식으로 이를 체험하고 있다. 한 번은 슈타이너가 '*협회의 의견*'을 우리 내부에 기생하는 '*나쁜*' 벌레라고 부른 것을 기억하는데, 즉 뒤떨어지고 정신적인 계급구조라고 부른 것이다.

나는 한때 '*인터-개체*'(*интер-индивидуал*) 라는 의지에 환호하고 싶었는데, '*인터-사회*'(*интер-социал*) 가 우리에게 그렇게 나쁘다면 말이다. 그러나 *개체*와 *사회*는 똑같은 것이다. 그것은 개체적이고 사회적이다. 모든 것은 끔찍하게 이해되는 '*인터*'(*интер*) 에 있었다. 이 '*인터*'는 사이에 위치한 것이다. 연결하는 것도 연결을 방해하는 것도 아니다. 그것은 단지 함께 생각하고, 형태를 형성하지 않는 선들의 점의 추악한 무한함에 번호를 매길 뿐이다. 그것은 종합(*сюнтитэми*, 함께 생각한다) 이지 '*상징*'이 아니다.

여기서 나는 '*상징주의*'를 원했던 현실로 돌아간다. 이때 나는 열여섯 살이었다. 내가 원한 것은 사회, 사랑-지혜를 연결하는 사랑이지 추상적인 사랑이나 혹은 … 남녀 간의 사랑을 원한 것은 아니었다. 이런 감정은 1897년 나를 쇼펜하우어로 인도했는데, 그것은 남녀의 감정과 공허하고 형이상학적인 사회로부터 해방의 문제였다. 누구나 포옹을 할 줄 안다. 모르는 사람은 아무도 없다. 여기에는 숨 막히는 사실이 있는데, 그것은 솔로비요프 가족들이 나를 이해하지 못했다는 것이다. 이렇게 처음 이해받지 못하기 시작하여 마지막까지 지속되었다. 1897년에서 1928년까지. 그리고 '*상징주의*'에 수정을 가하려는 나의 노력은 불평으로 간주되었다(무엇을 안달하나!). 나는 사람들을 이해한다. 내가 부가한 것은 무게가 없는 것 같았다. 그러나 모든 무거운 것은 무겁지 않은 힘의 노선을 따라 움직였다. 이러한 구체적인 사실을 심지어 '*신령학*'을 다루는 '*신령학자들*'조차 알고 싶어 하지 않았는데, 만일 그 신령학이 수만 킬로의 추라면 말이다. 모든 것이 —'*조금씩-조금씩*'(*чуть-чуть*)— 천재의 작품과 둔재의 작품을 구별하는 경계선이 되는 것이다(다시 진실은 혀끝에서 받아들여진다. 즉, 받아들여지지 않는다).

나의 상징주의는 '*조금씩-조금씩*'에 대한 말이었다.

슈타이너는 '조금씩-조금씩'의 문제를 평생 과제로 삼았다. 그것은 원칙적이고 현실적인 것이었다. 원칙적으로, 인지학은 인지학적 *진리*에 있는 것이 아니라, 단지 그 진리 사이에 조합, 문맥, 모형들의 순간적인 불꽃 속에 있을 뿐이다… 현실적으로, 슈타이너의 모든 책은 주석의 완성으로 가득 차 있는데, 그 주석은 텍스트의 독서에서 '*조금씩-조금씩*' 태만함으로 인도한다. '*조금씩-조금씩.*' 그러나 우리가 각자 나름대로 텍스트를 선택하는 것은 조금씩-조금씩 태만으로 인도한다. 그것은 완성된 작은 주석들의 '*조금씩-조금씩*'의 태만으로서 이 주석들은 더 깊은 걸음으로 나아가지만, 텍스트의 혼잡의 폭발과 화재를 수반한다. '*괴테아눔*'의 화재는 '*조금씩-조금씩*' 태만에서 비롯된 것이다. 사회적 망상의 '거인'은 문화적 단계에 대한 거대한 불신으로서 그 단계는 사회적 환경의 주변에 놓인 것으로 수백 도와 똑같은 중심에서 생각의 각도의 실수로부터 비롯된다. 이것이 이성의 성장원인이다. 그것은 '*조금씩-조금씩*'을 고려하지 않은 천재적 구상의 졸렬한 실행으로 추락한다.

동전 한 개 힘이 압축되어 있는데, 그 힘은 적도를 따라 기차를 네 번 달리게 할 수 있다(원자들 사이의 온기). 그렇게 압축된 힘은 소멸하지 않은 선입견 속에 있다. 그러한 이성은 공과 같은 용량으로 사회적으로 나타날 수 있는데, 그 공은 적도의 네 배의 길이와 똑같은 선 위에 건축되어 있다. 만일 그것이 지구 전체(진실)와 비교하여 동전 한 개와 같다면 말이다. 이때 지구의 진실은 원형에 있고, 그것은 지구와 하늘을 분리한다. 서구 인지학자들은 이러한 '*조금씩-조금씩*'에 맹목적인데, 그들의 이성적 장식의 모든 섬세함과 모든 현명함에서 예술적으로 완벽할 정도이다.

그 결과 슈타이너의 99% 진리 마이너스 '*조금씩-조금씩*'이 그들의 논문과 그들의 사회에서 '*진리*'라는 괴물의 고고학 박물관으로 성장하게 되는 것이다. 나는 그 예로 수백 가지를 들 수 있다. 하나의 모델만 살펴보겠다. 젊은 시절 슈타이너는 열역학이론의 양자론과 싸웠는데, 이때 그 이론은 일반물리학에서 지배적이었다(1890년대). 그 투쟁의 흔적은 훌륭하게도 테제에 대한 괴테의 방법론에 대한 저작에 나타난다. 그것은 *양 마이너스 질은 생각이지 현실이 아니*라는 것이다. 그렇다! 그러나 그로부터 40년이 지나고 지배적인 이론은 고문서 보관소로 갔다. 서른 살의 물리학이 그 이론을 극복했다 … 슈타이너 박사와 함께. 양적인 원자는 허구가 되었다. 그런 *원자*는 없었다. *원자*론과 역학 사이에는 관계가 없었다. 이는 푸안카르 같은 학자들에게 평범한 생각이 되었는데, 그는 오래전에 역학적 원자론의 오류를 폭로했다. 왜냐하면 푸안카르 때나 그 이후에나 원자는 독특한 질적-양적 형상-모델 속에서 양과 결합된 질의 복합체이기 때문이다. 그것은 개념보다는 이미지로서, 그 경험을 확인하고 현상을 예언한다. 톰슨과 러더포드의 모델에서 보어의 모델에 이르기까지 발전하는 이 모델은 본질적으로 상징적인 것으로, 이에 대해 우주의 형상으로 체험되는 *모델*이란 단어의 적합성을 가리킨다.

슈타이너는 '*질적인 양*'(즉, 기계적이 아닌)의 표장에 대립하지 않았다. 그 속에는 그의 양자론과 후기단계(플랑크 물리학의 양자론. 슈타이너는 그를 높이 평가했다)가 용해되어 있었다.

콜리스코 박사는 아주 뛰어난 논문('*조금씩-조금씩*'이 없이 뛰어난)에서 명백한 확신을 갖고 양자론을 겨냥하고, 이러한 기반하에 원자, 원자량, 분자량, 그 밖의 다른 화학의 편견을 제거하여 편견에서 자유로운 화학을 구축할 것을 제안했다. 이러한 화학은 어떻게 구축될 수 있는가. 만일 작가가 과학에 의해 제거된 편견으로부터 그러한 화학을 구축한다면 말이다. 그 편견은 '*원자론*'과 '*역학*'이 결합되어 있고, 원자가 역학 이전의 귀납이라는 것이다. 이러한 편견은 지금의 화학과 새로운 화학, 그리고 새로운 물리학의 사실을 거스르는 것으로, 이들에 대해 콜리스코는 단지 죄스럽게 침묵할 뿐이다(그에게는 새로운 작업을 언급하는 것이 유리하지 않았다. 이미 극복된 이론에 대해 소리치는 것이 유리했다). 가설에서 자유로운 콜리스코의 화학은 모든 화학이 후퇴하는 거대한 행보에서 거대한 편견을 밝혀냈는데, 만일 그가 그 화학을 밝혀지지 않고 필요하지 않은 스콜라철학적 개념의 '*연결의 무게*'로 받아들였다면 말이다. 그러나 그는 이러한 열린 '*무게*'로써 공식의 섬세한 구조의 수정을 감행했다. 이는 서툰 붓질을 하는 화가와 견줄 수 있는데, 부끄럽게도 화학자들 앞에서 *인지학*을 옹호한 것이다.

편견의 속성을 깊이 파고들면서 나는 '*양과 함께 질이 주어진다*'는 슈타이너의 테제에서 나온 이성의 연역 속에서 분명히 편견을 보았다. 콜리스코는 슈타이너의 인용문의 모든 복잡한 자료에 올바르게 매료되었지만, 수정이 없었고 '*조금씩-조금씩*'이 없었다. 수정은 슈타이너의 한마디에 있는데, 그것은 양과 질이 함께 주어지는 것은 … '*지각*'이지 양적인 계산의 조건적 수용에서가 아니라는 것이다. 계산은 아무것도 바꾸지 못한다. 슈타이너 텍스트의 지각을 바꿔야 한다. 슬로건 '*플러스*' 하나의 단어('*지각 속에*')를 취해야지 그 '*마이너스*'가 아니라는 것이다. 이런 의미에서 기억해야 할 것은 슈타이너의 그노시스학의 정신에서 순수한 '*지각*'은 무엇보다도, ① 표상, ② 감각적 표상, ③ 감각(자극)이라는 것이다. 아마 '*지각에*' 사로잡힌다는 의미는, ① 감각적 지각에 사로잡히다(콜리스코가 하려고 했던 것), ② 초감각적인 것에 사로잡히다(콜리스코가 하려고 하지 않았던 것), 즉 이미지에 사로잡히다, ③ 표상되지 않은, 초감각적 지각에 사로잡히다(이것 역시 콜리스코가 하려고 하지 않았던 것이다), 즉 영감에 사로잡히다, 등일 것이다.

영감 속에서만, 정신세계 속에서만 *양과 질*은 복합체의 개체로 올바르게 연결된다. 그러나 그곳에서 양과 질은 아무것도 행하지 않는다. 그곳에서 우리는 정신적 존재와 관계되고, 그 존재에 대해 콜리스코가 말했던 것처럼 말한다. 즉, ① 무능하고, ② 과학적이지 않고, ③ 인지학적이지 않게.

콜리스코는 합리주의의 단계를 극복하지 않았고, 양과 질을 상징주의에서 취하지 않았다. 이미지적 지각일지라도 말이다(그러나 보어는 이미 취했다!). 왜 그는 인지학을 고고학 박물관의 괴물로 만들었을까?

나는 1915년 이러한 슬로건을 연구하면서, 이를 《*괴테와 슈타이너*》에 도입했다. 그러나 나는 여기서 허용되는 표장의 다양성의 단계에서 '*상징주의*'를 고려했다. 나는 일곱 단계에서 택한 일곱 세계관으로 만든 표를 책에 첨부했는데, 그 전에 미리 슈타이너 앞에 표를 놓고 그에게 표장의 원칙을 설명했다. 그는 그 원칙을 선험적으로 인식했을 뿐 아니라 연필을 들고 과학적 표장의 다양한 가능성의 도식에 수정을 가했다. 내가 이 표에 대해 말하는 이유는, 그것이 내가 콜리스코의 선입견을 저격하는 근거가 되기 때문이다.

여기 표의 도해가 있다.

만일 그노시스 *세계관*의 기호 속에서 세계의 속성을 택한다면, 그러한 선택의 가장 낮은 단계는 다원론이다. 그다음 두 번째 단계가 이원론이고, 세 번째 단계에는 '*보편*'(*универсалия* — 중세의 테마)의 속성에 대한 판단이 될 것이다. 네 번째 단계에서 이 테마는 이론으로서의 상징주의에 허용된다(여기서 슈타이너의 연필은 나에게 '*인간*'이라고 기입했는데, 이 '*인간*'이 높은 상징인 것이다). 이 네 번째 단계에서 서른세 번째 강연과 관련된 도식이 주어지는 것이다. 이 강연에서 다원론은 열두 개의 세계관이고, 이원론 또한 세계관들(합리주의적 그노시스주의, 사실주의적 그노시스주의 등) 속에 있고, 일원론(монизм) 은 토니즘(тонизм) 에 있고, 상징주의는 인지학주의에 있다. 다섯 번째 영역에는 존재하는 것의 문제만 대두된다(다른 세계관에서는 현실과 같은 상호활동). 여섯 번째 영역에는 현존의 문제가 있고, 일곱 번째 영역은 텅 비어 있다. 여기서 슈타이너의 연필은 나에게 '**본질**'(Сущность) 이라는 단어를 기입했다.

만일 세계의 속성을 논리주의(логизм) 에서 이해한다면, 표장적 관점의 세계관의 일곱 단계는 다음과 같다. 그것은 ① 오성의 개념, ② 이성의 개념, ③ 표장으로서의 방법의 개념, ④ 표장, ⑤ 변증법, ⑥ 논리, 특히 ⑦ 로고스이다.

주의설(主意說) 에서 이러한 단계는 ① 소여, ② 현상, ③ 구성, ④ 이데올로기, ⑤ 이상화, ⑥ 이상(理想) 이고, 경험주의에서는 ① 묘사, ② 분류, ③ 체계, ④ 종합, ⑤ 창조, ⑥ 관조, ⑦ 이론(여기서 '*이론*' 자체는 '*도시*'이고 '*새로운 예루살렘*') 이다. 신비주의에서는 ① 흥분, ② 인상, ③ 지각, ④ 체험, ⑤ 상상력, ⑥ 영감, ⑦ 직관(여기서 '*지각*'은 그 표상되는 형식을 분해되지 않는 기관으로 이해한다) 이 되고, 선험론(先驗論) 에서는 ① 역학, ② 형성(형식주의), ③ 생성, ④ 행동, ⑤ 협력, ⑥ 정신적 형제('현실'과 같은), ⑦ 정신이 되고, 신령학에서는 ① 원소, ② 복합체, ③ 기관, ④ 개체, ⑤ 계급제도, ⑥ 성례(聖禮), ⑦ 원형이 된다.

'*역학*'으로 이해되는 '*원소*'의 영역이 독특한 '*신령학적*' 선험론에서 '*양*'(*量*) 의 영역이고, 이 선험론은 기계적 원자론으로서 과학에서 극복된다는 것을 이해하는 것은 어렵지 않다. '*질*'(*質*) 의 영역은 인상들의 복합체의 영역으로서 무엇인가 형성되는 영역이다. 그렇지만 그 인상들은 생성 속에서 택해져야 한다. 그것들은 행동하는 개체의 체험에 의존하는 기관의 지각으로 나타난다. 이렇게 밑에서 네 번째 열에 그노시스적으로 이식된 개체, 상징화와 표장의 구성행위 속에 체험되는 개체가 바로 *상징*이다. 여기서 가설에서 자유로운 콜리스코의 화학은 다른 것의 상징인데, 그것은 증류기를 통과하지 않고 계산도 하지 않은 것이다.

이것이 표장의 비판적 고찰정신의 보고서로서 이는 슈타이너에게 설명한 나의 인지학적 상징주의의 입장에서 유래된 것이다(그 결과, 표장의 표는 《*괴테와 슈타이너*》에 삽입되었다). 만일 콜리스코가 이러한 정신으로 편견에서 자유롭지 않은 화학이 아닌, '*가설에서 자유로운*' 화학을 고민했다면, 그는 그 책을 출판하는 일에 부끄러움을 느끼고 '*교수들*' 앞에서 나를 당황하게 하지 않았을 것이다. 브레데 또한 망원경을 율동으로 대체할 것을 주장했는데, 일식(日蝕)을 계산하는 것이 아니라 '*춤*'으로 예견할 수 있도록 하기 위해서였다.

나는 수백 개의 예들 중에서 하나를 상세하게 지적할 것인데, 만일 우리가 인지학에서 나의 상징주의의 '*조금씩-조금씩*'을 빠뜨린다면 그 속에는 인지학이 퇴화되어 있을 것이다. 이렇게 사람들은 전망을 놓치며 자신을 단순하게 하고, 2차원으로 들어가 그곳에서 인지학자가 아닌 가련한 그림자가 되는데, *신사*가 끌어당기는 곳에 수동적으로 끌려온 그림자가 되는 것이다. '*신사*'는 생물학적 존재이고, 그는 자신을 상징주의를 통해 말하지 않는다. 그리고 '신사'는 인지학의 마카르가 송아지를 먼 곳으로 쫓아버리지 않는 곳에서 걷는다. '*송아지*'는 콜리스코가 주목하는 … '*신도단*'(*信徒團*)이다.

19

나에게 서구에서 '*상징주의*'를 거부할 것을 요구하던 다른 사람들은 인지학적 '*콜리스코들*'의 일종의 '*송아지들*'로 변형되었고 외부세계에 훌륭한 미라를 남겼는데, 그 미라는 모든 '*편견*'의 곤충이 갉아 먹은 것이다. 이 때문에 그들에게 불분명한 것은 가까운 이들의 형식을 띤 집단의 점진적 단계 속에서 집단의 *개체*는 공통적인 몽롱함 속에 … 사회적 카르마로써 얽힌 동일한 집단이라는 것, 이 몽롱함의 구성은 우주의 천문학적 상태로 간주되는 것과 같이 간주된다는 것이다. 본질은 '*포르슈강들*'(*форшганды*)의 개혁에 있지 않다. 만일 그들이 올바르게 읽으려고 노력한다면, 그들에게 현실적으로 필요한 것은 *읽기를 위한 알파벳*이었다. 그들은 *상징주의*에 … 접근했을 수도 있는데, 그 상징주의 때문에 나는 몇 년 동안 '*인지학*' 협회에서 쫓겨났던 것이었다.

카르마적 구성의 리듬적 연상 혹은 그 *변주*들(포르슈강들, 형식, 법령, 조직, 유행, 그 밖의 시시한 것들)을 테마로 취할 때가 되었다. 변주의 테마는 변주의 모음이 아니다.

'*상징주의*'는 인지학의 테마이다. 혹은 '*인지학*'은 자신의 *테마* 속에 있지 않다. 그렇게 그 테마는 내일 퇴화될 것이다. 인지학의 변주 하나가 퇴화되지 않았던 것처럼 말이다. 왜냐하면 '사회'를 '*주교*'(*епископат*) 자신도 … 구원하지 못하기 때문인데, 비록 그가 전통적 사제의 옷을 … 슈타이너로부터 입었지만 말이다.

논문과 연설에서 작금의 인지학은 주로 다원론과 일원론으로 상징 속에서 측정되지 않는데, 즉 공허한 포옹의 종합 속에서 … 그리고 인지학에 생명을 바친 *사람들* … 같은 작은 구체성의 발밑에서 끊임없이 밟히는 공허한 우주의 종합 속에서 측정되지 않는다. 이론적 태만의 '*조금씩-조금씩*'과 부주의의 '*조금씩-조금씩*'은 '*조금씩-조금씩*' 억압받는 삶의 흔적이 아니라 … 1921년부터 1923년까지의 나의 삶처럼 완전히 억눌린 삶, 공동 '*저수조*'에 '*직관*'과 함께 무익하게 바쳐진 나의 희생을 침묵으로 억누른 … 삶의 흔적을 갖고 있는데, 그 희생으로 몇몇 시대의 몇몇 '*흐름*'이 공동의 차가운 거실의 온도를 10도 따뜻하게 느끼게 했다.

그러나 나는, 심지어 개인적으로 별 볼 일 없음에도 불구하고, 100도가 아니라 적어도 '37'도이다. 난로에 주어진 나의 온도 '37'도에 10을 곱한다면 그 '370'도만이 조금 따뜻함을 느낄 것이다. 순간적으로. 그리고 나는 아주 없어질 것이다.

20

내가 말한 모든 것은 암시이고 연구의 두꺼운 책에 대한 인상인데, 그 연구는 할 수도 있는 것이다. 만일 그 책이 써진다면, 그것은 평면적 수준에서 읽힐 것이다. 그리고 '370'도의 난로는 말할 것이다.

"물론."

"그리고 나는 말한다 … ."

"그리고 나는 … ."

"그리고 나는 … ."

그리고 이 '그리고'로부터 새로운 공포가 생길 것이다.

이 '그리고'는 원하지 않는다. 나는 책을 쓰지 않을 것이다.

21

글을 마감할 때가 되었다. 이미 써진 글의 중심에서 읽을 때가 되었다. 비밀은 없다. 분명한 것이 없는 것처럼.

그러나 마음속에 *글쓰기*(*письмян*)를 지니지 않은 사람은 사도의 말("*당*

신은 마음속에 써진 편지다”) 을 이해하기를 거절할 것이다. 그는 나를 이해하지 못할 것이다.

나는 그럴 것을 잘 알고 있다.

그래서 내가 끝을 내는데, 한 가지 면에서만 끝을 낸다. 그것은 아마 새로 시작하거나 다른 상징 속에서 지속하는 것이다.

안드레이 벨르이의 상징 개념*

이현숙

안드레이 벨르이〔A. Белый, 본명 보리스 니콜라예비치 부가예프(Борис Николаевич Бугаев, 1880~1934)〕는 러시아 상징주의의 대표적인 작가이다. 벨르이의 아버지는 모스크바대학의 저명한 수학교수였고 어머니는 음악에 조예가 깊은 상류 사회의 인물이었다. 벨르이는 과학과 예술 분야의 재능을 부모에게 물려받고 훗날 이를 자신의 상징주의이론에 적용

* 이 글은 다음의 논문들을 참조하여 작성되었다. S. Cassedy, "Bely's theory of symbolism as a formal iconics of meaning", in J. E. Malmstad(ed.), *Andrey Bely: Spirit of Symbolism*, N.Y.: Cornell Univ. Press, 1987(285~312); S. Cassedy, "On the essays themselves", in S. Cassedy(trans.), *Andrey Bely. Selected Essays of Andrey Bely*, Berkeley and Los Angeles: California Univ. Press, 1985(9~63); J. D. Elsworth, *Andrey Bely: A Critical Study of the Novels*, *Cambridge Studies in Russian Literature*, Cambridge: Cambridge Univ. Press, 1983; С. Пискунова & В. Пискунов, "Культурологическая утопия Андрея Белого", Вопросы Литературы, М., 1995, Вып, 3(217~246).

하게 된다. 대학에서는 자연과학을 전공하였는데, 자연과학, 혹은 '정밀과학'(*exact science*) 역시 벨르이 사상의 한 축을 형성한다.

벨르이는 다양한 학문 분야에 관심을 갖고 이의 체계화를 시도했다. 벨르이의 전기는 그가 심취했던 서로 다른 철학체계들의 시리즈로 나타난다. 1900년대 초기에는 쇼펜하우어(A. Schopenhauer)와 니체(F. Nietzsche), 그리고 정교 신학과 신비주의가 혼합된 솔로비요프(В. Соловьев)의 사상에 심취하였다. 이와 함께 칸트와 신칸트주의 학파를 연구했는데, 특히 리케르트(H. Richert)와 코헨(H. Cohen)에 집중하였다. 이들의 이론은 벨르이의 상징주의사상의 이론적인 토대가 된다. 그다음에는 블라바츠카야(E. Blavatskaya)와 애니 베전트(A. Besant)의 신지학(*theosophy*)에 관심을 갖고 동양의 다양한 종교 체계를 섭렵했다. 이후 새로 형성된 인지학(*anthroposophy*)으로 이동하면서 독일의 철학자 슈타이너(R. Steiner)와 교류하게 된다.

벨르이가 상징주의자로서 활동했던 시기는 대략 1902년에서 1910년까지로 간주된다. 이 시기 벨르이는 상징주의사상에 대해 많은 글을 썼다. 초기 논문 "세계관으로서의 상징주의"(Символизм как Миропонимание, 1903)와 칸트 서거 100주년을 기념한 논문 "비평과 상징주의"(Критика и Символизм, 1904)를 비롯하여 "상징주의"(Символизм)란 제목의 두 편의 논문이 1908년과 1909년에 각각 발표되었고, 벨르이의 상징주의사상에 관한 이론적인 설명을 제공하는 논문 "의미의 표장: 상징주의이론의 전제"(Эмблематика Смысла: Предпосылки к Теории Символизма, 1909) 역시 이때 쓰인 것이다. 이후 이 논문들을 포함하여 상징주의사상에 대한 다른 주요 글들이 수록된 이론서 세 권이 출판되었는데, 이는 《상징주의》(Символизм, 1910), 《녹색 초원》(Зеленый Луг, 1910), 《아라베스크》(Арабески, 1911)로 나타난다.

1. 19세기 말 서유럽 사상의 위기와 상징

상징주의이론은 벨르이가 평생 몰두했던 화두였다. 벨르이는 19세기 말 유럽 문명이 겪고 있던 사상의 위기를 세계관의 문제로 간주하고, 그 해법을 상징에서 찾았다. "지금까지 의식의 근본적 모순이 인간의 영혼 속에서 이렇게 날카롭게 대립한 적은 없었다." 1910년 7월에 쓰인 논문 "의식의 위기와 헨릭 입센"(Кризис Сознания и Генрик Ибсен) 에서 벨르이는 명료하게 선언했다. 벨르이에 의하면 유럽 문명의 위기는 인간의 의식 속에 자리 잡은 근원적인 이원성에 대한 자각에 연원한다. 그는 이 논문에서 인류가 고통 받는 의식의 모순을 다섯 가지로 열거했다. '의식과 감정', '관조와 의지', '개인과 사회', '과학과 종교', 그리고 '도덕과 미'의 대립이 그것이다.

이 중에서 첫 번째 모순, 즉 '의식과 감정'의 대립은 유럽 문명의 본질적인 문제를 언급하고 있다. 그것은 바로 이원성의 문제로서, 세계에 대한 이성적 반응과 직관적 반응 사이의 모순이다. 벨르이는 이를 당대 유럽 문명의 위기의 근원으로 간주했다. 벨르이에게 있어 '의식'(сознание, *conscience*) 이 '상호-지식'(co-знание) 의 의미, 다시 말해 서유럽 철학의 실증주의적 성과의 총체로서 칸트적이고 인식론적인 '지식'(знание) 을 의미한다면, '감정'(чувство, *feeling*) 은 일상적이고 물리적인 경험으로는 도달할 수 없는 총체적인 세계 지각과 체험, 그리고 이를 향한 인간의 지향을 의미한다. 의식의 영역에는 실증주의, 경험주의, 결정론이 포함되고, 감정의 영역에는 데카당 혹은 개인주의가 포함된다. 실증주의의 축에 추상적 이성, 전통적 도덕에 대한 신뢰, 경험적 리얼리티에 직접적으로 적용되는 행위에 대한 의지와 자연 과학의 결론에 대한 믿음이 있다면, 데카당의 축에는 감정, 관조, 미에 대한 숭배, 그리고 우연한 체험에 의존하는 경향이 존재한다.

실증주의와 데카당의 대립은 철학적 관점에서 '비판주의'(Критисизм)와 '신비주의'(Мистисизм)의 용어로 대치될 수 있다. 19세기에서 20세기로 넘어가는 경계에서 서유럽의 사상은 바로 이 비판주의와 신비주의의 이율배반적 모순으로 팽배해 있었다. 벨르이의 상징주의이론은 바로 이들의 모순을 해결하려는 시도이다. 벨르이의 이상은 바로 이 '비판주의'와 '신비주의'가 화해하는 것, 즉 '일상적 현실적 세계'보다 더한 현실성을 갖는 초현실적인 '자기 인식의 세계로 침투'하는 학문적 방법을 모색하는 것이다. 이에 벨르이의 상징주의이론은 '비판주의적 세계관'과 '신비주의적 세계관'이 접점을 찾고 새로운 세계관에 합류하는 것으로 나타난다.

벨르이의 '상징'에 대한 철학적 정의가 가장 명확하고 간결하게 나타나 있는 것은 "나는 왜 상징주의자가 되었고, 모든 사상적-예술적 발전단계에서 왜 계속 상징주의자로 남았는가"(Почему Я Стал Символистом и Почему Я не Перестал Им Быть во Всех Фазах Моего Идейного и Художественного Развития)라는 긴 제목의 자전적 에세이에서이다. 상징주의이론에 관한 주요 세 이론서가 출간된 지 20년 후에 쓰인 이 에세이에서 벨르이는, 자신은 상징주의자가 "언제 된 것도 아니고 어떻게 된 것도 아니다, 나는 항상 상징주의자였다"("나는 왜 …")라고 주장한다. 그리고 이를 입증하기 위해 어린 시절 고안했던 놀이를 이야기한다. 두 세계가 있다. 그 하나는 내적 체험(두려움)의 세계이고, 다른 하나는 이를 표현하는 외적 대상(상자 뚜껑)의 세계이다. 그리고 '제 3의'(третье) 세계가 있다. 이 세계는 내적 체험도 아니고 외적 대상도 아니다. 그것은 이것(то)과 저것(это)이면서, 동시에 이것도 저것도 아닌 제 3의 세계이다. 벨르이는 이를 '상징'(символ)이라 불렀다.

벨르이가 지적하듯이, 그리스어로 '상징'(συμβάλλω)은 '함께 던지다', '결합하다'의 뜻이다. 벨르이의 상징은 그 결합 행위의 결과로 나타나는 것이다. 상징을 생산하는 과정은 창조적 행위로 간주되고, 이 상징화(символизация) 과정을 통해 존재하게 된 상징은 새로운 유형의 인식을 만든다. 상징화 과정의 산물로서 상징은 이를 감지하는 주체에게 일반 현상 세계를 이해하는 것과는 다른 특별한 인식을 요구한다. 이에 일반 과학적으로 이해되는 인식과 다른 상징적 인식에 대한 문제가 대두되고, 이는 벨르이의 상징 개념으로 나타난다.

2. 벨르이의 상징 개념

벨르이는 총체적인 인식을 담보하는 세계관으로서 상징주의를 구상하였다. 벨르이에 따르면, 고대 철학의 주요 테마는 총체적 리얼리티였다. 그런데 학문 분야가 발전함에 따라 개별 학문들이 자신의 테마로써 리얼리티의 고유한 영역을 침범하게 되었다. 철학의 영역은 축소되었고, 자신만의 방법을 보유한 개별 학문들이 그 결과의 타당성을 결정하게 되었다. 문제는, 한 분야의 학문의 결과가 다른 분야에는 적용되지 않는다는 것이었다. 어떤 학문도 총체성을 담보하지 않았다. 이제 학문의 총체성은 개별 학문의 방법들을 연결하는 규율인 '에피스테몰로지'(*epistemology*, 인식론)를 통해서만 획득될 수 있었다. 벨르이의 상징주의이론은 이 학문의 총체성을 담보하는 에피스테몰로지를 추구하는 시도로서, 이때 상징은 각각의 고유성을 지니면서 서로 연관되어 있는 세 가지 개념의 에피스테몰로지로 표현된다.

1) 가치

벨르이는 보통 과학적 이해라는 것을 '인식'(познание, *cognition*)으로 이해한다. 이는 칸트가 《순수이성비판》에서 범주의 의미, 혹은 순수한 이해의 의미로 기술했던 것으로서, 단순한 감각 인상(*sense impression*)이 의식 주체에 의해 조직화되고 의미가 부여된다는 것이다. 이것이 바로 벨르이의 상징 개념의 출발점이 된다. 여기서 벨르이는 칸트의 전통적 인식론에 중대한 요소를 덧붙이는데, 그것은 프라이부르크의 철학자 하인리히 리케르트의 연구에서 추출한 것이다.

칸트에 의해 제기되었던 19세기 비판철학의 수정에 있어 신칸트학파의 대표자로서 리케르트의 주된 공헌은 순수이성과 실천이성의 구별을 떠나 인식론에 윤리적 계기를 도입했다는 것이다. 리케르트의 연구 성과는 그의 저서 《인식의 대상》(*Der Gegenstand der Erkenntnis*, *The Object of Cognition*)에 제시되어 있다. 이 책에서 리케르트는 의식 주체가 감각 인상을 수동적으로 흡수하고 있다는 칸트의 논리에 반박한다. 리케르트에 따르면, 모든 지각작용은 사실상 판단이며, 이는 참에 대한 긍정 혹은 거짓에 대한 부정으로 구성되어 있다. 태양이 빛난다는 단순한 현상의 관찰에 있어서도 '태양이 빛난다'라는 긍정적 판단이 들어 있는 것이다. 인식 주체에 있어 모든 인식행위는, 그것이 아주 단순한 것일지라도, 참 혹은 거짓과 관련된 일종의 명제로 나타나는 것이다.

칸트에 의해 순수 이해로 간주되었던 행위에의 의지는 리케르트에게 '가치'(Wert)의 존재로 나타난다. 주체의 실천적 판단이란 누군가의 가치를 인식하는 것이고, 진리를 찾을 수 있는 지식의 진정한 대상은 칸트가 주장하는 것과 같은 '재현'(Vorstellungen)이 아니다. 리케르트에 따르면, 지식의 진정한 대상은 '가치'이다. 통상적 인식의 모든 행위는 '가치에 대한 상대적 입장'을 취하는 행위의 실천에 있는데, 이때 통상적 인식이란 판단에 있어 긍정되거나 부정된 진리의 '재-인식'(*re-cognition*)을 의미한다. 이 진리가 바로 가치인 것이다. 통상적 인식 판단의 진리성, 이 판단에서 우리는 윤리적 필요(*ethical necessity*)를 경험한다. 리케르트는 칸트의 실천철학에서 '당위'(Sollen, *ought*)의 개념을 차용하여 이를 '초월적 당위'(*transcendent ought*)라고 하였다. 이것은 리케르트에게 있어 최상의 가치에 기반을 둔 개념, 즉 모든 인식의 궁극적 대상이 된다.

에피스테몰로지적 입장에서 상징은 리케르트의 가치 개념에서 추출한 것이다. 이는 벨르이의 논문 "의미의 표장: 상징주의이론의 전제"에 잘 설명되어 있다. 벨르이에 따르면, 의미를 생산하고 조직하도록 설계된 모든 행위는 두 개의 범주로 나누어질 수 있다. 그것은 인식과 창조이다. 인간의 정신활동과 관련된 여러 분야들은 이 두 범주로 분류될 수 있는데, 이는 피라미드 도표로 제시된다.

커다란 피라미드가 있다. 피라미드는 작은 삼각형들로 구성되어 있다. 이 작은 삼각형들 안에는 의미를 생산하는 영역들의 이름이 각각 새겨져 있다(1권 368쪽 〈그림 1〉). 이때 피라미드의 왼편에는 인식의 영역이, 오른편에는 창조의 영역이 자리 잡고 있다. 인식의 영역은 의미를 표장적으로 생산하는 영역, 즉 표장을 사용하여 의미를 생산하는 영역이고, 창조의 영역은 의미를 상징적으로 생산하는 영역, 즉 상징을 사용하여 의미를 생산하는 영역이다. 인식의 영역과 창조의 영역 중간에 세로로 나란히 서 있는 삼각형들 안에는 신지학, 윤리학, 관습적 도덕이 새겨져 있다. 이는 이 영역들이 인식적인 동시에 창조적인 영역임을 의미한다.

피라미드의 정점에 위치한 삼각형 안에는 '가치'(ценность)가 새겨져 있다. 가치는 벨르이의 첫 번째 원칙이자 다른 모든 영역들이 이로부터 도출되는 의미의 근원이다. 벨르이에 따르면, 의미와 관련된 모든 행위는 가치의 존재와 의식 주체에 의한 그 재인식에 근거하는 것으로서, 인식영역과 창조영역 모두 가치에 기반하고 있는 것이다. 이것이 바로 가치가 피라미드의 정점에 위치하는 이유이다. 한편 가치의 삼각형 아래에 있는 세 개의 삼각형(형이상학, 신지학, 테우르기아)을 그것들이 가치를 에워싸도록 배열할 때(1권 387쪽 〈그림 3〉), 순수한 가치는 그 하위영역으로 이동하게 된다. 그리고 세 영역은 가치의 소산으로 나타난다. 즉,

이 세 영역들은 각각의 가치들의 구체화된 형태, 다시 말해 형이상학적 가치, 신지학적 가치, 테우르기아적 가치가 되는 것이다. 이것이 바로 상징화 과정이다.

벨르이에 따르면, 철학자들이 각각 자신의 체계의 정점에 위치시킨 개념들(칸트의 물 자체, 피히테의 에고, 쇼펜하우어의 의지, 헤겔의 정신)은 모두 가치의 개념으로 환원될 수 있다. 벨르이의 상징의 개념은 이 개념들과 동등한 것이다. 모든 철학적 체계는 가치의 표현이고, 상징은 그 개념 형성의 모든 가능한 극한으로 나타나는 것이다.

2) 창조

상징이 가치의 개념으로 환원된다면, 상징화 과정은 가치 창조의 과정으로 간주될 수 있다. 그런데 철학만이 이런 상징적 속성을 보유한 것은 아니다. 인간의 모든 창조적 활동(과학, 철학, 예술, 종교)은 '인간의 창조를 상징화'하는 방법이다. 벨르이에 따르면, 의식의 모든 내용은, 그것에 방법적 형식들을 적용하여 상대적 의미를 부과하지 않는 한, 카오스이다. 이런 카오스 상태의 의식을 의미 있는 내용으로 만드는 것은 리얼리티의 체험을 통해서인데, 이때 의식에 내용을 부여하는 순서는 논리적이지 않다. 그렇지만 상징의 창조과정 속에서 인식의 가치를 찾을 수 있고, 따라서 인식은 창조 이후의 단계가 된다. 이에 벨르이는 인식이 아닌 창조를 말하는 것이 더 적절하다고 주장한다: "우리는 카오스를 조직하는 로고스의 형상이 된다. 우리는 카오스에 개별적 질서를 부여한다. 이 질서는 논리적 질서가 아니다. 이것은 우리 내부에서 체험되는 내용의 흐름의 질서이다 … 우리는 체험하며 인식한다. 이것은 인식이 아니다. 이것은 창조이다"("의미의 표장").

'창조가 인식에 앞선다'는 주장은 벨르이의 저작에서 가장 자주 마주치게 되는 것으로서, 이는 벨르이의 상징주의이론에서 새로운 미학 강령의 선포로 나타난다: "모든 예술은 인간의 정신이 무의식적으로라도 인식에 대한 창작의 우위를 선포하는 것으로 시작된다"("연극과 현대의 드라마"). 벨르이는, 현대의 예술은 철학을 효과적으로 대체하였고 현대철학은 점점 더 창조이론이 되어 간다고 하였다. 이제 철학가와 예술가가 영원히 같은 길을 여행하게 될 날이 머지않았다는 것이다. 이렇게 창조가 인식에 앞서고 예술이 철학을 대체하였다는 주장에서 벨르이가 전통적 학문의 엄숙함을 거부하고 창조의 풍요로운 영역으로서 음악을 최상의 예술형식으로 간주하였던 《비극의 탄생》〔원제: 음악정신으로부터 비극의 탄생(*Die Geburt der Tragödie aus dem Geiste der Musik*, 1872)〕의 저자 프리드리히 니체의 사상을 공유하고 있음을 알 수 있다.

만일 상징주의가 초월적 진리의 숨겨진 깊이와 인간을 매개하는 것들을 창조하는 방법을 제공한다면, 이것은 니체의 사상과 직접적으로 연결되는 철학이다. 왜냐하면 니체는 그 '깊이'를 모든 사람이 직접 보고 경험할 수 있는 표면으로 가져왔던 철학자이기 때문이다. 벨르이에 따르면, 새로운 예술의 목표는 전통적 예술가들이 그랬던 것과 같은 형식들의 조화가 아니다. 새로운 예술의 목표는 '정신적 깊이의 시각적 실현'이고, 니체는 바로 이를 성취한 철학자였다. 특별한 교육을 받지 않은 사람이 《차라투스트라는 이렇게 말했다》(*Also Sprach Zarathustra*, 1883~1885)의 깊이를 이해할 수 있는 것도 이런 이유에서이다.

예술작품 속에 상징화된 창조적 경향을 발견하려는 시도에서 벨르이는 무엇보다 니체의 디오니소스 정신을 고찰했다. 니체에 따르면, 예술창조에는 두 가지 원리가 있다. 하나는 '아폴론 정신'이고 다른 하나는 '디오니소스 정신'이다. '아폴론 정신'이 개별화의 원리로서 의식, 질서, 빛 등을 상징한다면, '디오니소스 정신'은 원시력의 상징으로서 무의식, 카오스, 어둠과 관련된다. 니체는 그리스 비극을 디오니소스적인 것의 아폴론적인 형상화라고 규정했다. 비극에서 인간은 자신의 한계를 깨닫고 더 이상 운명과 대립하지 않는다. 그리고 운명과 하나가 됨으로써 근원적 존재의 차원에 다가갈 수 있는 계기를 마련한다. 이 근원적 존재의 차원이 바로 니체가 말하는 디오니소스 정신이다. 그런데 소크라테스와 플라톤 이후 디오니소스 정신은 공식 문화의 경계 밖으로 밀려나고 무의식 속에 가라앉았다. 이에 니체는 《비극의 탄생》에서 디오니소스 정신의 부활을 주장하는 것이다.

벨르이 역시 소크라테스로 대변되는 그리스 고전 미학을 부정하고 디오니소스 정신의 회복을 주장했다. 벨르이는 자신의 논문 "세계관으로서의 상징주의"에서 다음과 같이 외친다: "소크라테스적 인간의 시대는 지나갔다. 그대의 이마를 담쟁이넝쿨로 장식하고 디오니소스의 지팡이를 손에 잡으라"("세계관으로서의 상징주의"). 니체가 디오니소스로 대변되는 음악정신을 비극의 근원으로 간주했듯이, 벨르이도 카오스에 형상을 부여하는 원리로서 리듬을 고찰했다.

쇼펜하우어의 독서의 흔적이 엿보이는 초기 논문 "예술의 형식"(Формы Искусства)에서 벨르이는 현존하는 예술형식의 스펙트럼을 설정한다. 시간과 공간의 비율에 따라 고안된 이 스펙트럼에서 시간적 요소와 공간적 요소는 서로 반비례로 존재한다. 스펙트럼의 양극단에는 각각 음악과 건축이 자리 잡고 있는데, 이때 음악의 자리는 예술체계의 가장 높은 위치로, 건축의 자리는 가장 낮은 위치로 나타난다. 벨르이가 음악을 최고의 예술형식으로 간주한 이유는, 시간이 '리듬 속에' 표현되기 때문이다. 마찬가지로 건축이 가장 낮은 예술형식으로 간주되는 이유는, 그것이 '중력'의 작용을 가장 많이 받는 예술이기 때문이다. 벨르이는 모든 예술형식은 가장 완벽한 예술인 음악을 향해 이동한다고 했는데, 이를 니체식으로 말하자면, "모든 예술형식은 음악정신이 그 속에서 발현되는 정도에 따라 규정된다"("예술의 형식").

'유기적 결합'을 뜻하는 상징은 벨르이의 이론에서 예술 창조에 있어 내용과 형식의 융합으로 이해된다. 상징이 표상하는 창조의 행위는 객관적 리얼리티를 체험(내용) 하는 과정이며, 더 나아가 그것에 의미를 부여(형식) 하는 과정이다. 상징에 대한 이러한 이해는 벨르이의 예술적 상징에 대한 논지의 가장 효과적인 출발점이 된다. 논문 "문화의 문제"(Проблема Культуры) 에 나타난 예술적 상징에 대한 가장 명쾌한 정의는 다음과 같다: '상징은 자연에서 취하여 창조로써 형성된 이미지이다. 상징은 자연에서 취한 특징과 예술가의 체험이 결합된 형상이다'("문화의 문제"). 여기서 '자연에서 취한 형상'은 에피스테몰로지적 '내용'으로, '예술가의 체험'은 에피스테몰로지적 '형식'으로 간주될 수 있다.

벨르이에 따르면, 예술 속에는 내용과 형식, 객관적 리얼리티와 내면적 체험의 융합이 존재한다. 왜냐하면 모든 예술은 상징적이기 때문이다. 고전주의 예술과 낭만주의 예술은 모두 상징으로서, 그들이 객관적 리얼리티와 내면적 체험에 부여하는 우선순위만이 다를 뿐이다. 논문 "예술의 의미"(Смысл Искусства) 에서 벨르이는 '객관적 리얼리티'(*b*) 와 '내면적 체험'(*c*) 이 '상징'(*a*) 의 형태로 결합할 수 있는 여덟 가지 가능한 경우를 대수학적으로 열거한다. 객관적 리얼리티와 내면적 체험의 분리된 요소들은 '예술 창작을 선언하는 방법', 즉 '상징을 창조하는 방법'이고, 모든 상징은 '단일성'(единство) 으로 나타난다. 그렇지만 이런 요소들이 상징 속에서 똑같은 관계를 취하지는 않는다. 상징에서 중요한 것은 '자연에서 취한 형상'뿐 아니라 예술가의 체험을 통해 그것을 변형하는 방법이다. 모든 문화의 시대는 예술가의 창조적 경험을 통해 변형된 공통적인 예술형식에 의해 특징지어지는데, 이것이 바로 벨르이가 이해하는 '양식'(*style*) 이다. 이때 각각의 개인이 서로 다른 양식을 갖는 것이 가능하다. 아시리아 양식이나 고딕 양식을 말하는 것처럼 니체 양식을 이야기할 수 있는 것이다.

"예술의 내용을 때론 형식으로 때론 의미로 파악해야만 한다"("예술의 의미") 라고 벨르이는 말한다. 예술의 내용을 형식으로 파악할 때 그 다양성은 시공간의 논리적 관계들의 단일성에서 이끌어 낼 수 있다. 예술의 내용을 의미로 파악할 때 그 다양한 논거를 창조의 목표라는 관점에서 조명할 수 있다. 그리고 상징 속에서 양자를 통합할 수 있다. 이때 예술의 형식 속에 주어지는 객관적 리얼리티를 변형하는 창조행위는 그 자체로써 예술의 내용이 된다. 예술은 창조행위의 의미에 대한 것이지, 그것을 표현하는 방법으로서의 현상(관습적 의미에서의 내용)에 대한 것이 아니다. 벨르이가 예술의 내용을 '의미'라고 말할 때, 그것은 이러한 창조행위의 의미를 말하는 것이다. 그렇다면 과연 그 창조행위의 목적은 무엇인가라는 질문이 제기되고, 이에 대한 벨르이의 대답은 모든 예술의 의미는 종교적이라는 것이다.

3) 문화

모든 예술의 종교성에 대한 지향은 벨르이의 문학적-미학적 저작의 일관된 테마이다. 벨르이에게 있어, 종교는 "순차적으로 전개되는 상징들의 체계"("세계관으로서의 상징주의") 로 정의된다. 이때 벨르이가 주장하는 종교성의 의미는 기존의 종교적 도그마에 대한 언급이 아니다. 종교는 도그마가 아니며, 종교행위와 창조행위의 개념은 동일한 것으로 간주된다: "세계, 혹은 자기 자신, 혹은 인류에 대한 종교적인 태도는 모든 창조의 조건이다"("예술의 의미"). 이렇게 종교의 본질을 인간의 창조행위와 연결시키는 벨르이의 사고는 종교의 역사적 양상과 철학적 양상을 연결하는 블라디미르 솔로비요프의 우주론과 연관되어 있다.

솔로비요프에 따르면, 차이적이고 현상적인 세계는 최고의 존재인 절대자(Absolute) 혹은 신(God)이 분할된 산물이다. 신은 자신의 사랑을 표명하기 위해 세계를 필요로 하고, 이때 현상세계의 통합 원칙은 '세계영혼'(Мировая Душа, *world-soul*)으로 나타난다. 세계영혼은 모든 피조물의 공동의 주체이다. 세계영혼은 신성의 원칙과 자연의 원칙을 모두 포함하고 있는데, 이 두 원칙은 서로를 속박하지 않고 자유롭게 독립되어 있다. 그런데 우주 발전 과정의 한 단계에서 세계영혼이 신성의 원칙에 관여하지 않고 전적으로 자연세계의 일부가 되었다. 이로 인해 신과 세계는 소원하게 되었고, 모든 피조물은 부패와 죽음의 지배를 받게 되었다.

인간의 등장과 함께 시작된 역사과정은 우주 발전 과정에서 새로운 단계로 나타난다. 역사과정은 세계영혼이 신성한 로고스(Логос)와 재결합하는 과정으로서, 이때 재결합은 인간의 의식 속에서 발생한다. 그리고 이는 그리스도에게서 가장 완벽하게 표명된다. 로고스와 결합된 세계영혼은 영원한 여성(Вечная Женщина)인 '소피아'(София)로 불린다. 소피아는 창조의 원인이자 진정한 목적으로서, 역사과정의 끝에서 신의 왕국의 재출현에 대한 잠재적 가능성을 내포하고 있다.

우주 발전 과정에서 세계영혼이 모든 피조물의 공동의 주체였던 것처럼 소피아는 역사과정의 보편적 주체로 나타난다. 이때 보편적 인류와 동일시되는 솔로비요프의 소피아는 벨르이의 초개인적 에고와 유사하다. 벨르이에게 창조행위가 종교행위인 이유는 그것이 에고와 세계의 이분법을 극복하는 길이기 때문이다. 창조과정에서 인간은 자신의 개인적인 에고는 물론, 자신이 관여하고 있는 공동의 초개인적인 에고를 깨닫게 된다. 신칸트주의 용어에서 에고와 세계의 이분법이 지식의 내용과 형식의 이분법이라면, 솔로비요프의 용어로 그것은 신과 세계 사이의 균열이다. 역사과정은 바로 이 신과 세계가 재결합하는 과정인 것이다. 이에 벨르이의 철학체계에서 창조행위의 종교적 의미는 명백해진다. 그것은 신과의 통합을 향한 인간의 열망의 표명이라는 것이다.

궁극적으로 소피아를 신의 왕국으로 표명한 솔로비요프의 견해는 문화라는 과정의 목적을 제공한다. 벨르이에게 있어 문화는 이론의 문제를 실제의 문제로 만들고 인류의 진화의 산물을 그 가치의 측면에서 고찰하게 하는 것이다: "문화는 삶 자체를 재료로 변화시키고, 창작은 그 재료로부터 가치를 벼린다"("문화의 문제"). 그리고 여기서 문화는 예술과 도덕의 궁극적인 목적과 접점을 찾는다.

초기 논문 "러시아 시의 묵시록"(Апокалипсис в Русской Поэзии)에서 벨르이는, 시의 과제가 보편적인 진리의 통합을 표현하고 영원한 여인(소피아)의 형상을 창조하는 것이라면 종교의 과제는 예술이 형상 속에서 창조하는 삶을 구체화하는 것이라고 말했다: "시의 목적은 뮤즈의 얼굴을 통해 우주적 진리의 세계적 단일성을 표현함으로써 바로 그 얼굴을 찾아내는 것이다. 종교의 목적은 이 단일성을 구현하는 것이다"("러시아 시의 묵시록"). 벨르이에게 형상의 사명은 아름다움의 감정을 불러일으키는 것이 아니라 삶의 현상 속에서 예시적인 의미를 스스로 볼 수 있는 능력을 발전시키는 것이다. 그리고 이 목표에 도달했을 때 그 형상은 이미 아무런 의미도 없게 된다. 여기서 가까운 미래에 실현될 새로운 예술의 종교적 의미를 이해할 수 있다: "이 미래가 현재가 되었을 때 인류에게 미래를 준비하게 했던 기존의 예술은 인류의 뒤를 따라 사라져야 한다. 새로운 예술은 덜 예술적이다. 그것은 표식이고 전조(前兆)이다"("세계관으로서의 상징주의").

이렇게 해서 벨르이의 예술적 상징은 묵시록적 형상을 갖게 된다. 이 형상은 문화의 궁극적인 목적으로서 '인류의 재창조'와 연관되어 있다. 벨르이는 개인과 종족의 삶의 창조적 변형과 현실에서 이를 성장시키고 보존하는 행위로서 문화를 해석했다. 벨르이는 개인과 사회의 갈등을 토론할 때도 그 갈등이 발생하는 배경으로서의 사회적 리얼리티에 대해서는 거의 언급하지 않는다. 이러한 벨르이의 태도는 개인이 근본적으로 사회와 관련되어 있지 않다고 간주하는 데카당적 태도의 표명으로서, 사회의 객관적 사실에 대한 주체로서 개인을 상정하는 결정론적 태도와 구별되는 것이다. 벨르이에게 있어 문화의 위기에 대한 해답은 환경의 변화가 아니라 사고의 습관을 변형시키는 데 있다: "우리를 둘러싼 현실의 변형은, 말하자면, 우리 내부에서 일어나는 현실의 변형에 의한다"("문화의 문제").

이런 맥락에서 벨르이는 니체를 '스스로 구현되는 삶의 창조자'로 간주했다. 만일 칸트, 괴테, 쇼펜하우어, 바그너가 천재적인 작품을 창조했다면, 니체는 "여태까지 유럽 문명이 보지 못했던 새로운 천재 종족을 부활시켰다"("프리드리히 니체"). 마찬가지로 벨르이가 솔로비요프를 사랑하는 이유는, 그가 단지 사상가일 뿐 아니라 '형이상학의 가면 속에 새로운 얼굴을 감춘 삶의 과감한 개혁가'이기 때문이었다. 이에 벨르이의 상징주의는 삶 자체와 인간 자체의 개조를 목적으로 하는 것으로서, 이는 미래에 도래할 니체의 '초인'(超人)이나 솔로비요프의 '신인'(神人)을 인류가 준비하는 것으로 나타난다: "그러한 이상은 바로 완성에 다가가는 인간이다. 이러한 완성의 상징적 표상은 신을 닮은 인간의 형상(신인, 초인)이다. 따라서 예술의 궁극적인 목적이 삶의 재창조라고 주장하는 상징주의의 창시자들은 옳다"("문화의 문제").

결국 벨르이의 상징주의이론에서 묵시록적 형상의 상징은 삶의 재창조를 지향하는 '문화적 유토피아'(культурологическая утопия)로 나타난다. 벨르이의 묵시록은 모든 우주를 개조하는 설계이며, 인간은 이를 실현하면서 자연의 법칙 혹은 신이 설정한 역사의 법칙을 변화시키고 독자적으로 역사를 완성할 수 있다. 또한 자신을 조물주와 비견하면서, 그 종말을 설정하고 '새로운 하늘'과 '새로운 땅'의 법칙을 공표할 수 있는 것이다.

찾아보기

ㄹ

ㅁ

ㅂ

ㅅ

ㅈ~ㅊ

ㅋ~ㅌ

ㅍ

ㅎ

지은이

안드레이 벨르이 (Андрей Белый, 1880~1934)

본명은 보리스 니콜라예비치 부가예프이다. 러시아 상징주의의 대표적인 작가이자 이론가, 사상가이다. 모스크바의 상류 집안에서 태어났다. 19세기 말 20세기 초 러시아 '은세기'의 문예부흥을 주도하였던 제2세대 상징주의자 중 한 사람으로, 네 편의 연작 《심포니야》〔"드라마"(1902), "영웅"(1904), "귀환"(1905), "눈보라의 잔"(1908)〕에서 시와 산문, 음악, 그리고 부분적으로 회화까지 결합된 새로운 문학적 형식의 창작을 시도하였다. 세 권의 시 창작집 《쪽빛 속의 황금》(1904), 《재》(1909), 《유골항아리》(1909)를 출간하였고, 장편소설 《은빛 비둘기》(1909)와 《페테르부르크》(1916)를 발표하였다. 《페테르부르크》는 벨르이의 대표적인 작품으로서 20세기 위대한 모더니즘 소설의 하나로 간주된다. 이론가로서 벨르이는 상징과 상징주의사상에 관해 많은 논문을 썼는데, 이는 《상징주의》(1910), 《녹색 초원》(1910), 그리고 《아라베스크》(1911)로 출간되었다.

옮긴이

이현숙

모스크바국립대에서 러시아 상징주의 전공으로 인문학 박사학위를 받았다. 안드레이 벨르이의 소설 《페테르부르크》를 번역하였다. 주요 논문으로는 "러시아 상징주의와 니체: 가치의 재평가와 미래의 문화 창조", "러시아 상징주의자들의 페테르부르크 텍스트", "소설 《페테르부르크》의 라이트모티프", "러시아 미래주의 시학의 현대성" 등이 있다.

이명현

고려대 노어노문학과를 졸업하고 동대학 대학원에서 석사 및 박사학위를 받았으며, 모스크바국립대에서 박사학위를 받았다. 상징주의를 비롯한 러시아 모더니즘 시와 은세기 문화를 주로 연구해 왔으며, 현재 고려대 노어노문학과 부교수로 재직 중이다. 주요 논문으로 "종교적 르네상스로서의 러시아 은세기", "러시아 상징주의의 영성에 관한 일 고찰" 등이 있으며, 역서로 《삶은 시작도 끝도 없다: 러시아 현대대표시선》, 《안나 까레니나》 등이 있다.

미셸 푸코 — 세기말의 프랑스 문명비평가

Les aveux de la chair

육체의 고백

미셸 푸코 지음
오생근(서울대 명예교수) 옮김

미셸 푸코 사후 34년 만에 공개된 《성의 역사》 완결편

육체와 욕망, 그 진실을 밝히는 미셸 푸코의 마지막 메시지

미셸 푸코는 《성의 역사》의 핵심인
이 책에서 초기 기독교 윤리가
오늘날 서양인의 삶의 태도와
주체의 형성에 미친 영향을
근원적 관점에서 분석한다.
인간의 본성과 현재의 삶에 대한
푸코의 빛나는 통찰력은 많은 시간이
흘러도 변함이 없다.

신국판 · 양장본 / 656면 / 32,000원

나남 nanam Tel : 031-955-4601
www.nanam.net

미셸 푸코 ― 세기말의 프랑스 문명비평가

Histoire de la sexualité

성性의 역사 1·2·3

性은 권력의 표현에 다름아니다!

절제와 극기를 상실해버린 우리에게
자기성찰의 기회를 부여해 주는 미셸 푸코의 도덕 메시지!

제 1권 지식의 의지	*La volonté de savoir*	이규현 옮김
제 2권 쾌락의 활용	*L'usage des plaisirs*	문경자·신은영 옮김
제 3권 자기배려	*Le souci de soi*	이혜숙·이영목 옮김

신국판·양장본 / 1권 184면·12,000원 / 2권 384면·20,000원 / 3권 288면·18,000원

나남 nanam
Tel: 031-955-4601
www.nanam.net